曹海東 注譯
蕭麗華 校閱

新譯曹子建集

三民書局 印行

國家圖書館出版品預行編目資料

新譯曹子建集／曹海東注譯；蕭麗華校閱.——二版
二刷.——臺北市：三民，2021
面；　公分.——(古籍今注新譯叢書)

ISBN 978-957-14-6218-9（平裝）
1.道藏-注譯

842.4　　105021954

古籍今注新譯叢書

新譯曹子建集

注譯者　曹海東
校閱者　蕭麗華

發行人　劉振強
出版者　三民書局股份有限公司
地　址　臺北市復興北路 386 號 (復北門市)
　　　　臺北市重慶南路一段 61 號 (重南門市)
電　話　(02)25006600
網　址　三民網路書店 https://www.sanmin.com.tw

出版日期　初版一刷 2003 年 10 月
　　　　　二版一刷 2017 年 1 月
　　　　　二版二刷 2021 年 8 月
書籍編號　S032140
ISBN　978-957-14-6218-9

刊印古籍今注新譯叢書緣起

劉振強

人類歷史發展，每至偏執一端，往而不返的關頭，總有一股新興的反本運動繼起，要求回顧過往的源頭，從中汲取新生的創造力量。孔子所謂的述而不作，溫故知新，以及西方文藝復興所強調的再生精神，都體現了創造源頭這股日新不竭的力量。古典之所以重要，古籍之所以不可不讀，正在這層尋本與啟示的意義上。處於現代世界而倡言讀古書，並不是迷信傳統，更不是故步自封；而是當我們愈懂得聆聽來自根源的聲音，我們就愈懂得如何向歷史追問，也就愈能夠清醒正對當世的苦厄。要擴大心量，冥契古今心靈，會通宇宙精神，不能不由學會讀古書這一層根本的工夫做起。

基於這樣的想法，本局自草創以來，即懷著注譯傳統重要典籍的理想，由第一部的四書做起，希望藉由文字障礙的掃除，幫助有心的讀者，打開禁錮於古老話語中的豐沛寶藏。我們工作的原則是「兼取諸家，直注明解」。一方面熔鑄眾說，擇善而從；一方面也力求明白可喻，達到學術普及化的要求。叢書自陸續出刊以來，頗受各界的喜愛，使我們得到很大的鼓勵，也有信心繼續推廣這項工作。隨著海峽兩岸的交流，我們注譯的成員，也由臺灣各大學的教授，擴及大陸各有專長的學者。陣容的充實，使我們有更多的資源，整理更多樣化的古籍。兼採經、史、子、集四部的要典，重拾對通才器識的重視，將是我們進一步工作的目標。

古籍的注譯，固然是一件繁難的工作，但其實也只是整個工作的開端而已，最後的完成與意義的賦予，全賴讀者的閱讀與自得自證。我們期望這項工作能有助於為世界文化的未來匯流，注入一股源頭活水；也希望各界博雅君子不吝指正，讓我們的步伐能夠更堅穩地走下去。

再版序

上世紀九十年代初期、中期，我應三民書局之約，先後完成了《新譯燕丹子》、《新譯西京雜記》兩書的撰寫工作。因有這兩次合作成功的經歷，三民書局於九十年代後期再一次約我參與古籍今注新譯叢書的編撰之役，並示以擬作注譯的書目，我便從書目所列的眾多古書中挑選了《曹子建集》。之所以選擇此書，主要有兩方面的原因：一是緣於「本家」認同意識。此書作者姓曹，我亦姓曹，天下一筆難寫兩個「曹」字；能在當下為同姓古人的作品做一點推廣工作，何樂而不為？二是出於對曹植詩文的喜愛。在此之前，雖然對曹植的作品沒有什麼深入的研究，但也約略地讀過一些，深為其思想內容和藝術風格所吸引。像言近旨遠的〈七步詩〉、詞采華茂的〈洛神賦〉、流貫著俊逸豪健之氣的〈白馬篇〉、充盈著憤激不平之情的〈贈白馬王彪〉等，都曾給我留下過深刻的印象，由衷地歎服其精美，覺得謝靈運當年盛讚子建「才高八斗」，洵非虛言。

要對《曹子建集》中的作品進行注釋、翻譯和賞析，不是一件容易的事情。注、譯、賞等工作的困難不止是緣於該書的卷帙浩繁，需假以長久時日始能蕆事，還更在於許多具體問題要花費大量的時間和精力去查考、斟酌，方能解決。下面舉一些實例來說明。

在文本文字上，需要比對其他重要版本來校訂訛誤。我在注譯工作中是以江安傅氏雙鑒樓所藏明代活字本《曹子建集》為底本，此本歷來被奉為善本，但也有不少文字訛誤。僅就〈九愁賦〉一篇來看，如下一些句子中就明顯存在著文字錯誤：「刈桂蘭而秣馬，含余車於西林。」「獨眇眇而沉舟，思孤客之可悲，改予身之翩翔。」對照丁晏《曹集銓評》等版本看，上引文句中的「含」、「沉」、「改」分別是「舍」、「汎（泛）」、「悠」之誤。校勘此類訛誤，既要不吝精力以赴，還得細心耐煩。

在注釋上，有很多字詞句需反復思索、認真稽考才能得其確解。如〈鞞舞歌〉五首之一〈孟冬篇〉有云：「收功在羽校，威靈振鬼區。」其中的「羽校」，《大漢和辭典》釋為「羽て裝つた旗」（意為羽毛裝飾之旗幟），《中文大辭典》釋為「羽檄」。細味〈孟冬篇〉之上下文意，如果依照這兩種辭書的說法來解釋「羽校」，都感覺不太順暢。經過查考文獻資料，我發現，「羽校」猶言「羽隊」，因為「校」與「隊」都可指古代軍隊中的編制單位，二者在文獻中有時同義，可以互訓，如《文選‧左思‧蜀都賦》「玄黃異校」，唐人劉良注云：「校，隊也。」而古代文獻中有「羽隊」一詞，如《文選‧張協‧七命》：「屯羽隊于外林。」其中的「羽隊」，唐人李善明確地注曰：「士負羽而為隊也。〈羽獵賦〉曰：『蒙盾負羽，而羅者以萬計。』」以此推之，「羽校」應當是指將士背負羽毛的軍隊（羽毛是作徽識用）。

在賞析上，一般人都知道，一篇（部）文學作品，要想把它的思想內涵、情感取向都分析和闡說得透徹明晰，只依據文本的字面意義有時並不能奏效，還需在探明作品寫作時間的基礎上再結合作者的生活經歷、創作背景來論究，即所謂「知人論世」；否則，所作的賞析將不免於隔靴搔癢，說不到點子上。《曹子建集》中有些作品，如只著眼於文字表層，是無法確定其創作時間乃至創作背景的；需細心鉤考、多方研索，才有可能弄清其創作年代乃至創作背景，從而為賞析奠定基礎。例如，〈閑居賦〉有云：「何吾人之介特，去朋匹而無儔。出靡時以娛志，入無樂以銷憂。何歲月之若騖，復民生之無常。感陽春之發節，聊輕駕而遠翔。登高丘以延企，時薄暮而起余。……遂乃背通谷，對淥波，藉文茵，翳春華。丹轂更馳，羽騎相過。」這篇賦文，有學者認為大約作於建安二十年（西元二一五年）春。我則認為作於明帝太和六年（西元二三二年）春，理由是：賦中「通谷」是一個地名，在曹植〈洛神賦〉中也出現過：「余從京域，言歸東藩，背伊闕，越轘轅，經通谷，陵景山。」對此，李善《文選注》云：「華延〈洛陽記〉曰：(洛陽)城南五十里，有太谷，舊名通谷。」可見，通谷在洛陽城附近。從史料記載來看，曹植在文帝遷都洛陽後，只到過洛陽兩次，一次是在黃初四年五月，一次是在太和五年冬，至第二年春返回封地。顯然，黃初四年五月不可能是〈閒居賦〉的創作時間(因與賦中所謂「陽春」不相合)，而惟有太和六年才是。確定了這個創作時間，那麼曹植創作此賦時的處境就不難揣知了：那時他在政治上正受明帝的壓制，志不獲伸，才不克展。由此再去理解和闡析賦中「何吾人之介特，去朋匹而無儔」云云所含的深層情意，則思過半矣！

由上面所述具體例子來看，給《曹子建集》中的詩文作注釋、翻譯和賞析，的確存在一些困難。儘管如此，但我作為一個注譯者，於情於理都應當盡力克服困難，把各方面的工作盡可能做得完善一些，以給讀者便利。抱持這樣的理念，當遇有疑難問題的時候，我總是不惜花費大量的時間和精力去查考、琢磨，直至我自己感到清楚明瞭為止。因此，完成這本《新譯曹子建集》，差不多耗去了我五年的時光。當然，限於自己的學識和能力，自以為解決了的疑難問題不一定就是真正弄清楚了，所以書中還可能存在一些舛誤，尚祈讀者不吝賜正。

《新譯曹子建集》從初次出版至今，十餘年時間倏忽而過。三民書局現在準備重新排版印行此書，來信囑我作序，我感於該局為提高民眾古書閱讀能力而出版古籍今注新譯叢書的熱忱，便欣然應命，寫下以上文字作為序。

曹海東

二〇一六年十月於武昌桂子山

新譯曹子建集 目次

刊印古籍今注新譯叢書緣起
再版序
導讀
卷一
東征賦并序……一
遊觀賦……三
懷親賦并序……五
玄暢賦并序……七
幽思賦……一一
節遊賦……一三
感節賦……一七
離思賦并序……二〇
釋思賦并序……二二
臨觀賦……二三

卷二

潛志賦……二七
閒居賦……二九
慰子賦……三一
敘愁賦并序……三三
愁思賦……三五
九愁賦……三七
娛賓賦……四三
愍志賦并序……四五
歸思賦……四七
靜思賦……四八

卷三

感婚賦……五一
出婦賦……五二
洛神賦并序……五五
愁霖賦……六三
喜霽賦……六五
登臺賦……六七
九華扇賦并序……六九
寶刀賦并序……七二
車渠椀賦……七五
迷迭香賦……七八
大暑賦……八〇

卷四

神龜賦并序……八三
白鶴賦……八八
蟬　賦……九〇
鸚鵡賦……九五
鶡　賦并序……九七
離繳雁賦并序……九九
鷂雀賦……一〇二

蝙蝠賦……一〇五
芙蓉賦……一〇七
酒　賦并序……一〇九
槐　賦……一一三
橘　賦……一一五

卷　五

公　宴……一一九
侍太子坐……一二一
七　哀……一二二
鬥　雞……一二四
元　會……一二六
送應氏二首……一二八
雜　詩六首……一三一
喜　雨……一三八
離　友并序二首……一四〇
應　詔……一四二
贈徐幹……一四五
贈丁儀……一四八
贈王粲……一五〇
贈丁儀王粲……一五二
贈白馬王彪并序……一五五
贈丁翼……一六一
朔　風……一六三
矯　志……一六五
閨　情二首……一六八
三　良……一七一
責　躬……一七三
情　詩……一七九
妬……一八一
芙蓉池……一八一
雜　詩……一八三
言　志……一八四
七步詩……一八五

卷六

箜篌引……一八七
升天行二首……一八九
仙人篇……一九一
妾薄命二首……一九四
白馬篇……一九八
名都篇……二〇〇
薤露行……二〇三
豫章行二首……二〇四
美女篇……二〇七
艷歌……二一〇
遊仙……二一一
五遊詠……二一三
梁甫行……二一五
丹霞蔽日行……二一六
怨歌行……二一八
善哉行……二二一
君子行……二二三
平陵東……二二四
苦思行……二二六
遠遊篇……二二七
吁嗟篇……二二九
鰕䱇篇……二三一
種葛篇……二三四
浮萍篇……二三六
惟漢行……二三八
當來日大難……二四〇
野田黃雀行……二四二
門有萬里客行……二四四
怨歌行一首七解，晉曲所奏……二四五
桂之樹行……二四七
當牆欲高行……二四九
當欲遊南山行……二五〇

當事君行……二五二
當車以駕行……二五三
飛龍篇……二五四
盤石篇……二五六
驅車篇……二五九
鞞舞歌五首并序……二六一
棄婦篇……二八二

卷七

皇子生頌……二八五
玄俗頌……二八七
母儀頌……二八八
明賢頌……二八九
孔子廟頌……二九〇
學官頌并序……二九二
社　頌并序……二九五
宜男花頌……二九八
冬至獻襪頌……三〇〇
庖犧贊……三〇一
女媧贊……三〇二
神農贊……三〇三
黃帝贊……三〇五
少昊贊……三〇六
顓頊贊……三〇七
帝嚳贊……三〇八
帝堯贊……三一〇
帝舜贊……三一一
夏禹贊……三一二
殷湯贊……三一四
湯禱桑林贊……三一五
周文王贊……三一六
周武王贊……三一八
周公贊……三一九
周成王贊……三二〇

漢高帝贊……三二一
漢文帝贊……三二三
漢景帝贊……三二四
漢武帝贊……三二五
姜嫄簡狄贊……三二六
禹妻贊……三二八
班婕妤贊……三二九
吹雲贊……三三一
赤雀贊……三三二
許由巢父池王贊……三三三
卞隨贊……三三四
商山四皓贊……三三五
三鼎贊……三三六
禹治水贊……三三七
禹渡河贊……三三八
古冶子等贊……三四〇
承露盤銘并序……三四一
寶刀銘……三四四

卷八

改封陳王謝恩章……三四七
封二子為公謝恩章……三四八
謝初封安鄉侯表……三五〇
謝妻改封表……三五一
自試表……三五三
求自試表……三五六
謝賜柰表……三六七
諫伐遼東表……三六八
獻璧表……三七一
獻文帝馬表……三七二
上牛表……三七三
謝鼓吹表……三七四
求通親親表……三七五
慶文帝受禪章二首……三八三

上下太后誄表……三八六
黃初五年令……三八八
黃初六年令……三九一
上責躬詩表……三九五
龍見賀表……三九八
冬至獻襪頌表……三九九
上先帝賜鎧表……四〇〇
陳審舉表……四〇一

卷九

誥咎文并序……四一三
釋愁文……四一七
七啟并序……四二一
九詠……四四一
柳頌序……四四五
與司馬仲達書……四四六
與楊德祖書……四四八
與吳季重書……四五五
任城王誄并序……四六〇
大司馬曹休誄……四六三
光祿大夫荀侯誄……四六五
武帝誄并序……四六六
平原懿公主誄……四七四
卞太后誄并序……四七八
文帝誄并序……四八四
行女哀辭并序……四九六
金瓠哀辭并序……四九八
王仲宣誄并序……四九九
仲雍哀辭并序……五〇八

卷一〇

漢二祖優劣論……五一一
魏德論……五二〇
相論……五二七

辯道論……五三一
輔臣論七首……五四二
藉田說……五四七
令禽惡鳥論……五五一
魏德論謳六首……五五六
髑髏說……五六〇

附錄

曹植部分逸文遺句……五六七

導讀

漢末至魏時，是群雄爭霸、干戈不息，充滿血與火的動亂年代，也是人的自我意識覺醒、文學意識自覺的時代，人們把文學看作是「經國之大業，不朽之盛事」❶，紛紛用自己手中的筆去描述時代的風雲變幻，表現人生的喜怒哀樂，歌讚自然的真實與美麗……。因此，文士輩出，佳作迭見。以曹氏父子（曹操、曹丕、曹植）為代表的建安❷文學，更是雲蒸霞蔚、異彩炳耀，把中國文學帶入了一個重要的黃金時代。南朝著名文學批評家劉勰描述此際文學之盛時，曾說：

自獻帝播遷，文學蓬轉，建安之末，區宇方輯。魏武以相王之尊，雅愛詩章；文帝以副君之重，妙善辭賦；陳思以公子之豪，下筆琳琅；並體貌英逸，故俊才雲蒸。❸

南朝著名詩評家鍾嶸亦云：

降及建安，曹公父子，篤好斯文；平原兄弟，鬱為文棟；劉楨、王粲，為其羽翼。次有攀龍托鳳，自致於屬車者，蓋將百計。彬彬之盛，大備於時矣。❹

❶ 曹丕《典論・論文》。

❷ 建安本是漢獻帝劉協的年號（西元一九六年至二二〇年）。而文學史上的建安時期一般指建安至魏初，也有人認為是指建安及建安以後（西元二二〇年以後）的一、二十年。本文此取後說。

❸ 劉勰《文心雕龍・時序》。

在這百花競放、桃李爭艷的建安文壇上，曹植無疑是一個引人矚目的人物。他以其卓異超世的才華、情文並茂的詩文，獨步一時，成為了文學天國的一顆璀璨的明星。前人或稱「鄴中七子，陳王最高」❺，或謂「陳思為建安之傑」❻，或說「備諸體於建安者，陳王也」❼，就道出了曹植崇高的文學地位。現對曹植的生平事跡、文學成就，以及曹植的文學作品集，依次介紹如下。

一、曹植的生平事跡

曹植，字子建，生於漢獻帝初平三年（西元一九二年），是曹操之子，曹丕的同胞弟，為曹操繼室卞氏所生。

曹植出生時，正值軍閥混戰、兵荒馬亂的年月。西涼軍閥董卓脅持漢獻帝從洛陽遷都於長安，關東的割據勢力遂結成聯軍，推名望較高的袁紹為盟主，共同討伐董卓；後來盟軍內部成員為了各自的利益，又相互廝殺起來，形成了群雄爭鋒的亂局。曹植的父親曹操當時作為群雄之一，參與了鎮壓黃巾農民起義的戰爭，並倚靠袁紹，南征北戰，但勢力尚不強大，也沒有佔領穩固的根據地。因此，曹植自出生以後，至曹操與袁紹分道揚鑣，並擊敗袁紹，佔據鄴城（今河北省臨漳縣境內）之前，一直是隨父征戰四方，過著飄轉不定的軍旅生活。所以，曹植說自己是「生乎亂，長乎軍」❽。這段軍旅生活，對曹植一生的影響很大，既使他目睹了災難深重的社會現實，又令他學到了不少軍事知識，更激活了他建功

❹ 鍾嶸《詩品·序》。
❺ 皎然《詩式》。
❻ 鍾嶸《詩品》。
❼ 胡應麟《詩藪》。
❽ 曹植〈陳審舉表〉。

立業的政治熱情。

曹植少時聰明慧悟，極喜讀書、作文。《三國志》本傳說他「十歲餘，誦讀詩、論及辭賦數十萬言，善屬文」。他的詩文做得相當漂亮，以致曹操見了，開始還不敢相信，問他是否請人代筆，他回答說：「言出為論，下筆成章，只管當面考試，怎麼會請人代勞呢？」

從建安九年（西元二〇四年）曹操攻佔鄴城起，至建安二十四年止，除中間有幾次隨軍出征❾外，曹植一直生活在鄴城。鄴城本是魏郡的郡邑，亦是冀州治所所在，後逐漸發展成為曹魏的政治中心。曹操「外定武功，內興文學」，既是一個傑出的軍事家、政治家，也是一個優秀的文學家。他在政治上極力推行「唯才是舉」之策，甚至對「不仁不孝而有治國用兵之術」者也量才錄用❿；在文學上，他表現出了極大的熱情，身體力行，大力提倡、扶持。因此之故，四方文士紛紛趨奔鄴下，聚集於曹氏父子身旁，形成了一個鄴下文人集團。這樣，鄴城在當時不僅是一個政治中心，而且也是人文薈萃之地。鄴下文人集團的成員除了曹氏父子外，主要的有孔融、陳琳、王粲、徐幹、阮瑀、應瑒、劉楨，史稱其為「建安七子」；另外還有楊修、邯鄲淳等。這個文學集團的成員經常在一起宴飲遊樂，品詩論文，詩賦唱和。曹丕〈與吳質書〉曾說：「徐、陳、應、劉，……昔日遊處，行則連輿，止則接席，何曾須臾相失！每至觴酌流行，絲竹並奏，酒酣耳熱，仰而賦詩。」在鄴都生活期間，曹植以其超卓高蹈的文才而曾深得曹操的寵愛，過著貴公子安定、佚樂的生活，很多時間也是用來與鄴下文人集團的其他成員遊觀玩樂，詩酒流連，相互酬唱，寫作了很多同題之作，如〈公宴〉、〈鬬雞〉、〈槐賦〉、〈車渠椀賦〉等。這些作品或記述貴族子弟奢靡、驕逸的生活，或稱美曹魏的昌隆、美盛，思想內容一般較為平淡、膚淺。當然，

❾ 建安十二年，曹植隨軍北征三郡烏桓；十三年，隨軍南征劉表；十六年，隨軍西征馬超；十七年，隨軍東征孫權；十八年，隨父軍於譙。

❿ 參見曹操〈求賢令〉、〈舉賢勿拘品行令〉。

曹植在這個時期也寫作了一些從內容到形式都較為可觀的作品，如〈送應氏〉、〈白馬篇〉、〈梁甫行〉等。

建安十六年，曹植被封為平原（今山東省平原縣西南）侯；十九年徙封臨淄（今山東省淄博市）侯；但未去封地，仍居鄴城。是年，曹操東征孫吳，命曹植留守鄴城。

曹植居鄴期間，有一事值得一提，這就是與曹丕爭立太子之位，它對曹植後半生的生活產生過很大影響。到了建安中期，曹操對曹魏政權的接班人問題，考慮較多。按照封建社會中嫡長子繼位的慣例，曹丕在當時是最有理由立為太子的。但是，曹操在繼承人的選定問題上，也頗堅持他一貫所倡導的「唯才是舉」的用人原則，而有意從諸子中選取才智俊傑者立為儲副。這樣，才華橫溢的曹植反倒引起了曹操的注意。鄴城銅雀臺落成後不久的建安十七年，曹操率諸子登臺遊覽，並讓他們即興各為一賦，「植援筆立成，可觀」[11]，曹操看後，大為驚歎、欣賞；加之曹植性情隨和，思維敏捷，「每進見，難問，應聲而對」[12]，因而曹操對他越發寵愛，也漸漸萌生了立曹植為太子的念頭。在當時，曹植的好友丁儀、丁翼、楊修等人又在曹操面前為曹植說項，誇讚曹植「博學淵識，文章絕倫，當今天下之賢才君子，不問少長，皆願從其遊而為之死，實天所以鍾福於大魏，而永授無窮之祚也」[13]。這使得曹操更有意於立曹植為太子。這樣一來，也自然地把曹丕、曹植置入了矛盾、對立的境地。

曹操在立儲之事上，雖屬意於曹植，但沒有立即實施其事，可能是想以足夠的時間來考察曹植。但是，曹植後來犯下一系列過錯，讓曹操大失所望，動搖了他對曹植的信任，而無意之中卻成全了爭奪太子之位的對手——曹丕。

客觀而論，曹植能成為一個才高八斗[14]、詩美文壯的作家，但難以成為一個政治實幹家，這取決於

[11] 《三國志・曹植傳》。
[12] 《三國志・曹植傳》。
[13] 《三國志・曹植傳》裴注引《文士傳》。

他放曠不羈的個性，疏闊外向的氣質。史載他「性簡易，不治威儀」，「任性而行，不自雕勵，飲酒不節」⑮。正是這種為從政者所忌的品性，使他在備受曹操信任時，暴露出了自己的弱點。建安二十一年左右的一天，曹植喝酒喝得大醉，便私自乘坐王室的車馬，開啟魏王宮司馬門，行於「馳道」（即古代專供天子行車所用的道路）之上。這在當時是嚴重的違法犯禁行為⑯，故曹操知後，大為惱怒，處死了掌管王室車馬的公車令，並頒下令文，公開表示自己對曹植的失望、不滿之情：「自臨淄侯植私出，開司馬門至金門，令吾異目視此兒矣。」⑰自此以後，曹植日漸失去曹操的歡心、寵愛。

曹丕則與之相反，他沉穩謹慎，工於心計，「御之以術，矯情自飾」⑱，善於使用各種手段，籠絡人心，很快贏得了曹操寵妃王昭儀以及包括賈詡、邢顒等在內的老臣的聲援，終於使曹操在立儲問題上回心轉意，而以曹丕為太子人選。建安二十二年十月，曹丕被正式立為魏太子。在長達多年的立太子之爭中，曹植以失敗告終。曹植做太子不成，反為曹丕所忌恨，這也成為他日後備受曹丕父子壓制、排擠的一個重要因素。

建安二十五年正月，曹操病逝於洛陽。曹丕繼位為丞相、魏王，領冀州牧，改建安二十五年為延康元年。這年十月，曹丕迫使漢獻帝禪位，而代漢稱帝，並改延康元年為黃初元年，遷都於洛陽。

曹丕即位後，便對曹植施行打擊、迫害之事。他首先翦除曹植的「羽翼」，借故殺害了一向擁護曹植的丁儀、丁翼；然後遣令曹植等同姓諸侯各歸其封國（曹植歸臨淄國），以防他們串通一氣，滋事奪

---

⑭ 宋・佚名《釋常談》：「謝靈運嘗曰：天下才有一石，曹子建獨佔八斗，我得一斗，天下共分一斗。」

⑮ 《三國志・曹植傳》。

⑯ 曹植此後還有醉酒違紀的事出現。《三國志》載：「二十四年曹仁為關羽所圍，太祖以植為南中郎將、行征虜將軍，欲救曹仁。呼，有所敕戒；植醉不能受命，於是悔而罷之。」

⑰ 《三國志・曹植傳》裴注引《魏武故事》。

⑱ 《三國志・曹植傳》。

權。據史載，曹丕給曹植等王侯的待遇是十分刻薄的，限制也是非常嚴厲的：「國皆空名而無其實，使有老兵百餘人，以衛其國。雖有王侯之號，而乃儕為匹夫。懸隔千里之外，無朝聘之儀，鄰國無會同之制。諸侯游獵不得過三十里，又為設防輔監國之官以伺察之。王侯皆思為布衣而不能得。」⑲

黃初二年（西元二二一年），曹丕又加緊了對曹植的迫害，欲置之於死地。監國使者灌均迎合曹丕的旨意，乃上書誣奏「植醉酒悖慢，劫脅使者」。於是，曹丕讓曹植徙居京師，待罪於南宮。朝中百官此時亦仰承曹丕之意，紛紛議植之罪，有人主張將曹植廢為庶人，有人提議斷以「大辟」死罪。幸賴生母卞氏此時從中周旋，曹丕才未敢定植之罪，只好下詔說：「植，朕之同母弟。朕於天下無所不容，而況植乎？骨肉之親，舍而不誅，其改封植。」⑳最後，曹植只是受到貶爵的處罰：由臨淄侯降為安鄉侯。不久，又改封為鄄城（今山東省鄄城縣北）侯。封為鄄城侯後，災厄又再一次降臨：東郡太守王機、防輔吏倉輯上疏誣告曹植（誣告的內容今無從得知），致曹植又一次獲罪，被遷於鄴城，身受禁錮。好在曹丕此次未作深究，不久讓他返回鄄城。

黃初三年三月，曹植進封為鄄城王。此為縣王。其時，曹植的其他兄弟都已進封郡王，如曹彰為任城王，曹據為竟陵王，曹彪為弋陽王，曹宇為下邳王，曹林為譙王……。比起諸王來，曹植真是「事事復減半」㉑。可見，曹丕對曹植的歧視、壓制是何等的深鉅！

黃初四年五月，曹植與諸王奉詔至京師洛陽朝會。在曹丕的威逼下，曹植自念有過，宜當謝帝，於是上書自責請罪，並作〈責躬〉詩。這年七月，曹植與白馬王曹彪從洛陽啟程，同路東歸藩國，但監國使者出面干涉，說「二王歸藩，道路宜異宿止」，二人只好分道而行。分別時，曹植作〈贈白馬王彪〉

⑲《三國志・武文世王公傳》裴注引《袁子》。
⑳《三國志・曹植傳》裴注引《魏書》。
㉑《三國志・曹植傳》。

詩以送。路經洛水時，曹植有感而發，創作了名篇〈洛神賦〉。回到藩國後不久，被改封為雍丘（今河南省杞縣）王。

黃初七年正月，曹丕病逝，其子曹叡繼位，是為魏明帝。曹叡即位，改年號為太和。

曹叡當政後，對身為嫡親叔父的曹植，在人身攻擊、迫害方面，較之乃父有所減緩，在禮節、待遇上，時或能給曹植以體面、照顧，如把曹丕生前用過的衣被賜與曹植；在太和三年，將曹植從雍丘遷封於較為富庶的東阿（今山東省陽穀縣東北）。但是，在政治上，曹叡並沒有放鬆對曹植的壓迫、防範。曹叡執政期間，對待包括曹植在內的諸藩王，還是一如既往地執行曹丕當年的一系列政策。如，不許諸王參與朝政，擔任官職；不許諸王相互往來，自由來京朝覲[22]，等等。這樣，曹植在政治上仍受歧視，過著名為王侯，實為囚徒的悲慘生活。曹植在明帝太和年間曾多次上書朝廷，要求解除對諸王的各種禁制，使「諸國慶問，四節得展，以敘骨肉之歡恩，全怡怡之篤義」；呼請對諸王能「齊義於貴宗，等惠於百司」[23]。曹叡雖書面應允，但後來也未落到實處。曹植素懷大志，希望建功立業，因而也曾多次上表請求朝廷試用自己，但同樣遭到曹叡的婉拒。

太和五年冬，曹叡「詔諸王朝六年正月」[24]。曹植接詔後，於這年冬月來到京城洛陽，等待參與第二年正月的「元會」大典。多年僻居遠藩，不曾朝會京城的曹植，到達洛陽後，受到了曹叡較為熱情的接待，曹叡「詔使周觀」，讓他遍遊洛陽的園囿樓閣、名勝古跡[25]，還賜以冬柰、御食等。在此期間，天真的曹植仍對曹叡心存幻想，希望他聽聽自己的施政方略，並在政治上重用自己，於是提出與他單獨

[22] 《晉書・禮志》云：「魏制藩王不得朝覲，明帝時有朝者由特恩。」
[23] 曹植〈求通親親表〉。
[24] 《三國志・曹植傳》。
[25] 見丁晏《曹集銓評》所收〈謝周觀表〉。

詳談，發表對時政的看法，並「幸冀試用」，但是事與願違，曹叡沒能滿足他的要求。這次朝會京師，曹植在洛陽大約逗留了近兩個月的時間。太和六年二月，徙封為陳王，增邑至三千五百戶。曹植到達陳地後，深感自己平生的志願難以實現，遂「悵然絕望」，鬱悶致疾，於太和六年（西元二三二年）十一月去世，享年四十一歲。臨終時，曹植「遺令薄葬」，葬於東阿。曹植死後，朝廷諡之為「思」，意即「追悔思過」，「思而能改」。因此，後世亦有人稱曹植為「陳思王」。

由上看來，曹植的一生以曹丕稱帝為界，明顯可以分為前、後兩期。前期頗受曹操的寵愛、庇護，生活過得較為安定、舒適；後期因受曹丕、曹叡的壓迫、猜忌，生活坎壈多難，常是處於時乖運蹇、「汲汲無歡」的境地：「十一年中而三徙都」，「號則六易，居實三遷」[26]——生活飄泊不定；「塊然獨處，左右唯僕隸，所對唯妻子，高談無所與陳，發義無所與展」[27]——精神孤寂痛苦；常感「身輕於鴻毛，而謗重於泰山」[28]——心懷憂讒畏譏之意；「常自憤怨，抱利器而無所施」[29]——胸藏報國無門之恨……。

二、曹植的文學創作

曹植的功名事業心極為強烈，冀望見用於世而有所建樹的志氣，素蓄於胸。他曾在〈與楊德祖書〉中說：「吾雖薄德，位為藩侯，猶庶幾戮力上國，流惠下民，建永世之業，流金石之功，豈徒以翰墨為勳績，辭賦為君子哉！」可見，曹植平生志氣，並不在於舞文弄墨，以詩文見稱於世，而是想在政治上

---

[26] 參見《三國志・曹植傳》；曹植〈遷都賦序〉。

[27] 曹植〈求通親親表〉。

[28] 曹植〈黃初六年令〉。

[29] 《三國志・曹植傳》。

有所作為，以「齊家治國平天下」的功績實現人生價值，流芳名於後世。可是，歷史似乎跟他開了一個玩笑，命運之神並沒有讓他成為文臣武將，更沒有讓他在政治舞臺上叱咤風雲，建立奇功偉業，致使他「建永世之業，流金石之功」的理想最終成了一個破碎難圓的夢。相反，被他譏為「小道」的文學創作，倒使他名垂千古，功著史冊，獲得人生的輝煌，讓後人尊仰、推崇不已。這從鍾嶸《詩品》的相關評語中可見一斑：「粲溢古今，卓爾不群。嗟乎！陳思之於文章也，譬人倫之有周、孔，鱗羽之有龍鳳，音樂之有琴笙，女工之有黼黻。」曹植的這種人生結局，真具「有心栽花花不發，無心插柳柳成蔭」的況味。

曹植一生勤於筆耕，創作了不少膾炙人口的文學作品，而且作品體裁豐富多樣，舉凡詩歌、辭賦、頌、贊、章、表、誄、書、論……，均所涉及，顯示了多方面的文學才能。惜乎其作品在漫長的流傳過程中，有很多散亡、殘佚，傳至今日的只有二百餘篇。現就其今傳的作品按體裁分別論析如次。

（一）詩歌

今傳曹植作品，詩佔較大比重，但各本輯收的數量不盡相等。明活字本《曹子建集》收詩七十三首，丁晏《曹集銓評》收詩九十一首，朱緒曾《曹集考異》收詩一百零一首，黃節《曹子建詩注》定為七十一首。各本收詩數量不等，有多方面的原因，但最主要的是因為各本對殘篇、疑篇的處理方法不一樣：有的本子將其刪剔（即使刪剔，所持標準也不盡相同），有的本子將其保留。今傳曹植詩以五言為主，也有四言、六言和雜言，其中樂府詩佔半數以上。

曹植詩歌的題材、內容較為廣泛、豐富，概括起來，大致有如下幾方面：

一是抒寫建功立業的雄心壯志，表達自己高遠的政治理想（這一思想內容貫穿於他前、後期的詩作之中，只是因生活境況的變化，前、後期此類作品的感情基調有所不同而已）。如，〈白馬篇〉塑造了一個武藝高強、神姿凜然，不惜捐軀而殺敵立功的游俠少年形象，充滿著豪壯、向上的進取精神。這位少年游俠的雄姿，正是詩人的自我投影，寄寓著詩人報國立功的情意。此外，像〈薤露行〉、〈雜詩〉（其五）等，亦屬此類作品。

二是描述貴族子弟的宴飲遊樂生活，即《文心雕龍·明詩》所言「憐風月，狎池苑，述恩榮，敘酣宴」的那一類。如，〈公宴〉、〈鬬雞〉等，即為此屬。這些作品作於前期，是曹植鄴都時期安閒、豫逸生活的留影。

三是反映動亂的社會現實和勞動人民的生活疾苦。如〈送應氏〉第一首描寫戰亂後洛陽城的荒殘景象，具有較強的現實主義精神。此外，還有〈梁甫行〉、〈情詩〉等。不過，此類詩作為數不多。

四是表現自己橫遭迫害、打擊，志不克展、才不見用的悲憤、憂愁，揭露曹魏王朝的殘酷、刻薄，以及奸佞小人的邪僻、惡毒。這類詩歌，在曹植詩作中佔有較大的比例，主要作於後期。如，〈贈白馬王彪〉、〈吁嗟篇〉、〈野田黃雀行〉等。這類詩作大都是曹植悲劇性人生中的沉痛吟唱，充分展示了豐富恢廓的內心世界，流溢著一腔憂懼、悽悵、悲憤之情。

五是以婚戀、家庭為題材，表現婦女的不幸遭遇和悲慘命運。如，〈棄婦篇〉、〈七哀〉、〈浮萍篇〉等。不過，此類作品往往有深意寄託其間，是借夫婦比喻君臣，抒寫臣「不見答於君，竊獨自傷」㉚的感情，寓涵著作者自己懷瑾握瑜而不見用於世的感慨。

六是歌詠「遊仙」之事。這類詩歌實際是假託神仙之事以寄情懷，與《楚辭》中〈遠遊〉的精神一脈相承。歌讚遊仙，完全是作者身處艱危、拘囚之境時的聊以自解的方法。此類作品境界恢宏，景象瑰麗，情致婉約，較具影響的有〈遠遊篇〉、〈仙人篇〉、〈升天行〉、〈五遊詠〉等。

七是贈答友人的作品，表達了對朋友的深情厚誼。如，〈贈徐幹〉、〈離友〉等。

㉚ 朱嘉徵語。轉引自黃節《曹子建詩注》。

八是詠史之作。如，〈三良〉、〈怨歌行〉等。這類作品往往能借古諷今，別有寓託。

綜觀曹植詩可知，從內容到形式，均獨闢蹊徑，別開生面，具有很強的開拓性，形成了自己特有的風格。鍾嶸《詩品》評其詩云：「骨氣奇高，詞采華茂。」這可以說是對曹植詩總體特色的恰切概括。曹植之詩，其中有對渴盼建功立業的慷慨激越之情的抒發，有對身受挫折、壯志難酬的愁苦怨憤的悲吟，有對遊仙詩中那華妙恢廓、灑落和樂境界的憧憬……，大都寫得壯懷激烈，氣勢奇放，韻調高邁，情感深真，可謂「梗慨而多氣」。正是這些，形成了曹植詩「骨氣奇高」的風格特徵。

曹植詩歌在藝術表現上繼承了漢樂府的優良傳統，同時也吸收了漢末文人古詩的長處，但又多有創新與發展。今人徐公持先生說：

> （曹植）在繼承漢樂府民歌傳統的同時，對詩歌進行改造，向凝煉、整飭、豐富、優美方向大大前進了一步。他的一些名篇如〈贈白馬王彪〉等，一方面寫得自然流暢，具有一定的民歌風，另一方面又比民歌更精警，具體表現為全篇的結構很嚴謹，各章之間的承啟照應關係周到而富於匠心，景物描寫多而有層次，景為情設，景中有情。[31]

除此之外，曹植詩還改變了漢樂府古樸的語言風格，形成了個人贍麗精工、雅潔華美的語言特徵。其詩詞彙豐富，藻飾華盛。明人胡應麟曾說：「子建〈名都〉、〈白馬〉、〈美女〉諸篇，辭極贍麗，然句頗尚工，語多致飾，視東西京樂府天然古質，殊自不同。」[32]曹植詩還善於煉字煉句，具有深長的韻味。如〈公宴〉詩中「秋蘭被長坂，朱華冒綠池」二句，不僅對仗工穩，平仄協調，音節鏗鏘，而且用字極見匠心，頗具傳神之妙。其中「被」、「冒」二字分別寫盡了蘭、荷遍布，茂密繁盛的狀貌，令人為之擊節。

---

[31] 見《建安文學研究文集》所載徐文。黃山書社一九八四年版。

[32] 胡應麟《詩藪・內編》。

曹植詩還善於結撰意象生動的佳句、警句。如「驚風飄白日，忽然歸西山」，「高臺多悲風，朝日照北林」等。此類句子多用作首句，以振起全篇，頗有高屋建瓴之勢，故後人多讚「陳王極工起調」❸。此外，曹植詩大量使用了「比興」手法，甚至還將此手法擴大運用到全篇，如〈吁嗟篇〉等。可見，曹植詩在藝術表現手段上具有無比的豐富性和優美性。正因此，曹植詩才又獲得了「詞采華茂」的風格特徵。

上述「骨氣」與「詞采」在曹植詩中完美、有機的結合，則又令其詩具備了「建安風骨」的特質。

總而言之，曹植以其詩歌創作實踐，推動了詩體文學的發展，顯示了建安文學的實績，在中國詩史上佔有一席之地。今人王鍾陵先生在論其詩歌創作的歷史功績、藝術地位時說：

曹植詩從思想內容到藝術形式，完成了建安詩歌自曹操開始的文人化過程。明人王世懋曰：「古詩兩漢以來，曹子建出而始為宏肆，多生情態，此一變也。」（《藝圃擷餘》）所謂「始為宏肆，多生情態」者，指因風力情感之充實而造成的藝術表現上的鋪展和細膩。「此一變也」，是說子建詩完成了從漢詩向魏晉詩發展的轉折，形成了一種明顯不同於兩漢古詩的嶄新的風格。成書倬雲更為具體地說：「魏詩至子建始盛，武帝雄才而失之粗，子桓（案指曹丕）雅秀而傷於弱；風雅當家，詩人本色，斷推此君……」（子建）既饒文藻，多情態，又富氣骨，有塊磊之寄，「意厚詞贍，氣格渾雄」（方東樹《昭昧詹言》卷二），兩者兼備，故風雅當家斷推子建。❹

由此說來，後世人們對其詩作推尊備至，讚美之，效法之，是不無緣由的。

（二）辭 賦

❸ 沈德潛《說詩晬語》。
❹ 王鍾陵《中國中古詩歌史》。江蘇教育出版社一九八八年版。

曹植自幼就喜愛辭賦，而且也是一個作賦的能手。這在相關資料的記述中可以得到印證。如，曹植〈前錄自序〉有云：

余少而好賦……所著繁多。

楊修〈答臨淄侯箋〉有云：

嘗親見執事，握牘持筆，有所造作，若成誦在心，借書於手，曾不斯須少留思慮。仲尼日月，無得踰焉。修之仰望，殆如此矣。是以對〈鶡〉而辭，作〈暑賦〉彌日不獻。

由此可見曹植於辭賦造詣之深，影響之大。曹植一生創作的辭賦不僅數量多，而且藝術成就在當時也是首屈一指，就連時人也深為景慕、崇仰。如，與曹植同時代的作家吳質就稱他是「賦頌之宗，作者之師」㉟。今傳本《曹子建集》賦類下收其辭賦四十餘篇，如再加上集中其他文體下所收〈釋愁文〉、〈七啟〉、〈九詠〉之類，大約五十餘篇。流傳至今的曹植賦，長篇巨製者寡。因此，明代文學家李獻吉說：「凡作賦者以巨麗為主，子建諸篇不數言輒盡，讀之者忘其短，但覺嫋嫋有餘韵。」今傳曹植賦篇幅短小，其實主要與其賦在流傳過程中文句多有殘佚的因素有關。

曹植賦題材廣泛，內容豐富：個人的喜怒哀樂，家庭的日常瑣事，國家的軍政要務，乃至自然界的鳥獸蟲魚，等等，幾乎無不形之於辭賦。今人程章燦先生《魏晉南北朝賦史》謂建安賦家注意以心「苞括宇宙，總覽人物」，眼界擴展，胸襟開放，在辭賦中展現了五彩斑斕的情感世界；還說建安辭賦題材廣泛，涉及自然、社會、人，並將其賦中關於自然的題材分為「時序」、「氣象」、「動物」、「植物」、「珍

㉟ 吳質〈答東阿王書〉。

奇器物」等類；將涉及社會的題材分為「行役征戰」、「射獵遊覽」兩類；將有關人的題材分為「神女」、「婦孺」、「懷思」、「艷情」、「悲愁」、「述志」等類。依照程先生歸納的這些題材類目看，曹植賦可以說能夠一一「對號入座」。這足以說明曹植賦的題材具有豐富性、多樣性。就其賦的思想內容看，與其詩有相同之處，又有不同之點；總的來說，要比詩歌豐富。其賦的思想內容，可以概括為三個大的類別：一是抒情言志，主要是抒寫渴望建功立業的豪情壯志（如〈登臺賦〉等），後期備受壓抑、懷才不遇的憂愁、怨憤（如〈九愁賦〉、〈玄暢賦〉等），以及對親友的懷思、哀憐、傷悼（如〈懷親賦〉、〈敘愁賦〉、〈慰子賦〉等）。二是感時詠物，主要是抒寫由自然現象引發的各種情感反應（如〈大暑賦〉、〈感節賦〉等）；以情感和審美的視角觀照、表現自然之物（動物、植物、寶物），並對其作深情的歌吟、詠歎，以抒發、寄寓自己的各種情感、思想、意志（如〈白鶴賦〉、〈蟬賦〉、〈槐賦〉、〈車渠椀賦〉等）。三是反映動亂的社會現實以及婦女的不幸命運（如〈歸思賦〉、〈出婦賦〉等）。

曹植賦較為充分地體現了他一生的情緒狀態和生活狀況，且在藝術表現上多有創新，形成了自己鮮明的個性與特色。現就其賦所具有的特點、所取得的成就，擇要介紹如下：

第一，觸類而作，緣事而發，因情而寫，情真意切，且能多方面反映當時的社會生活。曹植賦都是有感而發之作，而非無病呻吟、矯情自飾之文。這從其賦眾多小序的交代中，可察一斑。其賦多有簡短的序文，其中時常可以見到這樣的字句：「余感而賦之」，「予心感焉，乃作賦曰」，「憐而賦焉」。這表明，在紛繁複雜的社會生活面前，曹植是心有所動，意有所感，乃「以我手寫我心」，發而為文。正因此，情動意興之後，事便不論巨細，物便不擇大小，都能趨奔於他的筆端，形諸紙上。這樣，使曹植賦所反映的社會生活呈現出五彩繽紛的色調，顯示出多元化的特點（這點，從前文所述曹植賦的題材、內容可以看出，茲不贅論）。其明顯的效應是，把行將窒息的漢大賦以及在漢代佔有一定優勢的抒情小賦，引入了更為廣闊的天地，推動了賦體文學的向前發展。今人周茂君、康學偉二先生曾撰文說：

漢大賦長期被局限在宮廷林苑之中，與社會生活的實際距離畢竟是很遠的。建安時期，動蕩的社會現實打破了賦體文學長期囿於宮廷的局面，殘破的社會和慘淡的人生，要求每個作家正視現實。建安作家大膽衝破辭賦長期囿於宮廷的狀況，運用這種早已有之的文學體裁，從不同的角度多側面地反映豐富多彩的現實生活，抒發對社會人生的真情實感。於是，辭賦由宮廷走向民間、走向廣闊的社會生活。曹植就是在這一轉變過程中步伐邁得最大的一個，社會生活在他的賦中得到較為充分的反映，無論反映生活的廣度和深度，都是建安其他賦家所無可比擬的。㊱今人馬積高先生也說漢魏時曹植等人的抒情賦文，「其題材亦較過去有較大的擴展」，推動了抒情小賦的發展。㊲

第二，借賦述情言志，具有濃厚的抒情意味和個性化色彩。建安時期，人的自我意識的覺醒，使人們對個體的價值、地位給予了特別的關注和重視。在這種文化背景下，賦家個體的情感、意志也隨之大量輸入賦作的肌體之中，構成了辭賦生命力的源泉。因此，此時的辭賦朝著個性化、主觀化、情感化的方向，在不斷邁進。劉熙載《藝概・賦概》說：

建安名家之賦，氣格遒上，意緒綿邈；騷人清深，此種尚延一線。

這可謂揭示了建安辭賦朝著《楚辭》麗辭多情的方向回歸的趨勢。在這個回歸過程中，曹植做出了很大貢獻，成績卓著。沈約在《宋書・謝靈運傳論》中曾說：

自漢至魏，四百年，辭人才子，文體三變：相如巧為形似之言；班固長於情理之說；子建、仲宣（案

㊱ 〈賦頌之宗　作者之師〉。載《信陽師院學報》一九八七年二期。

㊲ 馬積高《賦史》。上海古籍出版社一九八七年版。

指王粲）以氣質為體，並標能擅美，獨映當時。

此處所謂「氣質」，即指由充沛飽滿的主體情意所形成的風骨、骨力。今讀曹植諸賦，不難看出其中蘊含著作者對社會、人生獨到的思考和理解，浸透著作者強烈的主觀情意，甚至連一草一木、一鳥一獸，都成了作者精神的載體，融鑄著作者的情感、思想、意志，乃至靈魂與生命。

第三，多用象徵、比喻的手法，使其賦抒情表意顯得委曲生動，蘊藉雋永，耐人尋味。如，〈洛神賦〉中，作者以洛水女神象徵自己的政治理想、人生抱負，曲折地表現了自己對美好理想的追求，以及追求失敗後的惆悵。〈白鶴賦〉、〈蟬賦〉中，作者以白鶴、蟬自喻，令鶴、蟬成了自己的化身，巧妙地抒寫了人生的困厄、失意。

第四，語言形式上，文詞華贍怡人，新巧流麗；句式整齊勻稱（多用俳偶句），音韻和諧悅耳。如〈洛神賦〉中對洛神形象進行刻畫、描繪的一段文字，就是典型的例證。

（三）散　文

曹植流傳至今的作品，有大量體式各異的散文，計有頌、贊、銘、章、表、書、誄、哀辭、論等。現逐一簡介如下。

今傳曹植頌、贊，大都是歌詠歷史人物、歷史事件的，在思想內容上較為單薄、平淡，無甚新意；在寫法上也多半是隱括前代典籍中的記述和言論，顯得較老套。但這類作品的語言典雅莊重，詞約義豐，顯示了作者深厚的遣詞用語功底。此類作品中，較為可觀的是內容切近現實的〈皇子生頌〉等少數幾篇。

曹植的銘文今存兩篇，以〈承露盤銘〉寫得較好，有一定的內涵，且文字凝煉。

曹植今存章文，為謝恩而作，歌功詠德，內容平弱。

在曹植的各體散文中，表是寫得最出色的一種，大都作於後期，代表著他這一時期散文創作的成就。太和年間，明帝曹叡對曹植在政治上雖然予以壓制、迫害，但畢竟不像曹丕那樣欲置之死地而後快。因此，曹植也不像在黃初年間那樣常有性命之虞、憂生之累，精神壓力相對緩解，故轉而能把精力用來考慮政治，於是寫作了不少表文，或陳政見，或請自試……傳世的〈求自試表〉、〈求通親親表〉、〈陳審舉表〉等名篇，就寫於這個時期。其表洋洋灑灑，說理充分，析事精闢，激情淋漓，文筆鋒利，運轉自如，語言明麗生動，句式駢散相間。後世之人對其表多所稱頌。如劉勰說：

陳思之表，獨冠群才。觀其體贍而律調，辭清而志顯，應物制巧，隨變生趣，執轡有餘，故能緩急應節也。[38]

曹植的書札，雖屬私人間平日往來的應用體文章，但也寫得文采飛揚，氣勢縱橫，尤其是〈與吳季重書〉、〈與楊德祖書〉兩篇，慷慨使氣，揮灑自如，情辭豪縱，言之有物，具有很高的文學價值。

曹植的誄、哀辭，是用以哀祭親友的文章，寫得淒切婉轉，紆緩委曲，且詞采典雅密麗，音韻和諧齊均，尤以〈王仲宣誄〉為佳。但其誄也存在文氣疲緩、詞繁意複等弊端。

曹植的論說體文章，每見真知灼見，妙思精義，能予人以思想上的啟迪，且行文亦莊亦諧，生動活潑，趣妙橫生，具有很強的文學性。

三、曹植的詩文集

曹植一生著述甚豐，為建安作家之最。流傳至今的二百餘篇詩文，只是他作品的一部分。他生前究

[38] 劉勰《文心雕龍‧章表》。

竟寫作了多少詩文，今不得而知。曹植的作品集，在三國時就已出現。曹植生前曾自編過自己的作品集，名曰《前錄》，但早已失傳，今只存其自序的部分文字，云：

故君子之作也，儼乎若高山，勃乎若浮雲。質素也如秋蓬，摛藻也如春葩。氾乎洋洋，光乎皜皜，與雅頌爭流可也。余少而好賦，其所尚也，雅好慷慨，所著繁多。雖觸類而作，然蕪穢者眾，故刪定別撰，為《前錄》七十八篇。

可見，曹植親手編次的這部《前錄》，收賦七十八篇。

曹植死後不久，明帝曹叡曾令人為他編過集子。其事見於《三國志》曹植本傳：

景初中詔曰：「……撰錄植前後所著賦、頌、詩、銘、雜論凡百餘篇，副藏內外。」

惜乎明帝景初年間編的這個集子，也早已散佚，今天無法考知其詳情。

根據史志目錄的記載，隋唐時有《陳思王集》傳世。《隋書・經籍志》史部雜傳類著錄曹植《列女傳頌》一卷，集部別集類著錄《陳思王曹植集》三十卷，總集類又著錄曹植《畫贊》五卷。可見，隋唐之際，曹植傳世的作品有三十餘卷。《舊唐書・藝文志》著錄《陳思王集》二十卷，復云又三十卷。《新唐書・藝文志》根據《舊唐書》，亦著錄了二十卷本和三十卷本的《陳思王集》。然則，唐代為何有兩種本子的《陳思王集》呢？清代《四庫全書總目》的作者是這樣解釋的：

《隋書・經籍志》載《陳思王集》三十卷，《唐書・藝文志》作二十卷，然復曰又三十卷。蓋三十卷者，隋時舊本；二十卷者，為後來合併重編，實無兩集。

需作說明的是，隋唐流行的《陳思王集》，久已佚亡不存，連宋人都未曾見到。

我們今天所見到的曹植集，以宋本為早。但宋本曹植集，已非古本曹植集的本來面目，而是宋人搜羅當時所見舊籍，從中輯錄曹植的作品，然後匯編而成。對這一點，宋人陳振孫《直齋書錄解題》（聚珍本）卷一六著錄《陳思王集》二十卷時，說得較清楚：

> 卷數與前《志》合，其間亦有采取《御覽》、《書鈔》、《類聚》諸書中所有者，意皆後人附益，然則亦非當時全書矣。

這說明，宋人編輯曹植集，主要是採錄《藝文類聚》、《北堂書鈔》、《太平御覽》等唐宋類書中所引曹植詩文。因此之故，今傳宋本曹植集，以及源自宋本的明本曹植集，還遺留有輯錄類書的痕跡。如，〈相論〉篇中的「又曰」；〈黃初五年令〉以〈黃初六年令〉綴於其後，並以「又黃初六年令曰」幾字領起；卷五詩類中以「妬」名篇，等等，顯然是襲用了《藝文類聚》等類書的用語或標目。因此，《四庫全書總目》說今傳本《曹子建集》：

> 殘篇斷句，錯出其間。如〈鷂雀〉、〈蝙蝠〉二賦，均采自《藝文類聚》；《藝文類聚》之例，皆標「某人某文曰」云云。編是集（案指《子建集》）者，遂以「曰」字為正文，連於賦之首句，殊為失考。

今傳舊本《曹子建集》，大都源出宋本。現今所見較早的宋本《曹子建集》，為宋大字本，共十卷，舊藏常熟瞿氏鐵琴銅劍樓，今入藏北京圖書館，《密韻樓叢書》、《續古逸叢書》曾分別加以影刻、影印。《鐵琴銅劍樓藏書目錄》卷一九曾介紹宋大字本《曹子建集》說：

> （此）為南宋時刊本，每半叶八行，行十五字，板刻精妙，字大悅目，凡賦四十三篇，詩六十二篇，

雜文九十篇。……卷四無〈述行賦〉，卷五無〈七步詩〉。

至明代，《曹子建集》（或曰《陳思王集》）的版本逐漸多起來，較具影響的有：明活字本（原為江安傅氏雙鑑樓所藏），嘉靖郭雲鵬刊刻本，正德舒貞刊刻本（書名為《陳思王集》），萬曆休陽程氏刊刻本，婁東張氏本，汪士賢刊刻本。明代的這些本子，是據宋本釐訂而成，所收篇目、次第編排、正文文字等，彼此之間稍有出入。

自清代至今，學者們很注重《曹子建集》的考校工作，他們搜輯零篇斷句，訂正各篇文字，整理出了一些質量較高的輯校本。如，道光年間朱緒曾的《曹子建集考異》，同治年間丁晏的《曹集銓評》，今人趙幼文先生的《曹植集校注》，等等。其中，《曹集銓評》據他書、他本增輯了不少佚篇殘句，並考辨各本的文字異同，是一個較完備的整理本，但與舊本《子建集》的面目相去甚遠。趙本是一個用力頗勤的校注本，具有較高的學術價值。其書打破了舊本《子建集》的編排體例，而按作品創作時期的先後編次各篇，但因有的作品至今無法確考其寫作年代，而趙氏強為之繫年，故不免有削足適履之嫌；另，舊本中一些篇目，如〈慰子賦〉、〈潛志賦〉等，趙書失載，亦有遺珠之憾。

最後，想附帶交代一下我們此次注譯工作中的有關情況。

我們此次為《曹子建集》作注譯、賞析，是以《四部叢刊》影印江安傅氏雙鑑樓藏明活字本為藍本（以下簡稱「明活字本」）。明活字本是《曹子建集》舊本中的善本，它源出較早的宋本，且很好地保存了較早宋本的面目，因而頗受歷代藏書家的推重。如，清代著名藏書家黃丕烈稱讚明活字本說：「所見者以此本為最古。」[39]再者，明活字本字體清晰，錯訛也相對較少，「乃活字本之至精者」[40]。此外，

---

[39] 見江標輯本《士禮居題跋記續》。

[40] 《四部叢刊書錄》。

由於《四部叢刊》的印行，明活字本易見易得，流布甚廣，頗具影響力。因此之故，我們將明活字本選作底本。但是，明活字本也並非盡善盡美，故在注譯、賞析過程中，我們對它也做了一些校勘、補足等方面的處理工作，具體情況如下：

第一，正文文字，以明活字本與其他重要版本、相關古籍（如，收錄曹植作品的類書等）進行比勘、對讀，遇有文字出入處，擇善而從，並對明活字本逕作校改，一般不出校記（為了便於讀者理解，只在少數地方作了校勘說明）。

第二，依照他本、他書，補充了為明活字本所遺脫的一些重要文句。如，卷二〈娛賓賦〉「感夏日之炎景兮，遊曲觀之清涼」二句，明活字本脫缺，遂據《初學記》卷一〇所引補入。

第三，對於本非曹植所作而誤入曹集的某些作品，如是部分文字闌入曹植篇中，則直接從篇中剔出刪除（如卷三中誤入〈愁霖賦〉的蔡邕賦句；卷八中誤入〈上卞太后誄表〉的左九嬪表文）；如是整篇，則不遽加刪除，而存全篇（如卷六〈怨歌行〉七解），這是考慮到如全篇刪除，會令讀者無法窺知舊本的原貌。對於作者問題仍有爭議的某些篇目（如卷六〈善哉行〉等），則仍予以保留，以俟進一步考辨，並存舊本原貌之真。

第四，對於標題明顯有誤者，今依據他本、他書作出更正。如，改卷七中原本篇題〈務光贊〉為〈卞隨贊〉；改卷八中原本篇題〈龍見表〉為〈龍見賀表〉。

第五，對明活字本失載的一些篇目，今據他本、他書，酌情擇其重要而首尾完具者補入。如，詩類補〈離友〉第二首、〈七步詩〉、〈棄婦篇〉、〈鞞舞歌〉五首（〈聖皇篇〉、〈靈芝篇〉、〈大魏篇〉、〈精微篇〉、〈孟冬篇〉）；贊類補〈禹治水贊〉、〈禹渡河贊〉等；表類補〈陳審舉表〉；論類補〈輔臣論〉。

第六，對少數篇目，明活字本當分而誤合者，今依他本、他書予以分割。如，〈黃初五年令〉與〈黃初六年令〉，明活字本將其合而為一，欠妥，故今分作兩篇。

對明活字本的技術性處理，我們大致做了如上幾方面的工作。

我們此次注譯、解析《曹子建集》中的詩文，旨在幫助古典文學愛好者讀懂是書。全書由題解、正文、注釋、語譯、研析幾部分組成。在注譯、解析過程中，我們參考、吸收了先賢時哲的一些研究成果，採用了《曹集銓評》、《曹子建詩注》（黃節）、《曹植集校注》等書中的某些意見，有的在書中作了說明，有的限於體例，未及一一注明。

曹植詩文的內容博大精深，文詞雅潔贍麗，加之今傳曹植作品有很多殘缺不全，無法確考寫作背景及全篇主旨，這都給注譯、解析工作帶來很大的難度。因此，要想把此項工作做得十全十美，確實難能。儘管我們在工作中嚴謹審慎，力求盡善，但限於學識、能力，錯謬、疏漏還是在所難免，尚祈博雅君子，不吝賜教，以便更正。

在注譯、解析過程中，得到了恩師溫洪隆教授的指教，師兄阮忠先生的支持，在此謹致謝忱。

曹海東 謹識

卷一

東征賦 并序

【題解】建安十九年（西元二一四年）秋七月，曹操親率魏軍東征吳國孫權，留曹植監守鄴城。此賦即作於曹操東征出兵之際。賦，古代文體之一種，講究文采、韻節，兼具詩歌與散文的性質。此賦係作者有感於曹魏出兵征吳而作，抒寫了作者當時複雜的思想感情。

建安十九年，王師東征吳寇，余典禁兵❶，衛宮省❷。然神武❸一舉，東夷必克❹，想見振旅❺之盛，故作賦一篇。

登城隅之飛觀❻兮，望六師之所營❼。幡旗轉而心異兮❽，舟楫動❾而傷情。

顧身微而任顯❿兮，愧責重而命輕⓫。嗟我愁其何為兮？心遙思而懸旌⓬。

師旅憑皇穹之靈佑⓭兮，亮元勳之必舉⓮。揮朱旗以東指兮，橫大江而莫御⓯。

循戈櫓⓰於清流兮，氾雲梯而容與⓱。禽元帥於中舟兮⓲，振靈威於東野⓳。

【注釋】❶典禁兵　典，謂掌管。禁兵，古指護衛皇宮或國都的軍隊。❷宮省　猶宮禁。指王宮禁地。此指魏都鄴城（今河北省臨漳縣北）的宮室。❸神武　神明而威武。此謂神武之軍。❹東夷句　意謂東吳必定被征服。❺振旅　整頓部隊。此謂班師回國。❻飛觀　此當指銅雀觀（即銅雀臺），在鄴城北城西北角。飛，極言其高。❼望六師句　六師，猶六軍。此泛指軍隊。營，經營；作為。❽幡旗句　幡，一種垂掛於竿頭的長條形旗幟。心異，謂情緒發生變化。❾舟楫動　謂船槳划動。案：曹軍征吳，水兵由漳水而入黃河，再由黃河入淮。❿任顯　此謂典兵守鄴的職事十分榮耀。⓫命輕　謂命運欠佳。⓬心遙思句　遙思，謂想得很遠。而，義與「如」字同。懸旌，懸掛旌旗。形容心緒不安。⓭皇穹之靈佑　指天神的護佑。⓮亮元勳句　亮，誠信。元勳，大功也。舉，獲得。⓯御　抵擋。⓰循戈櫓　循，以手撫摩。櫓，大盾牌。案：「循戈櫓」以下四句，明活字本脫缺，今據他本補入。⓱汎雲梯句　汎，同「汎」。漂浮也。雲梯，古代作戰攻城用的一種器械。容與，安閒舒緩貌。⓲禽元帥句　禽，同「擒」。元帥，指吳軍將帥。中舟，即舟中。⓳振靈威句　靈威，神威也。東野，指東吳之地。

【語譯】建安十九年，官軍向東征伐吳敵，我留守鄴都掌管禁兵，保衛魏國宮室。我神武的官軍一出動，將一定會攻破吳軍，想像官軍整師凱旋的盛況，我便寫作了這篇賦文。

登上城角高高的臺觀啊，觀望六軍之動靜。幡旗飄轉令我心潮澎湃啊，船槳划動使我傷心。想我地位卑微而任務榮顯啊，愧感責重而命輕。我心悲愁為哪般啊？只因想得太遠而心如懸旌。

官軍依憑天神的保佑啊，相信大功一定建成。揮動紅旗往東進啊，橫渡大江而敵不敢拼。手握戈盾渡於水上啊，雲梯漂浮緩緩行。擒捉吳帥於船中啊，我軍在吳地神威大振。

【研析】此賦抒寫了作者眼見大軍將行時的真情實感：眺望魏軍紅旗獵獵，師旅整肅，作者激情滿懷，自豪不已；想見魏軍勢如破竹，功成凱旋，作者精神振奮，意氣昂然；念及自己典兵守鄴，責任重大，作者心生惶惑，唯恐失職；想到自己無緣從征，建功無望，作者又暗自傷神，心懷悲愁。

本篇的序文，簡要地交代了寫作此賦的緣由。

正文第一段寫作者眼見大軍出征時的激動心情。此段所呈作者的情感特質，以悲愁為主，文中「傷情」、「我愁」等語已有明示。然則，作者悲愁緣何而生？細繹本段文意，當有兩個方面的因由：一是念及責重命輕，恐難勝任；二是想到自己不能隨軍征吳，失去殺敵立功之機。《三國志・曹植傳》載：「太祖征孫權，使植留守鄴，戒之曰：『吾昔為屯邱令，年二十三。思此時所行，無悔於今。今汝年亦二十三，可不勉與？』」由此看來，曹操征吳，留植守鄴，對植寄予了厚望。因此，曹植在大軍將行時，想到父親的諄諄教誨、殷殷期望，又念自己命輕身微，他能不感到自己的責任沉重如山嗎？能不為自己獨當一面而心生惶憂嗎？另外，作者素以「建永世之業，流金石之功」為懷，當他看到馳騁疆場、殺敵立功的機會與自己無緣時，又能不黯然神傷，心生幾許幽愁暗恨嗎？就這一點講，此時此地的悲愁，映現出的倒是他渴盼建功立業、濟世匡時的高昂的志氣。

正文第二段描述作者所想像的魏軍大破孫吳，獲勝而歸的情景。字裏行間浸透著昂揚的戰鬥激情，潛藏著作者對殺敵建功的憧憬，寄寓著作者良好的祝願。

此賦「觸類而作」，即景生情，因事生「想」（序有「想見」云云），即興成篇，言之有物，情意深摯。再者，作品刻畫作者特定情景下的心理狀態，細膩精深，委曲騰挪：由展望神武之軍時的豪邁，寫到深感無緣立功、責重命輕時的沉鬱，再寫到想見克敵振旅時的激昂，生動地展現了青年曹植生氣勃勃、豐富多情的內心世界。此外，本篇在寫作上能很好地處理實寫與虛寫，敘事與描寫、抒情等之間的關係，使之冶於一爐，達到有機的融合。

遊觀賦

【題　解】結合正文的內容看，篇題中的「觀」，當指宮廷旁的樓臺，具體應指魏都鄴城的銅雀臺。據此，本賦當作於銅雀臺建成之後的某年。

靜閒居而無事，將遊目❶以自娛。登北觀而啟路❷，涉雲際之飛除❸。從羆熊之武士❹，荷長戟❺而先驅。罷若雲歸❻，會如霧聚❼。車不及回，塵不獲舉❽。奮袂❾成風，揮汗如雨❿。

【注　釋】❶遊目　放眼四望。❷登北觀句　北觀，指銅雀臺。因該臺在魏都鄴城之北，故稱。啟路，猶言上路。❸飛除　指樓梯。飛，極言其高。❹羆熊之武士　謂武士十分勇猛，如熊似羆。羆，一種形狀類似熊的動物，身有黃白花紋。❺戟　古代兵器之一種，長桿頭上附有月牙狀的利刃。❻罷若句　謂停歇時，武士們像雲一樣散開。❼霧聚　謂武士像霧一樣集合攏來。❽舉　揚起。❾奮袂　揮動衣袖。❿揮汗句　語本《戰國策・齊策》：「揮汗成雨。」形容人數眾多，場面熱鬧。

【語　譯】閒居之時平靜無事，將去遊覽散散心。為登北觀而上路，攀行樓梯高入雲。威猛的武士作隨從，肩扛長戟打前陣。歇息之時如雲散，會合之時如霧凝。車子多得無法轉身，人車擁擠揚不起灰塵。眾人揮袖搧成風，灑下汗水如雨淋。

【研　析】此賦可能作於銅雀臺建成以後的建安十九年（西元二一四年）秋季。其時，曹操率軍東征孫吳，使曹植留守鄴城，典治鄴都禁兵。因此，作者才有可能像此賦所描敘的那樣，帶著眾多的武士遊覽銅雀臺。

此詩的思想內容很平淡，只是描述了作者閒極無聊時，帶領眾武士外出遊觀的盛況，反映了作者豪情奔放、生氣勃勃的精神面貌。

此賦前二句交代此次遊觀的動因；「登北觀」二句簡短地說明了遊觀的線路；「從羆熊」以下八句，著重描述了隨行隊伍的盛壯。

此賦的文句明顯有殘脫的現象，但僅就這殘存的部分看，它在藝術表現上顯然襲用了漢大賦的手法，因而呈現鋪張揚厲、侈麗鉅衍的特點。

首先，此賦像漢大賦一樣，敘述全用鋪陳之法，細緻入微，窮形盡相。

其次，此賦像漢大賦一樣，喜用比喻、誇飾、烘襯的手法。如，敘士眾聚散時，以「霧聚」、「雲歸」為喻，栩栩如生，形象生動；寫士卒之眾時，則用「奮袂成風，揮汗如雨」二句誇以成狀，奇偉壯觀，感染力強。另外，此賦的烘襯之法也運用得很成功。如「車不」二句寫車子不能轉身，灰塵不能上揚，生動地烘襯出隨行人車之盛眾、稠密。

再次，此賦音韻和諧，屬對工整，句式參差，頗富形式上的美感。此賦通篇叶韻，悅耳動聽；「罷若」以下各句兩兩相對，整齊勻稱；賦中四言、六言句式交替使用，頓挫有致。

懷親賦 并序

【題解】篇題中的「親」，指作者的父親曹操。此賦是作者外出打獵、路經濟陽南澤時所作。作者路經南澤時，得見其父曹操當年在此修築的營壘，不禁生出無限的懷思之情。心有所感，緣情而發，於是寫下了這篇懷念性的賦文。

此賦的寫作年代，今難以詳考。但據本篇所述遊獵的路線、方位看，有可能是作於作者封東阿王期間，即明帝太和年間。此賦文字疑有殘脫。

濟陽南澤❶有先帝故營❷，遂停馬住駕，造❸斯賦焉。

獵平原而南騖❹，覩先帝之舊營。步壁壘之常制❺，識旌麾之所停❻。存官曹之典列❼，心髣髴❽於平生。回驥首而永遊❾，赴脩途以尋遠❿。情眷戀而顧懷⓫，魂須臾而九反⓬。

【注　釋】❶濟陽南澤　濟陽，漢縣名，屬陳留郡。南澤，地名，在今河南省蘭考縣東。❷先帝故營　謂曹操之舊營。❸造此言寫作。❹南騖　向南疾馳。❺步壁壘句　此句猶言步常制之壁壘。步，慢行。壁壘，軍營的圍牆，以作為進攻或防守的工事。此泛指軍營。常制，指固定的、通常的規制。❻識旌麾句　識，認出；知曉。旌麾，指將帥作戰指揮用的軍旗。此隱指曹操。❼存官曹句　存，思念；回想。官曹，指古代分職治事的官署或部門。典列，法定的位次。此指曹操的官職。❽髣髴　猶云依稀。模模糊糊之意。❾回驥首句　回驥首，謂掉轉馬頭。永遊，長遊；遠遊。❿赴脩途句　脩途，漫長之路。尋遠，前往遠處。尋，此有往義。⓫顧懷　眷顧、留戀。⓬魂須臾句　須臾，謂時間極短。九反，言多次返回。

【語　譯】濟陽縣南澤有先帝當年的營壘，我便勒馬停車前去瞻仰，並寫作了這篇賦文。

平原上打獵往南奔，看見了先帝的舊軍營。慢步於通常規格的營壘，知道帥旗當年何處停。回想先帝任職官府之時，心中依稀記起往昔事情。掉轉馬頭去遠遊，踏上長路往前行。心中眷戀情依依，魂神不斷飛回那舊營。

【研　析】作者遊覽其父曹操當年棲住過的營壘時，睹物思人，不禁生出對父親的無限懷念之情；而物在人非，更使作者感慨繫之，平添不少悲戚、哀傷。此賦將作者在當時特定情景下的情感活動表現得十分細膩、真實而感人。

曹操死後，作者失去了政治上的「保護傘」，而備受曹丕、曹叡父子的歧視、壓制，心中常常是憂懼不安，落寞寡歡。明乎此，則知此賦所表現的對曹操「眷戀而顧懷」的情感，不是矯揉造作，而是出自衷心。

此賦小序交代寫作緣起，表明此賦是觸景而生情，情動而辭發的產物。

此賦前四句寫作者遊覽曹操舊營時的情況。其中「步壁壘」二句，表明作者觀覽舊營時，是有意地、努力地尋覓他父親當年的蹤跡，似乎要在這已失去往日喧囂的歷史陳跡中，尋出與父親相關的一草一木、一土一石，以作為憑弔、寄情的對象。賦中「存官曹」二句，寫作者對曹操的思憶，句中雖沒有寫出作者此時此刻心中思憶的具體場景、事件，但讀者可立足於作者留下的空間、餘地，去作無限的聯想。賦的末四句寫作者離開曹操舊營後的眷戀之情。此四句意致幽眇，餘韻裊裊，彷彿使人感到作者雖身離故營，但由遊覽故營而生發的眷戀、懷思之情卻在悠長的時間、廣闊的空間裏延存、縈繞，從而令這種情意顯得綿長而淵永。

此賦語言明快、淺近，但氣格遒上，意緒綿邈，且具濃厚的抒情意味。

玄暢賦 并序

【題解】《老子》第十五章有云：「古之善為士者，微妙玄通，深不可識。」這是說，得「道」之人細緻、深邃而通達，深沉到難以被人認識的地步。曹植此篇之題中的「玄暢」二字，大約是取義於上述《老子》之中的「微妙玄通」。而窺本篇之思想內容，確實與老莊思想相涉，有一種全貞保素、樂天委命的人生意趣貫注其間。

從本篇中「僥余生之倖祿，遘九二之嘉祥」等句看，本賦當作於文帝黃初年間，它表現了作者進入黃初後深受疑忌、壓制時的思想狀態和精神面貌。此賦文句殘佚，非全文。

夫富者，非財也；貴者，非寶也。或有輕爵祿而重榮聲❶者，或有反性命而徇功名者❷，是以孔老異情❸，楊墨殊義❹。聊作斯賦，名曰〈玄暢〉。

夫何希世之大人❺，罄天壤而作皇❻。該仁聖之上義❼，據神位以統方❽。補五常之漏目❾，綴三代之維綱❿。僥余生之倖祿⓫，遘九二之嘉祥⓬。上同契於稷禼，降合穎於伊望⓭。

思薦寶以繼佩⓮，怨和璞之始鐫⓯。思黃鍾以協律⓰，怨伶夔之不存⓱。嗟所圖之莫合⑱，悵蘊結而延佇⑲。希鵬舉以摶天⑳，蹶青雲而奮羽㉑。舍余駟㉒而改駕，任中才之展御㉓。

望前軌而致策㉔，顧後乘而安驅㉕。匪逞邁㉖之短脩，長全貞而保素㉗。弘道德以為宇，築無怨以作藩㉘，播慈惠以為圃，畊㉙柔順以為田。不媿景而慚魄㉚，信樂天之何欲㉛。逸千載而流聲，超遺黎而度俗㉜。

【注釋】❶榮聲　猶榮譽。❷或有句　性命，指人的天性。徇，通「殉」。指為了某種目的而死。❸是以句　謂孔子的儒家思想與老子的道家思想存在著差異。案：儒、道思想的差別甚大，僅就對人生的態度看，儒家主張努力修養自身，遵循道德規範，積極用世；而道家則要求清靜無為，順適自然，脫俗避世。❹楊墨句　楊，即楊朱，戰國時魏人，字子居。其說主張愛己，不以物累，不拔一毛以利天下。墨，即戰國時墨家學派的代表人物墨子，他主張兼愛、非攻等等。楊、墨，代表著戰國時思想對立的兩個重要學派。❺夫何句　希世，世間少有。大人，君王也。此謂魏文帝曹丕。❻罄天壤句　謂曹丕統攬天下，代漢稱帝。罄，盡也。此有囊括之意。天壤，謂天地。❼該仁句　該，具備也。仁聖之上義，指仁慈、聖明的崇高德性。❽據神位句　據，佔有。神位，指帝位。統方，謂統治四面八方之地。❾補五常句　五常，窺下文「三代」，當為「五帝」之誤。漏目，指典章制度闕略的部分。❿綴三代句　綴，連接；承繼。三代，指夏、商、周三代。維綱，本指網上的綱繩。此喻指國家的法令制度。⓫僥余生句　僥，僥倖也。指因偶然的原因而獲得成功。倖祿，指非分所得之爵祿。⓬遘九二句　遘，遭逢也。九二，《周易》中乾卦之陽爻名。《周易．乾卦》云：「九二，見龍在田，利見大人。」由此看，「九二」爻，為大人（即君王）初出的象徵。嘉祥，吉祥之兆。⓭上同契二句　大意是說，我輔佐文帝，就上而言，應當像稷、契輔佐虞舜一樣；就下而言，應當像伊尹、呂尚輔佐商、周一樣。同契，古代以符契為憑證，因稱事情相同為同契。稷，即古代傳說中的后稷，為舜帝之農官。卨，即古代傳說中的契，傳為商人的祖先，曾在舜帝時代為司徒官。合穎，謂彼此相同、一致。伊，即伊尹，商代名臣，曾佐商湯王伐夏桀，被尊為阿衡（猶宰相）。望，即姜太公，又稱呂尚、姜尚或呂望，曾助周武王滅商。

⓮思薦寶句　比喻希望自己的才能得到魏文帝的使用。繼，接續也。⓯怨和璞句　和，指卞和，春秋時楚國人。史載他曾得璞玉於荊山，先後獻於厲王、武王，二王不識，以為石，遂以欺君之罪斷卞和之足。楚文王即位，請人琢其璞，果得寶玉。璞，未經雕琢、加工的玉石。鐫，謂雕琢。⓰思黃鍾句　黃鍾，即黃鐘，古樂十二音律之一，音調最為洪大、響亮。此比喻傑出的才能。律，音調。⓱怨伶夔句　比喻自己的才能不被君王賞識。伶，即伶倫，相傳為黃帝的樂官。夔，相傳為舜帝的樂官。《尚書・舜典》云：「帝曰：夔，命汝典樂，教胄子。」存，省察也。⓲莫合　謂都沒遇合、實現。⓳悵蘊結句　悵，失意之貌。蘊結，形容心情鬱悶而不暢快。延佇，長時間站立。⓴鵬舉以摶天　語本《莊子・逍遙遊》：「鵬之徙於南冥也，水擊三千里，摶扶搖而上九萬里。」摶，盤旋而上。案：此句比喻施展才能而有所作為。㉑蹶青雲句　此句當作「奮羽而蹶青雲」，為了押韻而倒言。蹶，倒下；跌落。奮羽，謂展翅。㉒駟　古代指同駕一車的四匹馬。㉓任中句　謂任用才能平庸的人來駕馭車馬。展，治理也。此有掌管之意。御，駕馭車馬。㉔望前軌句　比喻行事小心謹慎，以前人的教訓為鑑戒。望前軌，含有以前車之覆為鑑的意思。前軌，猶言前車。致策，揚鞭趕馬。㉕安驅　謂車馬緩緩而行。㉖逞邁　急行也。㉗長全貞句　謂永久地保持高潔的德操和純樸的本性。㉘藩　籬笆。㉙畊　古「耕」字。㉚不媿景句　謂不使自己的身心蒙受羞辱。景，同「影」。指身形。魄，謂精神。㉛信樂天句　信，實也。謂實則樂天知命，無所欲求。㉜超遺黎句　遺黎，猶遺民。指改朝換代後而不肯在新朝做官的人。此處指那些品節高尚的隱逸之士。度俗，謂超越世俗之人。

【語　譯】富，並非財貨；貴，並非寶物。有的人藐視官爵、俸祿，而看重榮譽；有的人違背人的自然本性，而為功名丟掉性命。因此，孔子與老子的思想不相同，墨子與楊朱的主張有區別。且作此賦，篇名為〈玄暢〉。

世間難得的國君啊，囊括天下作帝王。具有仁聖的完美德性，高居帝位統治四方。彌補五帝典章的缺漏，接繼三代賢君的政綱。我僥倖地獲得了爵祿，遇上文帝即位的好時光。往上要像稷、契輔舜帝，往下要像呂、伊佐周商。

想獻寶玉續接於玉佩，只怨和氏的璞玉沒琢成。思盼黃鐘大律音協調，只怨伶、夔不能察審。所作謀劃都落空，惆悵愁悶久站等。欲像鵬鳥飛上青天，但展翅飛時跌落青雲。棄我駟馬換他馬，任用庸才駕車行。觀看前車再揮鞭，回望後車而慢慢行。不要疾馳多行路，只求長保素樸的心性。擴展「道德」以作屋，將「無怨」的藩籬建築成。播種「慈惠」開園圃，「柔順」作田勤耕耘。身形、精神均無愧，無求無欲而樂天知命。跨越千載留芳名，超脫凡俗勝遺民。

【研 析】自曹丕代漢稱帝以來，曹植受到百般的猜忌、無情的迫害，但他不甘放棄對「戮力上國，流惠下民，建永世之業，流金石之功」的宏偉理想的追求，總盼望有一天能被朝廷試用，一顯才略，以了卻平生宿願。但是，無情、冷酷的現實又總是給他設置重重障礙，使其身「抱利器而無所施」，故念及報國無門，志不獲騁，他又不禁悲從中來，陷入孤寂、痛苦的深淵，甚至想以引身自退、隨遇而安的生存方式求得精神的解脫，痛楚的緩減。上述進與退所致的矛盾、痛苦的心情，一直伴隨著他的後半生。這篇〈玄暢賦〉，正是上述矛盾、痛苦心情的反映、寫照。它既反映了曹植不甘孤迴寂寞，而欲有所作為的意願，又表現了他遭受挫折後煩冤抑鬱、無為委命的消沉，以及不得不自尋解脫的無奈。

此賦的小序，論說儒、道、楊、墨四個學派不同的人生觀，隱然透露了作者皈依道、楊學說的價值取向，為賦之正文抒寫自己順適自然，委命無欲的人生志趣，作了鋪墊。

正文的第一段，首先歌頌文帝的聖明之德，仁治之功；然後抒發自己求君任用、一試身手的強烈願望。第二段運用各種藝術表現手段，委婉曲折地描述了自己在政治上遭遇的種種壓制和挫折，抒寫了自己懷才不遇、備受冷落的痛苦和憤怨。此段發憤抒情，怨而不怒。

第三段描述了自己在欲進無門、身陷窘境之後的心理狀態，表現了自己此際的處世哲學：全貞保素、修身養性、順天委命。一言以蔽之，即所謂「窮則獨善其身」。這段文字，雖然表現了作者人生態度中消極的一面，但也表現了作者在現實中無奈的一面，它在一定程度上可視為作者遭受巨大打擊、身置無奈之境下的自我慰藉、自我解脫之詞。作者並非完全真的想順天委命、冷寂而終，故這段文字在曠達、恬澹的層面下也潛藏著功名難遂的悲憤與痛苦。

此賦在藝術表現上，對屈原賦多有繼承、仿效。其中，對屈賦「引類譬喻」之法的祖法最為明顯。如，第二段全以比喻、象徵的手法來抒寫自己在政治上懷抱才美而無所施，欲展才略而不可得的遭際，以及由此遭際引發的愁苦和怨憤。再如第三段，將「道德」比作屋宇，將「無怨」比作藩籬，等等，設喻十分精巧、妥帖。此賦大量使用比興、象徵的手法，使賦文在抒情表意上顯得生動形象，趣幽旨深，婉曲淵永。

此賦層次清晰，結體謹嚴，能很好地表現作者由對用世展才的渴盼，到理想破滅的悲怨，再到無奈之際的自解、放曠所形成的心路歷程，明晰地展示了作者思想變遷的軌跡。

幽思賦

【題解】這是一篇抒情之作。作者登臨高臺，在陰雲慘淡的秋天，眼看秋花凋零而神傷，心感歲暮而悲愁，一種剪不斷、理還亂的憂思縈繞於胸。作者情有所動，形諸筆墨，便寫成了是賦。

本賦的寫作時間今難考定，但觀本文中「感歲莫而傷心」句所流露的遲暮之感，以及全文籠罩的抑鬱情調，似當作於晚期。

倚高臺之曲隅，處幽僻之閒深❶。望翔雲之悠悠，羌朝霽而夕陰❷。顧秋華而零落❸，感歲莫❹而傷心。觀躍魚於南沼❺，聆鳴鶴於北林。搦素筆而慷慨，揚〈大雅〉之哀吟❻。仰清風以歎息，寄余思於悲絃❼。信有心而在遠，重登高以臨川❽。何余心之煩錯❾，寧翰墨之能傳❿？

【注釋】❶倚高臺二句　高臺，當指魏都鄴城中之銅雀臺。參見卷三〈登臺賦〉。曲隅，當指臺觀上的小角樓。閒深，幽深僻靜也。❷望翔雲二句　翔雲，游動之雲。悠悠，周流貌。羌，句首語氣詞。霽，晴也。❸零落　衰敗；凋零。❹歲莫　即歲暮。謂一年將盡。❺沼　池也。❻搦素筆二句　搦，捉；握也。大雅，《詩經》的組成部分。其〈大雅〉部分多為西周初年的作品，內容以反映王朝的重大措施或事件為主。❼悲絃　謂悲淒的音樂聲。❽臨川　此當與卷三〈登臺賦〉中「臨漳川之長流」句意相近。漳川，指漳水。參閱本書卷三〈登臺賦〉注。❾煩錯　煩亂也。❿寧翰墨句　寧，猶豈也。難道。翰墨，筆墨。傳，傳達；表現。

【語譯】 倚靠高臺之角樓，此處幽深而僻靜。眼望翔雲天上游，早上天晴晚轉陰。看那秋花在凋謝，想到歲暮而傷心。眼觀魚躍南池水，耳聽鶴在北林鳴。手握素筆心悲激，哀吟〈大雅〉用高聲。面迎清風而嘆息，樂聲悲淒寄我情。我心的確在遠方，重登高臺將漳水臨。我心煩亂如同麻，筆墨豈能傳我情？

【研析】 對於古代的文人墨客來說，自然界四季節候、景物的遷轉、代序，很容易引起他們心弦的震顫，給予他們不同的精神感受（這在本卷〈感節賦〉的研析部分，有較詳細論述，可參看）。特別是秋季的天高氣清或蕭瑟寂寥，很容易逗引出他們沉鬱、悲切的情思。因此，戰國時人宋玉〈九辯〉的悲秋文字發軔後，文士悲秋之作代不乏絕。曹植此賦，就是一篇典型的以悲秋為主題的作品。

此賦寫作者秋日登臺遠望時，由秋氣悲涼肅殺所引發的幽愁暗恨。這種具有悲淒特質的主觀情思，就作品的描述看，當主要包涵對自己才美不見用於當世而恐時移歲改、功業未建的悲憫、惶遽。其內蘊，近與作者自己〈雜詩〉其四中「俯仰歲將暮，榮耀難久恃」二句相合，遠與屈原〈離騷〉中「惟草木之零落兮，恐美人之遲暮」、「老冉冉其將至兮，恐修名之不立」等句相通。

此賦能把作者的眼前景、胸中情有機熔鑄在一起，即景賦情，借景抒情，又倚情寫景，顯得低迴婉約，情深意長。此賦不僅通過對秋景蕭瑟、秋聲肅殺的渲染來抒寫自己落拓失意、愁腸百結的情懷，而且還善於將自己內心世界中悲愁這種人生情緒，外化為種種可感可視的現實行為，如「搦素筆而慷慨，揚〈大雅〉之哀吟。仰清風以嘆息，寄余思於悲絃」等等，將悲愁牽縈的情狀寫得很活脫，增強了情緒表達的生動性、形象性，讀之有躍然紙上之感。

因為此賦所寫悲愁，是以「感歲莫而傷心」為內核，與作者之強烈的功名事業心相聯繫，故此賦之情思沒有流於頹廢，而是顯得悲壯蒼涼，慷慨古直。

節遊賦

【題解】漢魏之際，貴族子弟多有尋歡逐樂，「不及世事」者，他們常以遊觀玩樂為美事，而樂此不疲。但縱情遊樂，往往導致喪志隳業等弊害。作者受建功立業的時代精神的感召，對於淫遊縱樂之事甚為不滿，認為「愈志蕩以淫遊，非經國之大綱」，故主張節制遊樂。此賦即體現了這種思想。

覽宮宇之顯麗[1]，實大人之攸居[2]。建三臺[3]於前處，飄飛陛以凌虛[4]。連雲閣以遠徑[5]，營觀榭[6]於城隅。亢高軒以迥眺[7]，緣雲霓而結疏[8]。仰西嶽之崧岑[9]，臨漳滏之清渠[10]。觀靡靡而無終[11]，何渺渺而難殊[12]。亮靈后之所處，非吾人之所廬[13]。

於是仲春之月[14]，百卉叢生，萋萋藹藹[15]，翠葉朱莖。竹林青葱[16]，珍果含榮[17]。凱風[18]發而時鳥讙，微波動而水蟲鳴。感氣運[19]之和順，樂時澤之有成[20]。遂乃浮素蓋[21]，御驊騮[22]，命友生[23]，攜同儔。誦風人之所歎，遂駕言而出遊[24]。步北園而馳騖[25]，庶翱翔[26]以解憂。望洪池之滉瀁[27]，遂降集乎輕舟。沉浮蟻於金罍㉘，行觴爵於好求㉙。絲竹發而響厲㉚，悲風激於中流。且容與㉛以盡觀，聊永日㉜而忘愁。

嗟羲和之奮策㉝，怨曜靈㉞之無光。念人生之不永，若春日之微霜㉟。諒遺名之可紀㊱，信天命之無常。愈志蕩以淫遊㊲，非經國㊳之大綱。罷曲宴而旋服㊴，遂言㊵歸乎舊房。

【注釋】❶顯麗　高大華麗。❷大人之攸居　謂君王之所居。大人，君王。此指曹操。攸，所也。❸建三臺　漢末建安年間，曹操在魏都鄴城先後修建了三座臺觀，名曰銅雀臺、金虎臺、冰井臺。❹飄飛陛句　飛陛，此謂樓梯。飛，極言其高。凌虛，猶云淩空。❺連雲閣句　雲閣，指高聳的閣道（即樓閣之間以木架空的通道）。遠徑，漫長的道路。曹植〈登臺賦〉有「連飛閣乎西城」句，說明閣道連得甚長。❻觀榭　觀，高大的樓臺。榭，高臺上的房屋建築。❼亢高句　亢，通「抗」。此處有面對之意。軒，有窗的長廊。迥，遠也。❽緣雲句　緣，沿也。霓，虹之一種。結疏，謂安設窗戶。❾仰西嶽句　西嶽，此當指今山西省的太行山，而非指五嶽之華山。崧岑，此泛指太行山諸峰。崧，指高而大的山。岑，指高而小的山。❿臨漳滏句　漳，即漳河，發源於今山西省，流入衛河。滏，水名，即今滏陽河，源出今河北省磁縣西北石鼓山，流入漳河。清渠，指建安年間曹操為引漳河之水入鄴城而挖鑿的溝渠。《水經注・穀水》有云：「(魏)武帝引漳流自鄴城西，東入逕銅爵臺下，伏流入城東注，謂之長明溝也。」⓫觀靡靡句　語本司馬相如〈長門賦〉：「觀夫靡靡而無窮。」靡靡，華美貌。⓬何渺渺句　渺渺，遠也。殊，謂斷絕。⓭亮靈后二句　語本班固〈西都賦〉：「實列仙之攸館，非吾人之所寧。」亮，的確；誠然。靈后，指神仙。廬，居住也。⓮仲春之月　即農曆二月。⓯萋萋藹藹　形容草木茂盛的樣子。⓰青葱　指碧綠色。⓱含榮　謂草木的花苞裹著，將要開放。⓲凱風　南風也。⓳氣運　此謂陰陽五行之氣的運行。⓴樂時澤句　時澤，指及時雨。有成，謂莊稼豐收。㉑浮素蓋　謂張設潔白的車蓋。㉒騑騮　良馬名。㉓友生　指朋友。㉔誦風人二句　《詩經・衛風・竹竿》、《邶風・泉水》並云：「駕言出游，以寫我憂。」曹植賦此言「風人之所歎」，即指上述〈竹竿〉之類詩篇。風人，詩人也。

言，助詞，無義。㉕馳騖　迅疾奔馳。㉖翱翔　謂四處遊玩。㉗滉瀁　水廣而深的樣子。㉘沉浮蟻句　浮蟻，代指酒。酒釀成之後，面上常浮有泡沫，視之如蟻，故後世常以「浮蟻」指酒。金罍，一種飾金的酒器。㉙好求　此謂好朋友。求，通「逑」。本指伴侶、配偶。㉚厲　謂激越、高亢。㉛容與　悠閒舒緩之貌。㉜永日　盡日也。此謂消磨整天時間。㉝嗟羲和句　意謂感歎時光易逝，太陽迅疾前行。羲和，古代神話傳說中駕御日車的神。奮策，揚鞭也。㉞曜靈　指太陽。㉟春日之微霜　此喻指存在的時間極為短促。㊱諒遺名句　諒，誠然。遺名，留名於後世。可紀，可稱道。㊲愈志蕩句　志蕩，謂放縱情感、心志。淫遊，謂遊樂不止，無所節制。㊳經國　治理國家。㊴罷曲宴句　罷，停止也。曲宴，猶言私宴。指私家親屬故舊的宴會。旋，返回。服，句末語氣詞。㊵言　句中語氣詞，無義。

【語　譯】觀看高大華麗的宮殿，這是大人居住的地方。三臺建在宮殿前，樓梯高聳雲天上。凌空的閣道連成長路，樓榭建造在城角旁。面對高軒而遠望，它近靠雲霓開著窗。仰望西山大小峰巒，俯看漳水在溝渠淌。宮室華美望不盡，密集難斷綿延遠方。這確像神仙之住處，並非我輩能住得上。

在這仲春之月，百草遍地叢生。草兒生長很旺盛，翠綠葉子紅色莖。竹林呈現碧綠色，奇樹珍果閃花影。南風吹拂鳥歡叫，微波蕩漾水蟲鳴。欣感陰陽氣運很調和，喜慶時雨將致好年成。

於是我張車蓋、駕駿馬，邀約親朋攜好友。吟誦詩人的詩章，駕著車馬出外遊。漫步北園再馳馬，盡情遨遊以解憂。望見大池水深廣，便相集水上泛輕舟。美酒裝在金罇裏，杯來盞往敬朋友。管弦樂器聲激越，悲風起於水中游。逍遙自在縱情遊覽，姑且消磨時光以忘憂。

悲歎羲和揮鞭急前行，哀怨時近黃昏日無光。想到人生不長久，就像春天稀薄霜。名垂後代可被稱美，但天命確也變幻無常。放縱感情無限遊觀，不是治國安邦之大綱。停止私宴而回家，遂歸各人之舊房。

【研　析】此賦大致描述了仲春之月偕友出外遊覽的經過，表達了淫遊玩樂，「非經國之大綱」的理念。作者對縱情遊樂、不問世事的紈袴習氣持否定態度，表明作者希望及時建立現世功業，而有所作為，這也正是建安之世積極進取、立德建功的時代精神的映現。此外，賦中也流露出了對人生不永、天命無常的悲傷。這正如謝靈運〈擬魏太子鄴中集詩序〉所述：「公子不及世事，但美遨游，然頗有憂生之嗟。」但值得注意的是，作者的這種對時光遷流、人生短促的感傷，並沒有滑入虛無、幻滅的泥淖；相反，作者對時日遷逝的畏懼、悲感，是與其及時奮發的事業心、盡早立德垂名的功名心相關涉，並由此而生發。清人丁晏評此賦「念人生」等句時所云「疾沒世而名不稱」，就說明了這一點。因此，其對人生短促的傷情、悲懼，透露出的是對人生理想追求的執著，是對成就功名的急盼。

此賦第一段描寫鄴都宮殿建築的華麗、壯美，隱含著一派繁榮昌盛的氣勢，使人彷彿看到了曹魏王霸之業的欣欣向榮。作者開篇寫此，是為下文寫貴族子弟們盡情遊觀張本、鋪墊。除此，作者的用意還可能是想說明魏國政治清明，事業興隆，後生一代生逢此時，不應渾渾噩噩，而要乘時進取。此段的描寫由上到下，由近及遠，富有層次感；另外，使用誇飾之法，也增強了藝術感染力。

第二段描寫春天景色，寫得生意盎然，有聲有色，清麗傳神，情韻悠漾，進一步為下文寫貴族子弟盡情遊覽而張本、鋪墊。

第三段具體描述貴族子弟們外出遊觀的情況，寫出了他們遊玩嬉樂時的放逸不羈，忘情痴迷，怡然自得；同時也暴露出了他們精神空虛的一面。

第四段抒寫作者對時日遷逝、人生不永的哀傷，點出「淫遊」之弊，顯出「節遊」之志。至此段，情思作一換轉、跌宕，由上文的豫暢輕快變為凝重悽愴，透露出一股高古、悲涼的氣息。

此賦前二段主要是描寫，後兩段主要是敘事，其中間或插以描寫、議論。就描寫的部分看，作者傳移摹狀，很注重經營位置，隨類賦彩，應物象形，使所作描摹在外形、內神上都酷似逼肖，且具氣韻生動之妙，顯示出作者對外物的色彩、形態、方位、意蘊的感受力、表現力，已達到相當高的層次。就此賦的敘事部分看，首尾俱全，層次井然，且具抒情色彩。

徐師曾《文體明辨・序》說兩漢古賦發展至「三國、兩晉以及六朝，再變而為俳」，就曹植此賦看，的確如此。其駢偶化傾向已十分明顯，表現出了句求俳偶，字求屬對，整齊勻稱、詞麗韻協的特點。

感節賦

【題解】此篇為詠懷抒情之作。寫作者陽春三月之時，登高望遠，觸景生情，生發出了人生無常、志願難遂的感慨。

攜友生而遊觀，盡賓主之所求。登高墉以永望❶，冀消日❷以忘憂。欣陽春之潛潤，樂時澤之惠休❸。望候鴈❹之翔集，想玄鳥❺之來遊。嗟征夫之長勤❻，雖處逸而懷愁。懼天河之一回❼，沒我身乎長流。豈吾鄉之足顧？戀祖宗之靈丘❽。唯人生之忽過，若鑿石之未燿❾。慕牛山之哀泣❿，懼平仲⓫之我笑。折若華之翳日⓬，庶朱光⓭之常照。願寄軀於飛蓬⓮，乘陽風⓯而遠飄。亮吾志之不從，乃拊心以歎息。青雲鬱其⓰西翔，飛鳥翩而止匿⓱。欲縱體⓲而從之，哀余身之無翼。大風隱其⓳四起，揚黃塵之冥冥⓴。野獸驚以求群，草木紛其揚英㉑。見遊魚之涔灂㉒，感流波之悲聲。內紆曲而潛結㉓，心怛惕以中驚㉔。匪榮德之累身㉕，恐年命之早零㉖。慕歸全之明義㉗，庶不忝其所生㉘。

【注釋】❶登高句　墉，城牆也。永望，長時間觀望。❷消日　猶云消磨時光。❸樂時澤句　時澤，指時雨。惠休，和順美好。❹候鴈　鴈，同「雁」。大雁隨著節候的變化而遷徙，故稱候雁。❺玄鳥　指燕子。❻長勤　魏明帝時，戰爭連年不斷，士卒勞苦辛勤，故此曰「長勤」。❼懼天河句　天河，即銀河。回，轉動也。❽靈丘　指陵墓。❾若鑿石句　此謂人生短促，就像以鐵器鑿擊石頭所迸發的火星，一閃即逝，不能長久照明。❿牛山之哀泣　典出《晏子春秋》。據此書載：春秋時齊景公遊於牛山（在今山東省淄博市東），北面對著齊國都城流淚說：「為什麼要一去不復返地捨棄這個國家而死去呢？」齊國大夫艾孔、梁丘據二人聽後陪著哭泣，唯獨晏嬰一人在旁邊笑了起來。景公問其故，晏嬰回答說：「假使賢德之人能永遠保有齊國，那麼太公、桓公就永遠保有它了；……這幾位君王如果保有它，那麼君王您怎能享有君位並能存在呢？正因為他們更相據有，更相捨棄，才傳到您啊！」曹賦用景公牛山哭泣之典，謂人有戀生惡死之意。⓫平仲　即晏嬰，平仲是其字。為春秋時齊國大夫，在景公時任國相。⓬折若華句　語本〈離騷〉：「折若木以拂日。」意謂阻止太陽向西進。若華，若木之花。此謂若木。若木，神話中的神木名，青葉紅花，生在崑崙山的西端，為日之所入處。⓭朱光　指日光。⓮飛蓬　植物名，秋天能隨風吹起。⓯陽風　東風。⓰鬱其　猶鬱然。雲氣濃盛的樣子。⓱止匿　謂停歇隱藏。⓲縱體　謂縱身向上。⓳隱其　盛大的樣子。⓴冥冥　昏暗的樣子。㉑揚英　猶言揚花。㉒洿灂　聯綿詞。意為出沒。㉓潛結　阻隔不通的樣子。㉔心怛惕句　怛惕，驚恐的樣子。中驚，猶言心驚。㉕榮德之累身　謂身心為榮華富貴所牽累。㉖早零　猶早衰。㉗歸全之明義　《禮記・祭義》：「父母全而生之，子全而歸之，可謂孝矣。」由此可見，歸，謂歸於父母身旁。全，當指身體和名節不受損辱而能得以保全。明義，明顯的道理。㉘庶不句　語本《詩經・小宛》：「無忝所生。」句謂希望不使自己的父母蒙受羞辱。忝，辱也。所生，指父母。

【語　譯】帶領朋友遊覽臺榭，以滿足賓主之欲求。登上高牆久瞭望，想消磨時光忘憂愁。喜見春日甚滋潤，風調雨順樂在心頭。盼望候雁來飛集，思想燕鳥到此遊。感歎征夫長期辛勞，我身雖安逸心卻愁。害怕銀河一旦回轉，將我淹沒在水流。我的家鄉哪值留念？只是眷戀祖宗墳丘。

人生短促匆匆過，像擊石迸火一閃耀。思慕景公的戀生情意，害怕晏嬰將我譏笑。折取若木擋太陽，希望陽光長久照。我願寄身於飛蓬，憑借東風而遠飄。

我的志願確難實現，不禁捶胸長歎息。青雲濃盛向西湧，鳥兒飛歸巢中棲。我欲縱身上舉隨鳥去，可惜我身上無羽翼。大風隱然從四面起，黃塵飛揚昏天暗地。野獸驚散尋伴侶，草木的花兒紛飛飄逸。眼見魚兒水中出沒，心感流水聲悲淒，胸中愁悶情緒低落，心生恐懼而驚悸。身心非為富貴所累，只是擔憂壽短早歸西。思慕「歸全」之明理，希望不辱沒父母的名氣。

【研 析】春夏秋冬四時節物的變化，不僅能引起人之生理機能的變化（古醫書說「五臟應四時，各有所受」），也能引起人之情緒的波動。陸機〈文賦〉云：「遵四時以歎逝，瞻萬物而思紛。悲落葉於勁秋，喜柔條於芳春。」劉勰《文心雕龍》也說：「春秋代序，陰陽慘舒，物色之動，心亦搖焉。……是以獻歲發春，悅豫之情暢；滔滔孟夏，鬱陶之心凝；……歲有其物，物有其容；情以物遷，辭以情發。」曹植此賦，正是他感於陽春節物而情動意興的產物。此賦以生動細膩的筆觸，描述了作者春日登高遠望時感物之情的變化，著重抒寫了作者對時光飄忽、人生短促的深刻感受；同時，賦文也表達了作者壯志難伸、身處艱危的苦悶、憂懼，全文充溢著慷慨悲涼的情調。

此賦第一段先寫登高遠望，眼見春光和暢之時的愉悅之情。但這沒有構成此賦的主旋律，當作者想到征夫不歇，戰禍未弭時，情思迅疾由豫逸、喜樂轉為憂愁；再想到「天河一回」（此實比喻政治動蕩，災禍降臨），其情思不禁又由憂而「懼」。這裏，含有作者對現實的不滿之情。

第二段寫作者感慨人生短暫，幻想留住太陽，以遷延時日。此段「願寄」二句寄寓著不堪現實痛苦，欲遠逝以超脫的情意。

第三段著力於描寫作者由心感人生短促、志願難遂所生發的苦悶、憂愁。此段很注意用眼前的景物來襯托自己的情懷：濃陰的青雲翻滾而去，大風起時黃塵滿天，鳥獸驚走失群，春花紛飛飄零，這一切交織一起，構成了情調沉鬱、淒冷的藝術境界，很好地烘襯了作者落寞、淒苦的情懷。

這裏需作說明的是，感歎人生無常、時光飄忽，是漢魏時人普遍而經常表露的一種情緒。今人李澤厚說：「這種對生死存亡的重視、哀傷，對人生短促的感慨、喟歎，從建安直到晉宋，從中下層直到皇家貴族，在相當一段時間中和空間內彌漫開來，成為整個時代的典型音調。」即以曹氏父子而論，他們在詩文中嚴肅地對人生哲理作思考時，經常觸及人生短促這一類問題。如曹操〈短歌行〉有「對酒當歌，人生幾何？譬如朝露，去日苦多」的感慨；曹丕〈芙蓉池作〉中有「壽命非松喬，誰能得神仙」的表白；曹植詩中則有「人居一世間，忽若風吹塵」（〈薤露行〉），「天地無終極，人命若朝霜」（〈送應氏〉其二）之類的描說。但是，他們感傷人生短促，並沒有陷入消沉、頹廢。如，曹操在感慨人生短如朝露時，還是高歌「山不厭高，海不厭深；周公吐哺，天下歸心」，是以一種積極進取的精神來面對人生短促的現實。即以曹植此賦而言，儘管他哀傷「人生之忽過」，但還是「慕歸全之明義，庶不忝其所生」，即希望堂堂正正做人，且有所作為，而不玷辱父母的名聲。此顯示出積極向上的亮色，因而清人丁晏評之曰：「結義雅正。」

此賦由景生情，由情入理，且景中融情，達到了景、情、理熔於一爐的藝術境界。此外，全文情思委曲婉轉，一波三折，亦頗奇妙。

離思賦 并序

【題解】漢獻帝建安十六年（西元二一一年），曹操率軍西征馬超，曹丕留守魏都鄴城，曹植抱病隨大軍而西。從征之前，曹植為即將離開鄴都而傷感，便寫了這篇〈離思賦〉。此賦文字疑有殘脫。

建安十六年，大軍西討馬超❶。太子留監國❷，植時從焉，意有憶戀，遂作〈離思賦〉云。

在肇秋❸之嘉月，將曜師而西旗❹。余抱疾以賓從❺，扶衡軫❻而不怡。慮征期之方至，傷無階❼以告辭。念慈君之光惠❽，庶沒命而不疑。欲畢力於旌麾❾，將何心而遠之？願我君❿之自愛，為皇朝而寶己⓫。水重深而魚悅，林脩茂而鳥喜ㄒㄧˇ⑫。

【注釋】❶馬超　三國時將領。東漢末年，馬超隨父馬騰起兵，割據涼州。騰後為曹操召為衛尉，遂以馬超領其部眾。建安十六年，馬超舉兵反叛曹操，後在潼關被曹操擊敗。超後歸劉備於成都。❷太子句　意謂曹丕留守國都鄴城。監國，指君王外出時，嫡子留守都城，代為處理國政。案：此處稱曹丕為太子，可能有誤，因為曹丕至建安二十二年才被立為太子，十六年不當有「太子」之稱。疑原本不作「太子」，蓋後世傳抄、刊刻而誤此。❸肇秋　初秋也。《三國志・武帝紀》云：建安十六年，馬超與韓遂、楊秋等叛，「秋七月，公西征，與超等夾關而軍」。❹將曜師句　曜師，顯耀軍威。此謂治兵或用兵。西旗，謂向西進軍。❺賓從　侍從；隨從。❻衡軫　衡，指車轅頭上的橫木。軫，車箱底部後面的橫木。❼無階　猶云無由。意謂沒辦法。❽念慈君句　慈君，猶云慈父。此指曹操。光惠，洪大的恩德。光，大也。❾旌麾　指帥旗。此謂帥旗所在之地，即戰場。❿我君　所指不甚明確。有人認為指曹丕。但據本賦末二句的語意、語氣看，此「我君」，似當指曹操，而非指曹丕。⓫為皇朝句　意謂為漢朝而珍重自己。皇朝，指劉漢王朝。⓬水重二句　蓋本《荀子・致士》：「川淵深而魚鼈歸之，山林茂而禽獸歸之，刑政平而百姓歸之，禮義備而君子歸之。」《呂氏春秋・功名》中亦有此類言論：「水泉深則魚鼈歸之，樹木盛則飛鳥歸之……人主賢則豪傑歸之。」觀此，植賦此二句喻君王賢明，則天下英傑之士自來歸附。重深，謂極深。

【語　譯】建安十六年，大軍向西征討馬超叛軍。太子曹丕留守鄴城，代理國政。我當時隨軍西征，要離開都城，心中十分留戀，便寫作了這篇〈離思賦〉。

在初秋這個美好的月份，將整治大軍向西進。我要抱病去從征，手扶衡軫心裏悶。想到出征的日期即將到，傷感無由推辭此行。念及慈父的大德大恩，即便戰死也應甘心。要在戰旗之下盡全力，怎能心想避死而貪生？惟願我的父親能自愛，為漢朝而保重自己身。淵深之水魚喜游，林茂則飛鳥樂於投奔。

【研　析】此賦稱得上是一篇「感於哀樂，緣事而發」的作品，它抒寫了作者即將隨軍西征而離鄴時的離愁別緒，表達了作者對魏都親人的依戀之意，以及對父王、魏國的摯愛、忠誠之情。

本篇小序交代寫作緣起，表明是有感而作；首六句交代從征的時間、去向以及將離鄴都時的難捨難離的心情；「念慈君」以下四句，寫自己念及慈父之恩，感到應該毅然從征，畢力效忠，而不當猶豫遲疑。感傷、難離之情至此消釋殆盡。末四句是作者對父王的祝願、頌美之詞，希望父王為國珍愛身體，稱頌父王恩德深廣，天下歸心。此頌中亦含規勉之意。

此賦句句轉，字字厚，抒情真摯而婉曲，且能把個人的哀樂與國家的統一事業聯繫起來，沒有拘限於個人之間的細碎的感情，因而全賦顯得氣局闊大而深弘，格調清拔而高古。

釋思賦 并序

【題　解】就本篇的序言看，這是作者贈給即將過繼與人的同父弟曹整的一篇賦文。作者寫作此文以贈，意在表達自己對曹整的一片摯愛、留戀之情。

家弟出養族父郎中❶，伊❷予以兄弟之愛，心有戀然，作此賦以贈之。

彼朋友之離別，猶求思乎〈白駒〉❸，況同生之義絕❹，重背親而為疏❺？樂鴛鴦❻之同池，羨比翼❼之共林。亮根異其何戚❽，痛別榦❾之傷心！

【注　釋】❶家弟句　家弟，指曹植之弟、曹操之第二十五子曹整。出養，猶言出繼，指過繼給親屬做兒子。族父，同族之叔父或伯父。郎中，官名。❷伊　句首語氣詞。❸白駒　《詩經》篇名。其中有「皎皎白駒，在彼空谷；生芻一束，其人如玉；毋金玉爾音，而有遐心」等句，表達了詩人希望友人常通音訊、毋生疏遠之心的意願。❹況同生句　同生，同母所生。義絕，此謂親生兄弟的人倫關係不復存在。義，理也。指倫理。❺重背親句　謂離開父母，而與父母的關係也疏遠了。❻鴛鴦　鳥名，雌雄多成對生活在水邊。此處用以比喻兄弟。❼比翼　即比翼鳥。此鳥常成雙成對，並翅而飛。此處喻指兄弟。

❽亮根句　亮，通「諒」。誠然。根異，樹根分離。此喻骨肉至親分離。戚，悲也。❾幹　樹幹。此喻指父母。

【語　譯】我的弟弟曹整過繼給同族叔父曹郎中為子，我出於兄弟之間的手足情，對他很留戀，便寫作了這篇賦文送給他。

朋友之間分離遠別，尚想彼此情分久存，更何況親生兄弟名分絕，永離父母親情疏？羨慕鴛鴦同池戲水，嚮往比翼鳥共處樹林。樹根分離的確可悲，枝離樹幹真是傷心！

【研　析】曹植的賦文大都是觸類而作，緣情而發，即興賦篇，題材廣泛，能夠多側面地反映當時的社會生活，哪怕周遭日常生活中發生的瑣事，只要心有所感，也會形諸筆端，賦而成篇。這篇〈釋思賦〉就是如此，它是作者感於弟弟曹整出養族人的家事而作，表現了手足離別給自己帶來的傷痛、淒苦，表達了骨肉分離時的依戀、悵惘之情。

此賦前四句以朋友的離別尚且心思情誼不絕作反襯，強調兄弟義絕、背親為疏時的離愁難忍，戀情依依；接著抒寫作者對鴛鴦同池、比翼共林的艷羨之意，進一步表現作者與弟弟分離時的惜別、淒楚之情；此以禽鳥共處之樂反襯兄弟離異之哀，給人一種鳥能如此，人何以堪的感覺；末二句轉換角度，代曹整設詞，寫兒女離開親生兄弟和父母的悲戚、哀痛，增添了離別時的淒涼、惆悵的色調。二句以樹為喻，亦較精妙。

此賦有殘脫現象，但就此殘篇看，情摯意切，淒婉感人，但格調低沉牢落，失之平弱。

臨觀賦

【題　解】作者登高望遠，觸景感懷，寫成是賦，為抒情詠懷之作。篇題中的「臨」，意為登高往下看；「觀」，指宮廷門外的高大樓臺。

登高墉兮望四澤❶，臨長流兮送遠客。春風暢兮氣通靈❷，草含幹兮木交莖❸。丘陵崛兮松柏青，南園薆兮果載榮❹。樂時物之逸豫❺，悲予志之長違❻。歎〈東山〉之朔勤❼，歌〈式微〉以詠歸❽。進無路以效公❾，退無隱以營私❿。俯無鱗以遊遁，仰無翼以飜飛⓫。

【注釋】❶登高墉句　墉，城牆。澤，湖泊。❷氣通靈　謂氣候溫和宜人。❸草含句　含幹，謂草萌生，將抽出莖幹。交莖，謂樹木之新枝交錯。❹南園句　薆，草木茂盛貌。果載榮，謂果樹開花。載，開始。❺樂時物句　時物，指應時而生之物，如文中所指花草林木等。逸豫，安閒快樂。❻違　違背。❼歎東山句　東山，指《詩經・東山》一詩。朔勤，當為「愬勤」之誤。愬，同「訴」。〈東山〉一詩，寫遠征的軍人回鄉途中思念家鄉。舊說此詩為周公所作，意在「序其民之情意，而閔其勞苦之役」。故此，曹植以〈東山〉為「愬勤」之作。❽歌式微句　式微，指《詩經・式微》一詩。詠歸，〈式微〉詩中有「式微式微胡不歸」等句，呼告在外辛勤勞頓的征人早日歸家。❾效公　謂報效國家。❿退無隱句　無隱，無法隱身而居。營私，經營個人的事業（指修身養性之事）。⓫俯無二句　言自己進退兩難，不能像水中魚、天上鳥那樣隨意往來，活動自如。鱗，隱指魚類。翼，隱指鳥類。飜，同「翻」。

【語譯】登上高牆啊望四湖，走到水邊啊送遠客。春風和暢啊氣候溫潤，野草萌芽啊樹枝交錯。土山高立啊松柏青翠，南園物茂啊果樹開花朵。喜看春天萬物很祥和，悲我事與意願總不合。慨歎〈東山〉詩中訴辛勤，為抒歸情把〈式微〉歌。欲進而無路以報國，想退又無法隱居自樂。下不能像魚水中游，上不能像鳥自飛躍。

【研析】此賦當是作者晚期的作品。自文帝黃初以來，作者被黜貶藩國，流離轉徙，備受壓制。雖「願得展功勤，輸力於明君」，但每次請求試用，都遭冷遇，只能「常自憤怨抱利器而無所施」。不僅如此，他還受到曹丕父子的迫害、打擊：隔離監視，剝奪自由，過著朝不慮夕、名為王侯實為囚徒的生活，真所謂「思為布衣而不能得」。本賦就抒寫了作者在上述處境下報國無門、進退維谷的蒼涼、憂懼之情。

此賦從作者送客時眼見美好春色寫起，寫到了和煦的春風，蔥蘢的草木，青翠的松柏，開花的果樹：這自然界的一切都充滿生機、活力，構成了一幅明媚、祥和的春光圖。但這嫵媚、佳麗的景致並沒有給作者帶來心理上的豫暢、欣悅，相反，給予作者的精神感受是煩怨、苦惱。作者觸景生情時，自然界充滿生氣、和樂、自由的景物不禁勾起了作者淒苦的身世之感，令他想到自己備受壓抑，志不克展，才不得施，還想到自己進退兩難、幾如囚徒的尷尬難堪。

此賦明顯可以分作兩部分：前六句為一部分，著力於描繪春天的美景；後八句為一部分，集中抒發作者主觀情思之哀。前一部分之景對於後一部分之情，正好形成反面映襯：自然萬物的自由舒展、「逸豫」和暢、生機活潑，反襯作者的拘囚不伸、進退不得、如圈牢養物，更顯出作者此時的悲情沉重難荷。清人王夫之評《詩經·采薇》「昔我往矣」幾句時，說：「以樂景寫哀，以哀景寫樂，一倍增其哀樂。」曹植此賦以「樂景寫哀」，確也像〈采薇〉一樣，一倍增其哀也。

本賦言及《詩經》二篇，以傳達自己身處藩地的辛勤、思歸之意，也較婉曲、恰切。

卷二

潛志賦

【題解】曹植至後期，在政治上頗受排擠、壓制，心中因而抑鬱苦悶。為超越苦難，曹植受當時社會風氣的影響，乃寄情於道家學說，甚至想引身自退。這從他後期的很多詩文作品（如〈仙人篇〉、〈釋愁文〉、〈髑髏說〉等）中可以看出。這篇〈潛志賦〉在思想上與作者後期的這些作品一脈相承，表現出了政治重壓之下欲隱遁離世的傾向，所以《藝文類聚》將此篇列入人部隱逸類中。

潛大道以遊志❶，希往昔之遐烈❷。矯貞亮以作矢❸，當苑囿乎藝窟❹。驅仁義以為禽，必信忠而後發❺。退隱身以滅跡，進出世而取容❻。且摧剛而和謀❼，接處❽肅以靜恭❾。亮❿知榮而守辱⓫，匪徇天路以焉通⓬？

【注釋】❶潛大道句　潛，沉潛；浸潤。比喻處於某種境界或思想活動之中。大道，此指道家學派所謂「道」。即指清靜無為，虛靜不爭，順任自然的生存境界。遊志，猶遊心。謂使心靈自由馳騁遨遊。❷希往昔句　希，通「稀」。疏淡之意。遐烈，猶云遠跡。《文選‧弔魏武帝文》呂向注：「遠跡，謂平生謀長遠之事也。」烈，功業；事業。❸矯貞亮句　矯，舉起。

貞亮，正直誠信。亮，通「諒」。誠也。❹當苑囿句　意謂身在王宮繁華之處，卻有隱居藏才之心。苑囿，古指種林木、養動物的園林。多指帝王園林。乎藝窟，原本作「之呈藝」，今據《藝文類聚》卷三六改。藝窟，聚藏才藝之處。窟，本指山洞。古代隱士常以山穴為居處。❺發　射出箭矢。此承上文「矯貞亮以作矢」而言。❻取容　謂順從別人的心意，以取悅於人。❼且摧剛句　摧剛，謂棄除剛烈之性。和謀，謂力求和柔。❽接處　謂待人接物，立身處世。❾靜恭　平和謙謹。❿亮　的確；誠然。⓫知榮而守辱　語本《老子》：「知其榮，守其辱，為天下谷。」意謂深知什麼是榮耀，卻又能安於卑辱的地位。⓬匪狗天句　匪，非也。狗天路，謂遵循天道。《老子》曰：「天之道，不爭而善勝，不言而善應，不召而自來。」狗，通「徇」。順從。焉通，原本作「為通」，今據《藝文類聚》改正。

【語　譯】沉潛大道放縱心靈，昔日的遠志被看輕。舉起正直誠信以作箭，苑囿當作藏才的山林。驅趕仁義當禽鳥，發箭定要合乎忠信。退時隱身藏形跡，進時避世順隨他人。且滅剛性求柔順，待人處世謙恭平靜。心知榮耀而身守卑位，不循天道怎可通行？

【研　析】也許是受著建功立業、積極進取的時代精神的感召，以及前無所承、獨自崛起的曹操的影響，曹植自小就有很強烈的用世之志，希望「建永世之業，流金石之功」。但是，自曹丕稱帝以來，曹植不僅不能大展英才，實現平生夙願，反而身遭曹丕父子的殘酷迫害，以致他對立身於世都深感危懼。因此，至晚年，曹植常常是志有所求於功名，而心則有所憂於危患；也常常是在進與退、出與入的矛盾之中作痛苦的徘徊。此賦就表現了作者在這痛苦、徬徨之際辭世隱身，隨遇而安的意念，顯示出了向老莊知榮守辱、順適自然的處世哲學歸依，以求精神解脫的心理趨勢。其實，曹植的隱身之意，離世之念，並非出自衷情，而且他也知道這種意念根本不可能變為現實（因為他當時實與囚徒無異，失去了人身自由，正如他在〈臨觀賦〉中所說：「進無路以效公，退無隱以營私」）；他的這種意念，從某種意義上講，應該是其功業未建、難容於世時的一種憤激、無奈之情的投影、流露，頗有點像人怒激之時說的氣話，困窘之時的自解之詞。但是，這種意念，確實也表現出曹植對險惡汙濁之世的危慮，對吉凶難料的人事的惶懼，含有憂讒畏譏、全身避禍的深意。除上面所述外，本賦也表現出了作者「窮則獨善其身」、堅守貞信亮節的人生信念。此賦在思想內容上，與卷一〈玄暢賦〉多有相通之處，可參閱彼篇所述。

本篇在寫作上，成功地運用了比喻、擬物等手法。如，將「貞亮」、「仁義」等抽象的理念，化為具體可感的「矢」、「禽」等物，以抒寫自己高潔的志向，所用比擬之法，使文句顯得生動形象。另外，此賦文詞簡潔凝煉，音律和諧勻齊，富於形式的整飭之美。

閒居賦

【題解】本篇寫作者閒居無事時外出春遊之事。文中寫到了閒居時的孤寂、苦悶，以及遊覽之時的所見所感。就思想內容、情感基調看，此篇當是作者後期的作品。篇題中的「閒居」，喻政治上的閒置無為。此賦文句殘佚，非全文。

何吾人之介特❶，去朋匹而無儔❷。出靡時以娛志❸，入無樂以銷憂。何歲月之若騖❹，復民生❺之無常。

感陽春之發節❻，聊輕駕而遠翔❼。登高丘以延企❽，時薄暮而起余❾。

仰歸雲以載❿奔，遇蘭蕙之長圃。冀芬芳之可服⓫，結春蘅以延佇⓬。

入虛廓之閒館⓭，步生風之高廡⓮，踐密邇之脩除⓯，即蔽景之玄宇⓰。

翡翠⓱翔於南枝，玄鶴⓲鳴於北野，青魚躍於東沼，白鳥戲於西渚⓳。

遂乃背通谷⓴，對綠波，藉文茵㉑，翳㉒春華。丹轂㉓更馳，羽騎㉔相過。

【注　釋】❶介特　孤高而不合流俗。❷儔　伴侶。❸娛志　娛樂心情。❹若鶩　像鶩馬一般縱橫奔馳。❺民生　猶人生。❻陽春之發節　謂春天剛剛開始。❼遠翔　猶云遠遊。❽延企　謂伸長脖子，踮起腳跟。形容遠望的樣子。❾起余　為「余起」之倒文。意謂我動身返回。❿載　語助詞，無義。⓫服　佩帶。⓬結春蘅句　蘅，即杜衡，香草之一種，開暗紫色小花。延佇，長時間站立。⓭入虛廓句　意謂進入空曠、寂靜的館閣。⓮廡　高堂下周圍的廊房。即廂房。⓯踐密邇句　意謂踏行靜而長的樓梯。密邇，同「密爾」。安靜的樣子。⓰即蔽景句　意謂走進避陽的、幽深的房屋。景，指陽光。⓱翡翠　鳥名，嘴長而直，有藍色和綠色的羽毛，羽毛可做裝飾品。⓲玄鶴　黑色之鶴。⓳渚　水中的小洲。⓴通谷　又稱太谷關。華延《洛陽紀》：「（洛陽）城南五十里有太谷，舊名通谷。」㉑文茵　車上的虎皮座褥。㉒翳　遮蔽。㉓丹轂　指以朱漆塗飾的車輪。轂，本指車輪中心的圓木。㉔羽騎　羽林騎士。為帝王的護衛兵。案：魏帝讓羽林騎士從曹植而遊，實際上是為了監視。

【語　譯】我這人非常孤高不合群，離朋去友無人相投。出門沒有機會散散心，進屋沒有樂事解憂愁。歲月流逝快如車馬奔，人的壽命又難長久。

想到陽春時節剛開始，聊且駕上輕車去遠遊。登上高山以遠望，時近黃昏才往回走。

仰看歸山之雲跑得快，我從生長蘭蕙的園圃行走。想把芳香的花草佩身上，編結春蘅而站立久。

進入空寂之館閣，漫步高廊風嗖嗖。攀行幽靜的長樓梯，走進避陽的深屋裏頭。

翡翠鳥兒飛於南枝，黑鶴在北野叫啾啾。青魚在東邊的水池跳躍，白鳥在西方的小洲戲遊。

於是，離開通谷關口，面朝清澈的溪流，墊上虎皮座褥，遮以春天花簇。朱紅車輪遞相轉動，羽林騎士相隨奔走。

【研　析】就本篇中「感陽春之發節」、「背通谷」、「羽騎相過」等語句看，此賦似應作於曹魏遷都於洛陽之後的某年初春。而觀史書所載，曹植在文帝遷都洛陽後，赴洛陽計二次，一在黃初四年五月應詔朝會，第二次在明帝太和五年（西元二三一年）冬，至第二年春返回封地。依此，本篇則應作於太和六年初春。

曹植素懷大志，願為國畢力效命，以建功立業，而不甘於寂寞賦閒，無所作為。其〈雜詩〉第五首云：「閒居非吾志，甘心赴國憂。」〈求自試表〉亦云：「虛荷上位而忝重祿，禽息鳥視……非臣之所志也。」因此，他多次上書朝廷，請求試用自己，但曹丕父子都沒能滿足他的心願，相反，對他施行嚴密的監禁，把他視作「圈牢之養物」，「徒榮其軀而豐其體」（〈求自試表〉），使他「進無路以效公，退無隱以營私」，過著名為王侯、實為囚徒的生活。對此，曹植自然不滿。此賦借對閒居京城、外出遊觀遣懷的描寫，就表達了政治上遭受冷落，以致閒置無為的怨憤、苦悶，抒發了忠信被疑、志不獲騁的悲哀，流露出了對時光飄逝，功業不成的憂傷。

本賦開頭六句，總寫作者閒居之時的孤獨、憂愁之狀，表達了剛正介特而遭人疏棄的孤苦，政治上投閒置散的煩怨，以及對光陰遷逝、人生無常的惶遽。總之，一開篇，就有一股淒楚悲愴的氣息撲面而來。此為下文寫出外遊觀遣懷張本。「感陽春」四句概述出遊之事。「仰歸雲」至文章結尾，寫遠遊歸來的途中邊走邊遊的有關情況，寫得較為詳細，可以分作四個層次。「仰歸雲」以下四句為第一層，寫歸時路經蘭蕙之圃，想以香草為服飾。此以比喻、象徵的手法，表達了對高潔志操的嚮往和追求，與屈原賦中「矯菌桂以紉蕙兮，索胡繩之纚纚」，「佩繽紛其繁飾兮，芳菲菲其彌章」等句的表意方式相侔。「入虛廓」以下四句為第二層，寫所見宮宇冷寂、空闊之象，象徵自己閒置而不見用時的落寞、空寂的情懷。「翡翠」以下四句為第三層，是寫歸途所見魚鳥自在嬉戲之貌，但這裏有很大的虛擬成分，不一定都是眼前實景。此以魚鳥自由歡娛、無拘無束之樂，反襯自己志不得伸、意不得展的拘促、悲苦。此按南北東西的方位鋪寫鳥魚之樂，境界闊大，愈顯自己閒居時活動空間的逼仄、拘囚。「遂乃」以下六句是第四個層次，寫歸途所經之地，以及隨行儀衛之盛。

總的來說，此賦流貫著懷抱才美而不見用的鬱勃、牢落之情，充溢著身受局限、閒置無為的怨誹之意，流露出了年華已逝、功名未建的焦灼、失落之感，從側面反映出作者功名事業心的強烈。此賦層次清晰，意脈分明；寫景、敘事、議論、抒情融為一體；情調慷慨悲涼，頗有動人的藝術魅力。

慰子賦

【題解】此賦是作者哀傷愛子夭亡而作。撰寫的具體時間，今難以確考。觀《子建集》，其中有〈金瓠哀辭〉與〈行女哀辭〉兩篇，均是傷悼愛子夭折的作品。但金瓠、行女都未滿周歲而亡，故本賦所言「中殤」愛子，與金瓠、行女無涉。而據賦中「中殤」一詞推測，此賦的寫作時間不會在建安年間。

彼凡人之相親，小離別而懷戀。況中殤❶之愛子，乃千秋而不見？入空室而獨倚，對孤幃而切歎❷。痛人亡而物在，心何忍而復觀？日晼晚❸而既沒，月代照而舒光❹。仰列星以至晨，衣霑露而含霜。惟逝者之日遠，愴❺傷心而絕腸❻。

【注釋】❶中殤　未成年而死叫殤。古時把八歲至十九歲死者的喪服分為長、中、下殤三等，十二歲至十五歲為中殤。❷切歎　謂歎息之聲急促。❸晼晚　日將落之貌。❹舒光　散發光輝。❺愴　悲也。❻絕腸　猶斷腸。

【語譯】常人之間關係親，短暫離別尚懷戀，何況愛子年少死，千秋萬代難再見？進到空房獨倚靠，對著孤帳急聲歎。哀傷人死而物在，哪再忍心將物看？太陽西下而落山，月亮接把光輝散。仰觀繁星至清晨，衣霑露水凝霜寒。死者離去日漸遠，我心傷悲肝腸斷。

【研析】這是一篇悲傷愛子「中殤」的作品。文雖不長，但字字句句出自肺腑，凝著血淚，故而悲婉哀切，感人至深。

此賦先以普通人的短暫離別，尚且令人懷戀不已作反襯，以突現愛子中殤、千秋不見給自己帶來的悲痛、哀傷之巨大；然後寫作者睹物傷懷，顯示出作者在人去樓空，物在人亡的境況面前的孤寂難堪、悲慟難抑；接著敘寫作者徹夜不眠、獨立霜天、凝望夜空等情狀，將作者喪子以後的孤苦、哀痛、思念之情，表現得真切深摯，淋漓盡致；最後以「惟逝者」二句作結，直抒胸臆。

此賦語雖簡短而平易，但作者能攝取具有典型意義的場景、細節以表現自己的內心世界，故而能產生動人心魄的力量。

敘愁賦 并序

【題解】曹操從曹魏統治集團的利益出發，於建安十八年（西元二一三年）將自己的三個女兒（即曹憲、曹節、曹華）嫁給漢獻帝劉協為貴人，以子女的婚姻換得與漢朝皇帝的政治聯姻。被封為貴人後，曹憲、曹節旋即入宮，小女曹華因年幼，待於國中。憲、節二女入宮後，憂愁幽思，無限哀傷。其母卞氏見此，便命曹植作〈敘愁賦〉，以述二女之哀思。

時家二女弟❶，故漢皇帝聘以為貴人❷。家母見二弟愁思，故令予作賦。曰：

嗟妾❸身之微薄，信未達乎義方❹。遭母氏之聖善❺，奉恩化❻之彌長。迄盛年而始立❼，脩女職❽於衣裳。承師保❾之明訓，誦六列❿之篇章。觀圖像之遺形⓫，竊庶幾乎英皇⓬。委微軀於帝室，充末列於椒房⓭。荷印紱之令服⓮，非陋才之所望。對牀帳而太息，慕二親以憎傷⓯。揚羅袖而掩⓰涕，起出戶而彷徨⓱。顧⓲堂宇之舊處，悲一別之異鄉。

【注　釋】❶女弟　妹妹。此指曹憲、曹節。❷故漢句　漢皇帝，指漢獻帝劉協。貴人，宮中女官名，東漢光武帝始置，位次皇后。❸妾　為憲、節二女之自稱。❹義方　做人的正道。❺母氏之聖善　語本《詩經・凱風》：「母氏聖善。」指母親聰明善良的品格。❻恩化　撫養教育。❼迄盛年句　盛年，女子十五歲至二十歲。立，成；成就。❽女職　猶言女工，指紡織、縫紉、刺繡等事。❾師保　指教育、輔導王室子弟的老師。❿六列　當為「列女」二字之倒誤，指劉向編撰的《列女傳》一書。此書記錄古代德才優秀的婦女的事跡。⓫觀圖像句　《列女傳》一書，附圖一卷，是該書所寫女子的畫像。⓬竊庶幾句　庶幾，表示期望。英皇，指古帝堯之二女女英、娥皇。二女均嫁與舜為妻。舜稱帝後，二女均為其后妃。⓭充末列句　末列，猶言末位。椒房，指后妃居住的宮殿。其殿室以椒和泥塗於壁，取溫、香、多子之義，故稱椒房。⓮荷印紱句　貴人之爵位較尊，按當時官制，授金印紫綬，故此云「荷印紱」。紱，即繫印章用的絲帶。令，美也。⓯憯傷　增加憂傷。憯，通「增」。⓰掩　遮。⓱彷徨　走來走去，游移不定。⓲顧　回頭看。此謂回憶。

【語　譯】當時，我家的兩個妹妹，被前代的漢朝皇帝聘娶，並被封貴人。我的母親見兩個妹妹悲愁傷心，所以命我寫作了這篇〈敘愁賦〉。賦文為：

悲歎我倆德才微薄，確還不知做人的規章。遇上母親聰慧善良，受其養育的時間特別長。直至盛年才有所成，學習女工縫衣裳。接受老師的高明教導，誦讀《列女傳》中的篇章。觀看圖畫留下的形象，心裏期望像英、皇一樣。將卑賤之身託於帝室，位列下等居於椒房。身著印綬之美飾，並非我輩庸才所嚮往。面對床帳長歎息，思念父母更加憂傷。舉起羅袖掩面哭泣，起身出門在外徬徨。回想家中居住的老地方，哀傷一別流落他鄉。

【研　析】此賦以第一人稱自敘的方式，代兩妹（曹憲、曹節）陳辭，抒寫二人幽閉深宮時的傷離念遠的愁緒，以及孤處獨居的哀怨，表現出作者對兩妹不幸遭遇的深深同情。

此賦開頭十句，以二女追述往事的口氣，敘寫二女自幼時至成人，受到了良好的正統教育，習於女工，恪守婦道，具有良好的品質。二女遐想、追憶在家的歲月，胸中似乎充滿溫馨、親切之感，顯示出她們對那段時光的依戀、懷思。「委微軀」以下四句寫二女從遐想中走出，回到現實，直抒對幽居深宮的現狀的怨恨、不滿之意。「對牀帳」以下六句，通過描述二女的行為活動，刻畫其內心世界。對床帳歎息，是因為無人對話，且心中充滿無限的哀怨之情，無盡的思親之意，而無處告訴。孤獨難堪之狀由此可以想見。揚袖掩涕、出戶徬徨、思憶舊處，把二女孤寂愁悶、失魂落魄的情態寫得很傳神。

此賦明顯地表現出了古樸渾厚的風格，它不太注重字句的雕琢，而重思想情意的表達。作品主要通過對人物內心世界的揭示、展現，表現人物深處皇宮的幽怨暗恨、思親念家的悲切難熬，情真意切，纏綿悱惻。另外，賦將二女居家生活期間的和樂、溫馨與現時深居幽宮的孤苦、冷寂，加以對比，更襯托出她們的失意感、懷鄉感、淒涼落魄感。

由本篇序文「故漢」二字看，此賦當作於曹丕代漢稱帝之後不久。

愁思賦

【題解】這是一篇較為典型的悲秋之作。作者感秋氣而傷懷、觸秋景而生情，表現了較為深沉的人生憂患情緒。篇題中的「愁思」，有版本作「秋思」。結合本篇內容看，疑作「秋思」是。

四節更王兮秋氣悲❶，遙思惝怳兮若有遺❷。原野蕭條兮煙無依❸，雲高氣靜❹兮露凝衣。野草變色❺兮莖葉稀，鳴蜩❻抱木兮雁南飛。歸室解裳兮步庭前，月光照懷兮星依天❼。居一世兮芳景遷❽，松喬難慕兮誰能仙❾？長短命也兮獨何愆❿！

【注釋】❶四節句　四節，指一年中的四季。更王，謂交替而旺。王，通「旺」。謂旺盛而為主。秋氣悲，與宋玉〈九辯〉「悲哉秋之為氣也」句意相同。❷遙思句　惝怳，失意憂愁之貌。若有遺，若有所失。❸煙無依　謂煙消散也。❹雲高氣靜　語本宋玉〈九辯〉：「泬寥兮天高而氣清。」形容秋天天空高朗，氣候清涼。❺野草變色　語本〈九辯〉：「草木搖落而變衰。」謂野草入秋之後，顏色由青綠變得枯黃。❻蜩　蟬也。❼星依天　謂秋夜天高氣朗，星星就像高高地緊貼在天上。❽居一世句　一世，古時稱三十年為一世。芳景，指青春年少的大好時光。遷，消逝也。❾松喬句　松喬，指赤松子與王子喬，古代傳說中的兩個仙人。慕，學也。❿長短句　謂人之壽命長短，都是命中注定，沒有差錯。愆，差錯也。

【語譯】四季輪番出現啊秋氣令人悲戚，回想過去而惆悵啊像丟了什麼東西。原野蕭條冷落啊人煙消逝無形跡，天高雲淡、氣候清涼啊露水凝於衣。野草變得枯黃啊莖葉疏稀，秋蟬抱樹而鳴啊雁向南方飛得急。回家解開衣裳啊轉到庭前漫步游移，月光照我胸懷啊星貼天頂極。一晃過去三十年啊青春年華消失，松喬難學啊仙道誰人企及？壽之長短命中定啊不會錯出毫釐！

【研析】和〈幽思賦〉、〈感節賦〉等作品一樣，這篇也是作者應物生感、觸景生情而作。它描述了蕭瑟淒清的秋天候景、節物在作者心理上的反應，承襲了宋玉開創的悲秋主題，從悲秋切入而作沉鬱的人生之思，表達了對年華已逝、「芳景」難再的感歎和悲愁，流露出了時光飄忽、人生短促而老之將至的遷逝感、遲暮感。此賦的旨趣，頗與〈幽思賦〉、〈感節賦〉相類，請讀者參閱筆者對上述二篇的思想內容所作的評析。

本賦開篇二句，總寫作者面對秋景時的惆悵憂鬱之感，譜定了全賦的情感基調。「原野」以下四句，寫作者眼前之景：原野蕭條，寂無人煙；雲高氣清，寒露凝衣；野草枯黃，莖葉稀疏；寒蟬抱木，北雁南飛。作者寫景，由大到小，由遠及近，從下至上，從不同的角度、不同的方位依次寫來，將富於秋季典型特徵的景物寫得活靈活現，細緻具體，讀之宛然在目。需要注意的是，這裏的寫景，與作者的主觀情思相契合、湊拍，寄寓著作者淒涼、悲愁的情意，浸透著作者的失意感、悲涼落魄感。因此，這裏的景物描寫猶如抒情一般，看似寫景，卻表現了極強烈的抒情意味。賦中「歸室」二句通過描寫自己的行為活動，反映愁不堪言的精神狀態。「居一世」以下三句，以議論的筆法寫自己由觀秋景而產生的生存憂患，表達了時光遷流，功業未建的感喟，流露出了生命短促，壽夭命定的無奈悲愁。此與曹丕詩中「壽命非松喬，誰能得神仙」，作者自己詩中「人居一世間，忽若風吹塵」等句之意相類。

總之，此賦是作者觸景傷情的產物，正如作者自己所言：「慷慨有悲心，興文自成篇」（〈贈徐幹〉），體現了「情動而辭發」的特點。此賦融情於景，借景抒情，風格深沉蒼涼。

九愁賦

【題　解】此賦通篇代戰國時楚國詩人屈原陳辭，敘寫了屈原在楚頃襄王時，受姦人陷害而被頃襄王放逐江南的悲慘遭遇。此賦明寫歷史上的屈原，實是借古喻今，暗寫作者自己的窘境和悲憤。丁晏《陳思王年譜・序》云：「（陳思）王既不用，自傷同姓見放，與屈子同悲，乃為〈九愁〉、〈九詠〉、〈遠遊〉等篇以擬楚騷。」此賦篇題「九愁」二字，極言愁思之多。

嗟離思之難忘，心慘毒❶而含哀。踐南畿❷之末境，越引領❸之徘徊。眷浮雲以太息，願攀登而無階。匪徇榮❹而偷樂，信舊都❺之可懷。

恨時王❻之謬聽，受奸枉之虛辭❼。揚天威以臨下❽，忽放臣而不疑❾。登高陵而反顧❿，心懷愁而荒悴⓫。念先寵⓬之既隆，哀後施之不遂⓭。雖危亡之不豫⓮，亮[15]無遠君之心。刈桂蘭而秣馬[16]，舍余車於西林[17]。願接翼於歸鴻[18]，嗟高飛而莫攀。因流景而寄言，響一絕而不還[19]。

傷時俗之趨險[20]，獨惆悵而長愁。感龍鸞而匿跡[21]，如吾身之不留。竄江介之曠野[22]，獨眇眇[23]而汎舟。思孤客之可悲，愍予身之翩翔[24]。豈天監之孔明[25]？將時運之無常。謂內思而自策[26]，算乃昔之愆殃[27]。以忠言而見黜[28]，信毋負於時王。俗參差而不齊，豈毀譽之可同[29]？競昏瞀[30]以營私，害[31]予身之奉公。共朋黨而妬賢[32]，俾予濟乎長江[33]。嗟大化[34]之移易，悲性命之攸遭。愁慊慊而繼懷[35]，惟慘慘而情挽[36]。曠年載而不回[37]，長去君兮悠遠。

御飛龍之蜿蜿，揚翠霓之華旌[38]。絕紫霄而高騖[39]，飄弭節[40]於天庭。披輕雲而下觀，覽九土之殊形[41]。顧南郢[42]之邦壤，咸蕪穢而倚傾[43]。驂盤桓而思服[44]，仰御驤[45]以悲鳴。行予袂而收涕[46]，僕夫感以失聲[47]。

履[48]先王之正路，豈淫徑[49]之可遵？知犯君之招咎[50]，耻干媚[51]而求親。顧[52]旋復之無軌，長自棄於遐濱[53]。與麋鹿以為群，宿林藪之葳蓁[54]。野蕭條而極望[55]，曠千里而無人。民生[56]期於必死，何自苦以終身？寧作清水之沉泥，不為濁路之飛塵[57]。踐蹊徑[58]之危阻，登岩嶢[59]之高岑。見失群之離獸，覿偏棲[60]之孤禽。懷憤激以切痛，若回刃61之在心。

愁戚戚62其無為，遊綠林而逍遙。臨白水以悲嘯，猿驚聽以失條63，亮無怨而棄逐，乃余行之所招。

【注釋】❶慘毒　謂怨憤強烈。❷南畿　此指楚國南部地區。具體指今湖南省辰溪縣、漵浦縣一帶。頃襄王時，屈原被放逐江南，流亡於沅、湘一帶的山林澤畔。畿，疆界也。❸越引領　謂將脖子伸得很長。形容翹首以望之狀。越，遠也。❹徇榮　追求榮華富貴。❺舊都　指楚國都城郢都（今湖北江陵）。❻時王　指頃襄王。頃襄王，熊氏，名橫，楚懷王之子。西元前二九八年至前二六三年在位。作者此賦所謂「時王」亦隱指魏文帝曹丕。❼受奸枉句　指楚令尹子蘭向頃襄王進讒言，中傷屈原，致使屈原蒙受不白之冤。此句亦隱指黃初二年，監國使者灌均誣奏曹植「醉酒悖慢，劫脅使者」之事，以及黃初二年，東郡太守王機、防輔吏倉輯誣白曹植之事。虛辭，不實之辭。❽揚天威句　天威，指君主的威勢、權力。臨下，統治臣下。❾忽放臣句　謂頃襄王將屈原放逐江南。此句亦隱指曹丕貶曹植為安鄉侯等事。❿登高陵句　蓋本屈原〈哀郢〉：「登大墳而遠望。」〈涉江〉：「乘鄂渚而反顧。」陵，大土山。⓫荒悴　猶云憔悴。形容心情憂愁不暢。⓬先寵　當指楚懷王的恩寵。據史載，懷王起初很信任屈原，讓他作左徒，商議國事，發布命令，接待賓客，應對諸侯。案：此亦隱指魏王曹操的恩寵。⓭哀後施句　後，指頃襄王。亦隱指文帝曹丕。施，恩惠。不遂，謂中途斷絕而不善終。⓮不豫　不可預料。⓯亮　誠然。⓰刈桂蘭句　刈，割也。秣馬，餵馬。⓱舍余車句　語本〈涉江〉：「邸余車兮方林。」舍，停歇。⓲願接翼句　此句形容屈原無比懷思郢都的君王。歸鴻，指北飛的鴻雁。⓳因流景二句　屈原〈思美人〉：「因歸鳥而致辭兮，羌迅高而難當。」流景，指飛鴻之影。寄言，傳遞音信。⓴趨險　謂傾向於陰險機詐。㉑龍鸞而匿跡　喻世道黑暗，賢良之士隱沒不顯。㉒竄江介句　〈哀郢〉云：「去故鄉而就遠兮，遵江夏以流亡」，「悲江介之遺風」。竄，流放；貶遷。江介，江邊。㉓眇眇　微小、孤單之貌。㉔愍予句　愍，哀憐。翩翔，疾行貌。㉕豈天監句　天監，上天的監視。孔明，十分明晰。㉖謂內思句　內思，內心思索。自策，自我反省。㉗算乃句　算，謂推究、分析。愆殃，過錯與災禍。㉘見黜　被貶退。㉙俗參差二句　屈原〈離騷〉云：「民生各有所樂」，「民好惡其不同」。㉚昏瞀　昏庸愚昧。㉛害　害怕。㉜共朋黨句　〈離騷〉云：「世並舉而好朋」，「世溷濁而不分兮，好蔽美而嫉妒」。㉝俾予句　〈涉江〉：「旦余將濟乎江、湘。」俾，使也。㉞大化　指國家的政治教化。㉟愁慊慊句　謂愁思綿長不斷，時常縈繞於心。慊慊，心中憤恨而不平。㊱惟慘慘句　慘慘，愁苦不堪的樣子。挽，牽制。㊲曠年句　〈哀郢〉云：「忽若去不信兮，至今九年而不復。」曠，久也。㊳御飛龍二句　〈離騷〉：「駕八龍之蜿蜿」，「揚雲霓之晻藹」。蜿蜿，龍行之貌。翠霓，指彩虹。㊴絕紫霄句　絕，穿越。紫霄，此指紫色雲。高騖，猶高馳。㊵弭節　謂停車。弭，停止。節，行車的節度。㊶九土之殊形　謂九州之地貌有差別。㊷南郢　指楚國都城郢。㊸咸蕪穢句　形容郢都被秦將白起攻陷後，遭到極大破壞。〈哀郢〉云：「曾不知夏（廈）之為丘兮，孰兩東門之可蕪？」蕪穢，謂草雜叢生，土地荒蕪。倚傾，形容房屋傾斜、坍塌之狀。㊹驂盤桓句　驂，駕在車轅兩側的馬。盤桓，往來不進的樣子。思服，思念之意。㊺仰御驤　謂馬昂著頭，面對駕車的人。驤，指馬昂首。㊻行予句　袂，衣袖。收涕，謂拭擦眼淚。㊼僕夫句　〈離騷〉：「僕夫悲余馬懷兮，蜷局顧而不行。」㊽履　踐行。㊾淫徑　邪路。㊿招咎　招致罪過。(51)干媚　諂媚。猶今語所謂討好。干，求取。(52)顧　念及。(53)遐濱　偏遠的水邊。此當指今溆水、沅江一帶。(54)與麋鹿二句　〈涉江〉云：「入溆浦余儃佪兮，迷不知吾所如；深林杳以冥冥兮，乃猿狖之所居……哀吾生之無樂兮，幽獨處乎山中。」葳蓁，草木叢生之貌。(55)極望　極目遠望。(56)民生　猶言人生。(57)寧作二句　比喻寧可在政治清明的時代居處卑下之位，而不願在汙濁黑暗的亂世任顯達之職。(58)蹊徑　此謂道路。(59)岧嶢　山高峻貌。(60)覿偏棲　覿，遇見。偏棲，獨居也。(61)回刃　回旋轉動的刀刃。(62)戚戚　悲愁惶恐貌。(63)失條　謂從樹枝上墜落。

【語　譯】悲歎離別的愁思難以消，內心極度怨憤且悲哀。行走於南疆偏遠地，翹首遠望且徘徊。面對著浮雲長歎息，想要攀登而無階臺。不求榮華不慕逸樂，的確對舊都無比念懷。

怨恨今日君王錯聽讒言，使我受到奸人的誣告和陷害。君王施用天威懲治我，很快將我放逐都城外。登上高山回頭望，心裏愁苦不暢快。感念先王的恩寵特別多，哀傷今日君王對我恩愛不再。危亡之事雖難預見，但我對君王不把貳心懷。割來桂蘭飼餵馬，讓我的車馬在西林等待。希望北歸之雁帶我去，可惜牠高飛於天我無法近挨。又想託牠捎個信，哪知牠鳴叫而去不復來。

感傷於世風日趨險惡，獨自惆悵常悲愁。慨歎龍鳳銷聲匿跡，就像我身難在都城留。流放到江邊的荒野地，形單影隻在水上泛舟。想我孤身一人真可悲，獨自疾行更可憂。老天看事哪裏分明？時運多變令我愁。

我自作反省思來想去，將往日的罪、禍作個探究。因為忠言直諫而受貶，我對君王確無愧疚。俗人形形色色各不同，毀譽豈會同出一謀？他們愚昧無知競相營私，反恨我奉公無所求。共結朋黨嫉妒賢能，害得我被逐將長江渡。感歎國家教令生變化，為我人生的遭遇而悲愁。心懷的愁苦綿連不斷，憂懼悲傷將我心左右。接連幾年不得回國都，離開君王的時間太長久。

我讓飛龍駕車升天行，高舉彩虹做的華旌。穿越紫雲而高高奔馳，將龍駕之車停駐天庭。撥開輕雲朝下看，望見九州之地不同形。觀望南楚之郢都，雜草叢生屋斜傾。馬兒徘徊不進思舊地，對著車夫昂首悲鳴。揚起我的衣袖將淚擦，車夫傷感得痛哭失聲。

沿著先王的正道走，哪能將那歪門邪道行？心知觸犯君王會招禍，但我恥於獻媚以求歡心。想回都城卻無路，只好棄身於偏遠之境。與麋鹿相伴同居處，住在荒蕪的沼澤、森林。原野蕭條放眼看，千里空曠寂無人。人生在世必有一死，何必自尋痛苦以終身？寧可在清水中作沉泥，不願成為濁路上的飛塵。步行危險坎坷的道路，將險峻陡峭的高山攀登。看見離群失伴的野獸，遇見獨自棲憩的孤禽。心懷憤激無比悲痛，好似利刃絞於心。

心裏憂懼無所事事，遊於綠林而隨意逍遙。走到水邊悲聲長嘯，猿猴受驚墜自枝條。遭受棄逐心無怨，這是我的行為所惹招。

【研析】這是一篇發憤抒情的擬屈（原）之作，頗受後世之人的推崇。全篇以第一人稱自敘的方式，代屈原立言，描述了流放江南時的複雜心情，表達了去國懷鄉的悲哀，壯志難酬的苦悶，被棄遠地的孤淒，以及對君王謬聽讒言的怨艾和對世俗溷惡的憤懣。全篇充盈著忠君愛國之意，洋溢著孤苦哀怨之情。此賦借題發揮，句句寫屈原，卻句句又是自傷；賦中屈原形象的後面明顯晃動著作者自身的影子。

此賦大致可分為六個段落。

第一段寫屈原流亡南疆，離思難忘，心念郢都，胸懷怨憤。此段首二句，開宗明義，揭示全文主旨，給人哀怨憤激之情久積於胸，不得不怏怏傾吐之感。此段所蘊情意，也正是作者遷徙遠藩，難歸京城時的情思的折射。

第二段抒寫被小人讒害、譖毀而受君王疏遠、放逐的悲憤。其中，「亮無」句、「願接」四句，也表達了對君王忠貞不貳、冀其回心轉意的心曲。此處寫無人從中傳其言意，而希望託飛鴻致詞於君王，但不可得，顯得甚是孤苦、淒惋。

第三段表達的情意大約有三個方面：一是抨擊時風險惡，世人昏瞀營私，結黨妒賢；二是抒寫流亡江南時的寂苦、愁悶；三是表達對時王失察，退逐忠良的憤慨。

第四段寫屈原為超越現實的苦難，排遣胸中的鬱抑，乃駕飛龍，遨遊天庭，但他看到「南郢之邦壤」的破敗景象時，又黯然神傷，躑躅難行。這段描寫，表現了屈子理想不得實現的苦悶，以及對故國宗邦的眷戀。此段運用浪漫主義手法，編織漫遊天庭的幻境，想像優美奇特，境界惝怳迷離，場面宏偉壯麗。其中，以驂馬、僕夫的情感反應映襯屈子的內心的痛苦、眷戀，頗具感人的力量。此雖仿效〈離騷〉的寫法，但較〈離騷〉的描寫，更為細膩、生動。

第五段主要描述流放江南時物質生活和內心世界的雙重痛苦，同時也申述了忠於朝廷而不隨俗俯仰、同流合汙的堅定信念。此段所述，其實也是曹植僻居遠藩期間的生存狀態和心理狀態的藝術寫照。曹植〈遷都賦序〉云：「號則六易，居實三遷。連遇瘠土，衣食不繼。」其〈轉封東阿王謝表〉亦云：「桑田無業，左右貧窮，食裁（才）餬口，形有裸露。」〈求自試表〉云：「憂國忘家，捐軀濟難，忠臣之志也。今臣居外，……伏以二方未剋為念。」〈玄暢賦〉云：「弘道德以為宇，……超遺黎而度俗。」

第六段表現屈子歸罪於己、自怨自艾的痛苦情緒。這種情緒，實際是作者〈責躬〉詩中那種自責自疚的意緒的投射。

此詩情意深摯，纏綿悱惻，悽楚動人。明人沈嘉則說：「遭讒受誣，以致放逐，而瞻天戀闕之忱，耿耿不替。至於貞心亮節，矢志靡他，又可為臣子處變之法也。」此賦在抒情寫意上繼承了屈原〈離騷〉、〈涉江〉、

〈哀郢〉等作品的表現方法，因而清人丁晏評此賦云：「楚騷之遺風……托體楚騷，而同姓見疏，其志同，其怨同也。文辭淒咽深婉，何減靈均（案指屈原）！」

娛賓賦

【題　解】漢魏之際，貴族子弟常聚結賓客，追歡尋樂，或騁馬鬥雞，或賞歌觀舞，或遊園遠足……本篇通過寫曹丕宴聚賓客之事，反映了當時貴族子弟生活的一個側面。

感夏日之炎景兮，遊曲觀之清涼❶。遂衎賓❷而高會兮，丹幃曄❸以四張。辨中廚之豐膳兮❹，作齊鄭之妍倡❺。文人騁其妙說兮，飛輕翰❻而成章。談在昔之清風❼兮，揔賢聖之紀綱❽。欣公子❾之高義兮，德芬芳其若蘭。揚仁恩於白屋❿兮，踰周公之棄餐⓫。聽仁風⓬以忘憂兮，美酒清而肴甘⓭。

【注　釋】❶感夏日二句　炎景，炎熱的陽光。曲觀，指偏靜的望樓。案：以上二句，明活字本脫缺，今據《初學記》卷十所引補入。❷衎賓　娛賓也。衎，樂也。❸丹幃曄　謂紅色的帳幕很鮮亮。❹辨中廚句　辨，置辦；具備。中廚，即廚中。❺作齊鄭句　作，此謂演出。齊、鄭，指今山東、河南一帶。妍倡，指美妙的歌舞。❻翰　毛筆。❼清風　《詩經・烝民》：「吉甫作頌，穆如清風。」後因以「清風」喻指高雅美妙的詩作。❽紀綱　此指古代有關禮法制度的經典著作。❾公子　指曹丕。❿白屋　簡陋的茅草屋。白屋為貧士所居，故常用以指稱貧士。⓫周公之棄餐　周公，即周公旦。史載周成王即位時，年尚幼小，以周公代行天子事。而周公攝政，禮賢下士，「一沐三握髮，一飯三吐哺」。此處「棄餐」，即指周公「一飯三吐哺」之事，謂周公接待賢士虛心而有禮。⓬仁風　此指仁義之言。⓭美酒句　蓋本《詩經・鳧鷖》：「爾酒既清，爾殽既馨。」

清，潔淨。

【語譯】深感夏天的太陽太炎熱，便遊於曲觀感受清涼。娛樂賓客而大聚會，鮮亮的紅帳四面張。廚中置辦豐盛的酒菜，將齊鄭的歌舞來獻上。文士逞才發妙論，奮筆疾書寫成文章。品評往日的奇詩妙作，綜論聖賢的經籍典章。公子高尚的言行令人欣喜，他的品德像幽蘭一樣芬芳。將仁惠恩澤施及貧士，周公吐哺也比他不上。聆聽仁義之言忘憂愁，酒菜也顯得潔淨而甘香。

【研析】此賦所寫內容，與作者〈侍太子坐〉詩相近。如，賦有「美酒清而肴甘」句，詩則有「清醴盈金觴，肴饌縱橫陳」二句；賦有「作齊鄭之妍倡」句，詩則有「齊人進奇樂」句；賦有「欣公子之高義兮，德芬芳其若蘭」二句，詩則有「翩翩我公子，機巧忽如神」二句。觀此，本賦的寫作時間當與〈侍太子坐〉相近，很可能作於曹丕為太子（丕為太子，在建安二十二年冬）的第二年夏天。

本賦寫作者參與曹丕宴會所見盛況，表達了對曹丕的讚美之情，流露出了對身為太子的曹丕的趨奉之意。賦的開頭四句，點明此次宴會的緣起、地點。「辦中廚」二句寫宴會菜肴之豐，歌舞之盛。「文人」以下四句，寫宴會上文士賦詩作文、高談闊論的熱烈場景，顯示出了文士們意氣風發、逸興遄飛的精神面貌，也使這次宴會透露出幾分雅趣。此處寫文士們談古論今，揮筆成章，用到了「騁」、「飛」等動詞，生動而傳神地描畫出了磊落使才、慷慨任氣的情態。「欣公子」以下四句，敬頌曹丕義高德馨、禮賢下士。末二句寫眾賓盡情飲啖的情況。

此賦在敘事上簡練明快，首尾圓合，詳略得當，不枝不蔓；特別值得一提的是，作者描寫宴會，很注重抓住富有特徵性的場面和細節，以最簡練的筆墨寫出宴會上的熱烈而融洽的氣氛，如寫歌舞之樂，寫文士縱論古今，揮筆為文，即是其例，顯示了曹植寫酣宴則「造懷指事，不求纖密之巧；驅辭逐貌，唯取昭晰之能」的特點。

愍志賦 并序

【題解】從本篇正文前的序言看，這是作者感於一對青年男女有情而終不得成眷屬的情事而作。篇題中的「愍」，意為哀憐也；「志」，蓋指賦中女主人公的心志、情思。本賦殘佚，非全篇。

或人有好❶鄰人之女者，時無良媒，禮❷不成焉。彼女遂行適人❸。有言之於予者，予心感焉，乃作賦曰：

竊託音於往昔，迨來春之不從❹。思同遊而無路，情壅隔❺而靡通。哀莫哀於永絕❻，悲莫悲於生離。豈良時之難俟❼，痛予質之日虧❽。登高樓以臨下，望所歡之攸居❾。去君子之清宇❿，歸小人之蓬廬⓫。欲輕飛而從之，迫禮防之我拘⓬。

【注釋】❶好　愛也。❷禮　指定婚的聘禮。❸彼女句　遂，終於。適人，嫁人。❹不從　謂斷絕往來。從，跟隨。❺壅隔　阻隔。❻哀莫句　意謂世上令人哀傷的事，莫過於永久斷絕往來。永絕，猶言永訣。❼豈良時句　良時，美好的時光，此指婚期。俟，待也。❽痛予句　質，軀體；姿色。虧，衰損。❾望所歡句　所歡，指所愛戀的男子。攸居，所住的地方。攸，所也。❿清宇　指房屋。清，敬詞。⓫蓬廬　用蓬草搭蓋的簡陋房屋。此用以指女主人公現在丈夫的住處，含有貶損、厭惡之意，非紀實也。⓬迫禮防句　禮防，指封建禮法。禮法可以禁亂，如堤防可以止水，故曰禮防。拘，限制也。

【語譯】有個男子很喜歡鄰居家的女兒，但當時沒有良媒說合，故定婚的聘禮無法送成。那女子終於去嫁給了別人。有人將這件事情告訴了我，我聽後心裏頗有感觸，便寫作了這篇賦文：

從前曾暗中寄信傳音，第二年春天便各自西東。想結伴而遊卻無路，戀情受阻無法溝通。哀傷的事情莫過於永絕，生離之事最讓人悲慟。難道良時如此難等？容顏漸老令我心痛。登上高樓朝下看，心上人的住處映眼中。君子的屋宇不得進，卻要回歸小人的草棚。真想輕舉飛行跟隨情人，但迫於禮法的約束而不敢行動。

【研 析】此賦緣事而發，以女主人公自敘的口氣，敘說了她在婚戀上遭遇的不幸、挫敗。由篇中女主人公的訴說及賦前小序看，她與鄰家的青年相愛，只因沒有良媒撮合，最後不得不與自己的意中人分離，而嫁與豪門權貴為妻（《北堂書鈔》卷八四引本賦逸文：「委薄軀於貴戚」）。此賦寫出了女主人公不能與戀人結合的痛苦之情，表現了她欲衝破封建禮教的束縛而有所顧忌的複雜心理，由此揭露了封建禮制妨害青年男女婚姻自由的社會現實。

此賦小序交代了寫作本文的緣由；賦的前四句婉曲地道出了兩人相戀而無法結合的事實；「哀莫」二句抒發了與戀人分離的悲哀之情。此二句用表示比較的句式，將其由生離永絕所產生的悲哀推向極致，顯得刻骨銘心，深重難荷。「豈良」二句，表明女主人公誠願等待，以續情緣，只是害怕年老色衰。這兩句也間接地說出了自己違心另嫁、委身他人的動因，顯得事出無奈。「登高樓」以下四句，寫女主人公另嫁貴戚後，仍心念以前的戀人，而不滿於現狀，表現了女主人公對愛情的忠貞，以及對被迫另嫁的悲怨。末二句寫女主人公深愛以前的戀人，欲與他再結同心，以成眷屬，但想到禮法的酷峻，又意猶不決。女主人公欲行又懼、欲愛不能而徬徨、痛苦的情狀，在此畢露無遺。

此賦對女主人公婚戀受挫後情感世界的描寫，入木三分，纏綿深沉，細膩動人：愛戀的深摯，分離的悲痛，改嫁的無奈，思念的痛苦，欲從又懼的徬徨，一併見於筆端。

這篇言情之作，似乎並不只是敘述青年男女的婚戀之事，而是別有寄託。它實際上是以賦中女主人公自喻，抒寫自己因無人引薦而難以遇合君王的苦況，表現了壯志不伸、才華難展的悲怨心境。作者有〈當牆欲高行〉一詩，其中有云：「龍欲升天須浮雲，人之仕進待中人。……願欲披心自陳說，君門以九重，道遠河無津。」由此可見，作者已深切意識到要出仕當朝，需得「中人」（指君王左右貴幸的人）的舉薦；但事實上，作者並無「中人」引薦，以致難入九重君門，始終得不到君王的理解、信賴和重用。這種處境，與賦中女主人公因「時無良媒」而和戀人難以「同遊」的境況不是很相似嗎？因此，賦以女主人公之口感歎「思同遊而無路，情壅隔而靡通」，實際就像作者在〈當牆欲高行〉中感慨自己「願欲披心自陳說，君門以九重，道遠河無津」一樣，寄寓著作者思欲仕進展才而無路，願與君王遇合而不能的身世之感。

歸思賦

【題　解】建安十八年（西元二一三年）正月，曹操進軍濡須口（在今安徽省無為縣東南），破孫權江西兵營。後領兵駐紮於譙國（今安徽省亳縣）；曹植與其兄曹丕亦從軍至此。四月，隨軍離譙而歸鄴城。離譙歸鄴之際，曹植見故鄉譙地經歷戰火之後，一派荒涼，不禁悽愴悲痛，於是寫下了這篇賦文，且以「歸思」名篇。

背故鄉而遷徂❶，將遙憩乎北濱❷。經平常之舊居，感荒壞而莫振❸。城邑寂以空虛，草木穢而荊蓁❹。嗟喬木之無陰❺，處原野其何為？信樂土❻之足慕，忽並日而載馳❼。

【注　釋】❶背故鄉句　背，離也。故鄉，指譙國。徂，往也。❷將遙憩句　遙憩，遠息也。北濱，猶言北邊。此指鄴都方向。❸振　救治；整頓。❹草木句　穢，荒蕪；雜亂。蓁，為「蓁蓁」之省辭，謂草木叢聚。❺嗟喬木句　謂高大的樹木因少枝葉，而無以成蔭。陰，通「蔭」。❻樂土　可以安居樂業的地方。此指魏都鄴城。❼並日而載馳　謂驅馳車馬，日夜兼程。

【語　譯】離開故鄉往鄴趕，將遠去那北邊休整。經過平時所住的舊居，感到荒壞得無法救拯。城中冷清且空虛，草木蕪雜荊棘叢生。可歎大樹沒有蔭，身處荒野能做何事情？鄴城樂土實足嚮往，馬不停蹄日夜兼程。

【研　析】建安時代，是「世積亂離，風衰俗怨」（《文心雕龍》語）的時代，連綿的戰火殃及城鎮、鄉村，給廣大人民群眾帶來深重的災難。曹植「生於亂，長乎軍」，對於戰亂給國家、民族、人民造成的危害，有著深刻的感受和認識，並能在其作品予以反映。這篇〈歸思賦〉即屬此類作品。此賦儘管殘佚，但從它對譙地一派荒蕪殘破的景象的描述中，仍然可以窺見軍閥混戰所造成的嚴重的社會後果。

賦的首二句是說自己將隨軍從譙歸鄴；三、四句是寫作者路經「舊居」時的感受，表明此地遭受戰爭的破壞十分深重；第五、六、七句，具體展示了戰亂造成的殘破、淒慘的景象：「城邑寂以空虛」，說明在戰亂之中，民眾死亡慘重，以致人煙稀少；「草木穢而荊蓁」，表明田園荒廢，無人耕種，生產力遭到極大傷害；「喬木之無陰」，這一特寫鏡頭，使殘破之狀畢露，真是傷心慘目：連樹木都不能逃脫戰爭的劫難，就遑論其他生靈了！早在建安七年的時候，曹操率軍駐譙，曾作令曰：「舊土人民，死喪略盡，國中終日行不見所識，使吾悽愴傷懷。」事隔這麼多年，此地還是一片衰敗荒涼的慘象，足見戰亂的危害之巨也！第八句用一種飽含感情的疑問句式，使作者觸景而生的傷痛、憤怒之情，溢於言表！末二句寫作者急於回歸北方「樂土」，反襯出譙地殘破淒涼，已至使人難以久居的地步。

此賦以歷史紀實的筆觸，勾畫了一幅那個時代大動亂後蕭條衰敗的社會畫卷，表達了作者傷時憫亂，同情人民的思想感情。

靜思賦

【題　解】本篇塑造了一個才貌雙全的美女形象，描寫了美女孤處「靜思」時的傷悲之情。作者託言美女，抒寫了自己懷才不遇、壯志難酬的悲愁。

夫何美女之嫻妖❶，紅顏曄而流光❷。卓特出而無疋❸，呈才好其莫當❹。性通暢以聰惠，行孊密而妍詳❺。蔭高岑以翳日❻，臨綠水之清流。秋風起於中林，離鳥❼鳴而相求。愁慘慘以增傷悲，予安能乎淹留❽？

【注釋】❶嫻妖　謂嫻靜美麗。❷紅顏句　謂紅潤的容顏流光溢彩。曄，光亮貌。❸卓特句　卓特，超絕出眾。無疋，無偶也。疋，同「匹」。❹當　敵也。❺行孊密句　孊密，聯綿詞，意指舒緩之貌。妍詳，猶言安詳。❻蔭高岑句　岑，小而高的山。翳日，遮日也。❼離鳥　指離散之鳥。❽淹留　久留也。

【語譯】那美女多麼嫻靜美麗，紅潤的臉龐流溢著亮光。出類拔萃無人可比，顯露的才華不同凡響。性情通達又聰慧，舉止端莊且安詳。高山掩遮將日光擋，走近綠水見清流淌。樹林之中秋風起，離散之鳥呼朋喚偶忙。愁情慘淡更添傷悲，我怎能久留這地方？

【研析】這是一篇託喻抒懷之作，其寓意當與作者的樂府詩〈美女篇〉相同。劉履《選詩補注》評〈美女篇〉云：「子建志在輔君匡濟，策功垂名，乃不克遂。雖受爵封，而其心猶為不仕，故託處女以寓怨慕之情焉。」郭茂倩《樂府詩集》亦云：「美女者，以喻君子，言君子有美行，願得明君而試之。」這篇〈靜思賦〉當與〈美女篇〉一樣，借寫美女才貌出眾而獨處無偶，表達了作者未遇明君，懷才不展的悲哀。

本賦首句統攝全篇，給讀者一個總體印象，「嫻」、「妖」二字，概括說明美女既雅靜又艷麗。第二句寫美女外在之美；「卓特」四句寫美女的內在之美，言其才華出眾，天資聰穎，性情嫻雅。「蔭高岑」以下六句，暗寫美女盛年未嫁，孤身獨處。其中，「蔭高岑」句似是比喻小人作梗，未使美女配嫁理想夫君。這實際也是隱喻君王為姦讒小人所蔽，未能重用作者自己。「秋風」二句寫景，更襯出美女孤處的淒涼、冷寂。末二句寫美女觸景傷情，悲愁不已。美女見離鳥尚可鳴叫求偶，而自己則不能，其內心的傷痛該是何等的沉重啊！這實際也寫出了作者難遇明君，無法施展才華以經世治國的悲哀。在此，需作說明的是，本賦末句中的「予」，是指美女。古人賦詩為文，用第三人稱時，往往於其中人物忽加「我」、「予」之類字眼作自述口氣。如，作者〈名都篇〉用第三人稱敘述，但對所描述的人物又偶爾以第一人稱代詞指稱，如「雙兔過我前」即是其例。

此賦託言美女孤處無偶，抒寫作者自己懷瑾握瑜而無所用的憂憤，意致幽眇，含蓄雋永，讀之情味醇厚深長。它既與漢末古詩之感懷不遇、惆悵孤獨的情蘊一脈相通，又與屈原賦「男女君臣之喻」的傳統寫法相續連。

卷三

感婚賦

【題解】本賦寫一個青年男子愛慕一個美麗的女子而難相合時的複雜的情感活動，寄寓著作者對君臣遇合的切身感受。在寫法上，頗受屈原作品的影響。本賦文句殘脫，非全篇。

陽氣動兮淑清❶，百卉鬱兮含英❷。春風起兮蕭條❸，蟄蟲❹出兮悲鳴。顧有懷兮妖嬈❺，用搔首兮屏營❻。登清臺以蕩志❼，伏高軒而遊情❽。悲良媒之不顧❾，懼歡媾❿之不成。慨仰首而太息⓫，風飄飄以動纓⓬。

【注釋】❶陽氣句　陽氣，溫暖之氣。淑清，謂天氣晴朗而暖和。❷百卉句　百卉，百草也。鬱，盛貌。含英，猶云含苞。❸蕭條　深靜的樣子。❹蟄蟲　藏伏在土中過冬的昆蟲。❺妖嬈　嬌艷美麗。此指美艷的女子。❻用搔首句　語本《詩經・靜女》：「愛而不見，搔首踟躕。」用，因也。搔首，以手搔頭。謂心情焦急。屏營，猶言彷徨。謂走來走去，游移不定。❼登清臺句　清，清靜。蕩志，謂排遣心中的愁思。❽伏高軒句　軒，欄杆。遊情，猶云娛情。❾悲良媒句　屈原〈抽思〉：「既惸獨而不群兮，又無良媒在其側。」❿歡媾　歡樂的交會。指結親或結婚。⓫太息　歎息也。⓬纓　指繫在脖子上的帽帶。

【語　譯】暖氣流動天氣宜人，百草含苞欲放長勢盛。春風在靜悄悄地吹動，冬眠醒來的昆蟲不住地悲鳴。只是想念那嬌美的女子，才手抓腦袋心不定。登上清靜之臺遣愁思，伏靠著高欄散散心。哀傷良媒不來光顧我，害怕美滿的姻緣結不成。擡頭望天感慨歎息，陣陣春風吹動我的帽繩。

【研　析】在古代封建社會，青年男女的婚事不得自主，非父母之命、媒妁之言，男女雙方是不能自由結合的。此賦以青年男主人公自白的形式，敘寫此男愛慕一個妖嬈女子，因無良媒說合而懼姻緣錯過、歡會不成的心理。此賦將理想與現實的矛盾、感情與禮教的衝突所帶給男主人公的惆悵、苦悶與焦慮，寫得婉曲有致，較為感人。本篇繼承了「男女君臣之喻」的屈騷傳統，借敘男女之思，寄寓君臣際遇、人生離合的切膚之痛，表現了作者心慕君王而無人溝通己意於君王的抑鬱、煩怨，流露出了懷才不遇的情緒。清人丁晏曾說：「〈感婚〉、〈出婦〉二賦，借男女之辭，託君臣之誼（案誼，義也）。一則云『歡媾不成』，一則云『無愆見棄』，可以悲其志矣。」因此，本篇在旨趣上，與卷二〈愍志賦〉、〈靜思賦〉有相通之處。

本賦前四句寫初春景象，義兼比興。初春陽氣發動，草木萌生，萬物復蘇，似是暗示男主人公春情萌動，愛心蕩漾；環境寂寥，蟄蟲悲鳴，烘托出男主人公心境的悲涼。「顧有」二句寫男主人公思戀意中人而焦灼不安、踟躕徘徊的情狀。「登清臺」以下六句，寫男主人公因情緣難結，歡會難成而產生的憂思愁緒。

此詩細膩而深刻地揭示了男主人公內心的矛盾、痛苦，多層次地刻畫了人物心靈深處各種感情（由懷思而焦慮，而悲懼，而憂傷）的消長和波動。另，賦中景由情生，借景抒情，亦顯婉曲雋永。

出婦賦

【題　解】出婦，即通常所謂「棄婦」，指被丈夫遺棄的女人。賦文通過棄婦悲愴的泣訴，表達了棄婦對丈夫喜新厭舊，負心棄之的怨恨、憤慨，深刻地反映了封建時代婦女在婚姻上的悲慘命運，寄寓了作者的哀憐之情。

妾十五而束帶，辭父母而適人❶。以才薄而質陋❷，奉君子之清塵❸。承顏色以接意❹，恐疎賤而不親❺。悅新婚而忘妾，哀愛惠之中零❻。遂摧頹❼而失望，退幽屏於下庭❽。痛一旦而見❾棄，心忉怛❿以悲驚。衣⓫入門之初服，背床室而出征⓬。攀僕御⓭而登車，左右悲而失聲。嗟冤結⓮而無訴，乃愁苦以長窮⓯。恨無愆⓰而見棄，悼君施之不終⓱。

【注釋】❶妾十五二句　妾，棄婦自稱。束帶，指打扮修飾。適人，嫁人。案：以上二句，明活字本脫缺，今據《曹集銓評》所校補足。❷質陋　謂長相醜陋，沒有姿色。❸奉君子句　君子，指丈夫。清塵，指人行路時揚起的塵埃。清，敬詞，含有尊貴之意。後「清塵」用為對人的敬稱。❹承顏色句　意謂棄婦看著丈夫的臉色行事，以迎合丈夫的心意。承，順承。接，合也。❺恐疎賤句　謂棄婦害怕丈夫疏遠、輕視自己，以致夫妻感情淡薄。❻中零　中落。❼摧頹　聯綿詞。意為悲傷失意。❽退幽屏句　幽屏，幽暗偏僻。下庭，蓋指家中奴婢所住之處。❾見　被也。❿忉怛　憂傷的樣子。⓫衣　穿也。⓬征　行也。⓭僕御　此指車夫。⓮冤結　猶云鬱結。謂憂思聚結，心不暢快。⓯長窮　猶長終，意謂無止境。⓰愆　過錯。⓱悼君施句　悼，悲傷。施，恩德；仁惠。終，至盡頭。

【語譯】十五歲那年我梳妝打扮，告別父母嫁了人。我才德淺薄無姿色，但侍奉夫君十分謹慎。看您的臉色迎合您，怕您對我冷淡不親近。但您喜愛新人把我忘，哀傷夫妻恩愛就此盡。我由此失意而絕望，只好退住陰暗的下庭。痛感被丈夫一朝遺棄，心裏憂戚且受震驚。穿上出嫁之時新衣服，離開夫家往外行。拉住車夫登上車，旁人為我痛哭失聲。歎我憂愁鬱積無處訴，滿腹的愁苦將無止境。恨我無錯遭遺棄，感傷您對我的恩義半途盡。

【研　析】在漫長的封建社會裏，廣大婦女地位低下，深受夫權的禁錮、壓迫，在婚姻上經常遭遇不幸，很多人因丈夫喜新厭舊而見棄。對此，歷代文人多有作品為婦女鳴不平。就流傳至今的漢魏作品看，以反映婦女婚姻不幸為主題的各類文學作品就多得難以盡數，僅就以〈出婦賦〉為題的作品看，也不只是曹植這一篇，另有曹丕、王粲各一篇。就這三人的同題之作看，主旨相近，寫法相類，連有的句子也相彷彿。如曹丕〈出婦賦〉有「被入門之初服，出登車而就路」二句，而曹植的作品中有「衣入門之初服，背床室而出征，攀僕御而登車」三句，王粲則有「馬已駕兮在門，……攬衣帶兮出戶，顧堂室兮長辭」等句。據此推測，三人的同題之作當作於同一時間，大約在建安時期（因為王粲死於建安後期）。

曹植這篇〈出婦賦〉，是代人言情之作，敘述了一位賢良婦女從結婚到遭棄的整個過程，以及此婦哀怨、痛苦的情狀。在題材、作法上，與作者〈種葛篇〉、〈浮萍篇〉等詩有相似之處。

本賦開頭六句寫女主人公追憶自己成婚之始時的情況，表明自己對丈夫悉心侍奉，恪盡婦道，力圖避免夫妻「不親」而被棄的結局；這一方面突現了女主人公溫婉賢淑的品格，另一方面為下文女主人公抒發「無愆而見棄」的怨恨之情作了鋪墊。「悅新婚」二句，寫夫妻恩愛不終，女主人公被夫遺棄，並交代了造成被棄悲劇的直接原因：丈夫喜新厭舊（以今人的眼光看，女主人公被棄悲劇的深刻根源，實際應是腐朽的封建制度）。「遂摧頹」以下四句，寫女主人公訴說被丈夫遺棄後悲愁、絕望的心情。「衣入門」以下八句，寫女主人公被棄而離開夫家時的情形。其中，「攀僕御」四句寫女主人公離去時的孤苦無告、悲痛慘怛，頗為感人，尤其是寫左右之人眼見女主人公而悲傷得痛哭失聲的情狀，從側面有力地烘襯出了女主人公離去時深重的悲傷，加重了此時的悲愴氣氛。最後二句寫女主人公對丈夫負心薄情的怨憤，語氣幾近控訴。

本賦以女主人公自述的口吻敘事言情，如泣似訴，令讀者有如聞其聲的真實感。賦文敘事、描寫、抒情，達到了有機融合。全賦情思淒楚哀切，語言明麗自然。

洛神賦 并序

【題解】此賦是黃初四年（西元二二三年）作者入朝後，東歸封地鄄城的途中路經洛水時創作的，與其名篇〈贈白馬王彪〉一詩可能作於同一時間。篇題中的「洛神」，是指傳說中宓羲氏之女宓妃。相傳宓妃溺死於洛水，化為洛水之神，謂之洛神。

對於曹植這篇賦文的立意問題，歷來說法不一。其中，較有影響的一種說法是「感甄說」。此說認為此賦是作者為紀念自己所愛戀的甄皇后所寫，是一篇言情之作。如，唐人李善注《文選》此篇時，曾倡「感甄」之說，並引古籍《記》云：魏東阿王曹植曾追求甄逸之女而不得，此女後被曹丕納為妻，曹植心甚不平。黃初年間，曹植入朝，曹丕將甄后玉鏤金帶枕示之。曹植見枕，不禁悲傷而泣。其時，甄后已為郭后讒死。曹丕覺出曹植的隱情後，遂將甄后之枕送曹植。曹植離京回封地，途經洛水，思念甄后，忽見女來，自云：「我本託心於您，其心不遂。此枕是我在家時從嫁之物，以前給與五官中郎將曹丕，現給與您……」言畢，遂不復見。所在遣人獻珠於曹植，植回贈以玉佩，悲喜不能自勝，遂作〈感甄賦〉。後明帝曹叡見之，改為〈洛神賦〉。對於這種「感甄說」，明清兩代的很多學者都表示懷疑，認為此說既不合常情，又不合史實，係好事者附會為之。

黃初三年，余朝京師❶，還濟洛川❷。古人有言，斯水之神名曰宓妃。感宋玉對楚王說神女之事❸，遂作斯賦。其辭曰：

余從京域，言歸東藩[4]。背伊闕[5]，越轘轅[6]，經通谷[7]，陵景山[8]。日既西傾，車殆馬煩。爾乃稅駕乎蘅皋[9]，秣駟乎芝田[10]，容與乎陽林[11]，流眄[12]乎洛川。於是精移神駭，忽焉[13]思散。俯則未察，仰以殊觀[14]。覩一麗人，於巖之畔。迺援御者[15]而告之曰：「爾有覿[16]於彼者乎？彼何人斯？若此之艷也！」御者對曰：「臣聞河洛之神，名曰宓妃。然則君王之所見也，無迺[17]是乎？其狀若何？臣願聞之。」

余告之曰：其形也，翩若驚鴻，婉若游龍[18]。榮曜[19]秋菊，華茂春松。髣髴[20]兮若輕雲之蔽月，飄颻兮若流風之回雪[21]。遠而望之，皎若太陽升朝霞；迫而察之，灼若芙蕖出淥波[22]。穠纖得中[23]，修短合度；肩若削成[24]，腰如約素[25]。延頸秀項[26]，皓質呈露。芳澤無加[27]，鉛華弗御[28]。雲髻峨峨[29]，修眉聯娟[30]。丹脣外朗，皓齒內鮮。明眸善睞[31]，輔靨承權[32]。瓌姿艷逸[33]，儀靜體閑。柔情綽態[34]，媚於語言。奇服曠世[35]，骨像應圖[36]。披羅衣之璀粲兮[37]，珥瑤碧之華琚[38]。戴金翠[39]之首飾，綴明珠以耀軀。踐遠遊之文履[40]，曳霧綃之輕裾[41]。微幽蘭之芳藹兮[42]，步踟躕於山隅。於是忽焉縱體[43]，以遨以嬉。左倚采旄[44]，右蔭桂旗[45]。攘皓腕於神滸兮[46]，采湍瀨之玄芝[47]。

余情悅其淑美兮，心振蕩而不怡。無良媒以接歡[48]兮，託微波而通辭。願誠素之先達兮，解玉珮以要[49]之。嗟佳人之信修[50]兮，羌習禮而明詩[51]。抗瓊珶以和予兮[52]，指潛淵而為期。執眷眷之款實[53]兮，懼斯靈[54]之我欺。感交甫之棄言兮[55]，悵猶豫而狐疑。收和顏而靜志兮[56]，申禮防以自持[57]。

於是洛靈感焉，徙倚[58]彷徨。神光離合，乍陰乍陽。竦[59]輕軀以鶴立，若將飛而未翔。踐椒塗[60]之郁烈，步蘅薄[61]而流芳。超長吟以永慕兮，聲哀厲而彌長。爾迺眾靈雜遝[62]，命儔嘯侶，或戲清流，或翔神渚，或采明珠，或拾翠羽[63]。從南湘之二妃[64]，攜漢濱之游女[65]。歎匏瓜[66]之無匹兮，詠牽牛[67]之獨處。揚輕袿之猗靡兮[68]，翳修袖以延佇[69]。體迅飛鳧，飄忽若神。陵波微步，羅襪生塵。動無常則，若危若安。進止難期，若往若還。轉眄流精[70]，光潤玉顏。含辭未吐，氣若幽蘭。華容婀娜[71]，令我忘餐。

於是屏翳收風[72]，川后[73]靜波，馮夷[74]鳴鼓，女媧[75]清歌。騰文魚以警乘[76]，鳴玉鑾[77]以偕逝。六龍儼其齊首[78]，載雲車之容裔[79]。鯨鯢踊而夾轂[80]，水禽翔而為衛。於是越北沚[81]，過南岡，紆素領[82]，回清揚[83]，動朱脣以徐言，陳交接之大綱[84]。恨人神之道殊兮，怨盛年之莫當[85]。抗羅袂[86]以掩涕兮，淚流襟之浪浪[87]。

悼良會之永絕兮，哀一逝而異鄉[88]。無微情以效愛[89]兮，獻江南之明璫[90]。雖潛處於太陰[91]，長寄心於君王[92]。忽不悟其所舍[93]，悵神霄而蔽光[94]。

於是背下[95]陵高，足往神留[96]。遺情想像[97]，顧望懷愁。冀靈體之復形[98]，御輕舟而上泝[99]。浮長川[100]而忘反，思綿綿而增慕[101]。夜耿耿[102]而不寐，霑繁霜而至曙[103]。命僕夫而就駕，吾將歸乎東路。攬騑轡以抗策[104]，悵盤桓[105]而不能去。

【注釋】❶京師　此指魏國都城洛陽。❷洛川　即洛水，流經洛陽，至鞏縣入黃河。❸感宋玉句　宋玉，戰國時屈原之後有名的楚辭作家。神女之事，指宋玉〈高唐賦〉、〈神女賦〉中寫到的故事。〈高唐賦〉寫楚襄王與宋玉遊於雲夢澤，襄王見高唐雲氣，遂問宋玉是何氣，宋玉說昔時先王遊於高唐，曾夢與巫山神女相遇，神女別時云：「(妾)旦為朝雲，暮為行雨。」此即雲氣。〈神女賦〉寫「楚襄王與宋玉游於雲夢之浦，使玉賦高唐之事。其夜，王寢，果夢與神女遇，其狀甚麗。」❹言歸東藩　言，語助詞，無義。東藩，指鄄城（今山東省濮縣東），為曹植的封地，因其在洛陽的東北方，故稱東藩。❺背伊闕　背，謂經過。伊闕，山名，又稱闕塞山、龍門山，其有兩山相對，望之若闕，且伊水流經其中，故謂之伊闕。此山在洛陽南。❻轘轅　山名，在河南省偃師縣東南，鞏縣西南，登封縣西北。❼通谷　地名，在洛陽城南五十里處，又稱大谷。❽景山　山名，在今河南省偃師縣南。❾爾乃句　稅駕，解下駕車的馬。謂停車休息。蘅皋，指生長杜衡（香草名）的草澤地。❿秣駟句　秣，餵馬。駟，同拉一車的四匹馬。此泛指駕車的馬。芝田，指種有芝草的田地。芝，又稱靈芝，古人以為瑞草。⓫容與句　容與，悠閒自在的樣子。陽林，《文選》李善注：「一作楊林，地名，多生楊，因名之。」⓬流眄　放眼觀看。眄，旁視。⓭忽焉　迅速貌。⓮殊觀　謂所見殊異。⓯御者　駕馭車馬的人，即今所謂車夫。⓰覿　見也。⓱無迺　同「無乃」。意猶今所謂莫非就是。⓲翩若二句　此二句形容洛神優美輕盈的姿態。翩，鳥疾飛貌。婉，曲折貌。⓳榮曜　謂顏色生動美麗。⓴髣髴　若隱若現的樣子。㉑若流風之回雪　像風捲雪花回旋飄動。㉒灼若句　灼，鮮明貌。芙蕖，荷花。淥波，謂清澈的河水。㉓穠纖得中　謂洛神體態的胖瘦適中。穠，肥也。㉔肩若削成　謂洛神兩肩輪廓鮮明而又圓潤。㉕約素　纏束的白絹。㉖延頸秀項　謂頸、項秀長。延、秀皆有長義。㉗芳澤無加　不施用膏脂。芳澤，化妝用的膏脂。㉘鉛華弗御　不施用鉛粉。鉛華，化妝用的粉，由鉛燒製而成。㉙雲髻峨峨　謂髮髻高高如雲。㉚聯娟　微曲貌。㉛明眸善睞　謂明亮的眼睛善於旁視。睞，旁視。㉜輔靨承權　輔靨，同「酺靨」。即臉頰上的酒窩。承權，意謂在顴骨下方。權，通「顴」。㉝瓌姿豔逸　瓌姿，美好的姿態。瓌，同「瑰」。美妙也。豔逸，美豔而脫俗。㉞綽態　謂神態祥和、舒緩。㉟奇服曠世　謂奇服舉世無雙。㊱骨像應圖　謂洛神骨相奇特，合於圖畫上的神仙之像。㊲披羅衣句　羅，一種輕軟有稀孔的絲織品。璀粲，鮮亮貌，㊳珥瑤碧句　珥，插也。瑤碧，美玉。華琚，一種雕有花紋的佩玉。㊴金翠　指飾有黃金的綠玉。㊵踐遠遊句　遠遊，鞋名，文履，飾有花紋圖案的鞋。㊶曳霧綃句　曳，牽引。霧綃，輕薄如霧的絹帛。裾，衣前襟。此指裙邊。㊷微幽蘭句　微，隱也。芳藹，謂香氣淡遠。㊸縱體　輕舉之貌。㊹采旄　此指杆上飾有五彩羽毛的旌旗。旄，本指旗杆上用旄牛尾製成的飾物，㊺桂旗　以桂木做杆的旗幟。㊻攘皓腕句　攘，此指捋袖伸出。滸，水邊。㊼采湍瀨句　湍瀨，流速甚疾的水。玄芝，黑色靈芝。㊽接歡　通接歡情。㊾要　邀約也。㊿信修　的確美好。(51)羌習禮句　羌，發語詞。明詩，知詩也。謂善於言辭。(52)抗瓊珶句　抗，舉也。瓊珶，謂美玉。和，應答；回報。(53)欵實　誠實。欵，同「款」。(54)斯靈　指洛神。(55)感交甫句　《文選》李善注引《韓詩內傳》說：鄭交甫行於漢水之濱，遇兩女子，請其佩玉，女遂解佩與之。交甫將佩玉納入懷中，行過十步，卻不見佩玉，回望二女，亦不見。棄言，謂二女背棄諾言。(56)收和顏句　收和顏，謂收斂笑容。靜志，使激動之心安定下來。(57)申禮防句　申，同「伸」。展也。禮防，指封建禮法制度。自持，自守。(58)徙倚　猶言彷徨，謂低迴不進。(59)竦　聳也。(60)椒塗　生長著花椒的道路。椒，花椒，一種有濃烈香味的植物。(61)蘅薄　杜蘅叢生之處。(62)雜遝　眾多貌。(63)翠羽　翠鳥之羽毛。可用以飾物。(64)南湘之二妃　即湘水之神。相傳堯有二女，曰娥皇、女英，均嫁與舜帝為妃。後舜帝遊於南方，死於蒼梧，二妃往尋，死於江、湘之間，並化作湘水女神。(65)漢濱之游女　指漢水女神。見《文選》李善注。(66)匏瓜　星名。《文選》呂銑注：「匏瓜，星名，獨在河鼓（星）東，故云無匹。」(67)牽牛　星名，與織女各處河鼓之旁，相傳每年七月七日乃得一會。(68)揚輕袿句　袿，婦女的上衣。猗靡，隨風貌。(69)延佇　長久站立。(70)流精　謂目光有神。(71)婀娜　柔美的樣子。(72)於是句　屏翳，神話傳說中的神，但此神究竟為何神，歷來說法不一，有雷師、雨神、雲師等說。而據曹植〈詰咎文〉中「河伯典澤，屏翳司風」等語，知此篇屏翳當為風神。收風，言風停息下來。(73)川后　指河伯。即黃河之神。(74)馮夷　傳說中神名，職司陰陽。或說馮夷在八月上庚日渡河溺死，天帝命之為河伯。(75)女媧　神話傳說中的女神。(76)騰文魚句　騰，升也。文魚，一種有翅能飛、身生花紋的魚。警乘，警衛車駕。(77)玉鑾　一種裝在車衡上的鈴，形似鸞鳥，動則發聲。(78)六

龍句　儼，莊重嚴肅貌。齊首，謂六龍齊頭並進。79 載雲車句　雲車，傳說中神仙所乘之車。《文選》李善注：「《春秋命曆序》曰：人皇乘雲車，出谷口。《博物志》曰：漢武帝好道，西王母七月七日漏七刻，王母乘紫雲車而來。」容裔，悠閒自得貌。80 鯨鯢句　鯨鯢，即鯨魚，雄曰鯨，雌曰鯢。踊，浮出。夾轂，言鯨在車兩旁扶持而行。轂，車輪正中承軸之處。81 沚　水中小沙洲。82 素領　潔白的頸項。83 清揚　語出《詩經．野有蔓草》：「有美一人，清揚婉兮。」此謂清秀的眉目。或作「清陽」。84 交接之大綱　指古代有關男女來往、接觸的綱常禮教。85 怨盛年句　《文選》李善注：「盛年謂少壯之時，不能得當君王之意。」當，稱也。86 袂　袖也。87 浪浪　淚流貌。88 異鄉　謂兩地相隔。89 效愛　表達愛慕之情。效，猶致也。90 璫　耳珠。一種首飾。91 太陰　神仙所居之處。92 君王　指賦中的主人公，洛神對曹植的稱呼。93 舍　止也。94 悵神句　霄，通「消」。謂滅失。蔽光，謂光彩隱去。95 背下　謂人下山時胸朝前而背朝後。96 足往神留　謂人向前邁進了，而心卻留在原處。97 遺情想像　謂洛神雖去，但愛慕之情仍遺留在心，仍在回想與洛神相遇時的情景。98 靈體之復形　謂洛神重現。99 上泝　逆流而上。100 長川　指洛水。101 思綿綿句　綿綿，連續不斷貌。增慕，增加思慕之情。102 耿耿　心不安也。103 霑繁霜句　繁霜，謂霜濃重。曙，天明。104 攬騑轡句　騑，驂馬，即車轅外兩邊的馬。轡，馬韁繩。抗策，猶言揚鞭。105 盤桓　低迴不進貌。

【語　譯】 黃初三年，我去京都洛陽朝見，返回封地的途中渡洛水。古人說，洛水之神名叫宓妃。我有感於當年宋玉回答楚襄王問話時所提及的神女之事，於是寫作了這篇賦文。賦文為：

我從京城出發，往那東邊的封地趕。經過伊闕，翻過轘轅，路經通谷，登上景山。太陽已經西斜，車慢馬倦，於是停車於杜蘅之地，餵馬於靈芝之田，悠閒漫步於陽林，縱目眺望那洛川。此時，精神突然恍惚，思緒迅疾渙散。低頭看時，無甚發現；擡頭看時，有異常景觀：眼見一位美人，站立山崖之邊。於是拉著車夫問道：「你看見了那人嗎？那是什麼人呀？是那樣的美麗！」車夫答道：「我聽說洛水之神名叫宓妃，那麼，您所見到的莫非是她？她是什麼樣子？我想聽您說說。」

我告訴他說：她的形態，輕盈如驚飛之鴻雁，柔美若游動之蛟龍。容光煥發似秋菊，體態豐盈如春松。若隱若現，像輕雲籠罩月亮；飄忽不定，像風捲雪花舞動。遠處看她，皎潔似太陽升於朝霞；近處看她，鮮艷似芙蓉拔出清水之中。胖瘦合宜，高矮適中。兩肩輪廓分明，如刀削成；腰身細軟，如素絹纏攏。頸項長且秀，潔白皮膚露。膏脂她不施，鉛華她不用。髮髻高高豎，長眉微微拱。紅唇鮮艷顯於外，明潔的牙齒在口中。明亮的眼睛善於顧盼，顴骨下的酒窩很生動。姿態美艷而不俗，儀表文靜且雍容。神情溫婉寬和，語言柔美動人。奇異的服裝舉世無雙，骨相有畫上的仙人之風。身穿的羅衣光亮奪目，佩帶的美玉很貴重。頭上戴有金翠首飾，身綴明珠亮光閃動。腳踏遠遊花鞋，身拖輕薄絹裙。隱身於芳香的幽蘭，徘徊於山崖之角。於是輕身上舉，遨遊嬉玩，左靠五彩旄旗，右有桂旗掩蔽。在水岸上捋袖伸出素手，採摘激流邊的黑靈芝。

我因洛神的賢美而愛慕，心神動蕩頗不寧。沒有良媒來溝通愛意，只好借目光傳遞言、情。望能先於他人表真誠，便解下玉佩與她將情定。佳人實在是又善又美，既懂禮法又會酬應。她舉起瓊玉來作答，指著深淵把約會的地點定。我滿懷真誠愛慕之情，只怕洛神騙我不守信。想起交甫被二女所騙，心情惆悵而狐疑不定。我收斂笑容靜下心，打算堅守禮法之章程。

洛神感於我的真誠，於是徘徊不前行。其神光時而聚集時而散，忽而暗淡忽而明。聳起輕軀如鶴立，好像是欲飛而未成。走在香氣濃烈的椒途上，穿過蘅叢時香氣陣陣。高聲長嘯以抒深慕之情，悲哀激越的聲音久不停。眾神於是紛紛來相聚，呼朋喚友很親近，有的嬉戲於清水中，有的在沙洲上飛行。有的採明珠，有的拾翠羽。南湘的二妃來同遊，漢水女神也來助興。洛神歎我如匏瓜無伴侶，又如牽牛星一樣孤零。她揚起上衣隨風飄，用長袖遮光遠望久等。身體敏捷如疾飛的野鴨，飄忽莫測如同神靈。輕步行走在水之上，羅襪似乎揚起了灰塵。行動沒有一個準，時顯危險時顯安寧。進退實在難估料，像是離去又像往回行。眼睛轉動有神采，容顏如玉光澤溫潤。話未出口，而氣香如蘭。華美的容姿多婀娜，令我看了忘記吃飯。

於是屏翳停止刮風，河伯止住那濤浪。馮夷敲起鼓，女媧把歌唱。文魚跳起護車駕，眾神離去鸞鈴響。洛神駕的六龍排成行，載著雲車慢往前方。鯨魚出水夾車而行，水禽飛舞護衛其旁。於是越過北面的沙洲，翻過南面的山岡。洛神扭轉白皙的頸項，清秀的眉目在飛揚，開啟紅唇慢慢說，講述男女交往的禮節綱常。她恨人神之道有差別，都處盛年卻難如願以償。她舉起羅袖掩面哭，淚水漣漣沾溼衣裳。痛惜歡會將永絕，哀歎此次一別將天各一方。她說不曾以微物表愛意，願贈江南的明璫表衷腸。今後雖然深處太陰地，也會長久地心繫君王。忽然不知洛神去了何方，神光消散我心惆悵。

於是，走下山岡山顯高，腳雖前邁心卻原處留，心存依戀仍在回想，回望相遇之地更添愁。希望洛神再現形，便逆水駕舟去尋求。洛水上行舟忘返回，綿綿戀情愈加濃稠。整夜心煩難入睡，身霑濃霜至夜盡頭。命令車夫準備車駕，我將踏上東歸的路。手拉韁繩將鞭揚，悵然徘徊不忍走。

【研　析】這篇賦文是中國文學史上久負盛名的辭賦佳作之一。它熔鑄神話題材，通過夢幻境界，描述了一個人神戀愛而不能結合的悲劇故事，表現了作者對美好理想的追求，同時也側面反映了作者在現實生活中懷才不遇、理想破滅的苦悶和惆悵。對於文中著力刻畫的洛水女神的形象，我們可以把她看作是作者政治理想的象徵和化身。

本文除序文外，可分為六個段落。

序文簡短地交代了作賦的時間、地點和緣由。序文稱此賦作於黃初三年，誤。因為《三國志・曹植傳》及曹植〈贈白馬王彪〉詩序均言黃初四年朝京師。

第一段寫從京師洛陽返歸封地的路上，在洛水得見洛水女神的情況。

第二段對洛水女神作正面描寫，著重寫到了女神的姿態、容貌、穿戴、動作。此段是本篇寫得十分精彩的一部分，它將女神的形象描畫得美艷動人，為下文寫作者的愛慕之情奠下了基礎。

第三段寫作者對女神的愛慕和追求，以及女神作出積極反應、答應與他約會後，他又擔心受騙的矛盾心理。這一段，作者將自己的愛慕之情表現得甚是真摯感人，同時也把他追求女神獲得初步成功後矛盾、複雜的心理活動，描畫得十分細膩、微妙。

第四段寫女神感於作者的精誠之後的情懷與行動，表現了女神對作者的傾心仰慕，同時也寫出了女神處於鍾情相思之時的矛盾、痛苦，顯示出女神的多情、善良。在這一段中，作者還寫及眾神的安閒怡樂，很好地反襯了女神備受愛情煎熬的苦悶。

第五段寫女神因「人神之道殊」，不能與作者締交良緣，只得含恨分離。

第六段寫女神離去之後，作者仍思戀不已，痛苦不堪。

此文在繼承中國優秀文學傳統的基礎上，開拓創新，以浪漫主義手法，描寫了一個人神戀愛而無從結合的悲劇，作者藉以反映自己在人世間追求美好理想時的執著、矛盾、痛苦、艱難，因而十分感人。

本文在構思與描寫上，深受宋玉〈神女賦〉、〈高唐賦〉、〈登徒子好色賦〉的影響，連有些詞語都是從這三篇中化出。如，〈神女賦〉寫神女「忽兮改容，婉若游龍」，而〈洛神賦〉則言「翩若驚鴻，婉若游龍」。

本文對洛水女神的形象的描寫，具有極強的藝術感染力。作者在描寫女神形象時，發揮了豐富而奇特的想像，運用了鋪排、比喻、烘托等手法，從各個角度、各個方面描寫了洛神形象的嫵媚艷逸。如第二段寫女神的外形美，作者先用「翩若驚鴻，婉若游龍。榮曜秋菊，華茂春松。髣髴兮若輕雲之蔽月，飄颻兮若流風之回雪」等一系列美妙動人的比喻句、鋪排句，總寫女神外貌給人的感受：婀娜多姿、純潔脫俗、美艷燦爛。然後，以工筆細描的方式具體寫女神的體態美、容貌美、服飾美、神情美、行為美。在作者的筆下，女神形象不僅具有外形美，還有內在的智慧美、品格美，從而使這個形象顯得血肉豐滿，富有個性。對女性形象作這樣生動而全面的描寫，這恐怕是作者以前任何一個作家所無法比擬的。

本篇以故事情節貫穿始終，且一波三折，富於變化。作品先寫二人一見鍾情、女神以心相許後，作者又突生狐疑，致使女神痛苦、哀傷。此為一折。當作者感到女神淒苦難堪，並看到她「轉盼流精」、「華容婀娜」的神采時，又心生戀意。此又一折。而當作者情堅意決時，女神又「陳交接之大綱」，終致戀愛不歡而散。文章的情節就像這樣騰挪迭宕，而頗具奇幻之致。

愁霖賦

【題解】霖，久雨也。即久下不停的連陰雨。

這篇賦文的寫作時間、背景，單就此篇的描述看，很難判定；但參照作者之兄曹丕所作〈愁霖賦〉之描述，曹植此篇當作於建安十八年（西元二一三年）四月由譙（今安徽省亳縣）返鄴的途中，因為曹丕〈愁霖賦〉中有「脂余車而秣馬，將言旋乎鄴都」等語，且植、丕均在這年隨父軍駐於譙，亦均在是年四月離譙返鄴。

舊本《子建集》載〈愁霖賦〉有二首。第二首云：「夫何季秋之淫雨兮，既彌日而成霖。瞻玄雲之晻晻兮，聽長霤之淋淋。中宵臥而歡息，起飾帶而撫琴。」嚴可均《全三國文》考云：「案前明刻《子建集》，既載前賦，復載一賦云：『夫何季秋之淫雨兮』凡六句，張溥本亦如此。蓋據《類聚》連載兩賦也。考《文選》曹植〈美女篇〉注、張協〈雜詩〉注，知第二賦為蔡邕作，《類聚》誤編耳，今刪。」可見〈愁霖賦〉第二篇為後漢蔡邕所作，《藝文類聚》誤作植賦，後世編《子建集》者據《類聚》，又誤。因此，今從嚴氏之說，刪除第二篇。

迎朔風而爰邁兮❶，雨微微而逮行❷。悼朝陽之隱曜兮❸，怨北辰之潛精❹。

車結轍❺以盤桓兮，馬躑躅❻以悲鳴。攀扶桑❼而仰觀兮，假九日❽於天皇。瞻沉雲之泱漭兮❾，哀吾願之不將❿。

【注釋】❶迎朔風句　朔風，北風。爰，語助詞。邁，進也。❷逮行　謂正在行進之中。❸悼朝陽句　悼，傷也；哀也。隱曜，隱沒了光亮。❹怨北辰句　北辰，即北極星。古人認為，天將晴，則北辰星亦即明朗；否則，天雨不晴。潛精，謂光亮藏而不見。精，光也。❺結轍　轍跡回轉。謂退車回駛。結，回旋。❻躑躅　徘徊不進。❼扶桑　神木名，相傳日出其下。❽九日　古代神話謂天有十個太陽，其中九個居於大樹的上枝，一個居於大樹的下枝。❾瞻沉雲句　沉雲，陰雲；濃黑之雲。

泱漭，廣大無邊之貌。❿哀吾願句　哀傷於我的意願不能實現。

【語　譯】迎著北風朝前走啊，細雨迷濛還行軍不停。感傷太陽不露面啊，哀怨北辰藏光影。車子退回而盤旋不進啊，馬兒原地踏步在悲鳴。爬上扶桑神樹朝上看啊，想借九日於天神。再看陰雲濃密布滿天啊，哀歎我的意願不可行。

【研　析】除曹丕、曹植作有〈愁霖賦〉外，建安作家應瑒亦有同題之作，文旨相近，當為同時之作。

曹植此篇，抒發了久雨之時自己心中的極度悲愁。作者面對綿綿陰雨，為何會有如此深重的悲愁呢？可能是因為看到霖雨不止、道路泥濘，心思魏軍將士行軍艱辛勞苦，故而悽惋悲愁，就如曹丕〈愁霖賦〉中所言一樣：「豈余身之憚勞兮，哀行旅之艱難。」從這個意義上講，曹植此賦實際也是慨歎羈旅行役艱難的作品。

此賦首二句寫風雨之中行進的艱辛。第三、四句寫久雨所引發的悲愁。第五、六句寫車馬難進之狀，烘染出道路的難行，行役的勞頓。第七、八句寫作者張開想像的翅膀，思欲借日臨照，表達了對雨霽天晴的期盼，其意同於曹丕〈愁霖賦〉中「思若木以照路，假龍燭之末光」二句。末二句寫意願不遂的感喟、憂傷。

作者在此賦中將自己眼前之景與心中之情交替敘寫，使得情景映襯，較為生動。

喜霽賦

【題　解】篇題中的「喜霽」二字，意謂為雨過天晴而高興。此賦的寫作時間，當在延康元年（西元二二〇年）曹丕代漢稱帝之際。《藝文類聚》卷二引《魏略》云：「延康元年，大霖雨五十餘日，魏有天下，乃霽，將受大祚之應也。」曹丕此時亦作有〈喜霽賦〉，以抒北巡途中雨霽時的喜悅之情。本賦文句顯有殘佚。

禹身誓於陽旰❶，卒錫圭而告成❷。湯感旱於殷時，造桑林而敷誠❸。動玉輞而雲披❹，鳴鑾鈴而日陽❺。指北極以為期❻，吾將倍道而兼行❼。

【注　釋】❶禹身句　《淮南子．修務》：「禹為水，以身解於陽旴之河。」句謂夏禹為治水，以自己的身體作祭品，禱祭神靈於陽旰河。誓，猶解也，謂禱告。陽旰，當作「陽旴」，指陽旴河，在今陝西省境內。❷卒錫句　語本《尚書．禹貢》：「禹錫玄圭，告厥成功。」孔傳云：「玄，天色。禹功盡加於四海，故堯賜玄圭以彰顯之，言天功成。」錫，同「賜」。圭，用作憑信的玉，為古代帝王舉行典禮時所用的一種玉器。告成，謂告治水之功成。❸湯感二句　相傳商湯王伐桀以後，天下大旱七年。湯王為民求雨，遂剪髮斷爪，以己身為犧牲，禱於桑林之社。不久，天降大雨。湯禱桑林之事，詳本書卷七〈湯禱桑林贊〉所注。殷時，即商代。造，到也。桑林，地名。敷誠，表達誠意。❹動玉輞句　玉輞，指皇帝所乘之車。輞，車輪周圍的框子。雲披，猶言雲散也。❺鳴鑾鈴句　鑾鈴，天子車駕上所繫之鈴。日陽，日光明亮。❻指北極句　謂指著北極星，約定此星明亮之時為會面之期。北極，星名，又稱北辰、天樞。古人認為，北極星光明亮，為天晴之象。❼倍道而兼行　謂兼程而行。亦即一天行兩天的路。

【語　譯】夏禹以身祭神禱於陽旰，終於被賜玄圭而告功成。湯王感於商朝遭旱災，便至桑林表達精誠。玉輪滾動陰雲散，鑾鈴鳴響日放光明。曾指北辰約定會期，我將日夜兼程向前行。

【研　析】久雨而晴，又適逢曹丕將代漢稱帝，作者的心情自然是欣悅怡樂；情有所動，發而為賦，也是很自然的事。從賦文的標題不難看出，此賦是抒寫雲開雨霽時的欣喜之情；但再細繹這殘篇斷章中的文字，可知作者沒有局限於對節候陰晴變化的感慨詠歎，而是盡量朝著更深的思想層面拓展。就本賦現存的前四句看，敘及夏禹身誓陽旰、成湯禱雨桑林的古代傳說，這兩個傳說都涉及古代開國賢君，而且都是描說人類處在與自然矛盾、對立的狀態時，君主主動獻身，以精誠感動神靈，使人與自然的矛盾得以緩解。作者由雨霽而喜，再由此想到上述誠感天地，調和自然的帝王傳說，其用意恐怕是想趁曹丕即將稱帝之機，寄意於他，望他能像古代賢君那樣，為國為民而竭忠盡智。如此說來，作者把由自然節候觸發的感想、情思，推向了更深的層面，從而令本賦具有了較深厚的社會內容。

本賦前四句的內容，上面已作分析，茲不贅；第五、六句寫雲開日出之狀；末二句寫作者按照與人約定的日期，趕往遠方。然則，與誰有約？將去何方？據曹丕〈喜霽賦〉中「啟吉日而北巡，……惟平路之未晞，激清風以漂潦」等句看，可能是曹丕北巡時，先期出發，約植待天晴後再來，故植賦末二句有可能是說與曹丕有約，將去北方。

登臺賦

【題　解】建安十五年（西元二一〇年），曹操建銅雀（亦寫作「爵」）、金虎、冰井三臺於鄴城。銅雀臺高十丈，周圍殿屋一百二十間；於樓頂置大銅雀，舒翼若飛，故臺名「銅雀」。建安十七年春，曹操率曹丕、曹植等登銅雀臺，命各作〈登臺賦〉。曹植援筆立成，且文采飛揚，曹操讀畢，十分驚喜。

從明后而嬉遊兮❶，聊登臺以娛情。見太府❷之廣開兮，觀聖德之所營❸。建高殿之嵯峨❹兮，浮雙闕乎太清❺。立沖天之華觀兮❻，連飛閣乎西城❼。臨漳川❽之長流兮，望園果之滋榮❾。仰春風之和穆兮，聽百鳥之悲鳴。天功恆其既立兮，家願得而獲逞❿。揚仁化於宇內兮，盡肅恭於上京⓫。雖桓文⓬之為盛兮，豈足方乎聖明⓭？休矣美矣，惠澤遠揚。翼佐⓮我皇家兮，寧彼四方。同天地之矩量⓯兮，齊日月之輝光。永貴尊而無極兮，等年壽於東王⑯。

【注釋】❶從明后句　后，君也。此指曹操。嬉遊，猶云樂遊。❷太府　指規模宏大的宮室。❸觀聖德句　謂看到曹操以聖明之德所作的謀劃。營，經營；謀劃。❹嵯峨　高峻貌。❺浮雙闕句　謂宮殿兩側的望樓高聳矗立，就像浮在天上一樣。❻立沖天句　沖，通「衝」。華觀，華美的臺觀。此當指鄴城有名的迎風觀。曹植〈贈徐幹〉有云：「迎風高中天。」❼西城　據學者考證，三國鄴城無西城，而只有南、北兩城。銅雀臺在北城之西北角，故此處所謂「西城」應指北城之西。❽漳川　指漳河。山西省東部有清漳、濁漳二河，東南流至河北、河南兩省邊境，合為漳河。據史載，曹操當年曾引漳河之水至銅雀臺下。❾滋榮　繁茂也。❿天功二句　天功，指帝王之功績。家願，曹家之意願。獲逞，謂得到實現。⓫上京　指許昌。漢獻帝當時在此。⓬桓文　指春秋時代的齊桓公、晉文公。二人都曾建立霸業。⓭豈足句　方，比；趕得上。聖明，指曹操。⓮翼佐　猶言輔佐。⓯矩量　度量。此具體指天地博大無私的氣度。⓰等年壽句　謂像東王公一樣長壽。東王，指古代神話中的東王公，也稱木公、東木公，是與西王母並稱的仙人，為男仙之首領，掌諸仙名籍。

【語譯】跟隨父王快樂地遊覽，聊且登臺以娛情。看到宏偉的宮殿建各處，得見父王如何以德經營。建起的高殿巍然聳立，兩側的望樓像是浮於天頂。華麗的臺觀直逼雲天，飛閣在西邊連接了北城。近看漳河之水長流淌，遠望園中的果樹很茂盛。撲面的春風溫和宜人，聽見百鳥不住地叫鳴。不朽的王業已經建成，曹家如願以償真稱心。廣施仁德於天下，對許都的漢帝畢恭畢敬。桓、文二公雖將盛世創，但哪能與父王相提並論？多麼吉祥多麼美妙啊，恩澤施及遠近人民。輔佐我漢朝的劉氏皇帝，使四方各地得以安寧。博大的氣度可與天地比，無私的品德可與日月並。久擁富貴無窮盡，壽如東王享長生。

【研析】二十一歲的曹植，隨父遊覽銅雀臺時，受命而作此賦，「援筆立成」，顯示了年輕的辭賦家橫溢的才華和高昂的意氣。

作者年輕氣盛，引吭高歌，成此華章，滿懷激情地描畫了銅雀臺瑰偉嵯峨的雄姿，歌頌了父王聖明的德威、輝煌的業績，同時也抒發了自己對濟世建功的嚮往之意，全文洋溢著樂觀向上、積極進取的豪情壯采。

本篇開頭八句主要描繪遊覽時所見銅雀臺巍峨的姿態、飛動的氣勢；「臨漳川」以下四句描述銅雀臺周邊明媚、亮麗的景色，以襯托出銅雀臺的華妙美好；「天功」以下十四句，由對美好景觀的描寫，過渡到對曹氏家族以及曹操的功德的讚美、歌頌，使賦文的境界、內涵得到拓展和昇華。在這十四句，主要謳歌了曹操建立王業、輔佐漢室、遠播仁惠的豐功偉績，其中也寓含著作者對及時建功立業、早日實現天下承平一統的渴盼。

本賦在藝術表現上的一個重要特點就是，能將描寫、議論、抒情三者有機地結合。本賦的描寫，文彩繽紛、境界高遠，且能寓情於景；本賦的議論以描寫作依託，顯得厚實而凝重；本賦所抒之情，或借寫景狀物以出之，或以直抒胸臆的方式以發之，都顯得自然、妥貼。

此賦在語言形式上講究俳偶，注意聲律，句式靈活，抒寫自由，使辭賦明顯表現出了駢偶化的傾向。

九華扇賦 并序

【題　解】本篇為詠物之作。所詠之物為九華扇。九華扇，扇名。其形介於方圓之間，扇面織有花紋圖案。就現存古籍記載看，西漢成帝時已有九華扇行世（見《西京雜記》卷一「飛燕昭儀贈遺之侈」條），而且常被朝廷用作賞賜之物，顯得十分珍貴。據此賦之序文稱，曹植的曾祖父曹騰任中常侍時，曾得到漢桓帝所賜九華扇一把。此扇蓋傳至曹氏後代，曹植得以親見，且有所感，便發而為文，寫成此賦。此賦文句多有殘脫，今據他本補入了部分。

昔吾先君常侍❶，得幸漢桓帝❷，時賜尚方❸竹扇。其扇不方不圓，其中結成文❹，名曰九華。故為賦，其辭曰：

有神區❺之名竹，生不周之高岑❻。對綠水❼之素波，背玄澗之重深❽。體虛暢以立榦❾，播翠葉以成林❿。

形五離而九析，篾氂解而縷分⓫。效虬龍之蜿蟬⓬，法虹霓之氤氳⓭。攄微妙以歷時⓮，結九層之華文⓯。爾乃浸以芷若⓰，拂以江蘺⓱，搖以五香⓲，濯以蘭池⓳。

因形致好⓴，不常厥儀㉑。方不應矩㉒，圓不中規㉓。隨皓腕以徐轉㉔，發惠風之微寒㉕。時氣清以方厲㉖，紛飄動兮綺紈㉗。

【注釋】❶先君常侍　指曹植的曾祖父曹騰。曹騰在漢桓帝時曾為中常侍，甚得寵幸，受封為費亭侯，被加位特進。常侍，官名，又稱中常侍，為經常侍從皇帝左右之官。❷漢桓帝　即東漢皇帝劉志。西元一四六年至一六七年在位。❸尚方　官名，掌管供應製造帝王所用器物。❹文　花紋。❺神區　神人所居之處。❻生不周句　不周，神話中的山名，據說是因為該山有缺口而得名，地處崑崙山西北。岑，小而高的山峰。❼綠水　當作「淥水」。指清澈之水。❽背玄澗句　玄，幽深。重深，十分幽深。❾體虛暢句　謂竹身中空通暢，形成其榦。❿播翠葉句　謂青翠的枝葉分散而布，形成了竹林。播，布也。⓫形五離二句　謂將竹身剖作五片，又剖為九片；然後再將竹片析為一根根細小的篾絲。離，分解也。析，剖開。氂，細長之毛。縷，絲線。⓬效虬龍句　虬龍，古代傳說中的一種無角龍。蜿蟬，猶蜿蜒。形容盤曲之狀。⓭氤氳　雲氣彌漫的樣子。⓮攄微妙句　謂施展精妙的技藝、花費時日，以編製竹扇。攄，展現也。⓯華文　花紋也。⓰芷若　指白芷和杜若兩種香草。⓱拂以句　謂以江蘺擦拭。江蘺，香草名，又稱蘼蕪，可入藥。⓲搖以句　謂放於五香木中搖動。五香，青木香之別名，又稱五木香。⓳濯以句　謂在生有蘭草的水池中清洗。⓴因形句　謂以其外形而成為精美之物。㉑不常句　謂扇之外形不常見。㉒應矩　符合矩畫出的方形。矩，畫方形的儀器。㉓中規　符合圓規畫出的圓形。㉔徐轉　慢慢搖動。㉕發惠風句　意謂發微寒之惠風。惠風，和風也。㉖厲　急也。㉗綺紈　此泛指絲織品。綺，有花紋的絲織品。紈，生絹。

【語　譯】往日，我的曾祖父為中常侍，得到了漢桓帝的寵愛，當時被賜尚方竹扇。其扇不方不圓，上面編有花紋，扇名為九華。因此寫了此賦，賦文為：

神仙的住地有種名竹，生長在不周山的高峰。面朝白浪起伏之清流，背靠的澗溝深無窮。竹幹中空且通暢，翠葉廣布成竹叢。

竹身劈作五片又九片，剖成的細篾與毛、線同。篾絲宛如虬龍盤曲，氣色迷濛猶似霓虹。獨運匠心費時編製，編成的扇面有花紋九重。再用白芷、杜若來浸潤，又以江蘺來拭弄。放在五香中反覆搖，蘭草池中進行洗沖。

外形奇妙成為精品，這種扇形世上難碰。形狀既不方來也不圓，與規矩所畫方圓有不同。扇隨白潔的手腕慢慢搖動，散發出輕柔宜人之涼風。此時的氣溫速變清涼，身上絲綢衣服在隨風飄動。

【研　析】建安時期，辭賦所寫題材明顯拓寬。作家們感物吟志，緣情而發；事不論巨細，物不擇大小，只要心有所感，就形諸筆端，形成了「以日常生活為題材，抒寫性靈，歌唱情感」（錢穆語）的特點。即以曹植此篇而論，所寫之物僅是區區竹扇，但因作者對它有所感觸，便被作者引入賦文之中，作為歌詠的對象。

此篇主要是從九華扇自身的美質、美形著筆，雖然沒有表現什麼深刻的思想內容，但浸透了作者主觀情意，表達了作者對祖先的仰慕、欽敬之情，以及對美的熱愛和追求。

此賦之序，交代九華扇的來歷、形制，及得名的由來。

賦文第一段頌揚製扇之竹材產地不凡，質地卓異。此處用到了「烘雲托月」之法，寫製扇之竹材生長環境奇異不俗，質地美好優良，其實也烘襯出了九華扇的高貴稀罕、非同尋常。

第二段比較詳盡地敘說了九華扇的製作過程，著力表現了以香草浸染竹扇的工序，使人感到此扇香氣濃郁，雅潔脫俗。這裏刻意表現竹扇受到芳香之氣的濡霑，似乎有一種象徵意味，當是象徵主人的品節高蹈逸俗。此段通過對竹扇製作工序的鋪敘，進一步顯示出扇的精美卓特，超逸尋常。

第三段寫九華扇奇特的形制，以及神妙的功用，顯示出此扇不可多得，彌足珍貴。

綜觀全賦，九華扇的製作材料、製作過程及其形貌、功能，都似乎充滿神秘、傳奇色彩，顯得美妙絕倫，珍貴無比，而此扇又終為作者祖先獲得，故作者的自豪之感，敬慕之意，讚賞之情，總是在字裏行間自覺不自覺地流露出來。此賦圍繞九華扇作多角度、全方位的描敘，內容充實而完整，能夠較充分、有力地展示扇的美好奇異。另，此賦文辭華茂，多用排比、對偶句式，增添了文章的氣勢美和形式美。

寶刀賦 并序

【題解】建安年間，曹操造成百辟寶刀五枚，送曹丕、曹植、曹林各一枚，自用二枚。曹植得刀後，遂作此賦以記其事，並抒喜悅、讚美之情。關於本賦寫作背景的一些情況，請參閱本書卷七〈寶刀銘〉篇「題解」所述。

建安中，魏王命有司造寶刀五枚❶，以龍、虎、熊、馬、雀為識❷。太子❸得一，余及余弟饒陽侯❹各得一焉。其餘二枚，家王自杖❺之。賦曰：

有皇漢之明后❻，思明達而玄通❼。飛文藻以博致，揚武備以禦凶❽。

乃熾火炎爐❾，融鐵挺英❿。烏獲奮椎⓫，歐冶⓬是營。扇景風⓭以激氣，飛光鑑於天庭⓮。爰告祠於太乙⓯，乃感夢而通靈⓰。然後礪⓱五方之石，鑒以中黃之壤⑱。規圓景以定環⑲，攄神思而造象⑳。垂華紛之葳蕤㉑，流翠采之滉瀁㉒。

故其利：陸斬犀革，水斷龍角㉓。輕擊浮截㉔，刃不纖削㉕。踰南越之巨闕㉖，超有楚之泰阿㉗。實真人之攸御㉘，永天祿而是荷㉙。

【注釋】❶魏王句　魏王，指曹操。建安二十一年（西元二一六年）正月，曹操被漢帝進爵為魏王。有司，此指負責製造兵器的官員。枚，猶今語所謂「把」。❷識　標識；標記。❸太子　指曹丕。丕於建安二十二年冬被漢帝命為魏太子。❹饒陽侯　指曹操之子曹豹。豹於建安十六年被漢帝封為饒陽侯。饒陽，在今河北省饒陽縣境內。❺杖　持也。❻明后　指曹操。明，讚美之詞。后，君也。❼玄通　深邃而通達。❽飛文二句　謂曹操頒發文書，遍告天下，以廣泛招納賢士；進行大規模的軍事防備，以抵制暴亂。文藻，猶言文辭。此指〈求賢令〉之類的文告。博致，廣招也。❾炎爐　火旺之爐。炎，燃燒。案：「乃熾」以下八句，明活字本脫缺，今據他本補入。❿挺英　此蓋謂從融化的鐵礦石中提煉出精華部分。挺，本有引拔之義。引申之，當謂提煉。英，精華。案：古人製金屬兵器，常提煉出金屬的精華，然後與其他金屬或非金屬元素熔合，形成合金，以增強硬度。《吳越春秋》：「干將作劍，采五山之鐵精，六合之金英。」即其證。⓫烏獲句　烏獲，戰國時秦國大力士。後用為力士的通稱。奮椎，揮動鐵槌敲擊。⓬歐冶　春秋時著名冶工。曾應越王之聘，鑄造了湛盧、巨闕等五劍，後又與干將一同為楚王鑄造了龍淵等名劍。⓭景風　大風也。⓮飛光句　謂火光衝天，照亮了天庭。天庭，星名，即太微星，在北斗星之南。⓯爰告句　告祠，禱告祈求。太乙，星名。也作「太一」。在紫微宮門外天一星南。⓰乃感夢句　謂在夢中與神靈相感應，而受到神靈指點。⓱礪　磨也。⓲鑒以句　謂寶刀製成後，以中黃國的土壤拭刀，使之光亮。鑒，此有使之光潔可照之意。中黃，古國名。相傳該國多力士。⓳規圓景句　謂以太陽的圓度為規範，製成刀柄上的圓環。⓴攄神思句　謂發揮神妙的想像，以塑造寶刀上用作標識的圖象（如龍、虎等）。攄，舒展；抒發。㉑垂華紛句　謂刀上的花紋多而燦爛。葳蕤，盛貌。㉒流翠采句　謂刀上的藍光浮現、閃動。滉瀁，猶滉漾。形容光彩浮動、閃爍之狀。案：以上二句，明活字本脫缺，今據他本補入。㉓故其利三句　《淮南子・修務》：「水斷龍角，陸剸犀甲。」謂寶刀十分鋒利，可以斬割陸地犀牛之皮，可以斬斷水中蛟龍之角。案：「故其利」三字亦據他本補入。㉔輕擊句　謂用寶刀砍擊時，用力甚輕。浮，輕也。截，此謂砍斷。㉕刃不句　謂刀刃不受絲毫的損壞。㉖南越之巨闕　指春秋時越王句踐的寶劍。相傳越王句踐曾聘請當時著名的冶工歐冶，鑄造了五把寶劍，巨闕劍即其中之一。㉗泰阿　寶劍名。亦作「太阿」。相傳春秋時，楚王命歐冶、干將鑄龍淵、泰阿、工布三劍。楚王持泰阿率眾擊破敵軍。㉘實真人句　真人，本指道家所認為的修真得道的人。此謂曹操。攸，所也。御，掌管使用。㉙永天祿句　永，久也。天祿，天賜的福祿。喻指王位。荷，承受也。

【語　譯】建安年間，家父魏王命有關官吏鑄造了五把寶刀，以龍、虎、熊、馬、雀五種禽獸的形象作標識。太子曹丕分得其中一把，我和我的弟弟饒陽侯曹豹各得一把。其餘二把，父王自己持用。賦文說：

大漢帝國的聖明之王，思慮深邃細緻且開通。遍發文告廣招賢，大修武備懲暴凶。讓爐中的大火熊熊燃起，融化鐵石提煉其精英。烏獲般的力士揮槌敲打，歐冶般的巧匠在經營。大風煽爐急增熱氣，火光上衝照天庭。於是祈禱太乙星，果然在夢中心通神靈。然後以五方之石來磨刀，中黃之土拭亮其身。模擬太陽的圓度製成刀環，發揮神妙的想像塑造圖形。刀上的花紋燦爛無比，刀上浮現的藍光閃爍不定。

因此，寶刀鋒利：地上可割犀牛皮，水中斬斷龍的角；要擊要砍不費力，刀刃不曾損傷絲毫。勝過越國的巨闕劍，也把楚王的泰阿超。的確值得父王使用，佩它長將王位保。

【研　析】此賦屬詠物抒情之作。文中對寶刀作了熱情洋溢的描敘、讚譽。此賦又由刀及人，歌頌了父王曹操的功德。當時，中原社會安定，生產有所恢復，作者乃歸功於曹操，並借吟詠寶刀，以讚其德。

本賦之序交代寶刀的來歷、去向；賦之正文第一段頌揚曹操的功德，語含欽敬之情；第二段敘寫寶刀的製造過程、工藝，以及寶刀的形貌；第三段寫寶刀鋒利無比，並表達了對曹操的禱頌。

此賦在藝術表現手法上，用到了想像、誇飾、烘襯等，產生了動人心魄的藝術效果。如賦中「乃感夢」寫神靈託夢於人，給以造刀之技的啟迪，頗有神秘的色彩，此屬作者的想像，烘襯出了寶刀的奇異不凡；賦中「飛光」句、「水斷」句，以誇飾之法，分別寫出了火光的強熾，寶刀的鋒利。另外，此賦狀物寫形，頗得傳神之妙。如「垂華」二句，描繪寶刀的外觀，既使人感到華妙絢麗，又覺得寒光閃閃，冷氣逼人，特別是「流翠采」三字，不僅寫出了寶刀冷光浮閃的狀貌，而且也傳達了寶刀的內在精神，頗有凜冽峭拔之氣。

建安時期的曹植，因有曹操的庇護，故而賦詩為文，往往顯出志得意滿，情緒高昂。在此賦中，作者能把早期生活中的這種開朗豪邁的意氣、樂觀向上的情調，貫注進外在的物的描寫之中，從而體現出了一種感情、氣勢的力量。

車渠椀賦

【題　解】 此篇為詠物之作，所詠之物為車渠椀。車渠，玉石之一種，產於古大秦國及西域諸國，紋理細膩柔和，一直被古人視為珍寶。椀，同「碗」，是一種盛飲食的器具。據《古今注》等書載，魏武帝曹操曾以車渠石製成酒碗。曹魏之時，曹丕、王粲、應瑒等人都有〈車渠椀賦〉傳世。

曹操用以製作酒碗的車渠石，可能是建安二十年（西元二一五年）攻屠氐王、平定涼州之後，西域諸國所獻贈。因此，曹植此賦蓋作於建安二十一年左右。

惟斯椀之所生，于涼風之浚湄❶。采金光以定色❷，擬朝陽而發輝❸。豐玄素之暐暐❹，帶朱榮之葳蕤❺。縕絲綸以肆采❻，藻繁布以相追❼。翩飄颻而浮景❽，若驚鵠之雙飛❾。

隱神璞於西野❿，彌百葉而莫希⓫。于時乃有明篤神后⓬，廣被仁聲⓭。夷慕義而重使⑭，獻茲寶⑮於斯庭。命公輸⑯之巧匠，窮妍麗之殊形⑰。華色粲爛，文若點成⑱，鬱蓊雲蒸⑲，蜿蟬龍征⑳。光如激電，景若浮星㉑。何神怪之巨偉㉒，信一覽而九驚。雖離珠之聰目㉓，猶炫燿而失精㉔。

何明麗之可悅，超群寶而特章㉕。俟君子之閒燕㉖，酌甘醴於斯觥㉗。既娛情而可貴，故永御㉘而不忘。

【注釋】❶于涼風句　涼風，即閬風，山名。相傳為神仙所居之處，在崑崙之巔。浚湄，高深的岸邊。❷采金光句　謂車渠採吸黃金的光彩，以形成其本色。❸擬朝陽句　謂車渠能像朝陽一樣，散發金色的光輝。❹豐玄素句　謂車渠表面浮現的青、白二色美麗鮮明。暐暐，鮮亮的樣子。案：車渠石表面常常浮現淡淡的青色和白色。王粲〈車渠椀賦〉所謂「飛輕縹與浮白」，即能說明之。❺帶朱榮句　朱榮，紅花也。葳蕤，鮮美貌。❻縕絲綸句　謂車渠石上蓄藏的花紋，細長如絲，並且遍布石上。縕，同「蘊」。叢聚也。絲綸，本指釣魚用的絲線，此喻花紋。肆，遍布也。❼藻繁布句　謂花紋錯綜密布，像相互逐趕一樣。藻，文采也。❽翩飄颻句　翩，輕疾貌。飄颻，飄蕩不定貌。浮景，謂閃光。❾若驚鵠句　此與曹丕〈車渠椀賦〉中「忽似飛鳥厲蒼天」等句的意思相似，謂石上的光影像驚飛的鳥一樣，頗具飛動之勢。❿隱神璞句　璞，指未經雕琢的玉石。西野，西方之地。因車渠生於西域，故稱。⓫彌百葉句　謂時間過了上百代，還未有誰得到車渠石。彌，過也；終也。葉，世也。希，通「晞」。看也。⓬于時句　明篤，聰明寬厚。神后，指曹操。后，君也。⓭廣被句　謂恩澤如聲，遍布各地。被，覆蓋。⓮夷慕義句　夷，指少數民族。此當具體指西域諸國。重使，負有重大使命的使臣。此用作動詞。⓯茲寶　指車渠石。⓰公輸　即魯班，春秋時著名工匠。⓱窮妍麗句　謂車渠椀的特殊形狀，極其美麗。窮，極盡也。⓲點成　點染而成。⓳鬱蓊句　謂雲氣湧動而上升。⓴蜿蟬句　謂龍蜿蜒而行。蜿蟬，猶蜿蜒。龍行之貌。征，行也。㉑景若浮星　景，影也。浮星，光彩閃爍之星。㉒巨偉　謂椀體巨大雄奇。㉓雖離珠句　離珠，亦作「離朱」。古之明目者，相傳為黃帝時人，能視於百步之外，見秋毫之末。聰目，謂眼睛視力極好。㉔猶炫燿句　意謂還是眼花撩亂而失明。炫燿，謂迷亂。案：此句以離朱目眩眼花之情狀，形容車渠椀光艷絕倫，令人為之傾倒。㉕特章　謂車渠椀獨特而顯眼。章，同「彰」。㉖俟君子句　俟，當為「侍」字之誤。王粲〈車渠椀賦〉「侍君子之宴坐」句正作「侍」。君子，蓋指曹丕。閒燕，猶云私宴。㉗酌甘醴句　甘醴，謂美酒。斯觥，指車渠椀。㉘永御　長久使用。

【語　譯】製成這椀的車渠石，生長在閶風山高峭的邊陲。吸納金光形成本色，類似朝陽散發光輝。青白二色鮮明亮麗，還如同紅花一般艷美。花紋如釣絲遍布石上，縱橫交錯似相互趕追。光影輕快地閃個不停，好似天鵝受驚雙飛。

神異的璞石隱身西域，經歷百代而無人知情。當今有寬厚聖明之君，廣施恩澤與天下人。夷人敬慕其義遣重使，將這寶石獻於魏廷。遂命魯班一樣的巧匠人，雕成美妙絕倫的椀形。顏色似花燦爛奪目，花紋如同人工點染成，又如雲氣湧動上蒸騰，還似蛟龍蜿蜒行。光如耀眼之閃電，影若閃爍之星辰。寶椀多麼偉美神奇，看上一眼會長久心驚。雖有離珠一般好眼力，看後也會目眩而失明。

寶椀明麗令人喜愛，遠超群寶奇特不凡。陪侍君子飲於私宴，將美酒酌入這寶椀。既娛性情又珍貴，故長久使用不忘懷。

【研　析】漢魏之際，是文學自覺的時代，這使得此時作家的藝術創造不斷朝著主觀化、情感化、美化的方向發展。錢穆先生論及建安作家的作品特徵時說：「在於其無意於在人事上作特種之施用。其至者，則僅以個人自我作中心，以日常生活為題材，抒寫性靈，歌唱情感，不復以世用攖懷。」這種特徵，在曹植的這篇賦文中就得到了較好的體現。本賦寫車渠椀，採用的是情感的和審美的視角，著意頌讚車渠椀美好的形體、質地，寓含著作者的美感和對美好事物的珍視、熱愛之情。作者是借對自然物的美的觀照、美的再現，來展示自己的才情，表露自己欣悅的情緒，反映自己對美的渴望和追求。因此，本賦可以稱作是「抒寫性靈，歌唱情感」之作。

本賦第一段讚美車渠石生成環境的不凡，及其纖膩多姿的紋理，絢麗光艷的色澤。

第二段寫車渠石的被發現，以及車渠石製成椀器後美妙絕倫的形態。

第三段直接抒發對車渠椀的熱愛、珍重之情。

此賦善於對靜態的物體作動態的描繪，選用的動詞既形象，又富有動作感。如，寫車渠石的紋理，則言「繁布以相追」；寫椀之花紋，則曰「鬱蓊雲蒸」。這都顯示出了強烈的主觀感情色彩，是建安作家那種充滿朝氣、活力的生命意識的投影。另外，此賦在體物寫形上，承襲了漢賦鋪陳、比喻、誇飾的手法，使賦產生了強烈的美感效果。再者，此賦語言上詞藻華贍精潔，新鮮綺麗，流轉生動，顯示了作者遣詞狀物的才華和功力。

迷迭香賦

【題解】此篇為詠物之作，所詠之物為迷迭香。迷迭，香草名，可以用來製香料。此香草原產於西域，後傳入中國。在三國時代，就有很多人種植此草。如，魏文帝曹丕說自己曾「種迷迭於中庭，嘉其揚條吐香，馥有令芳」（見〈迷迭香賦序〉）。因為此種香草在當時較常見，所以文人墨客多有吟詠此物的作品。就現存的古籍看，當時就有曹丕、王粲、應瑒、陳琳等人寫過歌詠迷迭的賦文。

播西都之麗草兮❶，應青春而發暉❷。流翠葉於纖柯❸兮，結微根於丹墀❹。信繁華之速實❺兮，弗見凋於嚴霜❻。芳莫秋之幽蘭兮❼，麗昆侖之英芝❽。既經時而收采兮，遂幽殺以增芳❾。去枝葉而持御❿兮，入綃縠⓫之霧裳。附玉體以行止兮，順微風而舒光⓬。

【注　釋】❶播西都句　謂迷迭種植於西域之國。❷應青春句　謂迷迭隨著春天的到來而長出新枝嫩葉，並生發光彩。青春，指春天。暉，光也。❸纖柯　纖細的枝條。❹丹墀　古代宮殿前的石階，漆成紅色，稱作丹墀。❺速實　很快結出果實。❻弗見凋句　謂迷迭不在嚴霜之中凋零衰落。見，被也。❼芳莫秋句　謂迷迭的芳香超過晚秋的幽蘭。莫，同「暮」。❽麗崑崙句　謂迷迭之花比崑崙山的靈芝花還要美麗。英芝，指開花的靈芝。❾遂幽殺句　謂將迷迭的果實陰乾，以增其芳香之氣。幽殺，謂放於通風處陰乾。❿持御　猶言取用。⓫綃縠　泛指絲織品。綃，以生絲織成的薄紗。縠，輕紗。⓬舒光　謂香氣散發得遙遠、廣闊。光，遠而廣也。

【語　譯】種在西都的迷迭草啊，春天長出的枝葉熠熠生輝。青翠的葉子布滿細枝啊，生在紅色殿階下的根兒較細微。繁花真的很快結果啊，不被嚴霜催逼而凋萎。芳香勝過晚秋的幽蘭啊，比起崑崙山的靈芝花還艷美。過了一些時候將其收採啊，便陰乾以增其芳香氣味。去掉枝葉而將果實取用啊，放入薄如輕霧的絲綢衣內。緊貼玉體或動或停啊，順著微風而廣散香味。

【研　析】在曹植筆下，迷迭香草不再只是純客觀的自然物了，而是經作者的主觀情意點染、化合過的審美客體，是作者主觀情意的載體，充滿濃厚的感情色彩。此賦通過對迷迭的俊秀、芬芳之美的審視、觀照和描述，表現了作者對自然美的嚮往、讚美之情，散發出豫樂、欣悅的情調。

本賦前四句從迷迭的本身形象落筆：枝葉生暉，青翠蔥鬱，根生丹墀，給人一種生機勃勃、旺盛飽滿的感覺。第五、六句寫迷迭繁花早實的生長特性。第七、八句將迷迭與幽蘭、英芝作比較，襯托出迷迭芳香馥郁，美麗超群，飽含作者的激賞、鍾愛之情。「既經時」以下六句，作者將筆鋒從對迷迭本身的描寫，轉向對人加工、利用迷迭香等情形的描述。在此可以看出，迷迭因人為的加工而更芳馨，人因迷迭在身而更加美雅，人和迷迭在這種互動之中，透露出和諧、優美的韻致，更增添了此賦亮麗、溫馨而和悅的色彩。

此賦對迷迭的描寫較為形象生動，讀之彷彿能睹其美姿麗容，嗅其芬芳之氣。全篇的語言清麗活潑，凝鍊傳神，如「翠葉」前冠一「流」字，使枝葉的蒼翠欲滴之狀，躍然紙上。另外，此賦體物含情，具有較強的抒情意味。

大暑賦

【題解】據三國時文士楊修〈答臨淄侯箋〉（見於《文選》）所述，曹植作〈鷂賦〉、〈大暑賦〉兩賦時，曾命楊修亦作〈鷂賦〉和〈大暑賦〉；楊修未作〈鷂賦〉，而只作了〈大暑賦〉。由此推測，曹植〈大暑賦〉應當作於他為臨淄侯期間和楊修在世之時，即建安二十一年（西元二一六年）前後。另，陳琳、王粲、劉楨均有〈大暑賦〉，當為同時同題奉和之作。此賦殘佚，非全篇，今據他本補入了部分文句。

炎帝掌節❶，祝融司方❷，羲和按轡❸，南雀舞衡❹。暎扶桑之高熾❺，燎九日之重光❻。大暑赫其遂蒸❼，玄服革而尚黃❽。蛇折鱗於靈窟❾，龍解角於皓蒼❿。

遂乃溫風赫曦⓫，草木垂榦。山坼⓬海沸，沙融礫爛。飛魚躍渚⓭，潛黿⓮浮岸。鳥張翼而遠栖，獸交逝而雲散。

于時黎庶徙倚⓯，棊布葉分⓰。機女絕綜⓱，農夫釋耘。背暑者不群而齊跡⓲，向陰者不會而成群。

於是大人⓳遷居宅幽，緩神育靈⓴。雲屋重構㉑，閒房㉒肅清。寒泉涌流，玄木奮榮㉓。積素冰於幽館㉔，氣飛結而為霜。奏〈白雪〉㉕於琴瑟，朔風㉖感而增涼。

【注 釋】❶炎帝句 謂炎帝主宰夏季。炎帝，即傳說中的古帝神農氏，傳其以火德王天下，故主夏。❷祝融句 謂祝融主宰南方。祝融，相傳為高辛氏火正，死後為火神。《管子・五行》：「昔者黃帝……得祝融而辯於南方。」❸羲和句 謂羲和拉住轡繩，使太陽不得前進。羲和，古代神話傳說中駕御日車的神。轡，轡繩。❹南雀句 謂朱雀手舞秤桿而治夏。南雀，即朱雀。《太平御覽》引《河圖》云：「南方赤帝，神名赤熛怒，精為赤鳥。」衡，即秤桿。《淮南子・天文》：「南方火也，其帝炎帝，其佐朱明，執衡而治夏；……北方水也，其帝顓頊，其佐玄冥，執權而治冬。」❺暵扶桑句 暵，照也。扶桑，神話中的樹名，生於日出之地。高熾，高大茂盛。❻燎九日句 形容太陽照射，氣溫極高。九日，神話中羲和九子，十日並出。九日當指九個太陽。❼大暑句 謂熱氣極盛，並向上蒸騰。❽玄服句 意為換掉黑衣，而時興黃色。此喻冬季已過，盛夏已臨。玄服，黑色衣服。《文選・高唐賦》李注：「冬王水，水色黑，故衣黑服。」植賦「玄服」喻指冬季。革，更換；更改。尚黃，喻指季夏之月（農曆六月）已到。古人認為，季夏之月，「其帝黃帝，其神后土。」因為此月以黃精之君、土官之神司職，故尚黃。❾蛇折句 謂蛇在洞穴之中蛻皮。❿皓蒼 指天空。⓫溫風赫曦 意謂炎熱之風極強盛。赫曦，猶赫戲。聯綿詞，形容火焰熾盛之貌。⓬坼 乾裂也。⓭渚 水中陸地。⓮黿 大鱉。⓯黎庶徙倚 謂百姓們熱得走來走去，躁動不安。徙倚，猶言徘徊。⓰棊布葉分 形容分散的樣子。⓱絕綜 謂停止織布。綜，織布時使經線上下交錯以受緯線的一種裝置。⓲背暑句 言避暑的人未經邀約，就有相同的舉動。⓳大人 國王。指曹操。⓴緩神育靈 謂放鬆心情，蓄養精神。神、靈同義。㉑重構 指多層構造。王粲〈大暑賦〉：「重屋百層。」㉒閒房 宮殿旁的房屋。㉓玄木句 謂幽深的林木正開花。㉔積素句 素冰，白色之冰。幽館，幽深之屋宇。㉕白雪 古樂曲名。相傳為春秋時著名樂師師曠所作。㉖朔風 北風也。

【語 譯】炎帝主宰夏季，祝融掌管南方，羲和勒轡停日車，南雀將那秤桿搖晃。照耀高大之扶桑，九日燎烤齊發光。暑氣旺盛且蒸騰，黑衣換色而變黃。熱得靈蛇洞中蛻皮，神龍也脫角於天上。

熱風於是猛烈地吹，草木彎垂其莖幹。大山乾裂海水沸騰，沙被融化石被曬爛。游魚熱得跳出水，大鱉熱得浮上岸。鳥兒展翅飛歇遠地，野獸紛紛逃走如雲散。

此時，百姓熱躁來回走，如棋分布葉四散。織女停機不織布，農夫熱得放棄生產。避暑的分散各處同舉止，乘涼的不約而來結成團。

國君於是遷居幽宅，澄心靜氣蓄養精神。多層的樓房高聳入雲，殿旁的側室蔭涼安靜。寒冷的泉流在湧放，幽深的林木花開紛紛。白冰聚積於深幽之館，寒氣滾動將霜凝。琴瑟演奏〈白雪〉之曲，心思北風而涼氣增。

【研析】生命意識的蘇醒，文學意識的自覺，使得建安作家的心靈異常敏感起來，連節令的暑去冬來，氣候的陰晴寒熱，都會在他們的情感世界掀起或大或小的波瀾。曹植此賦即是感於炎夏酷熱難當之苦而作。此賦十分生動地再現了盛夏烈日灼烤、熱氣蒸騰、草枯樹萎等自然現象，以及人們煩悶難耐的情狀。

第一段融合了古代神話傳說中的材料，以誇飾的筆法，寫天上的神靈職掌夏季，發其神威，以致烈日熾燎，暑氣燠蒸，連靈蛇、神龍都熱得蛻鱗、解角。這段描敘，飽含著作者對暑熱的強烈感受。

第二段攝取自然界富於典型意義和代表性的景象或細節，表現自然物在溽暑酷熱之下的反應，襯出炎熱難耐。此段描寫細膩生動，雖然不免誇誕色彩，但確實也具有藝術的真實。

第三段敘寫眾人在炎熱之時的種種舉動：徙倚不定，織女放下織綜不織，農夫放下農具休歇，人們不約而同地採取避暑措施。這些細節，都十分傳神地寫出了人們躁動煩悶、難耐酷暑的情狀，既富有生活氣息，令人感到真切，又把燥熱的氣氛渲染得很強烈。

第四段描寫「大人」暑期的奢華、豫逸生活，旨在歌頌曹操的雍容富貴，功業隆盛。這段的內容平弱空乏，頗有諛頌之嫌。

總的來說，這篇賦文的思想內容較為平淡，無甚可取之處，但在藝術表現上多有值得稱許的地方。文章鋪陳夏季炎熱，能抓住最有表現力的細節、景物，將客觀描繪與主觀感受、作者的想像綜合一體進行表現，細膩真切，富有感染力。另外，作者運思走筆，開闊靈活，時而言及天神靈物，時而敘說自然眾物，時而寫到世間黎庶，天上與地下相映，自然與社會互見，遠處與近地交錯，顯得縱橫捭闔，筆觸靈動。

卷四

神龜賦并序

【題解】這是一篇詠物兼說理的賦文。作者由龜之死亡談起，認為「龜壽千歲」的傳說是荒誕而不可信的，並對當時社會普遍流行的神仙長生之說表示了懷疑；同時，作者對龜的死亡給予了深刻的同情。

關於本篇的寫作年代問題，丁晏《曹集銓評》認為作於曹植三十八歲徙封東阿王之時，因為陳琳〈答東阿王箋〉中有「並示〈龜賦〉」等語。依此，則本賦作於魏明帝太和三年（西元二二九年）前後。但也有人對丁晏此說提出質疑，認為陳琳已於建安二十二年卒，而陳琳生前曾親見曹植所作〈神龜賦〉，故此賦的寫作時間不會晚於建安二十二年，更不會遲至魏明帝時。我們認為後一說較可信，而陳琳箋題作〈答東阿王箋〉，很可能是後人妄改，非原式。

龜號千歲。時有遺❶余龜者，數日而死，肌肉消盡，唯甲存焉。余感而賦之。曰：

嘉四靈之建德❷，各潛位❸乎一方。蒼龍虬於東嶽❹，白虎嘯於西崗。玄武集於寒門❺，朱雀棲於南鄉。順仁風以消息❻，應聖時❼而後翔。

嗟神龜之奇物，體乾坤之自然❽。下夷方以則地，上規隆而法天❾。順陰陽以呼吸，藏景曜於重泉❿。餐飛塵以實氣⓫，飲不竭於朝露。步容趾⓬以俯仰，時鸞回而鶴顧⓭。忽萬載而不恤⓮，周無疆於太素⓯。

感白靈之翔翥，卒不免乎豫且⓰。雖見珍於宗廟，罹刳剝之重辜⓱。欲愬怨於上帝，將等愧乎游魚⓲。懼沉泥之逢殆⓳，赴芳蓮以巢居⓴。安玄雲㉑而好靜，不淫翔而改度㉒。昔嚴周之抗節，援斯靈而托喻㉓。

嗟祿運之屯蹇㉔，終遇獲於江濱。歸籠檻以幽處㉕，遭淳美㉖之仁人。晝顧瞻以終日，夕撫順㉗而接晨。遘淫災以殞越㉘，命勦絕㉙而不振。

天道昧而未分㉚，神明幽而難燭㉛。黃氏沒於空澤㉜，松喬化於扶木㉝。蛇折鱗於平皋㉞，龍脫骨於深谷。亮物類之遷化㉟，疑斯靈之解殼㊱。

【注釋】❶遺　贈送。❷嘉四靈句　嘉，讚美之詞。四靈，傳說中的四種動物，即蒼龍、白虎、朱雀、玄武。建德，猶云立德。❸潛位　隱住也。❹蒼龍句　虬，盤曲。東嶽，泛指東方之山。❺玄武句　玄武，相傳其形象為龜。或謂為龜蛇之合稱。《楚辭・遠遊》洪興祖補注：「說者曰：『玄武，謂龜蛇。位在北方，故曰玄。身有鱗甲，故曰武。』」寒門，指傳說中的北極之山。以其為寒氣所積之處，故云。❻消息　消失與產生。此處單謂產生、出現。❼聖時　指政治清明之時代。❽體乾坤句　謂包容了天地之自然本性。體，包含。❾下夷二句　意謂神龜身下之甲板平而方正，是效法地；身上之龜殼圓而隆起，是效法天。夷方，平方也。規隆，圓而隆起。法、則義同，均有效法、取法之意。❿藏景句　謂神龜在深水之中隱藏，以避日月之光。景曜，指日月之光。重泉，謂深水。⑪實氣　補充維持生命的元氣。⑫容趾　從容舒緩的樣子。⑬時鸞回句　謂神龜時常像鸞、鶴一樣回頭顧盼。⑭忽萬載句　謂神龜壽命長久，不擔心壽命不能達到千年萬載。忽，輕視也。不恤，不憂。⑮周無疆句　謂神龜能到達天地間極遠之處。周，往也；至也。太素，指天地。⑯感白靈二句　典出《莊子・外物》：「明日，余且（案即『豫且』）朝。君（案指宋元君）曰：『漁何得？』對曰：『且之網得白龜焉，其圓五尺。』君曰：『獻若之龜。』龜至，君再欲殺之，再欲活之，心疑。卜之，曰：『殺龜以卜吉。』乃刳龜，七十二鑽而無遺筴。」白靈，指白龜。翔翥，本義為盤旋飛舉，此謂四處游動。不免乎豫且，言不免被豫且網住。豫且，人名，古神話中的捕魚者。⑰雖見珍二句　語本《莊子・外物》：「神龜……知能七十二鑽而無遺筴，不能避刳腸之患。」謂神龜被殺以占卜，在祖廟之中受到尊重，但遭到了開膛破肚的嚴重肢解。珍，尊也。宗廟，祖廟。罹，遭也。刳，剖開也。宰，分解肢體。⑱欲愬怨二句　據劉向《說苑・正諫》載：昔有白龍降於清泠之淵，化為魚。漁者豫且射中其目。白龍上訴天帝。天帝說：「當時，你是以什麼形貌出現於淵水之中？」白龍說：「我化為魚。」天帝說：「魚，原本是人們所射之物。這樣，豫且何罪之有？」曹植賦將白龍訴怨於天帝之典，用以敘神龜之事，蓋一時誤記而致。愬，同「訴」。⑲懼沉泥句　沉泥，謂藏身於泥土之中。逢殆，遭逢災難。⑳赴芳蓮句　《史記・龜策列傳》：「余至江南，聞長老云：龜千歲，乃游於蓮葉之上。」㉑玄雲　謂碧綠的荷葉茂密如黑雲。玄，黑色。㉒不淫翔句　謂不放縱遨遊，而改變以前的生存方式。淫，無節制。翔，遊也。度，法度。㉓昔嚴周二句　典出《莊子・秋水》：莊子釣於濮水，楚威王派大夫二人前去聘莊子到楚國為官。莊子持竿不顧，說：「我聽說楚國有神龜，死已三千年。楚國君王將神龜的屍骨裝於竹箱，用巾布覆蓋，供於廟堂之上。這神龜，是寧肯死而留下屍骨被人尊寵呢？還是寧願活著在汙泥之中拖尾慢行呢？」楚之二大夫說：「當然是寧願活著，在汙泥之中拖尾爬行。」莊子回答說：「你們走吧，我願做拖尾爬行於汙泥之中的神龜。」嚴周，即莊周，係避東漢明帝劉莊之諱而作「嚴」字。莊周，即戰國時道家學派代表人物莊子。抗節，高尚的節操。抗，通「亢」。高也。斯靈，指神龜。托喻，寄託喻意。即寄託不願為官顯貴之意。㉔嗟祿運句　祿運，猶命運。屯蹇，艱難；不順利。㉕幽處　獨居也。㉖淳美　純厚仁慈。㉗撫順　猶撫循。安撫；寬慰。㉘遘淫災句　遘，遇也。淫災，大災也。殞越，墜落。引申指死亡。㉙勦絕　猶言斷絕。勦，斬斷。㉚昧而未分　昏暗而不明。㉛燭　照也。㉜黃氏句　謂軒轅氏黃帝淹死在空曠的湖澤之中。《論衡・道虛》有云：「黃帝騎龍，隨溺於淵也。」㉝松喬句　松喬，即赤松子、王子喬，傳說中的古仙人。化，表示死亡的一種委婉說法。扶木，即扶桑，古神話傳說中的神樹名，生於日出之處。㉞蛇折鱗句　折鱗，指蛻皮。平皋，平原上的水邊之地。㉟亮物類句　謂相信各類生物都要死亡。亮，誠信。遷化，謂死亡。㊱疑斯靈句　斯靈，指神龜。解殼，猶言尸解。謂神龜死後，留下外殼，魂魄散去成仙。

【語　譯】龜壽號稱千歲。當時有個人送我一隻龜，幾天之後就死了，肌肉都已完全不存在，只剩下龜甲。我對此頗有感觸，寫了這篇賦。賦文為：

四種靈物都具美德，各自隱居在一方。蒼龍盤踞在東山，白虎嘯叫於西崗。玄武集於北極之山，朱雀棲息在南鄉。順從仁德之風而出現，隨著盛世的到來而遊翔。

感歎神龜這種奇物，兼容了天地的自然品性。龜甲平方是效法地，背殼圓隆是模擬天形。順應陰陽之氣而呼吸，深水下躲避日月光影。吸食飛塵以充實元氣，將早晨的露水飲個不停。從容漫步時俯時仰，時而像鸞鶴回頭把頸伸。傲視萬載而無憂，周遊天地無邊之境。

想到白龜四處遨遊，但最終不免被豫且捕住。雖然在祖廟受人尊寵，但遭到肢解而被開膛剖肚。想去向天帝訴說怨恨，恐被視同游魚受羞辱。害怕藏身泥中遭艱險，便到荷葉之上築巢居住。在濃密的荷葉上安居靜處，不再縱情遊歷而改變法度。從前莊周高風亮節，曾引神龜之例將喻意陳述。

感歎命運艱難多不幸，最終在江邊被人逮捕。關進籠中孤身獨處，但遇上的一位好人十分淳樸。他整個白天將我照看，晚上安撫我至早上日出。可惜遭逢大災而喪生，性命斷送而不可救助。

天道昏暗而不明，神光暗淡難燭照。黃帝淹死於大澤之中，松、喬二仙在扶桑死掉。蛇在平原的水邊將皮蛻，蛟龍脫骨於深山坳。相信各類生物要死亡，懷疑神龜尸解成仙之論調。

【研　析】漢魏之際，是一個從玄道的漫天迷夢中走出的時代。在慘烈的現實的感召下，人們通鑑了生死性命的奧秘，使得沿承原始宗教而發展起來的、以鬼神為中心的近世迷信，日趨崩潰瓦解，流傳久遠的觀念體系中的所謂「天人感應」、「長生不死」等命題，受到普遍的懷疑。人們以一種十分理性的精神去審視世界、揆度生命時，發現世界是那麼的實實在在，生命之生與死的界限是那麼的分明。當長生不死的夢幻在理性的懷疑中被否定後，人們一方面更傾心於現世，執著於此生，企望通過建功立業、著書立說等方式，化生命的短暫為永恆；另一方面，心靈的空間又被憂生之慨、生命短促之感所佔據，時常升騰起一種憂懼感、悲涼感；而對生命遭到人為的蹂躪、毀棄，更是深懷恐懼、哀傷。曹植的這篇〈神龜賦〉就是上述生命意識覺醒的文化背景下的產物。它通過對龜的描寫，一方面對神仙長生的說法表示懷疑乃至否定；另一方面對生命的痛苦、死亡表示哀憫、同情，流露出了人生無常、命途多艱的感慨。總之，此賦在思想感情上，與其同時的詠物賦（如〈鸚鵡賦〉、〈離繳雁賦〉等）多有相通之處，充滿挫折感、憂生感、毀滅感。

本賦之序交代寫作緣起，表明此賦是觸類而作，緣情而發。

第一段謂龜是四方靈物之一，順應盛世而出。

第二段詠頌龜的美好品質、德性。

第三段敘寫龜想到同類曾被人捕捉、刳腹剝殼等不幸遭遇，不禁心生懼禍畏災之情意。這實際也是建安文人們的人生體驗、心理狀況的寫照。

第四段敘寫龜被人捕捉，幽禁於籠檻，終致「命勦絕而不振」。此實際寄寓著建安文人寄人籬下，時乖運蹇，生命的本性受到摧殘，身懷美才不得施展的悲慨。其間蘊含的情意，與作者〈鸚鵡賦〉中「身掛滯於重籠」、「雖處安其若危」等句相通。

第五段是作者的議論，顯示出作者對天道及神仙長生之說的懷疑、否定。其思想內涵，與作者「天命信可疑」、「虛無求列仙，松子久吾欺」（〈贈白馬王彪〉）等詩句相通。

此賦以借物抒情詠懷為主，兼以說理，可謂情、理相映，文質彬彬。作者對龜的描寫，發揮了豐富而奇妙的藝術想像，又融彙了大量有關龜的傳說資料（如謂龜為四靈之一）和典故材料（如《莊子》中的有關描述），顯示了作者藝術構思的精妙，藝術表現功力的深厚。

白鶴賦

【題　解】這是一篇詠物吟志之作。作者借對白鶴的描述，抒寫了自己遘災逢殃的不幸遭際，以及自己憂懼不寧、愁苦不堪、孤寂無助的主觀情意。此賦當作於文帝黃初年間。

嗟皓麗❶之素鳥兮，含奇氣之淑祥❷。薄幽林以屏處兮❸，蔭重景之餘光❹。狹單巢於弱條兮❺，懼衝風❻之難當。無沙棠之逸志❼兮，欣六翮❽之不傷。承邂逅之僥倖兮❾，得接翼於鸞皇❿。同毛衣之氣類兮⓫，信休息之同行。痛美會之中絕⓬兮，遘⓭嚴災而逢殃。并太息而祗懼兮，抑吞聲而不揚。傷本規之違迕⓮，悵離群而獨處。恆竄伏⓯以窮棲，獨哀鳴而戢羽⓰。冀大綱⓱之解結，得奮翅而遠遊。聆雅琴之清韻⓲，記六翮之末流⓳。

【注　釋】❶皓麗　潔白美麗。❷含奇氣句　含有善良的奇特氣質。淑祥，善良。❸薄幽林句　薄，靠近。幽林，深邃幽靜的樹林。屏處，隱居也。❹蔭重景句　蔭，遮蓋。重景，猶云重日。古稱日冕或日珥（指太陽周圍出現的彩光）現象為重日，並以之為祥瑞之兆。此以「重景」喻曹操。❺狹單巢句　單巢，孤巢也。弱條，細小的枝條。❻衝風　猛烈之大風。❼沙棠之逸志　指棲住名貴樹木的遠大志向。沙棠，木名，幹與葉類似於棠梨。相傳崑崙之神山生有沙棠樹，所結之果赤紅，味如李而無核，食之使人不溺。❽六翮　此泛指翅膀。翮，羽毛中間的硬管，即翎管。❾承邂逅句　邂逅，偶然相遇。僥倖，由於偶然的原因而得到成功或免去災害。❿接翼於鸞皇　謂與鸞鳥、鳳凰比翼連翅而飛。此以「鸞皇」喻指曹丕。⓫同毛衣句毛衣，羽毛。鳥以羽毛覆身，猶人之以衣蔽體，故稱鳥羽為毛衣。氣類，生物之同類者。⑫中絕　中斷也。⑬遘　遭遇；逢也。⑭傷本規句　本規，原來的計劃。違迕，相違背；相衝突。⑮竄伏　隱藏也。⑯戢羽　謂收斂羽翅。⑰大綱　喻指國家的法令。⑱聆雅琴句　雅琴，樂器名，為琴之一種。清韻，指清亮的樂聲。⑲記六翮句　意謂託身於鳥類的下等之中。記，疑為「託」字之誤。末流，猶云末等。

【語　譯】感歎潔白美麗的白鶴啊，所具的特殊氣質是善良。飛進幽深的森林將身藏，重日的餘光因此被遮擋。將孤巢築在細枝上啊，害怕大風起時無法抵抗。沒有棲憩沙棠的遠大志向啊，只是希望羽翅不受傷。幸賴不期而遇的好運氣啊，得與鸞鳳比翼飛翔。同是生物中的羽衣鳥啊，誠信彼此能同處休養。痛感相聚的良時被迫中斷啊，白鶴遭逢了深重的災殃。張口長歎心恐懼啊，忍氣吞聲不敢張揚。有違初衷心悲傷啊，離群獨處意惆悵。永遠隱伏於幽林而棲住啊，獨自哀鳴收斂翅膀。盼望大網的束縛能解除啊，以便展翅高飛遊遠方。能夠聆聽雅琴的清越聲啊，在下等的鳥群中將身藏。

【研　析】本賦所寫的白鶴，經過作者擬人化後，具有了人的思想、感情、意志。這是一隻遭際頗為不幸的白鶴，牠雖然有著美麗的外表、高潔的品行，可是厄運偏偏降臨其身，悲戚與之相伴。身居單巢弱枝，本就整天提心吊膽地過日子，可是意外的災殃又接踵而來：某種變故，不僅使牠被其同類疏棄，而且還被大網束縛，不得展翅遠遊，只能「并太息而祗懼兮，抑吞聲而不揚」。身遭不測之禍，白鶴情緒低落至極，深感孤獨、淒楚、悲哀，而且對前途充滿失望之意，只求斂翼收翅，託身於末流。

由此賦所述看，作者實際上是以白鶴自況，描述自己在政治上所受的迫害、壓制，以及身居逆境時的憂懼、悲傷之情。此賦可能作於文帝黃初二年（西元二二一年）。是年，監國使者灌均奏「植醉酒悖慢，劫脅使者」，法官請求朝廷治其罪。於是，曹植被免爵，並徙居京師，被幽禁於南宮，等待治罪。後經卞太后周旋，才免於大誅，得歸本國。對此，曹植本人的詩文亦有所反映。其〈責躬〉詩云：「恃寵驕盈，舉挂時網，動亂國經。作藩作屏，先軌是隳。傲我皇使，犯我朝儀。……將寘于理，元兇是率。」〈上責躬詩表〉云：「臣自抱釁歸藩……追思罪戾……誠以天網不可重罹。」此賦謂白鶴身受「大網」之縛，「離群而獨處」，當是喻指作者因悖慢使者，觸犯「時網」而被幽禁於南宮之事。據此，本賦似當作於待罪南宮期間。

如果我們上面所作的推測能夠成立的話，則作者在本篇之中所寄的喻旨應是：首二句謂自己有美好的品質；「薄幽林」以下六句，喻曹操死後，作者在曹丕的歧視、壓迫之下，身處孤危險惡之境，朝不慮夕，惶恐不安；「承邂逅」以下六句，喻指作者與其兄曹丕關係破裂，歡會不再；「并太息」以下四句，喻作者獲罪而受禁錮時，悲哀抑鬱，孤寂悽惶，忍氣吞聲；「愜竄伏」以下六句，喻寫作者獲罪逢殃後的意願、期望，表明作者知罪悔過，願意永遠寄身偏遠的藩地，檢束自己，並甘居卑位，還期待文帝解除對他的法律制裁，使之獲得人身自由。這後面六句，意在使文帝消除對他的戒備、疑忌，故而辭情頗顯謙卑、悱惻。

總之，作者以白鶴自喻，敘寫自己坎壈、失意的人生，抒發自己淒苦的情意，達到了物、我為一的境界，頗為蘊藉雋永。全賦感物吟志，借物抒情，充滿淒愴悵惘的情調。

蟬賦

【題解】這是一篇詠物之作。作者借對自然界中蟬這種小動物的描寫，表現了自己澹泊高潔而反遭摧殘、迫害的身世之感。通篇表面上雖是寫蟬的生存境況，實際上是敘說自己人生的種種不幸遭際。

唯夫蟬之清素❶兮，潛厥類乎太陰❷。在盛炎之仲夏❸兮，始游豫❹乎芳林。實澹泊❺而寡慾兮，獨怡樂❻而長吟。聲皦皦而彌厲兮❼，似貞士之介心❽。內含和❾而弗食兮，與眾物而無求。棲高枝而仰首兮，漱朝露之清流❿。隱柔桑⓫之稠葉兮，快閒居以遁暑⑫。

苦⑬黃雀之作害兮，患螳螂之勁斧⑭。冀飄翔而遠托兮⑮，毒蜘蛛之網罟⑯。欲降身而卑竄⑰兮，懼草蟲之襲予。免眾難而弗獲兮⑱，遙遷集乎宮宇。依名果之茂陰⑲兮，托脩幹⑳以靜處。有翩翩之狡童㉑兮，步容與㉒於園圃。體離朱之聰視兮㉓，姿才㉔捷於猴猿。條罔葉而不挽兮㉕，樹無榦而不緣㉖。翳輕軀而奮進兮，跪側足以自閑㉗。恐余㉘身之驚駭兮，精曾睨而目連㉙。持柔竿之冉冉㉚兮，運微黏而我纏。欲翻飛而愈滯㉛兮，知性命之長捐㉜。委厥體於庖夫㉝，歸炎炭而就燔㉞。秋霜紛以宵下㉟，晨風冽其㊱過庭。氣憯怛而薄軀㊲，足攀木而失莖㊳。吟嘶啞以沮敗㊴，狀枯槁以喪形㊵。

亂曰㊶：《詩》歎鳴蜩，聲嘒嘒兮㊷。盛陽㊸則來，太陰㊹逝兮。皎皎貞素㊺，侔夷節㊻兮。帝臣是戴㊼，尚其潔兮。

【注釋】①清素　清白；清潔。②潛厥類句　謂蟬這類生物潛藏於大地。太陰，指地下。案：蟬的幼蟲一直生活在土裏，靠吸食植物的根而生活。③仲夏　指農曆五月。④遊豫　即遊也。遊、豫二字同義。⑤澹泊　不追求名利；恬靜無求。⑥咍樂　高興快樂。咍，笑也。⑦聲嗷嗷句　嗷嗷，當是「噭噭」之誤，形容蟬鳴之聲。彌厲，越來越高。⑧似貞士句　貞士，指品德純潔之人。介心，謂正直特立的品性。⑨含和　謂含有中和之氣。⑩漱朝句　漱，意謂飲服。清流，清淨之水。⑪柔桑　指桑樹之枝條。⑫快閒居句　閒居，猶言靜處。遁暑，避暑也。⑬苦　擔憂。⑭患螳螂句　螳螂，亦作「螳蜋」或「螗蜋」。一種頭呈三角形的昆蟲，胸部細長，前腿呈鐮刀狀。勁斧，謂螳螂的前腿強勁如斧。⑮冀飄翔句　意謂希望飛到遠處以託身。飄翔，疾飛貌。⑯毒蜘蛛句　毒，恨也。罟，網也。⑰卑竄　往低處躲藏。竄，藏伏。⑱免眾難句　意謂無法逃避眾多的災難。⑲茂陰　濃蔭之處。陰，通「蔭」。⑳托脩幹　依附高高的樹幹。㉑翩翩之狡童　指動作快捷的美貌少年。翩翩，輕疾貌。㉒容與　放縱不羈的樣子。㉓體離朱句　體，具備也。離朱，人名，古之明目者，傳為黃帝時人，眼力極好，能視於百步之外。聰視，謂視力明敏。㉔姿才　猶資才。指天生的才能。㉕條罔句　謂樹枝上的葉子都能被狡童用手扯著。條，枝也。罔，無；沒有。挽，牽引。㉖緣　攀緣。㉗翳輕軀二句　謂狡童盡量隱藏自己輕盈的身體，行動敏捷，並將一側的腿腳跪在地上，謹防暴露目標。翳，隱藏。奮進，快速向前。閑，防也。㉘余　蟬之自稱。㉙精曾句　言狡童的眼睛注視著蟬。精，指眼睛。睨，斜視。目連，謂視線相連而不斷。形容注意力十分集中。㉚冉冉　柔軟下垂的樣子。㉛滯　此謂黏合而不可擺脫。㉜捐　棄也。㉝庖夫　指廚師。㉞歸炎炭句　謂蟬被放到熾熱的炭火上燒烤。燔，烤也。㉟秋霜句　言秋霜在夜間紛紛降下。㊱冽其　猶冽然。寒冷貌。㊲氣憯怛句　謂寒氣甚濃，及於蟬身。憯怛，寒冷貌。薄，迫近。㊳失莖　謂從樹幹上掉落下來。㊴沮敗　終止也。㊵喪形　意謂喪生。㊶亂曰　樂曲的末章，猶今所謂「尾聲」。㊷詩歎二句　指《詩經・小弁》對鳴蟬的詠歎：「菀彼柳斯，鳴蜩嘒嘒。」詩，指《詩經》。蜩，即蟬也。嘒嘒，蟬鳴之聲。㊸盛陽　指盛夏之時。㊹太陰　指冬季。㊺貞素　指純正高潔的品行。㊻侔夷節　謂與伯夷的節操相齊同。侔，等同。夷，伯夷，商代孤竹君之子。因不願繼承王位，而逃至周國。周武王滅商後，伯夷恥食周粟，逃到首陽山，採薇而食，最後餓死山中。㊼帝臣是戴　謂君主之臣，頭戴的官冠上有蟬形飾物。《後漢書・輿服志》：「武冠，一曰武弁大冠，諸武官冠之。侍中、中常侍加黃金璫，附蟬為文。」

【語譯】那品性高潔的蟬啊，牠的幼蟲潛於地下生存。在炎熱的仲夏時節啊，開始活動於樹林。牠的確恬淡而寡欲啊，獨自在林中快樂長鳴。嗷嗷叫聲一陣高一陣啊，似忠正之士具有耿介心。內含和氣而不進食啊，對眾物不動求取心。棲住高枝而昂著頭啊，將清潔的朝露來吸飲。隱身於桑枝茂密的綠葉啊，閒居避暑養精神。

擔心黃雀加害自己啊，又害怕螳螂的前腿如利斧。心想飛到遠處去藏身啊，又恨蜘蛛之網的束縛。打算下移身體而躲避啊，又怕草蟲將我殺戮。想避眾災而不能啊，只好遠遷棲身於宮宇。依託名貴果樹的濃蔭啊，身附高高樹幹以靜處。有個行動敏捷的美少年啊，大搖大擺地行走於園圃。具有離朱般的好眼力啊，還有比猿猴敏捷的天賦。沒有他手搆不著的枝葉啊，也沒有樹幹他不能攀附。隱遮輕盈的身體而疾行啊，側足而跪以防自我暴露。他怕我身受驚駭逃走啊，目不轉睛地將我關注。他手持柔軟下垂的竹竿啊，運轉小小黏丸將我纏縛。越想飛脫黏得越牢啊，我自知性命保不住。我身將被交付廚師啊，放於炎烈的炭火中烤熟。

秋霜在夜間紛然降下，晨風凜洌吹過宮庭。刺骨的寒氣侵襲蟬身，腿腳閃失而墜自樹莖。叫聲嘶啞漸至終止，面貌枯槁而喪失性命。

尾聲：《詩經》詠歎鳴蟬，說牠叫聲嘒嘒，蟬在盛夏之時出現，冬季則身藏影滅。潔白無瑕的純正品德，可齊同於伯夷的氣節。帝臣頭戴蟬形飾物，是崇尚蟬的品行高潔。

【研　析】西方著名作家歌德曾說：藝術家「是憑自己的偉大人格去對待自然的」，他「把猥瑣的實際自然提高他自己的精神高度，把自然現象中由於內在弱點或外力阻礙而僅有某種趨向的東西實現出來」（《歌德談話錄》）。曹植寫這篇〈蟬賦〉，可謂頗合歌德所說的情形。曹植此賦所寫對象，本是自然界裏很不起眼的小昆蟲，稱得上是「猥瑣的實際自然」物。但是，曹植在寫作過程中，能把自我移入到蟬這種自然物之中，使蟬的形象成了他的思想、情感、意志乃至生命的對應物，幾乎成了他的化身。

從此賦的描寫看，蟬具有清高芳潔的德性，牠棲居高枝，不銜草木築巢；棄穢飲露，而不以粒粟為食；高標孤處，無求少欲，與世無爭。可謂具有廉儉之德、貞素之質、澹泊之性、清高之節。而這些，不正是曹植高尚人格、品節的形象寫照嗎？他在〈藉田說〉中曾將「富而慢，貴而驕，殘仁賊義，甘財悅色」，視為「君子之蝎」；他在〈當事君行〉中曾對「追舉逐聲名」，百心事一君的亂臣賊子，嗤之以鼻；他在〈玄暢賦〉中曾作自我表白，要「長全貞而保素，弘道德以為宇，築無怨以作藩，播慈惠以為圃，畊柔順以為田」；他在〈潛志賦〉中曾謂己「且摧剛而和謀，接處肅以靜恭，亮知榮而守辱」……所有這些，不是表明作者與其筆下之蟬在品德上合若符契嗎？從此賦的描述看，蟬雖然具有美好的德操，但卻擁有難容於世、身罹禍患的苦難、遭際。牠雖然澹泊無求，與世無爭，但卻總是身處進退受敵、危機四伏之境：「苦黃雀之作害兮，患螳螂之勁斧」；即使躲過了「蜘蛛之網罟」，又慘遭「翩翩之狡童」的捉捕，「委厥體於庖夫」。這個微陋的小生命安身立命於世，真可謂是艱辛窘迫！其實，蟬的這種處境維艱，正是作者現實人生坎壈遭際的折射，是他憂讒畏譏、遭災逢厄的身世的反映。作者自黃初以來，備受曹丕父子的壓制、歧視，而且還經常遭到姦宄小人的譖害、中傷，曾「深為東郡太守王機、防輔吏倉輯等任所誣白，獲罪聖朝」，「又為監官所舉，亦以紛若」（〈黃初六年令〉），致使他常處「憂心如醉」（〈釋愁文〉）、汲汲無歡的境地。所有這些，不是表明作者與其筆下之蟬在命運上如出一轍嗎？

本賦第一段敘蟬之美德，讚其高潔的品質；第二段敘蟬之不幸的遇際，重點描述了狡童捕蟬的過程；第三段泛寫蟬在秋季來臨時枯槁喪形的悲慘結局；第四段復讚蟬之美德。

此賦以蟬自喻，抒寫自己品德芳潔而不見容於世、反遭不測之禍的命運、悲憤，是繼承了屈騷「依詩取興，引類譬諭」的比興傳統。此賦用以起興、比喻的事物不再是單一的、孤立存在的，而是一系列，且能形成一組互相關聯的形象，構成一定的情節（如狡童捕蟬一節即是明證），達到了敘事與抒情的有機結合，從而令全賦的比興具有象徵的性質。其次，此賦以蟬自喻，能將蟬擬人化，讓蟬像人那樣如咽似訴地傾說自己的處境、遭逢，這使此賦在建構比喻的含意上顯得自然、自如，讀之令人感到真切、蘊藉。此賦以擬人的手法寫蟬，既使蟬具有了人的感情、意志、思想，但同時又能注意表現蟬作為動物的生物屬性（如「棲高枝而仰首」等），從而令蟬的形象的社會性、生物性達到了和諧的統一。再次，此賦描寫細膩生動，頗為傳神。如寫捕蟬的狡童，可謂窮形盡相，活靈活現：其「捷於猴猿」的機敏，「翳輕軀而奮進兮，跪側足以自閑」的狡黠，「精曾睨而目連」的專注神情，等等，一併躍然紙上，讀後似有身臨其境、面對其人之感。另外，此賦也成功地運用了對比的手法。作者將蟬原來身處芳林的怡樂，與後來身遭不幸的悲哀，將蟬的高尚的品行，與其悲愴的命運，對比寫來，引人悲憫、哀憐，具有震撼人心的情感力量。

鸚鵡賦

【題　解】鸚鵡，一種能模仿人說話聲音的鳥。這是一篇詠物之作。大約寫於漢獻帝建安時期，係模擬禰衡〈鸚鵡賦〉而作。同時的王粲、應瑒、陳琳、阮瑀等人亦有同題之作。

美洲中之令鳥❶，越眾類而殊名❷。感陽和而振翼，遁太陰以存形❸。遇旅人之嚴網❹，殘六翮之無遺❺。身掛滯於重籠❻，孤雌鳴而獨歸。豈予身之足惜？憐眾雛之未飛❼。分糜軀以潤鑊❽，何全濟之敢希？蒙含育之厚德，奉君子之光輝❾。怨身輕而施重❿，恐往惠⓫之中虧。常戢心⓬以懷懼，雖處安其若危。永哀鳴以報德⓭，庶終來而不疲⓮。

【注　釋】❶美洲中句　洲，水中的陸地。令，善；美好。❷越眾類句　謂超越眾鳥，且名字與眾不同。殊名，特別之名。鸚鵡之名為雙音節詞，與大多數鳥之單名相異，故稱。❸感陽和二句　陽和，春天的暖氣。此謂春天。太陰，極盛的陰氣。此謂冬天。蔡邕《獨斷》：「冬為太陰。」存形，猶云存身。❹遇旅人句　旅人，古代宮中掌管烹調的官。嚴網，密而大的網。❺殘六翮句　禰衡〈鸚鵡賦〉：「閉以雕籠，剪其翅羽」，「顧六翮之殘毀」。翮，鳥羽中間的硬管，即翎管。無遺，無餘也。❻身掛句　謂鸚鵡被關閉在多層的大籠子裏。❼豈予二句　語本禰衡〈鸚鵡賦〉：「匪餘年之足惜，愍眾雛之無知。」予，鸚鵡之自稱。雛，幼鳥。此謂鸚鵡之子。❽分糜軀句　分，甘願。糜軀，猶言粉身碎骨。鑊，古代烹煮食物用的一種大鍋。❾奉君子句　語本禰衡〈鸚鵡賦〉：「侍君子之光儀。」光輝，此謂美好的儀表。❿施重　恩重也。⓫往惠　往日的恩惠。⑫戢心　謂心緊縮。形容驚悸、緊張之狀。戢，收斂。⑬永哀鳴句　語本禰衡〈鸚鵡賦〉：「期守死以報德，甘盡辭以效愚。」句謂鸚鵡長久地以婉曲的叫聲取悅主人，藉此報答主人的恩德。⑭庶終來句　禰衡〈鸚鵡賦〉：「恃隆恩於既往，庶彌久而不渝。」句謂希望主人施恩長久，不要中途停止。庶，表期望之詞。終，久長。疲，窮乏；乏絕。

【語譯】洲中的好鳥值得稱美，超越眾鳥有異名。感於春暖而展翅飛，逃避冬寒以藏身。落入旅人所張密網，羽翅傷殘無完形。雄鳥被關閉在大籠裏，雌鳥獨自飛回甚孤零。我身哪裏值得珍惜？可憐幼崽們還不會飛行。甘願粉身碎骨煮於鼎鑊，哪敢企望保全自身？蒙受養育之厚德，侍奉儀表堂堂的君子大人。怨我身卑而受大恩，害怕舊恩難續而中途停。經常心驚而憂懼，身雖安逸卻如處險境。長久哀鳴以報德，希望仁恩長來不窮盡。

【研析】此賦作者借題發揮，所表達的情意較為複雜：既有對其自身才德的嘉美和肯定，又有對遭災逢厄的悲憫、恐懼，含有憂生之慨；既有對寄人籬下、不得自主的哀傷、自憐，又有對「君子」施恩賜惠的感念、企盼。此賦所寫，雖然有一定的自喻性質，但主要還是反映建安時代下層士人普遍的生存狀況、心理狀態。今人高德耀說：「我們或許可以把賦中的鸚鵡看成曹植自喻。在建安時代，寫過〈鸚鵡賦〉的並非只有曹植。當時以〈鸚鵡賦〉為題的還有王粲、應瑒、陳琳和阮瑀。這些作家都是禰衡〈鸚鵡賦〉的回應者。我們知道，在建安時期的文學環境裏，當時的文學才子在社交場合中寫了不少體裁相同的作品，而且這些〈鸚鵡賦〉都有相似之處。因此，我們似乎可以把這種現象理解為它們都是同一時的應景（甚至是應命）之作。而且，因為阮瑀死於建安十七年（西元二一二年），所以，這些人所寫的〈鸚鵡賦〉可能是曹植還沒有失去曹操與曹丕的好感之前的作品。但這並不表示曹植他們的〈鸚鵡賦〉沒有比喻的內容，重點是這已成定規的文學題材所表達的挫折感、隔離感和毀滅感，是當時文人們共同的心理現象。」由此看來，此賦雖然帶有一些自喻的色彩，但主要還是代當時寄人籬下的士人們立言，敘寫他們頻遭災厄、朝不保夕的悲劇人生，及其仰人鼻息、如籠中養物般的生存狀態，表現他們對自身才美的自許，對人生災厄的自傷，對拘囚般的生存方式的自怨，對主人恩德的感戴，對前途難卜的憂恐。

此賦情調淒婉低沉，甚至顯出苦苦乞憐的哀意，頗引人同情、悲憫。同時以擬人化的筆法寫鸚鵡的內心世界，甚為細膩、真切。

鶡賦 并序

【題解】鶡，鳥名。即鶡雞。此鳥似雉而大，青色有毛，勇健善鬥。此賦以鶡鳥為描寫對象，著重歌頌了此鳥剛烈勇猛的品格。此賦當作於建安年間，同時的作家曹操、王粲亦有詠讚鶡鳥的賦文傳世。

鶡之為禽猛氣，其鬥終無勝負，期於必死❶，遂賦之焉。

美遐圻❷之偉鳥，生太行之嵓阻❸。體貞剛之烈性❹，亮乾德之所輔❺。戴毛角之雙立，揚玄黃之勁羽。甘沉隕而重辱❻，有節士之儀矩❼。降居擅澤，高處保岑❽。遊不同嶺，棲必異林❾。若有翻雄駭游❿，孤雌驚翔，則長鳴挑敵⓫，鼓翼專場⓬。踰高⓭越壑，雙戰隻僵⓮。

階侍斯珥⓯，俯耀文墀⓰。成武官之首飾⓱，增庭燎⓲之高暉。

【注釋】❶期於必死　意謂要求一定戰死。期，猶今語要求之義。案：《山海經・中山經》郭注謂鶡「勇健鬭，死乃止」。❷遐圻　遙遠的邊地。圻，古指皇帝都城周圍千里之地。❸嵓阻　高峻的山巖。嵓，同「巖」。❹體貞剛句　體，含有。貞剛，純正剛強。烈性，剛烈之品性。❺亮乾德句　亮，誠然。乾德，即古陰陽五行論者所謂「金德」。《周易・乾卦》：「大哉乾乎！剛健中正，純粹精也。」輔，助也。❻甘沉隕句　謂鶡鳥情願死而不願受到羞辱。沉隕，謂死亡。重，猶難也。❼儀矩　猶言風範。❽降居二句　意謂鶡鳥低處居住時，就佔據水澤；高處居住時，就守住高峻的山峰。擅，獨佔。保，守住。❾遊不二句　謂鶡鳥不與其他鳥同遊一嶺，同居一林。❿翻雄駭游　言翻飛的雄鳥迅猛而行。翻，飛貌。⓫挑敵　謂挑動敵人出戰。⓬專場　謂強者勝弱者，獨佔整個場面。⓭踰高　指越過高山。⓮雙戰句　謂雙鳥交戰，有一鳥戰敗，倒地死亡。僵，倒仆。⓯階侍句　言殿階下的衛士的頭冠上，插以鶡羽為飾。珥，插也。《藝文類聚》卷九〇引《續漢書》云：「虎賁、武騎，皆鶡冠，以其鬪死乃止。」⓰文墀　指雕刻花紋圖案的殿階。⓱武官之首飾　指武官頭冠上的鶡羽飾物。《後漢書・輿服志》云：「武冠，俗謂之大冠，環纓無蕤，以青系為緄，加雙鶡尾，豎左右。」⓲庭燎　庭中照明的火炬。《周禮・秋官》：「凡邦之大事，共墳燭庭燎。」鄭玄注云：「墳，大也。樹於門外曰大燭，於門內曰庭燎，皆所以照眾為明。」

【語　譯】鶡作為禽鳥，有勇猛之氣。牠們對鬥起來，長久難分勝負，只求決戰至死，我於是為這種鳥寫作了此賦。

遙遠邊地上奇美的禽鳥，生在太行山險峻的山巖上。具有純正堅強的剛烈品性，的確得助於金德的陽剛。頭上的毛角成對豎立，將青黃兩色的勁羽張揚。寧可死亡而難受侮辱，具有節烈之士的風度氣象。在下居住時獨據一澤，高處棲息時守於山上。不與他鳥同遊一嶺，也不與他鳥同林休養。如有別的雄鶡翻飛猛進，或是雌鳥孤飛疾翔，鶡鳥則長鳴挑戰對手，鼓動羽翅獨顯其強。翻過高山越過深壑，雙鳥交戰有一隻敗亡。殿階下的衛士冠插鶡尾，將下面雕花殿階照亮。成為武官頭上的飾物，使庭中的火炬更顯明光。

【研　析】楊修〈答臨淄侯箋〉：「是以對〈鶡〉而辭，作〈暑賦〉彌日而不獻。」《文選》李注云：「〈曹〉植為〈鶡鳥賦〉，亦命〈楊〉修為之，而修辭讓。植又作〈大暑賦〉，而修亦作之，竟日不敢獻。」由此看來，本賦當作於植為臨淄侯期間，具體的寫作時間應與植〈與楊德祖書〉（見本書卷九）相同，即建安二十一年（西元二一六年）。

此賦為詠物之作，熱情歌頌了鶡鳥勇武不屈的戰鬥精神，全賦充滿陽剛之氣。

本賦開頭四句敘鶡鳥的生長環境及其貞剛之性。此四句先聲奪人，讓人感到鶡鳥奇偉不凡。「戴毛角」以下四句，寫鶡鳥的外在之美與內在之剛。「降居」以下四句，寫鶡鳥的生活習性，反映出了鶡鳥剛特獨立、孤高不群的品性。「若有」以下六句，寫鶡鳥勇戰對手，直至其死亡的情形，突現了鶡鳥勇猛敢戰、不屈不撓、無所畏懼的戰鬥精神，充滿著昂奮、悲壯的感情色調。末四句寫宮廷武士之冠，以鶡尾羽毛為飾物，表明人們對鶡鳥英勇頑強的戰鬥精神的崇尚欽慕。

漢魏之際，群雄並起，各軍事集團之間，勾心鬥角，縱橫捭闔，以至沙場廝殺，戰火頻燒，都想以強盛的勇力、武力征服對手，翦滅列強，從而奪取天下。因此，尚武貴勇，自然成了這個時代的一種精神。曹植此賦極力頌揚勇猛的鶡鳥，當是這種時代精神的折光反映。從某種意義上講，文中的鶡鳥形象，就是那個時代具有乾剛正氣、勇於拼搏、敢於勝利的英雄豪傑的化身。

此賦成功地刻畫出了英姿颯爽、勇武剛烈的鶡鳥形象。作者對鶡鳥的描寫，能從多角度（生長環境、外在形象、內在氣質、生活特性等）展開，且方式靈活，手法多變，如典型概括與細節刻畫相結合，靜態描摹與動態展現相交錯，等等。

離繳雁賦 并序

【題解】篇題中的「離」，為遭受之意。「繳」，指拴在箭上的生絲繩；射中獵物後，以絲繩將其拉回。「離繳」，意謂被帶絲繩的箭射中。由本篇之序文看，作者親眼看見孤雁被弋射者射中，因而心生憐意，且有所感，便寫作了這篇賦文。此賦文句殘脫太甚，據《初學記》暨趙幼文《曹植集校注》補入了部分。

余游於玄武陂❶中，有雁離繳，不能復飛，顧命舟人追而得之，故憐而賦焉。

憐孤雁之偏特❷兮，情惆焉而內傷❸。尋淑類之殊異兮❹，稟上天之休祥❺。

含中和之純氣兮，赴四節❻而征行。遠玄冬於南裔❼兮，避炎夏於朔方。

白露淒以飛揚兮，秋風發乎西商❽。感節運之復至兮，假魏道而翱翔。接羽翮❾以南北兮，情逸豫❿而永康。

望范氏之發機兮⓫，播⓬纖繳以凌雲。掛微軀之輕翼兮，忽頹落⓭而離群。旅朋驚而鳴逝兮⓮，徒矯首而莫聞⓯。

甘充君之下廚⓰，膏函牛之鼎鑊⓱。蒙生全之顧覆，何恩施之隆博⓲。於是縱軀歸命⓳，無慮無求。飢食稻粱，渴飲清流。

【注釋】❶玄武陂　指玄武池。據史載，曹操北征三郡烏丸後，於建安十三年（西元二〇八年）春正月返回鄴城，在鄴城挖鑿玄武池，以操練舟師。❷偏特　謂孤單。❸情惆句　惆，惆悵。失意悲傷的樣子。內傷，猶云心傷。❹尋淑類句　因襲了善良之輩的特異品性。尋，沿也。淑類，猶善類。❺稟上天句　謂承受上天所賜予的吉祥。❻四節　四季也。❼南裔　南邊也。❽西商　指西方。依照古代陰陽五行之說，四方中的西方，五音中的商調，四季中的秋季，均屬金。因此，古人常以「西商」指代西方。❾接羽翮　謂群雁比翼並排而飛。羽翮，本指鳥羽中的翎管。此謂羽翅。❿逸豫　快樂舒暢。⓫望范氏句　意謂怨恨范氏發動了弓弩上的機關。望，怨也。范氏，不詳所指，當是古代善射者。⓬播　揚也。此謂向上發射。⓭頹落　猶墜落。⓮旅朋驚句　謂群飛的大雁心受驚駭，並飛鳴遠去。旅朋，同行的伙伴。此指群雁。逝，往也。⓯徒矯首句　意謂被射中的雁徒勞地翹首而鳴，遠去的朋伴沒有誰能聽見。矯首，仰頭也。⓰下廚　指簡陋的廚室。⓱膏函牛句　滋潤能容納一頭牛的大鼎鑊。意即放入大鼎鑊中烹煮。膏，潤也。函，包容；容納。鼎鑊，均為古代烹煮食物用的器具，類似後世的鍋。⓲蒙生全二句　意謂承蒙關照，得以活命全身，這救命的恩惠是無比的廣大。生全，保全生命。顧覆，反覆顧視。喻照顧。施，恩惠。隆博，廣大也。⓳縱軀歸命　意謂不自約束，聽任命運支配。縱軀，猶言縱體，謂行為不受檢束。歸命，猶言委命。

【語　譯】我在玄武池中遊玩時，看見有一隻大雁身掛繳繩，不能再飛動。我便回頭命駕船的人追上大雁，將其捉住。因此，心懷同情地寫作了這篇賦文。

哀憐孤雁孤單無依啊，情緒惆悵心悲傷。秉承善類特異的品性啊，蒙受上天所賜的吉祥。內含純正的中和之氣啊，隨著四季變化而南來北往。遠離寒冬去南邊啊，逃避炎夏到北方。

白露淒清紛紛降啊，秋天的風兒起自西方。感於節氣輪轉時又到啊，便借魏國的道路而飛翔。群雁並翅列陣向南飛啊，心情愉快而一直安康。

怨恨范氏發動弓機啊，把纖細的繳繩送入雲端。將我身上的輕翅掛住啊，我迅疾下落離開群雁。群雁驚叫飛向遠方啊，我仰頭哀鳴誰也沒聽見。

我願充作您的廚中食，在巨大的鼎鑊中受熬煎。承蒙您救命照料周詳，這恩德真是大無邊。於是放縱身心聽天命，無憂無求心悠閒。飢餓之時吃稻粱，渴飲清水口不乾。

【研　析】在「世積亂離，風衰俗怨」（劉勰語）的建安時代，身居卑位的文人們飽受生活的磨難，流離顛躓，寄人籬下，有志難展，甚至還屢遭困厄，因而心中常常被挫折感、不遇感、隔離感乃至毀滅感所困擾，表現在他們的詠物之作中，經常是借詠物而自傷自歎，或抒發幽困委屈之悲情（如王粲〈鶯賦〉云：「覽堂隅之籠鳥，獨高懸而背時」，「就隅角而斂翼，倦獨宿而宛頸」），或悲吟懷才不遇、不為人知的痛苦（如應瑒〈慜驥賦〉云：「慜良驥之不遇兮，何屯否之弘多？抱天飛之神號兮，悲當世之莫知」），或哀訴對遭災逢殃的憂懼（如應瑒〈侍五官中郎將建章臺集詩〉云：「朝雁鳴雲中，音響一何哀」，「常恐傷肌骨，身隕沉黃泥」）。曹植這篇〈離繳雁賦〉是一篇緣事而發的作品，其中所寫之物，所敘之事，也浸透著曹植的主觀情意，表達了那個時代文士普遍具有的挫折感、憂懼感、隔離感、不遇感。

此賦小序交代寫作緣起；正文的第一段謂雁具有美好的品性和習性；第二段寫秋天來臨時，大雁南飛，路過魏國；第三段寫雁被弋射者射中後，離群而孤；第四段寫雁被作者救出後的複雜心理：既有感恩戴德之意，又對被人視為玩物而養尊處優，心存不滿，顯得有些無可奈何，心灰意冷。

此賦將孤雁高度擬人化，讓其含情直敘，顯得詞切意濃，悽惋動人。賦中的孤雁形象，傾注了作者的情感、思想、意志，寄託著作者追求理想、自由而難得的悲哀、怨憤，寓含了作者欲展雄才、實現抱負而反遭挫折的憂愁、感喟。此類情緒，在建安時代普通文士中是十分具有代表性的。

此賦主要以孤雁自述的口氣來訴說事情的本末，形成了一個首尾完具的故事情節，而且，隨著此情節的演進、推移，既表現了孤雁離繳遭災之事的前因後果，又細膩而真切地展示了孤雁內心世界波動的軌跡。從賦中的描述看出，孤雁的情感活動，經歷了一個迭宕的過程：由開始群飛時的「逸豫」，到「頹落」、「矯首」時的驚懼、哀戚，到「蒙生全」後的感激，再到被人圈養而不得施展時的淡淡的哀傷。這種變化，也曲折地反映了建安文士的人生體驗和心路歷程。

鷂雀賦

【題　解】此賦以寓言的手法，塑造了鷂、雀兩個動物的形象，描述了弱小的雀在兇猛的鷂的凌辱之下，不屈地抗爭的情景；作者以此側面反映了人類社會一種嚴酷的現實，寄寓了深刻的思想內涵。本賦文句殘佚較甚。

鷂欲取雀❶。雀自言：「雀微賤，身體些少，肌肉瘠瘦❷，所得蓋少，君欲相噉❸，實不足飽。」鷂得雀言，初不敢語。

「頃來輡軻❹，資糧乏旅❺，三日不食，略思死鼠❻。今日相得，寧復置❼汝？」

雀得鷂言，意甚怔營❽。

「性命至重，雀鼠貪生。君得一食，我命隕傾❾。皇天降監，賢者是聽❿。」

鷂得雀言，意甚怛惋⓫。

當死斃雀，頭如顆蒜⓬。不早首服⓭，烈⓮頸大喚。行人聞之，莫不往觀。雀得鷂言，意甚不移。依一棗樹，藂蕽⓯多刺。目如擘椒⓰，跳蕭⓱二翅，「我當死矣，略無可避。」鷂乃置雀，良久⓲方去。

二雀相逢，似是公嫗⓳，相將⓴入草，共上一樹。仍敘本末，辛苦相語㉑：「向者㉒共出，為鷂所捕。賴我翻捷㉓，體素便附㉔，說我辨語㉕，千條萬句。欺『恐舍長，今兒大怖』㉖。我之得免，復勝於兔。自今徙意㉗，莫復相妒㉘。」

【注釋】❶鷂欲句　本句以及下篇〈蝙蝠賦〉首句前，舊本均有「曰」字，似非原文，今並刪。❷身體二句　些少，猶云較小。瘠瘦，即瘦也。此二字義同。❸噉　吃也。❹轗軻　亦作「坎坷」。不平貌。喻境況不利。❺資糧句　謂在旅途中缺乏糧食。❻略思句　意謂曾動過以死鼠充飢的念頭。略思，稍想。❼置　放掉。❽怔營　聯綿詞，形容驚恐不安之狀。❾隕傾　謂喪失。❿皇天二句　《詩經・殷武》：「天命降監，下民有嚴。」句謂老天監視著下界，賢明者聽從天命。⓫怛惋　悲傷惋惜。⓬顆蒜　即今語所謂蒜頭或蒜坨。亦即由多個蒜瓣構成的球狀物。《顏氏家訓・書證》辨之甚詳，可參。⓭首服　降服也。首、服二字義同。⓮烈　通「捩」。扭轉。⓯藂蕽　同「蔥蘢」。青翠茂盛之貌。⓰擘椒　指花椒剖開後露出的椒子。此形容雀目圓而小。擘，剖開。⓱跳蕭　聯綿詞，意為跳躍。⓲良久　很久。⓳嫗　母也。⓴將　扶持。㉑辛苦句　謂互訴辛苦。㉒向者　從前；往昔。㉓翻捷　謂行動敏捷。㉔體素句　謂一向具有能言善辯、取悅於人的本領。體，含有；具有。

素，平素。便附，猶言便巧。謂善以花言巧語親近別人。㉕辨語　辯解之語。辨，通「辯」。㉖欺恐二句　此述雀對鷂的欺哄之言。意謂欺哄鷂說：恐怕自己死後，會使孩子十分驚惶。舍長，即長舍。指死亡。兒，指雀之幼崽。㉗徙意　謂改變觀點、看法。㉘姤　忌恨。

【語　譯】鷂子準備捕食雀。雀說：「我為卑賤之鳥，身體較小，肌肉很瘦，您所得甚少，如要吃我，的確也不會使您肚飽。」鷂子聽了雀的話，起初不知說什麼好。

「近來境況很不佳，旅途之中缺糧米。已有三天沒進食，曾想以死鼠來充飢。今日已把你看準，怎麼再能放過你？」雀兒聽了鷂子的話，心情十分惶恐驚悸。

「性命至為珍貴，雀鼠都怕死貪生。您將我捕住吃一頓，我的小命就要歸陰。皇天有眼監視下面，賢者自當聽天命。」鷂子聽了雀的話，心情顯得悲傷惋惜。

雀兒面臨死亡命運，腦袋猶似一坨蒜。沒有過早地認輸就範，還扭轉脖子大聲叫喚。過路行人聽到叫聲，沒有人不前往觀看。聽了鷂子的一番話，雀的意志十分剛堅。身靠一棵大棗樹，上面多刺枝葉繁茂。雀眼圓細如椒子，邊跳邊將兩翅搧。「我看今日已死定，根本用不著再躲閃。」鷂子於是放過雀，待了半天才離散。

兩隻雀兒相逢了，像是公母鳥一雙。兩雀相扶入草叢，一齊飛到一樹上。反覆敘說事原委，互訴艱辛時那雀講：「前些時一起把門出，我被鷂子抓在手上。幸虧我行為十分敏捷，加上本就善辯會交往。我向鷂子求情說理，千言萬語訴衷腸。謊稱『我一旦命喪黃泉，會使孩兒大受驚慌』。得以逃脫鷂之掌，我這遠比兔子強。從今你我要改態度，莫再相互忌恨不謙讓。」

【研　析】此賦文句殘佚，無法窺其全貌，其寫作背景及目的也無法考定。根據目前的殘篇斷章看，作者將所寫的動物擬人化，編織了一個饒有趣味、充滿弱肉強食意味的故事。其故事是說，兇猛的鷂鷹三天覓食不得，飢腸轆轆，遇上負氣而離家出走的雀，鷂欲取雀，以作充飢之物。雀身受威脅、面對危機時，積極反抗，施展不爛之舌，據理相爭，對鷂動之以情，曉之以理，甚至準備以命相拼，終於使自己死裏逃生；雀回到家中，乃向配偶訴說歷險之事，並勸配偶「自今徙意，莫復相妬」。

此賦從內容上看，可以分成兩大部分：開頭至「良久方去」句止，為第一部分，寫鴿雀相爭相鬥的過程；「二雀相逢」句至結尾，為第二部分，寫雀脫險之後，向配偶訴說勇鬥鷂子的經歷，並示以勸誡之意。

本賦前一部分可能是影射漢魏之際群雄列強爭權奪利，相互攻伐，以至以大欺小、恃強凌弱的社會現實；後半部分可能是以雀之「公嫗」，比喻曹丕、曹植兄弟，所寓之意在於說明兄弟相互猜疑，彼此忌恨，只能導致各行其道，不相親睦，從而有可能釀成被外人欺侮的悲劇。

此賦語言質樸淺近，亦莊亦諧，且以動物對話、故事情節貫穿全篇，這在辭賦之中不可多見，可謂別開生面。此賦的對話十分生動、精彩，對動物神態的摹寫亦惟妙惟肖，給人如聞其聲，如見其形之感。

蝙蝠賦

【題解】蝙蝠，哺乳類動物，頭部和軀幹像老鼠；夜間在空中飛翔，捕食蚊、蛾等昆蟲；其視力極弱。本篇借對蝙蝠的描述，抒發了刺世疾邪之情。本篇文句殘佚，非全篇。

吁何奸氣❶，生茲蝙蝠。形殊性詭❷，每變常式❸。行不由足，飛不假❹翼。明伏暗動❺，盡似鼠形。謂鳥不似：二足為毛❻，飛而含齒❼。巢不哺鷇❽，空不乳子❾。不容毛群❿，斥逐羽族⓫。下不蹈陸，上不馮木⓬。

【注釋】❶吁何句　吁，驚歎詞。奸氣，奸邪之氣。❷形殊句　謂蝙蝠形貌奇特，性情怪異。❸常式　此指一定的活動方式。❹假　借；利用。❺明伏句　謂白天潛伏，晚上活動。❻二足句　謂蝙蝠有二足，似鳥類；但身上有毛，又似獸類。❼飛

而句　謂蝙蝠像鳥類飛行，但又像獸類口含牙齒。❽巢不句　謂蝙蝠雖像鳥類築巢而居，但又不能像鳥類那樣哺食幼雛。哺，餵養。鷇，小鳥。❾空不句　謂蝙蝠居於洞穴，但不哺乳幼子。空，謂洞穴。❿毛群　指獸類。⓫羽族　指鳥類。⓬下不二句　謂在下不能像獸類行於陸地，在上不能像鳥類集棲樹枝。凴，通「憑」。依託也。

【語譯】是什麼奸邪之氣呀，使這蝙蝠繁殖生息。形狀獨特性情怪，活動方式總是變易。走起路來不用腳，飛於天空不用羽翼。白天藏伏夜出動，形貌酷似老鼠體。說牠是鳥也不似：身長二足卻有毛皮，如鳥飛行卻有牙齒。居住巢中不餵幼崽，住於洞中不乳孩子。對於獸類牠不容，對於鳥類牠排斥。在下不能行陸地，在上不能依樹枝。

【研析】這是一篇諷刺意味很濃的小賦。作者以譏刺、嘲弄的筆調，勾畫了蝙蝠的醜惡嘴臉。作者描畫蝙蝠的形象，能抓住蝙蝠作為動物的典型特徵。具體說來，全文是緊扣「形殊性詭」四個字來展開對蝙蝠的特點的描述：「盡似鼠形」、「謂鳥不似，二足為毛」、「飛而含齒」等句，是說蝙蝠像鳥又不是鳥，像鼠又不是鼠，古怪離奇，突出了「形殊」的特點。「行不由足，飛不假翼」、「明伏暗動」以及「巢不哺鷇」以下六句，是說蝙蝠行為怪異譎觚，變化多端，陰險乖張，突出了「性詭」的特點。

作者雖寫動物世界中的蝙蝠，但矛頭實際上是指向現實社會中的邪惡之徒，旨在揭露、痛斥他們陰險奸詐、變化無常、不循正道的醜惡品性。因此，清人丁晏說：「嫉邪憤俗之詞，末四句痛斥尤甚。」有學者認為，此賦是為斥責、抨擊監國謁者而作，也有人認為是為譏諷曹丕而作。這些說法是否確鑿，因目前賦文殘脫，故難判定。這正如今人高德耀先生所說：有的學者「認為〈蝙蝠賦〉有言外之意。他們都認為〈蝙蝠賦〉是為了批評惡人（如監國謁者灌均等）以及曹丕而寫的。這篇賦僅殘存了十幾句，而且都局限於描寫蝙蝠，想要從中發掘它的深層意義，難免要牽強附會」。我們認為，本篇所譏刺的具體的人雖然難以坐實，但抨擊現實社會中性似蝙蝠詭譎怪異、乖戾刁鑽的一類人，是完全可以肯定的。

此賦語言較為通俗、詼諧，寓深刻的譏彈於調侃之中，筆鋒犀利，字裏行間充斥著憤激、鄙夷、嘲諷之情，具有鮮明的感情色彩。此賦指斥時弊，痛責醜惡，具有較為深廣的社會內容，在辭賦之中別具一格。今人馬積高先生說：「這種諷刺小賦，完全是曹植的首創，到唐以後，逐漸發展成為賦體作品中最富於現實意義的一種。」

芙蓉賦

【題解】芙蓉，即荷花。這是一篇詠物賦，著重描述了荷花美麗動人的形態，表達了作者的讚美之情。本篇標題，《太平御覽》卷九九九引作〈美蓉芙賦〉。本篇文句殘佚，難以確考其寫作年代。

覽百卉之英茂❶，無斯華❷之獨靈。結脩根於重壤❸，泛清流而擢莖❹。竦芳柯以從風❺，奮纖枝之璀璨❻。其始榮❼也，皦若夜光尋扶桑❽；其揚暉❾也，晃若九陽出暘谷❿。芙蓉蹇產⓫，菡萏星屬⓬。絲條垂珠⓭，丹榮吐綠⓮。焜焜韡韡⓯，爛若龍燭⓰。觀者終朝⓱，情猶未足。於是狡童媛女⓲，相與同遊，擢素手於羅袖⓳，接紅葩⓴於中流。

【注釋】❶英茂　謂花美。❷斯華　指芙蓉花。❸結脩根句　脩根，長根。此指藕。重壤，此謂深泥。❹泛清流句　謂芙蓉浮於清淨的水面，抽出莖幹。❺竦芳柯句　謂挺立的芙蓉莖隨風而動。❻奮纖枝句　謂柔嫩的枝葉煥發出鮮亮的光彩。❼始榮　謂芙蓉花剛剛開放。❽皦若句　皦，潔白。夜光，此指月亮。尋，依附也。扶桑，古神話中神樹名。❾揚暉　散發光彩。

❿晃若句　晃，明亮也。九陽，九日也。暘谷，古神話中地名，傳為日出之處。⓫蹇產　屈曲貌。此形容眾多開放的芙蓉錯落參差，望之若屈曲不齊然。⓬菡萏句　謂含苞欲放的芙蓉花像星辰遍布而連屬。⓭絲條垂珠　意謂芙蓉花中花蕊如絲條，蓮米如垂珠。⓮丹榮句　謂紅色芙蓉花中的綠色蓮蓬顯露於外。綠，謂蓮蓬。蓮蓬含於花心，如果花瓣舒展，蓮蓬顯露，則視之如口吐物然，故此云吐綠。⓯焜焜韡韡　均狀光亮鮮明之貌。⓰龍燭　指燭龍神所銜之火炬。古代神話：天西北有神人名燭龍，人面蛇身。其口銜之燭，能照明西北幽冥無日之國。⓱終朝　謂整個早晨的時間已過。⓲狡童媛女　指美少年與美女。⓳擢素手句　謂從羅衣之袖中伸出潔白的手。⓴紅葩　紅花也。

【語　譯】看那百草之花美，不及這花獨有神。長長藕根連於深泥，浮出清水抽幹莖。芳莖挺立隨風動，細枝煥發絢麗光影。芙蓉花初開，皎若月照扶桑頂；芙蓉花閃光，亮如暘谷九日升。怒放的花朵錯落不齊，含苞的芙蓉如相連之星。花蕊如絲而蓮米似垂珠，紅花之中蓮蓬伸。光彩四溢耀人眼，如同龍燭光亮明。

觀眾賞花整早晨，興致猶存尚未盡。於是少男與美女，相邀觀賞一同行。羅袖之中伸素手，將水中的紅花來牽引。

【研　析】此賦清新幽美，讀之恍如一幅池塘夏荷圖置於面前，那亭亭玉立的荷莖、蓊鬱璀璨的荷葉、嬝娜開放的紅花、碧綠垂珠的蓮蓬，都盡收眼底；又好像是置身於荷塘之邊，頓覺風挾荷香撲面而來，令人心怡神爽，流連忘返。

就本賦殘存的部分看，可以分作兩段。第一段從多個側面描寫蓮荷，寫到了蓮荷的根、莖、枝、花、蓮蓬等等，刻畫出了蓮荷美艷華妙、嫵媚可人的形象。第二段寫賞花人賞之不夠，興意難了的情態，從而側面烘托出了蓮荷的美妙動人。

此賦寫蓮荷，不是對蓮荷作靜態寫生，而是注重抓住典型特徵，作動態的描畫。如寫荷莖，則用「泛」、「擢」、「竦」、「從風」等詞，以顯其挺立搖曳之姿；寫荷枝、荷花之光色，則分別用「奮」、「揚」，給人一種迸散、輻射之感；寫蓮蓬露自花心，則曰「丹榮吐綠」，產生了一種動態美。總之，此賦注重從動態方面描繪蓮荷，既使描寫對象獲得了蓬勃的生機，又使全文具有了靈動、活潑的審美意趣。

披覽此賦，還可發現作者在描寫上的一個重要特點，那就是很注重對蓮荷之光、色的描述。如，寫纖枝，則以「璀璨」狀之，顯現出了荷枝鮮活的生命力；寫荷花，則用比喻、誇飾之法，突現其如日似月的奪目光彩；寫花著一「丹」字，寫蓮蓬則逕以「綠」字指稱。這樣，使得整個畫面顯得五彩繽紛，明媚朗麗。陳壽曾評曹植詩文云：「陳思文才富艷，足以自通後葉。」此賦在辭采方面可謂充分地體現了這個特點。本賦文辭鮮麗精美，華艷怡人，給人以「華縱春葩」（左思語）、美不勝收之感。

總之，此賦描寫細膩傳神，語言華贍清麗，意境活潑清新，基調明朗輕快，表現出了一種輕鬆歡愉的情緒。

酒賦 并序

【題解】 由此篇之序文看，作者不滿於揚雄〈酒賦〉文辭謔而不雅，乃作此賦以正之。漢魏之時，酗酒已成社會風氣。當時，以糧食釀酒，造成很大浪費。建安十二年（西元二〇七年），曹操以「年飢兵興，表制酒禁」，嚴禁釀酒、酗酒。曹植此賦，歷敘酗酒的種種弊端，與曹操禁酒令的精神相貫通，故此賦的寫作時間當在曹操禁酒令頒布以後不久。

本賦文句嚴重殘佚，故上下文意多有不相連屬之處。

余覽揚雄〈酒賦〉❶，辭甚瑰瑋❷，頗戲而不雅❸。聊作〈酒賦〉，粗究其終始❹。賦曰：

嘉儀氏之造思❺，亮茲美之獨珍❻。仰酒旗之景曜❼，協嘉號於天辰❽。穆公酣而興霸❾，漢祖醉而蛇分❿。穆生以醴而辭楚⓫，侯嬴感爵而輕身⓬。諒千鍾之可慕，何百觚之足云⑬？

其味有□□□□，永載休名⑭。宜城醪醴⑮，蒼梧縹青⑯。或秋藏冬發，或春醞夏成⑰。或雲沸潮涌⑱，或素蟻浮萍⑲。

爾乃王孫公子，遊俠翱翔⑳。將承歡以接意㉑，會陵雲之朱堂㉒。獻酬交錯㉓，宴笑無方㉔。於是飲者並醉，縱橫諠譁。或揚袂㉕屢舞，或扣㉖劍清歌。或嚬蹴辭觴㉗，或奮爵橫飛㉘。或歎驪駒既駕㉙，或稱朝露未晞㉚。於斯時也，質者或文㉛，剛者或仁㉜。卑者忘賤，窶者忘貧㉝。和睚眥之宿憾㉞，雖怨讎其必親。

於是矯俗先生㉟聞之而歎曰：「噫㊱！夫言何容易！此乃淫荒㊲之源，非作者㊳之事。若耽于觴酌㊴，流情縱逸㊵，先王㊶所禁，君子所斥。」

【注釋】❶余覽句　楊雄，字子雲，西漢著名文學家、語言學家。楊，通常寫作「揚」。酒賦，為揚雄眾多辭賦作品之一，今尚存，但殘缺不全，見於《藝文類聚》等古籍。❷瑰瑋　奇美也。❸戲而不雅　謂文辭戲謔而不典雅。❹粗究句　謂粗略地探究有關酒的歷史。❺嘉儀氏句　嘉，讚美之詞。儀氏，即儀狄，相傳是夏禹時發明釀酒術的人。造思，猶今所言創意。此謂酒的發明。❻亮茲美句　亮，的確。茲美，指美酒。獨珍，特別珍貴。❼仰酒旗句　謂酒上承酒旗星的光輝照耀。仰，意為面對。酒旗，星名。《晉書・天文志》：「軒轅右角南三星曰酒旗，酒官之旗也，主饗宴飲食。」景，光影也。曜，照也。❽協嘉號句　謂酒的美名與天上的酒旗星名相合，即均以「酒」字為名。嘉號，美名。天辰，天上的星辰。此指酒旗星。❾穆公句　穆公，即秦穆公，名任好。西元前六五九年即位後，致力於開疆拓土，曾獨霸西戎，益地千里。為春秋五霸之一。酣，酒喝得暢快。興霸，猶稱霸。❿漢祖句　據史載，漢高祖劉邦初為泗水亭長時，曾押送徒役去驪山修築秦始皇墓。途中，徒役多半逃走，劉邦無奈，亦行小道而逃。乘酒興行至一大澤時，遇大蛇當道，劉邦拔劍斬蛇，蛇遂分身而死。後知此蛇為天神白帝之子所化，劉邦心喜，以斬蛇之事為稱帝的吉兆。⓫穆生句　據《漢書．楚元王交傳》載：西漢時人穆生，為楚元王劉交之賓客，不善飲酒，但每次宴飲，劉交都要為他設酒，以示敬重。及至劉戊接任楚王，起先也常為穆生設酒；因穆生不飲，劉戊後來忘了設酒之事。穆生不悅，退席，說：「我可以走了！醴酒不設，說明楚王對我有怠慢之意；如不離去，楚人將鉗我於市。」於是，稱病而離楚。⓬侯嬴句　據《史記》載：戰國時魏國隱士侯嬴，家境貧寒。年七十，始為大梁夷門的守門小吏，後被信陵君迎為上客。當侯嬴初至信陵君家時，信陵君設酒宴款待，將侯嬴引入上座，「遍贊賓客，賓客皆驚」；酒酣之時，信陵君還起身親自向侯嬴敬酒。侯嬴由此感念知遇之恩。魏安釐王二十年，秦圍趙，侯嬴向信陵君獻「竊符救趙」之計，推薦力士朱亥去擊殺魏軍將領晉鄙，以奪晉鄙兵權，而獲救援之兵。當信陵君與朱亥去晉鄙軍時，侯嬴遂「北向自剄」，以示為信陵君送行。感爵，此謂感於敬酒之情。輕身，此謂自剄而亡。⓭諒千鍾二句　《孔叢子．儒服》載，古有諺語曰：「堯舜千鍾，孔子百觚。」諒，誠然；的確。觚，古代酒器，長身侈口，口部與底部都呈喇叭狀。云，言也。⓮休名　美名也。⓯宜城醪醴　宜城，地名。在今湖北省宜城縣南。此地古時以盛產美酒而著稱。醪，指汁、滓混合的酒。醴，即甜酒。⓰蒼梧縹青　蒼梧，地名。在今廣西東南部。此地古時亦盛產美酒。縹青，淡青色。此指淡青色的酒。據史籍記載，蒼梧在魏晉時出產一種名叫「竹葉青」的酒，較為有名。曹植此處所謂「縹青」，或指竹葉青酒。⓱或秋二句　意謂有的酒在秋天開始釀製，至冬季才成熟；有的酒在春天開始釀製，至夏季始成。⓲或雲沸句　形容釀酒發酵時翻騰滾沸的狀態。⓳或素蟻句　謂酒釀成後，面上漂動的泡沫，視之如白蟻、浮萍。素，白淨。⓴遊俠翱翔　謂四處交會朋友，仗義行俠，救人於危難之際。翱翔，猶言遊行。㉑承歡以接意　謂迎合他人心意，以博取歡心。此謂彼此趨奉，相互娛樂。接，合也。㉒會陵雲句　會，聚集也。陵雲，同「凌雲」。此極言其高。朱堂，泛指達官貴人的大宅第。朱，謂紅漆之門。㉓獻酬交錯　語出《詩經．楚茨》。句謂飲酒時，主人與賓客交互進勸。獻，謂主人進酒於客。酬，謂主人為答謝賓客的敬酒，而再次向賓客進酒。㉔方　指禮儀。㉕揚袂　舉起衣袖。㉖扣　謂敲擊。㉗或嚬噈句　嚬噈，同「嚬蹙」。皺眉曰嚬，皺額為蹙。俱形容憂戚悲傷之貌。辭觴，謂拒絕接受酒杯。㉘奮爵橫飛　奮爵，舉起酒杯。橫飛，謂狂奔亂竄。㉙驪駒既駕　古有告別之歌，名曰〈驪駒〉，其辭有云：「驪駒在門，僕夫具存；驪駒在路，僕夫整駕。」曹植賦此以「驪駒既駕」，隱指應當退席歸家。驪駒，黑色的幼馬。㉚朝露未晞　語本《詩經．湛露》：「湛湛露斯，匪陽不晞；厭厭夜飲，不醉無歸。」曹植賦此言「朝露未晞」，是說天尚早，還當繼續暢飲。晞，乾也。㉛質者或文　意謂粗野之人有的變得文雅起來。㉜仁　謂性情溫柔。㉝窶者忘貧　謂貧窮之人忘記了自己的貧困。㉞和睚眥句 謂化解了以前的深仇大恨。睚眥，圓瞪大眼。形容痛恨至極。睚，裂開。眥，眼眶。宿憾，舊恨也。㉟矯俗先生 作者虛構的一個人物。矯俗，意謂撥正世俗風氣。㊱噫 驚歎之詞。㊲淫荒 奢靡荒亂。㊳作者 創始之人。此當指酒的發明人。㊴若耽句 耽，沉湎；迷戀。觴酌，均指酒杯。此代指酒或飲酒。㊵流情縱逸 即縱情佚樂之意。逸，樂也。㊶先王 此當指夏禹。相傳禹為節約糧食、端正世風，曾禁止百姓釀酒、飲酒。

【語　譯】我讀楊雄的〈酒賦〉，覺得文辭十分奇美，但又頗為詼諧而不雅正。我聊作〈酒賦〉一篇，粗略地探究一下酒的有關歷史。賦文為：

儀狄的發明令人讚美，這美酒的確十分珍貴。上承酒旗星光之映耀，雅號與天星之名相應對。穆公暢飲而建霸業，漢祖斬斷白蛇乘酒醉。穆生因席不設醴而離楚，侯嬴感於敬酒之情而自刎西歸。堯舜千鍾酒量令人敬，孔子飲酒百觚何足稱美？

其味有□□□□，千秋萬代長負盛名。宜城出產的醇厚美酒，蒼梧釀造的竹葉青。有酒秋釀冬始熟，有酒春造而至夏成。有酒如同雲沸潮湧，有酒面漂泡沫似白蟻、浮萍。

於是公子王孫們，仗義行俠四處逛。相互娛樂溝通情意，集於高人雲天之朱堂。賓主杯來盞往互敬酒，狂飲亂笑不把禮講。飲酒的於是一同醉，大叫大鬧四處闖。有人舉袖不住地跳，有人擊劍將歌喉放。有人愁眉苦臉不接杯，有人舉杯飛奔如發狂。有人感歎驪駒已駕要退席，有人說朝露不乾不散場。此時粗人變得斯文，剛烈之人顯得慈祥。卑微之人忘其低賤，窮人不再把困苦想。久積的仇恨都和解，即使冤家也歡聚一堂。

於是，矯俗先生聞之而歎道：「咦！那談何容易啊！飲酒乃奢靡廢亂之源，這並非酒之發明者的過錯。如果沉迷於杯中之物，縱情玩樂，則是先王所禁止、君子所指責的事情。」

【研　析】此賦的主旨在於指陳「耽于觴酌，流情縱逸」的危害性，抨擊醉生夢死、荒淫糜爛的生活方式。它體現了作者積極向上的人生態度和建功立業的進取精神。此賦明顯是配合曹操頒行的禁酒令而作，顯示了作者文學創作服務於時代、服務於政治的一面。

此賦開始沒有直接切入主旨，而是以富麗暖亮的語言形式來發抒對酒的讚美之情。本賦的第一段，即是通過敘說酒的發明、特性以及與酒相關的歷史掌故，表達了一種仰慕、稱美之情；第二段通過對名酒的製造過程的陳說，也流露出了讚譽之意。作者開篇寫這些，用意可能在於顯示本賦指斥的不是酒本身，而是耽於飲酒之人；換言之，荒淫、廢亂之過，主要責任不在酒，而在飲酒之人。

本賦第三段描敘公子王孫們聚飲而醉後種種有違禮儀的醜態。作者以賦的鋪陳之法，逐一摹寫眾人酒醉之後失控的言行舉止：「或揚袂屢舞，或扣劍清歌。或嚬蹴辭觴，或奮爵橫飛……」此段描寫人物行為舉止的文字，生動而傳神，讀之彷彿感到一個個失去理智、常態的「酒鬼」躍然紙上，呼之欲出。作者通過這些描述，讓人深刻地意識到酗酒之弊害多多，而禁酒之令行，則理所當然，勢所必然。

本賦第四段在蓄勢盈滿之時，借矯俗先生之口，痛斥酗酒之過，點明主旨，可謂「卒章顯其志」。丁晏《曹集銓評》云：「〈酒賦〉結明正旨，垂戒至深。」

此賦結構騰挪委曲，語言雅正亮麗，用典精巧得當，描寫活龍活現，具有一定的審美價值。

槐賦

【題解】此賦為詠物之作，所詠之物為魏都鄴城文昌殿中的槐樹。作者藉對槐樹深情的禮讚，頌揚了魏王曹操的恩德和功績。

此賦的具體寫作時間，史無明載，只能作一些推測。觀本賦之中以「至尊」稱曹操，知此賦當作於曹操進爵為魏王之後，即建安二十一年（西元二一六年）五月之後。另，據《藝文類聚》卷八八所引曹丕〈槐賦序〉看，王粲亦作有〈槐賦〉。曹植此賦與王粲〈槐賦〉當為同時之作，而王粲卒於建安二十二年正月，故曹植此賦的寫作時間當在王粲病卒之前。再考本文「踐朱夏而乃繁」、「覆陽精之炎景」等句，以及曹丕〈槐賦序〉「盛暑之時」云云，知本賦當作於盛夏時節。綜合上面所作考述，大致可將本賦的寫作時間定為建安二十一年夏季。

《初學記》卷二八引本賦，題作〈槐樹賦〉。本賦文句殘佚，非全篇。

羡良木❶之華麗，爰獲貴於至尊❷。憑文昌之華殿❸，森列峙乎端門❹。觀朱欂以振條❺，據文陛而結根❻。揚沉陰以溥覆❼，似明后之垂恩❽。在季春以初茂，踐朱夏❾而乃繁。覆陽精之炎景❿，散流耀以增鮮⓫。

【注　釋】❶良木　指槐樹。❷爰獲句　謂槐樹受到了魏王曹操的珍重。爰，於是。至尊，指曹操。曹操當時已進封為魏王，故此處以「至尊」相稱。❸憑文昌句　謂槐樹託身於華美的文昌殿中。文昌，殿名，為魏都鄴宮正殿。華殿，謂殿有彩色畫飾。❹森列句　森，樹木眾多的樣子。列峙，並排而立。端門，宮門名，在文昌殿正前方。❺觀朱欂句　欂，木名。其皮中有白米屑，似麵，擣碎可作餅。振條，謂樹的枝條向上伸展。條，謂樹枝。❻據文陛句　謂槐樹緊靠雕有花飾的殿階而生根。據，依憑。陛，臺階。❼揚沉陰句　謂槐樹布下的濃蔭，覆遮了很大面積。陰，通「蔭」。❽似明后句　明后，指曹操。后，君也。垂恩，降恩也。❾朱夏　《爾雅・釋天》云：「夏為朱明。」郭璞注：「氣赤而光明。」因稱夏季為朱夏。❿覆陽精句　謂遮擋太陽的炎熱之光。覆，遮蔽。陽精，指太陽。景，日光。⓫散流耀句　謂槐樹在陽光的照射之下，散發著流光，更顯得鮮亮。流耀，猶流光。鮮，謂鮮明的光彩。

【語　譯】華麗的良木令人傾慕，於是獲得了魏王的愛憐。依託華美的文昌殿，繁密地排列於端門前。面朝朱欂舒展枝條，倚靠雕花殿階將根生衍。布施濃蔭廣為覆遮，就像魏王降恩大無邊。季春之時葉始茂盛，到了夏天就繁榮無限。遮住太陽的炎熱之光，槐樹流光溢彩更加亮鮮。

【研　析】建安之時，鄴下文人集團的成員常以詩賦唱和為事，寫作了很多同時、同題之作。就現存古籍看，當時不獨有曹植的〈槐賦〉，另還有曹丕、王粲的同題之作。丕賦序云：「文昌殿中槐樹，盛暑之時，余數游其下，美而賦之。王粲直登賢門，小閤外亦有槐樹，乃就使賦焉。」曹植此篇，也可能是受曹丕之命而作。

建安作家的辭賦創作，淡化了賦傳統的社會功能，不像從前的漢賦那樣諷諭勸諫，而是偏重於頌譽，並以自我為視點，展開對描寫對象的美的觀照、呈現，抒發個體的主觀情意。曹植此賦即是這樣，它主要是描繪槐樹華美怡人的姿容，並通過清麗暖亮的語言形式，表現了一種娛悅、歆羨的情緒。

此賦前二句總寫槐樹的華麗，以及作者自己的欽慕、熱愛之情，定下全篇的情感基調。第三、四句寫槐樹所處地理位置，顯出槐樹得地利之勢，頗為尊貴。第五、六、七句分別寫槐樹的枝、根、蔭。此從不同的角度歌詠，令人感到賞心悅目，生意盎然，字裏行間洋溢著讚美的熱情。其中「振」、「據」等字用得極活，傳神地描畫出了槐樹生機蓬勃、勁拔雄壯的狀貌。第八句，借助上句的文勢，抒寫對曹操的感恩戴德之情，歌頌了曹操施恩廣博。第九、十句言及槐樹的生長特性。末二句寫槐樹在夏日的風神麗容。

此賦情調歡悅朗麗，節奏明快輕盈，境界清新澹逸，語言生動活潑，很好地表達了對美好事物的嚮往、熱愛之情。

橘賦

【題解】這是一篇託物言志的作品。作者通過對橘樹擬人化的描寫，歌頌了一種堅守節操而不易志的人格精神，體現了作者對這種人格精神的嚮往之意。

這篇賦文是作者早期的作品，大約寫於漢獻帝建安年間。

有朱橘之珍樹，於鶉火之遐鄉❶。稟太陽之烈氣❷，嘉杲日之休光❸。體天然之素分❹，不遷徙於殊方❺。

播❻萬里而遙植，列銅爵之園庭❼。背江洲之暖氣，處玄朔❽之肅清。邦換壤別，爰用❾喪生。處彼不凋，在此先零❿。朱實不啣⓫，焉得素榮⓬？惜寒暑之不均，嗟華實之永乖⓭。仰凱風以傾葉⓮，冀炎氣之可懷⓯。颺鳴條以流響⓰，希越鳥⓱之來棲。

夫靈德⓲之所感，物無微而不和。神蓋幽而易激⓳，信天道之不訛。既萌根而弗幹⓴，諒㉑結葉而不華。漸玄化㉒而弗變，非彰德於邦家㉓。附微條以歎息㉔，哀草木之難化。

【注釋】❶於鶉火句　謂橘樹本來生長於遙遠的南方。鶉火，星名。南方有井、鬼、柳、星、張、翼、軫七星，稱朱雀七宿；中部三星（柳、星、張）統稱鶉火。因朱雀七宿在南方，故此處以「鶉火」指南方。《左傳・僖公五年》孔疏：「鶉火之次正中於南方。」❷烈氣　炎熱之氣。❸嘉杲日句　嘉，喜樂。杲日，明亮的太陽。休，祥和。❹體天然句　體，此謂守持也。素分，猶言本性。❺不遷句　語本屈原〈橘頌〉：「受命不遷，生南國兮；深固難徙，更壹志兮。」殊方，其他地方。❻播　遷移。❼銅爵之園庭　指銅爵園，又稱西園，在魏都鄴城文昌殿西。❽玄朔　北方。此謂鄴城。❾爰用　爰，語助詞。用，因也。❿處彼二句　彼，指南方江洲之地。此，指鄴城。凋、零義同，謂凋落、衰敗。⓫啣　同「銜」。含也。⓬素榮　指橘樹所開之白花。⓭乖　相違背；不協調。⓮仰凱風句　仰，仰望；思慕。凱風，南風。傾葉，此謂風吹於葉。⓯懷　來也；至也。⓰颺鳴條句　颺，飛揚。鳴條，此指因搖動而發出響聲的橘樹枝條。⓱越鳥　越國所產之鳥。此泛指南方之鳥。⓲靈德　神明之恩德。⓳激　此處義當與上文「幽」相對，謂顯明。⓴既萌句　謂橘樹生根成活，但樹幹未長大。㉑諒　誠然。㉒漸玄化　漸，浸淫；浸染。玄化，聖明的道德教化。㉓邦家　指魏國。㉔附微條句　附，此謂以手附著。微條，指橘樹細小的枝條。

【語 譯】有種珍奇的紅橘樹，生長在那遙遠的南方。承受太陽散發的熱氣，喜愛明亮美妙的陽光。守持與生俱來的本性，不肯遷移到別的地方。

橘樹遠行萬里被移種，種於鄴都的銅爵園庭。失去了江洲溫暖的氣候，在寒冷的北方寄其身。國度改換土壤不同，橘樹因此生機不存。身居南國不衰萎，移於鄴城提前凋零。朱紅果實不曾結，哪裏還見白花的影？

可惜北方冷暖不均，慨歎花果久難形成。仰望南風吹拂樹葉，企盼熱氣能夠來臨。橘枝隨風搖動響不停，是盼越鳥來此安身。

為神靈的恩德所感化，萬物無不調和適應。神靈雖說隱幽卻明顯，天道的確不會欺人。只生根來不長幹，確只長葉不開花。蒙受化育性不變，並非在魏國顯其德佳。手撫樹枝而歎息，哀傷草木難馴化。

【研 析】在古人的觀念裏，橘樹天生地習慣於當地的水土，不能移植。《晏子春秋》卷六云：「橘生淮南則為橘，生於淮北則為枳，葉徒相似，其實味不同，所以然者何？水土異也。」本篇所敘情形，頗與上述相類。根據本篇的描說看，生於南國的朱橘，轉移萬里而植於北方的鄴都後，「爰用喪生」，「在此先零」；即使以「靈德」、「玄化」相感，也無濟於事，只「結葉而不華」。

從表面上看，此賦是寫「草木之難化」、朱橘「不遷徙於殊方」；其實作者於橘有所寄託，是借對橘樹獨立不遷，不可移徙的美德的頌讚，來歌頌人的堅貞不移、熱愛祖國的高貴品性，表達作者對高尚人格嚮往、追求的意願。由此看來，本賦的立意、作法，直接源於屈原的〈橘頌〉。屈子在〈橘頌〉中曾熱情洋溢地讚美橘樹「受命不遷，生南國兮；深固難徙，更壹志兮」，表現了自己獨行其志，不願隨波逐流的傲岸品節和堅定的愛國立場，其所採用的藝術表現形式即為託物言志。可見，曹植在文學創作上深受屈原的影響。

本賦第一段敘寫橘樹的生長地和不能移徙他方的特性。第二段寫橘樹從南方移植到鄴城銅爵園後，不僅沒有開花結果，還提前衰落。此段生動鮮明地展現了橘樹堅定不移、死不改志的倔強個性，隱含著對堅貞不屈的高尚人格的讚譽之情。第三段寫橘樹留戀故土，思念南方，進一步突現了橘樹獨立不遷的品格，又間接地體現了作者的愛國立場。第四、五段寫橘樹儘管蒙受化育，但仍不改易其志，同時對橘樹的遭遇深表同情。

此賦描寫橘樹，採用擬人化、人格化的手法，既生動形象，又富於藝術個性。此賦託物喻志，筆觸含蘊，感情充沛。另外，賦文語言清麗，敘寫生動，層次也很分明，是一篇較富藝術魅力的詠物之作。

卷五

公宴

【題解】此篇是作者參加公宴時所賦之詩。公宴，是指朝廷或達官舉行的、有群臣或下僚參與的宴會。然則，作者究竟是參加誰人舉辦的宴會而寫作此詩呢？據學者們考證，此篇當是作者參加其兄曹丕的宴會時所寫。從與作者同時代的一些作家看，有很多人寫過〈公宴〉詩，如王粲、阮瑀、劉楨等都有此類詩作傳世，且都是唱和之作。因此，有人認為曹植此篇很可能是和曹丕〈芙蓉池作〉而作。這種看法有較強的說服力，因為曹植此篇中的描述多與曹丕〈芙蓉池作〉詩的描述相關合，如植詩「明月澄清影，列宿正參差」與丕詩「丹霞夾明月，華星出雲間」等等，均是其例。

公子❶愛敬客，終宴不知疲。清夜游西園❷，飛蓋❸相追隨。明月澄清影，列宿正參差❹。秋蘭被長坂❺，朱華冒綠池❻。潛魚躍清波，好鳥鳴高枝。神飆接丹轂❼，輕輦❽隨風移。飄颻放志意❾，千秋❿長若斯。

【注釋】❶公子　諸侯之子。此指曹丕。曹丕時任五官中郎將。❷清夜句　清夜，寂靜之夜。西園，指銅雀園。在魏都鄴城之西。❸飛蓋　謂車子運行得很輕快。蓋，指車的頂篷。此謂車。❹列宿句　列宿，眾星宿。參差，本作長短不齊解，此處用以形容眾星稀疏錯雜之狀。❺長坂　斜長的山坡。坂，山的斜坡。❻朱華句　朱華，此指芙蓉，即荷花。冒，覆蓋。❼神飆句　神飆，謂神速之暴風。接，交也，此謂吹動。丹轂，此指車輪。轂，車輪中心的圓木，中有圓孔，用以插軸。轂以朱漆塗飾曰丹轂。❽輦　以人力拉挽的車子。❾飄颻句　飄颻，飄蕩不拘貌。放志意，意謂隨心所欲，不受拘束。放，放縱也。❿千秋　猶千年。

【語　譯】公子敬愛眾賓客，宴飲過後不知累。清夜又去遊西園，車子飛快相追隨。月亮皎潔光影明，眾星天上疏落對。秋蘭布滿長山坡，紅花遮蓋綠池水。水底游魚躍出清波，鳥在高枝叫聲脆。大風吹動紅車輪，車子隨風跑如飛。逍遙自在縱情遊，願能這樣過千歲。

【研　析】本詩寫作者隨曹丕在鄴城西園（即銅雀園）宴遊時的情景。此詩雖然寫建安時貴族子弟追歡逐樂的生活，但無浮艷綺靡之氣，而有清新豪爽之意；無悲戚傷感之情，而有樂觀放達之風。另外，詩敘遊樂，狀景物，抒情意，都成功使用到了一些藝術表現手法，因而也富有藝術審美價值。

本詩首四句寫曹丕熱情好客，引出夜間遊園之事。「明月」以下六句，寫夜遊西園時所見：依次寫到了明月、眾星等等景物，意境清新優美，色調柔和明朗，充滿生機與活力，洋溢著人物的歡暢、樂觀之情。末四句是結束語，寫出了輕車飛奔時人物的輕快感受，抒發了豪放不羈、怡然自得的思想感情。

本詩脈絡清楚，結體精密，特別是狀物寫景，極富層次感。吳淇《六朝選詩定論》評此云：「首二句遞過晝宴，從夜游寫起。其寫法甚類文帝〈芙蓉池作〉。先『明月』二句，是仰寫；次『秋蘭』四句，俯寫；末『神飆』二句，平寫。」此可謂道出了作者藝術構思、藝術描寫的精妙之處。

本詩煉字造句，亦頗具匠心，富於藝術表現力。如詩中「被」、「冒」，分別寫盡了秋蘭、荷花繁茂旺盛，遍布密覆的情狀，十分活脫生動。因此明人謝榛《四溟詩話》評曰：「子建詩多有虛字用工處，唐人詩眼本此爾。若『朱華冒綠池』……其平仄妥帖，尚有古意。」范晞文《對床夜語》亦謂「冒字殆妙」，並說陸機「層臺冒雲冠」、潘岳「川氣冒山嶺」等句「皆祖子建」。另外，詩中「秋蘭」二句、「潛魚」二句，對仗工整，韻律和諧，節奏明快，顯示出作者對語句之工的追求。

侍太子坐

【題解】建安二十二年（西元二一七年）冬十月，曹操定曹丕為魏太子。曹植此篇，大約是寫於曹丕被立為太子之後的建安二十三年。此詩從內容上看，是敘作者陪侍太子曹丕宴飲時的所見所聞。

白日曜青春❶，時雨靜飛塵。寒冰辟炎景❷，涼風飄我身。清醴盈金觴❸，肴饌❹縱橫陳。齊人進奇樂❺，歌者出西秦❻。翩翩我公子❼，機巧忽如神❽。

【注釋】❶白日句　語本《楚辭．大招》：「青春受謝，白日照只。」曜，照耀。青春，春季；春天。❷寒冰句　謂寒冰被溫暖的陽光消融。辟，同「避」。退避。景，日光。❸清醴句　醴，甜美之酒。金觴，指珍貴的飲酒器。❹肴饌　指宴席上魚肉等葷菜及飯食。❺齊人句　據《史記．孔子世家》載：齊人懼怕魯國稱霸後兼併齊地，遂行離間計，「選齊國中女子好者八十人，皆衣文衣而舞〈康樂〉，文馬三十駟，遺魯君。」植詩借此典以形容宴會上樂舞奇妙。❻歌者句　據《列子》載：秦國歌手秦青善歌，「撫節悲歌，聲振林木，響遏行雲」。植詩借此典以謂宴會上的歌手很著名。西秦，指今陝西省一帶。❼翩翩句　翩翩，氣度優美的樣子。公子，此指太子曹丕。❽機巧句　機巧，機智靈巧，才思敏捷。忽，迅疾。神，指神靈。

【語譯】明媚春天太陽照，一陣好雨淨飛塵。陽光溫暖化寒冰，涼風吹拂我的身。甜酒斟滿金酒杯，美味佳肴縱橫陳。齊女獻上妙樂舞，歌手來自那西秦。風度翩翩曹公子，才思敏捷若神靈。

【研析】曹操在世時，曹氏兄弟經常在一起招朋約友，宴飲嬉遊，詩酒流連。這在他們的詩作中也有所表現。此詩從一個側面反映了作者這個時期的生活。此詩寫作者陪侍太子曹丕飲宴的情形，表現了當時貴族子弟豪華侈靡的逸樂生活，同時隱含作者對太子的敬頌、趨奉之意。此詩沒有多大的思想意義，但描寫生動如畫，筆態橫溢多姿，表現出了較高的藝術技巧。

本詩前四句寫初春景象，點出此次飲宴的時間、環境。作者將初春的景象寫得清新、明麗，如詩如畫，透露出生機、活力，很好地烘襯了參加宴會的賓主的豪爽、樂觀之情。中間四句借對美酒佳肴、奇樂妙曲的鋪寫，渲染出宴會的豐盛豪華，場面的熱烈盛大，從而也襯出了人物的豪情逸興。末二句抒寫作者對太子的頌揚、讚美之情。這兩句寫得較得體。寶香山人《三家詩》評此「立言得體，善頌非諛」。

此詩語言清麗流轉，富於表現力。如，開篇四句，不僅對仗工穩，韻律和諧，節奏明快，而且取象清新，含意雅致，能很好地契合人物的俊逸歡娛之情，真可謂「麗句與深采並流，偶意共逸韻俱發」（《文心雕龍》語）。

七哀

【題解】 蕭統《文選》收錄此詩，列為雜詩哀傷類。《樂府詩集》收錄此詩，歸為相和歌楚調曲，且題作〈怨詩行〉。

「七哀」，是起於漢末的樂府詩題，王粲、阮瑀等人都寫過〈七哀〉詩。關於「七哀」的含意，六臣注本《文選》呂向注曾解釋說：「七哀謂痛而哀，義而哀，感而哀，耳聞而哀，目見而哀，口歎而哀，鼻酸而哀。」後世也有人不同意這種看法。

有人認為，此詩題曰〈七哀〉，表明原詩可能由七首組成；今傳一首，當有散佚者。

明月照高樓，流光❶正徘徊❷。上有愁思婦，悲歎有餘哀❸。借問❹歎者誰？

自云宕子❺妻。君❻行逾十年，孤妾常獨棲。君若清路塵，妾若濁水泥❼。浮沉各異勢❽，會合何時諧❾？願為西南風，長逝❿入君懷。君懷良⓫不開，賤妾當何依？

【注　釋】❶流光　謂月光明潔、閃動如流水。❷徘徊　來回走動貌。此形容月光閃爍不前。❸餘哀　說不盡的哀愁。❹借問　向別人詢問。❺宕子　指離鄉在外，久出不歸的人。亦即所謂遊子。宕，同「蕩」。宕子，一本作「客子」。❻君　此為妻子對丈夫的尊稱。實指上文所言「宕子」。❼君若二句　塵、泥本為一物，浮於路上為清塵，沉於水中為濁泥。此喻夫妻本為一體，只因處境不同，而致命運有別。❽勢　情勢；形勢。❾諧　和也。❿長逝　遠行。逝，往也。⓫良　長久。

【語　譯】一輪明月照上高樓，月光如水在夜空徘徊。樓上有個憂思的少婦，悲聲歎息似有無限哀。探問這悲歎之人究是誰？她答遊子之妻在家呆。丈夫在外已過十年，自己獨守空房不出外。他像清淨路上之飛塵，我像濁泥在水底埋。一浮一沉情勢不同，何時會合相親相愛？我願變作那西南風，遠行吹入你的胸懷。你的襟懷久久吹不開，我將把何人來依賴？

【研　析】本篇是閨怨詩，描寫了高樓思婦對在外的丈夫的思念和怨恨。全詩十六句，可分為三個層次。

前六句是第一個層次。開頭以「明月照高樓，流光正徘徊」起興，交代了思婦哀怨的時間、地點，並為思婦的出場營造了一種靜謐安詳，但又呈悲涼淒清情味的氛圍。此處以「徘徊」二字寫如水般的月光晃動不定，顯得十分靈動而有神韻。接下兩句「上有愁思婦，悲歎有餘哀」，引出了人物。於是，又以「借問」二句進一步明確了「愁思婦」的身分——「宕子妻」，從側面交代了悲歎的原因，並引起下文。

中間六句是第二個層次，點明了愁思的具體原因，很自然地承接了上一層的意思。要注意的是，在這一層次中，述說者的角度已由作者變為思婦。這六句全是以思婦的口吻道出，突現了思婦長期孤處的艱辛和淒涼，以及夫妻重會的困難。其中，「君若清路塵，妾若濁水泥」二句，比喻夫妻浮沉、顯隱異勢，難以會合，十分生動形象，且深沉委婉，可謂警策清新。

後四句為第三個層次，仍是以思婦口吻說出，言思婦對在外的丈夫日思夜想，甘心化作西南風，長驅入君懷，但又擔心丈夫在外變心移情，恐其不肯接受自己，而致自己無依無靠。此詩以這四句收束，把一個獨棲孤處的思婦，切盼丈夫歸來的願望一再破滅後，只得乘著想像的翅膀，化作西南風而與丈夫會面的急切心情，寫得淋漓盡致，纏綿悱惻，哀婉動人；特別是末句以「賤妾當何依」宛轉設問作結，寫出了深沉的憂慮，滿腔的怨憤，其哀痛讓讀者回味無窮。

此篇雖是寫閨怨之情，表現獨守空房的思婦對在外遠遊不歸的丈夫的思念和哀怨，但有諷喻之意寄寓其間。劉履《選詩補注》云：「子建與文帝（案指曹丕）母同骨肉，今乃浮沉異勢，不相親與，故特以孤妾自喻，而切切哀慮之也。」劉氏認為曹植以思婦「自喻」，寄寓自己在政治上受曹丕排擠、遺棄所產生的痛苦、哀怨，這是有一定的道理的。

此詩結構安排十分緊湊，起承轉合都十分自然。特別值得稱道的是，本詩起調不凡，以奇崛工巧見長；結句含蓄宛轉，以韻味無窮取勝。另外，詩之哀怨之情，主要通過人物自敘來發抒，令人如聞其聲，如見其人，頗有感人的力量；且文辭質樸無華，字字句句出自肺腑，情真意切，顯示出清新流麗的語言特色。

鬥雞

【題解】鬥雞是中國古代的一種遊戲，起源很早。《莊子‧達生》中就有紀渻子為周宣王養鬥雞的記載，說明周代就已流行此戲。此詩是記敘曹丕、曹植遊戲鬥雞之事的作品。據學者們考證，此詩當作於建安二十二年（西元二一七年）曹丕立為太子之前，甚至在建安十六年曹丕任五官中郎將之前。

游目極妙伎❶，清聽厭宮商❷。主人寂無為❸，眾賓進樂方❹。長筵❺坐戲客，鬥雞觀閒房❻。群雄正翕赫❼，雙翹❽自飛揚。揮羽❾邀清風，悍目❿發朱光。觜⓫落輕毛散，嚴距往往傷⓬。長鳴入青雲，扇翼獨翱翔⓭。願蒙狸膏⓮助，長得擅此場⓯。

【注　釋】❶游目句　游目，放眼觀望。極，盡也。妙伎，此指美妙的舞蹈。❷清聽句　清聽，靜聽也。厭，倦也。宮商，此泛指音樂。❸無為　無所事事。❹樂方　娛樂的方法。❺筵　竹製的墊席。❻閒房　安靜的房室。此指鬥雞場。❼翕赫　隆盛。此形容氣勢兇猛。❽翹　雞尾上的長羽。❾揮羽　振羽也。❿悍目　猶言怒目。⓫觜　同「嘴」。⓬嚴距句　嚴，鋒利。距，雞爪之後趾。據史料記載，古人鬥雞，要在雞的趾爪上安裝鋒利的金屬物，用以刺傷對方。⓭翱翔　本指禽鳥展翅回旋地飛翔。此謂雄雞在地上回旋轉動。⓮狸膏　狸油。狸，即貍，一種身肥而短，形狀似狐的動物。據載，因雞懼怕貍，故鬥雞者常將貍之油膏塗於雞頭上，以使對方之雞聞出貍油味而退避，從而獲勝。⓯擅此場　意謂壓倒全場而獨獲勝利。

【語　譯】美妙舞蹈已看夠，音樂聽厭不再想。主人寂寞閒無聊，眾賓進獻娛樂方。長席坐滿遊戲客，觀看鬥雞在閒房。那些雄雞多威風，兩根長翎尾上揚。羽翅拍動招清風，怒目圓睜放紅光。利嘴啄下輕毛散，後爪鋒利常傷對方。勝者長鳴聲入雲，搧翅盤旋在場上。牠望借助貍膏油，永遠取勝在鬥場。

【研　析】此詩大約作於建安年間。其時，宮廷貴族常以鬥雞為戲。影響所及，曹氏兄弟也很愛好此道，曾大聚賓客以觀鬥雞之戲。應瑒〈鬥雞〉詩中所云「戚戚懷不樂，無以釋勞勤。兄弟游戲場，命駕迎眾賓」，就可說明這一點。另，建安詩人劉楨也曾作〈鬥雞〉詩一篇，也當是應邀參觀曹氏兄弟鬥雞之戲時所作。

此詩敘述了曹氏兄弟鬥雞取樂的熱烈場面，真實地記錄了曹氏兄弟當時空虛無聊、整日鬥雞的閒逸生活，也曲折地透露了曹氏兄弟之間的和諧感情。

作者以生花的妙筆，獨特的審美視角，將格調本來不甚高雅的鬥雞活動，寫得驚心動魄，活潑多彩，從而富於藝術作品的觀賞性。此詩前六句總敘主人閒極無聊時，準備與眾賓客一道觀賞鬥雞之戲。在此點明了遊樂的人物、地點、規模，顯示了氣氛的熱烈。中間八句力寫賓主在閒房裏所見到的鬥雞場面，是全詩的主要部分。作者精心刻畫了雄雞的強健與勇猛，詳細地描述了群雞相鬥時的種種情狀。作者把對雞的「翹」、「羽」、「目」、「觜」、「距」的描寫，同對雞的「揚」、「揮」、「悍」、「落」、「傷」等動作的描述結合起來，既寫出了雞的勇悍威武，又顯示了爭鬥場面的激烈。前人評這幾句說：「生動，詠小物須如此生動始佳。」末二句以期望雄雞獲勝作結。

此詩寫作方法上，以生動、鮮活的鋪敘描寫見長。如中間八句均採用鋪敘手法，從不同側面描寫雄雞在爭鬥過程中躍動多變的姿態和神情，不事雕琢，卻能使之活靈活現。

元會

【題解】元會，又稱正會，是指皇帝於元旦之日會見群臣的一種活動。此詩記述元會之日，魏帝大宴朝臣的熱鬧場面，表達了對魏室的讚美之情。

關於本篇的寫作時間，學者們的看法頗不一致。丁晏《曹集銓評》認為此詩作於魏文帝黃初元年，朱緒曾《曹集考異》以為此詩作於黃初五年，黃節《曹子建詩注》則謂「此詩作於黃初五年或六年」。今人趙幼文又認為此詩「創作時日必在太和六年正月」，其理由是，《晉書・禮志》已明言「魏制藩王不得朝覲，明帝時有朝者由特恩」，而曹植在封王之後，赴洛陽計二次：一在黃初四年五月，一在魏明帝太和五年（西元二三一年）冬，至六年春返回藩國，故〈元會〉詩必定是曹植參加六年正月元日朝宴時所寫。我們認為，趙說較為有理，可以採信。

初歲元祚❶，吉日惟良❷，乃為嘉會，讌❸此高堂。尊卑列序，典而有章❹。

衣裳鮮潔，黼黻玄黃❺。清酤❻盈爵，中坐騰光❼。珍膳雜遝❽，充溢圓方❾。笙磬既設，箏瑟俱張❿。悲歌厲響⓫，咀嚼清商⓬。俯視文軒⓭，仰瞻華梁。願保茲善，千載為常。歡笑盡娛，樂哉未央⓮。皇家榮貴，壽考⓯無疆。

【注釋】❶初歲句　初歲，正月也。元，始也。祚，福也。❷吉日句　謂初一的日子很吉利。吉日，農曆每月的初一日。❸讌　同「宴」。❹典而句　謂典制上規定的禮節。❺黼黻句　黼，古代禮服上繡的黑白相間、如斧形的花紋。黻，古代禮服上繡的黑青相間、如亞形的花紋。此以「黼黻」代指禮服。玄，黑色。❻酤　美酒。❼中坐句　謂座席上的人眼放光亮。❽雜遝　積聚之貌。❾圓方　指圓形和方形食器。❿笙磬二句　磬，古代的一種石製的敲擊樂器。箏，我國古代的一種弦樂器，初為五弦，後增至十三弦。瑟，古代的一種弦樂器，有二十餘根弦。張，設也。⓫悲歌句　謂悲歌之聲十分激越、高昂。案：黃節引陳祥道《禮書》云：「漢靈帝耽胡樂，朝廷大臣會，賓歌〈薤露〉；京師嘉會，以〈魁櫑〉挽歌之技為樂。」可見，東漢之時，嘉會之上以喪樂挽歌為樂，成為時尚。曹詩此言「悲歌」，說明曹魏之時，仍承東漢朝會之制。⓬咀嚼句　語本張衡〈西京賦〉：「嚼清商而卻轉。」咀嚼，在此有吟唱之意。清商，即商聲，古為五音之一，音甚悽愴。⓭文軒　指繪有花紋圖案的殿前欄杆。⓮未央　未盡也。⓯壽考　年高；長壽。

【語譯】新年正月福始到，初一的日子很吉祥。朝廷於是舉行盛會，宴請群君於高堂上。按照尊卑列次序，禮樂制度有規章。衣裳鮮亮又整潔，繡花禮服色為黑黃。清甜的美酒斟滿杯，座中賓客眼閃波光。珍奇的膳食堆成山，方圓食器滿裝上。笙磬樂器已設置，箏瑟之琴都陳放。悲歌之聲激越高亢，唱出的音調為清商。低頭看見繪花的欄杆，擡頭望見畫飾的屋梁。但願這美事能持久，千秋萬代以之為常。歡聲笑語盡情樂，快樂無邊任人享。祝我皇家榮華顯貴，長命百歲永安康。

【研析】此詩將明帝太和六年正月初一的這次元會寫得甚為隆盛、熱烈。詩的開頭四句點明元會的時間、地點，作者遣詞用字，帶有喜慶色彩。「尊卑」以下十四句具體描述元會的盛況，先後寫到了眾臣依禮入座，席上酒菜豐盛，宴時歌樂佐興，等等。末六句是作者的良好祝願。

通覽全詩可知，詩中流貫著一種由元會之盛所生發的熱烈、讚美之情，洋溢著一股和樂承平之氣。但是，如要仔細體味詩末六句的祝願之詞，似乎又可隱隱約約感受到作者的一種潛在的憂患意識。我們知道，明帝在位時，一味追逐犬馬聲色之樂，不修明政，導致魏政權出現潛在的危機。對此，眼光敏銳的曹植早已有所覺察。所以，他在這篇洋溢著頌揚、讚美之情的詩作中，寄有規箴、警示之意。詩中「願保茲善，千載為常」等句，正是提醒明帝要以江山社稷為念，勵精圖治，以使魏政權長存不衰。

此詩寫得典雅、莊重，透出雍容華美之意，頗有《詩經》頌類作品古穆的氣象。

送應氏 二首

【題　解】題中「應氏」指漢末文學家應瑒、應璩兄弟二人。漢建安十六年（西元二一一年），曹植隨父曹操西征馬超，途經洛陽，遇應氏兄弟；適逢兄弟二人將要離開洛陽北上，曹植遂作此二詩送別。

其　一

步登北邙坂❶，遙望洛陽山❷。洛陽何寂寞，宮室盡燒焚❸。垣牆皆頓擗❹，
荊棘上參天。不見舊耆老❺，但覩新少年。側足無行徑，荒疇不復田❻。遊子❼久
不歸，不識陌與阡❽。中野❾何蕭條，千里無人煙。念我平生親❿，氣結⓫不能言。

【注　釋】❶北邙坂　北邙，山名，又稱北山或邙山，在洛陽（今河南省洛陽市）城東北。漢代王公大臣們的陵墓多築於此。坂，山坡。❷洛陽山　此泛指洛陽城四周的群山。❸宮室句　據《資治通鑑》卷五九載，漢初平元年（西元一九〇年），董卓

挾持漢獻帝遷都長安，臨行時，曾縱兵焚燒洛陽宮廟、官府、居家，「二百里內，室屋蕩盡，無復雞犬」。❹頓擗　倒塌斷裂。❺耆老　年邁的老人。古六十歲曰耆。❻荒疇句　謂荒廢了的田地不再有人耕種。疇，耕種過的土地。田，此用作動詞，意為耕種。❼遊子　此指應氏兄弟。❽陌與阡　田間小路，東西曰陌，南北曰阡。❾中野　郊野之中。❿念我句　此句是作者借用應氏兄弟的口氣說出的，其中「我」指詩中所謂「遊子」。案：據當代一些學者考證，應氏兄弟在青少年時期，很可能在洛陽生活過一段時間。⓫氣結　因悲傷而氣鬱結。

【語　譯】徒步登上北邙山坡，遙望洛陽四周群山。洛陽城內多麼冷落，宮室被燒全不見。房牆屋壁都倒塌，荊棘高出入雲天。往日的老人見不到，所遇只是後生少年。側身舉步無路走，耕地荒廢無人種田。你們遠遊在外久未歸，回家當是難把路辨。城郊野外多麼蕭條，千里之內不見人煙。想到昔日親人曾在此，定會悲傷得難出言。

【研　析】本詩以現實主義的表現手法，藝術地再現了漢末災難深重的社會現實，控訴了封建軍閥的滔大罪行。作者寫作此詩時的建安十六年，距漢末「董卓之亂」，雖有二十餘年，但這漫長的時間也消除不掉「董卓之亂」給人間留下的罪孽，洛陽城之內外，仍是一派荒涼殘敗的景象：房屋坍塌，田地荒蕪，人煙稀少……。於此可見社會動亂給人民生活所帶來的災難是何等的深重。

此詩在寫作技巧上有許多可取之處。首先，詩雖多用賦的手法，但能融敘述、描寫、議論、抒情為一體；筆觸所至，情景交融。尤其值得注意的是，其中的描述，能夠將總寫與分寫有機地結合起來，並由大到小、由遠及近地逐層鋪開，使其詩具有層次分明、脈絡清楚、結構謹嚴之藝術特點。如，其中「遙望洛陽山」、「千里無人烟」等句，寫的是遠景，並用到了總述的寫法；「宮室盡燒焚」、「垣牆皆頓擗」等句，寫的是近景，且用到了分寫的方法。如此，顯示了詩人在運思、結構上的獨特的匠心。其次，詩在遣詞造語上亦頗見藝術功力。如，詩中「登」、「望」、「皆頓擗」、「上參天」、「側足」等詞，生動、形象，具有很強的表現力，閱之能使人產生身臨其境的感覺。

其二

清時❶難屢得，嘉會❷不可常。天地無終極❸，人命若朝霜❹。願得展嬿婉❺，我友之朔方❻。親昵並集送，置酒此河陽❼。中饋❽豈獨薄？賓飲不盡觴❾。愛至望苦深，豈不愧中腸❿？山川阻且遠，別促會日長。願為比翼鳥⓫，施翮⓬起高翔。

【注釋】❶清時　政治清明的時代。即太平盛世。❷嘉會　美好的聚會。❸終極　盡頭。❹人命句　此句與曹操〈短歌行〉中「人生幾何？譬如朝露」兩句的意思相近，謂人之壽命短促。❺展嬿婉　展，申也。嬿婉，和順安樂。❻之朔方　之，往也。朔方，北方。❼河陽　此實指洛陽城。古代，洛陽是以在洛水之陽而得名。陽，水之北也。❽中饋　本指婦女在家主持飲食之事。此指酒食。❾觴　酒杯。❿愛至二句　至，極也。望，期望。苦，甚也。中腸，心中。⓫比翼鳥　鳥名，又稱鶼鶼。古常以此鳥喻指男女恩愛。此處喻指情誼深厚的好友。⓬施翮　張開翅膀。施，展也。翮，羽毛中的硬管。

【語譯】太平盛世難得多見，美妙的聚會不能經常。天地悠悠無窮盡，人生壽短如晨霜。唯願我友諸事順，平安到達那北方。親朋好友聚相送，設宴餞行在洛陽。難道是酒宴不豐盛？賓客們喝酒不盡量。愛我至深期望越大，怎不使我心愧難當？此去山川險又長，別時匆匆會日難望。但願變作比翼鳥，與君展翅高飛翔。

【研析】此詩通過對送別時的有關情景的描述，著重抒發了對朋友的依依不捨之情。

詩從清時難得、嘉會不常寫起，暗示了此次送別宴會來之不易，表達了詩人對朋友聚會的珍惜之情，也流露出詩人對現實政治的不滿。

「天地」二句筆鋒一轉，感慨天地永恆，人生短促，進一步顯示出此次聚會甚是難得，應予珍惜。

「願得」二句是詩人對應氏兄弟的良好祝願，表現了詩人對朋友的深情厚意。

「親昵」以下四句敘寫詩人為應氏兄弟設宴餞行的場面。此處寫朋友間的惜別之情，寫得很巧妙：通過詢問賓客為何飲酒「不盡觴」，曲折地映現出朋友們此時為離情別緒所籠罩，已無心暢飲，從而將依依惜別之情反襯出來。

「愛至」二句筆鋒又一轉，言自己不能答其深望，故以為愧。

最後四句繼續敘寫對應氏兄弟的難捨難分之情，寫得纏綿悱惻，動人心弦。

此詩義深文曲，用意宛轉，虛寫聚會，實寫惜別之情，其情其意，頗能打動人心。

雜詩 六首

【題解】《文選》最早將這六首詩刊於一處，後世刊行的《曹子建集》也大都是這樣處理，故歷來很多人認為這六首是系列組詩。其實，這六首詩在內容上並沒有多大聯繫，而且各首的寫作時間也不盡一致。

高臺多悲風❶，朝日照北林❷。之子❸在萬里，江湖迥且深❹。方舟安可極❺，離思故難任❻。孤雁飛南遊，過庭長哀吟。翹思❼慕遠人，願欲托遺音❽。形景忽不見，翩翩❾傷我心。

【注釋】❶高臺句 《文選》李善注認為，「高臺」喻指京師；「悲風」喻法令嚴酷。❷朝日句 《文選》李善注認為，「朝日」喻君王之明；「北林」喻小人。❸之子 那人。指所懷念的人。❹江湖句 《文選》李善注認為，此句喻小人隔蔽。迥，遠也。❺方舟句 方舟，指兩隻併在一起的船。此泛指舟船。極，至也。❻任 承受；擔當。❼翹思 翹首思索。翹，向上仰。❽遺音 贈言；寄信。❾翩翩 鳥飛輕疾貌。

【語譯】高臺多吹淒厲的風，早上太陽照北林。那人身在千里外，中隔江湖遠且深。就是乘船也難到，離別的愁思苦煞人。孤飛之雁向南去，飛過庭院時長哀鳴。擡頭想念遠方人，想託孤雁帶去信。孤雁形影忽不見，牠疾飛而過傷我心。

【研　析】這是一首懷念遠方親友的詩，大約作於黃初二年至黃初四年之間。作者時為鄄城王。

詩的前二句以寫景發端，使全詩籠罩上了濃郁的悲愴氣氛。這二句含意深厚，隱喻政治環境的險惡。黃初年間，朝廷對諸王的禁錮是十分嚴厲的，規定侯王之間不得有往來，因而「兄弟乖絕，吉凶之問塞，慶弔之禮廢」。曹植此詩首二句當是影射這種現實。

次四句點出自己所懷念的人，傾訴了與親友遠隔，不勝離情的悲苦。

最後六句寫詩人仰首凝思時，忽見孤雁哀鳴而過；詩人欲託孤雁捎個音信給遠方的親友，但孤雁翩然疾去，使詩人絕望之際倍增哀愁。

本詩具有濃烈的抒情意味，情感深摯，至為動人。首二句以高臺悲風、朝日北林，喻朝廷氣象陰慘，遠君子近小人，顯示了悲涼的情調；繼以萬里之遙、江湖隔阻、方舟難渡，顯示出相見不易，離情難忍。後六句寫詩人欲託孤雁帶信而不得，掀全詩悲情之高潮，將離情之苦寫至極點。這裏，順帶一提的是，本詩寫景的句子也含濃情。如「孤雁飛南遊，過庭長哀吟」二句，寄寓著作者失愛於兄，孤處遠藩的身世之感，景含哀情。

其二

轉蓬❶離本根，飄颻隨長風。何意迴飆舉❷，吹我入雲中。高高上無極❸，天路安可窮？類此遊客子，捐軀遠從戎❹。毛褐不掩形❺，薇藿❻常不充。去去莫復道❼，沉憂令人老。

【注　釋】❶轉蓬　即飛蓬，菊科植物，秋季時能隨風飛起。❷何意句　誰料想大旋風突然刮起。迴飆，大旋風。舉，起也。❸極　盡頭。❹類此二句　謂遊子從軍遠方，與飛蓬類似，到處漂泊。捐軀，效命也。❺掩形　遮掩身體。❻薇藿　薇，羊齒類植物，野生，葉尖端為渦卷狀，可食。藿，即豆葉。❼去去句　去去，拋開。復道，再說也。

【語　譯】飛蓬離開自己的根，飄飄揚揚隨大風。誰料旋風突然起，將它吹進雲天中。高高而上無終極，天路漫長難盡窮。類似飛蓬的客遊子，從軍遠方效其忠。粗布毛衣不遮體，豆葉野菜難把飢充。拋開這些不再說，深憂使人老態龍鍾。

【研　析】本詩寫飛蓬，有兩方面的用意：一是以飛蓬自況，寫自己「十一年中而三遷都，常汲汲無歡」（《三國志》語）的飄泊悲苦之生活，與本書卷六〈吁嗟篇〉的作意相同，故劉履《選詩補注》說「此篇歎身世之飄轉，有類於蓬，故賦之以自比也」。另一方面，以飛蓬為喻，表現了在外從軍的遊子的顛沛流離的苦難；因此，也有人說這是一首悲憫征夫的詩作。

本詩前六句，以飛蓬喻己、喻征夫，形象地展現了飄零流宕、顛躓難安的苦狀，以及身不由己，受人宰控的命運悲劇。

中間四句寫飄泊的征夫衣不蔽體，食不果腹。作者在此處是寫征夫，其實也是在寫自己。曹植〈遷都賦序〉（見《太平御覽》引）曾說自己「號則六易，居實三遷。連遇瘠土，衣食不繼」。其〈社頌并序〉也說自己多年來「塊然守空，飢寒備嘗」。可見，作者在頻繁的徙遷之中，衣食窘迫，實與征夫無異。

末二句是作者自解之語，更見愁苦之情深重難堪。

其　三

西北有織婦，綺縞❶何繽紛。明晨秉機杼❷，日昃❸不成文。太息終長夜，悲嘯入青雲。妾身守空閨，良人❹從軍行。自期三年歸，今已歷九春。飛鳥遶樹翔，嗷嗷❺鳴索群。願為南流景❻，馳光見我君。

【注釋】❶綺縞　此泛指織婦所織之物。綺，有紋彩的絲織品。縞，白色生絹。❷機杼　織布機上的織具，猶今之所言梭子。❸日昃　太陽西斜。❹良人　丈夫。❺嗷嗷　鳥叫聲。❻南流景　此指向南流馳的月亮。

【語譯】西北有個織布女，絲絹織得亂紛紛。清早持梭將布織，天黑還未織成紋。織婦歎息一整夜，悲嘯之聲入青雲。她說自己守空房，丈夫從軍在外行。以為三年可回家，但至今已去九年整。鳥兒繞著樹身飛，尋找伴侶叫不停。我願變作南飛月，發光馳照我夫君。

【研析】此詩寫織婦企盼從軍的丈夫早歸家中的深摯感情。

本詩前六句通過寫織婦白天織布不成、夜間入睡不能的情狀，展示了織婦悲苦煩亂的內心世界。中間「妾身」以下四句，讓織婦以第一人稱自述口氣，敘其丈夫在外從軍，逾期不歸。至此，讀者可以明白其心煩意亂、悲愁哀怨的原由了。這裏，作品也從側面揭露了漢魏時戰火連年、男丁被迫從軍的現實。最後四句寫織婦渴求與丈夫相見的情思。當織婦眼見鳥兒飛鳴求侶的情景時，更增思夫之情。眼前景化為心中情，誘發了她的奇特想像：「願為南流景，馳光見我君。」在現實中難以遂願的事，企望在奇想中做到，既表現了織婦的忠貞純正，更增添了本詩悲愴的情調。

這首詩描寫孤守空房、愁楚萬分的思婦，兼及外在動作和內在心理兩個方面，先動作，後心理，層層深入；最後讓思婦在幻想之中寄託情思，既別出心裁，又合情入理，頗有點睛之妙。

其四

南國有佳人，容華❶若桃李。朝遊北海岸，夕宿瀟湘沚❷。時俗薄朱顏❸，誰為發皓齒❹？俯仰❺歲將暮，榮耀❻難久恃。

【注　釋】❶容華　猶言容顏。❷夕宿句　瀟湘，指瀟水與湘水，均在今湖南省境內。瀟水在湖南省零陵縣西北與湘水會合。此處「瀟湘」單指湘水。沚，小洲。❸時俗句　薄，鄙薄；輕視。朱顏，紅顏。指美人。❹發皓齒　開口露出潔白的牙齒。此謂張口歌唱。❺俯仰　此喻時間極短。❻榮耀　花開燦爛。此喻年輕美好的容顏。榮，開花。

【語　譯】江南有個美女子，容貌艷如桃李花。白天漂泊江北岸，夜晚在湘江的小洲住下。時下風氣鄙薄紅顏，美人為誰展藝華？俯仰之間一年盡，難保美貌不變化。

【研　析】從表面上看，此詩是抒寫一個色藝雙全的佳人身懷才美而不遇的哀怨。對於此詩的深層意蘊，歷來有兩種看法：一說此詩是曹植自傷之詞，即曹植以佳人自況，謂自己有超群出眾之才，而不見重於世。另一種說法認為詩以佳人喻吳王曹彪，謂詩中「南國」即指曹彪位於南方的封地（彪先後封於吳、壽春）。比較起來，前說為勝。

此詩前二句寫佳人美艷絕倫。此處雖未對佳人的容顏作細緻的描畫，但「容華若桃李」一個比喻句，就使其形象躍然紙上了。第三、四兩句，筆鋒一轉，寫佳人朝夕飄游，居無定所。一個絕代佳人為何如此不幸呢？於是逗出第五、六句，交代了造成佳人命運多舛的社會根源。結末二句以佳人慨歎歲月易逝、紅顏難保來收束全詩，將悲哀、怨憤之情表達得十分強烈。所以，前人謂「其音宛，其情危，其言憤切而有餘悲，殆處危難之際者乎？」

此詩最鮮明的特點是通篇運用比興手法。如以「容華若桃李」比喻出眾的才華；以「朝遊」、「夕宿」比喻作者屢遭遷徙的境遇，以「誰為發皓齒」比喻無人賞識，「歲將暮」比喻盛年難再。如此豐富多彩的比喻，有機地統一於篇中，使詩具有言近旨遠之妙。

其五

僕夫早嚴駕❶，吾行將遠遊。遠遊欲何之❷？吳國為我仇，將騁萬里塗，東路安足由❸？江介❹多悲風，淮泗❺馳急流。願欲一輕濟❻，惜哉無方舟。閒居非吾志，甘心赴國憂❼。

【注釋】❶僕夫句　謂趕車的僕人早已將車駕行裝整治好。❷之　往也。❸東路句　往東去的路，怎值得我走呢。東路，指東去鄄城的路。近人黃節云：「植於黃初四年徙封雍丘，來朝洛陽，欲從征孫權，不願東歸，故曰『東路安足由』也。」由，行也。❹江介　江邊。指長江之邊。介，界也。❺淮泗　淮水、泗水。淮水源於河南桐柏山，流經安徽等地。泗水源於山東省泗水縣，流入淮河。❻輕濟　輕易地渡過。❼國憂　猶言國難。指國家的憂患。

【語譯】車夫早已整好車駕，我將離家去遠遊。問我遠遊將去哪？東吳是我死對頭，將奔萬里去征戰，東歸之路哪值得走！江邊悲風陣陣吹，淮河泗水奔激流。我想輕易渡過水，可惜沒有那船舟。閒居無事非我願，我想為國解患憂。

【研　析】此首大約作於魏文帝黃初四年（西元二二三年）。據《三國志》載：黃初二年，植貶為安鄉侯。其年，改封鄄城侯。黃初三年，立為鄄城王。四年，植以鄄城王身分朝會京師洛陽，回到鄄城後徙封雍丘。此詩即作於朝京師以後從洛陽回鄄城的路上。此詩寫作者不願回封地，而想渡江征吳，表達了作者勇赴國難，要求建功立業的志向。這是作者一向就有的志向，其〈責躬〉詩中曾謂：「願蒙矢石，建旗東嶽」，「甘赴江湘，奮戈吳越。」此與本篇「吳國為我仇」、「甘心赴國憂」等句之意正合。

本詩前六句寫作者願去遠征吳國，而不欲返歸封地，充分展示了作者的豪情壯志，顯得慷慨激昂。中間四句，詩情作一跌宕，寫作者雖抱報國之志，但不得報國之門，壯志無法實現，顯得悲壯而淒涼。末二句進一步申述自己的志願。

此詩情感跌宕起伏，因而致使結構大起大落，開闔多變。詩前六句，慷慨陳詞，豪逸昂揚；次四句充溢著壯志未遂的寥落、淒悵之情；末二句復申其志，寄以熱望，仍透豪俊之氣。

其六

飛觀❶百餘尺，臨牖御欞軒❷。遠望周❸千里，朝夕見平原。烈士❹多悲心，小人媮自閒❺。國讎亮不塞❻，甘心思喪元❼。拊劍❽西南望，思欲赴太山❾。絃急悲聲發，聆我慷慨言❿。

【注　釋】❶飛觀　指宮殿之前兩側的望樓。飛，言其高。❷臨牖句　牖，窗戶。御，猶憑也。欞軒，猶云欞檻，指有雕花格子的欄杆。❸周　遍也；盡也。❹烈士　指有志之士。❺媮自閒　苟且自安。媮，同「偷」。苟且。❻國讎句　謂國仇的確沒有滅絕。國讎，國之仇敵，此指吳國。亮，誠然。塞，杜絕。❼喪元　掉腦袋。元，頭也。❽拊劍　同「撫劍」。❾赴太山　舊說指參加伐吳的戰鬥，因為太山從地理位置上看，與東吳之境相接。近人有不同意舊說者，認為「赴太山」猶云赴死，因為古人相信人死後魂魄歸於太山。考漢魏詩歌表達習慣，似以後者為是。❿言　指作者所唱的歌辭。

【語　譯】高高望樓百餘尺，走近窗戶手憑欄。放眼望遍千里地，早晚都能見平原。志士常有憂國心，小人苟且自清閒。國仇的確還未消，為國獻身我情願。手按寶劍望西南，戰死疆場心也甘。急彈琴弦聲悲壯，請聽我的慷慨言。

【研　析】黃節先生謂此詩作於建安十九年（西元二一四年），與作者〈東征賦〉（見本書卷一）的寫作時間相同。其時，曹操東征孫吳，將曹植留在鄴城典禁軍。我們認為，黃先生的這種看法似可商榷。觀本詩「國讎亮不塞，甘心思喪元。拊劍西南望，思欲赴太山」等句，與作者〈責躬〉詩中「願蒙矢石，建旗東嶽」，「危軀授命，知足免戾。甘赴江湘，奮戈吳越」等句語意相似，又與前詩（「僕夫早嚴駕」篇）中「吳國為我仇」、「甘心赴國憂」等句情志相同。因此，本詩與前一首及〈責躬〉詩的創作時間應該相彷彿，即在黃初四年左右。

此詩為述志之作，既表達了作者自己建功立業的理想，也抒發了壯志不得伸展的悲憤。

本篇寫景、言志、抒情，多有精妙深微之處。吳淇曾評此詩云：「首句寫觀之高，二句寫敞。不高不敞，不能遠望。遠望至於周千里，必是平原之地。……『國讎』二句，心不忘仇；『拊劍』二句，義形於色。前『望』字是偶然，此『望』字是有意。上『思』字是平時，下『思』字是一日。兩『思』字出於壯士之悲。夫弦急則發悲聲，心悲則言慷慨。『慷慨言』即上文『烈士』云云六句，乃飛觀上憑軒之烈士睹平原有感而發之言。」

曹植之時，雖北方大體安定，但「東有待釁之吳，西有伺隙之蜀」，「兵不解於外，民罷困于內」（〈諫伐遼東表〉）。所以，曹植上承父志，仍把建功立業視為人生的重要理想。這種理想的產生，是為當時的歷史需要所決定的，故其理想有著深厚的歷史、社會內涵（參見本書卷九〈與楊德祖書〉篇研析文字）。

因為本篇寫作者渴望建立現世功業，甘願捐軀報國，慨歎壯志難酬，故呈現出了「骨氣奇高」的特色。

喜雨

【題　解】《北堂書鈔》引曹植〈喜雨〉有序云：「太和二年大旱，三麥不收，百姓分於饑餓。」由此可見，〈喜雨〉詩作於魏明帝太和二年（西元二二八年）。《三國志・魏志》卷三有太和二年五月大旱的記載，說明曹植此篇當作於是年五月左右。

天覆何彌廣❶，苞育❷此群生。棄之必憔悴❸，惠之則滋榮❹。慶雲❺從北來，鬱述❻西南征，時雨❼終夜降，長雷周我庭❽。嘉種盈膏壤❾，登秋❿必有成。

【注釋】❶天覆句　覆，遮蓋。彌廣，普遍；廣大。❷苞育　茂盛地生長。❸棄之句　棄，謂棄置不顧。之，指上文「群生」，即指各類生物。憔悴，枯槁。❹惠之句　惠，仁愛，此用作動詞，意為施以仁愛。滋榮，生長繁茂。❺慶雲　又稱卿雲或景雲，即五彩之雲，古以為祥瑞之氣。❻鬱述　義同「鬱律」，形容雲煙上升的樣子。❼時雨　及時雨。即農作物需要雨水時下的雨。❽長雷句　長雷，經久不斷的雷聲。周，環繞。❾嘉種句　意謂良種撒滿了肥沃的田野。膏壤，肥田。❿登秋　意指秋季作物成熟之時。登，成熟。

【語譯】蒼天覆蓋何其廣，它使生靈繁茂生。生靈被天棄置必枯萎，受其仁惠則榮盛。北方飄來五彩雲，蒸騰而上又南奔。夜間終下及時雨，雷聲隆隆繞院庭。良種播滿沃土中，秋季必有好收成。

【研析】此詩以「喜雨」為題，著重抒寫了作者在夏季久旱得雨時的喜悅心情。這首詩有深意寄寓其中，它表達了作者希望明帝重用自己的心曲。曹植胸懷大志，才華出眾，然而自曹丕即位以來，他備受猜忌、壓制，曾多次上書，請求任用，以讓他「戮力上國，流惠下民，建永世之業，流金石之功」。這篇寫久旱得雨而喜的詩，就寄託著他的這種希望。只可惜他最終沒能如願，久旱的心田並未得到「時雨」的滋溉。

本詩共十句。前四句是說上天無所不覆，萬物賴其施惠而生長。此暗喻臣下仰賴君恩，才能榮顯。作者寫這些，實是希望明帝能效法天之博愛無私，以施恩於己。詩的後六句，具體描寫時雨夜降的情況，表達了作者的喜悅心情，以及對「登秋必有成」的希望。作者寫此，實是隱喻自己如受明帝重用，必定會有所作為，有所成就。其與作者作於同一年度的〈求自試表〉中「若使陛下出不世之詔，效臣錐刀之用，……雖未能擒權馘亮，庶將虜其雄率，殲其醜類」等語的意思，有相通之處。

此詩雖作者率意而為，不事雕琢，但寫得極有情致，特別是其中的「時雨終夜降，長雷周我庭」二句，語至平實，但活脫而生動。賓香山人《三家詩》評曰：『「時雨」二句，子美（案指杜甫）亦能為之，無此自然。」

離　友 并序二首

【題解】建安十八年（西元二一三年）春，曹操率軍駐紮於譙國（今安徽省亳縣），曹植隨軍至此。四月，曹植離譙而返鄴城，由友人夏侯威陪伴、護送。夏侯威將曹植送至鄴城後，於這年秋天離開鄴城。與夏侯威分別之際，曹植寫作了這兩首詩。詩題中的「友」即指夏侯威。

鄉人有夏侯威者❶，少有成人❷之風。余尚❸其為人，與之昵好❹。王師振旅❺，送予於魏邦，心有眷然，為之隕涕❻。乃作〈離友〉之詩。其辭曰：

王旅旋兮背故鄉❼，彼君子兮篤人綱❽，媵予行兮歸朔方❾。馳原隰❿兮尋舊疆，車載奔兮馬繁驤⓫。涉浮濟兮汎輕航⓬，迄魏都兮息蘭房⓭，展宴好⓮兮惟樂康。

其　二

涼風肅兮白露滋⓯，木感氣兮條葉辭⓰。臨淥水兮登重基⓱，折秋華兮采靈芝⓲，尋永歸兮贈所思⓳。感離隔兮會無期，伊鬱悒兮情不怡⓴。

【注　釋】❶鄉人句　夏侯威，是魏國將領夏侯淵之子，祖籍譙國，故曹植稱他是「鄉人」。❷成人　成年人。❸尚　尊崇。❹昵好　親近友好。❺王師句　王師，王者之軍。振旅，謂班師回軍。❻隕涕　落淚也。❼背故鄉　謂離開故鄉譙國。❽彼君子句　君子，指夏侯威。篤，厚也。人綱，為人之準則。此具體指義氣等。❾媵予句　媵，送也。朔方，北方。指鄴城。❿原隰　廣平低溼之地。⓫驤　馬昂首疾馳。⓬涉浮句　浮，順水漂流。濟，水名，源出今河南省濟源縣，最後流入黃河。輕航，猶言輕舟。⓭蘭房　芳香高雅的居室。⓮宴好　謂宴飲以通友好之情。⓯滋　生也。此謂降下。⓰條葉辭　謂樹葉凋零，從枝條上落下。條，枝也。⓱重基　猶言重山。指層疊之山峰。⓲折秋華句　秋華，指菊花。靈芝，一種菌類植物，古以之為瑞草。⓳尋永歸句　尋，隨即；不久。所思，謂所思之人。此指夏侯威。⓴伊鬱悒句　伊，發語詞。鬱悒，愁悶不安的樣子。怡，快樂。

【語　譯】我的同鄉夏侯威，小時候就有成年人的氣度。我很推崇他為人的品格，而與他親近友好。魏王的軍隊凱旋回師時，夏侯威送我至鄴城，分離時我心裏依依不捨，為之落淚，於是寫作了〈離友〉詩。詩為：

王師凱旋啊離我故鄉，那位君子啊古道熱腸，送我遠行啊返歸北方。馳過平原啊直往舊疆，我車奔跑啊馬兒頭昂。乘著輕舟啊渡過濟水，到達魏都啊歇於蘭房，設宴結好啊快樂安康。

其　二

秋風清涼啊白露下降，樹感寒氣啊枯葉離枝。走近水邊啊登上高山，折取秋花啊採摘靈芝，即將分別啊贈與相知。想到離別啊相會無期，心中憂傷啊情懷悲戚。

【研　析】這兩首是贈別友人的詩，詩前有序。其序交代寫作這兩詩的緣起、背景。

第一首寫友人夏侯威送作者返回鄴城的經過。開頭三句寫作者離譙，夏侯威相送，其中插入讚美之辭。中間三句敘寫返鄴途中水路、陸路而進的情況。最後兩句敘寫回鄴後設宴歡聚的情形。此詩採用鋪敘的手法，按照時間的先後順序，將事情的經過娓娓道來，層次清晰，文筆簡潔，且字裏行間蘊含對友人的親近、感激之情。

第二首抒寫作者送別夏侯威時的依戀之情。首二句點明送別時的季節、環境。涼風白露，葉辭樹枝，造成了一種蕭條寥落、悽愴低迷的氛圍，很好地烘托了作者與友人別離時的惆悵、感傷之情。此為景語，亦為情語。特別是「條葉辭」三字，下得奇妙，既是眼前景，又與友人分別之事相綰合，傳達出惜別之意。詩的中間三句寫作者採折佳草芳花，以贈友人，顯得別情依依，戀意綿綿，使詩序中「心有眷然」四字落在實處。最後兩句敘寫作者的悲悒、傷感的情懷，將依依惜別之情推至高潮。此詩以抒情為主，或婉轉示情，或直抒胸臆，都顯得情真意切，具有很強的感染力。

這二首詩，前篇敘來時事，後篇寫別時情，一前一後，相互映照，首尾完具，渾然一體。此二篇都流貫著二人相愛至深、親密無間的情意。在此，附帶一提的是，舊本《子建集》不載後一首，是後人（有人說是宋代的梅堯臣）考輯《藝文類聚》引文而附入。

此二篇都用騷體，句中置「兮」字，這在植詩中不多見。

應詔

【題解】黃初四年（西元二二三年），文帝曹丕曾下詔令藩王曹植、曹彰、曹彪等人入京朝會。曹植應詔入京後，求見文帝，文帝責之，將其置於西館，不許朝覲。於是，曹植上表並獻〈責躬〉詩及此詩，以明心跡，並乞文帝准許朝覲。關於本詩的寫作背景，可參閱〈責躬〉詩、〈上責躬詩表〉。

本詩寫作者應詔入京時的前後經過，側重抒發了渴望朝見的急切心情，以及奉詔入京後遭到冷遇時的憂愁情懷。

肅承❶明詔，應會皇都❷。星陳夙駕❸，秣馬脂車❹。命彼掌徒❺，肅❻我征旅。

朝發鸞臺❼，夕宿蘭渚。

芒芒原隰，祁祁士女❽。經彼公田，樂我稷黍❾。爰有樛木，重陰匪息❿。雖有餱糧，飢不遑食⓫。望城不過，面邑⓬不遊。僕夫警策⓭，平路是由⓮。玄駟藹藹，揚鑣漂沫⓯。流風翼衡，輕雲承蓋⓰。涉澗之濱，緣山之隈⓱。遵彼河滸，黃阪是階⓲。西濟關谷⓳，或降或升。騑驂倦路，載寢載興⓴。將朝聖皇，匪敢晏寧㉑。弭節長騖，指日遄征㉒。前驅舉燧㉓，後乘抗㉔旌。輪不輟運㉕，鸞無廢聲㉖。爰暨帝室，稅此西墉㉗。嘉詔未賜，朝覲㉘莫從。仰瞻城閾㉙，俯惟㉚闕庭，長懷永慕，憂心如酲㉛。

【注釋】❶肅承　恭敬地接受。❷皇都　指洛陽。❸星陳句　謂一大早就開始準備車駕。星、夙，均有早義。陳，列也。❹秣馬句　秣馬，餵馬也。脂車，將油脂塗在輪軸上，使之光滑易轉。❺掌徒　掌管徒役的人。❻肅　戒也。❼鸞臺　此處「鸞」字，及下文「蘭渚」之「蘭」字，皆為美飾之詞，並非實指。❽芒芒二句　芒芒，遼闊的樣子。原隰，廣平低溼之地。地廣平曰原，下溼曰隰。祁祁，眾多的樣子。❾稷黍　指高粱與黃米。❿爰有二句　爰，句首語氣詞。樛木，向下彎曲的樹。重陰，濃蔭也。匪息，不休息。⓫雖有二句　餱糧，乾糧也。不遑，沒有工夫；顧不上。⓬邑　指村邑。⓭警策　謂揚起馬鞭，使馬驚警快走。⓮由　經行。⓯玄駟二句　玄駟，四匹黑色的馬。藹藹，整齊貌。鑣，馬勒旁鐵也，即馬嚼子。漂沫，謂馬快跑時，口中流沫。⓰流風二句　翼，扶也。衡，車轅橫木。承，舉；上托。蓋，車蓋。⓱隈　山或水彎曲的地方。⓲遵彼二句　遵，循也；沿也。滸，水邊。阪，山坡。階，因也；沿也。⓳關谷　關，當指伊闕、轘轅等在洛陽南面的關口。谷，指太谷，在洛陽東南。⓴騑驂二句　騑驂，車駕四馬者，轅側之馬，左曰驂，右曰騑。倦路，厭路也。載，句中語助詞。興，起也。㉑晏寧　安寧也。㉒弭節二句　弭節，本謂駐車或徐行。在此作駕車講。騖，馳也。指日，約定或限定日期。遄征，急行。㉓舉燧　謂執火夜行。燧，火也。㉔抗　舉也。㉕輟運　停止轉動。㉖鸞無句　鸞，車上鈴也。廢，停止。㉗爰暨二

句　暨，至；到。帝室，指京都洛陽。稅，住宿之意。西墉，西城。〈上責躬詩表〉有「僻處西館」句，其所指與此「西墉」同。㉘朝覲　指諸侯朝見天子。㉙闥　門楣也。㉚惟　思也。㉛憂心句　語出《詩經・節南山》。酲，酒醒後神志不清、有如患病的感覺。

【語　譯】敬奉聖明之詔，應之朝會京城。清早整治車駕，餵馬加油軸心。命那侍僕頭人，為我戒備征程。早上發於鸞臺，晚至蘭渚住寢。

廣闊無邊原野，男女來去紛紛。途中經過公田，稷黍豐茂喜人。路經彎樹之下，身逢濃蔭不停。雖有備用乾糧，餓也無暇吃進。望見城市不入，面對村鎮不進。僕夫揚鞭催馬，打從平路經行。四匹黑馬齊奔，鑣動馬口沫噴。疾風吹拂車衡，輕雲浮托車頂。腳蹚溪邊之水，沿著山角前行，循著河邊而走，順著山坡攀登。向西經過闕谷，或上或下不停。轅側兩馬厭走，時睡時起難行。將要朝見皇上，不敢歇息安寧。駕馭車馬飛馳，規定期限疾行。前車舉火夜奔，後車樹旌督進。車輪飛轉不止，鸞鈴響個不停。

到達京都之後，住這偏遠西城。皇上未賜詔書，朝覲無法進行。仰望洛陽城門，俯思城中宮廷。長懷久慕之情，心憂如患酒病。

【研　析】這是一首敘事詩，按照時間的順序，記敘了應詔入京的經過。詩的開頭八句主要敘述奉詔後，為入京朝會所做的準備工作，字裏行間洋溢著將會京師的喜悅心情。「芒芒」四句寫經行其封地時所見和樂、富庶之狀，表明作者對其封地的治理、經營，卓有成效。所以，吳淇《六朝選詩定論》云：「『芒芒』云云寫其封內之美，土闢野聚，無曠職矣。」詩「爰有」六句寫作者匆忙趕路、不歇於道的情形，表現出急於入京朝見的心情。「僕夫」以下六句寫車馬奔馳；對流風、輕雲的描寫，襯托出行速之疾。「涉澗」八句寫路上跋山涉水的艱辛。「將朝」以下八句寫對入京朝見的渴望。「爰暨」以下八句寫到達京師之後，朝見受阻、僻處西館的情形，抒寫了遭受冷遇後的焦慮苦悶的心情，也再次表達了入朝覲見的意願。

此詩按行程的順序依次敘來，首尾完具，渾然一體，且層次清楚，脈絡分明，使詩之結構緊湊、緊密，增強了詩作內容的連貫性、邏輯性、統一性。

此詩雖以敘事為主，但同時也使用到了寫景、抒情的手法，如「芒芒」二句是寫景，「長懷」二句是抒情。這樣，事、景、情三者互相輝映，彼此穿插，使詩篇避免了表現手法上的單調、板滯之弊。這裏需要說明的是，此篇寫作者將至京師的喜樂，寫渴求入朝覲見的急迫，寫入京受阻後的焦灼、憂懼，都辭懇意切，具有濃厚的抒情色彩。但是，詩作的抒情深婉、委曲，含而不露。如末四句言自己顧瞻城闕，心懷慕、憂，既表達了渴慕求見的心情，又暗含有希望落空時的怨望，可謂「微詞見義」，「怨而不亂」。難怪文帝讀過此詩及〈責躬〉後說：「所獻二詩，微顯成章。」（見《文選・魏都賦》注引）其所謂「微」，即對此篇而言。

贈徐幹

【題　解】徐幹，字偉長，北海（今屬山東省）人，建安時期文學家。曾為曹操司空軍謀祭酒掾屬、五官將文學。性恬淡，不重視官祿，以著述自娛。著有《中論》二十餘篇，今傳二卷。所作詩歌大部分散佚，今僅存四首。

此篇是曹植對徐幹的贈詩。其詩對徐幹沉淪蓬室、懷才不遇的境況表示了同情，同時也表達了對徐幹的勉勵之意。

驚風❶飄白日，忽然歸西山。圓景❷光未滿，眾星粲以繁❸。志士營世業❹，
小人❺亦不閒。聊且夜行遊，遊彼雙闕❻間。文昌鬱雲興❼，迎風❽高中天。春鳩❾
鳴飛棟，流猋激櫺軒❿。顧念蓬室士⓫，貧賤誠足憐。薇藿弗充虛⓬，皮褐猶不全。

慷慨⑬有悲心，興文自成篇⑭。寶棄怨何人？和氏有其愆⑮。彈冠⑯俟知己，知己誰不然？良田無晚歲⑰，膏澤⑱多豐年。亮懷璵璠美⑲，積久德愈宣⑳。親交義在敦㉑，申章㉒復何言。

【注　釋】❶驚風　急風也。❷圓景　指月亮。❸粲以繁　謂星明亮而且多。以，且也。❹志士句　志士，謂有志於建功立業的人。此指徐幹。世業，傳世的功業。此指著書立說。❺小人　泛指平常之人。或謂作者戲稱自己。❻雙闕　帝王宮殿前的望樓，左右各一，故稱。❼文昌句　文昌，魏鄴宮之正殿名。鬱，盛貌。興，升起。❽迎風　宮觀名，建在魏都鄴城。❾鳩　鳥名，狀似野鴿。❿流猋句　猋，旋風。激，此謂猛吹。櫺軒，參見本卷〈雜詩〉其六注。⓫蓬室士　蓬室，茅屋。古時貧者多居茅屋，故蓬室士實指貧者。此以「蓬室士」指徐幹。⓬薇藿句　薇，野菜之一種，亦稱山菜，或稱山豌豆。藿，豆葉。⓭慷慨　意謂壯士不得志於心。⓮興文句　興文，謂寫作文章。成篇，此指寫成學術著作《中論》。⓯寶棄二句　此用和氏獻璧之典。據《韓非子・和氏》載，春秋時楚人卞和得一璞玉，曾獻與楚厲王，玉工不識，說是石頭，卞和因此獲罪被斷左足。楚武王即位，卞和又獻此璞玉，玉工又說是石頭，卞和又被斷右足。文王即位，卞和哭於荊山之下，文王派人問其故，卞和說：我非心悲斷足，而是悲把璞玉說成石頭，把真正的老實人說成是誑人的騙子。後來，文王叫人將璞玉剖開，始知是寶玉，琢成玉璧，名和氏璧。曹植在此用典，是將徐幹比作寶玉，將自己比作識玉的和氏，其意在說明徐幹有才德而不被重用，與自己薦舉不力有關，故自己有過失。愆，過錯。⓰彈冠　彈去冠上的灰塵。意謂準備去做官。彈冠之典，出自《漢書・王吉傳》。⓱良田句　比喻有才德的人一定會受到重用。晚歲，收穫遲。⓲膏澤　有水的肥田。此喻德才出群。⓳亮懷句　亮，誠然；的確。懷，抱也；擁有。璵璠，美玉，此喻指美德。⓴宣　顯著。㉑親交句　親交，指親近的朋友。敦，勉勵。㉒申章　指贈詩。申，陳也。

【語　譯】急風吹動太陽跑，太陽很快落西山。未圓的月亮掛夜空，星星繁多光亮閃。志士經營傳世業，小人忙碌也不閒。我且乘夜去遊玩，遊到殿前的望樓間。文昌殿上雲氣騰，迎風觀高入雲天。春鳩鳴於屋梁上，旋風吹鼓著欄杆。心念你住茅屋中，生活貧困真可憐。山菜豆葉填不飽肚，羊皮短襖破不全。憤懣不平心悲傷，操筆著文自成篇。寶玉被棄該怨誰？卞和應將過錯擔。如等好友推薦才做官，好友又有誰掌權？良田不會收穫晚，土肥自然多豐年。懷中真的揣美玉，時間愈久德愈顯。好友應該互相勉勵，贈詩相勸再無他言。

【研　析】這首詩表達了作者對徐幹的勸慰、勉勵之意。全詩二十八句，可分三個層次。

前十二句為第一層。其中，頭四句寫晝夜之景，給人時光易逝，日月不居的感覺；次八句寫作者夜遊時的所見所聞，並暗讚徐幹著書立說，勤勉不輟（見「志士」句）。

中間十句為第二層。其中，「顧念」八句是說徐幹才德兼備，但無人賞識，以致貧賤不得志，過著住「蓬室」、吃「薇藿」、穿「皮褐」的困苦生活，表達了作者的同情之意；這八句中還提及徐幹安貧樂道、援筆著書之事。「寶棄」二句，含有兩方面的意思：一是說徐幹志遠才高，而不見用於世，猶似寶物被棄置；二是說徐幹懷才不遇，作者自己也有過錯。這裏反用和氏璧的典故，表達了作者作為徐幹的知己、朋友而不能引薦他的愧疚。「彈冠」二句是說徐幹等待知己者（實指作者自己）的引薦，但知己者也和徐幹一樣無權無勢，無法引薦其出仕。這二句表達了作者愛莫能助的無奈，語含憤激之意。

詩的最後六句為第三層。此層意在勸勉徐幹不要灰心喪氣，而應當努力修養品德，以待時機。在此，作者以良田、膏澤必有收穫為喻，說明賢德良才之士，終究是會見重於世的。

此詩情意篤厚，感人肺腑，說明作者與徐幹的友情非同一般。詩遣詞造句，頗具匠心。如篇首以「驚風」二句起調，甚是奇警：以「驚」狀風疾之貌，以「飄」言日西馳之速，均妙不可言。此外，詩具情景交融之特點。如前四句寫景，使人感到歲月飄忽，含有對時光難以把握的感慨。

贈丁儀

【題　解】丁儀，字正禮，沛郡（今屬安徽）人。其父丁沖與曹操友善。曹操曾想將愛女嫁與丁儀，後遭曹丕反對而未果。不久，曹操辟丁儀為掾。丁儀因娶操女未成，遂含恨曹丕。在曹丕與曹植爭太子之位時，丁儀有意與曹丕為敵，故被曹丕忌恨。曹丕即位以後，便借故殺害了丁儀。

此詩大約寫在曹丕立為太子後不久。其時，曹丕儘管大權在握，且「欲治丁儀罪」，但其父曹操尚在，還不敢公然加害於丁儀，只能在政治上對丁儀施行歧視、壓抑之策。鑑於此，曹植才寫作了此詩，以寬慰丁儀，勸其不必為當時壓抑的政治氣氛而煩心。

唐人李善注《文選》中此篇時，以篇題〈贈丁儀〉為〈贈丁翼〉之誤。此說不甚正確。今人黃節《曹子建詩注》已作辨正，可參看。

初秋涼氣發，庭樹微銷落❶。凝霜依玉除❷，清風飄飛閣❸。朝雲不歸山❹，霖雨❺成川澤。黍稷委疇隴❻，農夫安所穫？在貴多忘賤，為恩誰能博❼？狐白足禦冬，焉念無衣客❽？思慕延陵子，寶劍非所惜❾。子其寧爾心❿，親交⓫義不薄。

【注　釋】❶微銷落　意謂開始凋落。❷玉除　白石做成的臺階。❸飛閣　高閣。❹朝雲句　意謂早晨的雲聚集在天空而不回到山裏去。言外之意是說天陰將下雨。《文選》謝靈運〈游南亭〉李注：「雨則雲出，晴則雲歸也。」❺霖雨　連綿不斷的雨。即久雨。❻黍稷句　黍稷，此泛指莊稼。委，與「萎」通。指淹死。疇隴，泛指田地。疇，本指已耕之田。隴，通「壟」。本指田埂。❼為恩句　為恩，施恩也。博，廣泛；普遍。❽狐白二句　典出《晏子春秋》：齊景公之時，大雪三日。景公身穿狐白皮衣，坐於堂屋之側，對晏子說：「大雪下了三天，天一點也不冷，為什麼？」晏子回答說：「天真的不冷嗎？」景公笑了起來。晏子又說：「我聽說古代的賢君，自己吃飽了，還要瞭解別人是否飢餓；自己穿暖了，還要瞭解別人是否受凍；自己閒適了，還要瞭解別人是否勞苦。看來君主您對別人瞭解得太少了！」曹詩此二句用此典，意在說明「在貴多忘賤」。狐白，本指狐腋下的白毛，此指珍貴的狐皮衣。❾思慕二句　典出劉向《新序．節士》：吳國延陵季子將西去晉國訪問，身佩寶劍路過徐國時，季子拜訪徐國國君。徐君很喜愛季子的寶劍，並希望得到它，但未明言。季子察顏觀色，看出了徐君的心思，但考慮到將有大國之使，當時未將寶劍獻上，他想等出使晉國之後再將劍送與徐君。可是，等季子回來時，徐君已死於楚，季子遂將寶劍掛在徐君墓前的樹上，然後離去。徐國人因此很受感動，作歌讚曰：「延陵季子兮不忘故，脫千金之劍兮帶丘墓。」曹植用此典，意在說明自己會像延陵季子一樣，不忘朋友間的情誼，並不惜一切幫助朋友。❿子其句　子，你。此指丁儀。其，語助詞，無義。寧爾心，意思是你放心。⓫親交　見上篇注㉑。

【語　譯】初秋時節涼風吹，庭院的樹木開始零落。寒霜凝於白石殿階，清風吹拂高高樓閣。早上的陰雲聚不散，連綿秋雨下成河。莊稼淹死在田地，農夫能有什麼收穫？權貴多把窮人忘，施恩誰能做到廣博？身穿狐裘足以禦寒，哪管無衣之人怎麼活？我敬延陵季子講舊情，為友可將寶劍捨割。丁儀我友請放心，你我情誼不會淡薄。

【研　析】全詩十六句，前四句寫初秋之景：涼氣襲人，庭樹凋零，霜凝玉階，風吹飛閣，製造了一種蕭條肅殺的淒涼氣氛，傳達出了一種壓抑、沉悶、陰冷、險惡的情調。前人認為，此四句均喻寫當時政治環境的險惡：「涼氣初發，庭樹銷落，比喻天下肇亂，漸見迫奪。至於霜依玉除，風飄飛閣，則漢室危矣。」（劉履《選詩補注》）這種看法不能說沒有一點道理。

詩中間八句寫秋雨成災，而當權者不顧百姓死活，不救災民之困。這八句既有敘事，但又有抒情，字裏行間飽含怨憤不平之氣，特別是「在貴多忘賤」等四句連用，以反問的語氣，發洩了對當權者不恤民困的強烈不滿。值得注意的是，這裏抒寫心中壓抑、憤懣之情的句子，表面上是針對一般在上的權貴，指責他們不恤民困，實際上是暗暗指責曹丕。另外，這幾句也是對友人丁儀的寬慰之語，句中暗含的言外之意是說：曹丕身居顯赫之位，是不會想到貧賤之士的，本就很少能施恩於人，因此，對他的寡情薄恩，就不必感到奇怪和意外，也不必為此心憂而不快了。

詩的末尾四句，作者借用延陵季子不忘舊情的故事，以延陵季子自比，說明自己對朋友的一片深情不會改變，表明自己會始終如一地幫助朋友；為了朋友，甚至可以獻出最寶貴的東西。這裏所蘊含的真情實感，正好與上文「在貴多忘賤，為恩誰能博」形成鮮明的反方向對比，能給身處險惡環境中的丁儀以極大的鼓舞和安慰。

總之，此篇之旨在於寬慰友人丁儀，勸他不要因為沒有得到曹丕的恩寵而心存不快，同時也表現了作者自己滿腔抑鬱不平之情。此詩很能體現植詩「骨氣奇高」、「情兼雅怨」的特點。今人張少康曾評此詩說：「詩從對悲涼秋景的描寫，到霖雨成災而感歎農民生計無著；從權貴的恩賞不博，寫到對朋友遭遇的不平，處處都體現著建安文學『梗慨多氣』的特點。」

贈王粲

【題解】王粲，字仲宣，山陽高平（今山東省鄒縣）人，出生於仕宦之家，從小善詩能文，深受當時著名文士蔡邕賞識。粲於十七歲時到荊州避難，依附劉表，但未受重用；後歸依曹操，辟為丞相掾，後遷軍謀祭酒，又拜侍中。卒於建安二十二年（西元二一七年）春，年四十一歲。粲是建安時期的重要作家，是「建安七子」中成就最高者。

曹植此詩是一首贈詩。而此詩究竟贈於何時，至今仍說法不一。據詩中所寫內容推測，該詩當贈於王粲任侍中期間。王粲任侍中時，因不受曹操器重，心中常是落寞少歡。曹植聞知此情，可能出於同情，便寫作此詩相贈，以表勸慰之意。

端坐❶苦愁思，攬衣起西遊❷。樹木發春華❸，清池激長流❹。中有孤鴛鴦❺，哀鳴求匹儔❻。我願執此鳥❼，惜哉無輕舟❽。欲歸忘故道❾，顧望但懷愁。悲風鳴我側，羲和❿逝不留。重陰⓫潤萬物，何懼澤⓬不周？誰令君⓭多念，遂⓮使懷百憂！

【注釋】❶端坐　正坐。亦即今所謂正襟危坐。❷攬衣句　攬衣，此謂披衣。西遊，當指遊於西園。王粲〈雜詩〉有云：「日暮游西園，冀寫憂思情。」西園，在魏都鄴城之西，又稱銅雀園。❸華　與「花」同。❹清池句　清池，此當指鄴城西園之中的玄武池。長流，即連綿不斷的流水。❺鴛鴦　此喻指王粲。❻匹儔　配偶。❼執　通「摯」。友也。執此鳥，意謂與此鳥為友。❽惜哉句　《文選》李善注：「無輕舟，以喻己之思粲，而無良會（案指機會）。」❾故道　舊道；老路。❿羲和　古代神話中駕御日車的神。此指太陽。⓫重陰　密雲。蔡邕《月令章句》云：「陰者，密雲。」此以「重陰」喻指曹操。⓬澤　雨水。此暗指恩澤。⓭君　指王粲。⓮遂　終也。

【語譯】枯坐之時苦於愁思，披衣起去西園遊。樹在春天開花朵，水池清澈起波流。池中有隻孤鴛鴦，聲聲哀叫尋配偶。我願與鳥交朋友，可惜無船將我渡。想歸已忘來時路，回頭望時滿腹愁。悲風呼嘯我身旁，太陽西去不停留。濃雲降雨潤萬物，何愁雨澤不遍流？誰讓你想得如此多，終致心生無限憂！

【研析】王粲作有〈雜詩〉一首，云：「日暮游西園，冀寫憂思情。曲池揚素波，列樹敷丹榮。上有特棲鳥，懷春向我鳴。褰衽欲從之，路險不得征。徘徊不能去，佇立望爾形。風飆揚塵起，白日忽已冥。回身入空房，託夢通精誠。人欲天不違，何懼不合并。」今人黃節先生認為，曹植此篇〈贈王粲〉與王粲的這首〈雜詩〉有密切的聯繫，他說：「粲詩或為植而發，植此詩蓋擬粲詩作也。自『羲和逝不留』句以上，皆逐句相擬。『重陰』二句乃擬粲詩『人欲』二句，『誰令』云云始是植意。」這種看法是很有道理的。

曹植此詩前六句寫自己入西園而解憂時的所見所聞。三國魏時，曹氏兄弟經常遊於西園，寫下了不少作品。如植〈公宴〉詩等即是。植此篇〈贈王粲〉寫入園解憂的過程，特意提到了哀鳴求偶的孤鴛鴦，實是喻寫王粲抑鬱寡歡，自感孤苦無依而抱負不得施展。

本詩後十句寫作者由所見孤鴛鴦所引發的內心活動。其中「我願」二句，是說自己欲與孤鳥為友而不能，表達了作者願為王粲分憂但愛莫能助的無奈心情。「欲歸」二句寫出了作者對孤鴛鴦（喻王粲）的依戀不捨之情。此云自己欲歸忘道，是誇張之語，表現出作者心不思歸；云自己顧望懷愁，是言其情思，能見作者對王粲的同情和厚愛。「重陰」二句，取譬設喻，言魏王施恩廣博，不會遺漏王粲。語含勸勉、寬慰之意。詩情至此，作一跌宕。末二句緊承上二句之意，進一步勸慰王粲安心勿慮。

前人解讀此詩，有主曹植勸王粲歸魏之說者。持此說者認為，此詩作於王粲尚在荊州之時，植作此詩以贈，意在勸說王粲歸附魏國。如，劉履《選詩補注》說：「仲宣因西京擾亂，乃之荊州依劉表，……表卒，勸其子琮歸太祖，則是仲宣固有思魏心矣。是時子建寄贈此詩，……勸其歸魏，而勉使勿憂也。」我們認為，此說不太可取。此詩之旨，實與作者〈贈丁儀王粲〉詩相通，是勸勉王粲樂職勿憂的。

贈丁儀王粲

【題 解】此篇是作者贈與好友丁儀、王粲的詩，詩中多有勸勉之意。其時，丁儀、王粲在曹魏政治舞臺上身處下僚（均為丞相掾），地位不顯，故二人遂生怨憤之情，不能樂於其職。對此，作者站在儒家正統思想的立場上，不以為然，並坦誠地向他們提出，應以中和之道為處世原則。

關於本詩的具體寫作時間，有人認為在建安二十年曹操征張魯之時，還有人認為在建安十六年曹操西征馬超、韓遂、李堪，招降楊秋之後。而觀本詩「從軍度函谷，驅馬過西京」等句所示情狀，再考察作者〈離思賦并序〉中「建安十六年，大軍西討馬超。太子留監國，植時從焉」等句的記述，將曹植此詩的寫作時間定為建安十六年（西元二一一年），似乎較為合理。

從軍度函谷❶，驅馬過西京❷。山岑❸高無極，涇渭揚濁清❹。壯哉帝王居❺，佳麗殊百城❻。員闕❼出浮雲，承露槩太清❽。皇佐揚天惠❾，四海無交兵❿。權家⓫雖愛勝，全國為令名⓬。君子⓭在末位，不能歌德聲⓮。丁生怨在朝⓯，王子歡自營⓰。歡怨非貞則⓱，中和誠可經⓲。

【注釋】❶函谷　關隘名，在今河南省靈寶縣西南。該關是秦之東關，東自崤山，西至潼津，深險如函，故通稱函谷。漢武帝元鼎年間，該關移置於今河南省新安縣東北，去秦函關三百里，俗名漢關。曹詩此處「函谷」當指漢關。❷西京　指長安，即今西安市。❸岑　小而高的山。❹涇渭句　涇渭，即涇水、渭水。涇水源出甘肅平涼西南，流經陝西匯入渭水。渭水源出甘肅省渭源縣，流經陝西、河南，最後入黃河。揚，明也。濁清，古人認為，渭水與涇水在今陝西省高陵縣合流時，涇水濁，渭水清。❺帝王居　指長安。長安為秦漢建都之地，所以稱「帝王居」。❻佳麗句　佳麗，此謂宮殿建築雄偉華麗。殊，超過。❼員闕　即圓闕，漢宮殿建築物之一。漢武帝修造建章宮時，在該宮之北建有圓闕，高二十五丈，上置銅鳳凰。❽承露句　承露，即承露盤。漢武帝喜神仙道術，乃於建章宮造承露盤，高二十丈，大十圍，以銅為之，上有銅仙人舒掌承接甘露，以為飲之可以延年。槩，同「扢」。義為摩擦。太清，指天。❾皇佐句　皇佐，指曹操。曹操時任丞相，故稱。天惠，指帝王之恩澤。❿交兵　指戰爭。⓫權家　兵家。此指曹操。⓬全國句　意謂在戰爭中保全敵國，並使敵人不戰而降，才會獲得好的名聲。《孫子兵法》有云：「全國為上，破國次之。」可見兵家用兵是以敵人不戰而降，敵國不遭破壞為上策。曹詩此處「全國」當指曹操征張魯、降楊秋等事。⓭君子　指丁儀、王粲二人。⓮德聲　此指曹操的美德聲譽。⓯丁生句　丁生，指丁儀。在朝，謂在朝廷做官。⓰王子句　王子，指王粲。歡自營，以經營個人的事業為樂。⓱貞則　正則也。則，法則；準則。⓲中和句　中和，中正平和。此為儒家修身處世的重要準則。《禮記・中庸》：「喜怒哀樂之未發，謂之中；發而皆中節，謂之和。」經，法則。

【語　譯】隨軍穿越函谷關，又揚鞭策馬過西京。沿途高山望不到頂，涇濁渭清兩水分明。帝王的住處多麼雄壯，宏偉華美超眾城。圓闕高聳出雲端，露盤矗立與天近。丞相宣揚君王恩德，天下太平沒有戰爭。兵家交戰雖為取勝，但不戰降敵自有好名。二君身居卑微職，不能歌頌丞相德聲。丁君在朝有所抱怨，王君樂把私事經營。這種怨、樂均非正道，中和才是做人的準繩。

【研　析】據現存古籍資料看，丁儀、王粲二人在身居丞相掾之卑職時，的確心存怨恨，或在朝發抒牢騷之言，或心有旁騖，以經營自身德業為樂。丁儀曾作〈厲志賦〉云：「恨騄驪之進庭，屏騏驥於溝壑。」此以騏驥自喻，謂己不得重用。而王粲則曾作〈七釋〉云：「深藏其身，高栖其志；外無所營，內無所事。」此借潛虛丈人之口，言己以潛身自修為樂事，這實是不滿現狀的一種舉動。植詩正是針對二人的這種心態，好言予以規勉。

本詩前八句，從隨大軍而行時沿途所見寫起，重點描寫了漢代帝王所居長安城的雄偉壯麗。其中第五、六兩句為概括性描述，總寫自己當時對長安城的感受；第七、八兩句具體描述長安城中的相關建築物，即圓闕和承露盤。作者選取這兩個有代表性的建築物作描寫對象，讓讀者可以窺一斑而知全豹，能想見整個長安城的佳麗雄壯。

詩的中間四句，主要歌頌其父曹操輔佐漢室，征伐群雄，立德立功又立名。在這幾句中，也表達了作者要求國家統一、消弭戰爭、不行殺戮的強烈意願。

詩的後六句，是本詩的主旨所在。作者對身「在末位」的丁、王二人提出了批評，指出他們「怨在朝」、「歡自營」的舉動，不合中和之道，勸勉他們努力改過，守持君臣之道。作者在此所作的批評和規勸，是十分坦誠和直率的，表現出了對朋友的關愛和真誠。

此詩先寫從軍途中所見，點出漢帝所居之城雄偉美麗，其意當在如下兩方面：一是為了提醒丁、王二君不要忘記漢朝之君，應對君主盡其為臣之職；二是為下文寫曹操的功德作出鋪墊，說明今日皇家的美盛、安寧，與曹操輔佐之功相關。然後，作者又以四句的篇幅寫曹操，其意在於說明曹操作為漢室的輔臣，能恪盡職守，建立功勳，並以此與不能樂於其職的丁、王二人形成對照。這樣，寫曹操輔佐漢室盡職而有功，實際上是為了給丁、王二人樹立起一個榜樣，從而使下文所作的批評、規勉，能具鞭策之效。

此詩發言中肯，議論精當，故沈德潛《古詩源》評此云：「詩以議論勝，末進以中和，古人規箴有體。」

贈白馬王彪 并序

【題　解】此篇題中的「白馬王彪」，指曹植的異母弟曹彪。據《三國志・魏志》載，曹彪，字朱虎，於黃初三年（西元二二二年）進封弋陽王，同年徙封吳王，七年改封白馬王。而本詩謂黃初四年曹彪已為白馬王，與《魏志》不合。但朱緒曾、黃節等人考證認為：黃初四年曹彪曾封白馬王，《魏志》對此可能疏略。白馬，縣名，在今河南省滑縣東。

《三國志・曹植傳》云：「（黃初）四年，徙封雍丘王。其年，朝京師。」裴注引《魏氏春秋》云：「是時待遇諸王法峻。任城王（案指曹彰）暴薨，諸王既懷友于之痛。植及白馬王彪還國，欲同路東歸，以敘隔闊之思，而監國使者不聽。植發憤告離而作詩。」將此記載與本詩之序對讀，大致可知本詩的寫作背景。

此詩最早見於裴注所引《魏氏春秋》，但無序文。序文最早見於《文選》。據《文選》李善注所記，此詩原題作〈於圈城作〉。

本詩共分七章，是現存曹植集中較長的一篇。

黃初四年❶五月，白馬王、任城王❷與余俱朝京師❸，會節氣❹，到洛陽，任城王薨❺。至七月，與白馬王還國⑥，後有司⑦以二王歸藩，道路宜異宿止，意毒恨⑧之。蓋以大別⑨在數日，是用自剖⑩，與王辭焉，憤而成篇。

謁帝承明廬⑪，逝將歸舊疆⑫。清晨發皇邑⑬，日夕過首陽⑭。伊洛⑮廣且深，欲濟川無梁。汎舟越洪濤，怨彼東路⑯長。顧瞻戀城闕⑰，引領⑱情內傷。

太谷何寥廓⑲，山樹鬱蒼蒼⑳。霖雨㉑泥我塗，流潦㉒浩縱橫。中逵絕無軌㉓，改轍登高岡。修坂造雲日㉔，我馬玄以黃㉕。

玄黃猶能進，我思鬱以紆㉖。鬱紆將難進，親愛㉗在離居。本圖相與偕，中更不克俱㉘。鴟梟鳴衡軛㉙，豺狼當路衢。蒼蠅間白黑㉚，讒巧㉛令親疏。欲還絕無蹊㉜，攬轡㉝止踟躕。

踟躕亦何留？相思無終極。秋風發微涼，寒蟬㉞鳴我側。原野何蕭條，白日忽西匿。歸鳥赴喬林㉟，翩翩厲㊱羽翼。孤獸走索群，銜草不遑㊲食。感物傷我懷，撫心㊳長太息。

太息將何為？天命與我違。奈何念同生㊴，一往形不歸㊵。孤魂翔故域㊶，靈柩寄京師。存者㊷忽復過，亡歿身自衰㊸。人生處一世，去若朝露晞㊹。年在桑榆㊺間，影響㊻不能追。自顧非金石㊼，咄唶㊽令心悲。

心悲動我神，棄置莫復陳。丈夫志四海，萬里猶比鄰。恩愛苟不虧㊾，在遠分㊿日親。何必同衾幬(51)，然後展慇懃(52)？憂思成疾疢(53)，無乃兒女仁(54)。倉猝(55)骨肉情，能不懷苦辛！

苦辛何慮思？天命信可疑。虛無求列仙(56)，松子(57)久吾欺。變故在斯須(58)，百年誰能持？離別永無會，執手(59)將何時？王(60)其愛玉體，俱享黃髮(61)期。收淚即(62)長路，援筆(63)從此辭。

【注釋】❶黃初四年　西元二二三年。黃初，魏文帝曹丕年號。❷任城王　指曹植的同母兄曹彰。彰字子文，黃初三年封任城王。任城，在今山東省濟寧縣。❸京師　指洛陽。❹會節氣　漢、魏制度：每年立春、立夏、立秋、立冬四個節氣之前，諸侯藩王皆至京師行迎氣典禮，並舉行朝會。此所謂「會節氣」。❺薨　古代稱侯王或大官死為「薨」。❻還國　回到封地。❼有司　主管某事的官吏。此具體指監國使者灌均。❽毒恨　痛恨也。❾大別　永別。❿是用自剖　因此，將自己的心裏話傾訴出來。⓫謁帝句　謁，拜見。承明廬，魏宮殿建築物。魏文帝作建始殿朝群臣，其出入之門曰承明門，門之兩側置廬。⓬逝將句　逝，發語詞，無義。舊疆，指作者的封地鄄城。⓭皇邑　皇城。指京都洛陽。⓮首陽　山名，在洛陽東北二十里處。⓯伊洛　即伊水與洛水。伊水源出河南熊耳山，至偃師縣入洛水。洛水源出陝西，流經河南，至鞏縣入黃河。⓰東路　自洛陽回封地的道路。其封地時在鄄城，而鄄城位於洛陽之東，故云東路。⓱顧瞻句　顧瞻，回頭眺望。城闕，此指洛陽城。⓲引領　伸長脖子遠望。⓳太谷句　太谷，地名，在洛陽東南五十里。寥廓，空曠遼闊貌。⓴鬱蒼蒼　鬱，草木叢生貌。蒼蒼，茂盛的樣子。㉑霖雨　連綿不斷的大雨。㉒流潦　地面所積但可流動的雨水。㉓中逵句　中逵，謂路中。軌，車跡。㉔修坂句　修坂，長山坡。造，至也。㉕我馬句　語出《詩經・卷耳》：「陟彼高岡，我馬玄黃。」玄黃，馬病貌。㉖我思句　鬱，愁苦也。紆，心情鬱悶。㉗親愛　此謂兄弟。㉘中更句　中更，中途有變化。克，能也。㉙鴟梟句　此喻小人圍繞在君王身旁。鴟梟，俗稱貓頭鷹，古人以為不祥之鳥。衡，車轅前橫木。軛，壓在馬（或牛）頸上的曲木。㉚蒼蠅句　《文選》

李善注：「鄭玄曰：蠅之為蟲，汙白使黑，汙黑使白。喻佞人變亂善惡也。」間，毀也。㉛讒巧　讒言巧語。㉜蹊　路也。㉝轡　馬韁繩。㉞寒蟬　蟬之一種，往往於秋涼時節鳴叫。㉟喬林　高大樹木所形成的林。㊱翩翩厲　翩翩，上下飛動貌。厲，振動。㊲不遑　沒有時間。㊳撫心　指拍打胸口。㊴同生　指同胞兄弟。㊵一往句　謂曹彰已死。㊶故域　指曹彰的封地任城。㊷存者　指作者自己和曹彪。㊸亡歿句　謂死者（指曹彰）的身體自會毀沒。黃節先生謂此句為「倒文，謂身由衰而歿耳，指存者也」，亦可通。㊹朝露晞　喻人生短暫。晞，乾也。㊺桑榆　本謂日照桑榆，時至黃昏。此喻人之將老。㊻影響　此以日光與聲音稍縱即逝，喻歲月飄忽，生命短促。㊼自顧句　《文選》李善注：「……顧，念也。古詩曰：人生非金石，豈能長壽考。」㊽咄唶　驚歎聲。㊾虧　減也。㊿分　猶志也。即今所謂感情。(51)衾幬　被子與蚊帳。(52)慇懃　委婉曲折的情意。(53)疢疹　疾病。(54)無乃句　無乃，豈非之意。兒女仁，指兒女間彼此愛憐的情分。(55)倉猝　匆忙之間。(56)虛無句　謂求仙之事荒唐不實。(57)松子　即赤松子，傳說中的仙人。(58)變故句　變故，指各種災禍。斯須，猶言須臾。謂時間極短。(59)執手　指相見會面。(60)王　指白馬王曹彪。(61)黃髮　謂老年。(62)即　就也。此作踏上解。(63)援筆　此謂提筆作詩。

【語　譯】黃初四年五月，白馬王曹彪、任城王曹彰與我一同去京都洛陽朝拜，並參加迎節氣的典禮。到達洛陽後，曹彰不幸去世。至七月，我與曹彪準備返回封地。後來，有關官員認為兩地的藩王返回封地，不應在路上同住同行，我們真是恨之入骨。想到幾天之後就要與曹彪永別，所以盡吐自己胸中之言，以與曹彪告辭。於是，憤然寫成此詩。

承明廬中拜見了皇上，將要返回自己的封疆。清晨從京都洛陽出發，日暮就已翻過首陽。伊水洛水寬又深，想渡兩水沒橋梁。乘船越過洶湧的波濤，埋怨那東歸的路太長。回看洛陽生戀意，引頸遠望心悲傷。

太谷多麼遼闊空曠，山上的樹木鬱鬱蒼蒼。連日大雨路泥濘，積水滿地到處淌。大路上看不見行車的道兒，只好改路登上山岡。長長的山坡連雲天，我馬累得病怏怏。

馬雖疲累還可前行，我的心卻愁苦不堪。愁腸百結舉步難，親生兄弟要分散。本想與你同路而行，但中途有變不能結伴。貓頭鷹鳴叫在車前，豺狼逞兇將路攔。蒼蠅將黑白顛來倒去，讒言碎語將親人離間。想回京城已無路，手拉韁繩難決斷。

猶豫不決有何戀？相思之情無終極。秋風吹送微微涼意，身邊的寒蟬叫得悲淒。原野多麼蕭條冷落，太陽很快被西山藏起。歸鳥飛往大樹林，搧動翅膀忽高忽低。孤獸奔走找同伴，口銜草物顧不上吃。睹物感懷我心悲，手捶胸口長歎息。

長聲歎息是為何？命運總與心相違。想到我那同胞兄弟，一去竟然就不回。他的孤魂飛回任城，而靈柩寄放京城內。活人很快會過世，死者身體自滅毀。人處世上一輩子，短如晨露曬就沒。日照桑榆年已老，歲月疾逝聲光難追。自思人非金與石，不禁驚歎而傷悲。

傷悲影響我精神，只好將悲痛棄而不論。大丈夫當有四方志，遠隔萬里也視同近鄰。友愛之情如不減損，相隔越遠情誼越深。何必要同床而共被，然後才顯出情濃意真？如果憂思而致病，那只是兒女的纏綿情。骨肉至親匆匆別，能不心懷悲苦與酸辛！

痛苦酸辛想什麼？天命的確可懷疑。求仙問道荒唐事，松子的傳聞長把人欺。災禍發生於頃刻間，誰保百歲無憂戚？離別之後難會面，何時再能握手歡集？白馬王你要珍愛身體，讓我們同享高壽期。收起眼淚踏上長路，提筆寫詩向你告辭。

【研　析】由此詩的序文看，本詩作於黃初四年朝京師以後從洛陽回封地的路上。其時，驍勇善戰的任城王曹彰突然死於洛陽，曹植的心情本已十分傷痛；歸途中，曹植欲與白馬王曹彪同路東歸，但奉承曹丕之命的監國使者又「以二王歸藩，道路宜異宿止」，強迫他們分開，更增加了曹植的悲憤。當時，朝廷對諸藩王的法令十分苛嚴，不准諸藩王私下往來。因此，曹植當時與曹彪的分手，實同於永別。在此情況下，曹植滿懷悲憤之情，寫下了這篇訣別之辭，以贈曹彪。全詩分七章，章與章之間緊相連屬。

第一章寫初離洛陽之時，對洛陽的眷戀之情。

第二章寫途中遇大雨，洪水泛濫，遂改道登高涉險，以致人馬疲累不堪的情景。

第三章抒發對「蒼蠅間白黑，讒巧令親疏」，亦即對小人挑撥其兄弟關係的憤恨。這一章實際是痛罵監國使者灌均之流，指斥他們不該製造事端，使其兄弟不能相親。但矛頭卻指向曹丕。

第四章寫秋日原野上日暮蕭條的景象，抒發了自己的離情別緒。此章為作者觸景生情之詞。

第五章寫因任城王暴死而引起的悲痛，以及對人生無常的哀歎。吳淇《六朝選詩定論》評此章云：「題是贈白馬，非弔任城也。於彼兄弟有生死之感，益於此兄弟有離合之悲。」

第六章寫作者在悲痛難堪之際，強作豪壯之語以寬慰曹彪，也寬慰自己，但仍然不能克制對兄弟生離死別的悲辛之情。

第七章謂人生無常，後會無期，只好收淚相勉，囑以保重，表現出了依依惜別的情意。

此詩的結構很有特點：曲折連環，層層推進，緊湊而縝密。詩的第一、二章緩緩起頭，但不斷蓄蘊悲情；第三章抨擊姦佞小人，發抒幽憤，情緒轉為激憤；第四章借助環境氣氛的渲染，極寫悲淒情懷；第五章使全詩的悲情達到高潮，甚至出現了「天命與我違」這樣痛苦的呼喊；第六章以「丈夫志四海，萬里猶比鄰」等曠達之語寬解、勉勵，使詩情趨於徐緩；第七章為臨別贈言，語含無盡之意，連綿之情。可見，詩之結構完整而精密。另外，此詩使用修辭學上所謂聯珠格（亦稱頂真格），將章與章來鉤連、銜接，這不僅令詩情在章句的回環復沓、嬗聯遞轉中得到渲染、強化，而且使詩之結構形式頗具上下相因，連環相扣之妙。如第二章末句「我馬玄以黃」與第三章首句「玄黃猶能進」，第三章末句「攬轡止踟躕」與第四章首句「踟躕亦何留」，等等，均為其例。

此詩主要是按旅途的進程來展開對作者所見、所聞、所想的敘述，故敘述的手法為其主，但也很好地貫穿使用了描寫、議論、抒情的手法，達到了敘事、寫景、議論、抒情的有機結合。如第三章夾敘夾議，第四章寫景、抒情，第五章邊議論，邊抒情，使寫作手法顯得多種多樣。此外，本詩還成功地運用了一些具體的藝術表現手段，使詩委婉、含蓄而深沉。首先，用到了比喻的手法。如第三章將姦佞小人比做「鴟梟」、「豺狼」、「蒼蠅」；第五章以「朝露晞」喻人生短促，以「影響不能追」喻時光流逝之快，均是其例。其次，用到了渲染、烘襯的手法。如第四章寫秋風送涼，寒蟬悲鳴，原野蕭條，白日西沉，又寫鳥歸喬林，孤獸索群，營造一種色調暗淡、情味悲愴的環境氣氛，使作者感物傷懷所產生的離愁別緒得到了很好的烘托渲染。再次，用到了對仗的手法。詩中對仗工整的句子有不少，如「清晨發皇邑，日夕過首陽」，「鴟梟鳴衡軛，豺狼當路衢」，等等，使詩句頗具形式上的整齊、勻稱之美。

贈丁翼

【題解】本篇是宴會中的贈詩，係贈與友人丁翼。丁翼，《三國志》作「丁廙」，字敬禮，丁儀之弟。生年未詳，卒於西元二二〇年。沛國（在今安徽省宿縣西北）人，少有文采，博學洽聞，建安中曾任黃門侍郎。與曹植友善，在植與丕爭奪太子的鬥爭中，曾為植遊說、奔走。丕即位後，殺丁翼與其兄丁儀。

嘉賓填城闕❶，豐膳出中廚❷。吾與二三子❸，曲宴此城隅❹。秦箏發西氣❺，齊瑟揚東謳❻。肴來不虛歸❼，觴至反無餘❽。我豈狎異人❾，朋友與我俱。大國多良材，譬海出明珠。君子義休偫❿，小人德無儲⓫。積善有餘慶⓬，榮枯立可須⓭。滔蕩固大節⓮，世俗多所拘⓯。君子通大道⓰，無願為世儒⓱。

【注釋】❶填城闕　填，充滿。城闕，古代城門兩旁的望樓。❷中廚　內廚中也。❸二三子　猶言各位、諸君。指作者的朋友們。❹曲宴句　曲宴，見本書卷一〈節遊賦〉注。城隅，此指城牆上的角樓。❺秦箏句　秦箏，弦樂器名。古箏原為五弦，後秦將蒙恬改為十二弦，故謂秦箏。西氣，指秦地樂曲。❻齊瑟句　齊瑟，弦樂器名，盛行齊魯之地。東謳，指齊地歌曲。❼肴來句　意謂將席上的魚肉吃得精光。肴，葷菜，指魚肉。虛歸，白白送回。❽觴至句　觴，飲酒器。反，同「返」。❾我豈句　語本《詩經・頍弁》：「豈伊異人，兄弟匪他。」狎，親近。異人，猶言他人。❿君子句　《文選》李善注云：

「言君子之義美而且具。」休，美也。偫，具；完備。⓫小人句　《文選》李善注云：「小人之德寡而無儲。儲，謂蓄積之以待無也。」⓬積善句　語本《周易・坤卦》：「積善之家，必有餘慶。」餘慶，餘福也。⓭榮枯句　榮枯，喻指興衰、貴賤等。須，等待。⓮滔蕩句　滔蕩，廣大之貌。此謂人的胸懷寬廣。固大節，固守大的節操。⓯世俗句　世俗，指小人，與君子相對。所拘，謂拘泥於小節。⓰通大道　通，通曉。大道，大道理。此當指建功立業、拯世濟民的道理。⓱世儒　指只顧埋頭讀書、解經的俗儒。亦即《論語・雍也》中「毋為小人儒」之「小人儒」，與「君子儒」相對。

【語　譯】貴賓擠滿城門樓，盛筵出自內廚房。我邀諸位好朋友，宴飲城牆角樓上。秦箏彈出西部曲，瑟奏齊樂聲飛揚。肉魚送來都吃完，美酒捧上全喝光。親近他人非我願，與友歡聚我所想。我們大國多賢士，像海盛產明珠一樣。君子德義美且盛，小人寡德少修養。多積善行多福氣，盛衰立等見分曉。胸懷坦蕩守大節，小人心繫小事上。君子通曉大道理，不願將那俗儒當。

【研　析】這首宴會上的贈詩，首先描述了歡宴的熱烈場景，然後寄言於丁翼，勉勵他儲德積善，努力修養品節，樹立遠大志向，不做迂闊無為的俗儒。

本詩前四句，交代了宴飲的人物、地點，以及準備工作情況等。這裏，以「填」寫嘉賓之眾，用字甚活。「秦箏」以下四句，具體描敘宴會上的盛況：箏瑟奏樂，盡享佳肴，暢飲美酒。此把飲宴的場面寫得甚是熱烈、歡快。「我豈」二句表明自己開辦宴會，意在親近朋友。「大國」以下十句，勸勉丁翼尚德崇義、立身守節，做君子而勿為小人。

此詩有描述，有議論，且以議論為主。議論部分以《論語》所言「女（汝）為君子儒，毋為小人儒」為主旨，逐層深入，合情入理，警策動人。賓香山人《三家詩》評曰：「極平常語，出子建口中，落落錯錯，俱成錦繡。無為小人儒，用得化極。」

朔風

【題解】關於本篇的寫作背景及寫作時間，研究曹詩的人歷來有不同的看法。有人認為是作者為東阿王時在封地感北風思歸而作；有人認為作於黃初六年在雍丘之時；還有人認為是作者於建安二十二年以後為抒發懷鄴之思而作。綜觀此詩，當是作者在明帝太和元年（西元二二七年）徙封浚儀後的第二年，再回雍丘時所作。

仰彼朔風❶，用懷魏都❷。願騁代馬❸，倏忽北徂❹。凱風永至，思彼蠻方❺，願隨越鳥❻，翻飛南翔。四氣代謝❼，懸景運周❽，別如俯仰，脫若三秋❾。昔我初遷❿，朱華未希⓫；今我旋止，素雪云飛⓬。俯降千仞，仰登天阻⓭，風飄蓬飛，載離⓮寒暑。千仞易陟⓯，天阻可越；昔我同袍⓰，今永乖別⓱。子好芳草⓲，豈忘爾貽⓳？繁華將茂，秋霜悴⓴之。君不垂眷，豈云其誠㉑？秋蘭可喻，桂樹冬榮㉒。絃歌蕩思㉓，誰與銷憂？臨川慕思，何為汎舟㉔？豈無和樂？遊非我鄰㉕。誰忘汎舟？愧無榜人㉖。

【注釋】❶朔風　北風。❷用懷句　用，因也。魏都，即魏之故都鄴城。❸代馬　古代代郡（在今山西省境內）所產之馬。❹倏忽句　倏忽，迅疾貌。徂，往也。❺凱風二句　凱風，南風也。蠻方，南方也。❻越鳥　越國所產之鳥。古越國在今江浙一帶。古詩有「越鳥巢南枝」句。❼四氣句　四氣，指一年四季的氣候。代謝，依次交替。❽懸景句　謂日月之運行，周而復始。❾脫若句　謂離別的時間很長。脫，分離；離開。三秋，此代指一年四季。❿昔我句　指當初遷至浚儀之時。⓫希　通「稀」。⓬今我二句　旋，歸來。止，語氣助詞，無義。云，語氣助詞，無義。⓭俯降二句　謂飄蓬上下不定，忽而落入深谷，忽而飄上高山。千仞、天阻，分別代指深谷、高山。天阻，天險也。⓮載離　載，猶「則」。離，經歷。⓯陟　此謂越過。⓰同袍　指關係親近的人。此處指兄弟。袍，一種類似於今天斗篷的衣物，行軍的人白天當衣穿，晚上當被蓋。⓱乖別　離別也。⓲子好句　子，此當指魏明帝曹叡。芳草，喻指忠愛之心。⓳貽　贈予。⓴悴　摧殘；傷害。㉑君不二句　意謂即使君王對我不再眷顧，我的忠誠也是不會改變的。眷，顧戀。云，運動；改變。㉒秋蘭二句　言蘭草在秋季不改其芳，桂樹在冬季不變其榮，可以譬擬我不變的忠誠。㉓絃歌句　言絃歌可以蕩滌悲思。絃歌，伴隨樂器聲歌唱。㉔何為句　謂不如泛舟水上，與親友同遊。何為，猶何如也。㉕豈無二句　意謂並非無人與我一道歌唱，只是同遊的人並非我的志同道合者。和樂，指弦歌。㉖榜人　駕船的人。此喻指良朋。

【語　譯】擡頭面迎那北風，於是懷念魏都城。多想騎上代地馬，翩翩疾馳向北奔。遠方南風吹來時，又不禁想那南方人，希望隨著那越鳥，翻飛翱翔向南行。四季氣候依次改，日月周而復始行。別時短如一瞬間，卻像隔絕一年整。當初我去浚儀時，春天紅花未凋零。而今我再來雍丘，雪花漫天飄不停。下降千仞達深谷，上越天險過山嶺，蓬草隨那風飄捲，經歷秋冬與夏春。千仞深谷易越過，高山險阻能登臨。從前我的親近人，如今永別長離分。您愛芬芳之香草，我哪忘記以它贈？繁花正要旺盛開，秋霜卻將它傷損。君王不再眷顧我，我豈會改變對其忠誠？秋蘭可比我忠貞，桂樹經冬仍茂盛。絃歌可遣我憂思，但有誰來同解悶？面對河水徒思慕，哪如泛舟同遊行？難道無人同歌樂？同遊的不是我知心。誰會忘記泛舟遊？遺憾沒有駕船人。

【研　析】此詩作於作者從浚儀復還雍丘之後，抒寫了由頻繁遷徙所帶來的深巨悲痛和無限感慨。詩所蘊含的情意較為複雜：既有對骨肉至親生離死別的哀傷，又有對自己流離轉徙之遭際的悲歎；既表達了對明帝曹叡忠誠不渝的心曲，又抒發了對忠不被察，閒居孤處的怨艾。全詩流貫著悲愴、淒怨的情調。

此詩共四十句，可分為五個層次。

詩的開頭八句為第一層，寫作者在北風、南風的觸發下，產生懷思遠方親友的感情。其中「凱風」四句，當是懷念身在南方的曹彪。彪在當時封吳王，居壽春。以上八句，虛實相生，筆勢奇縱，且能有效地傳遞出作者的主觀情意。吳淇評此曰：「思是因，風是緣，代馬、越鳥是想。想之所結在北，遂成一代馬倏忽北馳之象；想之所結在南，遂成一越鳥翻飛南翔之象。願騁、願隨，總是妄想，虛而非實。」

「四氣」以下八句為第二層，寫作者感慨時光易逝，在外流離日久。其中「昔我」四句，是化用《詩經・采薇》之語：「昔我往矣，楊柳依依；今我來思，雨雪霏霏。」

「俯降」以下八句為第三層，作者以飛蓬自況，抒發遷徙不息、飄忽不定的苦恨。此與作者〈吁嗟篇〉、〈雜詩〉「轉蓬」篇的情意相同。此八句意象生動，含蘊深厚。

「子好」以下八句為第四層。這是作者向明帝披肝瀝膽的剖白：儘管君王受姦佞小人蒙蔽，棄我不顧，但我忠於君王之心不變，骨肉之情至死不渝。其語意頗似〈求通親親表〉中「葵藿之傾葉太陽，雖不為之迴光，然終向之者誠也」等句。這裏，「子好」四句喻小人離間，而致自己忠誠的志節不被君王所察。其中「秋霜」喻指讒佞小人。朱緒曾評此云：「言雖有芳草，奈何秋霜所悴；行芳志潔，而讒者傷之。」

最後八句為第五層，寫作者不能與親友互通往來，而只能孤處遠藩，鬱鬱寡歡。元人劉履曾詮釋此八句的大意說：「言與之游者既非所親，則雖有絃歌，亦不足以解憂。必也兄弟既翕，而後和樂且耽。故又臨川慕思，亦欲泛舟以相從，然無榜人唱聲以進之，則亦無如之何矣。」此八句所表現的情狀，可在〈求通親親表〉的相關描述中得到印證：「每四節之會，塊然獨處，左右唯僕隸，所對唯妻子，高談無所與陳，發義無所與展。」

總之，此詩抒情述志，如泣似訴，情感深摯而含婉，讀來給人以感傷悲怛之美。

矯志

【題解】篇題「矯志」二字，猶厲志，意為激勵、振奮志氣。與作者同時的丁儀，有類似之作，曰〈厲志賦〉。

本篇從體裁上看，屬四言詩；從內容上看，是敘作者就政治問題所發表的種種見解和主張，表現了作者崇高的政治理想和卓異的政治識見。本篇的文句多有殘脫。

桂樹雖香，難以餌魚❶；尸位素餐，難以成居❷。磁石引鐵，於金不連；大朝舉士，愚不聞焉❸。抱璧塗乞❹，無為貴寶；履仁遘福，無為貴道❺。鴛雛遠害，不羞卑棲；靈虬避難，不恥汙泥❻。都蔗雖甘，杖之必折❼；巧言雖美，用之必滅。濟濟唐朝，萬邦作孚❽。逢蒙❾雖巧，必得良弓；聖主雖知❿，必得英雄。螳螂見歎，齊士輕戰⓫；越王軾蛙，國以死獻⓬。道遠知驥⓭，世偽知賢⓮。覆之燾之⓯，順天之矩⓰。澤如凱風⓱，惠如時雨。口為禁闥⓲，舌為發機⓳；門機之闓，楛矢不追⓴。

【注釋】❶桂樹二句　典出《闕子》：「魯人有好釣者，以桂為餌。……其持竿處位即是，然其得魚不幾矣。……釣之務不在芳餌，事之急不在辯言。」此二句喻徒享盛名而無其實的人，是不能發揮作用的。❷尸位二句　尸位素餐，謂佔據官位而不能理事，並白白地享受俸祿。尸位，如尸之居位，只受享祭而不做事。素，空也；徒然。成居，猶言成事。❸磁石四句　語本《淮南子・說山》：「磁石能引鐵，及其於銅則不引也。」金，指銅。詩句以「磁石」喻指朝廷；以「鐵」喻指賢者；以「金」喻指愚者。❹抱璧句　謂懷抱璧玉之寶而乞討於路。❺履仁二句　意謂履行仁道而遭逢禍害，則此「道」不是可貴之道。履，行也。遘，逢也。❻鴛雛四句　比喻不恥身居下位。鴛雛，傳說中鳳凰一類的鳥。遠害，避害也。靈虬，猶言神龍。虬，無角之龍。❼都蔗二句　語本劉向〈杖銘〉：「都蔗雖甘，殆不可杖；佞人悅己，亦不可相。」都蔗，亦作「諸蔗」，即甘蔗。折，斷也。❽濟濟二句　濟濟，美盛貌。唐朝，指傳說中的帝堯時代。萬邦作孚，語出《詩經・文王》。孚，信也。

案：此二句之前明顯有脫句。❾逢蒙　古代著名的射箭能手。❿知　同「智」。⓫螳螂二句　據《韓詩外傳》卷八載：齊莊公出獵，有一隻螳螂舉起前腿，準備與莊公車上的輪子拼搏。莊公認為這螳螂如果是人，「必為天下勇士」。於是，莊公讓車夫繞開螳螂而行。天下勇士聞知此事，都以莊公為敬賢重士之君，便紛紛歸附莊公。詩句中的「輕戰」，謂敢於作戰。⓬越士二句　據《韓非子》載：越王句踐乘車外出，道遇一隻怒蛙，越王對牠行禮。有人問他為何對蛙表示敬意，越王答：「因為牠氣盛。」第二年，越王伐吳，許多勇士表示願獻生命以戰。詩句中的「軾」，本指車廂前用作扶手的橫木。此謂扶著車軾敬禮。⓭道遠句　意與成語「路遙知馬力」相同。驥，駿馬。⓮世偽句　謂世道偽詐險惡之時，能見賢者的忠良堅貞。⓯覆之句　語本《禮記・中庸》：「辟（譬）如天地之無不持載，無不覆幬。」句謂上天博大，無不涵蓋包容。燾，同「幬」。覆蓋也。案：植詩此句之前，明顯有脫句。⓰矩　規矩；法則。⓱凱風　南風也。⓲禁闥　宮中的小門。⓳發機　弓弩上發射箭的機關，亦稱弩牙。⓴門機二句　此緊承上二句之語意，謂宮中之門、弩上之機，一經啟發，則門戶開，箭離弦；雖有所悔，亦不可追而挽之。闓，開也。楛矢不追，猶云「駟馬難追」，謂不可挽回。楛矢，指用楛木（木名）莖做桿的箭。案：以上四句，作者以門、機為喻，意在說明為官者出言應當小心謹慎。此四句，蓋本於《周易・繫辭上》：「言行，君子之樞機。樞機之發，榮辱之主也。言行，君子之所以動天地也，可不慎乎？」孔穎達疏云：「樞，謂戶樞；機，謂弩牙。」

【語　譯】桂樹雖然香四溢，難以作餌釣起魚；尸居官位白吃飯，難以做成任何事。磁石能將鐵吸引，不會與銅相黏連；朝廷只納賢能士，愚人不會得舉薦。懷抱寶玉乞於路，此玉不可稱珍寶；履行仁道遭禍殃，此仁不能算貴道。鳳鳥為了避禍害，棲居低處不覺恥，神龍為了避災難，甘心情願處汙泥。甘蔗雖然甜如蜜，用之作杖必斷折；花言巧語雖動聽，用之行事必毀滅。唐堯之時很興盛，萬邦之人都信服。逢蒙射技雖高超，但必得到好箭弓；聖明之君雖聰明，必須借助眾英雄。莊公感歎螳螂勇，引得齊士敢作戰；越王對蛙行敬禮，國人願將生命獻。路遠方知駿馬力，世亂才知賢者堅。上天無所不涵蓋，順應天規不斜偏。恩澤溫和如南風，仁惠滋潤如時雨。人口如同禁宮門，舌頭像那發箭機；門機一旦被開啟，楛矢追之也莫及。

【研　析】此篇在曹植詩中，別具一格，頗有特點。此詩主要議論政治問題，大意是說臣僚輔政，應當盡心盡責，不恥下位；朝廷用人，應該選賢任能，斥退姦佞。詩中也流露出作者懷才不遇、憂時傷世、謹言慎行、畏讒懼禍等複雜的思想情意。觀本篇結末「口為禁闥」等四句之意，頗合作者〈苦思行〉中「教我要忘言」句所流露的守默全身的志趣，知本篇當是作者晚期的作品。

本篇文句有殘脫現象，但就現存的部分看，前十二句是說朝廷舉人，應該務求實際，注重選拔那些足以擔當大任、能夠發揮實際作用的賢才。值得注意的是後四句，作者提出的衡量「賢才」的標準，頗具時代特點，它與曹操在察人方面，基於「有行之士未必進取，進取之士未必有行」的認識而所倡導的唯才不唯德的標準很接近。「鴛雛」以下四句是說從政者應該甘居下位。「都蔗」以下四句是說朝廷用人，應當遠姦佞，退小人。「濟濟」以下十二句，是引用歷史事實，說明為君者招攬賢士、禮遇良才，方可成就事業。「覆之」以下四句，是說為君者治政應當公平無私，廣施仁惠。末四句是說從政者應該謹言慎行，以遠禍避害。此四句有自喻的意味。丁晏《曹集銓評》評此曰：「純是自喻，憂讒畏譏。末以慎言作結，即『駟不及舌』意。」

本詩在表現手法的運用上頗為獨特。全詩主要用比喻之法闡說道理，四句一組，前二句是比喻，後二句點明喻意，即修辭學上所謂喻體和本體同時出現。對於這種表現形式，以前有人認為是從《詩經》借鑑而來，也有人認為不是。而黃節先生則主張借鑑之說，云：「此詩託體蓋出〈小雅・白華〉八章，古來做法者極少。」考《詩經・小雅・白華》，全詩確是四句一組，前二句義兼比興，後為正意，如「白華菅兮，白茅束兮；之子之遠，俾我獨兮。英英白雲，露彼菅茅；天步艱難，之子不猶」云云。觀此，黃說似較可信。

閨情二首

【題解】本詩的標題，《玉臺新詠》作〈雜詩〉，宋刊本、明刊本《子建集》均題作〈閨情〉。《藝文類聚》卷三二之人部閨情類，收有此二首中之一首，標為「魏陳王曹植詩」。宋以後刊行的《子建集》中的〈閨情〉詩，很可能是從《藝文類聚》採入，並據其部類之名「閨情」二字，題此詩之名為〈閨情〉。由此看來，「閨情」二字，很可能非此詩之原題；此詩之題，似當從《玉臺新詠》作〈雜詩〉為是。

此二首均以閨中婦女為描寫對象，表現了她們微妙而複雜的思想情感。

攬衣出中閨❶，逍遙步兩楹❷。閒房❸何寂寞，綠草被階庭❹。空穴自生風❺，百鳥翔南征❻。春思安可忘，憂戚與君❼并。佳人❽在遠道，妾身單且煢❾。歡會難再逢，蘭芝不重榮❿。人皆棄舊愛，君豈若平生⓫？寄松為女蘿⓬，依水如浮萍。齎身奉衿帶⓭，朝夕不墮傾⓮。儻終顧盼恩，永副我中情⓯。

【注釋】❶攬衣句　攬，牽持。中閨，閨中也。閨，女子居住的內室。❷兩楹　指門窗前的兩柱之間。楹，柱也。❸閒房　宮殿兩側的幽靜之室。❹階庭　庭院前之臺階。❺空穴句　語本宋玉〈風賦〉：「空穴來風。」空穴，指門窗等有孔之處。❻征　行也。❼君　此為閨中婦女對丈夫的敬稱。❽佳人　通常指美麗的婦女。此處所指與上文「君」同，即指丈夫。案：「佳人」一詞可指男性，屈原〈九章・悲回風〉「惟佳人之永都兮」句即其例。❾單且煢　猶孤煢。意為孤獨無依。❿榮　開花。⓫平生　謂少年之時。⓬寄松句　寄，寄託；依附。為，義同於下文「如」。女蘿，植物名，即松蘿，又稱菟絲，攀附樹幹而生。⓭齎身句　齎身，猶言委身。奉衿帶，謂為人穿衣結帶。奉，侍奉。衿，同「襟」。衣襟。⓮墮傾　謂懈怠、懶惰。⓯儻終二句　儻，倘若。顧盼，眷戀之意。副，符合。中情，內心感情。

【語譯】提起衣裳出閨房，兩柱之間漫步行。殿旁空房多寂寞，庭院臺階綠草叢生。風從門縫吹進來，百鳥高飛朝南行。心存愛戀難忘君，與君同有憂愁情。夫君身在遠道上，我在家中孤伶仃。歡聚之日難再有，芝蘭再度開花不可能。男人都會棄舊愛，夫君哪能像少時情深？我如女蘿附松樹，又似依水之浮萍。願侍夫君穿與戴，天天勤謹且忠誠。夫君倘再眷顧我，那會使我長稱心。

【研析】此詩抒寫了一位女子對遠遊在外的丈夫的懷思和疑懼。就本詩所表現的情意及作者的生活經歷看，此詩明顯有所寄託，當是以「妾」自比。朱緒曾說此詩是懷念魏文帝的，今人黃節先生則認為「此詩蓋太和三年徙封東阿後懷明帝」之作。究竟誰是誰非，今殊難斷定。但有一點似可肯定：此詩是以夫妻關係比況君臣關係，表現了作者對君王情好不終的憂戚、疑慮，是作者後期艱危處境的折射反映。

本詩前八句寫女子對在外的丈夫的懷思，同時也將女子的孤寂、苦悶之情寫得很深沉、厚重。中間六句是寫女子的疑慮，寫其害怕丈夫在外喜新厭舊，情有所移，將女子當時的心態表現得十分細膩、婉曲。末六句寫女子憂懼之中的懷念、渴求，謂女子將仍對丈夫忠貞不渝，殷勤不懈，並熱切希望丈夫眷顧自己。

本詩具有濃厚的抒意色彩，難耐的孤寂、深刻的憂慮、熱切的希冀、不盡的惶恐，一併寄於篇中，筆觸細膩、精工、深婉。

其二

有一美人，被服纖羅❶。妖姿❷豔麗，蓊❸若春華。紅顏韡曄❹，雲髻嵯峨❺。

彈琴撫節❻，為我絃歌❼。清濁❽齊均，既亮且和❾。取樂今日，遑恤其他❿。

【注釋】❶被服句　此句與〈古詩十九首〉之十二「被服羅衣裳」句意相同。被服，謂穿著。纖羅，指輕薄的羅衣。❷妖姿　指美好的形貌。❸蓊　盛貌。❹韡曄　華盛的樣子。❺雲髻句　謂髮髻高高聳立。雲，言髮豐盛如雲。嵯峨，高峻貌。❻撫節　猶言擊拍。❼絃歌　見本卷〈朔風〉注。❽清濁　謂聲之洪細輕重。❾既亮句　謂聲音清晰，節奏和諧。❿遑恤句　此謂沒有時間憂慮其他的事情。遑，暇也。此言不暇也。恤，憂也。

【語譯】有個年輕的美婦女，身穿的羅衣薄又輕。形貌姣好又艷麗，如同春花一般華盛。紅潤的容顏放光彩，高聳的雲髻頭上頂。邊彈琴來邊擊拍，伴著琴聲為我歌吟。聲之清濁甚協調，既明亮來又和勻。今日歡唱且為樂，無暇憂慮其他事情。

【研　析】此詩從思想內容上看，無甚可取之處，它只是平淡地記述了一個年輕貌美的女子為「我」彈琴歌唱的事，抒寫了一種閒適悠雅的意趣，表達了及時行樂的情懷，側面反映了古代困守閨中的婦女的寂寞無聊的生存狀態。

此詩在藝術上較為可取的一點是，較為成功地刻畫出了一個華貴美女的形象。作者一貫善於描畫女子形象，這從作者〈洛神賦〉、〈美女篇〉等作品中不難看出。此篇前六句是描摹女子的外在形象，寫及服飾、容貌、打扮，表現了這個女子雍容華貴的氣度，以及姣好可人的風神。此詩後六句寫女子彈琴絃歌以取樂的事，表現了此女技藝的高超、精湛，從而使此女子在具有外形美的同時，又顯示出了一種內在的美。

此詩的語言典雅、富艷，顯示了植詩「辭采華茂」的特點。

三　良

【題　解】這是一首含有譏刺之意的詠史詩。三良，是指春秋時代秦國子車氏的三個兒子：奄息、仲行、鍼虎。據《左傳》載，秦國國君秦穆公死，曾用一百七十七人殉葬，其中有子車氏之三子：奄息、仲行和鍼虎。此三子皆秦之良才，秦國人對其殉葬深表痛惜，乃作〈黃鳥〉詩以悼之（〈黃鳥〉詩現存於《詩經・秦風》）。就曹詩全篇所寫內容看，作者寫作時參閱了〈黃鳥〉一詩的描述。

曹植此詩究竟寫於何時，今難以確考，有可能是寫於漢獻帝建安十六年（西元二一一年）前後。其時，曹植曾隨曹操征伐馬超、楊秋等人，有機會路經地處岐州雍縣的秦穆公墓。此詩可能是作者路過此墓時感於史事而作。

功名不可為❶，忠義我所安❷。秦穆先下世❸，三臣皆自殘❹。生時等榮樂❺，既沒❻同憂患。誰言捐軀❼易？殺身誠獨難！攬涕登君墓❽，臨穴❾仰天歎：長夜何冥冥❿，一往不復還。黃鳥為悲鳴⓫，哀哉傷肺肝。

【注釋】❶功名句　言功名的建立受制於天，而不靠人力強為。❷忠義句　我，此代三良自稱。安，樂也。❸秦穆句　秦穆，即秦穆公，名任好，在位三十九年，卒於西元前六二一年，為「春秋五霸」之一。下世，逝世。❹三臣句　三臣，指三良。自殘，自殺，此謂殉葬。❺生時句　據《文選》李注引《漢書注》云：秦穆公與群臣飲酒，酒酣，穆公與群臣說：「我們君臣生共此樂，死共此哀。」奄息等人許諾。及穆公死，奄息等人皆殉葬。❻既沒　死也。❼捐軀　犧牲生命。❽攬涕句　攬涕，猶言擦乾眼淚。君墓，指秦穆公之墓。❾臨穴　《詩經・黃鳥》：「臨其穴，惴惴其慄。」穴，指墓穴。❿長夜句　長夜，喻指墳墓。埋於墳墓，暗無天日，猶如長夜，故稱。冥冥，昏暗貌。⓫黃鳥句　黃鳥，即今所謂黃雀。據史載，三良死後，國人哀之，乃為之賦〈黃鳥〉詩。今《詩經・黃鳥》一詩共分三章，每章首句均為「交交黃鳥」。曹詩此句顯用其意。

【語譯】建功立名不由人，忠義之事我所願。秦穆與世長辭後，三良殉葬將身獻。君臣生前同榮樂，死把患憂共分擔。誰說獻身容易事？殺身成仁實在難。擦著眼淚進君墓，面對墓穴仰天歎：墓穴如夜真黑暗，進去再也難返還。黃鳥為之悲聲叫，哀傷令人肝腸斷。

【研析】這首詠史詩，是詠子車氏三子為秦穆公殉葬的事。古人吟詠此事的詩作較多，如王粲有〈詠史〉，陶淵明、柳宗元等人有〈詠三良〉，蘇軾有〈秦穆公墓〉。但各家對此事的看法頗不一致，有的人盛讚三良忠於君主，有的人譏刺穆公殉殺無辜，可謂是見仁見智也。而曹植此詩的思想感情頗為複雜：一方面認為三良從殉穆公，是「忠義」之舉；另一方面認為三良曲從君命，無辜「自殘」，令人痛惋；同時，又對穆公以活人殉葬，持譏責、否定的態度。

詩的開頭兩句，以三良的口氣道出，是說他們把殉葬之舉視作「忠義」而樂意為之。接著，詩以「秦穆」四句寫三良懷著受恩圖報的心理「自殘」殉君。「誰言」以下六句寫三良捐軀殉葬之不易，並以三良入墓臨穴時的神情、舉動作了具體說明。詩謂三良登墓攬涕，臨穴悲歎，感喟「長夜何冥冥，一往不復還」，把三良殉葬時對生的依戀和對死的恐懼的心理，表現得真實感人，由此襯托出了穆公的殘忍，表達了作者的同情之意。詩末尾二句套用《詩經・黃鳥》的句子，語意深長，既增添了詩的悲愴氣氛，又表現了作者的哀惜之情。

此詩之情意，始譽而後哀，始壯而後悲，有著既矛盾又統一的藝術效果。詩中的場景描寫形象生動，悲傷而壯烈。

責躬

【題　解】曹植早年十分任性，不自檢束，經常與好友楊修、應瑒等人飲酒不節；酒醉之後，還曾違犯門禁，走馬於司馬門。文帝曹丕即位以後，曹植又被監國使者指控為「醉酒悖慢，劫脅使者」。丕念植舊過、新錯，遂將植改封為鄄城侯。次年立為鄄城王。黃初四年（西元二二三年），曹植至京城求見曹丕，丕責之，將其置於僻遠的西館，不許朝覲。在上述情勢下，植早「自念有過，宜當謝（案指謝罪）帝」，於是向曹丕進獻〈責躬〉詩及表文，以責己之過，欲以此求得曹丕的諒解。曹丕閱其詩、表後，「嘉其辭義，優詔答勉之」，允許朝見。

詩題「責躬」二字，意為「譴責自己」。詩中充溢著自責、自怨、自悔之意，並對武帝、文帝表達了感恩戴德之情。

於穆顯考，時惟武皇❶，受命於天，寧濟❷四方。朱旗所拂，九土披攘❸。玄化滂流❹，荒服來王❺。超商越周，與唐比蹤❻。篤生我皇，亦世載聰❼。武則肅列，文則時雍[8]。受禪於漢，君臨萬邦。萬邦既化，率由舊則[9]。廣命懿親，以藩王國[10]。帝曰爾侯，君茲青土[11]，奄有海濱，方周於魯[12]。車服[13]有輝，旗章[14]有敘，濟濟雋乂，我弼我輔[15]。

伊予小子[16]，恃寵驕盈[17]，舉挂時網[18]，動亂國經[19]。作藩作屏[20]，先軌是隳[21]。傲我皇使[22]，犯我朝儀。國有典刑，我削我黜[23]。將寘于理，元兇是率[24]。明明天子，時惟篤類[25]，不忍我刑，暴之朝肆[26]。違彼執憲[27]，哀予小子，改封兗邑[28]，于河之濱[29]。股肱[30]弗置，有君無臣。荒淫之闕[31]，誰弼余身？煢煢僕夫，于彼冀方，嗟予小子，乃罹斯殃[32]。赫赫天子，恩不遺物[33]，冠我玄冕[34]，要我朱紱[35]。朱紱光大，使我榮華[36]。剖符授玉[37]，王爵是加。仰齒金璽，俯執聖策[38]。皇恩過隆[39]，祗承怵惕[40]。

咨[41]我小子，頑兇是嬰[42]，逝慚陵墓[43]，存愧闕庭[44]。匪敢傲德，寔恩是恃。威靈改加[45]，足以沒齒[46]。昊天罔極[47]，生命不圖[48]，常懼顛沛[49]，抱罪黃壚[50]。願蒙矢石，建旗東嶽[51]，庶立毫釐[52]，微功自贖。危軀授命[53]，知足免戾[54]。甘赴江湘，奮戈吳越。天啟其衷，得會京畿[55]。遲[56]奉聖顏，如渴如飢。心之云[57]慕，愴矣其悲。天高聽卑[58]，皇肯照微[59]。

【注　釋】❶於穆二句　於穆，讚美之詞。穆，美也。顯考，古用以指稱已死的父親。時，是也。惟，句中語助詞。武皇，指曹操。❷寧濟　安定拯救。❸朱旗二句　朱旗，紅旗。漢以火德王天下，曹操為漢臣，故稱朱旗。拂，掠過。九土，九州也。披攘，猶披靡。謂屈服。❹玄化句　謂道德教化廣泛流布。❺荒服句　荒服，古代在京畿以外，按遠近分疆土為五等，稱為五服，荒服即其中之一，是距京畿最遠的一等。王，朝見。❻與唐句　唐，指古之堯帝時代。比蹤，齊步；並駕。❼篤生二句　篤生，謂生得不平凡，猶言得天獨厚而生。我皇，指曹丕。亦世，同「奕世」。即累世。載聰，此謂武帝明審，而文帝也明審。載，又也。❽時雍　《尚書・堯典》：「黎民於變，時雍。」《孔傳》曰：「時，是；雍，和。」❾率由句　語本《詩經》：「率由舊章。」率，遵循。舊則，舊的法度。此指古之分封制。❿廣命二句　懿親，至親，指兄弟。藩，捍衛。⓫帝曰二句　帝，當指武帝曹操。侯，指曹植。植初封為臨淄侯。君，主宰。青土，青州一帶。植封臨淄侯，而臨淄時屬齊郡，在古青州境內。⓬奄有二句　奄有，含有。奄，覆蓋；包括。方周於魯，謂如魯國之於周朝，關係親近。方，比方；如同。此句言曹植與魏朝關係親密。⓭車服　指車和章服。章服，是指以圖紋為等級標誌的禮服。⓮旗章　指旌旗與章識。古人在旌旗、衣服等物上飾以不同樣式的花紋圖案，以別等級、名號，謂之章識。⓯濟濟二句　濟濟，形容眾多。雋乂，指德才兼備的人。我弼我輔，意為輔佐我。⓰伊予句　伊，句首語氣詞。予小子，曹植自稱也。⓱恃寵句　謂依恃父王曹操的寵愛，驕狂自大。⓲舉挂句　謂觸犯當朝法令。案：此句所言，指曹植乘車行馳道（天子行車之路）中，「開司馬門出」等違犯科禁之事。⓳國經　指國之法令制度。⓴作藩作屏　謂受封而為諸侯。古封諸侯，以護捍王室，猶藩屏之衛也。㉑先軌是隳　謂廢棄了先帝（曹操）的軌則。隳，廢也。㉒傲我皇使　《三國志》曹植本傳載：「黃初二年，監國謁者灌均希旨，奏『植醉酒悖慢，劫脅使者』。」皇使，指朝廷派以監視諸侯王的使者，稱監國使者，或監國謁者。㉓我削我黜　謂減我食邑，貶我爵位。據史載，黃初二年，植被指控為「劫脅使者」後，其食邑由原來的萬戶減至二千五百戶；爵位由縣侯降為鄉侯（即為安鄉侯）。㉔將寘二句　寘，致；送到。理，治獄的官吏。率，類。此有比罪之意。㉕明明二句　明明，聖明。此為讚頌之詞。篤類，謂厚待兄弟。篤，厚也。㉖暴之句　暴之，此謂暴尸。朝肆，朝廷和集市。案：古之受極刑者，大夫以上陳尸於朝，士以下陳尸於市。㉗執憲　執法之官。㉘改封兗邑　據《三國志》本傳載，黃初二年，植貶爵為安鄉侯，其年改封鄄城侯。案：鄄城（今山東省鄄城縣北），時屬東郡，在古兗州之境，故此曰「封兗邑」。㉙于河之濱　鄄城近黃河，故云。㉚股肱　喻指左右輔助得力的人。股，本指大腿。肱，本指胳膊上從肩到肘的部分。㉛闕　過失。㉜煢煢四句　近人黃節先生考證曹植〈黃初六年令〉、〈封鄄城王謝表〉等作品，認為黃初二年曹植為鄄城侯時，深為東郡太守王機、防輔吏倉輯所誣白，得罪於朝廷，文帝遂遷曹植於魏舊都鄴城，以禁錮之。不久，文帝下詔遣其還歸封地鄄城。本詩此四句即謂此事。煢煢，孤獨貌。僕夫，古代管馬的小官。此為曹植自稱。于，往也。冀方，本指古冀州（今河北省一帶），此指魏舊都鄴城（鄴在古冀州境內）。罹，遭受。㉝恩不遺物　謂恩惠施及萬物，不遺棄任何一物。案：本句所言「恩」，是指文帝赦免其罪、遣其歸國之事。㉞冠我句　冠，此用作動詞，意為戴冠。玄冕，古代王侯所戴的禮帽。案：此句以下十句，均寫曹植受封之事。《文選》李善注認為此是就曹植黃初四年封為雍丘王而言。李說似未確。黃節先生認為曹植封雍丘王，是在黃初四年朝會京師並與白馬王曹彪同時返歸藩國之後。依黃說，則作於朝會京師前夕的本詩，其所言封王事，非指封雍丘王，而應當是謂黃初三年曹植立為鄄城王。㉟要我朱紱　要，同「腰」。此用作動詞，有繫於腰之意。朱紱，紅色綬帶，用以繫印。㊱朱紱二句　此二句文字，今諸本出入較大。明活字本《子建集》作「光光大使，我榮我華」，《文選》、《三國志》俱作「朱紱光大，使我榮華」。揆諸文理，似當以後者為是，故從之，並據改。㊲剖符授玉　剖符，謂天子分封諸侯或功臣，分剖符節，各執一半，以作為憑證。授玉，謂分封時，天子授予玉圭，以示爵級。㊳仰齒二句　齒，謂承受。金璽，金印也。漢魏之時，諸侯王皆授金璽。策，指封王的策書。㊴隆　厚重。㊵祇承怵惕　謂恭敬接受，心懷恐懼。祇，敬也。㊶咨　句首語氣詞。㊷嬰　纏繞；陷入。㊸逝慚句　逝，死亡。陵墓，指曹操之陵墓。此代指已故之曹操。㊹闕庭　宮廷。此借指曹丕。㊺威靈句　謂文帝以皇上的威權改封自己為鄄城侯。㊻足以句　此句含有死而無憾、無怨之意。沒齒，猶言終身。㊼昊天句　語出《詩經・蓼莪》。本言父母恩德之大，有如天之無窮。罔極，無窮盡。案：此借用《詩經》語句，以謂文帝對己恩德甚大。㊽生命句　言生命之長短，不可預知。㊾顛沛　倒仆也。此謂死亡。㊿黃壚　黃泉下黑而堅之土。此喻墳墓。(51)建旗東嶽　謂準備征伐孫吳。東嶽，泰山，與吳甚近。(52)毫釐　形容微小。(53)授命　獻出生命。(54)免戾　即免罪。(55)天啟二句　謂天子動發親親之情，故我等得以會於京師。啟，發也；開也。衷，內心。京畿，此謂京師。(56)遲　意謂等待。(57)云　句中語助詞。(58)天高聽卑　語出《史記・宋微子世家》。謂上天神明，能洞察下界最卑微之處。此語後多用以頌揚帝王的聖明。(59)皇肯照微　言天子可以明我微誠。肯，可也。照，明也。

【語　譯】英明偉大的亡父啊，就是當代的武皇。接受上天之命，安定拯救四方。紅旗橫空而掃，九州屈服投降。德化廣布各地，朝見者來自遠方。仁政超越商周，德教可比堯唐。我皇得天獨厚，聖明如同武皇。武則威風凜凜，文則百姓安祥。接受漢帝禪讓，統治天下萬邦。萬邦已受德化，朝政遵循舊章。廣泛分封兄弟，以此護衛君王。君王封我為侯，令將臨淄執掌，囊括海濱之地，有如周親魯邦。車服閃灼光輝，旗章次序周詳。賢才濟濟一堂，為我出力幫忙。

我這愚昧小子，依恃父寵驕狂，動觸本朝法網，行亂國家紀綱。為侯當衛王室，卻毀先帝規章。怠慢朝廷使者，違犯我朝綱常。依照國家常規，將我削土貶降。欲交法官審訊，罪與元兇同量。天子聖明仁慈，待我兄弟情長。不忍讓我受刑，尸首暴於朝堂。不從法官之意，對我獨發慈祥，改封鄄城之地，就在黃河岸上。不任得力助手，如君無臣一樣。廢亂放縱之過，誰肯將我扶幫？我這孤身一人，去那舊都冀方。歎我有過之人，遭受如此禍殃。聖明天子施恩，不將一物棄忘，讓我頭戴玄冕，腰將紅綬繫上。紅綬鮮亮奪目，使我無比榮光。剖符授玉分封，加我爵位侯王。仰受金質印璽，俯接授爵文章。皇恩特別厚重，受之心懷恐慌。

歎我無能之人，身負頑兇罪狀，死後羞見亡父，活著愧對我皇。非敢傲視皇上，唯將皇恩依傍。我皇改封加爵，使我死而無枉。恩如天大無際，人之壽夭無常。常懼一旦死去，抱罪黃泉路上。願冒戰場箭石，舉旗泰山之上，或可建立微功，以此與過抵償。捨身奉獻性命，才可全免罪狀。願赴江湘之地，揮戈吳越戰場。天子發其親情，得會京城之旁。等待侍奉聖上，如飢似渴盼望。心中企盼不已，不免生出悲愴。高天臨視下界，我皇可察忠腸。

【研析】曹丕稱帝後，對宗室兄弟猜忌迫害，將他們黜貶藩國，實施監視隔離，使他們「懸隔千里之外，無朝聘之儀，鄰國無會同之制，諸侯游獵不得過三十里」（《三國志》裴注引《袁子》）；且「兄弟永絕，吉凶之問塞，慶弔之禮廢」（〈求通親親表〉）。在這種情勢下，作者對黃初四年這次應詔入京與眾親友相逢的機會甚是珍惜。因此，在剛剛入京而受文帝阻梗、冷遇的情況下，曹植還是盡量克制自己，想方設法消釋文帝對他的猜疑，求其諒解，從而使這次朝會的機遇變為現實。所以，作者委曲求全，在詩中極力檢討、譴責自己以往的所謂罪過，並對文帝的寬宥表示感激。當然，曹植在詩中自責、自怨也好，懺悔、感戴也罷，從某種程度上講，都是出於緩解當時僵局、以求入朝覲見的現實需要，而非完全心悅誠服，故而含有違心順從，曲意趨奉的成分。因此，作者在詩中又還是不自覺地流露出不滿、不服的幽情暗恨。吳淇《六朝選詩定論》曾說「此詩句句是服罪，卻句句不服罪。不惟不服罪，且進而求假兵權，詞特崛強」。吳氏的這種說法雖有些誇大其詞，但謂此詩對文帝頗有微詞，還是切合實際的。

此詩從內容上看，可以分為三個大的段落。

第一大段含有兩層意思。首先，從武帝說起，頌其開疆拓土之功。曹植寫此，其深層的含意恐怕是說武帝前無所承，獨自創下基業，而文帝繼承之，不能不顧念其子（即作者等人）。此段的第二層意思是說文帝施恩於己，封王進爵。但在這裏，作者謂文帝封王是「率由舊則」，沿襲歷代舊例，又使人感到文帝於作者非有特加之恩。總的來說，這一段表面上是頌文帝之恩，但骨子裏也含有不服之意。

第二大段，是具體敘寫自己自武帝以來所犯「恃寵驕盈」、「傲我皇使」等罪過，並言及文帝對自己寬恕、加爵等事，表達了悔過、感恩的情意。但字裏行間，也時或流露出怨誹、悲憤的情思。如詩中「傲我皇使」以下六句、「股肱弗置，有君無臣」二句，吳淇曾評之曰：「傲使犯儀，只是小罪，削黜已過，況云『元兇是率』乎？」「而股肱弗置，是永剪其羽翼矣。……股肱二句謂無臣」，「而俊乂輔弼盡為文帝羽翼。」

第三段是進一步抒寫自責自怨、愧疚難安的心態，並表達了願意改過自新、立功贖罪的心聲，同時也描敘了渴望朝見的急迫心情。

此詩章法謹嚴，步驟分明，結構緊湊。詩先言文帝施恩，封己為侯；次敘自己犯儀違憲，文帝加恩；末呈改過立功，不負君恩之意。由此，層層深入地抒寫自己感恩戴德之情，步步遞進地宣吐自己知罪悔過之意，令全篇籠罩著悽惋哀切的情感氛圍，頗有感人的力量。另外，此詩注意前後呼應、彼此顧盼，也使詩意顯得渾厚圓融，章法、結構顯得工致縝密。如，詩中「改封兗邑，于河之濱」，與後文「皇恩過隆」、「威靈改加」相應；詩中「匪敢傲德」以下四句，既與上文「朱紱光大」四句相應，亦與上文「恃寵驕盈」相反。

情詩

【題解】《玉臺新詠》將此詩列為〈雜詩〉五首之一。《文選》收錄此詩，題亦作〈情詩〉。

本詩題曰「情詩」，但其內容並非寫男女之間的愛情，而是寫「遙役不得歸」的征夫的悲傷之情；詩以征夫為抒情主人公。

過去解說此詩的人，據詩中「遊者歎黍離」之語，又據〈毛詩小序〉對《詩經‧黍離》所作的「閔宗周」的解釋，遂認為曹植此詩有不忘漢室之意。此說甚穿鑿，不可從。近人黃節先生據《韓詩》所謂〈黍離〉是伯封傷其兄伯奇被殺之事而作，又認為曹植此詩是悲傷任城王曹彰被害的作品。今人聶文郁先生則認為黃說甚臆斷，其錯誤在於抓住一點而不及其餘，「沒有通觀全篇，……只孤立地著眼於〈黍離〉，不注意它和『遙役不得歸』之間的關係。」聶先生認為此詩通過征夫遠役而不得歸的敘述，反映了當時軍閥割據、連年戰爭給人民帶來田園荒蕪、家人離散的痛苦。我們覺得聶說較為可取。

微陰翳陽景❶，清風飄我衣。游魚潛淥水❷，翔鳥薄天飛❸。眇眇客行士，遙役不得歸❹。始出嚴寒結，今來白露晞❺。遊者歎〈黍離〉，處者歌〈式微〉❻。慷慨對嘉賓❼，淒愴內❽傷悲。

【注釋】❶微陰句　微陰，謂濃黑的雲。微，不明也。翳，遮蔽。陽景，太陽光。❷淥水　清澈的水。❸翔鳥句　翔鳥，即飛鳥。薄，靠近。❹眇眇二句　眇眇，遙遠之貌。客行士，出門在外奔波的人。此指征夫。遙役，在遠地服役。❺晞　乾也。❻遊者二句　遊者，指征夫。黍離，《詩經》篇名。詩中有「行邁靡靡（案謂遲緩貌），中心搖搖（案謂憂愁不安貌）」等語。此借言〈黍離〉，以寓出門在外，心懷憂怨之意。處者，指居於故鄉的親人。式微，《詩經》篇名。詩中有「式微式微，胡不歸」等語。此言〈式微〉，以寓家人盼其早歸之意。❼慷慨句　謂「遊者」思歸而不得歸，「處者」勸歸而不能使之歸，都只好各自面對嘉賓感慨傷悲。❽內　心中。

【語　譯】濃密的陰雲遮太陽，清風吹動我衣裳。魚兒深游清水中，鳥兒近靠青天翔。遠在異鄉奔波的人，服役難得歸家鄉。離開家時寒霜結，而今露水形影藏。征夫在外誦〈黍離〉，家人將那〈式微〉唱。面對嘉賓心激動，內心淒苦而悲傷。

【研　析】前二句寫陰雲慘淡，太陽無光，冷風吹拂；此既是景語，也是情語，烘襯了征夫寂苦的情懷。「游魚」二句表現了魚、鳥自由而歡快的生存狀態，此以樂景寫哀，反襯出征夫身不由己、艱辛多舛的哀痛。「眇眇」二句寫征夫遠役思歸，是征夫觸景生情之語。語中蘊含征夫對徭役的厭倦之情。「始出」二句謂征夫在外已經很久。「遊者」二句是寫征夫遠役不得歸的悲傷、憂怨，也寫出了家人對征夫的思念之情。末二句以征夫和家人悲情激動、心境蒼涼作結，顯得水到渠成。

此詩層次分明，結構緊湊。首二句從自然景觀寫起，以寓征夫苦悶壓抑之情，是借景抒情。次二句寫魚游鳥翔之景，能反襯征夫心境之哀，並為寫征夫觸景生情，逗引出下面表現征夫遠役不得歸的「眇眇」二句，作好了準備，鋪墊了基礎。「始出」二句則是緊承上文「眇眇」二句之意，言遠役不歸之時間長久。末四句則集中抒寫由遠役久不歸所生發的悽愴之情。由此可見，詩在表現抒情主人公的淒苦之情時，使用的方法是：先借景抒情，次觸景生情，末直抒胸臆。

此詩是反映沉重的徭役給百姓帶來的痛苦，因而全詩的感情色調甚是悲涼、淒婉。

妬

【題　解】此篇題為〈妬〉，很可能不是原題；而且，此詩不全，顯然是殘存的逸句。《藝文類聚》卷三五人部妬類收錄了此篇，一共也只有四句，未標其題，只曰「魏陳王曹植詩」。由此看來，今傳本《子建集》題此詩為〈妬〉，很可能是編集者輯錄《藝文》所引時，也順便移用了《藝文》的類目名，以充作詩題。

嗟爾同衾❶，曾不是志❷，寧彼冶容❸，安此妬忌❹。

【注　釋】❶嗟爾句　嗟，感歎之詞。同衾，隱指作者與曹丕的兄弟之情。衾，被子。❷曾不句　謂竟然沒有記住。曾，竟也。志，記也。❸寧彼句　寧，安也。冶容，妖艷的打扮。❹妬忌　同「妒忌」。對比自己強的人，心懷怨恨。

【語　譯】感歎曾經與你共被眠，如今你竟忘乾淨。對那巧言令色不覺怪，對這嫉妒讒害也聽任。

【研　析】全詩因文句殘佚，現在很難判定其所云為何。但僅就這殘存的幾句看，似是借一個女子之口，傾訴心中的怨恨。詩中可能寄寓著作者對曹丕仁愛不終、聽信讒言的怨憤之情。

芙蓉池

【題　解】《藝文類聚》卷九引錄了此詩四句，同時還引錄了曹丕的〈芙蓉池〉詩，詩中有云：「乘輦夜行遨，逍遙步西園。」可見，芙蓉池在西園。西園，在魏都鄴城之西。建安年間，魏貴族子弟常遊玩於此。《子建集》中〈贈王粲〉詩云「攬衣起西遊，……清池激長流」，〈公宴〉詩云「清夜游西園，……朱華冒綠池」，就記錄了遊西園、觀園池的有關情況。

此詩四句，顯然是殘存之句，故趙幼文先生《曹植集校注》將此歸為「逸文」。此詩的寫作時間大約與〈公宴〉相同，約在建安中期。

逍遙芙蓉池，翩翩❶戲輕舟。南陽雙栖鵠❷，北柳有鳴鳩❸。

【注釋】❶翩翩　輕疾生動貌。❷南陽句　南陽，猶南山。陽，山之南也。雙栖，《藝文》引作「栖雙」。鵠，即今俗云天鵝。❸鳩　即今俗云斑鳩。

【語譯】芙蓉池中自在遊，翩翩而行弄輕舟。南山一對天鵝歇，北邊柳林有鳴鳩。

【研析】本篇屬紀遊寫景之作。這幾句描述了夜遊芙蓉池時的所見所聞。第一、二兩句表現了作者泛舟池上的悠閒自在、豪逸放曠的情懷。此與作者〈公宴〉詩中所寫遊西園時的「飄颻放志意」的情趣頗為相類。末二句寫泛舟池上時所見景象：鵠棲南陽，鳩鳴北柳。這兩個描寫自然景物的句子，十分精工。其與〈公宴〉詩中「潛魚躍清波，好鳥鳴高枝」二句有異曲同工之妙，不僅對仗工整、音韻和諧，而且境界清新雅麗。此外，此二句寫「雙栖鵠」，顯得靜趣十足；寫「有鳴鳩」，又顯得生動活潑。這樣，動、靜相諧，頗有清麗流轉的韻致。

劉勰曾評建安詩云：「憐風月，狎池苑，述恩榮，敘酣宴，慷慨以任氣，磊落以使才。造懷指事，不求纖密之巧；驅辭逐貌，唯取昭晰之能。」此篇殘句大致體現了這種特色。

雜詩

【題解】此詩雖見於今傳本《子建集》（《藝文類聚》卷二七亦載），但後世有很多人不以此詩為曹植作，如黃節《曹子建詩注》、丁福保《全漢三國晉南北朝詩》，均不收錄此詩。本詩的寫作年代，今無法考定。

悠悠❶遠行客，去家千餘里。出亦無所之❷，入亦無所止❸。浮雲翳日光❹，悲風起動地❺。

【注釋】❶悠悠　遙遠貌。❷無所之　所，猶可也。之，去；往。❸止　停息。謂歸家。❹浮雲句　語本〈古詩十九首〉：「浮雲蔽白日。」浮雲，飄動的雲。翳，遮也。❺動地　驚天動地之省詞。形容來勢迅猛。

【語譯】遠行異鄉之遊客，離開家鄉上千里。出得門來無處去，回家也是無處歇息。浮雲遮蔽了太陽光，悲風突起驚天動地。

【研析】這首只有六句的短詩，暢快生動，抒情則淋漓盡致，敘事則簡短明瞭，寫景則情蘊其中。

前四句述客遊他鄉，孤寂煩怨的情狀，十分淒婉。這當是作者後期多次徙封、飄轉不定的生活的藝術性反映。最後兩句是寫景，但此寫景，有深意寄寓其間：其中「浮雲」比喻姦邪小人，「日光」比喻執政的國君，因而此二句的深層含意是說，小人在朝大行其道，進讒言，逞巧語，使國君深受欺蒙而失聖明，導致不測之禍降於詩中主人公身上。此二語實含怨憤之情。

前人陳祚明評此詩，甚得詩之精要，現移錄其語如下：「六語耳：三、四盡淋漓之情。五、六景物荒瑟，情不勝言，寄之於景。此長篇妙法，不謂六語中能之。『出亦無所之，入亦無所止』，煩怨瞀惑，寫憂至此，始極。」

言志

【題解】此篇是一首抒寫心志的五言詩，撰作的時間今難以確考，大約是作者後期的作品。此詩亦見於《藝文類聚》卷二六人部「言志」類，引錄者未標其題。今傳本《子建集》題作〈言志〉，恐非原題，很可能是輯自《藝文》時，移用了《藝文》的類目充作詩題。

慶雲❶未時興，雲龍潛作魚❷。神鸞失其儔，還從燕雀居❸！

【注釋】❶慶雲　五彩祥雲。❷雲龍句　《周易・乾卦》有云：「雲從龍，風從虎，聖人作而萬物覩。」後世因以「雲龍」比喻聖人賢士。又《周易・乾卦》云：「初九，潛龍勿用。」後世因以「潛龍」比喻賢者不被社會所用。❸神鸞二句　鸞，鳳凰之類的神鳥。常用以比喻賢能之士。儔，同類；伴侶。還，反而之意。燕雀，此比喻無德無才的凡人。

【語譯】五彩祥雲未能應時生，雲龍只好潛水把魚作。神奇的鸞鳥離了群，反與燕雀同巢窩！

【研析】此四句當為詩之殘句，而非全篇。就這殘存的幾句看，每句都用到了比喻的手法，謂賢士胸具壯志而不得展，懷抱利器而無所施，只能沉淪下層，湮沒無聞。此四句飽含怨憤之情。特別是末二句，簡直是充滿血淚的控訴，體現出了「情兼雅怨」、「梗慨而多氣」的特點。

七步詩

【題　解】此詩最早見於劉義慶的《世說新語・文學》。此書說魏文帝曹丕命東阿王曹植在行七步路的時間內作成一首詩，否則，就要對曹植「行大法」，而曹植應聲吟出「煮豆持作羹」六句，使得文帝深有慚愧之色。《文選・齊竟陵文宣王行狀》李善注曾引《世說新語》中曹植〈七步詩〉，只有四句，與現今普遍流傳的〈七步詩〉四句大同小異。李善所引〈七步詩〉的首句是「其在竈下然」，現在流傳較廣的〈七步詩〉的首句是「煮豆燃豆萁」，此均與《世說新語》所載首句相異。《太平廣記》卷一七三引錄〈七步詩〉，是據《世說新語》，詩有六句。

現存古本《子建集》一般不載〈七步詩〉，如南宋刻大字本、明活字本等，都不載此詩；也有古本收載的，如明嘉靖郭雲鵬刻本，但作四句：「煮豆燃豆萁，豆在釜中泣，本是同根生，相煎何太急。」此類古本《子建集》收有〈七步詩〉且作四句，其實都是依據唐宋類書（如《初學記》卷一〇、《太平御覽》卷六〇〇）所載曹植〈七步詩〉四句輯入的（現在普遍流傳的此詩四句，也當源自類書）。而類書引錄詩文，是以節略原文為通例，故作四句者，顯非曹植〈七步詩〉之全貌。因此，今據《世說新語》補入此詩。

煮豆持作羹❶，漉豉❷以為汁。萁在釜❸下然，豆在釜中泣：本自❹同根生，
相煎❺何太急！

【注　釋】❶羹　用蒸、煮等方法做成的糊狀食物。此謂豆羹。❷漉豉　漉，過濾。豉，豆豉，即煮熟後發酵過的豆，常作調味品。❸釜　炊具。相當於今天的鍋。❹自　一本作「是」。❺煎　用水熬煮。

相煎急如此！

【語　譯】豆子拿來煮作豆羹，豆豉濾過作豆汁。豆莖燒於鍋底下，豆在鍋上哭聲嘶：你我本是同根生，為何相煎急如此！

【研　析】《世說新語》謂曹植在曹丕的逼迫之下，於七步之內吟成此詩。這種說法是否可靠，今尚無法斷定。但是，此詩之情，此詩之意，頗合曹植後期生活的思想狀況與處境。

此詩以豆莖、豆子在鍋竈之間相互煎熬的情事，比喻同胞兄長曹丕殘害諸弟，並在政治上加害於作者自己，這種設喻淺近而貼切，使詩在平易之中顯出奇工。另外，此詩寫豆莖、豆子相熬相爭，終致共同毀滅，其實也反映了封建社會的一個普遍現象：王室成員的爭權奪利，往往是以悲劇告終。

此詩文字不多，但字裏行間貫注著一腔悲憤、激切之情，極富動人的感染力，特別是寫豆的泣訴，以悲愴的詰問，哀婉的語調，把對同胞相殘極為不滿的憤激之情，抒發得淋漓盡致。

卷六

箜篌引

【題　解】箜篌，亦寫作「空侯」，是古代的一種撥弦樂器。其形似瑟而小，有多根弦，彈時抱於懷中，雙手撥弄。引，古文體名。

〈箜篌引〉原本為漢代民間歌謠〈相和六引〉之一，也稱〈公無渡河〉。據晉人崔豹《古今注》載：朝鮮一渡口守卒，名叫霍里子高，清晨划船，見一白髮老者散髮提壺渡河，其妻緊隨其後，呼而止之，但未趕上，老者遂落水而死。其妻悲痛不已，乃持箜篌而鼓之，並作〈公無渡河〉之曲而歌；曲終，亦投河而死。子高後將此事告知妻子麗玉，麗玉十分感傷，並將老者之妻所歌傳諸鄰女麗容，名曰〈箜篌引〉。《樂府詩集》、《古詩源》均收錄了此歌。

曹植此篇〈箜篌引〉只是沿用了古歌題，所寫內容主要為賓主歡宴的場景，與原來的〈箜篌引〉的本事不相關涉。

置酒高殿上，親友從我遊❶。中廚辦豐膳，烹羊宰肥牛。秦箏❷何慷慨，齊瑟❸和且柔。陽阿❹奏奇舞，京洛出名謳❺。樂飲過三爵❻，緩帶傾庶羞❼。主稱千金壽❽，賓奉萬年酬❾。久要不可忘❿，薄終義所尤⓫。謙謙君子德，磬折⓬何所求。驚風飄白日，光景⓭馳西流。盛時不再來，百年忽我遒⓮。生存華屋處，零落⓯歸山丘。先民⓰誰不死？知命⓱復何憂！

【注釋】❶從我遊　此謂與我一同參加宴會。❷秦箏　古樂器名。箏原是五根弦，後秦將蒙恬改為十二弦，故稱秦箏。❸齊瑟　古弦樂器名。因古代齊國人鼓瑟者甚多，瑟樂流行，故稱齊瑟。❹陽阿　地名，在今山西晉城一帶。❺名謳　著名的歌手。❻樂飲過三爵　按古禮，酒喝至第三杯時，飲者當恭敬和悅而退，所謂「三爵而油油以退」（《禮記·玉藻》）。曹詩此謂「樂飲過三爵」，說明當時賓主飲酒甚樂，也顧不上通常的酒宴禮儀。❼庶羞　眾多的美味佳肴。庶，眾也。羞，同「饈」。❽主稱千金壽　言主人以價值千金的禮物贈送賓客。稱，舉；拿。壽，敬酒或用禮物贈人。❾萬年酬　言賓客以長壽答謝。❿久要句　語本《論語·憲問》：「久要不忘平生之言，亦可以為成人矣。」久要，過去的約定、承諾。⓫薄終義所尤　言對人始厚終薄、有始無終的行為，為道義所不容。尤，指責。⓬磬折　像磬的形狀一樣彎著腰。形容十分恭敬。磬，一種中腰彎曲的樂器。⓭光景　日光。⓮遒　終也；盡也。⓯零落　本指草木之葉脫落飄零。此謂人死亡。⓰先民　指古人。⓱知命　認識天命。《周易》有云：「樂天知命，故不憂。」

【語譯】宴席擺在高高的大廳，跟我喝酒的都是親友。廚中置辦豐盛的飯菜，煮了羊肉又烹肥牛。秦箏彈得那麼激昂，齊瑟之聲溫和輕柔。跳起陽阿之妙舞，洛陽的名角一展歌喉。眾人痛飲已過三杯，鬆解衣帶盡享眾珍饈。主人以重禮贈賓客，賓客答以長壽的良祝。過去的朋友不可忘記，始厚終薄為道義所羞。謙虛乃是君子的美德，為人恭謹不是有所求。疾風吹送那太陽，日光飛馳向西走。盛壯之年不可再來，人生百年很快到盡頭。生在人世住華屋，死後歸葬荒山丘。自古以來誰不死？樂天知命又何憂！

【研析】此詩是作者宴享賓親時所作，描述了宴會酒肉款待、聲樂獻酬的盛況，顯示了主人的殷懃好客，同時也表現了作者對友情的重視，以及對人生短暫的無限感慨。

本詩前十二句寫宴會的盛況。其中，開頭兩句交代宴飲的地點，「中廚」二句是寫酒席之豐盛，「秦箏」二句寫宴會上的音樂悅耳，「陽阿」二句寫宴會上的歌舞動人，「樂飲」二句寫飲宴氣氛的熱烈，「主稱」二句寫賓主酬贈祝願。這十二句寫宴會的喧鬧而熱烈的場面，充滿激情，洋溢熱情。

本詩後十二句，運用議論的筆法，抒寫了作者由歡宴所引發的想法和感慨。其中，「久要」二句是作者期許親友，希望他們能長久地保持彼此之間的友情。「謙謙」二句是頂承前面「主稱」二句所言稱壽奉酬之事，說親友之間謙虛恭謹，不應是為了某種非分企圖。「驚風」以下六句寫作者感歎時光飛逝，人生短暫，青春年華不再，流露出遲暮之感和悲傷之情。詩情至此，由歡極而悲哀，發生了較大的逆轉。最後「先民」二句，緊承上文，表明了自己對死亡的看法，顯出了一種曠達的情懷，這實際上也是作者的自慰之辭。

《樂府解題》評此篇云：「始言豐膳樂飲，盛賓主之獻酬。中言歡極而悲，嗟盛時不再。終言歸於知命而不憂也。」可以說較好地概括了本詩的內容。

本詩在結構上大起大落，跌宕騰挪，極盡起伏變化之妙。詩的開頭極力描寫飲宴之歡，場面充滿熱烈的氣氛；接著隱將宴會侈靡一撇，說親友結交要合正道，應以道義、謙德相待。詩情由熱烈轉為凝重。於是，寫作者感歎時不我待，榮華不常。詩情又由凝重轉為悲愴。末尾「知命復何憂」，又作轉折，使詩情歸於淡遠。這樣，使得詩歌在結構上顯得張弛有致，開闔有變。

此詩當是作者早期的作品。清人朱緒曾認為此詩作於作者封平原、臨淄侯之時。此說似較可信。

升天行二首

【題解】〈升天行〉二首為樂府歌辭，《樂府詩集》將其列在〈雜曲歌辭〉之中。這是兩首遊仙詩，大約作於文帝黃初以後。

乘蹻追術士❶，遠之蓬萊山❷。靈液❸飛素波，蘭桂上參天。玄豹❹遊其下，翔鶤❺戲其巔。乘風忽登舉❻，彷彿見眾仙。

【注釋】❶乘蹻句　乘蹻，道家所謂的飛行之法，為仙術之一種。《抱朴子‧雜應》：「若能乘蹻者，可以周流天下，不拘山河。凡乘蹻，道有三法：一曰龍蹻，二曰虎蹻，三曰鹿盧蹻。」蹻，本指草鞋。術士，方術之士，即從事求仙、煉丹等活動的人。❷蓬萊山　傳說中的海上仙山之一，上有仙人及不死之藥。❸靈液　猶言神水。❹玄豹　神話傳說中的黑豹。❺鶤　鳥名，即鶤雞，似鶴，黃白色。❻登舉　即道家所謂飛升。

【語譯】憑著法術追隨方術士，遠遠飛到了蓬萊山。神水飛濺起雪白的波浪，蘭草和桂樹直插雲天。黑豹遊走於蘭桂之下，鶤雞戲飛於蘭桂的頂端。借助風力突然飛上天，隱隱約約看見了眾神仙。

其二

扶桑❶之所出，乃在朝陽谿❷。中心陵蒼昊❸，布葉蓋天涯。日出登東幹，既夕❹沒西枝。願得紆陽轡❺，回日使東馳。

【注釋】❶扶桑　古代神話傳說中的神樹，樹長數千丈，一千餘圍，為太陽所出之處。❷朝陽谿　當是神話傳說中的一個山谷名。朝陽，山之東面。谿，山谷。❸中心句　中心，指樹的本幹。陵，通「淩」。插進。蒼昊，指青天。❹既夕　指黃昏之時。❺願得句　紆，回轉。陽轡，本指日車上的韁繩。此謂日車。古代神話認為，太陽是載在車上運行的，該車由六龍牽引，羲和駕御。轡，韁繩。

【語譯】扶桑神樹生長地，在那山東的朝陽谿。扶桑樹幹高入天，樹葉茂密遮至天際。太陽升於樹幹東，黃昏時消逝在樹枝西。我希望日車回轉頭，使太陽朝著東方移。

【研析】這兩首〈升天行〉詩，都充滿了浪漫主義的奇情異彩。第一首以大膽、奇特的想像，描述了蓬萊仙山美妙動人的仙境。第二首則以誇張、渲染的筆法，描述了扶桑神樹又高又大的神奇形象。

第一首著力描寫了蓬萊仙山上的飛濺的靈液，參天的蘭桂，能喚起讀者一種聖潔、芳馨的感覺，使人聯想到真純、美善。詩還側重描寫了遊走的玄豹，戲飛的鵾雞，又使人不自覺地想到了自由、安詳。

第二首前六句從不同的側面、角度，描繪了扶桑樹雄奇壯偉的形象。結尾二句抒願於紆陽轡，回日馳，其意頗同於屈原〈離騷〉中「吾令羲和弭節兮，望崦嵫而勿迫」，「折若木以拂日兮，聊逍遙以相羊」等句，都是想阻止日車西馳，以擺脫時光的遷逝。其中寄寓著作者對光陰流逝、時不我待而事功不成的感慨和焦慮。

這兩首遊仙詩，並非只是表達渴慕神仙、期延壽命之意，而是別有寄託。它表現了作者對恢廓、自由、美麗的生存境界的著意追求，寄寓著作者一脈無可泯滅的痛苦之情。在現實的生活空間中，作者有備受壓抑的痛苦，有不見容於世的淒涼，為使自己不被這種種人生的不幸所擊垮，他便在冥想的絢麗華妙的蓬萊仙境之中尋求解脫，在扶桑幹陵蒼天、葉蓋天涯的壯闊恢宏之景中自我陶醉。但這種解脫畢竟是虛幻的，因而悲苦還是時或從字裏行間隱隱透出。像第二首末二句所含之意，即屬此類情況。

仙人篇

【題解】這是一篇遊仙詩。詩取首句「仙人攬六著」之前二字為題。從體裁上看，此詩屬樂府詩。《樂府詩集》曾將其收入〈雜曲歌辭〉之中。

仙人攬六著❶，對博太山隅❷。湘娥❸拊琴瑟，秦女❹吹笙竽。玉樽❺盈桂酒，

河伯❻獻神魚❼。四海一何局❽，九州安所如❾？韓終❿與王喬⓫，要我於天衢⓬。

萬里不足步，輕舉凌太虛⑬，飛騰踰景雲⑭，高風吹我軀。迴駕觀紫微⑮，與帝⑯合靈符⑰。閶闔正嵯峨⑱，雙闕⑲萬丈餘。玉樹扶⑳道生，白虎㉑夾門樞。驅風遊四海，東過王母㉒廬。俯觀五嶽㉓間，人生如寄居㉔。潛光養羽翼㉕，進趨且徐徐。不見軒轅氏㉖，乘龍出鼎湖㉗。徘徊九天上，與爾長相須㉘。

【注釋】❶六著　古代博具名。以竹為之，長約六分。❷太山隅　泰山之一角。❸湘娥　古代傳說中的湘水女神。相傳帝堯之二女娥皇、女英嫁給舜為妃。舜巡視南方，死於蒼梧之野，二妃追至洞庭湖，投水而死，化為湘水女神，稱「湘夫人」。❹秦女　指秦穆公之女弄玉。相傳秦穆公時，有個名叫蕭史的人，善吹簫。弄玉甚愛之，穆公便將她嫁與蕭史為妻。蕭史教弄玉學吹簫，作鳳鳴，其聲酷似，引得鳳凰入室。一日，二人皆隨鳳凰飛去。❺玉樽　名貴的玉製酒杯。❻河伯　黃河水神。❼神魚　此指黃河鯉魚。傳說黃河鯉躍過龍門則成龍，頗有神性。❽局　局促；狹小。❾安所如　意即何所去。如，往也。❿韓終　或作「韓眾」，傳說中的仙人。相傳秦始皇曾派韓終、侯公等仙人求不死之藥。⓫王喬　即王子喬，傳說中的仙人。傳其原為周靈王時太子，後來被道人浮丘公接到嵩山，經多年修煉，得道成仙。⓬天衢　天路。⓭太虛　太空；天空。⓮景雲　又稱慶雲或卿雲，即五彩祥雲。⓯紫微　傳說中天帝所居住的紫微宮。⓰帝　指天帝。⓱靈符　神符。符，古時用作憑證的信物，以竹木為之，上書文字，剖之為二，一半為天子或朝廷所持，一半為諸侯、使者或將帥所持。雙方聯繫時，以兩片相合為驗。⓲閶闔正嵯峨　謂天門巍然聳立。嵯峨，高峻貌。⓳雙闕　參見本書卷五〈贈徐幹〉注。⓴扶　沿也。㉑白虎　星座名，由西方七星宿（奎、婁、胃、昴、畢、觜、參）組成。此謂白虎星神。㉒王母　神話中的女神，又稱西王母。住在崑崙山的瑤池，為女仙之首領。㉓五嶽　即東嶽泰山，西嶽華山，南嶽衡山，北嶽恆山，中嶽嵩山。㉔人生如寄居　言人生短暫，如客寄居異鄉。㉕潛光養羽翼　本謂藏斂光彩，以養護得道成仙後身上生出的羽翅。此喻藏才不露而修身養性。㉖軒轅氏　即黃帝。相傳黃帝姓公孫，居於軒轅之丘，故名曰軒轅。㉗鼎湖　指黃帝升天處。相傳黃帝採首山之銅，鑄鼎於荊山之下，鼎鑄成後，有龍垂下鬍鬚迎接黃帝，黃帝騎於龍背，龍遂載著黃帝飛升而去。後世乃稱黃帝升天處為鼎湖。㉘與爾句　爾，指軒轅氏黃帝。須，等待。

【語 譯】仙人手裏拿六箸，泰山之角賭勝負。湘水女神彈琴瑟，秦女弄玉吹笙竽。玉杯斟滿桂花酒，河伯進獻神鯉魚。四海之地太狹小，九州哪有地方去？韓終、王喬兩仙人，邀我相會去天宇。萬里不夠一步跨，輕輕一動上太虛。淩空高飛越彩雲，天風吹拂我身軀。迴車看見紫微宮，我和天帝對神符。天門高峻巍然立，兩旁望樓萬丈餘。玉樹沿著道路生，白虎左右把門護。乘著天風遊四海，向東經過王母廬。低頭觀望五嶽間，人生短暫如寄居。斂光藏彩養羽翼，我要慢行不疾趨。沒有看見軒轅氏，他已乘龍離鼎湖。我願徘徊九天上，長等軒轅來相聚。

【研 析】這首遊仙詩，寫作者的升天之行。但在作者的筆下，遊仙實際是借以超脫世俗，解除憂患，緩釋壓抑，傾洩悲憤的一種藝術手段，因而本詩的作意與作者〈升天行〉、〈遠遊篇〉、〈五遊詠〉諸篇相類，在此不再詳論，請參閱上述諸篇中筆者所作的分析。

本詩前六句寫仙人對博、神女奏樂，以及玉樽之盈桂酒，河伯之獻神魚，顯示出仙境的神奇美妙，以及作者的羨慕之情，暗含作者對現實社會的不滿之意。

「四海」以下四句交代了遠遊天庭的原因。其中「四海」二句，與作者〈遠遊篇〉「崑崙本吾宅，中州非我家」，〈五遊詠〉「九州不足步，願得陵雲翔」等句的情意，有相通之處，流露出對現實生活中拘囚般局促的生存空間的不滿情緒，表現出了超脫塵世的強烈願望。

「萬里」以下十句，具體展開了對升天之行的描述，鋪列了閶闔、雙闕、玉樹、白虎等天庭物象，將天庭之境寫得煞是華妙、闊大而和樂，渲染出了作者的嚮往之情，反襯出對塵世的憎惡、厭棄。

「驅風」以下十句寫作者從天庭歸來的途中所見所想。其中，以一種「俯觀五嶽」的角度，抒發了人生無常的感慨；以潛光養翼為喻，表白了不與世人爭先的心跡；以黃帝乘龍升天的典故，含蓄地表達了對齷齪人世的鄙棄和一種潛在的悲哀。

此詩意象生動，境界恢闊，且充滿誇誕奇幻色彩，但奇中有正，幻中有真，那就是作者在詩中寄寓的憤世嫉俗、孤迴悲哀的幽情。

妾薄命 二首

【題　解】此二首，屬樂府雜曲歌辭。《藝文類聚》引此合作一首，《樂府詩集》等收作二首。此二首標題，《玉臺新詠》、《藝文類聚》引作〈妾薄命行〉。朱乾《樂府正義》說〈妾薄命〉是樂府古題，本事出《漢書‧許皇后傳》。此傳謂漢成帝悅趙飛燕，乃廢許皇后，許皇后感傷道：「奈何妾薄命，端遇竟寧前。」此二首的內容似與標題的關聯不大，應屬借古題寫時事之類的作品（詳篇後研析文字）。

攜玉手❶，喜同車，比上雲閣飛除❷。釣臺蹇產清虛❸，池塘靈沼可娛❹。仰汎龍舟綠波，俯擢神草枝柯❺。想彼宓妃洛河❻，退詠漢女湘娥❼。

【注　釋】❶玉手　潔白的手。❷比上句　比上，並排而上。飛除，指高而長的樓梯。❸釣臺句　釣臺，釣魚臺。據史載，黃初五年（西元二二四年），曹丕在洛陽開鑿了靈芝池，池中有釣臺。蹇產，同「[山+蹇]嵼」。高峻之貌。清虛，與「太虛」義同，指天空。❹池塘句　池塘，池岸。靈沼，指水池。靈，讚美之詞。娛，玩樂。❺俯擢句　擢，摘取。神草，疑指靈芝。柯，枝也。❻想彼句　宓妃，洛水女神。相傳宓妃是伏羲氏之女，溺死於洛水而化為洛水之神。洛河，即洛水，流經洛陽，最後入黃河。❼退詠句　退，歸來。漢女，漢水女神。湘娥，湘水女神。相傳舜妻娥皇、女英死後，化為湘水之神。

【語　譯】大家拉手同坐車，並肩上梯登高閣。釣臺高聳入雲天，池與岸間可玩樂。仰頭搖船綠水上，低頭摘取靈芝朵。想起宓妃在洛水，回來詠歎漢女湘娥。

【研　析】關於本篇的旨意，前人認為是感歎紅顏薄命的。如，朱乾《樂府正義》云：「此詩為衛子夫、趙飛燕而設，言外含紅顏不久貯意。」我們認為，此篇並非感傷古人舊事，而是寫當時之人、事。作者曾在明帝太和五年底來到京城洛陽，準備參加第二年正月的元會盛典。本篇大約是根據當時所見所聞寫成，抒寫了明帝宮女的哀怨之情。

詩的前七句寫宮中男女出外遊玩時的歡快景象：同車而出，高臺賞景，池岸嬉遊，泛舟水上，攀摘神草。這些描寫，是有事實依據的。《三國志・楊阜傳》載：「時初治宮室，發美女以充後庭，數出入弋獵。」又，《三國志・明帝紀》裴注引《魏略》：「是年（案指太和三年）起太極諸殿，築總章臺，……又於芳林園中起陂池，楫棹越歌。」這說明明帝和宮中妃女們一道出遊作樂，是經常的事。

後二句詩情突作一大的轉折，寫宮女的悲愁恨怨以及慕仙之意，給人樂極生悲之感。宮女的哀怨，固然緣自對人生無常的感悟，恐怕在很大程度上也源自對深宮幽閉生活的難堪，就如白居易〈上陽白髮人〉所寫宮女那樣。

《孟子・梁惠王下》述及古代仁政，曾有「內無怨女，外無曠夫」之語。而在明帝時代，恰恰不是這樣。《三國志・明帝紀》裴注引《魏略》說，明帝詔令錄奪士女前已嫁為吏民者，以配戰士，又簡選其有姿色者納之宮中。楊阜等人曾就此上書諫曰：「縣官以配士為名而實內（納）之掖庭，其醜惡者乃出與士。得婦者未必有歡心，而失妻者必有憂色，或窮或愁，皆不得志。」可見，明帝廣搜美女充後宮，不僅令宮中出現「怨女」，而且使社會產生大量的「曠夫」。曹植對此，肯定有所覺察。故其詩寫宮女之哀愁，用意當是警示明帝，不要製造人間悲劇而致天怨人怒。這也像當年楊阜等人就明帝納美女於掖庭之事所上書言：「夫君有天下而不得萬姓之歡心者，鮮不危殆。」

其二

日既逝矣西藏，更會蘭室洞房❶。華燈步障❷舒光，皎若日出扶桑❸。促樽合座行觴❹，主人起舞娑盤❺，能者穴觸別端❻。騰觚飛爵闌干❼，同量等色齊顏❽。任意交屬所歡❾，朱顏發外形蘭❿。袖隨禮容極情⓫，妙舞仙仙⓬體輕。裳解履遺絕纓⓭，俛仰笑喧無呈⓮。覽持⓯佳人玉顏，齊舉金爵翠盤。手形羅衣良難⓰，腕弱不勝珠環。坐者歎息舒顏⓱。御巾裛粉君傍⓲，中有霍納都梁⓳，雞舌五味雜香⓴。進者何人齊姜㉑，恩重愛深難忘。召延親好宴私㉒，但歌杯來何遲。客賦既醉言歸，主人稱露未晞㉓。

【注釋】❶更會句　更，又也。蘭室洞房，指幽深寂靜之室。❷步障　用作遮擋風塵或障蔽內外的屏幕。❸扶桑　古代神話中神樹名，相傳生於日之所出處。❹促樽句　意謂酒宴將盡之時，合併酒樽之酒，令座位靠近，賓客依次以飲。促樽合座，似當作「合樽促席」。促，近也。觴，飲酒器。❺娑盤　猶婆娑，盤旋舞動之貌。❻能者句　能者，善舞之人，指客人。穴觸，謂舞者傾側身子旋轉時，互相接觸。穴，側也。別端，謂身正而舞時則分開。此句形容賓客之舞姿。❼騰觚句　觚、爵，均為飲酒器。闌干，縱橫之貌。❽同量句　謂主人、賓客的酒量相當，酒喝過之後，臉上的顏色也差不多。❾任意句　謂隨意與自己所喜愛的女子結交往來。❿形蘭　謂女子體態美好。形蘭，為「蘭形」之倒文。⓫袖隨句　謂女子起舞時，衣袖隨著體態的變化而轉動，極盡歡快之情。或謂「袖隨」為「袖隋」之誤。「隋」又與「惰」通，意為終止。依此，則全句的意思是說，舞終之時，容顏顯得十分暢快。禮容，猶體容。⓬仙仙　同「僊僊」。起舞盤旋之貌。⓭裳解句　《史記・滑稽列傳》：「男女同席，履舄交錯，羅襦襟解，微聞薌澤。」又云：「淳于髡仰天大笑，冠纓索絕。」曹詩此句或本於此。履遺，謂鞋子脫落。絕纓，謂冠帽上的繩帶斷絕。案：此句極寫眾人歡聚時灑脫不羈之狀。⓮俛仰句　俛，俯也。無呈，謂不守禮法。呈，通「程」。法度。⓯覽持　即攬持。⓰手形句　謂羅衣之袖甚長，手很難現於衣袖之外。⓱舒顏　謂開顏而笑。⓲御巾句　御，進獻。裛粉，熏衣之香。⓳中有句　霍納，指藿香、艾蒳兩種香草。都梁，蘭草的別名。⓴雞舌句　雞舌，香名。以其似丁子，故又名丁子香，即今丁香。五味，蓋指五木香，即青木香。㉑齊姜　本指齊國的姜姓女子。見《詩經・衡門》：

「豈其取妻，必齊之姜。」此借指年輕的美女。㉒召延句　召延，召集延請。親好，指親朋好友。宴私，亦作「燕私」。謂宴請同姓親友，以盡其親情私誼。㉓客賦二句　語本張衡〈南都賦〉：「客賦醉言歸，主稱露未晞。」其中，「醉言歸」、「露未晞」均為《詩經》中句意。《詩經・有駜》：「鼓咽咽，醉言歸。」《詩經・湛露》：「湛湛露斯，匪陽不晞。厭厭夜飲，不醉無歸。」晞，乾也。

【語　譯】太陽已經落西方，晚上又聚幽靜房。華燈長帷放光彩，亮如太陽出扶桑。合酒並座傳杯飲，主人舞呈盤旋狀，客人舞姿變化多樣。舉杯行酒傳滿堂，眾人酒量、臉色都相當。隨意交結所愛女子，紅顏美女體端莊。袖隨身轉極歡暢，翩翩起舞身輕揚。衣解鞋脫冠帶斷，肆意笑鬧前俯後仰。手持如玉之佳人，共將金爵翠盤揚。佳人手難伸出袖，弱腕難承珠環重量。坐著歎息的也喜洋洋。巾帕、衣香獻君旁，中有藿香、艾蒳與都梁，還有雞舌青木香。獻香之人是齊姜，君王恩寵她難忘。召請親友再宴飲，只怨酒杯傳不暢。客說已醉應歸家，主言不到天明不散場。

【研　析】關於本篇的作意，歷來有不同的看法。清人朱嘉徵認為此篇是作者「自傷不遇也，有盛年莫當之感，非宴會之什」，而朱乾《樂府正義》則謂此詩是感慨紅顏薄命的，並說：「通首不言薄命，而薄命自見。」今人趙幼文先生又認為「此篇描寫太和五年入朝，所見權貴縱情歌舞，徵逐聲色的荒淫腐爛生活面貌。曹丕《典論》：『洛陽令郭珍，居財巨億。每暑夏召客，侍婢數十，盛裝飾，披羅縠，袒裸其中，使之進酒（見《御覽》四百七十二）。』可作參證。」我們認為，趙先生的說法較為可信。

作者採取層層鋪敘的方法，有條不紊地描述了賓主夜間宴飲歌舞的歡娛場景，且將場景描畫得熱烈而富於動感，真可謂是「五色相宣，八音朗暢」，給人眼花撩亂之感。

白馬篇

【題　解】此篇是樂府歌辭，以首二字名篇。郭茂倩《樂府詩集》收錄了此詩，將其歸屬於〈雜曲歌齊瑟行〉，並說：「『雜曲』者，歷代有之。或心志之所存，或情思之所感，或宴游之所發，或憂愁憤怨之所興，或敘離別悲傷之懷，或言征戰行役之苦，或緣於佛老，或出之夷虜。兼收備載，故謂之『雜曲』。」

此詩描述了一個游俠少年從軍征戰、立功報國的動人事跡，故其詩題又作〈游俠篇〉。

白馬飾金羈❶，連翩❷西北馳。借問誰家子？幽并❸游俠兒❹。少小去鄉邑，揚聲沙漠垂❺。宿昔秉良弓❻，楛矢❼何參差❽。控弦破左的❾，右發摧月支❿。仰手接飛猱⓫，俯身散馬蹄⓬。狡捷過猴猨，勇剽⓭若豹螭⓮。邊城多警急，虜騎數遷移⓯。羽檄⓰從北來，厲馬⓱登高堤。長驅蹈匈奴⓲，左顧凌鮮卑⓳。棄身鋒刃端，性命安可懷？父母且不顧，何言子與妻？名在壯士籍⓴，不得中顧㉑私。捐軀㉒赴國難，視死忽㉓如歸。

【注　釋】❶金羈　金色的馬籠頭。❷連翩　翻飛不停的樣子。此寫游俠兒躍馬疾馳之狀。❸幽并　指幽州、并州。二州在今山西、河北及陝西一帶。❹游俠兒　指重義輕生、急人所難的青少年男子。❺垂　同「陲」。指邊疆。❻宿昔秉良弓　謂游俠少年手裏經常拿著弓箭。宿昔，平素。秉，持也。❼楛矢　以楛木為桿的箭。楛，木名，似荊而赤。❽參差　長短不齊貌。❾控弦破左的　言拉弓射中了左方的箭靶。的，目標；箭靶。❿摧月支　射裂了月支靶。月支，箭靶之一種，又名素支。

⓫接飛猱　意即迎射飛猱。猱，猿類動物，體矮小，攀緣樹木時輕捷如飛，故稱「飛猱」。⓬散馬蹄　謂射碎了馬蹄靶。馬蹄，射帖（箭靶）名。⓭剽　輕疾；快捷。⓮螭　古代傳說中一種無角的龍。⓯虜騎數遷移　謂北方匈奴、鮮卑族的騎兵多次侵入邊境。虜，對敵人的蔑稱，此指匈奴、鮮卑人。⓰羽檄　一種緊急文書，上面插有鳥羽，以示速疾。此種文書一般用於徵召。⓱厲馬　猶言催馬。厲，此有急趕之意。⓲匈奴　我國古代北方民族之一，也稱胡，散居在大漠南北，過著游牧生活。⓳鮮卑　我國古代北方少數民族之一，東胡的一支，魏時散居於今河北、山西一帶。⓴壯士籍　即戰士花名冊。㉑中顧　心中念記。㉒捐軀　獻身也。捐，棄也。㉓忽　此有輕視之意。

【語　譯】白馬套著金飾籠頭，連翩奔向西北方。請問這是誰家子弟？原是幽并之地俠義郎。少小之時離家去，沙漠邊陲把名揚。常將良弓拿在手，身帶的楛箭有短長。張弓射中左邊靶，又射裂月支在右方。舉手迎射那飛猱，彎腰擊碎馬蹄中央。靈巧敏捷賽猿猴，又如豹螭輕疾頑強。邊城常有警急事，敵騎多次侵我邊疆。告急文書來自北地，那少年馳馬奔前方。長驅直搗匈奴軍，回頭又使鮮卑服降。豁出性命入刀叢，哪將生死放心上？父母尚且不能顧，更別說妻子與兒郎。名列壯士之簿籍，不得再將私事想。捨身忘己赴國難，視死如同歸故鄉。

【研　析】此詩是作者前期的代表作之一。它通過鋪陳敘事的方式，塑造了幽并游俠少年的形象，寄託了作者自己希望為國立功、視死如歸的抱負和壯志。因此，朱乾認為此篇「寓意於幽并游俠，實自況也。……篇中所云捐軀赴難、視死如歸，亦子建素志，非泛述矣」。

這首敘事詩共二十八句，可分為兩個大的層次。

前面十四句為第一大層次。此層生動形象地展示了游俠少年的英武之姿，矯健之態。開篇「白馬」二句，明寫駿馬，實寫少年，是以馬之俊健來襯托少年的雄姿英風，一開始就造成了高屋建瓴之勢。「借問」以下十二句，宕開一筆，以插敘的手法交代了游俠少年的身世、經歷，並著重鋪寫了游俠少年的高超武藝。

此詩的後十四句為第二大層次。在這一層次中，作者的筆鋒又一轉，回到詩歌敘事的主線上，寫游俠少年在邊城告急的情況下，勇敢地奔赴前線，抗擊入侵之敵，著重表現了游俠少年奔赴國難，不怕犧牲，為國展力的英雄氣概，熱情地謳歌了他的愛國主義精神。其中「棄身」以下八句，以濃厚的抒情筆墨，展示了游俠少年的內心世界，使其形象得到了精神上的昇華，讓讀者不僅能窺見他英武的風姿，而且能真切地感受到他的高尚的情操、不凡的品節，人物形象也因此獲得外在美與內在美的有機統一、結合。

此詩敘事風格簡潔明快，極富動感，流貫著飄逸豪放之氣，十分有助於刻畫游俠少年的矯健、灑落的形象。

此詩語言精鍊工巧，極富藝術表現力。如，「宿昔」八句，寫游俠少年射技之精湛，其中使用「左」、「右」、「仰」、「俯」等詞語，看似尋常，但串聯起來，很好地表現了少年射箭姿式在不同方位的瞬息變化以及箭術的嫻熟、老道；其中「摧」、「散」等動詞的選用，準確有力，顯示了百發百中的情狀。而且，句與句大都能形成工穩的對仗，頗具形式美和音韻美。

作者「生乎亂，長乎軍」，曾隨父南征北戰，熟悉軍旅生活，又素以國仇為念，所以此類題材的詩歌能寫得生動活脫，情意盎然。

名都篇

【題　解】本篇是作者自創新題的樂府詩，取首句「名都多妖女」頭二字名篇。《樂府詩集》收錄了此篇，並歸入〈雜曲歌齊瑟行〉。關於本篇的主旨，歷來有兩種不同的看法：一是認為此詩諷刺富家子弟耽於騎射、遊騁之樂而不問國事；另一種意見則認為此詩是作者抒寫自己被文帝曹丕所忌，懷才不遇、抑鬱不得伸的苦悶。篇名中「名都」，意指著名的國都，即臨淄、邯鄲之類。也有人認為「名都」指洛陽。

名都多妖女❶，京洛出少年。寶劍直❷千金，被服❸麗且鮮。鬥雞❹東郊道，走馬長楸❺間。馳騁未能半，雙兔過我前。攬弓捷鳴鏑❻，長驅上南山❼。左挽因右發❽，一縱❾兩禽連。餘巧未及展❿，仰手接飛鳶⓫。觀者咸稱善，眾工歸我妍⓬。歸來宴平樂⓭，美酒斗十千。膾鯉臇胎鰕⓮，炮鼈炙熊蹯⓯。鳴儔嘯匹侶⓰，列坐竟長筵⓱。連翩擊鞠壤⓲，巧捷惟萬端。白日西南馳，光景不可攀⓳。雲散還城邑⓴，清晨復來還。

【注　釋】❶妖女　艷麗的女子。❷直　同「值」。❸被服　穿著衣服。❹鬥雞　以兩雞相鬥決勝負的一種遊戲。三國魏時，鬥雞之戲較為流行。有關情況，可參閱本書卷五〈鬥雞〉的原文及注解。❺長楸　古人種楸樹於道路兩旁，行列甚長，故云長楸。❻攬弓句　捷，插也。鳴鏑，響箭。鏑，箭頭。❼南山　山名，在洛陽。❽左挽句　言左手挽弓，右手發箭。❾一縱　放一次箭。❿餘巧句　言少年覺得自己還有箭術尚未顯露出來。⓫仰手句　仰手，舉起手。接，迎面射出。鳶，鳥名，即鷂鷹。⓬眾工句　眾工，指眾善射者。歸我妍，意謂一致認為我的箭術最精妙。⓭平樂　即平樂觀，漢明帝時修建，在洛陽西門外。⓮膾鯉句　膾，細切的肉。在此用作動詞。臇，少汁的肉湯。在此用作動詞。胎鰕，有子的魵魚。或指有子的蝦。⓯炮鼈句　炮，大火燒炒。鼈，即甲魚。炙，用火燒烤。熊蹯，熊掌。⓰鳴儔句　意謂呼喚朋友入座。⓱列坐句　意謂賓客們坐滿了長長的筵席。竟，滿也。筵，竹席。⓲連翩句　連翩，翻飛不停貌。鞠，一種內裏填有毛的皮球，玩時用腳踢。壤，古代戲具，用兩塊木頭做成，一頭寬闊，一頭尖銳，長一尺四寸，寬三寸，玩時將一塊放在三四十步外，用另一塊擲擊，擊中者為勝。⓳白日二句　大意是說夕陽西下，時光無法留住。攀，留。⓴雲散句　言遊戲的少年們像浮雲般分散，各自入城歸家。

【語　譯】名都多出艷麗的美女，洛陽更有英俊的少年。佩帶的寶劍價值千金，身穿的衣服豪華鮮艷。鬥雞在東郊的道路上，賽馬於長列的楸樹間。馬跑路途不到一半，一雙野兔蹦到了跟前。拿起大弓搭上響箭，揚鞭策馬追上南山。左手挽弓右手發箭，一箭就將兩兔射翻。別的技巧還沒施展，又迎頭射中空中飛鳶。觀獵之人齊聲喝彩，眾射手也誇我技不凡。回來大宴於平樂觀，美酒一斗值十千。細切鯉魚煮蝦羹，爆炒甲魚烤熊蹯。呼朋喚友來入座，長長的筵席都坐滿。蹋球擊壤忙不停，動作靈敏變化多端。太陽疾馳往西南，留住時光實在難。宴後大家如雲散，明日清早再來玩。

【研 析】這是一篇敘事詩，描述了京都洛陽貴族少年鬥雞走馬、飲宴遊戲、消磨時光的奢靡、浪蕩生活。因此，對本篇的用意，我們頗贊同《樂府詩集》的看法：「刺時人騎射之妙，游騁之樂，而無憂國之心。」

本詩前二句，是以前句陪襯後句，因為後句所謂京洛少年才是本篇描寫的對象。本詩次二句寫少年之佩劍和服飾，顯出了少年的豪奢。「鬥雞」二句寫少年鬥雞走馬之樂。以上六句，以簡略的筆墨，交代了人物、地點，概述了少年的豪奢、逸樂生活。

「馳騁」以下十句，緊承上文「走馬」句而來，具體描摹了少年馳騁射獵、縱情遊樂的情狀，寫出了少年射技的超群，以及得意的神情，顯示出少年騎射玩樂非偶為之事。在此，值得注意的是，作者改換了敘事角度，即把第三人稱他述改為第一人稱「我」自述，但此「我」仍指詩中主人公少年。這種情況，常見於漢魏樂府。

「歸來」以下八句敘寫射獵歸來後歡宴的盛況。此六句寫出了酒宴的豐盛，場面的熱鬧，又進一步將貴族子弟醉生夢死，縱樂無度的生存狀態烘染出來。

後四句寫時光易逝，而少年遊倦回城，如雲之散，次日又將來到長楸、平樂之間，重複昨日的故事。此四句語氣雖平淡，但含無窮之意於言外：這些貴族少年，風華正茂，弓馬嫻熟，卻一日復一日地沉溺於逸樂遊玩之中，一任光陰飛逝，歲月蹉跎，而不能有益於國家。可見，作者的諷諭之意，痛惜之情，皆寓於其中。因此，《采菽堂古詩選》評此云：「萬端感慨，皆寓言外。」

此詩在寫作上，長於以鋪敘的手法，栩栩如生地描繪各種場景。如詩的前半所寫，用鋪陳之法，「使人可以想像郊原綠遍，鳥獸正蕃，雙兔躍前，飛鳶在上。少年鮮衣怒馬，馳逐如風，弓箭隨身，從者在側，宛如

一幅京畿行獵圖。」（今人劉葉秋語）

薤露行

【題解】此篇是樂府相和歌歌辭。由其內容看，屬詠懷言志一類。題中「薤」指一種葉細長，開紫色小花的草本植物。「薤露」言人生短促，如薤上露水。

《薤露行》是樂府古題，原是送葬時所唱的挽歌。詩人曹植在此是借樂府古題來寫時事，和原歌辭的內容沒有關係。

天地無窮極，陰陽轉相因❶。人居一世間，忽若風吹塵。願得展功勤❷，輸力❸於明君。懷此王佐才❹，慷慨獨不群❺。鱗介❻尊神龍，走獸宗麒麟❼。蟲獸猶知德，何況於士人。孔氏刪《詩》《書》❽，王業燦已分❾。騁我逕寸翰❿，流藻⓫垂華芬。

【注釋】❶陰陽句　謂日月、寒暑等交相更替，此去彼來。轉，運轉。相因，相依。❷展功勤　意謂施展才能，建立功業。勤，功也。❸輸力　奉獻才力。❹王佐才　「佐王才」的倒文，意為輔佐君王的才能。❺不群　謂不與俗人苟合。❻鱗介　泛指有鱗和有殼甲的水生動物，如魚、鱉等。❼宗麒麟　敬重麒麟。麒麟，古代傳說中的一種仁獸，像鹿，有角。❽孔氏刪詩書　據史載，春秋時代，孔子曾對當時的古典文獻進行過整理，編定《書》、《詩》、《禮》、《樂》、《易》、《春秋》為「六經」。其中，刪定《詩經》為三百零五篇，《尚書》為一百篇。❾王業句　謂帝王之事業分別記於典籍，昭然可察。燦，鮮明。❿騁我句　騁，本謂縱馬奔馳。此處意為揮動。翰，指筆。⓫藻　指文章或文采。

【語　譯】天地廣闊無窮盡，日月交替不歇停。人活世間一輩子，快如大風吹輕塵。願能展才建功業，才智奉獻給賢君。身懷輔助君王才，慷慨激昂超俗人。水中動物尊神龍，陸地走獸敬麒麟。蟲獸尚知重道德，何況讀書明理人！孔子刪定《詩》和《書》，帝王業績由此明。揮灑手中寸管筆，著書傳世留美名。

【研　析】本篇是言志抒懷的作品。作者認為人生短暫，但應該努力立功、立德、立言，以求名垂後代。這種思想，與作者〈與楊德祖書〉中所言頗為相合：「吾雖薄德，位為藩侯，猶庶幾勠力上國，流惠下民，建永世之業，流金石之功……若吾志未果，吾道不行，則將采庶官之實錄，辯時俗之得失，定仁義之衷，成一家之言。」本詩的意思可分四層：

「天地」四句為一層，慨歎流光易逝，人生短促。「願得」四句是第二層，表達了建功立業的願望。「鱗介」四句以魚鱉走獸崇尚道德作比，說明自己更應立德。此其三。末四句是說，立功不能，立德不成，也得學習孔子，著書立言傳後世。

此詩命意高古，氣格渾雄；層次清楚，文脈分明；用詞質樸，語氣淳厚。

豫章行二首

【題　解】〈豫章行〉是樂府歌辭，屬〈相和歌清調曲〉。《樂府詩集》收錄了十首〈豫章行〉，其中有曹植的這兩篇。〈豫章行〉古辭今尚存，名〈白楊篇〉，其辭曰：「身在洛陽宮，根在豫章山。多謝枝與葉，何時復相連。」曹植的這兩首詩是擬〈豫章行〉古辭而作。

詩題中的「豫章」，為古郡名，其轄境在今江西省南昌縣一帶。

其　一

窮達難豫圖❶，禍福信❷亦然。虞舜不逢堯，耕耘處中田❸。太公不遭文，漁釣終渭川❹。不見魯孔丘，窮困陳蔡間❺？周公下白屋，天下稱其賢❻。

【注釋】❶窮達句　窮達，指政治上的失意與得志。豫圖，預料謀劃。豫，通「預」。❷信　的確；誠然。❸虞舜二句　虞舜、堯，都是傳說中的遠古帝王。虞舜，又名重華。相傳舜為君之前，曾在厲山耕田，在雷澤捕魚，在河邊製陶，且以孝聞名。當時，帝堯尋求王位繼承人，四方部落長官均薦舉舜。堯經過考察，以舜為賢德人才，遂將帝位禪讓給他。中田，即田中。❹太公二句　太公，即姜尚，又名呂尚，俗稱姜子牙。文，指周文王姬昌。據史載，姜尚雖賢，但至老窮困而不見重於世，常垂釣於渭水之濱。周文王出獵，遇姜尚，與其談，知是賢人，遂將姜尚載歸，說：「吾太公望子久矣！」因號姜尚為太公望，立他為師。周武王即位，尊他為師尚父。後姜尚輔佐武王滅殷，建立了周王朝。渭川，指渭河。❺不見二句　孔丘，即春秋時著名思想家、教育家孔子。陳、蔡，春秋時國名，均在今河南省境內。據史載，孔子初仕於魯國，為司寇，罷官後周遊列國。至陳、楚之間時，楚國使人來聘孔子。而陳、蔡大夫認為孔子如被楚國所用，將對陳、蔡兩國不利，於是相與發兵圍孔子於野。孔子受困而不得行，加之糧食斷絕，他與弟子們都餓得不能站立起來。❻周公二句　周公，即周公旦，周文王之子，武王之弟，成王之叔。周公曾因輔佐武王有功而封於魯；武王死，成王年幼，周公攝政七年。周公為政，能禮賢下士，注意選拔人才。他曾告誡其子伯禽說：「我一沐三握髮，一飯三吐哺，起以待士，猶恐失天下之賢士。」白屋，指貧寒之士所居住的茅草屋。此代指貧士。《孔子家語》云：「(周公)制天下之政，而猶下白屋之士，日見者百七十人。」

【語譯】人生窮達難預料，禍福同樣是這般。虞舜若不遇堯帝，一生只能耕於田。姜尚如未逢文王，終身長釣渭水邊。難道沒見魯孔丘，被人圍困於陳、蔡間？周公禮遇貧賤士，天下之人讚其賢。

【研析】此詩抒寫懷才不遇的感慨。作者使用夾敘夾議的方法，寄情於事，寓情於理，抒發了自己不被重用的苦悶心情，並表達了希望得到朝廷試用的意願。

本詩開頭兩句，總論人生窮達、禍福難以預料的道理，所隱含的意思是說賢者不遇明君，也是無法施展抱負的。以下幾句是以歷史上的事例來具體論證這一道理。「虞舜」四句，以虞舜、姜尚偶遇明君而由窮變達的故事，從正面說明賢士只有幸會明主，才能建功立業，從而佐證了人不能預料自己命運的道理。「不見」二句是以孔子不遇明君而反被圍困的故事，從反面說明上述道理。詩結尾二句讚美周公愛惜人才、禮賢下士的事跡，表達了作者希望朝廷試用的心願，委婉地抒發了自己懷才不遇的感慨。

本詩最大的特色是善於運用典故闡說道理。詩「虞舜」以下六句引用的典故，其中有天子虞舜，有名臣姜尚，有聖人孔子，作者用他們的故事來佐證開篇所說的道理，具有很強的說服力。

其二

鴛鴦自朋親❶，不若比翼❷連。他人雖同盟❸，骨肉天性然❹。周公穆康叔❺，管蔡則流言❻。子臧讓千乘❼，季札慕其賢❽。

【注　釋】❶鴛鴦句　鴛鴦，鳥名，雌雄偶居不離。常用以喻指夫妻。此喻指朋友。朋親，謂親密相處。❷比翼　此指比翼鳥。此鳥常成雙成對，並翅而飛。此以比翼鳥喻指兄弟。❸同盟　結盟。指在神面前立誓締約，以求長期友好不變。❹骨肉句　骨肉，喻兄弟相親。天性，猶言天生。❺周公句　周公，即周公旦。康叔，名封，周武王的同母弟，初封於康，故稱康叔。❻管蔡句　管蔡，指周武王之弟叔鮮、叔度。武王滅紂後，叔鮮被封於管（今河南省鄭縣），叔度被封於蔡（今河南上蔡），故分別稱管叔、蔡叔。流言，指管叔、蔡叔懷疑周公而散布流言之事。武王死後，成王年少，周公恐諸侯叛周，乃攝政當國，而管、蔡諸弟疑周公，遂散布流言，說「周公將不利成王」，並與商紂王之子武庚一同作亂。周公奉成王之命征伐，誅武庚、管叔，流放蔡叔。❼子臧句　子臧，春秋時曹國公子。據《史記・吳太伯世家》載，曹宣公死後，諸侯與曹國人以曹成公為不義之君，欲立子臧為君，子臧不從，遂逃於宋。千乘，此為「千乘之國」的省詞。古以四馬一車為一乘。國有千乘，謂國大而強也。❽季札句　季札，春秋時吳王壽夢之幼子。據《左傳・襄公十四年》載，吳王壽夢死後，壽夢之長子諸樊欲將王位讓與季札，季札堅辭不受，並說：「我季札雖然不才，但甘願效法曹國的子臧，以免失節。」而諸樊執意要立季札為君，季札遂棄其家室而耕於野。

【語　譯】鴛鴦成對相親相愛，但不及比翼鳥翅相連。外人雖可發誓結盟友，但骨肉相親天性使然。周公能與康叔和睦處，管叔、蔡叔卻散布流言。子臧讓出君位走他方，季札敬仰他的品德賢。

【研　析】此詩抒寫作者對骨肉不親的感慨。詩中讚揚子臧、季札謙讓的美德，有自明心跡的用意。

本詩前二句是起興句，但興中有比，所含的比喻義在第三、四兩句中由作者直接點明：骨肉至親，不同於外人，其相親相愛之情出自「天性」，即今所謂血濃於水也。這也表達了作者希望兄弟之間誠信相待、親密無間的心願。「周公」兩句，是以周公的故事作比，表明自己對兄弟們是情深意真，不存異心，但卻有像管叔、蔡叔那樣的兄弟從中挑撥離間。作者在以上各句中，反覆強調兄弟至親應當親密無間，並謂兄弟之中已有像管叔、蔡叔者，表明他們兄弟之間已然存在不相親近、互相傷損的現象，同時也顯現出作者對自己不被兄弟理解的憂懼。詩的末尾二句是借讚美子臧、季札的方式，自明心跡：謂自己以兄弟情誼為重；在權位面前，會像子臧、季札那樣禮辭義讓。這進一步表達了要與兄弟和睦相處的意願。這末二句實際也是針對文帝的無端猜疑而來的。

此詩善用比興手法，又用歷史典故，連類比附，而無斧鑿痕跡，令詩意婉轉深邃。

美女篇

【題　解】此篇是樂府歌辭，並取首句「美女妖且閑」的前兩字為篇名。《樂府詩集》收錄了本篇，並云：「美女者，以喻君子，言君子有美行，願得明君而事之。若不遇時，雖見徵求，終不屈也。」關於本篇的寫作時間，有人認為在魏文帝曹丕黃初年間，也有人認為在明帝曹叡太和年間。儘管說法不一，但根據此篇所表達的懷才不遇、壯志難酬的情緒，可以肯定此篇是作者晚期的作品。

美女妖且閑❶，采桑歧路❷間。柔條紛冉冉❸，落葉何翩翩❹。攘袖❺見素手，皓腕約❻金環。頭上金爵釵❼，腰佩翠琅玕❽。明珠交❾玉體，珊瑚❿間木難⓫。羅衣何飄飄，輕裾⓬隨風還。顧盼⓭遺光采，長嘯⓮氣若蘭。行徒用息駕⓯，休者以⓰忘餐。借問女安居？乃⓱在城南端。青樓⓲臨大路，高門結重關⓳。容華⓴耀朝日，誰不希令顏㉑。媒氏何所營㉒？玉帛不時安㉓。佳人慕高義，求賢良㉔獨難。眾人徒嗷嗷㉕，安知彼所觀㉖？盛年處房室，中夜㉗起長歎。

【注釋】❶閑　嫻靜；文雅。❷歧路　岔路。❸柔條句　謂柔軟的樹枝下垂搖擺。冉冉，垂擺貌。❹翩翩　飛舞的樣子。❺攘袖　捲起衣袖。❻約　束也。此處有戴上、套上的意思。❼金爵釵　婦女首飾名。釵頭上以金製成雀形。爵，同「雀」。❽琅玕　一種似玉的美石。❾交　連接。❿珊瑚　此指以珊瑚蟲骨骸製成的紅色珠子。⓫木難　傳說中由金翅鳥口沫所變成的一種碧色寶珠。又稱莫難珠。⓬裾　衣服的大襟。⓭顧盼　回頭觀看。⓮嘯　撮口出聲。此處意指高聲歌吟。⓯行徒句　意謂路過的人因此停下車馬。用，因也。⓰以　義同上文「用」，作因而、因此講。⓱乃　發語詞，無義。⓲青樓　以青色塗飾的樓。多指顯貴人家女子所居之處。此與後世用以指稱妓院的「青樓」有所不同。⓳高門句　謂高大的屋門插著兩道門閂。⓴容華　容貌；容顏。㉑希令顏　羨慕美好的容顏。㉒何所營　猶言何所為。意即做什麼。㉓玉帛句　玉帛，此指定婚行聘所用的各種禮物。安，定也。㉔良　實在；的確。㉕嗷嗷　眾人的責怨之聲。㉖觀　此字《玉臺新詠》作「歡」。疑作「歡」字是。㉗中夜　半夜。

【語譯】美女艷麗且嫻雅，採摘桑葉岔路間。桑枝柔軟擺不停，樹葉飄落舞盤旋。捋袖露出白嫩手，手腕戴著金鐲環。頭上插有金雀釵，翠綠玉石佩腰間。閃光明珠纏身上，珊瑚寶珠夾雜木難。羅衣輕軟在飄拂，衣襟跟隨風翻捲。回視留下迷人光彩，引吭高歌氣香如蘭。行人因為看她把車停，休息的人也因之忘吃飯。要問美女住何處？住在城的正南邊，青色樓房臨大路，門戶高大兩道門。容光煥發映朝陽，誰不傾慕美容顏？媒人正在幹什麼？未行聘禮促定良緣。美人敬慕高義人，找個賢夫實在難。人們只知在旁亂議論，哪知她擇偶有主見？青春煥發時守空房，不禁深夜起長歎。

【研　析】本詩敘述一個才貌雙全的美女盛年獨處未嫁，中夜起而悲歎的故事。作者採用設事寓情之法，借此故事抒發了懷才不展、壯志難酬的悲哀。因此，劉履《選詩補注》說：「子建志在輔君匡濟，策功垂名，乃不克遂。雖受爵封，而其心猶為不仕，故託處女以寓怨慕之情焉。」

全詩三十句，可分為三層。

開頭四句為第一層。此讓人物在充滿生氣的採桑勞動中登場，並以「妖」、「閑」二字總寫美女的外在、內在之美。

「攘袖」以下十二句為第二層，依次寫美女的體質之美，服飾之麗，神態氣質之雅，然後寫行人息駕，休者忘餐，以烘雲托月之法側面描寫美女美艷動人。此層寫美女之美，極富層次感，故前人以「妙於次第」稱許此詩。

「借問」以下十四句為第三層，敘述美女仰慕高義，以致佳婿難求、盛年難嫁的悲慘遭遇。其中，「借問」四句以補敘的手法，寫美女的動人美貌以及不凡的身世。「容華」二句既總寫美女之美，又逗引出媒人不薦等事，起承上啟下的作用。「媒氏」二句言媒人不能促成姻緣。此與屈原〈離騷〉中「吾令鴆為媒兮，鴆告余以不好」，「理（案指媒人）弱而媒拙兮，恐導言之不固（案不固，不牢靠也）」等句用意頗同，喻指無人向君主推薦自己，因而不得重用。「佳人」六句寫美人在擇偶方面求賢慕義，不願苟合，以致盛年難嫁，獨處自歎。這裏，顯出了美人高潔的品質（這種內在的美與前面所寫外在美形成呼應），也表現了美人懷美不遇的悲怨。作者以此抒寫了自己懷才而被棄置的身世之感。

本篇在寫作上受到了漢樂府民歌〈陌上桑〉的影響。〈陌上桑〉開篇寫羅敷「採桑城南隅」，而曹植下筆則寫美女「采桑歧路間」。〈陌上桑〉寫羅敷「頭上倭墮髻，耳中明月珠。緗綺為下裙，紫綺為上襦」；曹植則寫美女「頭上金爵釵，腰佩翠琅玕。明珠交玉體，珊瑚間木難。羅衣何飄飄，輕裾隨風還」。另外，〈陌上桑〉以「行者見羅敷，下擔捋髭鬚」等句側面描寫羅敷美艷驚人，曹植亦仿此而有「行徒用息駕，休者以忘餐」二句。曹詩對〈陌上桑〉的寫法雖多所借鑑、仿擬，但亦有不少創新和發展，這主要表現在語言更加簡約，詞采更加華美，而且更注重顯示人物的內心之美和神態之美，故人物形象更為丰神綽約。

本詩的結構十分精巧而緊湊，顯示出了高超的藝術功力。此詩的描述層層鋪開，步步推進，而且層次與層次之間巧於縫合、轉接，因而通體顯得天衣無縫。故此，清人葉燮《原詩》說此詩「層層搖曳而出，使人不可髣髴端倪，固是空千古絕作。後人惟杜甫〈新婚別〉可以伯仲，此外誰能學步？」並稱讚「植詩獨〈美女篇〉可為漢魏壓卷」。

此詩在語言上「辭極贍麗，然句頗尚工，語多致飾，視東西京樂府天然古質，殊自不同」。

艷歌

【題解】〈艷歌〉，是〈艷歌行〉的省稱，為樂府舊題。《樂府詩集》收錄〈艷歌行〉多篇，且列為〈相和歌辭〉。曹植此篇文句殘佚太甚，無法窺知全篇大旨。

出自薊❶北門，遙望湖池桑。枝枝自相值❷，葉葉自相當。

【注釋】❶薊　地名。為古燕國都城，因城西北有薊丘而得名。故地在今北京市德勝門外。❷相值　與下文「相當」義同。值、當，均有面對、相向之義。此謂枝葉繁茂而相連相挨。

【語譯】出自薊城的北門，遙望湖池邊的桑林。桑樹枝枝自相連，葉葉也都挨得近。

【研析】由這殘存的四句看，是寫作者遙看薊城北門外桑林時的情景。此四句直陳其事，白描其景，顯得質樸自然，體現了樂府詩古直的風格。

遊仙

【題解】這是一首遊仙詩。此篇係模擬屈原〈遠遊〉而作。屈子〈遠遊〉雖無遊仙之名，但實為遊仙詩之祖。王逸《楚辭章句》注〈遠遊〉云：「屈原履方直之行，不容於世，上為讒佞所譖毀，下為俗人所困極，章皇山澤，無所告訴。……遂敘妙思，託配仙人，與俱遊戲，周歷天地，無所不到。」王氏對〈遠遊〉的解題，可幫助我們理解曹植此篇的題旨。

《藝文類聚》收錄此篇，題作〈遊仙詩〉。《樂府詩集》不載本篇，蓋本篇不為樂府也。

人生不滿百，歲歲少歡娛❶。意欲奮六翮❷，排霧凌紫虛❸。蟬蛻同松喬❹，翻跡登鼎湖❺。翱翔九天上，騁轡❻遠行遊。東觀扶桑曜❼，西臨弱水❽流。北極玄天渚❾，南翔陟丹丘❿。

【注釋】❶人生二句　語本〈古詩十九首〉：「生年不滿百，常懷千歲憂。」❷奮六翮　奮，振也。翮，鳥羽中的硬管。此謂羽翅。案：古代神仙家謂得道成仙者「生六翮於臂，長羽毛於腹，飛無際之蒼天，度無窮之世俗」（《意林》語）。❸紫虛　謂天空。❹蟬蛻句　蟬蛻，喻拔出汙濁之塵世。語本《史記・屈原列傳》中句意：「蟬蛻於濁穢，以浮游塵埃之外。」松喬，即赤松子、王子喬，皆為古代傳說中的仙人。❺翻跡句　翻跡，翻飛之蹤跡。此處謂飛行。鼎湖，見本卷〈仙人篇〉注。❻騁

轡 謂放縱馬的轡繩。❼扶桑曜 扶桑，見本卷〈升天行〉注。曜，謂日光也。❽弱水 水名。《山海經》云：「崑崙之丘，其下有弱水之川環之。」參見本書卷一〇〈魏德論〉注。❾北極句 極，至也。玄天，北方。渚，水中小洲。❿陟丹丘 陟，登也。丹丘，傳說中地名。相傳此地晝夜長明。

【語 譯】人生難過一百年，年年多愁少娛歡。真想展開羽翅飛，撥開雲霧上青天。脫離塵世如松喬，鼎湖飛升而成仙。自由飛翔九天上，縱馬奔馳遠遊覽。東看朝陽出扶桑，往西來到弱水邊。北到北方水中洲，南飛丹丘不夜天。

【研 析】曹植的多篇遊仙詩，與後來郭璞的遊仙詩有相似之處，即「是坎壈詠懷」，「詞多慷慨，乖遠玄宗」（鍾嶸《詩品》語）。的的確確，曹植的遊仙詩，與那些神仙家、方術士的言論大異其趣，它是採用幻想的手段來對抗現實，託言神仙以洩作者的憂憤，尋求精神上的解脫，聊且慰藉孤迥寂涼的心情。

本詩前四句說明遊仙的原因：因為短促的人生有太多的壓抑、痛苦，不得不在冥想的「翱翔」中尋求解脫。中間四句進一步申說自己企望超脫塵世，而作飛天之行。末四句具體描述翱翔九天的經歷。作者按照東西北南的方位順序，依次展開敘寫，使遊歷的空間得到盡可能拓展，顯得十分壯觀，從而令詩具有恢闊、宏放的氣象，同時也烘染出作者遊仙時的暢快灑脫、無拘無束，並反襯出作者對現實社會的不滿和鄙棄。

本詩境界闊大，氣勢恢宏，特別是末四句以排宕的句式，從東西北南的方位敘寫遊蹤，更顯得大氣磅礴，縱橫恣肆，很好地體現了遊仙詩「意之所往，靡所不届」（陳仁錫語）的特點。寶香山人《三家詩》曾評末四句曰：「曰東西南北，同〈木蘭辭〉，以之作結，更覺有力。」另外，此詩有條不紊，一層一層地敘寫遊仙之事，使全篇的意脈十分昭晰，也令結構顯得緊湊。

五遊詠

【題解】本篇為樂府歌辭。《樂府詩集》將其列在〈雜曲歌辭〉之中。題中「五遊」，謂遍遊東、西、南、北四方之後，而上遊於天。

九州不足步，願得陵雲❶翔。逍遙八紘❷外，游目歷遐荒❸。披我丹霞衣❹，襲我素霓裳❺。華蓋芳晻藹❻，六龍仰天驤❼。曜靈未移景❽，倏忽造昊蒼❾。閶闔啟丹扉❿，雙闕曜朱光⓫。徘徊文昌殿⓬，登陟太微堂⓭。上帝休西櫺⓮，群后集東廂⓯。帶我瓊瑤佩，漱我沆瀣漿⓰。踟躕玩靈芝，徙倚弄華芳⓱。王子奉仙藥⓲，羨門進奇方⓳。服食享遐紀⓴，延壽保無疆。

【注釋】❶陵雲　同「淩雲」。❷八紘　指古人想像中的極遠之地。古代傳說認為九州之外有八殥，八殥之外有八紘。❸遐荒　邊遠廣大的地區。❹丹霞衣　古代傳說中神仙所穿之衣。丹霞，紅色雲霞。❺襲我句　襲，穿著。素霓裳，指如同白色虹霓的下衣。❻華蓋句　華蓋，車蓋名，形似花葩而得名。晻藹，盛貌。❼六龍句　六龍，仙人以龍為馬，故六龍即指六馬。驤，馬昂首急馳。❽曜靈句　曜靈，太陽的代稱。未移景，謂光影未移動。❾倏忽句　倏忽，剎那間。造，往；到。昊蒼，指青天。❿閶闔句　閶闔，古代神話中的天門。扉，門扇。⓫雙闕句　雙闕，參見本書卷五〈贈徐幹〉注。曜，閃耀。⓬文昌殿　此指文昌星所在之處。文昌星在北斗魁前，共有六星。⓭登陟句　登陟，升也。太微堂，此指太微星所在之處。太微星在北斗之南，共有十星。⓮西櫺　猶言西窗。⓯群后句　群后，此指四方諸侯。東廂，指正屋東側的房屋。⓰漱我句　漱，此處意為飲服。沆瀣，指露水。參見本卷〈遠遊篇〉注❺。⓱徙倚句　徙倚，猶徘徊。弄，玩也。華芳，「芳華」之倒文，指香草之花。⓲王子句　傳說中仙人王子喬，得道成仙後獲得了長生不老之藥。⓳羨門句　羨門，即羨門子高，傳說中的古仙人。奇方，指仙藥之方。⓴服食句　服食，指服用仙藥。遐紀，高齡。

【語　譯】九州之地小難遊，心思凌雲漫翱翔。縱情遨遊八紘外，遍觀偏荒之地方。披上我的紅霞衣，穿上我的白霓裳。華蓋車子芬香溢，六馬奔騰將頭昂。太陽還未移光影，我卻已到雲天上。天門開啟紅門扇，兩旁望樓閃紅光。文昌殿前信步走，然後又登太微堂。上帝歇於西窗邊，諸侯聚集東廂房。給我繫上美玉佩，讓我飲服甘露漿。漫步觀看靈芝草，香花之前流連賞。王喬捧送仙人藥，羨門向我獻奇方。服食仙藥享高齡，延年益壽永安康。

【研　析】這是一首遊仙詩。此詩是作者後期遭受曹丕父子的監視迫害，在極艱危的處境下的遣懷之作，是借遊仙之事、詭幻之境來發洩胸中的憂憤，慰藉自己的心神，尋求一種短暫的解脫。所以，朱乾《樂府正義》說：「讀曹植〈五遊〉、〈遠遊〉，悲植以才高見忌，遭遇艱厄……所謂『九州不足步』，皆其憂患之辭也。」

本詩前四句是說九州之地太狹小、促迫，不能施展遊步，希望遨遊九州之外，以縱情極目。此交代了「五遊」的原因，所寓深層含意是說自己在現實生活中備受壓抑，舉步維艱，甚不得志，而欲解脫痛苦。這四句其實是從屈原〈遠遊〉的發端語化出：「悲時俗之迫阨兮，願輕舉而遠遊；質菲薄而無因兮，焉托乘而上浮。」

現實生活中沉重的壓抑和痛苦，使得曹植不得不在冥想的虛幻世界裏尋求解脫。於是，詩中「披我」以下二十句，假借想像的翅膀，展開了對天庭之行的描述。在這裏所展示的神仙境界中，作者自由翱翔，怡然自得，到處充滿華妙、和樂的景象。作者編織如此境界，表現了他對自由、長生的渴望，以及對現實社會的憤激和不滿。

梁甫行

【題　解】本篇是樂府歌辭，屬〈相和歌楚調曲〉。題或作〈泰山梁甫行〉。梁甫，又寫作「梁父」，是泰山之下一個小山的名字。據傳，泰山、梁甫均為人死後魂魄歸聚之地。因此，古〈梁甫行〉歌辭多為挽歌。曹植此篇是借樂府舊題寫邊遠地區窮人生活的艱苦之狀，內容與舊題無關。

八方各異氣❶，千里殊風雨。劇❷哉邊海民，寄身於草墅❸。妻子像禽獸，行止依林阻❹。柴門❺何蕭條，狐兔翔我宇❻。

【注　釋】❶八方句　八方，指東、南、西、北四方和東南、東北、西南、西北四角。氣，謂氣候。❷劇　艱苦。❸草墅　用草搭蓋成的簡陋房屋。墅，一本作「野」。案：就本詩用韻情況看，作「墅」字是。❹行止句　行止，行動與居處。此泛指妻兒的生活狀態。林阻，指山林險阻之地。❺柴門　用樹枝等物編成的門。❻狐兔句　翔，此謂自由遊動。我，是作者代「邊海民」自稱。宇，屋宇。

【語　譯】八方的氣候各不相同，千里之內風雨也不一。海邊的貧民真正苦啊，只有破爛的草屋將身棲。妻子兒女像禽獸一樣，生活在山林險阻之地。簡陋的柴門多麼淒涼，狐兔在屋裏穿梭無顧忌。

【研　析】關於本篇的作意，黃節先生認為作者是以「邊海民」自況，寫自己封於平原、臨淄、鄄城、東阿等地時的貧困之狀。但也有人不同意這個看法，認為曹植並沒有遷封海邊，所歷封地，只有臨淄較為近海，但亦非本詩所謂貧僻之鄉，故自況的說法不可信。我們頗贊同後者的看法，認為此詩是客觀反映海邊貧民困苦生活的作品。

據今人聶文郁先生考證，此詩寫於漢獻帝建安十二年（西元二〇七年）。其時，曹操北征三郡烏桓至無終；七月大雨，海道不通，曹操遂引軍出盧龍塞，東向柳城，大破烏桓。曹植曾奉父命參與了柳城之役。而柳城在今河北昌黎西五十里。昌黎近海，作者從征烏桓時曾經到此，因所見作了這一首詩。

此詩共八句。開頭兩句謂不同的地方有不同的氣候，隱喻地區不同，則人之風習、生活狀態有所不同。緊接著，作者就轉入了對邊海民的生存狀態的具體描述：「寄身」句是從居室方面反映邊海民的生活條件的惡劣；「妻子」二句側重表現邊海民生存環境的險惡，以及謀生的艱辛不易；「柴門」二句突現了邊海民所處之地的荒涼、偏僻、落後。這二句與漢樂府〈十五從軍征〉中「兔從狗竇入，雉從梁上飛。中庭生旅穀，井上生旅葵」等句頗有同工之妙：純用白描手法，不事雕飾，而蕭瑟淒冷之狀卻能躍然紙上。

此詩從表面上看，作者是較冷靜、較客觀地描畫邊海民生活的艱苦貧困之情狀，但仔細體味，仍可感到字裏行間含有作者的憐憫、同情之意。因此明人鍾惺《古詩歸》評此詩說：「亦是仁人心眼，看出寫出。」

此詩能選取富有代表意義的素材，以及具有典型性的場景畫面（如「草墅」、「柴門」、「狐兔翔我宇」等），以生動形象地展示邊海民生存環境的惡劣、艱難，因而著墨不多，卻能使讀者獲得深刻而強烈的感受。

此篇語言質樸自然而帶感情，很好地繼承了漢樂府民歌在語言上「質而不俚、淺而能深、近而能遠」（《詩藪》語）的特點和長處。

丹霞蔽日行

【題　解】本篇為樂府歌辭，屬〈相和歌瑟調〉。近人黃節謂曹丕有樂府詩云：「丹霞蔽日，采虹垂天。」遂以篇首四字為題，曰〈丹霞蔽日行〉，蓋取意於古〈楊柳行〉：「讒邪害公正，浮雲蔽白日。」而曹植此篇則取曹丕篇名。此篇言以往王朝興亡之事，以諷諭當朝統治者。

紂為昏亂，虐殘忠正❶。周室何隆？一門三聖❷。牧野致功❸，天亦革命❹。

漢祖❺之興，階秦❻之衰。雖有南面❼，王道陵夷❽。炎光再幽❾，殄滅無遺❿。

【注釋】❶紂為二句　紂，商朝末代君王，名辛，以殘暴被稱為紂（殘義損善曰紂）。虐殘忠正，謂殘害忠誠正直之士。據史載，商紂王曾囚文王於羑里，剖比干之心，殺死翼侯等人。❷三聖　指周文王、武王、周公旦三人。❸牧野句　謂周武王率兵伐商，在牧野大敗商軍，而致紂王自焚身亡。牧野，地名，在今河南省淇縣之南。❹革命　謂改朝換代。革，改也。❺漢祖　指漢高祖劉邦。原本作「漢祚」，非。今據《藝文類聚》改。❻階秦　原本作「秦階」，非。今亦據《藝文》本改之。階，因也。❼南面　古代帝王會見諸侯或臣下時，面南而坐，因以「南面」指稱帝王。此指帝王之位。❽陵夷　衰落；弛廢。❾炎光句　炎光，火光。炎，通「焰」。漢以火德王天下，故此以「炎光」喻指漢朝的權勢。再幽，指王莽建立新朝，董卓挾兵叛亂，使漢朝的權勢兩度削弱。幽，暗淡。❿殄滅句　殄滅，猶言滅絕。無遺，無餘也。

【語譯】殷紂昏庸且暴虐，殘酷迫害眾忠臣。周朝為何能昌盛？一門出了三聖人。周人牧野獲大功，天也讓其取代殷。劉漢高祖興起後，秦朝雄風不再振。漢室雖然有帝位，為王之道日衰貧。權勢之光兩度暗，最後滅絕無餘剩。

【研析】這是一首詠史詩，具有史論的性質。它論及商、周、秦、漢四朝興衰之事，既有對歷史事件的評判，又隱含有對現實的譏諷與感慨。

本詩首先論述殷商之衰，周朝之盛。在作者看來，商的滅亡，在於其最高統治者昏庸無道，殘虐忠臣、公族；而周的隆盛，在於其一門三聖能修明德，施仁政。論及秦、漢滅亡的原因時，作者也同樣認為是二朝統治者不施仁政，喪失王道。所以，朱嘉徵《樂府廣序》云：「漢無文武之德，不過階秦之衰，雖名正言順，南面稱帝，而終之四百年炎光再幽，蓋悲漢之亡也。」

此詩論四朝興亡，總結歷史的經驗教訓，實際上是借詠史以批判曹魏政治，給曹魏政權敲響警鐘。在作者看來，魏統治者疏遠宗室、誅殺忠臣（如曹丕對諸王法峻令密，對丁氏兄弟慘加殺戮）、荒淫無道（如曹叡營造宮室，奪人妻女，征發兵家），如同殷紂殘害宗室，誅殺忠良，又似秦漢「王道陵夷」，故魏難以長久享國。這正如朱嘉徵所說：「此篇有微詞焉……魏祚之不永，於言外見之。」因此，作者言古往之興衰，其意正在於影射、譏刺現實，警示當朝統治者以前朝為殷鑑，不斷吸取教訓。

本詩託古諷今，發論精審，言詞剴切，如黃鐘大呂，足以震聾發聵。

怨歌行

【題解】〈怨歌行〉屬樂府〈相和歌楚調曲〉歌辭。關於本篇的作者，歷來有不同的看法。南朝時人王僧虔認為此篇是古詞，唐人虞世南《北堂書鈔》認為是魏文帝曹丕所作，而也有很多人（如《藝文類聚》的編者歐陽詢、《樂府詩集》的編者郭茂倩等）認為是曹植所作。根據本篇所表現的內容看，與曹植晚期作品經常流露出的因遭猜忌壓抑而悲憤怨恨的思想情緒，具有明顯的一致性，因而本篇應是曹植所作。有學者根據《三國志・魏志・楊阜傳》「阜上疏曰：頃者天雨，又多卒暴，雷電非常，至殺鳥雀。……時雍丘王植怨於不齒，藩國至親，法禁峻密，故阜又陳九族之義焉」的記載，認為這篇〈怨歌行〉是曹植為抒寫胸中怨憤而作，並作於太和元年（西元二二七年）秋天發生上述天災之後。

為君既不易，為臣良獨難❶。忠信事不顯❷，乃有見疑❸患。周公佐文武❹，

金縢功不刊❺。推心輔王室，二叔❻反流言。待罪居東國❼，泫涕常流連。皇靈❽

大動變，震雷風且寒❾。拔樹偃❿秋稼，天威不可干⓫。素服開金縢，感悟求其端⓬。

公旦⑬事既顯，成王乃哀歎。吾欲竟此曲，此曲悲且長。今日樂相樂，別後莫相忘⑭。

【注　釋】❶為君二句　語本《論語・子路》：「為君難，為臣不易。」❷不顯　謂不被人理解、知曉。❸見疑　被懷疑。❹周公句　周公，即周文王之子、周武王之弟姬旦。文武，此指周文王、周武王。文武，原本作「成王」，非。今據《藝文類聚》改。❺金縢句　據史書記載，周武王病時，周公曾作策書，禱祝於太王、王季、文王的靈前，願代武王死，並將策文藏於櫃中，以金屬緘封。武王死後，成王年幼，由周公主持國政。後管叔鮮、蔡叔度散布流言，說「周公將不利於成王」，周公遂避居洛陽。兩年後，成王開啟金縢櫃，翻查舊籍，發現了周公當年所作的策文，成王這才知道周公的忠信，並手執策書而泣。於是，迎周公歸京都。金縢，指用金屬封口的櫃子。功不刊，謂周公願代武王死的功績不可磨滅。刊，消除；磨滅。❻二叔　指管叔鮮、蔡叔度。均為周武王之弟，周滅商後，一人封於管（今河南省鄭縣），一人封於蔡（今河南上蔡）。❼待罪句　待罪，等候處罪。東國，指東都洛陽，周公當年受到流言攻擊的時候，曾避居於此。❽皇靈　指上帝。❾震雷句　據《尚書》載，周公東居洛陽的第二個秋天，鎬京「天大雷電以風，禾盡偃，大木斯拔」。❿偃　倒伏。⓫干　抗拒；違犯。⓬素服二句　素服，古代祭祀時所穿的禮服。端，此指事情的原委、本末。⓭公旦　即周公。⓮吾欲四句　此四句是樂府歌辭常用的套語。竟，終；完結。

【語　譯】做個國君不容易，做個臣子也實在難。忠信之事未顯露，就有被疑之禍患。周公輔佐文、武王，金縢事功永流傳。忠心耿耿助王室，管叔、蔡叔卻造謠言。周公待罪居洛陽，經常痛哭得淚漣漣。天帝憤怒大降災，電閃雷鳴狂風寒，樹被拔起秋稼倒，上天威嚴不可冒犯。成王身穿禮服開金縢，心有感悟查災源。周公事功終昭顯，成王心悲便哀歎。我想奏完這樂曲，可這樂曲悲且長。今日大家同歡樂，離別之後莫相忘。

【研　析】要弄懂這詩的旨意，須得瞭解作者在明帝太和年間的處境。我們知道，曹植素懷報國、建功之志，對魏室忠貞不貳，但是，他並沒有受到曹叡的信賴、重用，反遭曹叡的猜疑、壓制：他常憤怨懷抱利器而無所施，曾多次上書請求試用自己，但明帝不允答；他曾請求朝廷解除對諸王的禁錮，但亦未如願。因此，作者難免心生怨憤，亦即《三國志・楊阜傳》所云「雍丘王植怨於不齒，藩國至親，法禁峻密」。在這種情境下，作者作此詩，意在表明自己對王室的忠誠，望能使明帝有所感焉。作者是明帝的叔父，猶周公之於成王，故此詩借周公輔政而受流言中傷之事，陳古以諷今。

本詩前二句化用《論語》「為君難，為臣不易」之語，並顛倒其中「難」、「易」二字，以突出為臣之難。此處語含哀憤。《采菽堂古詩選》謂本篇起句「本言為臣，反從為君發端，便作一折」，道出了此詩的婉轉之妙。接下來「忠信」二句具體解說「為臣良獨難」的原因。

詩「周公」以下十四句，敘說周公輔佐成王之事。詩先謂周公自文王、武王，以至於成王，一直是忠於周室，但至成王時卻受流言讒害而被成王疑忌，不得不避居洛陽以待罪。此與前面「忠信事不顯，乃有見疑患」二句相呼應。然後，詩以「皇靈」以下八句寫天神為周公的遭際抱不平，乃降災於成王，遂使成王感悟開金縢，昭顯了周公的忠信。詩人寫至此，心緒是十分激動的：由「皇靈大動變」、「天威不可干」等句可以想見，詩人是多麼希望太和年間的災變也能像周代的一樣，使猜疑者警醒，使忠信者昭彰。此八句謂周公歷盡曲折，終顯忠信之事，進一步印證了「為臣良獨難」的觀點。

詩末尾四句，是樂府詩的常用套語，常與詩的內容無關涉，但用在這裏，還是頗有意味的。其中一個「悲」字，讓人感到作者並沒有周公的那種幸運，一片忠心並未使姪子感悟。因此，這四句不僅與正詩渾然一體，而且抒發了自己忠而見疑，終不見信的悲苦、憂憤，顯得餘意綿長，增添了全詩淒愴的情味。所以，張玉穀《古詩賞析》說「末四拍合己身，只就可悲且樂，別後莫忘，點逗大意，最善含蓄。竟用成語，神理恰符」。

總之，作者借古諷今，以周公忠而被謗、信而見疑，抒寫了自己的現實遭遇；又以周公忠信事顯，成王賴之的情事，寄寓了自己對忠心被察的希冀，並對曹叡昏庸不明表示了怨憤。全詩洋溢著為臣難的淒苦哀怨之情，難怪晉代謝安聽到唱這首歌辭時，感動得熱淚盈眶。

善哉行

【題解】〈善哉行〉，為樂府古題。《樂府詩集》卷三六收錄了此篇，列於〈相和歌瑟調曲〉中。《藝文類聚》收錄此篇，引為曹植作，但也有很多人認為此篇是樂府古辭，係曹植之前的人的作品，而非曹植所製。《四庫提要》云：「〈善哉行〉一篇諸本皆作古辭，乃誤為植作，不知其下所載〈當來日大難〉，即『當』此篇也。使此為植作，將自作之而擬之乎？」丁晏《曹集銓評》詮釋本篇說：「《樂府》三十六、《御覽》四百十均作古辭，程誤收入，《提要》已加駁正，惟《藝文》四十一引為植作，今姑存之。然細味詩意，乃漢末賢者憂亂之詩，似非子建作也。」據此，本篇很可能是後人纂輯《子建集》時誤收。為存明活字本《子建集》原貌之真，今姑保留此篇，並據他本補足部分殘脫文字。

來日大難，口燥脣乾。今日相樂，皆當喜歡。經歷名山，芝草翩翩❶。仙人王喬❷，奉藥一丸。自惜袖短，內手知寒。慙無靈輒，以報趙宣❸。月沒參橫❹，北斗闌干❺。親友在門，饑不及餐。歡日尚少，戚❻日苦多。以何忘憂？彈箏❼酒歌。淮南八公❽，要道不煩❾：參駕六龍❿，遊戲雲端。

【注釋】❶芝草句　芝草，即靈芝草，菌類植物，古以為瑞草。翩翩，形容形態的美好。❷王喬　古代傳說中的仙人名。參見本卷〈仙人篇〉注。❸慙無二句　慙，同「慚」。靈輒，春秋時晉國人。趙宣，即春秋晉國賢臣趙盾，諡號宣子。據《左傳·宣公二年》載：靈輒困於翳桑（地名）時，三日不食，飢餓難忍。趙盾見後，送給他飲食，又以簞食與肉贈其母。後來，靈輒成為晉靈公的甲士。晉靈公殘虐無道，欲以伏甲殺害忠正直言的趙盾，靈輒倒戈相救。趙盾問其故，靈輒答曰：「我就是那翳桑之餓人。」❹參橫　謂參星已落。形容夜深。參，星宿名。❺闌干　縱橫貌。❻戚　悲也。❼箏　古樂器名。見本卷〈箜篌引〉注。❽淮南八公　據史載，漢高祖劉邦之孫劉安，在漢文帝時被封為淮南王。劉安喜言神仙、方士之術，於是「招致賓客方術之士數千人，作為《內書》二十一篇，《外書》甚眾，又有《中篇》八卷，言神仙、黃白之術」。在劉安的眾賓客中，著名的有蘇飛、李尚、左吳、田由、雷被、伍被、毛被、晉昌等八人，號稱「八公」。相傳他們受劉安之命，相與論說，著成《淮南子》一書。魏晉以後，這八人被附會為神仙。❾要道不煩　此與本卷〈桂之樹行〉中「要道甚省不煩」句意相同，請參閱彼注。❿參駕句　參，通「驂」。本指駕車時位於兩旁的馬。六龍，神話傳說中供神仙使用的動物。

【語　譯】過去的日子十分難，缺吃少喝唇口乾。今日一起相娛樂，都應快活心喜歡。經歷天下之名山，靈芝瑞草很美觀。神界仙人王子喬，奉送神仙藥一丸。自憐衣袖甚短小，伸出手臂便覺寒。愧感世上無靈輒，以報趙盾之恩典。月亮消逝參星落，北斗橫斜列於天。親友此時在家中，肚餓難以吃上飯。歡樂時光實在少，悲愁時日多苦艱。怎樣才可忘憂愁？對酒放歌把箏彈。淮南之地有八公，成仙的要訣很簡單：六龍駕在車兩旁，到那雲天去遊玩。

【研　析】本詩作者通過對賓朋相聚，以求仙解憂的情態的描寫，表現了當時下層士人在災難深重的動蕩社會裏，飢寒交迫、朝不保夕的生存狀態，以及不滿現實、企圖解脫困境以獲長生的心理狀態。因此，《樂府解題》云：「來日大難，口燥脣乾。言人命不可保，當見親友，且永長年術，與王喬、八公游焉。」

本詩前四句是說去日苦多，今日賓朋相會，應當忘憂盡歡。此為主人勸客之詞。「經歷」以下四句是主人的頌禱之言，祝願賓客求仙問藥，以獲長壽。它反映出當時下層士人在混亂黑暗的社會裏，走投無路，便借助幻想，在神仙世界中尋求全身之途。「自惜」以下四句是客人的答謝之詞，說自己貧寒窮困，無可報答主人的恩德。「月沒」以下四句是主人在夜深謝客時說的話。其中後二句表明賓客之家確實貧困不堪。「歡日」以下四句寫賓主的感慨，折射出生活的困窘給下層士人帶來的心理壓力，字裏行間隱含著無可名狀的苦衷、悲愁。最後四句是客人祝主人長壽。此四句亦充滿遊仙思想，亦曲折地反映出當時下層士人對黑暗、動亂的社會現實的厭棄和憤懣，而欲擺脫之。由上面的分析來看，此詩的思想感情較為蕪雜。因此，蕭滌非先生《漢魏六朝樂府文學史》說：「此篇情緒雜還，忽而求仙，忽而報恩，忽而恤貧交，自悲自解，無倫無序，然其中有一段憤懣，蓋〈遠遊〉之類。」

此詩能較真實地反映亂世下層士人的生存狀態和精神面貌，因而具有較強烈的現實主義精神。在語言形式和章法結構上，以四字為一句，以四句為一章，明顯可以看出深受《詩經》的影響。語言較為生動、形象，富於表現力。如詩中「自惜袖短，內手知寒」二句，以小見大，足令讀者對貧寒之狀有明晰而深刻的感受。

君子行

【題解】〈君子行〉，樂府古題。《樂府詩集》卷三二收錄了此篇，列為樂府〈相和歌辭〉。

此篇是否為曹植所作，還是一個值得商討的問題。丁晏《曹集銓評》云：「《文選》二十七、《樂府》三十二均作古辭，惟《藝文》四十一引為植作。」《文選》的編者蕭統離漢魏不遠，對此篇的作者問題應該是很清楚的；既然他將此篇視為樂府古辭，那麼此篇的作者就很有可能不是曹植。為存明活字本《子建集》原貌之真，還是將此篇暫列於此。

君子防未然，不處嫌疑間。瓜田不納履，李下不整冠❶。嫂叔不親授❷，長幼不並肩❸。勞謙得其柄❹，和光❺甚獨難。周公下白屋，吐哺不及餐，一沐三握髮❻，後世稱聖賢。

【注釋】❶瓜田二句　謂在身處瓜田之時，不蹲在地上穿鞋；路過結果的李樹之下，不舉手整理冠帽，以防被誤認為是偷竊瓜、李。比喻身置是非之地，約束自身行為，以避招惹嫌疑。❷嫂叔句 《孟子・離婁》：「男女授受不親，禮也。」授受，給予與接受。親，謂態度親昵。❸長幼句 謂長者與晚輩不並肩而行，表示長幼尊卑有別。這是封建等級、宗法制度的戒律。❹勞謙句 《周易・謙卦》：「勞謙，君子有終，吉。」孔穎達疏云：「上承下接，勞倦於謙也。」又，《周易・繫辭下》：「謙，德之柄也。」勞謙，謂勤謹謙虛。柄，喻指根本。❺和光 語本《老子》：「和其光，同其塵。」和光，本謂涵蓄光耀，不露鋒芒。後多指與世俗混同，隨波逐流而不立異。❻周公三句 《史記・魯周公世家》記周公之言云：「我文王之子，武王之弟，成王之叔父，我於天下人亦不賤也。然我一沐三捉髮，一飯三吐哺，起以待士，猶恐失天下之賢人。」篇中「白屋」、「吐哺」等詞，請參見本卷〈豫章行〉注及卷一〇〈漢二祖優劣論〉「有吐握之勞」句注。

【語　譯】君子防患於未然，不處嫌疑是非間。路經瓜田不納鞋，李樹之下不整冠。嫂、叔交接不親昵，長、幼一起不並肩。勞謙可獲德之本，與世俯仰實在難。周公禮待貧寒士，口吐食物停用餐，洗浴一次三握髮，後世稱讚他聖賢。

【研　析】此詩的寫作背景不明，故難推斷作者寫作此詩的深層動因。就詩本身看，似是表現作者在仕途上的艱難和憂懼，同時也表達了對上層統治者勤謹謙恭、禮賢下士的期待。

詩的前六句，是說君子安身立命於世，要小心謹慎，避嫌疑、遠禍患、遵禮法，以免被人誣謗、猜疑。這當是當時下層士人身處溷濁之世，憂讒懼禍的心態的反映。詩的後六句，主要是通過周公禮士的典故，說明統治者應當勤奮謙謹，推賢舉能，讓寒士能建功立業。

此詩語言通俗易懂，內容深厚精警，體現了剛健清新的文學風格。

平陵東

【題　解】〈平陵東〉為樂府歌辭。《樂府詩集》將其列於〈相和歌相和曲〉中。〈平陵東〉古辭今存，相傳為翟義門人所作。翟義為西漢丞相翟方進之子，曾任東郡太守。王莽篡權代漢後，翟義起兵聲討，後被殺，門人遂作〈平陵東〉曲以悼之。曹植此篇只是沿用了〈平陵東〉這一古題，內容與翟義之事不相涉。

平陵，古縣名，在今陝西咸陽西北。

閶闔❶開，天衢❷通，被我羽衣❸乘飛龍。乘飛龍，與仙期❹，東上蓬萊採靈芝❺。靈芝採之可服食，年若王父❻無終極。

【注釋】❶閶闔　天門也。❷天衢　天路也。❸羽衣　舊稱道士或神仙所著之衣為羽衣。❹期　約會。❺東上句　蓬萊，古人所稱海上三神山之一。靈芝，一種菌類植物，古以為瑞草。❻王父　指神話傳說中的東王公。參見本書卷三〈登臺賦〉注⑯。

【語譯】天門大開，天路暢通，我披上羽衣駕乘飛龍。駕乘飛龍，與神仙相約，東上蓬萊神山採靈芝。靈芝採來可服食，壽如東父長生不死。

【研析】這是一首遊仙詩。此詩雖言神仙之事，但非單純的求仙祈壽之屬，而是託言神仙，舒展沉鬱之氣。這首詩和作者的其他許多求仙詩一樣，是通過對一種恢廓境界的著意追求，以使現實生活中的壓抑、痛苦，在冥想之中得到虛幻的解脫。當然，在漢魏神仙導引之說大行其道的社會背景下，作者也難免一點不受其染，因而在此詩中，作者也表現出了通過服食以延壽長生的企望。

本詩前五句寫作者身披羽衣升天，並與仙人約會。詩寫作者登仙翱翔，顯得自由灑脫，去來無礙，而這正反襯出作者在現實世界的拘局不展。詩的末尾三句寫採食靈芝於蓬萊神山，表現出對延長生存時間的渴望。

本詩的句式頗有特色，它以七言為主，雜以三言，讀起來既琅然上口，又錯落有致，頗近民間歌謠的語言風格，顯得生動活潑。另外，此詩簡短的幾句中，有兩處（第三、四句，第六、七句）用到了頂真的手法，具有回環、貫暢的藝術效果。

苦思行

【題　解】〈苦思行〉是曹植自擬的樂府新題。《樂府詩集》收錄了此篇，並將其歸於〈雜曲歌辭〉。

綠蘿緣玉樹❶，光耀燦相輝。下有兩真人❷，舉翅翻高飛。我心何踴躍❸，思欲攀雲追。鬱鬱西嶽❹巔，石室青青與天連❺。中有耆年❻一隱士，鬚髮皆皓然，策杖❼與我遊，教我要忘言❽。

【注　釋】❶綠蘿句　蘿，即女蘿，一種藤蔓植物。緣，攀附。玉樹，傳說中的仙樹。❷真人　即仙人。❸踴躍　跳動。此言心情十分激動、高興。❹西嶽　即華山，在今陝西省境內。❺石室句　此指隱士居住的石洞。青青，本或作「青蔥」。❻耆年　此泛指老年。古代，年五十曰艾，六十曰耆，七十曰古稀。❼策杖　拄著拐杖。❽忘言　此處意為閉口不言。

【語　譯】碧綠的女蘿纏玉樹，光彩互映燦然生輝。玉樹下面有兩個仙人，展開翅膀翩翩高飛。我的心是多麼激動，真想攀登雲彩去追隨。草木茂盛的華山頂，石洞高入雲天且青翠。洞中有老翁是隱士，蒼蒼白髮白鬚眉。拄著拐杖同我遊，他教我沉默遠是非。

【研　析】此詩十二句。前六句寫心思追隨仙人而不可得；後六句寫自己在西嶽遇見隱士，隱士以忘言守默為處世之道教導他。所以，朱乾《樂府正義》云：「子建多歷憂患，苦思所以藏身之固，計欲攀雲隨真人而不可得，託言隱士教以忘言，蓋安身之道，守默為要也。」

此詩前六句寫到了仙人所居環境的美好，以及仙人生活的自由灑脫；後六句也寫到了隱士所居環境的優雅脫俗。這些都是作者在歷經人生憂患、身荷生活重壓而「苦思」安身之道時，所作的一種想像，說明作者在現實生活中無法承受太多的壓抑和痛苦，只有在精神世界中尋求解脫。詩寫作者心想求仙而不得，後與隱士從遊而有所獲，表明作者「苦思」處世之道時，思想頗為複雜，經歷了由慕仙到思隱的曲折過程；而作者將「忘言」作為「苦思」的最終成果加以首肯，又表明作者在政治重壓之下具有憂讒畏禍的心理。

遠遊篇

【題解】本篇為樂府歌辭。《樂府詩集》收錄了此篇，列在〈雜曲歌辭〉之中。〈遠遊〉本是《楚辭》中的篇名，相傳是屈原所作。王逸《楚辭章句》解釋說，屈原之所以作〈遠遊〉，是因為自己行正直之道，而不為世俗所容，且受姦佞讒害，便想與仙人一同遊戲，以周歷天地，無所不至。王逸的上述解釋可借以說明曹植本篇的作意，因為曹植後半生遭讒受貶，頗與屈原的遭際相類，且曹植此篇是有意模仿屈賦〈遠遊〉而作，意在以寫遊仙之事，抒發自己胸中的鬱悶。

遠遊臨四海，俯仰觀洪波，大魚若曲陵❶，乘浪相經過。靈鼇戴方丈❷，神嶽儼嵯峨❸。仙人翔其隅，玉女戲其阿❹。瓊蕊可療饑，仰首吸朝霞❺。崑崙本吾宅，中州❻非我家。將歸謁東父❼，一舉超流沙❽。鼓翼舞時風❾，長嘯激清歌❿。金石固易弊，日月同光華⓫。齊年與天地，萬乘安足多⓬。

【注釋】❶曲陵　起伏的山陵。❷靈鼇句　靈鼇，傳說中的一種大魚，生於大海之中。戴，背負。方丈，古代傳說中的海上五座神山之一。據《列子》一書載，渤海之東有五座神山，均浮在海上，且常隨潮流上下漂動。上帝怕這些神山漂走，便派十五隻巨鼇分成三班，輪流背負這些神山，不使漂動。❸神嶽句　神嶽，指方丈。儼，莊重。嵯峨，高峻貌。❹玉女句　玉女，神女。阿，山之彎曲處。❺瓊蕊二句　瓊，美玉。古代傳說認為仙人以玉屑為食。蕊，花蕊。朝霞，古以為六氣之一，服之可長壽。《楚辭・遠遊》有云：「湌六氣而飲沆瀣兮，漱正陽而含朝霞。」❻中州　指中原地區。❼東父　古代傳說中的仙人。參見本書卷三〈登臺賦〉注⓰。❽流沙　指西北沙漠之地。❾時風　即和風。❿長嘯句　嘯，撮口而出聲。激，揚起。⓫清歌，清越的歌聲。⓫金石二句　意謂金石雖堅，但也容易毀壞，比不上神仙的壽命；神仙之壽，如同日月一般長久。⓬萬乘句　萬乘，指擁有萬乘兵車的大國之君。多，稱道；讚美。

【語　譯】遠遊來到四海地，仰看俯視大水波。大魚脊背像山丘，憑著大浪打這經過。大鼇身負方丈山，此山莊嚴而嵯峨。仙人遨遊於山角，神女嬉鬧在山坡。玉屑、花蕊可充飢，仰頭將那朝霞喝。崑崙本有我住宅，中原非我安樂窩。我將歸去見東父，一飛便越大沙漠。搧翅舞於和風中，長聲吟嘯揚清歌。金石雖堅亦易毀，與日月同在的只有仙客。神仙年壽同天地，大國君位哪值羨慕。

【研　析】此為遊仙詩。此詩並非單純為了寫神仙，繪仙境，而是託言神仙，抒發自己憤世嫉俗、不滿現實的思想感情。它同作者的〈五遊詠〉等作品一樣，是作者遭遇艱厄、備受壓抑的處境之下的遣懷之作。因此，宋長白《柳亭詩話》卷三云：「曹子建懷才自負，跼促藩邦，欲從征而未能，求自試而不可，因借〈遠游〉以名篇云：『遠游臨四海……』」

此詩二十句，可分三部分。第一部分是詩前十句，描寫了海上仙山的神仙境界，是作者遠遊四海時所見景象。在這部分的描寫中，作者採用了層層推進的方法，如剝春筍，由大到小，由表及裏：先言四海見洪波，次言洪波之中見大魚，又由大魚及於神山，再由神山說到神山上的仙人玉女，最後由仙人玉女談到他們的生活方式。這樣，步步蟬聯，層層衍化，令詩意脈清晰，結構精密。這一部分將海上仙境寫得甚是神奇、幻妙。

「崑崙」以下六句為第二部分，寫作者以神仙自居，遠遊崑崙仙山。其中，「崑崙本吾宅，中州非我家」二句，與〈五遊詠〉中的「九州不足步」句一樣，表現出了作者對現實人間世的憤激、鄙棄和厭惡。這二句是本詩主旨所在。

末四句是第三部分，感慨人生短促，惟有超凡脫俗、出塵入仙，才能光同日月，壽比天地，而帝王之位不值得羨慕。這四句是作者表明心跡的肺腑之言，立志高潔，更襯出作者對塵世的厭棄之意，從而使「崑崙」二句之旨得到突現。

此詩境界恢闊，氣象宏放，表現出在精神世界中尋求空間拓展的傾向，而「這種在意識中盡可能拓展空間的想像，不過是詩人不滿於現實生活中拘囚般局促的生存空間的一種觀念的自我放大！」（王鍾陵先生語）

吁嗟篇

【題解】本篇題目中的「吁嗟」二字為憂歎之詞，有人認為它取義於屈原的〈卜居〉：「吁嗟默默兮，誰知吾之廉貞。」郭茂倩《樂府詩集》收錄了此詩，並將其列入〈相和歌清調曲〉。《樂府解題》說「曹植擬〈苦寒行〉為〈吁嗟〉。」《太平御覽》引此篇作〈琴調歌〉。而《三國志・魏志》曹植本傳裴松之注引〈吁嗟篇〉，稱之為瑟調曲歌辭。本詩究竟屬於樂府的哪一類，迄今尚無定論。

本篇是作者晚年的作品。至於這篇作品的具體寫作時間，有人根據《三國志》的有關記載及裴松之之注，認為此詩當作於太和三年（西元二二九年）作者徙封東阿王之後。

吁嗟此轉蓬❶，居世❷何獨然。長去本根逝❸，宿夜❹無休閒。東西經七陌❺，

南北越九阡❻。卒遇回風❼起，吹我入雲間。自謂終天路❽，忽然下沉淵。驚飆❾

接我出，故歸彼中田❿。當南而更北，謂東而反西。宕宕⓫當何依？忽亡而復存。

飄颻周八澤⑫，連翩歷五山⑬。流轉無恆處，誰知吾苦艱？願為中林⑭草，秋隨野火燔⑮。糜⑯滅豈不痛？願與株荄⑰連。

【注　釋】❶轉蓬　飛轉的蓬草。蓬為菊科植物，花似柳絮，遇風則飛。❷居世　活在世上。❸長去句　意謂永遠離開自己的根而去。逝，往也。❹宿夜　猶言早晚。❺陌　東西方向的田間小道。❻阡　南北方向的田間小道。❼回風　旋風也。❽自謂句　意謂自以為會被吹到天路的盡頭。天路，天上之路。❾飈　暴風。❿中田　即田中。⓫宕宕　猶「蕩蕩」。飄蕩的意思。⓬飄颻句　飄颻，翻飛不定的樣子。周，遍也。八澤，古代的八大湖澤，亦稱八藪，即魯之大野，晉之大陸，秦之楊汙，宋之孟諸，楚之雲夢，吳越之具區，齊之海隅，鄭之圃田。⓭連翩句　連翩，義同上文「飄颻」。五山，指五嶽，即泰山、華山、恆山、衡山、嵩山。或說五山指華山、首山、太室、泰山、東萊。⓮中林　林中。⓯燔　燒也。⓰糜　爛也。⓱荄　草根。

【語　譯】可歎我這飛蓬草，活著偏偏如此難。永遠離根而飛去，從早到晚不安閒。東西橫過不少路，南北飛越很多田。突然遇上旋風起，將我吹入雲中間。以為來到天路盡頭，誰知忽然落入深淵。暴風又將我刮起，仍舊回到那田間。正要南去忽向北，想往東方卻吹到西邊。飄飄蕩蕩不知所歸，忽然消失忽而出現。飄颻飛遍八大湖澤，又不停地跨越五大山。流離飄泊無定所，有誰知道我的苦艱？我願做那林中小草，秋隨野火化為塵煙。化為塵煙豈不痛苦？我寧與本根永相連。

【研　析】《三國志・曹植傳》記曹植「十一年中而三徙都」。曹植〈遷都賦序〉（見《太平御覽》卷一九八引）云：「余初封平原，轉出臨淄，中命鄄城，遂徙雍丘，改邑浚儀，而末將適於東阿。號則六易，居實三遷，連遇瘠土，衣食不繼。」可見，曹植屢遭貶斥或徙封，不得久治一地，長期處在一種漂泊不定的境況之中；不僅如此，曹植在政治上還備受排擠、猜疑，儘管他屢進忠言，切盼建功，但在文帝、明帝兩朝均遭冷遇。故此，本詩以轉蓬自喻，表現自己常遭遷徙，四處飄零的苦辛，以及受人牽制、身不由己的艱難處境。

本詩將飛蓬擬人化，以第一人稱自述的口氣敘事抒情。

開頭兩句開門見山，以哀淒的語氣道出孤寂、飄零的處境。作者多年來鬱積於胸的哀怨、酸楚盡現其間。

接下來十八句，具體寫飛蓬飄零無依、身不由己的情形。「長去」二句寫飛蓬顛沛流離，不得喘息；「東西」二句寫漂泊地域之廣，前途無定；「卒遇」以下十四句具體鋪述飛蓬飄轉的過程，寫出了路途的艱險莫測，並著力表現了飛蓬被狂風左右，而不得自主的悲慘命運。以上十八句，是全篇筆墨的重點，陳祚明《采菽堂古詩選》評此曰：「寫轉蓬飄蕩，淋漓生動，筆墨飛舞，千秋絕調。」

末尾四句，寫飛蓬歷盡遷轉之痛後，絕望悲觀，於是想以「糜滅」（即死亡）的方式尋求解脫。這反映了詩人生不如死的心情，實是對文帝猜忌兄弟、迫害同胞而致己流離的沉痛抗議。清人張玉穀《古詩賞析》曾說：「末四以『草隨火滅，願與連根』，反襯轉蓬去根之痛，真乃警動異常。」

此詩全篇以飛蓬為喻，處處寫飛蓬，又處處是寫作者自己，形象具體而生動。其風格沉痛而悱惻，淒傷而纏綿，情感的抒發十分細膩。今人王鍾陵先生在評論曹植此類抒寫壓抑苦悶的詩時，說：「建安其他詩人，均沒有過子建這樣胸懷大志而棄置不用，身為藩王而陋同匹夫的生活經歷，因而也都沒有這樣的詩作。……惟有曹植真切地抒寫了自己內心的苦悶，從而使建安詩歌在刻劃人物內心世界上大大地深入了一步，藝術的表現因而也更為細膩。在中國文學史上，像曹植這樣充沛地展示了一個失意個性之內心世界的詩人文士，此前，還只有屈原一人。」

鰕䱇篇

【題解】《鰕䱇篇》是作者自創的樂府新題。《樂府解題》曾說：「曹植擬〈長歌行〉為〈鰕䱇〉。」篇題中的「鰕」，與「蝦」相通；也有人謂此「鰕」指鯢，一種小魚。篇題中的「䱇」，即「鱔」字，指黃鱔。

此篇以鴻鵠自況，以鰕䱇、燕雀喻世俗之士，抒寫了自己拯世濟物的豪情壯志，並對俗士不解壯士志向和理想，表示了極大的悲憤。

鰕䱇游潢潦❶，不知江海流。燕雀戲藩柴❷，安識鴻鵠遊？世士此誠明❸，大德固無儔❹。駕言登五嶽，然後小陵丘❺。俯觀上路人❻，勢利惟是謀。高念翼皇家❼，遠懷柔九州❽。撫劍而雷音❾，猛氣縱橫浮。汎泊徒嗷嗷❿，誰知壯士憂？

【注釋】❶潢潦　指小水坑及雨後路上積水。❷藩柴　即籬笆。❸此誠明　猶言誠明乎此。此，指上文所述內容。誠，的確。❹大德句　謂高尚的德行就必定無人可比。固，必也。儔，匹比。❺駕言二句　意謂駕車登上五嶽名山，然後才知道一般土山之小。此二句喻指人有崇高遠大的志向，才能察覺到社會上勢利小人的卑微渺小。駕，謂駕車。言，語中助詞，無義。五嶽，參見本卷〈仙人篇〉注。❻上路人　此指奔走於仕途的人。❼高念句　謂壯士崇高的理想是輔佐皇家。念，指理想、志向。翼，輔助。皇家，指魏國。高念翼，原本作「雠高念」，今據宋本改。❽遠懷句　懷，抱負。柔，安定；安撫。九州，古代中國分冀、兗、青、徐、揚、荊、豫、梁、雍九州。❾撫劍句　語出《莊子・說劍》：「諸侯之劍，以知勇士為鋒，以清廉士為鍔，以賢良士為脊，……此劍一用，如雷霆之震也，四封之內，無不賓服而聽從君命者矣。」撫劍，持劍也。而，與「如」同義。雷音，雷聲。言威如雷震。❿汎泊句　汎泊，以往學者多認為與「紛泊」一聲之轉，釋其義為「飛薄」。今徐仁甫先生以「汎泊」為「凡百」之增體，而「凡百」乃漢魏習用語，指眾人。依此，「汎泊」在詩中當指世上隨波逐流、輕浮淺薄的俗眾。徒，只是。嗷嗷，亂叫聲。

【語譯】蝦鱔游動於淺水泥溝，不知大江大海水奔流。燕雀在籬笆間穿梭戲鬧，哪知天鵝的非凡遨遊？世人真的明白這些，自會將超群的大德來擁有。驅車登上高大的五嶽，然後才會小看眾山丘。下看奔走於仕途的人，只知追逐權勢把利求。壯士的理想是輔佐皇家，其遠大的志向是安定九州。手持寶劍威如雷動，勇猛的氣勢橫溢四周。世間俗眾只是亂嚷，有誰知道壯士的憂愁？

【研析】此詩採用樂府的通俗形式，亦敘亦議，抒發了作者自己內心深處的感受。

本詩開頭四句運用比喻的手法，說明庸人不理解壯士的志向。此處是以鰕䱇、燕雀喻指唯利是圖的庸人，以江海、鴻鵠比喻心懷治國平天下的遠大志向的壯士。作者在這裏實際上是以壯士自況。

「世士」二句緊承前文，說世俗之人如果真正明白上述道理，則一定會棄「潢潦」之狹境而具「鴻鵠」之大志，成為道德無比高尚的人。

「駕言」二句比喻人有遠大的志向，才能看出世俗庸人的卑微、渺小。

「俯觀」二句揭露了世俗庸人惟謀勢利的本質。語含指斥之意。

「高念」四句寫壯士（實寫作者自己）獻身皇家，安定天下的志向，及其偉美不凡的氣魄，此與上述蠅營狗苟、追權逐利的世俗庸人形成鮮明對照，使壯士之志顯得無比可貴。

末二句謂庸人只為自身利益而嚷鬧，並不理解壯士之憂。那麼，壯士之憂為何?當指壯志未酬，雄才未展的憂傷。此實際是指作者懷抱利器而不見用的憂傷。這兩句，抒發了作者心懷大志而不為人理解，理想遠大而不得實現的苦悶與不平。

此詩作於何時，至今尚無定論。但就此詩反覆申說自己壯志不被人知，抱負不得伸展的情況看，大約作於後期，可能在作者上〈自試表〉以後不久。

此詩善於使用比喻以及對比的手法。如詩的開頭以鰕䱇喻庸人，以鴻鵠喻壯士；這類取譬雖本於前人文句（如宋玉〈對楚王問〉：「夫尺澤之鯢，豈能語之量江海之大哉！」又《史記・陳涉世家》：「燕雀安知鴻鵠之志哉！」），但用在本詩，還是顯得貼切、精巧。此外，本詩的對比手法也用得較好。如，世士的追逐勢利與壯士的高遠志向形成對比，效果明顯。

種葛篇

【題解】〈種葛篇〉是作者自創的樂府新題。《樂府詩集》收錄了此篇，歸入〈雜曲歌辭〉。此篇是取篇中首句「種葛南山下」前二字命題。本篇大約作於文帝黃初年間。

種葛❶南山下，葛藟❷自成陰。與君初婚時，結髮恩意深。歡愛在枕席，宿昔同衣衾❸。竊慕〈棠棣〉篇，好樂如瑟琴❹。行年❺將晚暮，佳人懷異心❻。恩紀曠不接❼，我情遂抑沉❽。出門當何顧？徘徊步北林。下有交頸獸❾，仰見雙棲禽。攀枝❿長歎息，淚下沾羅衿⓫。良馬知我悲，延頸⓬代我吟。昔為同池魚，今為商與參⓭。往古皆歡遇，我獨困於今。棄置委天命⓮，悠悠安可任⓯！

【注釋】❶葛　多年生草本植物，莖較長，緣附樹木而生。莖可編籃做繩，纖維可織葛布，根可提製澱粉，又供藥用。❷藟　草本植物，與葛形似，但莖較葛粗。❸衾　被子。❹竊慕二句　棠棣，又作「常棣」，《詩經・小雅》中篇名。該篇以棠棣（樹木之一種，又稱郁李）喻兄弟，頌讚兄弟之間的情誼。篇中有「妻子好合，如鼓瑟琴」的詩句。曹詩化用〈棠棣〉中的這兩句，意在說明夫妻和睦。❺行年　歷年。此指年紀。❻佳人句　佳人，此指丈夫。異心，二心。❼恩紀句　恩紀，恩愛之情。曠不接，謂久已斷絕而不能續接。❽抑沉　心情抑鬱沉悶。❾交頸獸　兩頸相依之獸。常喻指夫妻恩愛。❿攀枝　以手牽拉樹枝。⓫衿　同「襟」。衣襟。⓬延頸　伸長脖子。⓭商與參　均為星名。見本卷〈浮萍篇〉所注。⓮棄置句　謂棄婦不再顧念被棄之事，而順隨天命。⓯悠悠句　悠悠，憂愁不絕貌。任，承受；負荷。

【語　譯】葛藤種在南山之下，藤條長得茂密成蔭。與你剛結婚的時候，夫妻恩愛情意深。兩情相悅在枕席間，同衣共被不離不分。心中愛慕〈棠棣〉古詩篇，夫妻和睦如鼓瑟彈琴。如今青春已逝年將老，夫君你卻情變懷二心。恩愛之情早就斷絕不存，我的心情十分憂鬱苦悶。走出屋門當往何處？我獨自徘徊在北林。林下有獸頸項相依，又見成雙的鳥兒樹上停。我手拉樹枝長聲歎息，淚水漣漣沾溼羅衣襟。駿馬知道我心傷悲，伸長脖子代我悲鳴。從前你我好似同池魚，如今卻像商參長離分。從前你我歡娛在一塊，如今我卻痛苦不堪成孤人。拋開過去的事情聽由天命，愁思無盡怎可擔承！

【研　析】這是一篇描寫棄婦的詩。通篇以棄婦的口吻，敘說了遭受丈夫遺棄的不幸。全詩既是寫實，又是託諷。作者以棄婦自況，借棄婦感歎夫妻恩愛不終，以喻自己不得文帝重用，而兄弟情義疏淡。全詩二十六句，可分為三個層次。

前八句為第一層，回顧了初婚之時，夫妻相親相愛的種種情狀。其中「種葛」兩句是起興的句子，但興中有比，即以葛藤纏繞比喻夫妻情意纏綿。詩的這一層，詳盡地敘述初婚時的恩愛情景，是為下文寫丈夫薄情寡恩，致己孤苦憂戚作鋪墊，好形成一種反襯，以收先揚後抑之效。

中間十二句（即「行年」句至「延頸」句）為第二層。這層中，棄婦盡情訴說了今日被棄的悲苦。其中，「行年」四句，寫丈夫變心，恩情斷絕，以及被棄後的悲涼心境，且交代了被棄的原因：「行年將晚暮」，即自己年老色衰。此四句表面是寫婦女年老被棄，實是喻寫作者自己屢遭貶斥，不得見用於文帝的哀痛。「出門」以下八句，生動、形象地描述了棄婦被棄以後，孤苦無告，憂思難遣的無奈情形。棄婦愁苦不堪，本想出門散散心，孰料外面的景況更使人難堪：下見交頸之獸，上見成雙之鳥。觸景生情，使棄婦更覺自己孤苦無依，因而徒添哀傷，悲上加悲。在悲歎流淚之際，也似乎感到馬兒亦在為自己悲鳴哀吟。這樣，將自己的感情投射到異類（指馬）身上，引異類為知己體己之物，更烘襯出棄婦的悲愁哀苦已至無限之境。此層寫棄婦之悲苦、憂愁，層層渲染，步步深入，生動而細膩，將悲淒的氣氛推至了高潮。

末六句為第三層。此層寫棄婦在淒寂無依之時的自寬自慰，顯出了棄婦的無可奈何。在這一層中，棄婦對夫君的薄情負心，沒有譴責、痛斥，而是委曲求全，歸諸天命，言辭顯得溫婉敦厚，這與作者寫作此詩的用心有關。作者以棄婦自喻，哀訴被疏遠時的衷腸，是希望文帝能以兄弟手足之情為重，容納、重用自己，故此出以溫婉之言，欲使文帝回心轉意。

此詩寫「夫婦之好不終」，並「借棄婦而寄慨」（朱緒曾語），故在寫作藝術上具有因事託諷、婉言曲達的特點。這使得詩歌含而不露，耐人尋味，真所謂「思深遠而有餘意，言有盡而意無窮也」（呂本中《童蒙詩訓》）。

本詩在寫作上還善於使用對比的手法，增添了詩的藝術感染力。如第一層所寫的初婚之歡，與第二層所寫的見棄之哀，形成鮮明對照，很好地再現了詩中主人公的不幸處境。又如，詩寫樹下之獸「交頸」，樹上之鳥「雙栖」，此與主人公孤苦伶仃之狀形成對比，讓人感到主人公尚不及禽獸之幸運，更顯出了主人公的可憐可哀。

浮萍篇

【題解】本篇是樂府歌辭，屬〈相和歌清調曲〉。《樂府詩集》收錄了此篇，題作〈蒲生行浮萍篇〉。《藝文類聚》引錄此詩，題作〈蒲生行〉。

浮萍寄清水，隨風東西流。結髮辭嚴親❶，來為君子仇❷。恪勤❸在朝夕，無端獲罪尤❹。在昔蒙恩惠，和樂如瑟琴❺。何意今摧頹❻，曠若商與參❼。茱萸❽自有芳，不若桂與蘭。新人雖可愛，不若故所歡。行雲有反期，君恩儻中還？慊慊⑨仰天歎，愁心將何愬⑩？日月不恆處，人生忽若寓。悲風來入帷⑪，淚下如垂露。散篋⑫造新衣，裁縫紈與素⑬。

【注　釋】❶結髮句　結髮，謂成年也。古代男子年二十加冠，女子年二十用笄（盤頭髮用的簪子）。用笄時需束髮，即結髮。嚴親，指父母。❷仇　配偶。❸恪勤　謹慎勤勞。❹無端句　無端，無緣無故。尤，過錯。❺和樂句　語出《詩經・常棣》：「妻子好合，如鼓瑟琴。」❻摧頹　本謂失意。此言夫妻恩愛之意消失。❼曠若句　曠，遠也。商與參，均為星名。參星在東，商星在西，兩星此出彼沒，難以相見。❽茱萸　植物名，屬落葉喬木，有香氣，可入藥。❾慊慊　遺恨；不滿。❿愬　同「訴」。傾訴。⓫帷　帳也。⓬散篋　打開箱子。⓭紈與素　指生絹與白絹。此泛指精美的絲織品。

【語　譯】浮萍託身於清澈的水面，跟著風兒東西漂流。年輕之時我辭別父母，和你結婚成配偶。我整天勤勞且恭謹，卻無緣無故招致罪尤。從前曾蒙受你的恩愛，夫妻和好如琴瑟合奏。哪知今日你對我恩愛不再，感情淡遠就像參商難聚首。茱萸固然氣味芳香，但不如蘭桂香濃厚。新人雖然也令人喜愛，但畢竟不如舊妻意厚情稠。飄去的雲也有返回的時候，你的恩愛倘或能中途復舊？滿懷怨恨對天長歎，我心中的愁苦將向誰訴？日月起落不停止，人生快得就像寄居暫留。淒冷的風吹進了帳幕，我的眼淚像露珠不住地滴流。打開衣箱縫製新衣，你就要為新人裁縫絲綢。

【研　析】此詩寫婦人無辜被棄的遭遇，以及希望丈夫迷途知返，恢復舊愛的心情。此詩亦有所諷諭而作。王世貞《藝苑卮言》謂曹植此詩是為和甄后而作，朱乾《樂府正義》亦謂「此擬甄后而作」。今人黃節不以為然，說：「和甄之說，皆緣此篇冠以『蒲生行』三字而起，以甄后〈塘上行〉首二字作『蒲生』也。……《玉臺新詠》作〈浮萍篇〉，常熟瞿氏所藏宋本《曹子建集》亦作〈浮萍篇〉，無『蒲生行』三字。《類聚》既誤〈浮萍篇〉為〈蒲生〉，則此篇與『蒲生』無關，和甄之說可不辨而破矣。」黃氏此說較為有理。此詩的喻意當與本卷〈種葛篇〉相類，是借棄婦感歎夫婦情愛不終，以喻作者自己遭受曹丕貶斥、冷落的不幸，表達了希望同曹丕和睦相處的誠意。

全詩二十四句，共分四層。全以棄婦口氣敘說。

開頭六句為第一層，交代了詩中主人公對丈夫忠愛，盡職盡責，但無端遭棄的事實。「浮萍」二句是起興句，但興中有比：以浮萍自比，以清水比丈夫，表現了此婦跟隨丈夫、忠貞不貳的情態。

「在昔」四句是第二層。此層運用對比的手法，揭露了丈夫喜新厭舊的醜惡行徑，點明了自己「獲罪尤」（即遭遺棄）的原因，使上文所言「無端」二字在此得到進一步證實。

接下來的六句（即「茱萸」句至「君恩」句）是第三層。此為棄婦在孤苦無告、愁苦難當之時，對丈夫所作的幻想。她在這裏以茱萸比喻新人，以桂蘭比喻自己，想像丈夫有一天會回心轉意，棄新歡而就故人。這裏，「行雲」二句寫得纏綿悱惻，顯出了棄婦的善良厚道，天真純樸。

但是，她的天真的幻想即刻破滅，無情的事實馬上使得她理智起來，她立即意識到丈夫的迷途知返是不可能的，於是又陷入了絕望悲觀的深淵。接下六句（「慊慊」句至「淚下」句），便敘寫了理智清醒之後的巨大悲哀。

最後兩句是第四層，是棄婦設想丈夫為新人「造新衣」的情形，取意於古怨歌：「衣不如新，人不如故。」這裏的設想之辭，將「愁心將何愬」的「愁心」又進一步作具體展示。

全詩四層，有敘事有抒情，有眷戀有指責，有自慰有他怨，悲愁之中寄以渺茫希冀，幻想破滅之後復歸於淒寂，真可謂是聚萬種情懷於一紙，極騰挪迭宕之致於一篇。

惟漢行

【題　解】此篇為樂府〈相和歌相和曲〉辭。郭茂倩《樂府詩集》收錄了此篇。

近人黃節認為曹植此篇，是擬曹操樂府詩〈薤露行〉而作，並取〈薤露行〉首句「惟漢二十世」中「惟漢」二字名篇，寓有殷鑑、鑑戒之意。黃節還根據篇中「在昔懷帝京」等言，推定此篇作於魏文帝黃初以後。

太極定二儀❶，清濁❷始以形。三光照八極❸，天道甚著明。為人立君長，欲以遂其生❹。行仁章以瑞❺，變故誡驕盈❻。神高而聽卑❼，報若響應聲❽。明主敬細微❾，三季瞢天經❿。二皇稱至化⓫，盛哉唐虞庭⓬。禹湯繼厥德，周亦致太平。在昔懷帝京⓭，日昃⓮不敢寧。濟濟⓯在公朝，萬載馳其名。

【注　釋】❶太極句　語本《周易・繫辭》：「易有太極，是生兩儀。」孔穎達疏云：「太極，謂天地未分之前，元氣混而為一。即是太初、太一也。」二儀，指天地。❷清濁　指陰陽之氣。❸三光句　三光，指日、月、星。八極，指八方極偏遠的地方。❹為人二句　語本《左傳・襄公十四年》：「天生民而立之君，使司牧之，勿使失性。」遂，化育。生，性也。❺行仁句　謂人君施行仁道，則天降祥瑞以彰顯之。❻變故句　謂災異禍患的出現，是上天警告人君不能驕傲自滿。❼神高句　語本《史記・宋微子世家》：「子韋謂宋景公曰：天高聽卑。」意謂上天神明，能洞察下界卑微之處。❽報若句　謂上天對下界善惡的報應，就像回響一樣，應聲而至。❾細微　指貧賤之人。❿三季句　三季，指夏桀、商紂王、周幽王。瞢，本指眼睛；此引申指不顧、無視。天經，天之法則。⓫二皇句　二皇，指伏羲氏太昊、神農氏炎帝。至化，猶至治。指最完美的政治。⓬盛哉句　語本《論語・泰伯》：「唐虞之際，於斯為盛。」唐虞，指堯帝、舜帝。庭，朝廷。⓭帝京　此指魏之都城。⓮日昃　太陽西斜。⓯濟濟　莊重恭敬之貌。

【語　譯】混沌的元氣產生天地，陰陽之氣開始形成。日月星辰照耀八極，天行之道十分顯明。天為萬民立君主，欲以君王養其性。行仁則天降祥瑞彰其德，驕盈則天以災變為之警。天神高處洞察下界，報應就像回響應答聲音。聖明之君尊重百姓，昏庸的三王不按天道行。伏羲、神農為至治，堯舜之時繁榮昌盛。禹湯繼承了先王的美德，周朝也曾致太平。懷想從前我魏國，父王整天操勞不寧。群臣在朝忠誠恭謹，萬古千秋永傳美名。

【研析】黃節先生《曹子建詩注》談及本篇的寫作時間時，曾說：「朱緒曾謂此篇作於建安中，恐非。細繹『在昔懷帝京』之言，則是作於黃初以後。」我們認為，黃氏所言，雖有一定道理，但仍顯得泛而不切。細味詩中「變故誠驕盈」、「神高而聽卑」等語，其言上天明察，對人間驕盈之君會降災異禍變，以為警誡，則此詩應是針對君主驕盈以致災譴的現象而來。依此，將本篇的寫作時間定為明帝太和元年（西元二二七年），似較合理。《三國志・楊阜傳》記楊阜上疏云：「頃者天雨，又多卒暴，雷電非常，至殺鳥雀。天地神明以王者為子也，政有不當，則見災譴。」而《宋書・五行志》則將此次災變記為明帝太和元年秋季。由此看來，作者寫作此篇，是希望通過對天道與人事的關係的論析，來說明引起此次災變的根源，從而諷諫明帝改驕盈之過，而行仁德之美，並勉勵在朝的群臣殫思竭慮，盡忠輔弼，以建立萬世不朽的功業。

本詩前六句論天道、人事，宣揚了天道昭顯、君權天授的思想。「行仁」四句，論析天道與人事的關係。作者此處的觀點本於董仲舒的天人感應說。董氏《春秋繁露》云：「美事召美類，惡事招惡類」；「凡災異之本，盡生於國家之失。國家之失乃始萌芽，而天出災害以譴告；譴告之而不知變，乃見怪異以驚駭之。」詩「明主」以下六句，是用歷史上帝王興亡之事跡，進一步印證「行仁」四句所表明的觀點，意在託古諷今，示以殷鑑。末四句，分別對君王、群臣而言，勉勖他們勵精圖治、留名後代。

此詩以議論精到見長。在論析上，有論點，有事據，步步深入，具有嚴密的邏輯性和較大的震撼力。

當來日大難

【題解】此篇為樂府〈相和歌瑟調曲〉，是擬樂府古辭〈善哉行〉而作。古〈善哉行〉歌辭的首句是「來日大難」，曹植此篇取以命題。題中的「當」字，意為代替，表明此篇是模擬古樂府詩而作。

日苦短，樂有餘。乃置玉樽辦東廚❶。廣情故❷，心相於❸。闔門置酒，和樂欣欣。遊馬後來❹，轅車解輪❺。今日同堂，出門異鄉。別易會難，各盡杯觴❻。

【注　釋】❶乃置句　玉樽，泛指酒器。東廚，古人在房屋東面設置廚房，因謂廚房為東廚。❷廣情故　言增進情誼。廣，增廣；擴大。情故，指舊情。❸相於　相親也。❹遊馬後來　將客人的馬牽到外面遊逛，而遲遲回來。此謂主人待客殷勤，欲留住客人，不使早歸。後，猶遲也。❺轅車解輪　據《漢書・陳遵傳》載，陳遵好客，每次大宴賓客時，就關上大門，將客人車輪上的鍵銷投到井中，客人即使有急事，也不得去。曹詩此處「解輪」，謂卸下車輪，與陳遵的留客之法頗為相似。❻觴　古代喝酒用的酒具。

【語　譯】時日苦於太短暫，歡樂太多享不完，還是讓東廚置辦酒飯。親朋相聚增進情感，心心相印親密無間。關上大門擺上酒宴，愉快祥和樂無限。牽馬出遊遲遲回，又將客的車輪卸下丟一邊。今日賓主歡聚一堂，出門各奔東西難見面。離別容易相見難，各位開懷暢飲莫停盞。

【研　析】本篇從內容上看，是寫宴飲賓朋、及時行樂之事。是宴會上賓主贈答之類的詩。詩的前五句點明了此次宴飲的原因、動機。在此，作者把置宴的動因與「日苦短」的感喟聯繫起來，使此次歡宴染上了哀傷的色彩。

中間四句極寫歡宴之樂，而其中「遊馬」二句寫主人的盛情，特別巧妙。其寫主人以「遊馬後來，轅車解輪」的方法挽留客人，將主人的熱情、誠摯，表現得無以復加。

末四句寫主人有感於大家將天各一方，會面甚難，遂勸大家開懷暢飲，表現了主人對此次聚會的珍惜之情，同時又暗含主人對親友離別難聚的感傷之意。

此詩雖然寫宴飲之事，但是作者沒有刻意描述宴會上觥觴交錯，開懷飲啖的熱烈場景，而是著重表現主人留友飲宴時複雜的情感活動：「日苦短，樂有餘」，有對人生無常的感傷之情；「闔門置酒，和樂欣欣」，是寫賓主相悅時的歡樂之情；「遊馬後來，轅車解輪」，是寫主人誠留賓朋的不捨之情；「今日同堂」以下四句，既有對朋友聚會的珍惜之情，又有對「別易會難」的憂傷之感，還有對朋友的依戀之意。可見，全詩虛寫聚會，實寫依戀惜別之情，虛實相生，用意宛轉，句句入情，具有較強的藝術感染力。

野田黃雀行

【題　解】本篇是樂府歌辭。《樂府詩集》收錄了此詩，歸在〈相和歌瑟調曲〉之中，並說：「漢〈鼓吹鐃歌〉亦有〈黃雀行〉，不知與此同否？」

本詩是一篇敘事詩，敘寫了黃雀見鷂而投入羅網，最後被少年拔劍捎網救起的故事。作者在詩中運用了比喻手法，並通過故事的敘述，表達了自己對遇難的友人無法救助的悲憤心情。

高樹多悲風❶，海水揚其波。利劍❷不在掌，結交❸何須多？不見籬間雀，見鷂❹自投羅❺？羅家❻得雀喜，少年見雀悲。拔劍捎羅網❼，黃雀得飛飛❽。飛飛摩❾蒼天，來下謝少年。

【注　釋】❶悲風　勁疾之風。此喻處境險惡。❷利劍　喻指權力、地位。❸結交　結識朋友。❹鷂　一種似鷹而小的兇猛之鳥。❺羅　一種捕鳥的網。❻羅家　指張設羅網的人。❼捎羅網　此謂以劍砍破羅網。捎，斬斷。❽飛飛　二字疊用，極言鳥雀飛時的輕快之狀。❾摩　靠近；接觸。

【語　譯】樹木高大常招惡風，海水浩瀚會揚大波。鋒利的寶劍不在手，結交朋友何必多？沒見籬笆上的黃雀，遇到鷂子就自投網羅？張網人獲雀心歡喜，少年見此心難過。拔出寶劍斬羅網，黃雀快飛脫離險禍。牠高高飛翔達藍天，又飛下來感謝那少年哥。

【研　析】曹植寫作此詩，是有其歷史背景的。據《三國志．曹植傳》載：「植既以才見異，而丁儀、丁廙（案或作『翼』）、楊修等為之羽翼，太祖（案指曹操）狐疑，幾為太子者數矣。……太祖既慮終始之變，以楊修頗有才策，而又袁氏之甥也，於是以罪誅修。植益內不自安。……文帝即王位，誅丁儀、丁廙並其男口。」此詩即作於楊修、丁儀、丁廙等好友被殺之時。作者對好友遇難，自恨不能解救，心中悲憤難安，於是寫下了此詩。因此，朱乾說此詩「自悲友朋在難，無力援救而作」。

本詩開頭二句，寫樹大招風，海大揚波，是義兼比興的句子，暗示了作者所處環境的險惡，渲染了一種悲淒、恐怖的氣氛。

「利劍」二句以自問的語氣、議論的筆法，含蓄地表達了作者自己不能救朋友於危難的心曲。句中交織著悲憤、無奈、怨恨的感情。

「不見」以下八句寫少年營救見了鷂鷹而驚嚇得誤入羅網的黃雀，還寫到了黃雀脫離羅網之後輕鬆歡快、高飛雲天的情景，以及黃雀感恩戴德、知恩圖報的心理。此寫少年營救遭遇危險的黃雀，實際上是抒寫作者的一種幻想、希望：在朋友蒙難之時，自己雖然無力相救，但能有某個正義之士出面解救危難。所以，詩中解救蒙難者的少年，實是作者良好願望的寄託。

此詩巧於取譬，託物言志，設事寄意，使詩具有含蓄委婉、言近旨遠、生動形象的特點。如，以大風、海波喻險惡，以利劍喻權勢，以黃雀投羅喻友人遭難，以劍捎羅網、黃雀得飛喻難友得救，等等，即是其例。因此，劉勰《文心雕龍》評道：「陳思之〈黃雀〉，公幹之〈青松〉，格高才勁，而並長於諷諭。」作者在詩中不直言其事，不直抒其情，而是採用比喻託諷的手法以言情寫事，這與作者當時備受曹丕壓制的艱難處境有關。

另外，此詩環環相扣，線索清楚，層次分明。詩先言環境險惡，次言朋友蒙難，然後寄望於義士相救，層層敘來，漸入深境。

此詩在語言上也頗有特點：質樸自然，洗煉明快，而且句式多有變化（如「利劍」二句以自問句議事抒情，「不見」二句以反問句敘事）。

門有萬里客行

【題解】本篇屬樂府〈相和歌瑟調曲〉歌辭。《樂府詩集》收錄了此篇，並將其列於題為〈門有車馬客行〉的樂府詩之後，但本篇與這些樂府詩的內容頗有不同。因此，學界普遍認為曹植的〈門有萬里客行〉，是依據〈門有車馬客行〉創製的樂府新題。

門有萬里客，問君何鄉人？褰裳❶起從之，果得心所親❷。挽衣對我泣，太息❸前自陳：本是朔方士，今為吳越❹民。行行將復行❺，去去適西秦❻。

【注釋】❶褰裳　提起衣裙。❷親　愛也。❸太息　長歎。❹吳越　今江浙一帶。❺行行句　謂走了又走。也就是走個不停。❻去去句　去去，越離越遠。適，往也。西秦，今陝西、甘肅一帶。

【語譯】門前有個遠方客，問他什麼地方人？提起衣裳追趕他，果然得到一知音。他手拉衣裳對我哭，上前歎息訴苦情：我本北方讀書人，如今卻成南方黎民，走啊、走啊還要走，將遠離這兒去西秦。

【研析】這是一篇短小的敘事詩，沒有複雜的情節，而只是簡略地記述了作者與萬里客偶遇而對話的有關情況，卻從一個側面反映出軍閥混戰的年代裏，百姓流離失所、飄泊無定的痛苦生活，因而此詩具有較為深刻的社會意義。

本詩只有十句，但可分為兩部分。前四句為第一部分，是從作者這方面落筆描寫，著重刻畫了作者見萬里客到來時引之為同調，急於與其相交的心態。其中一個「問」字、一個「從」字，將作者對萬里客十分關注而急切與之結交的神情，表現得活靈活現。作者為何對這麼一個遠道來客傾注如此熱情，甚至引作「心所親」呢？是因為作者與萬里客命運、遭際相同，所謂「同是天涯淪落人」、同「病」相憐也！「挽衣」以下六句為第二個部分。它通過萬里客的哭訴，交代了他背井離鄉、四處奔走飄蕩的苦況。這也是作者將萬里客視為「心所親」的原因。在這一部分，一「挽」一「泣」，由北方，到吳越，到西秦，簡短幾句，勾勒了一幅漢魏時代的流民圖。在這裏，萬里客雖是平實地敘說自己的來去行程，但我們可以想像得出，當他敘及千里流徙的過去時，心中一定有浮萍無寄、飛蓬無依般的感受；當他念及萬里跋涉的未來時，定有天涯迢遙何時歸的悽惶。因此，前人評此詩「直敘，不加一語，悲情深至」。

以前學者評論此詩，常認為此詩有自喻之意，即認為萬里客的流離飄轉，實際是作者「號則六易，居實三遷」的遷轉不息的生活的藝術寫照。如陳祚明《采菽堂古詩選》云：「徙封奔走，或是自況。」今人余冠英先生亦說：「曹植自己因為封地常常改換，也有飄蕩之苦，這詩或許是自況。」我們認為這種看法很有道理，詩中確實飄浮著作者的影子。

怨歌行 一首七解，晉曲所奏

【題　解】本書卷五詩類收有〈七哀〉詩一首，與這篇〈怨歌行〉文字大同小異。所以，明代馮惟訥所編《古詩紀》卷一三引此篇時，注云：「即〈七哀〉詩，中間各有異同耳。」《樂府詩集》卷四一收錄了上述兩篇（但均題作〈怨詩行〉），都歸類於〈相和歌辭〉之中，並注此篇云：「晉樂所奏。」對本篇與〈七哀〉詩的關係，前人一般認為二者都是樂府歌辭，但〈七哀〉是這篇〈怨歌行〉的本辭，而這篇〈怨歌行〉則是晉代人依據〈七哀〉改編所製出的樂府奏曲。因此，後世有人認為，此篇既為晉曲，為晉人所製，則不應置入《子建集》

中，宜從集中刪去。今為存舊本《子建集》之真，不遽加刪除。因為此篇與〈七哀〉詩文字大都相同，所以，在此遇文同處，不復注釋，請讀者參閱〈七哀〉之注。

明月照高樓，流光正徘徊。上有愁思婦，悲歎有餘哀。一解❶

借問歎者誰？自云宕子妻。夫行踰十載，賤妾常獨棲。二解

念君過於渴，思君劇❷於飢。君為高山柏，妾為濁水泥。三解

北風行蕭蕭❸，烈烈❹入吾耳。心中念故人，淚墮不能止。四解

浮沉各異路，會合當何諧？願作東北風，吹我入君懷。五解

君懷常不開，賤妾當何依？恩情中道絕，流止❺任東西。六解

我欲竟❻此曲，此曲悲且長。今日樂相樂，別後莫相忘❼。七解

【注釋】❶解　樂曲章節。《樂府詩集》引《古今樂錄》云：「傖歌以一句為一解，中國以一章為一解。」❷劇　厲害；嚴重。❸蕭蕭　擬聲詞。形容風聲。❹烈烈　擬聲詞。形容風聲。❺流止　此為偏義複詞，只強調「流」義。「止」於此無義。❻竟　終也。❼今日二句　這二句以及上二句，是對聽曲者而言。是樂府歌辭的常用套語。

【語譯】一輪明月照上高樓，月光如水在夜空徘徊。樓上有個憂思的少婦，悲聲歎息似有無限哀。一解

探問悲歎之人究是誰？她答我是遊子在家的妻。丈夫外出已過十年，我獨守空房甚孤寂。二解

想念丈夫甚於口渴，思盼丈夫賽過腹飢。夫君是那高山上的柏，我是濁水之中的沉泥。三解

寒冷的北風蕭蕭地吹，風聲烈烈吹入我耳中。心中想念在外的親人，眼淚直流無法控制。四解

他上我下路各不同，何時能在一起相親相愛？我願化作那東北風，吹入到丈夫的胸懷。五解

丈夫的胸懷不曾敞開，我不知該把何人來靠依？夫妻恩情中途斷絕，只好任隨各奔東西。六解

我真想奏完這首樂曲，但這首樂曲又悲又長。今日大家一起共歡樂，希望離別之後莫相忘。七解

【研析】這篇〈怨歌行〉是晉人依據曹植〈七哀〉詩改編而成的。所以《四庫全書總目》說：「〈七哀〉詩，晉人採以入樂，增減其詞，以就音律，見於《宋書·樂志》中。」此篇根據音律的需要，對〈七哀〉的詞語進行了調整，使語言更顯出了音樂之美。有關本篇思想內容、表現手法的分析，請參閱〈七哀〉篇。

桂之樹行

【題解】這是一首樂府詩，《樂府詩集》將其列在〈雜曲歌辭〉之中。〈桂之樹行〉係作者所創製的樂府新題，無古辭。此詩從內容上看，屬遊仙詩。

桂之樹，桂之樹，桂生一何麗佳❶！揚朱華而翠葉，流芳布天涯。上有棲鸞❷，下有蟠螭❸。桂之樹，得道之真人❹，咸來會講仙❺，教爾服食日精❻。要道甚省不煩❼，淡泊無為自然❽。乘蹻❾萬里之外，去留隨意所欲存❿。高高上際於眾外⓫，下下乃窮極地天。

【注釋】❶桂生句　一何，多麼。麗佳，美麗高大。❷鸞　鳳凰之類神鳥。❸蟠螭　蟠，盤伏。螭，古代傳說中一種沒有角的龍。❹真人　即仙人。❺會講仙　意謂聚集在一起講仙論道。❻日精　朝霞。道家認為日是霞之實，霞是日之精。❼要

道句　意謂得道長生的根本方法並不煩瑣。要道，至道也。❽淡泊句　淡泊，恬靜寡欲。無為，不求有所作為。自然，謂順應自然，不強力以求。❾乘蹻　道家所謂飛行之法。見本卷〈升天行〉注。❿存　想念；思想。⓫高高句　際，到達。眾外，眾物之外，指高空。

【語　譯】桂花樹啊，桂花樹，長得多麼高大美麗！滿樹紅花綠葉襯，香氣飄散至天際。上有鸞鳥棲住，下有盤龍歇息。桂花樹啊，得道的仙人都來聚，將那仙道來論議，教人飲吸朝霞氣。成仙的要訣很簡單：無為、自然、淡泊名利。乘蹻飛行萬里外，或去或留隨心意。往高超出萬物外，往下可以遊遍天地。

【研　析】秦漢以來，原始道家已開始逐漸地部分宗教化，以至衍生出後來帶有濃厚宗教色彩的「神仙道」。曹植對這種以所謂方術求得登仙長生的「神仙道」，嗤之以鼻，採取了斷然否定的態度，表現出了很強的理性精神。這從曹植〈辯道論〉中痛斥神仙方術的言論，以及〈贈白馬王彪〉中「虛無求列仙，松子久吾欺」二句可以看出。因此，本詩言得道成仙的樂趣，乘蹻飛升的愜意，並非真的對神仙方術情有獨鍾，心儀不已，而只是借題發揮，以仙境的綺麗華妙，以遊仙的自在瀟灑，來反襯現實世界的齷齪陰暗、局促孤迴，從而發洩作者志不克展的苦悶、悲憤。但是，我們需得注意的一點是，作者晚期為舒展沉鬱之氣，尋求精神的解脫，對原始道家的思想（以老、莊學說為代表）表現出了一種依歸的傾向，這從曹植〈髑髏說〉、〈潛志賦〉、〈釋愁文〉諸篇中不難看出。就這首〈桂之樹行〉而言，其中「淡泊無為自然」云云，明顯地是與老莊思想一脈相承。

此詩首七句為第一層，主要描寫仙境的美妙，寫得奇譎瑰瑋，令人目眩。詩的後十句為第二層，主要借仙人講仙論道，渲染成仙得道的樂趣，也發表了關於養生處世的見解。

此為雜言體詩，句式長短不拘，三言、四言、五言等交錯使用，具有整齊與參差相統一的美感。

當牆欲高行

【題　解】此篇為樂府歌辭。《樂府詩集》收之，歸於〈雜曲歌辭〉之中。「當」是代、擬仿的意思；〈牆欲高行〉是樂府舊題，其古辭今已不存。此篇的具體寫作時間，今難以判定。

龍欲升天須浮雲，人之仕進待中人❶。眾口可以鑠金❷，讒言三至，慈母不親❸。憒憒❹俗間，不辨偽真。願欲披心自陳說，君門以九重❺，道遠河無津❻。

【注　釋】❶中人　介紹人。此當指君王所寵幸的人。❷眾口句　古代諺語。意思是說眾口一詞，可以將金石熔化。此形容人言可畏。❸讒言二句　據《戰國策》載，孔子的門徒曾參居住費城時，有一個與曾參同名同族的人殺了人。有人告知曾參之母，說：「曾參殺了人。」曾參之母說：「我的兒子不會殺人。」於是照舊織自己的布。不久，又有人來告訴說曾參殺人，曾參之母還是不相信，仍舊織自己的布。一會兒，又有人來告知此事，曾母信以為真，心中十分恐懼，丟下機杼，踰牆而逃。❹憒憒　昏亂；不明智。❺君門句　語本宋玉〈九辯〉：「豈不鬱陶而思君兮，君之門以九重。」謂國君深居宮內，難以求見。❻津　本指渡口，此引申指渡船。

【語　譯】龍要升天須借浮雲，人要做官靠人薦引。眾口一詞可以熔金，讒言三次傳入耳中，慈母不與兒子相親。世間俗人真糊塗，不能分辨偽與真。推心置腹欲訴真情，無奈君門重重難以進，道路遙遠，河無船行。

【研　析】這篇的主旨較明顯，是痛斥姦邪小人播弄是非，讒言相間，導致君臣、親人關係疏淡。有人認為此詩是針對監國使者灌均之流，謂黃初二年，灌均妄奏曹植「醉酒悖慢，劫脅使者」，而致文帝曹丕對植予以貶爵徙封；還有人（如今人趙幼文先生）認為此詩是為抨擊小人的謠言而作，謂明帝太和二年（西元二二八年），明帝出征在外，社會上謠傳明帝曹叡已死，而從駕群臣欲迎雍丘王曹植為帝，致使京師一片恐慌，植遂作詩以斥造謠者。這些說法，誰是誰非，今因無有力的資料佐證，故很難決斷。

本詩首句是起興句，但興中有比，其比喻義，在第二句「人之仕進待中人」中說出。第三句是說人言可畏。第四、五兩句是說讒言誤人，能使骨肉不得相親。第六、七兩句抒發了作者對世俗之人不辨真偽、顛倒是非的憤恨之情。末三句寫作者無法向君王傾訴自己的心曲，詩情由憤懣轉為哀怨。

這首抨擊小人、痛斥讒言、哀怨君王的詩，明顯是作者後期的作品，反映出作者後期雄才莫展、遭讒受譏而無人理解的艱難處境。

此詩雖短，但容量較大，既表現了自己的不幸遭遇，又抒寫了自己豐富、複雜的思想感情。此詩比喻、用典，也都十分生動、恰切。

當欲遊南山行

【題解】此詩是擬樂府舊題〈欲遊南山行〉而作。詩題中的「當」字，朱乾《樂府正義》釋為「代」，也就是擬寫的意思。郭茂倩《樂府詩集》收錄了此篇，並歸於〈雜曲歌辭〉。

東海廣且深，由卑下百川❶。五嶽❷雖高大，不逆垢與塵❸。良木不十圍❹，洪條無所因❺。長者❻能博愛，天下寄其身。大匠無棄材❼，船車用不均❽。錐刀各異能，何所獨卻前❾？嘉善而矜愚❿，大聖亦同然⓫。仁者各壽考⓬，四坐咸萬年。

【注釋】❶下百川　謂使眾水流入。❷五嶽　參見本卷〈仙人篇〉注。❸不逆句　逆，此有拒絕之意。垢，渣滓。❹圍　以兩手合抱所形成的長度。❺洪條句　意謂大樹枝無所依憑。❻長者　本指德高望重的老年人。此指國君。❼大匠句　謂巧匠能發揮各種材料的作用，而無所廢棄。❽用不均　功用各不相同。❾卻前　猶言「進退」。實指高下、好壞之別。❿嘉善句　語出《論語・子張》：「子曰：嘉善而矜不能。」意謂讚美善者而同情愚者。⓫大聖句　此言聖人孔子也是這樣。⓬仁者句　語出《論語・雍也》：「智者樂，仁者壽。」

【語譯】東海之水既廣又深，因為低下而百川流進。五嶽雖然又高又大，但不拒細微之渣塵。樹木之粗如沒十圍，大枝就會無處託身。德高之人如果博愛，天下之人會來投奔。巧匠手上無廢料，車、船各有各的功能。錐、刀的作用不一樣，怎麼能將其優劣分？讚美賢良而同情愚者，聖賢也是這樣對待人。祝仁德的長者享高壽，祝在座諸君都康寧。

【研析】這是一首議論朝廷用人的詩。作者認為，國君應當禮賢下士，廣納良才，還應充分發揮各類人才的不同作用。因此，作者主張當權者在用人方面要表現出寬宏的氣量。此詩可能是針對文帝曹丕不容異己（如排擠、壓制曹植及曹植的追隨者，如丁儀、丁翼）的現象而寫。所以《采菽堂古詩選》說此詩作者「並不見容於子桓（案曹丕字子桓），作此懇懇之詞」。

本詩前四句，用比喻之法，謂在上的當權者謙卑待人，寬容接物，方可成就偉業。此與《管子》中「海不辭水，故成其大；山不辭土石，故能成其高」等句，以及李斯〈諫逐客書〉中「太山不讓土壤，故能成其大；河海不擇細流，故能就其深；王者不卻眾庶，故能明其德」等句的含意，頗為相似。「良木」以下四句，進一步說明在上的當權者應該禮遇下士，寬以待人；唯其如此，才可受人擁戴，有人依附。「大匠」四句，是以比喻之法，說明國君用人，應當兼收並蓄，集納各方面的人才，並充分發揮各自的作用，而不能有所偏廢。「嘉善」二句，是以聖賢孔子的所言所行為例，說明為君者對臣下應當寬大為懷，富於包容心，讚美好的，同情愚笨的。末二句為祝願之詞，是樂府歌辭常用的套語。

本篇以議論精闢、允當取勝，富於規勸、諷諭之意。此詩議論國家用人之事，論說的成分較重，但並不顯得枯燥、乾巴而乏詩味。這主要得力於作者能較好地使用「比」與「賦」的藝術表現手法，化抽象為具體，以形象、恰切的比喻，生動可感的事例來說明深邃的理念，故詩仍顯得生動活潑，形象感強，讀來多有啟發。因此，《采菽堂古詩選》評此詩說：「比賦互見，語特切至，亦復高古。」

當事君行

【題　解】此篇屬樂府〈雜曲歌辭〉。《樂府詩集》將此篇收列於〈事君行〉中。〈事君行〉為樂府古題，其古辭已不存。曹植此篇是擬樂府古題〈事君行〉而作，題中的「當」字，即是仿擬的意思。

人生有所貴尚，出門各異情❶。朱紫更相奪色❷，雅鄭❸異音聲。好惡隨所愛憎❹，追舉逐聲名❺。百心可事一君❻？巧詐寧拙誠❼！

【注　釋】❶人生二句　意謂世人各有自己的追求、崇尚，出門在外就表現出各自不同的性情。貴尚，尊重；崇尚。❷朱紫句　語本《論語・陽貨》：「惡紫之奪朱也。」此喻善惡、忠姦相互爭鬥。朱，為正色，喻指善。紫，為間色，喻指惡。奪，亂也。此有爭相取代之意。❸雅鄭　雅，指朝廷演奏的正樂，即雅樂。鄭，指鄭地流行的淫邪樂曲。《論語・陽貨》有「惡鄭聲之亂雅樂也」之語。❹好惡句　謂對人、事、物的喜愛與否，全憑自己的主觀感情而定。❺追舉句　謂所追求的東西，以及所作所為，都在於求取虛名。❻百心句　《晏子春秋》有云：「一心可以事百君，百心不可以事一君。」曹植此句應為反問句式，謂三心二意不能侍奉一位國君。❼巧詐句　語本古諺語：「巧詐不如拙誠。」寧，難道；豈。此處為「寧如」之省辭。

【語　譯】世人各有所追求，在外顯出其特性。朱、紫遞相爭其色，雅樂、鄭聲不同音。好惡決於愛憎情，所作所為求虛名。百心哪能侍一君？巧詐豈可比愚誠！

【研　析】這首詩的內容是論事君之道。作者抨擊了以詐巧矯飾之術、以沽名釣譽之心事奉君主的姦邪之臣，同時也表達了作者願以拙誠事君的志向。這首詩可能是針對曹丕「矯情自飾」而獲太子之位的事件來的。朱乾《樂府正義》說：「《魏志》稱植任性而行，不自雕飾。丕御之以術，矯情自飾，宮人左右，並為稱說，故遂定為太子。然則丕之巧詐，誠不如植之拙誠也。」

本詩前二句泛論世人各有其貴尚、追求，以及處世態度，因此在外各隨其習性，有所好樂。「朱紫」二句，喻朝廷之中，忠姦、善惡相雜，彼此爭鬥，水火不容。「好惡」二句是批判姦邪之臣的，說他們黨同伐異，混淆是非標準，根據自己的好惡來判定正邪善惡，並以追名逐利為自己的行為目的。詩的最後兩句，總結了上面所述，指出百心難事一君，巧詐不如愚誠，同時也表明了作者自己願以愚誠事君的心跡。

此詩的句式頗有特色，它既有六言句，又有五言句，兩相間雜，於雙音節的勻稱舒緩之中，顯出單音節的錯落、激越，讀起來頗具整齊與參差相諧的韻律美。其次，詩層次分明，脈絡清楚，有論點，有論據，說理精闢、透徹。另外，詩引用、化用了前人的一些語句，十分自然、貼切，不露斧鑿之跡，又較好地說明、印證了自己的觀點。

當車以駕行

【題　解】本篇為樂府歌辭，郭茂倩《樂府詩集》將其歸於〈雜曲歌辭〉之中。

篇題中的「以」字，本或作「已」，二字意相通。本篇是擬樂府古辭〈車已駕行〉而作，故題用「當」字，以示擬、代之意。〈車已駕行〉古辭今已不存。

篇題中「車以駕」，隱含客人整駕欲去、主人留之之意。

歡坐玉殿，會諸貴客。侍者行觴❶，主人離席。顧視東西廂❷，絲竹與鞞鐸❸。

不醉無歸來❹，明燈以繼夕。

【注釋】❶行觴　持觴敬酒。觴，酒杯。❷東西廂　指正殿東西兩側的廂房，為樂師所在之處。❸絲竹句　絲竹，指弦樂器和管樂器。鞞，同「鼙」。小鼓也。鐸，大鈴也。此處「鞞鐸」指鞞舞與鐸舞。郭茂倩《樂府詩集》云：「漢魏以後，並以鞞、鐸、巾、拂四舞用以宴饗。」❹不醉句　語本《詩經・湛露》：「厭厭夜飲，不醉無歸。」來，句末語氣詞。

【語譯】主人歡坐在玉堂，宴請各位貴賓客。侍者捧杯將酒酌，主人酬答賓拜而離席。回望東西兩廂房，鞞鐸舞動音樂起。酒不喝醉不歸家，晚上點燈再繼續。

【研析】此詩寫賓主宴飲之樂，洋溢著和諧融洽的氣氛，充滿著豪俊暢快的激情，同時也表現了主人的殷勤好客。

詩的前二句點出宴饗的地點、人物；次二句寫主人盛情待賓；「顧視」二句寫宴會上音樂助興，顯示出場面的熱鬧；末二句寫賓主夜以繼日地宴飲作樂，顯現出了賓主樂此不倦、極度陶醉歡快的情緒。

本詩寫賓主歡聚，宴飲嬉樂，與作者〈公宴〉、〈鬥雞〉等詩的思想意趣頗為相似，雖無深刻的內涵，但筆態橫溢多姿，情趣豪縱俊逸，具有一定的藝術感染力。

飛龍篇

【題解】此篇為樂府詩。郭茂倩《樂府詩集》收錄了此篇，列為〈雜曲歌辭〉，無古辭。郭氏收錄本篇時，作有幾句解題的文字，謂本篇之題取義於《楚辭・離騷》：「為余駕飛龍兮，雜瑤象以為車。」又說「曹植〈飛龍〉亦言求仙者乘飛龍而昇天，與《楚辭》同意」。

晨遊太山❶，雲霧窈窕❷。忽逢二童❸，顏色❹鮮好。乘彼白鹿，手翳芝草❺。
我知真人❻，長跪問道❼。西登玉堂❽，金樓複道❾。授我仙藥，神皇❿所造。教
我服食⓫，還精補腦⓬。壽同金石，永世難老⓭。

【注釋】❶太山　即泰山。五嶽之一，在今山東省境內。❷窈窕　深遠之貌。❸二童　即下文所言「真人」。❹顏色　謂臉色。❺手翳句　翳，遮覆。此有按住的意思。芝草，即靈芝草，一種菌類植物，古以為瑞草。❻真人　仙人也。❼長跪句　長跪，古人席地而坐，坐時雙膝置於席上，臀部壓於足後跟。如表敬意，則直身而跪，臀部離雙足，曰長跪。道，指道家養生之術。❽玉堂　神仙所居之處。❾複道　宮中樓閣之間，有上下兩重連接的走廊，曰複道。俗稱天橋。❿神皇　指神仙。⓫服食　此謂服食仙藥。⓬還精補腦　古代神仙方術之士認為，施用服藥、導引、房中等術，可使人陽氣回升，精氣充沛，從而令身心健康。精，謂人之精氣。⓭壽同二句　是反用〈古詩十九首〉中句意：「人生非金石，豈能長壽考。」

【語譯】清晨遨遊泰山，雲霧幽邃飄渺。偶遇兩個仙童，臉色鮮潤美好。騎乘白色神鹿，手按靈芝仙草。我知兩童是仙，長跪請教仙道。西登玉飾堂殿，經過金樓天橋。仙童給我仙藥，說是神仙所造。教我服食仙藥，以便還精補腦。壽數長如金石，可以久活不老。

【研析】這是一首遊仙詩，當是作者晚期的作品。本篇並非單純地繪仙境、言仙道，而是託言神仙，以發抒現實壓抑之下的憤世嫉俗的情感，亦即感傷「人世不永，世俗險艱，當求神仙翱翔六合之外」（吳兢《樂府古題要解》）。因此，朱嘉徵《樂府廣序》評此篇曰：「思超世也。」當然，本篇寫神仙「授我仙藥」，也表現出作者對延壽長生的企望。本篇的作意，與作者〈升天行〉、〈仙人篇〉、〈五遊詠〉、〈遠遊篇〉諸篇相類，因請讀者參閱筆者對上述諸篇題旨的分析，茲不贅。

本詩前六句寫與仙童相逢的情況。其狀貌寫景，頗為活脫，富有神韻，因而陳祚明《采菽堂古詩選》謂「起六句，更有生動之致」。詩的後十句寫作者問道於仙人，以及仙人授以仙藥。

此篇為四言體詩，語言流轉自然，又頗具整麗之美。

盤石篇

【題解】本篇是作者自創的樂府新題，《樂府詩集》將其收錄在〈雜曲歌辭〉之中。

據《漢書‧文帝紀》載，西漢朝臣宋昌曾謂高祖劉邦封子弟為王，「犬牙相制，所謂盤石之宗也」。此「盤石之宗」，顯然是指能使國家政權穩固安定的皇室子弟。曹植本篇中的「盤石」，當是取義於此。

盤石❶山巔石，飄颻澗底蓬。我本泰山人，何為客淮東❷？蒹葭彌斥土❸，林木無芬重❹。岸巖若崩缺，河水何洶洶。蚌蛤被濱涯❺，光采如錦虹。高波淩雲霄，浮氣象螭❻龍。鯨脊若丘陵，鬚若山上松。呼吸吞船欐❼，澎濞戲中鴻❽。方舟尋高價❾，珍寶麗❿以通。一舉必千里，乘颸舉帆幢⓫。經危履險阻，未知命所鍾⓬。常恐沉黃壚⓭，下與黿鼈同。南極蒼梧野⓮，游眄窮九江⓯。中夜指參辰⓰，欲師當定從⓱。仰天長歎息，思想懷故邦。乘桴⓲何所志？吁嗟我孔公⓳！

【注釋】❶盤石　巨石。❷淮東　此指雍丘（在今河南省境內）。曹植在魏文帝黃初年間徙封雍丘王。❸蒹葭句　蒹葭，蘆葦。彌，遍也；滿也。斥土，指鹽鹼地。❹芬重　茂盛、眾多。❺蚌蛤句　蚌蛤，均為海中帶殼的軟體動物。濱涯，此指海邊。❻螭　古代神話傳說中一種沒角的龍。❼欐　小船。❽澎濞句　澎濞，即澎湃，形容波浪互相衝擊。中，此用作動詞，意謂擊中。鴻，指海上飛行的大雁。❾方舟句　方舟，併攏在一塊的兩艘船。高價，指珍貴的寶物。❿麗　附著；依靠。⓫乘

颸句　颸，涼風。幢，通「橦」。指船上掛帆的桿。⑫鍾　聚也。引申作歸宿講。⑬黃壚　指黃泉之下。壚，地下。⑭南極句　極，用作動詞，意為到達。蒼梧，地名，在湖南九嶷山附近。相傳舜帝南巡，死於蒼梧之野。⑮游盼句　游盼，放眼遠望。九江，指九嶷山的九條溪流。《水經注‧湘水》：「蟠基蒼梧之野，峰秀數郡之間；羅巖九舉，各導一溪；岫壑負阻，異嶺同勢；游者疑焉，故曰九疑山。」⑯參辰　即參、商二星，喻指作者自己之進退、去留。參見本卷〈浮萍篇〉注❼。⑰欲師句　意謂根據參商二星的指引，來確定自己何去何從。⑱乘桴　語出《論語‧公冶長》：「子曰：道不行，乘桴浮於海。」桴，木筏。⑲孔公　指孔子。

【語　譯】巨石在高高的山頂峰，山澗裏飄飛著草蓬。我本是泰山一帶的人，為什麼客居在淮東？鹽鹼地上長滿了蘆葦，樹木稀疏不蔥蘢。巖岸似已崩塌殘缺，入海的河水波濤洶湧。水蚌蛤蜊布滿了海邊，光彩閃耀如錦似虹。大的波浪直衝雲霄，飄浮的水氣似龍游動。鯨魚的脊背像一座山丘，鬍鬚就像山上的蒼松。牠張嘴呼吸可以吞沒舟船，牠翻動波濤戲擊飛鴻。併船捕撈珍奇的水產，珍寶靠著船兒到處流通。動身必達千里遠，乘風揚帆破浪衝。歷盡艱險遇危難，真不知命途是吉是凶。常常擔心命歸黃泉，沉入海中將魚鱉陪同。向南直達蒼梧之野，放眼觀看九溪流山中。半夜裏指看參、商星，想借助它的指點定去從。擡頭面對蒼天長歎息，懷思故國而心潮滾動。乘桴出海是為什麼？唉，大可不必我的孔公。

【研　析】對於此篇的命意，歷來人們看法不太一致。但有很多人認為此篇具有遊仙詩的性質，與作者本人的〈遠遊篇〉相類，只不過是將登天改為乘舟遠航罷了。我們覺得這種看法有一定的道理。作者認為自己也是穩定社稷的「盤石之宗」，但不能留於京都宿衛，而是遠徙雍丘，違其心願，故借乘舟泛海，經危歷險，以自傷廢置，並抒發懷想故國的惓惓之情。

詩的開頭四句寫政治上的失意、怨望。其中，「盤石山巔石，飄颻澗底蓬」二句義兼比興，表面上看是寫景，但潛藏的喻意是說：我曹植也是魏國的宗親，是穩定社稷的「盤石」，本應高高在上，沒想到遭受壓制、排擠，遠徙邊地，如同山澗的蓬草，在下飄轉不定。有了這兩句作鋪墊後，作者乾脆把自己想說的話和盤托出：「我本泰山人，何為客淮東？」這二句較為明顯地發洩了自己由「山巔石」變作「澗底蓬」所產生的不滿情緒。「何為」二字，使不平之氣溢於言表。附帶提及的是，作者自稱「山東（泰山）人」，是因為他生於東武陽，後又封平原，改封臨菑，地均在山東境。

從「蒹葭」句至「澎濞」句，共十二句，敘寫雍丘之地的荒涼景象，以及想像泛海伊始所見海上奇景。「蒹葭」兩句，簡略地描敘了雍丘之地的貧瘠、荒涼。接著以「岸巖」等十句，生動細緻地描摹了海上奇觀：海水拍岸，蚌蛤遍地，大浪滔天，浮氣若龍，鯨大如山，等等。作者以大膽的想像，奇特的誇張，並用比喻之法，將海上之景寫得奇險有致、絢麗多采、駭人心神。作者在冥想之中尋求如此闊大、奇險、喧鬧的境界，當是為著解脫孤迴寂涼、拘謹促迫的現實生活所帶來的痛苦和壓抑。

自「方舟」以下十六句，寫海上經危歷險的種種情狀。詩中主人公不滿於雍丘之地的淒荒，且為海上奇景所吸引時，便開始加入了探海求寶的行列。「方舟」句至「下與」句，敘說了泛海求寶的艱難困苦，還特別提到了泛舟探海有命歸黃泉、葬身魚腹之險，同時也描述了探海人在這種危險面前的恐懼心理。此處所示海上艱險，正是作者現實生活中身處孤危之境的映現；此處所示恐懼心理，也正是作者對自己政治前途憂懼不安的心態的寫照。接下來「南極」兩句，是寫海上經履險阻、憂懼忐忑之際迷失方向而生發的心理感受，說他們茫然失措，好像舜帝南巡蒼梧，難覓歸途；又像眼觀九嶷眾溪，莫知所從。此二句又更深一層地寫出了泛海之時的艱險、恓惶。接下來的「中夜」二句，是說迷失方向後，想依參辰來「定從」。最後四句，是說詩中主人公在海上身處危難之境時，仍心繫故國，眷懷親人，而且希望返回故土，建功立業，不想按孔子「道不行，乘桴浮於海」的想法去做。這曲折地反映出作者雖身處逆境，遠徙異鄉，但仍心念宗邦，希望得到曹丕的重用，以為國效力。這種以詩中主人公眷戀故土，不願遠舉他方的結局來收束詩篇的作法，可以說是導源於屈原。屈子〈離騷〉寫主人公升空遠遊之後，末云：「陟陞皇之赫戲兮，忽臨睨夫舊鄉。僕夫悲余馬懷兮，蜷局顧而不行。」曹植本篇結尾之意，正與〈離騷〉此四句同。因此，朱乾《樂府正義》評曰：「託喻乘桴經危履險，惓惓故邦，仰天而長歎也。屈子遠游，臨睨舊鄉，僕夫心悲。王校書（案指王逸）以謂忠信之篤，仁義之厚。余於子建亦云。」

對本篇的詮釋，歷來是眾說紛紜，莫衷一是。以上係本書注譯者的一些看法，僅供參考而已。

驅車篇

【題　解】本篇取首句「驅車揮駑馬」頭二字命題。《樂府詩集》收錄此詩，將其列入〈雜曲歌辭〉之中。

驅車揮駑馬❶，東到奉高城❷。神哉彼泰山，五嶽專其名❸。隆高貫雲蜺❹，嵯峨出太清❺。周流二六候❻，閒置十二亭❼。上下涌醴泉❽，玉石揚華英❾。東北望吳野❿，西眺觀日精⓫。魂神所繫屬⓬，逝者感斯征⓭。王者以歸天，效厥元功成⓮。歷代無不遵，《禮記》有品程⓯。探策或長短⓰，唯德享利貞⓱。封者七十帝，軒皇元獨靈⓲。餐霞漱沆瀣⓳，毛羽被身形⓴。發舉蹈虛廓㉑，徑庭升窈冥㉒。同壽東父年㉓，曠代㉔永長生。

【注　釋】❶驅車句　揮，提而持之。此謂駕御。駑馬，劣馬也。❷奉高城　即奉高縣，在今山東省泰安縣東北。漢武帝於元封元年封禪泰山至此，遂置以奉祀泰山。❸五嶽句　謂泰山在五嶽之中獨顯其名。專，獨自佔有。❹隆高句　隆高，謂大而高也。貫，連貫；貫通。蜺，同「霓」。虹之一種。❺嵯峨句　嵯峨，高峻之貌。太清，指天空。❻周流句　周流，遍行；遍歷。二六，十二也。候，類似於哨所的望樓。❼閒置句　閒，中間也。亭，行人停留宿食的處所。《後漢書．光武紀》注曰：「秦法十里一亭，亭有長，漢因之。」❽醴泉　指甘美的泉水。❾揚華英　謂玉石閃動著晶瑩的光澤。❿吳野　指吳地，即今江浙一帶。⓫日精　本指朝霞。此言朝日。⓬魂神句　言人死之後，魂魄歸於泰山。《博物志》云：「泰山主召人魂。」⓭逝

者句　意謂驅車而過泰山的人，對此行頗有感慨。征，行也。⓮王者二句　言帝王在泰山封禪，是向天地神靈報功告成，並歸功於天地。《五經通義》云：「王者受命易姓，報功告成，必於岱宗也。」效，呈現。元功，大功也。⓯禮記句　禮記，書名。指《小戴禮記》，為儒家經典之一，內容涉及秦漢以前的各種禮節儀式。品程，指禮儀規定。《禮記》一書有關祭禮的規定甚多，如云「天子祭天下名山大川，五嶽視三公」等等。⓰探策句　據《風俗通》載：泰山上有金篋玉策，能測知人壽命的長短。漢武帝曾探策得十八數，因倒讀其文為八十，後其年壽果然有八十歲。探策，與後世民間的抽籤頗為相似。探，摸取也。策，古代占卜用的工具。⓱利貞　語出《周易》：「乾，元亨利貞。」孔穎達疏曰：「利，和也。貞，正也。……能使物性和諧，各有其利，又能使物堅固，貞正得終。」此處蓋謂和樂健康，高壽而終。⓲封者二句　《史記・封禪書》云：「封禪七十二王，唯黃帝得上泰山封。……上封，則能仙，登天矣。」曹詩此處謂古代封泰山的君王有「七十」，是就整數而言。軒皇，指軒轅氏黃帝。元，此有偉大的意思。靈，神也。⓳漱沆瀣　漱，飲也。沆瀣，夜間水氣。此謂清露。參見本卷〈遠遊篇〉注❺。⓴毛羽句　謂黃帝身上長滿毛羽。道家認為，得道成仙者腹臂生出毛羽，可以飛升上天。㉑發舉句　發舉，飛升也。蹈，履也；踏也。虛廓，指天空。㉒徑庭句　徑庭，逕直前行也。窈冥，深遠難見的樣子。此謂高遠的天空。㉓同壽句　謂像東王公一樣長壽。東父，參見本書卷三〈登臺賦〉注⓰。㉔曠代　謂歷時久遠。

【語　譯】駕御劣馬驅車行，往東來到奉高城。神奇壯觀那泰山，五嶽只有它顯名。雄偉高大連雲霓，巍然聳立高出天庭。遍歷崗樓十二座，中間設有十二亭，山上山下湧甘泉，玉石閃光顯晶瑩。東北山峰望吳地，站在西峰看日升。人死精魂歸泰山，驅車過此感慨深。帝王歸功於上天，遂告大功已建成。歷代遵循封禪制，《禮記》早有祭禮章程。抽籤測壽有長短，有德才亨和樂長命。祭天的帝王有七十，惟獨軒轅成神靈。他吸食朝霞飲甘露，羽毛生滿他的身。向上飛升入太空，逕直朝前進天庭。他與東王同年壽，歷時久遠永長生。

【研　析】此詩當作於魏明帝太和年間。據《三國志》載，中護軍蔣濟曾向明帝上書，建議朝廷遵循古制，封天禪地。明帝很快採納了他的意見，讓魏臣高堂隆擬訂了封禪禮儀。曹植此篇中云「王者以歸天，效厥元功成」，言封禪之事，說明其詩可能作於蔣濟上書以後不久。古代帝王封禪泰山，諸王也要參加祭祀。魏時亦如此。曹植〈文帝誄〉中「方隆封禪，歸功天地。賓禮百靈，勳命視規」等句就說明了這種情況。曹植在明帝時封於今山東境內，應當參加了明帝的封禪之禮。此詩可能就是作於助祭泰山之時。

此詩雖是寫泰山封禪之事，但作者沒有停留在就事論事的層面上，而是通過寫封禪來諷勸明帝修德立功。清人朱嘉徵評此詩說：「諷王者修德也。受命之符謹視此。」

本詩前十二句寫作者驅車前往泰山助祭時所見泰山的雄偉壯麗。後十六句言帝王泰山封禪之事，說明帝王只有像黃帝那樣修德立功，才可獲得長生。

此詩風格典重。清人方東樹評曰：「此典禮大篇，同於〈清廟〉之頌，無可以為悅耳目者。誦之久，自見一段古穆嚴莊氣象。」

鞞舞歌五首并序

【題解】〈鞞舞歌〉亦稱〈鞞鼓歌〉，屬〈舞曲歌辭〉。

鞞舞，古代舞蹈之一。執鞞鼓而舞，舞時有歌。未詳起於何時，但漢代已廣泛用於宴享。漢代有〈鞞舞曲辭〉五篇，但至漢、魏之際，其古辭已散失，而舊曲尚存。然舊曲已頗多謬誤，不適應時人歌舞，曹植便依前人舊曲改作新歌五篇，即以〈聖皇篇〉代替舊曲〈章和二年中〉，以〈靈芝篇〉代替舊曲〈殿前生桂樹〉，以〈大魏篇〉代替舊曲〈漢吉昌〉，以〈精微篇〉代替舊曲〈關中有賢女〉，以〈孟冬篇〉代替舊曲〈狡兔〉。

此五首，明活字本《子建集》不載，據他本補入。

漢靈帝西園鼓吹有李堅者❶，能鞞舞，遭亂西隨段熲❷。先帝❸聞其舊有技，召之。堅既中廢，兼古曲多謬誤，異代之文❹，未必相襲，故依前曲，改作新歌五篇。不敢充之黃門❺，近以成下國❻之陋樂焉。

【注　釋】❶漢靈帝句　漢靈帝，即東漢皇帝劉宏，漢章帝之玄孫，生於西元一五六年，卒於西元一八九年。西園，苑囿名，為東漢都邑洛陽皇室御苑之一。漢靈帝中平五年（西元一八八年），曾增置禁軍八校尉，稱西園八校尉。鼓吹，指軍樂。❷遭亂句　遭亂，指遭受東漢末年董卓之亂。段熲，一本作「段煨」。考以史跡，作「煨」字是。段煨，東漢末將領，獻帝初平元年（西元一九〇年）為中郎將，受董卓之命至華陰（在今陝西境內）抵禦關東反卓聯軍；獻帝被劫持至長安後，煨奉給御膳，頗為殷勤。❸先帝　指曹操。❹文　此指歌辭。❺黃門　古代皇宮禁門為黃色，因以指宮廷內部。❻下國　指諸侯國、諸侯封地。

【語　譯】漢靈帝時，西園軍樂隊有個名叫李堅的人，擅長鞞舞。遇上董卓之亂後，李堅便隨段煨西行。先帝聽說李堅從前會跳鞞舞，就召他入宮。李堅中途很長時間沒跳鞞舞，加之鞞舞的舊曲傳至現在多有錯謬之處，再加上前代的鞞舞歌辭沒有真正地相沿下來，所以，我依據舊曲，改作新歌五篇。我不敢讓這新歌充用於宮禁之中，只是希望它們現在成為封地的陋樂。

【研　析】此段文字為〈鞞舞歌〉五首的總序，交代了寫作五首新歌的緣起。由此序可見，五首歌辭均為作者推陳出新之作。

聖皇篇

聖皇應曆數❶，正康帝道休❷。九州咸賓服❸，威德洞八幽❹。三公奏諸公，不得久淹留❺，藩位任至重，舊章咸率由❻。

侍臣省文奏，陛下體仁慈❼，沉吟有愛戀，不忍聽可之❽。迫有官典憲，不得顧恩私❾。諸王當就國❿，璽綬何累縗⓫。

便時舍外殿⑫，宮省⑬寂無人。主上增顧念，皇母懷苦辛。何以為贈賜？傾府竭寶珍：文錢⑭百億萬，采帛若烟雲。乘輿服御物⑮，錦羅與金銀。龍旂垂九旒⑯，羽蓋參班輪⑰。

諸王自計念，無功荷厚德。思一效筋力，糜軀⑱以報國。

鴻臚擁節衛⑲，副使隨經營⑳。貴戚並出送，夾道交輜軿㉑。車服齊整設，韡曄耀天精㉒。武騎衛前後，鼓吹簫笳聲。祖道魏東門㉓，淚下霑冠纓。扳蓋因內顧㉔，俛仰慕同生。

行行㉕日將暮，何時還闕庭㉖？車輪為徘徊，四馬躊躇鳴。路人尚鼻酸㉗，何況骨肉情！

【注釋】❶聖皇句　謂曹丕順應天命而稱帝。曆數，天歷行之數，即所謂天道。❷正康句　謂政治清明、穩定，為君之道善美、吉慶。❸賓服　服從；順從。❹洞八幽　到達八方幽隱之地。洞，達也。❺三公二句　漢魏時，朝廷以太尉、司徒、司空三職合稱三公，又稱三司，為共同負責軍政的最高長官。魏文帝時，華歆為司徒，賈詡為太尉，王朗為司空。諸公，即諸藩王，指曹植、曹彪等人。淹留，逗留也。此謂逗留於京師洛陽。案：此處「諸公」之「公」，當為「王」字之誤。❻舊章句　語本《詩經・假樂》：「率由舊章。」率由，因循；因襲。❼侍臣二句　侍臣，皇帝身旁近侍的朝臣。省，謂閱覽。漢魏時，群臣的奏章由侍臣黃門侍郎、通事郎接收並省覽後，再送給皇帝審閱。陛下，指魏文帝曹丕。體，謂天生具備。❽沉吟二句　沉吟，沉思吟味，引申指猶疑不決。聽，聽從。可，許可。❾迫有二句　典憲，謂執掌法令、制度。顧恩私，顧念私人的情誼與恩寵。❿就國　回歸藩國。⓫璽綬句　璽，印也。綬，繫印用的絲帶。累繞，聯綿詞。形容繁盛之貌。⓬便時

句　便時，便利之時。舍，住宿也。外殿，此當即〈應詔〉詩中所謂「西墉」，〈上責躬詩表〉中所謂「西館」，為諸侯進京後所居之處。⑬宮省　猶宮禁。即皇宮禁地。此指魏帝所居之地。⑭文錢　即錢。因錢上有文字，故稱。⑮乘輿句　謂馬車拉著皇上所賜之物。服，拉車也。⑯龍旂句　龍旂，指畫有龍形圖案的旗幟。旒，古代旗幟邊緣上懸垂的裝飾品，類似飄帶。帝王之大旂飾有九旒。⑰羽蓋句　羽蓋，用鳥羽作飾物的車蓋。參，此有搭配、並同之意。班輪，指畫有紋飾圖案的車輪。⑱糜軀　猶言粉身碎骨。指犧牲生命。⑲鴻臚句　鴻臚，官名，掌管朝賀、慶弔之贊導、禮儀等。擁節，猶言持節。節，為古代官員奉行朝廷使命所持的一種信物。參見本書卷一〇〈輔臣論〉注㊱。⑳副使句　副使，指上述鴻臚的屬官。經營，往來的樣子。㉑貴戚二句　貴戚，指魏帝的內外親族。輜，古代一種有帷蓋的大車，既可載物，也可作臥車。軿，古代婦女乘坐的一種四周有幃帷的車子。㉒韡曄句　謂在陽光的映耀下，光彩閃爍。天精，指太陽。㉓祖道句　祖道，指古人於出行前祭祀路神。後因稱餞行為祖道。魏東門，指洛陽城之東門。㉔內顧　謂回頭朝後看。㉕行行　謂不停地走。㉖闕庭　指朝廷。㉗鼻酸　謂傷心欲哭。

【語　譯】我皇順應那天道，政治清明帝道美。天下之人都歸附，德威遍至四海內。三公奏本說諸王，不得久留京城內，藩王責任最重大，都得遵循舊章規。

侍臣省讀三公文，陛下性情本仁慈，愛戀諸王而猶豫，不忍聽從三公詞，無奈朝臣掌法制，不得顧及個人恩私。諸王就要回藩國，所得印綬很華盛。

諸王便時住外殿，皇宮無人很冷清。陛下更添眷戀情，皇母心裏也悲辛。何物贈賜給諸王？傾盡府庫之寶珍：文錢數達百億萬，采帛多得如煙雲。車載皇上之賜物，綾羅絲錦與金銀。龍旗垂著九飄帶，車有羽蓋和班輪。

諸王心裏自思忖，無功而蒙此大德；希望貢獻全身力，粉身碎骨以報國。

鴻臚持節作護衛，副使相隨忙不停。貴戚一齊來送別，輜軿交錯夾道行。車馬安置甚齊整，與日映耀光彩盛。羽林騎兵護前後，吹吹打打響樂聲。設宴餞別城東門，眼淚落下溼冠纓。扳開車蓋朝後看，時刻想念同胞親人。

快馬前行天將黑，不知何時回京城？車輪徘徊不得進，四馬不前長悲鳴。路人見此尚鼻酸，何況骨肉至親人！

【研　析】此詩作於文帝黃初四年（西元二二三年）作者入京朝見後離京回鄄城之時。此詩敘寫了離京之際的有關情況，敘及文帝給予諸王優厚的賞賜、祖餞的榮寵，等等。詩表面上是歌頌文帝的聖明、寬慈，實際上是委婉地抒發作者被迫離京、長別親人的悲痛和政治上受迫害的怨憤。因此，明人鍾惺評此詩云：「此與〈贈白馬王彪〉同一音旨，而深婉柔厚過之。」

本詩前八句頌揚文帝之德威，並言及三公上書朝廷，請遣諸王歸國之事。

「侍臣」以下八句謂諸王被遣歸藩國，非文帝所願，而是迫於臣下「典憲」。這裏寫得很溫厚、婉曲。我們知道，文帝對諸弟十分疑忌而刻薄，不讓諸王逗留京師，正是文帝的旨意。對此，曹植不會不知。但是曹植沒有將遣歸之事歸咎於文帝，這一方面與曹植當時深被文帝壓抑、猜疑的處境而不便直言有關，另一方面也是曹植柔厚的性情使然。

「便時」以下十六句，寫作者與諸弟將返藩地時，文帝賜與印綬、財物等，作者表達了對文帝厚予賞賜的感激之情。

「鴻臚」以下十二句，寫作者離京時眾人隆重送行的盛大場景，抒寫了作者對親人無限的依戀之情。此層通過寫儀衛、車馬、鼓吹等，將送別場面的氣氛，渲染得甚是熱烈，更反襯出作者離情別意的濃烈。

「行行」以下六句，是寫作者離京上路後的情形。在此，一股悲哀淒惻的氣息迅速彌漫開來，籠罩於這詩的結尾部分：一句「何時還闕庭」的探問，顯得多麼悽惶、酸楚！車輪徘徊、四馬悲鳴，路人見之酸鼻，更從側面烘托出作者深重的憂憤，無邊的哀傷。難怪丁晏《曹集銓評》說這是「忠誠之詩，一字一淚」。作者在此流露出的如此巨大的哀痛究竟源自什麼呢？這在《三國志》裴注所引《袁子》的記載中，不難找到答案：「魏興，……封建侯王，皆使寄地，空名而無其實。王國使老兵百餘人，以衛其國。雖有王侯之號，而乃儕為匹夫。懸隔千里之外，無朝聘之儀，鄰國無會同之制，……又為設防輔監國之官以伺察之。王侯皆思為布衣而不能得。」窺此，則曹植之哀痛，當是源自對此次一去，今世難歸的預感；當是源自對骨肉分離、會期難望的悵惘；當是源自對名為侯王，實為囚徒的自憫；當是源自對文帝薄於諸弟、殘害同生的怨望……。因此，朱乾《樂府正義》說：「篇中一絲不露，而至於路人酸鼻，則其所為璽綬之寵、賜予之厚、武衛之盛、祖餞之榮，特文具而已。」朱氏所謂「特文具而已」，意即只是沒有實際意義、無關宏旨的空文而已。

此詩寫得溫柔敦厚，怨而不怒，發乎情而止於義，且用意深婉，含而不露，遣字用語均妥帖得當。沈德潛《古詩源》曾說曹植「處猜嫌疑貳之際，以執法歸臣下，以恩賜歸君上，此立言最得體也」。

靈芝篇

靈芝生玉池❶，朱草被洛濱❷。榮華❸相晃耀，光采曄❹若神。

古時有虞舜，父母頑且嚚❺。盡孝於田壠，烝烝不違仁❻。伯瑜❼年七十，綵衣以娛親❽，慈母笞❾不痛，歔欷❿涕霑巾。丁蘭少失母，自傷早孤煢，刻木當嚴親，朝夕致三牲⓫；暴子見陵侮，犯罪以亡形⓬，丈人為泣血，免戾全其名⓭。董永⓮遭家貧，父老財無遺，舉假⓯以供養，傭作致甘肥⓰。責家⓱填門至，不知何用歸⓲？天靈感至德，神女為秉機⓳。

歲月不安居，嗚呼我皇考⓴。生我既已晚，棄我何其早。〈蓼莪〉誰所興㉑？念之令人老㉒。退詠南風詩㉓，灑淚滿禕抱㉔。

亂曰㉕：聖皇㉖君四海，德教朝夕宣，萬國咸禮讓，百姓家肅虔㉗。庠序㉘不失儀，孝弟㉙處中田。戶有曾閔子㉚，比屋皆仁賢。髫齔無夭齒㉛，黃髮㉜盡其年。陛下三萬歲，慈母㉝亦復然。

【注釋】❶靈芝句　靈芝，一種菌類植物，可入藥，古代以為吉祥之草。玉池，當指靈芝池，在洛陽。玉，美飾之詞。❷朱草句　朱草，一種枝葉皆為紅色的草，可作染料。古人認為，太平盛世，聖明君主「德光地序則朱草生」（參見《尚書大傳》）。被，覆蓋。洛濱，即洛水之濱。❸榮華　即草木之花。❹曄　光亮的樣子。❺父母句　《尚書・堯典》載：舜之「父頑母嚚」。頑嚚，謂行為愚蠢，言不忠信。❻烝烝句　烝烝，淳厚貌。違仁，違反仁愛之道。❼伯瑜　即韓伯瑜，或說亦即周之老萊子。據劉向《說苑》載：伯瑜有過，其母笞之，伯瑜哭泣。其母曰：「從前鞭笞你，未見你哭泣，今日為何哭泣？」伯瑜答道：「從前被您笞打，能夠感到疼痛；而今母之力不能使我痛，故傷心而泣。」❽綵衣句　據《列女傳》載：老萊子孝養二親。為使雙親高興，年七十而常作小兒狀：或身著五色綵衣，或臥地為小兒啼，或弄烏於雙親之側。❾笞　用竹版或荊條擊打。❿歔欷　哭泣時抽噎之聲。⓫丁蘭四句　據《初學記》所引《逸人傳》載，丁蘭是漢代河內郡（今屬河南省）人，少時喪父母。長大後，丁蘭刻父母木像，當作生人供奉。孤煢，孤獨也。嚴親，指父母。三牲，此指祭祀用的牛、羊、豕。⓬暴子二句　暴子，暴徒，此指張叔。《逸人傳》載：張叔欲以暴力欺侮丁蘭，遭到丁蘭反抗，並被丁蘭殺死。亡形，同「忘刑」。⓭丈人二句　《逸人傳》載：丁蘭因為殺人而被捕，在向父母木像辭別時，木像眼中流出淚。官府聞知此事，以為是丁蘭孝心感動神靈所致，遂免其罪。丈人，老人的通稱。此指丁蘭父母的木像。免戾，免罪也。⓮董永　民間故事中的著名孝子，相傳為漢代千乘（今屬山東）人。⓯舉假　借債也。⓰傭作句　意謂受雇而為人做工，以換取美味食品。⓱責家　即債主。責，同「債」。⓲何用歸　意謂用何歸還。⓳秉機　謂上機織布。⓴皇考　對已去世的父親的美稱。此指曹操。㉑蓼莪句　蓼莪，《詩經・大雅》中篇名，其中有「哀哀父母，生我劬勞」之類詩句。誰所興，意即誰所作。㉒令人老　謂憂傷使人衰老。形容憂傷至深。㉓南風詩　即指《詩經・凱風》。詩中有「棘心夭夭，母氏劬勞」之類的句子。㉔禕抱　此指衣之前胸部分。《釋名》云：「王后之上服曰禕。」㉕亂曰　樂曲的末章，相當今所謂「尾聲」。王逸《楚辭章句》云：「亂，理也，所以發理詞指，總撮其要也。」㉖聖皇　此指曹丕。㉗肅虔　嚴肅恭敬。㉘庠序　古代地方學校，殷商時稱庠，周代稱序。㉙弟　同「悌」。孝順兄長。㉚曾閔子　即曾參與閔損（子騫）的合稱，二人都是孔子的弟子，以有孝行著稱。㉛髫齓句　髫齓，代指兒童。髫，謂童子垂髮。齓，謂兒童七、八歲時換齒。夭齒，猶今所云夭折，謂未成年而死。㉜黃髮　謂老年人。老人髮白，白久則黃。㉝慈母　指曹植之生母卞氏。

【語　譯】靈芝生於玉池中，朱草長滿洛水濱。花的顏色相映耀，光彩奪目如有神。

遠古之時有虞舜，父母愚頑不守信，舜卻盡孝於鄉村，堅守仁道性忠淳。伯瑜年已七十歲，身穿綵衣娛雙親，被母笞打不覺痛，嘆母力衰淚霑巾。丁蘭幼時喪父母，自悲過早孤伶仃，他刻木像當父母，早晚供奉三牲祭品；暴徒張叔欺侮她，他不顧犯罪殺惡人，父母木像流血淚，官府免罪全其名。董永身處貧寒家，上輩無財供繼承，他靠借債養父母，打工換點好食品。債主催討擠破門，不知用何還債清？董永至孝感天神，天女織布濟其貧。

歲月流逝光陰過，歎我已故之父親，生養我時已很晚，偏又過早離我們。〈蓼莪〉詩篇誰所寫？念之令人憂愁深。再把〈凱風〉詩篇誦，為兒灑淚滿衣襟。

尾聲：我皇在位統天下，早晚都在頒仁政，各國諸侯都禮讓，百姓家家也肅敬。學校教育循禮義，子女孝順將田耕。戶戶有子如曾、閔，家家都是仁賢人。兒童沒有短命死，老人享盡天賜壽命。陛下萬歲萬歲萬萬歲，慈母同樣萬歲安寧。

【研　析】本篇的寫作年代，據篇中「靈芝生玉池」句，當在魏文帝開鑿靈芝池後不久。《三國志・文帝紀》黃初三年：「是歲，穿靈芝池。」

本詩列敘古代著名孝子恪守仁道，尊父敬母的事跡，抒寫了作者的仁孝之思，表達了作者對古代孝子的仰慕之情。從中，我們也可以看到作者崇高的道德境界。

本詩可以分為四個段落。

詩的首四句為第一段。此四句寫靈芝、朱草之花的絢麗華妙，為起興句，但興中有比，象徵著盛世祥瑞，天下晏然。作者寫此，當是顧及本詩為宮廷燕樂曲詞，有「頌聖」的必要。

「古時」以下二十四句為第二段，歷陳古代孝子的感人事跡，敘及虞舜父母頑嚚，舜不棄之；伯瑜綵衣娛親，傷母老弱；丁蘭刻木祭奉，孝感官府；董永舉債供養，孝感天神。

「歲月」以下八句，抒發作者不能對父母盡其孝道的愧疚、憂傷之情。此段寫得甚是悽惻、哀切，顯現了作者對父母的一片赤子之情。在此，作者思父而哀，可能有兩方面的原因，一是父親過早辭世，自己無法向其表現身為人子的純孝；另一方面恐怕是因為其父去世，使其失去庇護而致備受文帝的壓迫、歧視。作者念母而哀，主要是因為想到自己身在遠藩，而朝廷對於藩王法峻令密，致己無由歸京，更無法孝事慈母。從這方面看，詩寫「灑淚滿禕抱」，實際隱含著作者對文帝的怨憤之情。

「亂曰」以下為第四段。歌頌文帝政治教化的卓有成效，亦為「頌聖」之詞。值得注意的是，作者對文帝的德教、治績的稱美，是通過敘寫諸侯禮讓，百姓孝悌表露出來。這樣，使得這一段的內容仍能與全詩的主旨相關。

此詩寫古人之孝行，抒自己之孝思，讓人能聯想到很多。丁晏《曹集銓評》曾說：「讀此詩如見純孝之性。秦之扶蘇（案扶蘇為秦始皇之子），魏之子建，皆具聖仁之資，使其嗣統，秦、魏安得亡哉？乃天奪其魄，摧抑賢子，以促（案促，短也）國祚，天之厭秦、魏也甚矣！」

此詩有敘述、描寫、議論、抒情，幾者融於詩中，形成了有機的整體。

大魏篇

大魏應靈符❶，天祿❷方甫始。聖德致泰和❸，神明為驅使。左右為供養❹，

中殿宜皇子❺，陛下長壽考❻，群臣拜賀咸悅喜。積善有餘慶❼，寵祿固天常❽。

眾喜填門❾至，臣子蒙福祥。無患及陽遂❿，輔翼⓫我聖皇。眾吉咸集會，凶邪姦惡並滅亡。

黃鵠游殿前，神鼎周四阿⓬。玉馬充乘輿⓭，芝蓋樹九華⓮。白虎戲西除⓯，舍利從辟邪⓰。騏驎躡足舞，鳳皇拊翼歌⓱。

豐年大置酒，玉樽列廣庭。樂飲過三爵⓲，朱顏暴己形。式⓳宴不違禮，君臣歌〈鹿鳴〉⓴。樂人舞鼙鼓㉑，百官雷抃讚若驚㉒。

儲禮如江海，積善若陵山。皇嗣繁且熾㉓，孫子列曾玄㉔。群臣咸稱萬歲，陛下長壽樂年。

御酒停未飲，貴戚跪東廂㉕。侍人承顏色㉖，奉進金玉觴㉗。此酒亦真酒㉘，福祿當聖皇。陛下臨軒㉙笑，左右咸歡康。杯來一何遲㉚，群僚以次行㉛。賞賜累千億，百官並富昌。

【注釋】❶大魏句　謂魏國政權的建立，是順應上天的符命。❷天祿　天賜的福祿。常喻指帝位。❸泰和　太平、祥和。❹左右句　《禮記》：「事親無犯無隱，左右就養無方。」句謂皇子孝順，能十分周到地奉養於父母的身旁。❺中殿句　中殿，即殿中。宜，語助詞，無義。❻陛下句　陛下，指曹丕。壽考，高壽。❼餘慶　猶云餘福。《周易・坤卦》：「積善之家，必有餘福。」此指多餘的、可遺惠後代的福氣。❽天常　天之常道。❾填門　滿門也。❿陽遂　清靜順暢之貌。⓫輔翼　猶輔佐。⓬神鼎句　謂神鼎陳放於殿堂的四角。阿，曲角處。⓭玉馬句　玉馬，神獸也。古以為祥瑞之應。《瑞應圖》云：「玉馬者，王者清明尊賢則至。」乘輿，指帝王車駕。⑭芝蓋句　語本張衡〈西京賦〉：「芝蓋九葩。」薛綜注：「以芝為蓋，蓋有九葩之采也。」後世多以「芝蓋」指稱帝王之車的車蓋。九華，九花也。相傳古代有九莖連葉開花的靈芝，曰九芝。古以之為祥瑞之應。⑮白虎句　白虎，神獸也。《淮南子》曰：「西方金也，其神為太白，其獸白虎。」西除，西邊宮殿之臺階。⑯舍利句　舍利、辟邪，均是古代傳說中的神獸，相傳能夠鎮禦妖邪。漢魏之時，宮廷藝人根據古代傳說，常扮成舍利、辟邪等神獸的形象，表演各種娛樂節目。此句及上「白虎」句、下「騏驎」二句，當是描寫當時宮廷藝人扮成神獸瑞禽表演的情景。⑰騏驎二句　騏驎，即麒麟，古代傳說中瑞獸名。躡，踏也。拊翼，拍打翅膀。⑱三爵　猶云三杯。古禮：宴飲之時，賓客飲酒不能超過三爵，以免酒醉失禮。《禮記・玉藻》：「君若賜之爵……禮已三爵，而油油以退。」⑲式　句首語氣詞，無義。⑳鹿鳴　《詩經・小雅》中篇名，為宴會賓客或群臣時所奏樂歌。據史載，魏國每年正旦大會，常取〈鹿鳴〉以為樂章。㉑鼙鼓　此指鼙鼓舞，為古代舞蹈形式之一。㉒百官句　雷抃，謂掌聲如雷。抃，鼓掌也。讚若驚，謂頌讚之聲驚震宮廷。㉓熾　強盛；顯達。㉔曾玄　即曾孫、玄孫。孫子之子為曾孫，曾孫之子為玄孫。㉕貴戚句　魏時燕享儀規，史無明文，但據《宋書・禮志》載，行御酒時，君王自酌後，「謁者跪奏：『藩王臣等奉觴再拜，上千萬歲壽。』侍中曰：『觴已上。』百官伏稱萬歲，西廂作樂，百官再拜，已飲，又再拜。」東廂，正殿東側之殿室，為宴享群臣之處。㉖承顏色　謂察人臉色，迎合人意。㉗觴　飲酒器。㉘真酒　未詳所指，疑謂仙酒。黃節先生釋為正酒，意為真正之酒，與所謂「玄酒」相對，可參考。案：玄酒指上古祭祀時所用代酒之水。後世燕宴常置玄酒，以示不忘古。㉙臨軒　謂皇帝不坐正殿，而至殿前接見臣下。軒，指殿前堂陛之間的檻欄。㉚杯來句　以群臣口氣說出，謂傳杯以飲時，嫌傳得太慢。這實際是形容群臣飲酒時酣暢之狀。與〈妾薄命〉二首中「但歌杯來何遲」意同。㉛群僚句　寫宴畢退席之狀。

【語　譯】大魏應承天之命，天賜福祿才開頭。皇上聖德致太平，神靈為他出力奔走。侍奉父母於左右，殿中皇子孝行周。皇上康健享長壽，群臣拜賀樂悠悠。積善行德有餘福，享受寵祿本天數。喜事多多盈門至，臣子蒙受福與祿。無災無難萬事順，將我聖皇來輔助。各種吉祥來集會，凶邪姦惡被驅逐。

黃鵠遊走宮殿前，神鼎設在殿堂四周。皇上車駕用玉馬，九花裝飾車蓋頭。白虎戲耍西殿階，辟邪跟隨舍利後。麒麟放開腳步舞，凰凰搧翅展歌喉。

豐收之年大設宴，大庭擺滿杯和酒。開懷暢飲到三杯，臉上紅光已顯露。筵席上面講禮儀，臣君同唱〈鹿鳴〉歌。樂師跳起鼙鼓舞，百官鼓掌、歡呼如雷聲滾走。

儲備禮義如江海，積累善德若山丘。皇室後代多且盛，曾孫玄孫難盡數。群臣都祝君萬歲，健康快樂享長壽。

御酒停放還未飲，貴戚東廂跪磕頭。侍人察顏順君意，手捧金杯獻上酒。此酒也是仙人酒，皇上飲了享福祿。皇上高倚殿欄笑，左右朝臣樂無憂。百官傳杯嫌其慢，飲罷退席依次走。皇上賞賜達千億，百官個個都富足。

【研　析】古代帝王常於每年正月，在朝廷舉賀歲之禮，設置豐盛的酒宴，大饗群臣，稱朝會，或曰元會。元會的時間在正月初一。《後漢書・禮儀志》云：「每月朔歲首，為大朝受賀，……百官受賜宴饗，大作樂。」正月朝會宴饗，有一定的規儀。每年朝賀宴饗，有文武百官參加。如《史記》載高祖七年正月，長樂宮建成，群臣皆朝。謁者治禮，引以次入殿門，功臣列侯諸將軍、軍吏以次陳西方，東鄉（向）；文官丞相以下陳東方，西鄉。禮畢，復置法酒。

本篇敘述了正月初一群臣入朝賀歲以及魏帝宴饗群臣時的情景，表達了對魏帝的稱頌、讚美之意。

本詩開頭十六句歌頌魏帝政治清明，天下昇平，並引出群臣正月賀歲之事。

「黃鵠」以下八句，敘寫魏代祥瑞之事，以及正月初一朝賀時宮廷藝人表演娛樂節目的情況。宮廷藝人在朝賀之日化裝表演，是漢代就已有的朝賀儀式。《漢官典職》云：「正旦，天子幸德陽殿作九賓樂，舍利從東來，戲於庭。」魏承漢朝賀之制，故有上述娛樂活動。

「豐年」以下八句，寫宴會上飲酒、歌舞的熱烈場面，顯出和樂、融洽的氣氛。

「儲禮」以下六句，頌揚魏帝儲禮積德，並敘宴會上群臣對魏帝的良好祝願。

末尾十二句，寫宴會上群臣依禮向魏帝行御酒、跪拜魏帝、傳杯行百官酒、魏帝重賞群臣等事。

此詩通過對朝賀、宴饗情景的描述，表達了讚美之情，故朱乾《樂府正義》說「篇中多稱頌之詞，見時和年豐，諸祥畢至，群臣康樂，欲至萬年」。當然，如要仔細體味本詩對魏帝禮遇朝中貴戚、百官的描寫，再結合作者的身世考察，似乎還可從中讀出另一種意味來，那就是對魏帝薄待諸王的不滿，對諸王取得與朝中百司相等地位、待遇的渴望。作者自文帝即位以來，封於遠藩，流離飄泊，而且備受禁錮，親人之間「吉凶之問塞，慶弔之禮廢」。因此，他後來特上〈求通親親表〉，呼籲朝廷對諸王要「齊義於貴宗，等惠於百司」，並申述願「安宅京室」、「遠慕〈鹿鳴〉君臣之宴」的心跡。這樣看來，本詩極寫君臣之宴的盛大、熱烈，應當隱含有對藩王孤迥寂涼生活的自傷，以及渴盼魏帝待藩王如朝臣的深意。

此詩善於描摹場景，營造、烘染氣氛，且遣詞立言典雅莊重，頗有雍容古穆的氣度。

精微篇

精微爛金石❶，至心動神明❷。

杞妻哭死夫，梁山為之傾❸。子丹西質秦，烏白馬角生❹。鄒衍囚燕市，繁霜為夏零❺。

關東有賢女，自字蘇來卿❻，壯年報父仇，身沒垂功名。女休逢赦書，白刃幾在頸❼。俱上列仙籍❽，去死獨就生❾。

太倉令有罪，遠徵當就拘，自悲居無男，禍至無與俱❿。緹縈痛父言，荷擔西上書，盤桓北闕⓫下，泣淚何漣如⓬。乞得並姊弟⓭，沒身⓮贖父軀。漢文⓯感其義，肉刑法用除⓰。其父得以免，辯義在《列圖》⓱。多男亦何為！一女足成居⑱。

簡子南渡河，津吏廢舟船；執法將加刑，女娟擁櫂前⑲：「妾⑳父聞君來，將涉不測淵㉑，長櫂風波起，禱祝祭名川㉒，備禮饗神祇，為君求福先㉓，不勝釂祀㉔誠，教令犯罰艱㉕。君必欲加誅，乞使知罪愆㉖。妾願以身代，至誠感蒼天。」國君㉗高其義，其父用赦原㉘。〈河激〉㉙奏中流，簡子知其賢；歸聘為夫人，榮寵超後先。辯女㉚解父命，何況健少年！

黃初㉛發和氣，明堂㉜德教施。治道致太平，禮樂風俗移㉝。刑措㉞民無枉，怨女復何為㉟？聖皇長壽考㊱，景福常來儀㊲。

【注釋】①精微句　精微，精誠至深。爛，使糜爛。②至心句　至心，即善心也。神明，神靈也。③杞妻二句　據劉向《列女傳》載，春秋時齊國人杞梁殖在齊莒之戰中陣亡，其妻在莒城之下悲哭十天，最後城牆為之倒塌。梁山，在今山東省梁山縣境內。案：曹詩將杞妻哭夫事與梁山傾之事聯繫起來，不知其所本，有可能是曹植一時誤記。④子丹二句　據《燕丹子》載，戰國時燕國太子丹在秦國做人質，秦王待之無禮。太子丹欲回燕國，秦王不許，並故意刁難說：「除非烏鴉白了頭，馬長出角才放你回國。」太子丹聽後仰天長歎，感動了神明，烏鴉果然白了頭，馬也長出角。秦王無奈，只好放太子丹回國。⑤鄒衍二句　據古籍載，鄒衍是戰國時著名的陰陽家，齊國人。後到燕國，事燕惠王，並盡忠盡職，但遭到了姦人的讒害，被惠王拘捕下獄。鄒衍對天而哭，五月天為之降霜。⑥關東二句　關東，指函谷關以東地區，即今河南、山東等地。蘇來卿，是鞞舞歌舊曲辭〈關東有賢女〉中的一個人物。因舊辭不存，此人物之事跡難以詳考。⑦女休二句　女休，人名。據左延年〈秦女休行〉一詩所敘，女休本是燕王婦，因替族人報仇，在洛陽市街殺了人，被判死刑，臨刑時遇赦。⑧列仙籍　此指登錄被判死刑者的名冊。❾去死句　謂蘇來卿被處以極刑，而只有女休遇赦。❿太倉四句　據史載，漢文帝時，淳于意為漢之太倉令（管理國家糧庫的官）。文帝四年，淳于意因受宦官舉告而被捕，將被解送長安。淳于意有五女，其時均悲哭不已。淳于意怒罵道：「光生女，不生男，緊急時有何用？」淳于意的小女兒緹縈，痛傷其父之言，遂隨父入長安，並向文帝上書，請求入身為官奴，以贖父刑。文帝被其孝心感動，於是赦免了淳于意的死罪，並下令廢除肉刑。⓫北闕　指漢長安城未央宮之正門前的樓臺，常是臣下謁見皇帝的地方。⓬漣如　涕淚下流貌。⓭並姊弟　並，兼代。姊弟，即姊姊與妹妹。古代有時妹妹也稱「弟」或「女弟」。⓮沒身　此謂自身被沒收入官。《漢書・刑法志》有云：「（緹縈）迺隨其父至長安，上書曰：……妾願沒入為官婢，以贖父刑罪。」⓯漢文　指漢文帝劉恆。⓰肉刑句　肉刑，指殘害肉體的刑罰，如墨刑、劓刑等。用除，因此而廢除。《漢書・刑法志》云：「孝文帝即位十三年，除肉刑三。」⓱辯義句　謂緹縈的辯才和孝義都被記載在《列女傳圖》之中。列圖，指《列女傳圖》。《列女傳》為漢劉向所撰，該書配有圖像，係後人所畫。⓲成居　猶言「成家」。意謂持家、興家。⓳簡子四句　簡子，即趙簡子，春秋末晉國正卿，名鞅。據《列女傳》載，趙簡子率兵南伐楚國，將渡黃河，並與黃河的津吏（即管理渡口的官吏）約定了渡河的時間。但簡子到後，津吏醉不能渡，誤了渡河的日期。簡子要殺津吏，後被津吏之女女娟設法救下。櫂，船槳。⓴妾　婦女的賤稱。此為女娟之自稱。㉑不測淵　謂深不可測之河水。㉒名川　此指黃河。㉓備禮二句　饗，奉獻。神祇，天神曰神，地神曰祇。求福先，謂未渡河而先求福。㉔釂祀　喝乾杯中之酒，以為祭祀。㉕教令句　教令，致使。罰艱，為「艱罰」之倒文，指死刑。㉖愆　罪過。㉗國君　此指趙簡子。㉘赦原　猶言「赦免」。㉙河激　歌名。辭見《列女傳・辯通》。㉚辯女　善辯的女子。此指女娟。㉛黃初　魏文帝曹丕的年號（西元二二〇～二二六年）。㉜明堂　天子施政宣教的殿堂，八窗四闥，上圓下方。㉝移　改變也。㉞刑措　意謂放棄刑罰而不用。措，有擱置之意。㉟怨女句　意謂政治清明，人民少冤，前代的怨女們在今天就無所作為了。㊱聖皇句　聖皇，此指魏文帝曹丕。考，老也，此與「壽」同義。㊲景福句　景福，洪福也。來儀，來歸也。

【語　譯】精誠可以化金石，善心能夠感鬼神。

杞梁之妻哭亡夫，梁山為之而崩傾。燕丹入秦做人質，烏鴉頭白馬角生。鄒衍遭讒囚於燕，夏降濃霜顯不平。

關東有個賢女子，自己起名蘇來卿，年壯之時報父仇，獻出性命留功名。女休臨刑赦書到，屠刀險些落脖頸。二女名列死囚簿，但一人死來一人生。

太倉糧官犯了罪，遠解長安將被禁，自悲家中沒男兒，禍至無人共擔承。女兒緹縈悲父言，挑擔西去上書朝廷，徘徊宮前北闕下，內心傷悲淚縱橫。乞求一身代姊妹，沒為官奴贖父身。文帝深感其孝義，從此廢除那肉刑。她的父親獲赦免，《列女傳圖》中留其名。多生男兒有何用！一女足可把家撐。

簡子南征渡黃河，管渡的津吏誤舟程，法官將要論其罪，女娟抱槳來說情：「我父聽說國君來，將渡深水去南征。他怕河上風浪起，便為國君祭禱河神，備上祭品供神靈，先為國君求安寧。飲酒祭神心至誠，以致喝醉犯死刑。國君定要處死他，請等他酒醒知罪情。我願以身代父死，讓我至誠感天神。」國君讚許女娟義，其父因此被免刑。船到河中唱〈河激〉，簡子知她很賢能。回來娶她為夫人，榮寵超過任何人。善辯女子救父命，何況健壯之男丁！

黃初盛世和氣生，朝廷德政廣施行。政治清明致太平，禮樂推行改民情。刑罰擱置民無冤，哪用怨女逞才能？敬祝我皇萬萬歲，齊天洪福常降臨。

【研　析】本詩歷陳古代蒙冤受屈者，由於精誠所至而使冤屈雪除的故事，闡明了精誠可以感天地、動人神的道理。作者臚列諸冤誣之事，當是影射自己在黃初年間所受監國使者灌均、東郡太守王機、防輔吏倉輯之誣白；作者寫諸受冤者因為至誠感動神、人而致冤情昭雪，當是寄望於文帝曹丕體察他的忠誠，消除對他的疑忌。所以，從這個意義上講，本篇具有託古諷今的意味，表明作者對文帝仍心存幻想。此詩的寫作時間，據詩中「黃初發和氣」句看，當在文帝黃初年間。

本詩篇幅較長，共六十四句，可分為六個層次。

詩首二句為第一層，起提綱挈領、統攝全篇的作用，為本詩主旨之所在。丁晏《曹集銓評》評此曰：「積誠悟主（案指文帝），此陳思一片血心。首二句揭出本旨。」

「杞妻」以下六句，列舉傳說故事，以證精誠可以感天動地。

「關東」以下八句為第三層，寫蘇來卿、女休為親族報仇的事。此於首二句所示本旨有所偏離，可能別有寄託。朱乾《樂府正義》曾評此曰：「曹丕篡漢，廢獻帝為山陽公，納其二女，三綱之倫無論矣。而仇女在前，禍生肘腋，亦可寒心。篇中累序諸女報父仇及赦父命，使聽者凜然於言外，此植以詩諷諫之微意也。」朱氏此說不見得可靠，但作為一家之言，似可參考。

「太倉」以下十六句為第四層，敘寫漢代太倉令淳于意獲罪後，其女緹縈至誠感動漢帝，而使淳于意免於刑罰。

「簡子」以下二十四句為第五層，敘寫女娟誠感簡子而救父命的故事。

詩最後八句為第六層，是循漢詩慣例，頌揚當朝統治者，顯示出作者對文帝的忠誠、擁戴。

本詩主旨鮮明，中心突出。作者圍繞題旨，擷取多個相關的故事融於一篇，使道理闡發得十分透徹、充分。另，詩以敘事為主，間或插以議論兼抒情的句子（如詩中「多男」二句，「辯女」二句），也拓展了本詩的意蘊。

孟冬篇

孟冬十月，陰氣厲清❶。武官誡田❷，講旅統兵❸，元龜襲吉❹，元光❺著明。

蚩尤蹕路，風弭雨停❻。

乘輿啟行，鸞鳴幽軋❼。虎賁采騎❽，飛象珥鶡❾。鐘鼓鏗鏘❿，簫管嘈喝⓫。

萬騎齊鑣⓬，千乘等蓋⓭。夷山填谷，平林滌藪⓮。張羅萬里，盡其飛走⓯。

趯趯⓰狡兔，揚白跳翰⓱；獵以青骹，掩以脩竿⓲。韓盧宋鵲⓳，呈才騁足，噬不盡緤⑳，牽麋掎㉑鹿。魏氏發機㉒，養基撫弦㉓。都盧尋高㉔，搜索猴猿，慶忌孟賁㉕，蹈谷超巒，張目決眥㉖，髮怒穿冠。頓熊扼虎㉗，蹴豹搏貙㉘，氣有餘勢，負象而趨。獲車既盈，日側樂終，罷役解徒，大饗離宮㉙。

亂曰：聖皇臨飛軒，論功校獵徒㉚。死禽積如京㉛，流血成溝渠。明詔大勞賜㉜，大官供有無㉝，走馬行酒醴，驅車布肉魚㉞。鳴鼓舉觴爵，擊鐘釂無餘㉟。絕網縱麟麑㊱，弛罩出鳳雛㊲。收功在羽校㊳，威靈振鬼區㊴。陛下長歡樂，永世合天符㊵。

【注釋】❶孟冬二句　孟冬，指初冬十月。陰氣，謂寒氣。厲清，淒冷、肅殺。❷誡田　謂下令畋獵。田，同「畋」。捕獵。❸講旅統兵　訓練軍隊，整治士兵。❹元龜句　謂以大龜反覆占卜，都合於吉兆。古代畋獵的重要目的是演習軍事，為國之大事，故需求神問卜，選擇吉時。元龜，大龜也。其甲用作占卜之具。襲，重複；疊合。❺元光　猶言天光。指天之光景。❻蚩尤二句　蚩尤，傳說中九黎部族首領，勇敢慓悍，能呼風喚雨。蹕路，清道也。古代帝王出行時，要開路清道，禁止行人。弭，停止。❼乘輿二句　乘輿，天子車駕。鑾鳴，謂天子車駕上的鑾鈴發出響聲。幽軋，形容車行進時發出的聲音。❽虎賁句　虎賁，指勇士。采騎，指身著彩衣的隨從騎兵。❾飛象句　飛，謂快速行駛。象，指以象牙作裝飾的車子。屈原〈離騷〉：「雜瑤象以為車。」珥鶡，謂武士之冠上插有鶡鳥（一種兇猛的鳥，又稱鶡雞）的尾羽。司馬彪《續漢書》云：「虎賁、騎，皆鶡冠。」珥，插也。❿鏗鏘　形容聲音響亮而和諧。⓫嘈喝　擬聲詞。擬樂聲。⓬齊鑣　此謂馬隊行動協調一致。鑣，馬嚼子。亦即馬勒旁的鐵。⓭千乘句　謂車輛雖眾，但動作齊整。等蓋，言車蓋整齊劃一。⓮夷山二句　謂人馬眾多，踏平了山峰，填滿了溝谷，壓倒了樹林，掃蕩了澤地。夷，平也。藪，水少而草木茂盛的湖澤。⓯飛走　指飛禽走獸。⓰趯趯　往來之貌。⓱揚白句　揚白，謂兔在被追捕時，揚起腳上的白毛奔逃。跳翰，謂兔在奔逃時，身上的長毛隨之跳動。

翰，長毛也。⑱獵以二句　青骹，此指青骹之獵鷹。骹，指脛骨近足處較細的部位。掩，遮擊。脩竿，長竿。⑲韓盧句　韓盧，春秋時韓國良犬名。宋鵲，春秋時宋國良犬名。上述二者皆泛指名犬。⑳噬不句　形容獵犬出擊十分迅速，沒跑多遠就能咬住獵物。噬，咬住。不盡緤，不完全鬆開繫犬用的繩索。㉑掎　牽引；拖住。㉒魏氏句　魏氏，古代的一位善射者，相傳他創製了一種名叫「瑣連」的射擊兵器，寫作了《魏氏射法六篇》。機，弓弩上發射箭的機關。㉓養基句　養基，即養由基，春秋時楚國人，以善射著稱。史載他蹲甲而射，可以射穿鎧甲上的七層金屬片；又離柳葉百步而射，能夠百發百中。撫弦，調按動弓弦。㉔都盧句　都盧，古國名，在今廣東、海南一帶。《文選・西京賦》李注引《太康地志》云：「都盧國其人善緣高。」尋高，攀緣高處。㉕慶忌句　慶忌，春秋時吳國人，以勇猛聞名，跑步能追上猛獸，伸手能抓住飛鳥。孟賁，春秋時著名勇士，相傳他水行不避蛟龍，陸行不避兕虎。㉖決眥　睜大眼睛。決，裂開。眥，眼眶。㉗頓熊句　頓，擊打。扼，掐住；捉定。㉘蹴豹句　蹴，踩也；踏也。貙，野獸名，大如狗，紋如貍。㉙獲車四句　獲車，指裝載獵獲物的車子。盈，滿也。日側，太陽西斜。罷，遣散。大饗，謂舉行盛大的宴會款待人。離宮，古代帝王於正式宮殿之外所建築的宮室。謂之「離宮」，言與正式宮殿相離也。㉚論功句　論功，評定功績。校獵徒，參與畋獵的徒眾。㉛京　人工築起的高土堆。㉜勞賜　慰問、賞賜。㉝大官句　大官，官名。即大官令，掌管帝王飲食、宴饗等事。有無，偏義複詞，此處只取其「有」義，謂宮中所有的酒肉飯食。㉞走馬二句　謂用車馬裝載酒肴犒賞野外聚飲的士卒。張衡〈西京賦〉云：「割鮮野饗，犒勤賞功……酒車酌醴，方駕授饔。」植詩所記與此同。㉟鳴鼓二句　此二句寫士眾以鳴鼓、擊鐘為號，一同舉杯飲酒。張衡〈西京賦〉云：「升觴舉燧，既釂鳴鐘。」植詩所記與此相類。觴、爵，均為飲酒器。釂，飲盡杯中酒。㊱絕網句　絕網，謂將羅網鬆解。縱，釋放也。麟麑，指麒麟（神話傳說中的一種仁獸）之幼子。此泛指珍奇的幼獸。麑，本指幼鹿。㊲弛罩句　弛，解除。罩，捕禽的竹籠。鳳雛，幼鳳也。此泛指珍奇的幼禽。㊳收功句　收功，猶收場。羽校，指士卒以身負羽毛作標識的部隊。校，古代軍隊編制之一。一校約有五百人。㊴鬼區　此指荒遠地區。參見本書卷一〇〈魏德論〉注㉖。㊵永世句　意謂長久地應承上天的符命而居帝王之位也。天符，古代謂天賜祥瑞與人君，以為受命的憑證。

【語　譯】初冬十月之時，寒氣清冷逼人。武官下令畋獵，藉此習武治兵。大龜卜問顯吉，天光一派清明。蚩尤為之清道，風消雨也歇停。

天子車駕上路，鑾鈴不斷響鳴。武士彩騎戴鶡羽，乘坐象車飛奔。鐘鼓敲得響亮，簫管吹出樂聲。萬馬齊步奔騰，千車同速行進，踏平山、填滿谷，蕩平澤地山林。羅網遍布萬里，罩盡走獸飛禽。

狡兔來回亂竄，揚起腿腳奔命；放出獵鷹追捕，手拿長竿攔擊。犬如韓盧、宋鵲，施展腿功疾奔，繩未全鬆就咬定，拖住麋鹿交與人。射手發箭如魏氏，又似養基將弦繃。武士攀緣高處，將那猿猴搜尋，勇如慶忌、孟賁，跨谷爬山而行，圓睜雙眼怒視，髮豎穿透帽頂。掐住老虎擊倒熊，腳踏豹子與貙拼，武士此時有餘力，背負大象往前奔。所獲獵物裝滿車，快樂收場於黃昏，遣散士卒且休息，離宮設宴饗眾人。

尾聲：皇上走近高殿欄，論定士眾畋獵功。死禽堆積成山丘，血水成河在流動。詔令慰勞與賞賜，大官忙將物品供，騎馬奔跑發美酒，驅車將那魚肉送。鳴鼓之時舉酒杯，敲鐘就將酒喝空。解網放掉麟麒子，開罩放出那幼鳳。負羽校隊在收場，威風使那遠方驚動。敬祝皇上長歡樂，永將大魏江山統。

【研　析】此詩描寫了文帝在位時的某年孟冬之月的一次畋獵活動。從詩中的描述看，此次畋獵，意在「講旅統兵」，檢閱士卒。這其實也是古代王朝舉行大規模畋獵的一種常見的目的。如南朝張正見〈和諸葛覽從軍游詩〉有云：「治兵耀武節，縱獵駭畿封。……方羅四海俊，聊以習軍容。」時至後來的遼代，遼太宗也說：「朕之畋獵，非徒從樂，所以練習武事也。」（見《遼史・太宗本紀》）曹植此詩，通過對驚心動魄的遊獵場面的描寫，張揚了曹魏軍隊的「威靈」，誇耀了曹魏國力的強盛。

當然，此詩也可能寄有諷諭之意。透過本詩對場景的藝術描繪看，似乎也流露出了對天子耽於遊樂、荒淫奢侈、暴殄天物的不滿和揭露。讀了詩中「萬騎齊鑣，千乘等蓋，夷山填谷，平林滌藪」等句的敘寫，誰能不聯想到這盛大、壯觀的畋獵活動，要耗去多少民脂民膏？看了詩中「張羅萬里，盡其飛走」，「死禽積如京，流血成溝渠」的描述，有誰不感到這是在對自然、社會財富進行瘋狂的掠奪？因此，前人朱緒曾引朱乾之說云：「此篇『諫獵』也。丕雖好田（畋），不至如是之甚。觀『張羅萬里，盡其飛走』之謠，荒於田（畋）極矣」。朱嘉徵也說：「子建作頌中有規（案謂規諫），吐辭成響，其文則微。」平心而論，這些說法是有一定道理的。附帶提及的是，《三國志》曾載文帝將出獵，大臣鮑勛上疏諫阻，但「帝手毀其疏而竟行」。這說明

文帝平素對遊獵耽愛至極。因此，忠直的曹植通過詩作委婉地對文帝沉溺於畋獵提出規諫，也是情理中事。

此詩大體可分四個層次。

前八句為第一層，交代此次畋獵的時間、動機、準備工作等情況。這裏需說明的一點是，古代天子率眾校獵郊野、講武習兵，常在孟冬之月。《禮記》云：「孟冬之月，天子乃命將帥講武，習射御、角力。」

「乘輿」以下十二句，寫畋獵隊伍出發時的盛況，顯出此次活動規模之大。

「趯趯」以下二十四句，具體描述圍獵時盛大而壯觀的場面。

「亂曰」以下至結尾，為第四層，敘寫文帝犒賞校獵之徒的情況，並表達了作者的頌禱之意。

從文學的繼承關係看，作者是效法漢大賦的筆法，用漢大賦的藝術表現手法來寫詩。漢代，枚乘的〈七發〉，司馬相如的〈子虛賦〉、〈上林賦〉，揚雄的〈羽獵賦〉、〈長楊賦〉，等等，均寫到了畋獵場景。這些作品的寫作方法，都為曹植所借鑑，並用於詩中，因而此詩亦具有漢賦的某些特點：構思奇偉，鋪張揚厲，詞藻瑰麗；敘事狀物，窮形盡相，詞侈區衍；並運用鋪陳、誇飾、烘渲、描摹等多種表現方法，描繪場景，創造意境，可謂「寫物圖貌，蔚似雕畫」（劉勰語）。如，詩寫校獵的場景，全用賦體鋪陳其事的手法，移步換形，由整體（如寫「張羅萬里」）而局部（如寫狡兔「揚白跳翰」），依次寫來，筆勢縱橫，動人心神。又如，詩寫校獵隊伍人眾勢盛時，則謂「夷山填谷，平林滌藪」；寫獵犬急搏獵物、動作敏健時，則謂「噬不盡紲，牽麋掎鹿」；寫武士威猛英爽時，則謂「張目決眥，髮怒穿冠」。這都用到了漢賦的誇飾筆法，產生了強烈的藝術效果。再如，詩寫動物被窮追猛擊後的驚怖恐懼、亡魂失魄之狀，則謂「趯趯狡兔，揚白跳翰」。這既是細膩逼真的描摹，又是烘染手法的運用（它烘托、渲染出了射獵場上激烈、囂鬧的氣氛）。

此詩不僅在寫法上祖效漢賦，連有些詞語也是從漢賦中化出。如，揚雄〈羽獵賦〉有「皇車幽輵」，植詩則有「乘輿啟行，鸞鳴幽軋」；班固〈西都賦〉有「掎僄狡，扼猛噬……頓象羆」，植詩則有「牽麋掎鹿」、「頓熊扼虎」；張衡〈西京賦〉有「酒車酌醴，方駕授饔，升觴舉燧，既釂鳴鐘」，植詩則有「走馬行酒醴」等句。

這詩雖然借鑑了漢賦的寫法，但也克服了漢大賦過分鋪張和堆砌名物的弊端。此詩總的來說，在思想內容上無甚特別之處，但藝術表現上還是頗為可觀的。

棄婦篇

【題解】本篇見於《玉臺新詠》和《太平御覽》，舊本《子建集》不載。明人楊慎《升庵全集》引錄此篇時曾說：「此詩郭茂倩《樂府》不載，近刻《子建集》亦遺焉，幸《玉臺新詠》有之，遂錄以傳。」

關於本詩的旨意，歷來有很多學者認為，本詩是為諷刺漢末平虜將軍劉勳出妻之事而作。據《玉臺新詠》載，劉勳之妻王宋，與劉勳結婚二十餘年，終因無子而被休棄。劉勳別娶司馬氏之女。為此，曹丕作有〈代劉勳出妻王氏作〉二首詩，王粲亦作有〈出婦賦〉。

劉勳於建安五年（西元二〇〇年）為孫策所敗，於是投降曹操。依此，本詩當作於建安年間。

石榴植前庭，綠葉搖縹青❶。丹華灼烈烈，璀采有光榮❷。光榮曄流離❸，可以處淑靈❹。有鳥飛來集，拊翼❺以悲鳴。悲鳴夫何為？丹華實不成❻。拊心長歎息，無子當歸寧❼。有子月經❽天，無子若流星。天月相終始，流星沒無精❾。棲遲失所宜，下與瓦石并❿。憂懷從中來，歎息通雞鳴。反側不能寐⓫，逍遙於前庭。踟躕⓬還入房，肅肅⓭帷幕聲。搴帷更攝帶⓮，撫絃調鳴箏。慷慨有餘音，要妙悲且清⓯。收淚長歎息，何以負神靈⓰？招搖⓱待霜露，何必春夏成⓲？晚穫為良實⑲，願君⑳安且寧。

【注釋】❶縹青　淡青色。石榴之葉，面綠而背青。❷丹華二句　丹華，指紅色石榴花。灼，猶言灼灼，盛貌。烈烈，此形容石榴花赤紅如火。璀采，即璀璨，形容花色光亮。光榮，猶言光彩。❸曄流離　謂光亮如琉璃。流離，即琉璃，為天然的有光寶石。❹淑靈　本指善美的神物。此指下文所提及的鳥。❺拊翼　拍打翅膀。❻丹華句　謂紅花開後不結果。此喻婦人不生孩子。❼歸寧　本指出嫁的女子回娘家探視父母。此謂女子被夫家逐回娘家。案：在封建社會裏，女不生子，可被夫家作為出妻的理由之一。❽經　行也。❾精　光明。❿棲遲二句　謂流星棲住不得其所，落於地上而與瓦石相同。棲遲，遊息。⓫反側句　謂翻來覆去睡不著。⓬踟躕　猶徘徊。謂來回走動。⓭肅肅　幕動之聲。⓮搴帷句　搴、攝義同，謂以手牽引。⓯要妙句　謂音樂之聲悠長，而且悲悽。要妙，猶飄渺。長貌。⓰神靈　與上文「淑靈」所指相同。指神鳥。⓱招搖　本為古代神話中的山峰之名。相傳此峰之上，多生桂樹，故後世常以「招搖」指桂樹。⓲何必句　謂桂樹不必一定要像別的草木那樣，在春夏之時結實、成熟。⓳晚穫句　謂桂樹儘管結實期很晚，但其實優良。此喻女子晚生孩子有好處。⓴君　指丈夫。

【語譯】石榴種在庭院前，搖動的葉子泛淡青。榴花赤紅似烈火，光彩艷麗而鮮明。光彩明亮如琉璃，可讓神鳥棲其身。神鳥飛來停樹上，拍著翅膀在悲鳴。鳥兒悲鳴為何事？紅花難把果結成。棄婦捶胸長歎息，無子當被逐出門。有子如同月行天，無子之婦似流星。天、月相伴始至終，流星消逝無光明。流星居處失其所，下與瓦石同命運。憂愁之情心中起，哀聲歎氣至雞鳴。翻來覆去睡不著，漫步庭前散散心。徘徊之後又進房，帷幕發出肅肅聲。手拉帷幕又牽帶，以指按絃箏響鳴。樂曲悲壯有餘音，縹緲悠長且淒清。止住淚水長歎息，怎能辜負神鳥情？桂樹秋季才結實，何必定要春夏成？晚熟的果實更加好，望君安心再等等。

【研析】此詩採用第一人稱自敘的寫法，代棄婦立言，訴說了婚後無子而遭夫棄的不幸遭遇和滿腹的哀傷，反映了封建社會裏婦女的婚姻悲劇。

本詩前六句寫棄婦眼中所見的石榴。在棄婦看來，庭院前的石榴綠葉紅花，流光溢彩，華美絕倫，足以使「淑靈」棲息、嬉戲其上。在這幾句中，比興的意味很濃：棄婦在此實際是以石榴自況，暗喻自己質麗而賢淑，可以嫁配高貴的男子。因此，前人評此曰：「興意婉轉而下，其曲如此，甚佳。」

「有鳥」以下四句寫神靈之鳥集於石榴樹上，且為石榴樹的有花無實而悲鳴。這裏，通過棄婦對神鳥悲鳴之意的揣度、探問，點出「丹華實不成」，既寫出了石榴樹的不幸，又巧妙地揭示了棄婦婚姻悲劇的根源——婚後無子。

「拊心」以下八句寫棄婦哀歎自己無子而被棄的不幸遭遇。這幾句側重於表現棄婦的心理活動，通過棄婦對有子之婦和無子之婦的命運的對比性思考，表明棄婦一方面對自己無子遭棄的境況持哀怨的態度，另一方面又認為無子被遣是天經地義，因而表現得自輕自賤。棄婦的這種麻木、自責，發人深思，更使人覺得可悲。

「憂懷」以下十句由上文描述棄婦的心理活動，轉而寫其行為活動，著重表現了她徹夜難眠而悲苦不堪的種種情狀。棄婦因無子被棄而生發出的孤獨、落寞、憂懼等感情，在這一段文字中得到了充分展示。

詩的末尾六句為一個層次，寫棄婦自寬自慰，並寄望於能晚生其子，以使丈夫回心轉意。其中「收淚」二句是說棄婦收淚沉思，想到神鳥尚且能為榴樹的丹華無實而悲鳴，牠也一定會同情她的無子，也一定會保佑她生子，所以棄婦說不能辜負神鳥的好意，應該生出孩子。當棄婦被這種迷信觀念左右時，暗淡的情懷便閃起微弱的光亮，所以接下才有「招搖」等句，希望丈夫耐心等待，以晚生愛子的結局告慰他。前人曾評結尾幾句曰：「結希恩萬一，情愈真，詞愈苦。」

此詩在藝術構思上頗為精巧。全詩寫棄婦開始自視甚高，到自輕自賤而絕望，再到最後心存渺茫希望，都是通過棄婦與榴樹、神鳥進行心理上的對話來展開的。所以張玉穀《古詩賞析》說：「鳥代樹言，人揣鳥意，奇甚。」

此詩善用比擬之法。如，以榴之丹華不實比附棄婦麗質而無子；以經天之月比有子之女，流星比無子之婦，均奇警、貼切。

卷七

皇子生頌

【題解】題中「皇子」，指魏明帝曹叡之子曹殷。殷生於明帝太和五年（西元二三一年）秋七月。殷出生後不久，植作此文以賀。此文標題，《藝文類聚》卷五四引作〈皇太子生頌〉。頌，古代文體之一種，用以頌揚、讚美。

於聖我后，憲章前志❶。克纂二皇，三靈昭事❷。祗肅郊廟❸，明德敬惠❹。潛和積吉❺，鍾天之釐❻。嘉月令辰，篤生❼聖嗣。天地降祥，儲君應祉❽。慶由一人❾，萬國作喜❿。喁喁⓫萬國，岌岌⓬群生，稟命我后⓭，綏⓮之則榮。長為臣妾⓯，終天之經⓰。仁聖奕代⓱，永載明明⓲。同年上帝⓳，休祥淑禎。藩臣⓴作頌，光流德聲㉑。吁嗟㉒卿士，祗承予聽㉓。

【注釋】❶於聖二句　於，讚歎之詞。聖，明哲。后，君也。此指魏明帝曹叡。憲章，此用作動詞，有效法之意。前志，前人的記述。此謂前人的典章。❷克纂二句　克，能也。纂，繼承。二皇，指武帝曹操，文帝曹丕。三靈，指日、月、星。昭，明。事，奉事。此謂祭也。案：此處「三靈昭事」當是「昭事三靈」之倒文。❸祗肅郊廟　祗肅，虔誠恭敬。郊，謂郊祀，即祭祀天地。廟，謂祭祀祖先。❹明德敬惠　明德，高潔完美之德。敬惠，恭敬、仁慈。❺潛和積吉　謂蘊藏、積聚祥和之氣。❻鍾天之釐　鍾，聚也。釐，通「禧」。福也。❼篤生　謂生而不平凡。含有得天獨厚之意。篤，厚也。❽儲君句　儲君，被確認為繼承君位的人。意思是君主之副。多指太子。此謂曹殷。應，此有蒙受之意。祉，福也。❾慶由一人　《尚書・呂刑》：「一人有慶，兆民賴之。」孔傳：「一人，天子也。」此以「一人」指曹叡。❿喜　謂幸福。⓫喁喁　參見本書卷九〈武帝誄〉注。⓬岌岌　形容十分危險，快要傾覆或滅亡。⓭稟命句　謂百姓的性命受制於君主曹叡。稟，受也。后，君也。⓮綏　安也。⓯臣妾　謂奴僕。男曰臣，女曰妾。⓰天之經　天之法則。⓱奕代　猶奕世。謂一代接一代。⓲明明　此謂地位尊貴顯赫。⓳同年上帝　謂與上帝同年壽。⓴藩臣　曹植自稱。㉑光流德聲　廣泛傳播美好的聲譽。德聲，猶德音。㉒吁嗟　歎詞。表示呼喚。㉓祗承予聽　祗承，恭敬接受。予聽，即聽予。

【語　譯】英明睿智魏明帝，遵循前人之章程。能夠繼承二皇業，虔誠祭奉日月星。敬祀天地與列祖，品德高尚性慈仁。蓄積和氣與吉祥，聚集天賜之福恩。吉利之月與良辰，皇子獨厚而降生。天地之神賜祥瑞，皇子將那福氣迎。皇上一人行善事，萬國得福可安寧。切盼救濟之萬國，瀕臨絕境之眾生，生死繫於我皇身，安定他們則昌盛。役使萬民為臣僕，天之法則久實行。世世代代出聖賢，長享榮華與至尊。壽命能與上帝比，吉祥如意福長存。藩臣寫作此頌文，廣揚皇家之美名。請那朝中眾卿士，將我所言認真聽。

【研　析】添丁增口，後繼有人，對於曹氏家族來說，未嘗不是一件幸事、喜事。曹植作為一個長輩，作頌以賀以慶，也很難說不是出於衷心誠意。但是，作者的筆觸似乎沒有止於慶祝皇子出生的層面上，而是由此巧妙地延宕開去，生發開去，把文章的中心引到了國計民生、明帝施政的問題上了，從而不知不覺地把這篇頌文變成了規箴、勸戒的諫文。

明帝曹叡當政之時，窮兵黷武，干戈不息；大興土木，營修宮室，「百姓失農時」；徭役賦稅繁重，民生凋弊……總之，這是一個多災多難、危機四伏的時代。因此，朝中忠臣直士，憂國傷時，紛紛上書切諫。如，楊偉諫曰：「今作宮室，斬伐生民墓上松柏，毀壞碑獸石柱，辜及亡人，傷孝子心，不可以為後世之法則。」又如，太子舍人張茂「以吳、蜀數動，諸將出征，而帝盛興宮室，留意於玩飾」，乃上書諫曰：「馬不捨鞍，士不釋甲，每一交戰，血流丹野，創痍號痛之聲，於今未已……陛下不兢兢業業，念崇節約，思所以安天下者，而乃奢靡是務，中尚方純作玩弄之物，炫耀後園，建承露之盤，斯誠快耳目之觀，然亦足以騁寇仇之心矣。」（語見《三國志》裴注所引）

對於危殆、蹙迫的局勢，具有敏銳的政治眼光的曹植，早已洞察。因此，遂借賀皇子出生之機，委婉地提醒曹叡要顧念「喁喁萬國，岌岌群生」，勸他與民休息，安撫天下，以鞏固其統治地位。由此看來，此篇與本卷〈承露盤銘〉一樣，亦具「頌中有規」的特點。

此頌借題發揮，含蓄地表達規箴之意，故劉勰評此頌云：「陳思所綴，以皇子為標。」

玄俗頌

【題解】玄俗，相傳是漢代河間（今屬河北省）人。賣藥於都市，七丸一錢。得道成仙，在日光之下，不顯身影。事見劉向《列仙傳》。

玄俗妙識❶，飢餌神穎❷。在陰倏❸遊，即陽無景❹。逍遙北嶽❺，凌霄引領❻，

揮霧❼昊天，含神自靜。

【注釋】❶妙識　謂敏慧而多識。❷飢餌句　《列仙傳》云：「玄俗者，……餌巴豆、雲英（案即雲母，一種礦物質）。」餌，吃也。穎，穀物之穗。❸倏　迅速；極快。❹即陽無景　《列仙傳》云：「王家老舍人自言父世見（玄）俗，俗形無影。」

王呼俗著日中，實無影。」陽，指太陽。景，同「影」。❺北嶽　指恆山，在今河北省境內。❻引領　伸長脖子。❼揮霧　揮灑霧氣。謂噴霧。

【語　譯】玄俗慧悟而多識，飢食神奇之作物。陰暗之地跑得快，陽光之下無身影。悠閒遊玩於北嶽，飛升雲霄伸長頸，口噴霧氣漫天空，身具神氣自安寧。

【研　析】此頌以傳說中所謂得道成仙者為歌詠對象，描述了玄俗得道成仙後神異的生存方式和美妙的生活境界。此頌的旨趣，當與作者遊仙詩諸篇相類，表現了對現實社會的不滿、憤激，以及對自由無拘、灑脫飄逸的理想生活的嚮往。

此頌對玄俗形象的刻畫，較為生動。首二句從天賦秉性、生存方式上寫出了玄俗的脫俗不凡；三、四句寫出了玄俗的來去無礙，性異常人；末四句狀玄俗飄忽遠逝，逍遙自得的形貌、情態，表現了玄俗高蹈風塵之外的精神面貌。

此頌文思特異，筆觸恣縱，顯出了清拔俊美的審美特徵。

母儀頌

【題　解】《藝文類聚》卷一五引錄此頌，未繫作者姓名，而綴於晉成公綏之詩後。《初學記》卷一〇引為曹植作。明婁東張氏本《子建集》題作〈湯妃頌〉。今人趙幼文先生認為：舊志均載曹植〈列女傳頌〉一卷（今佚），此必為植作無疑；〈母儀〉本《列女傳》舊題，張氏作〈湯妃頌〉，恐以臆改。

本頌之意旨，在於歌頌商湯王妃之盛德。題中「母」指湯妃。「儀」，意為風範。

殷湯令妃，有莘之女❶。仁教內脩，度義以處❷。清謐后宮，九嬪有序❸。伊為媵臣❹，遂作元輔❺。

【注釋】❶殷湯二句　殷湯，見本卷〈殷湯贊〉。令，善也。有，助詞，無義。莘，古國名，故地在今河南省開封縣，一說在今山東省曹縣北。❷仁教二句　謂以仁德教化修養自身，講求仁義以立身處世。脩，修養；遵循。度，考慮。❸清謐二句　清謐，猶言清靜也。后宮，同「後宮」。帝王嬪妃所居之所。嬪，王宮中女官，亦為帝王之妾。《禮記‧昏義》：「古者天子后立六宮、三夫人、九嬪。」❹伊為媵臣　伊，即伊尹。參見本卷〈殷湯贊〉。媵臣，此指陪嫁的奴隸。媵，陪送。據史載，伊尹本為有莘氏之奴隸，後作為湯妻之陪嫁奴隸至殷商。❺元輔　首位輔臣。相當於後世丞相。

【語譯】商朝湯王之賢妃，原是有莘氏之女。依循仁教修養身心，講求仁義以處世。整肅後宮得安寧，九嬪依禮有秩序。伊尹是其陪嫁臣，後來成為商首輔。

【研析】此文頌揚湯妃行仁講義的美德，以及治理內宮的功績。

劉向《列女傳》敘湯妃之事云：「湯妃，有莘氏之女也。德高而明，訓正後宮，嬪御有序。伊尹為之媵臣，佐湯致王。」由此看來，曹植的這篇頌文的內容，沒有超出《列女傳》，只是語句稍作整飭耳。總的來說，此頌內容空泛，語言亦平淡無奇。

明賢頌

【題解】《藝文類聚》卷一五引錄此頌，題作〈賢名頌〉，亦未繫作者姓名，並綴於晉成公綏之詩後。本頌題中「明賢」二字，亦本《列女傳》舊題。

此頌之意旨，在於頌揚周宣王妻姜后之明哲賢良的德行。姜后之事跡，見《列女傳》所載。

於鑠姜后，光配周宣❶。非禮不動，非禮不言。晏起失朝，永巷告愆❷。王用❸勤政，萬國以虔❹。

【注　釋】❶於鑠二句　於，讚歎之辭。鑠，美也。光，明也。周宣，即周宣王，厲王之子，名靜，卒於西元前七八二年，在位頗有政績，史稱中興。❷晏起二句　《列女傳》云：「宣王常夜臥而晏起，后夫人不出於房。姜后既出，乃脫簪珥，待罪於永巷，使其傅母通言於王曰：『妾之淫心見矣！故君王失禮而晏朝。』」植頌此二句謂姜后將宣王晚起失朝之過，歸於自己。晏，晚也。失朝，謂不能按時上朝。永巷，宮中官署名。愆，過錯。❸用　因也。❹虔　肅敬。

【語　譯】偉美不凡之姜后，英明賢良如周宣。不合禮義不行動，不合禮義不發言。宣王晚起上朝遲，她去永巷請罪愆。宣王因此勤於政，萬國敬服而平安。

【研　析】此頌歌詠周宣王之妻姜后高尚的道德情操，表達了作者的欽慕、崇敬之意。

作者詠讚姜后，依照劉向《列女傳》對姜后事功的記述、評價，緊扣「賢明」二字，突現了姜后所具有的精神特徵。

本頌既有議論，又有敘事；既有典型概括，又有具體記述，幾者相得益彰。另，語言簡約而平實，情感鮮明，啟承圓轉自如。

孔子廟頌

【題　解】明活字本《子建集》此頌為十四句，無序文。《藝文類聚》卷三八所引與此相同。明婁東張氏本《子建集》載〈制命宗聖侯孔羨奉家祀碑〉文一篇，其中有頌文四十餘句，包含上述十四句。但是，張本《子建集》的碑文除有頌文外，頌前還有一篇長達近千字的序文。另，宋人洪适《隸釋》卷一九亦全載此碑，並題曹植撰、梁鵠書。而清人顧炎武《金石文字記》認為碑末所刻曹植撰、梁鵠書等字，係後人附加也。據清人丁晏《曹集銓評》稱，此「碑在今曲阜縣」。由上可見，〈孔子廟頌〉原是上述碑刻中頌文的一部分。

上述〈家祀碑〉有云：「維黃初元年，大魏受命，……以魯縣百戶命孔子廿一世孫、議郎孔羨為宗聖侯，以奉孔子之祀，……況今聖皇，肇造區夏，創業垂統，受命之日，曾未下輿，而褒崇大聖，隆化如此，能無頌乎？乃作頌。」由此看，〈孔子廟頌〉似作於黃初元年（西元二二〇年）。而《三國志・文帝紀》則記云：「（黃初二年正月）詔曰：『昔仲尼資大聖之才，懷帝王之器……其以議郎孔羨為宗聖侯，邑百戶，奉孔子祀。』令魯郡修起舊廟，置百戶吏卒以守衛之，又於其外廣為室屋以居學者。」可見，文帝詔令魯郡重修孔子廟，於廟外廣建室屋以居學子，時在黃初二年。依此，則〈孔子廟頌〉作於是年。結合古籍的其他記載看，應以黃初二年為確。

脩復舊廟，豐其甍宇❶。莘莘❷學徒，爰居爰處❸。王教❹既備，群小遄沮❺。魯道❻以興，永作憲矩❼。洪聲登遐❽，神祇來祐❾。休徵雜沓❿，瑞我邦家。內光區域，外被荒遐⓫。

【注釋】❶豐其甍宇　豐，謂擴大。甍，屋脊。宇，屋檐。❷莘莘　眾多貌。❸爰居爰處　語出《詩經・擊鼓》。爰，於是；在這裏。❹王教　指國家政治教化。❺群小遄沮　語本《詩經・巧言》：「亂庶遄沮。」遄沮，迅速阻止。沮，通「阻」。❻魯道　西周時，武王之弟周公旦封於魯。後世因稱周公所制定的禮制為魯道。❼憲矩　法則也。❽登遐　同「登假」。對人死去的諱稱。此謂孔子去世。登，上也。假，已也。❾神祇來祐　神祇，天神、地祇。祐，福也。❿休徵雜沓　謂吉祥的徵兆很多。雜沓，盛眾之貌。⓫內光二句　光，充滿；覆披。區域，謂國境之中。荒遐，僻遠之地也。

【語譯】修復舊日的孔廟，擴展其房屋結構。人數眾多的學子，可以在這兒住宿。國家教化已具備，小人之道速被阻。周公禮制既已建，長作法則來遵守。大聲一叫升天去，天神地祇獻福祿。吉祥之兆紛紛至，魯邦祥和而無憂。瑞氣內充國之中，向外披蓋荒地遠土。

【研　析】重修魯郡孔子廟，並於廟外廣建室屋以居學者，是文帝即位後所做的一件大事，文帝還專門為此頒過詔文。曹植此頌，吟詠修廟之事，闡發了擴展廟外屋宇以居學子，對於王道教化的積極意義，以及尊孔崇儒將對魏國政治帶來的正面影響，同時也流露出了對文帝興利撥亂之舉的激賞之情。

曹丕即位伊始，便將修廟之事列於議事日程，可見曹魏統治者對儒教的推重。另外，廣建廟外屋室以居學子，亦見時人對於教育事業的注重。窺諸史籍可知，三國之時，儘管戎馬倥傯，干戈不已，天下無時不處於動蕩和戰亂之中，生產力遭到極大破壞，但各國為了通過學校培植勢力，為奪取政權做好準備，都比較重視發展教育事業。即以曹魏而言，曹操曾令郡國各修文學，使郡縣設立教學之官；魏文帝黃初五年（西元二二四年），立太學於洛陽。《三國志・王肅傳》裴注引《魏略》云：「至黃初元年之後，新主乃復，始掃除太學之灰炭，補舊石碑之缺壞；備博士之員錄，依漢甲、乙以考課。申告州郡，有欲學者，皆遣詣太學。太學始開，有弟子數百人。」魏國是如此，蜀、吳的情形也相彷彿。劉備入蜀，曾立太學，設博士，州設「典學從事」；孫權稱帝後不久，也曾下詔立都講祭酒，以教授諸子。

學官頌并序

【題　解】《藝文類聚》卷三八引此頌，題作〈學宮頌〉，明婁東張氏本《子建集》題此頌為〈孔廟頌〉。觀諸史載，當以題作〈學官頌〉為是。學官，指掌管學校教育的教官，也泛指學校。

關於本篇的寫作背景和撰寫時間，學者們有不同的看法。趙幼文先生據《三國志・高柔傳》中「太祖初興，……在此撥亂之際，並使郡縣立教學之官」等語，認為此篇作於建安中期。而張可禮先生認為此篇作於曹丕詔令「魯郡修孔子廟，廟外廣建室屋以居學者」之時，亦即黃初二年（西元二二一年）。

我們認為，趙先生的看法較為可靠。檢讀《三國志・武帝紀》，其中有云：「（建安八年）秋七月，令曰：『喪亂以來，十有五年，後生者不見仁義禮讓之風，吾甚傷之。其令郡國各脩文學，縣滿五百戶置校官，選其鄉之俊造而教學之，庶幾先王之道不廢，而有以益於天下。』」由此看來，此頌當作於建安八年（西元二〇三年）秋季曹操頒發置學官令之後不久。

此頌殘脫，非全文。

自五帝❶典絕，三王❷禮廢，應期命世❸，齊賢等聖者，莫高於孔子也。故有若❹曰：「出乎其類，拔乎其萃❺。」誠所謂性與天道不可得而聞矣❻。

由也務學❼，名在前志❽。宰予晝寢，糞土作誡❾。過庭子弟❿，詩禮明記。歌以詠言⓫，文以騁志⓬。予今不述，后賢曷識⓭？於鑠尼父，生民之傑⓮。性與天成，該聖備藝⓯。德倫三五⓰，配皇作烈⓱。玄鏡⓲獨鑑，神明昭晰⓳。仁塞⓴宇宙，志凌雲霓。學者三千㉑，莫不俊乂㉒。惟仁是憑，惟道足恃㉓。鑽仰彌高㉔，請益㉕不已。

【注釋】❶五帝　參見本書卷九〈文帝誄〉注。❷三王　指夏、商、周三代之君。❸應期命世　參見本書卷一〇〈漢二祖優劣論〉中「應五百之顯期」句注。命世，名世也。謂聞名於當世。❹有若　孔子門徒。字子有。孔子死後，門人以有若貌似孔子，曾一度奉以為師。❺出乎二句　語見《孟子・公孫丑》。萃，同類；眾也。❻性與天道句　《論語・公治長》：「子貢曰：『夫子之文章，可得而聞也；夫子之言性與天道，不可得而聞也。』」性，人的本性。天道，指自然之理。❼由也務學　謂子路勤奮好學。由，即孔子門徒子路，姓仲，名由，子路是其字。案：此處「由」當為「回」字之誤，因為在孔子門徒中，顏回尤以「好學」著稱。《論語・先進》云：「季康子問弟子孰為好學，孔子對曰：『有顏回者好學。』」❽前志　前人的記述。❾宰予二句　事見《論語・公冶長》：「宰予晝寢。子曰：『朽木不可雕也，糞土之牆不可杇（案杇義為粉刷）也。』」宰予，孔子門徒。晝寢，白天睡覺。糞土，穢土；腐土。誡，警告。❿過庭子弟　指孔子之子孔鯉。《論語・季氏》載：陳亢懷疑孔子在學業上對兒子有特別的傳授，便問於孔子之子鯉，鯉答：「他對我沒有特別的傳授。他曾經獨自站於庭中，我恭敬地走過去。他問我學詩沒有，我答沒有。他便說：『不學詩，就不會說話。』我遂退而學詩。又有一天，他獨自站於庭中，我又恭敬走過。他問我是否學過禮，我答沒有。他說：『不學禮，便沒法立身於社會。』我便退而學禮。」參見本書卷九〈文帝誄〉注。⓫歌以詠言　語本《尚書・舜典》：「歌永言。」句謂歌是延長詩的語言，徐徐詠唱，以突現詩的意義。⓬騁志　表達人的志意。⓭曷識　何以知道。⓮於鑠二句　於，讚歎之詞。鑠，美也。尼父，指孔子。孔子字仲尼。父，對男子的尊稱。生民，人民。《孟子・公孫丑》：「有若曰：『自生民以來，未有盛於孔子也。』」⓯該聖備藝　《論語・子罕》：「太宰問於子貢曰：『夫子聖者與？何其多能也？』子貢曰：『固天縱之將聖，又多能也。』」該，具備。聖，指超凡的智慧、品德。藝，藝能；技藝。⓰德倫三五　謂孔子之德能與三皇五帝相比。倫，比也。⓱配皇作烈　謂孔子雖未居帝王之位，但能像帝王一樣建立顯赫的功業。配，匹敵也。烈，功業。⓲玄鏡　猶言神鏡。比喻孔子卓異的辨察能力。⓳昭晰　此有明智之意。⓴塞　充滿。㉑三千　史載孔子弟子有三千人。㉒俊乂　才德出眾。㉓惟仁二句　《論語・述而》：「子曰：『志於道，據於德，依於仁。』」㉔鑽仰彌高　語本《論語・子罕》：「顏淵喟然歎曰：『仰之彌高，鑽之彌堅。瞻之在前，忽焉在後。』」此謂孔子的道德、學問博大精深，越是用力學習、鑽研它，越顯得高深。㉕請益　謂已受老師教導，還請求老師給予進一步的指點。後世以「請益」泛指請教。

【語　譯】自從五帝的法典失傳，三王的禮制廢棄以來，順應天運而聞名於世，且能與古代聖賢比美的人，沒有誰可以超過孔子。所以，有若說孔子：「超出於其同類，高出眾人之上。」真所謂人性與天道不可得知！

子路好學很勤奮，前人文籍載其名。宰予白天睡懶覺，孔子以「糞土」作警告。稟承父教的孔鯉，明曉詩禮之精義。歌能詠唱詩之意，文章用來抒發情理。我輩現在不著述，後人怎知前代事？偉大不凡孔夫子，我們人類的傑出者，品質好像天然成，具備超人的才德與藝能。德與三皇五帝同，功與帝王相比並。明察事物如神鏡，英明睿智似神靈。仁愛充滿宇宙間，志向高遠出雲天。他的弟子三千人，個個才德出眾超群。行事依據仁與義，道德作為立身根本。孔子的道德、學問博大精深，向他學習無止境。

【研　析】此頌雖題作〈學官頌〉，但並不以頌讚學官為事，而是極力歌頌孔子的才德、功業，並且言及為學、著述的重要性。

根據曹操在建安八年所頒發的置學官令看，曹操設立教學之官，以興州郡地方教育，其宗旨在於倡「仁義禮讓之風」，使「先王之道不廢，而有以益於天下」。因此，曹植在本頌中極力讚揚儒家代表人物孔子仁義道德的美好，陳說為學、著述的重要，正可映襯出曹操設立學官之舉的英明正確。

本頌熔鑄古書（特別是《論語》）中的有關言論、事典於一篇，不露斧鑿之跡，顯示了作者駕馭語言的技巧。

社頌并序

【題　解】魏明帝太和三年（西元二二九年），曹植徙封東阿王。在此之前，為雍丘王。居雍丘時，因「農桑一無所營」，故「桑田無業，左右貧窮，食財餬口，形有裸露」（見《藝文類聚》卷五一引植〈轉封東阿王謝表〉），而他自己也是「衣食不繼」（見《太平御覽》卷一九八引植〈遷都賦〉）。因此，植來到土地肥沃的東阿後，決心吸取以前的教訓，而發展農桑業。為求得風調雨順，歲熟年豐，植到東阿，便立田社，以祭土神、穀神。

社，本指土地神，亦指祭祀土地神的地方。本文題中之「社」，指太社，亦即序中所言「田社」，為祭祀土神、穀神之所。

古代諸侯受命於天子，建社於國中，常常是按封地所在方向，在天子社祭之壇上的五色土（東方青土，南方赤土，西方白土，北方黑土，中覆以黃土）中，取出其一，以茅草包之，歸封國立社。古人立社，常於社旁植樹，謂之社樹。「社稷所以有樹何？所以表功也。」（《白虎通》）古代也有直接以樹木為社的。晉人張華〈朽社賦〉所記古槐「託尊於田主」，就屬此類情況。曹植本頌所言之社，是植樹以為之。

明活字本《子建集》此頌脫正文之前序，而明婁東張氏本《子建集》、《太平御覽》卷五三二引錄此頌，俱載序言，故應據補。另，婁東張氏本《子建集》所載本文，題作〈讚社文〉。

余前封鄄城侯❶，轉雍丘❷，皆遇荒土❸。宅宇初造，以府庫尚豐，志在繕宮室，務園圃而已，農桑一無所營。經離❹十載，塊然守空❺，飢寒備嘗。聖朝愍❻之，故封此縣❼。田則一州之膏腴，桑則天下之甲第❽。故封此桑❾，以為田社❿。乃作此頌云：

於惟太社，官名后土⓫。是曰勾龍⓬，功著上古。德配帝王，寔為靈主⓭。克明⓮播植，農正曰柱⓯。尊以作稷⓰，豐年是與。義與社同，方神北宇⓱。建國承家，莫不攸敘⓲。

【注釋】❶余前句　曹植於黃初二年（西元二二一年）封鄄城（今山東省鄄城縣北）侯。❷雍丘　在今河南省杞縣。黃初四年，曹植徙封於此。❸荒土　荒蕪之貧瘠地。❹經離　猶言經歷。❺塊然句　塊然，孤獨之貌。守空，守窮也。❻愍　同情。❼此縣　指東阿縣，在今山東省陽穀縣東。❽田則二句　州，指兗州。鄄城魏時屬東郡，為古兗州之境。膏腴，肥沃之土。甲第，甲等；第一等。❾故封此桑　古人受原始宗教的影響，有圖騰崇拜之習，將與自己生活息息相關的動物或植物，作為本民族（或氏族）崇奉的對象，故在立社時，常置相關樹木以祭，或直接封植相關樹木以作社壇。《藝文類聚》卷三九引

《湛方生盟文》云：「仰推先王建社之義，……遂藝樹立壇，結誓明神。」封，謂積土培育樹木。❿田社　指田中祭祀社稷（即土神、穀神）的處所。⓫於惟二句　於惟，感歎之詞。太社，古代祭祀土神、穀神的地方。《禮記・祭法》云：「王為群姓（案指百官以下及百姓）立社，曰太社。」后土，古代官名，掌水土。⓬勾龍　人名。相傳為上古部落首領共工之子，曾為后土之官。⓭靈主　神靈之主。⓮克明　克，能也。明，彰顯。⓯農正曰柱　農正，古代農官名。柱，相傳是上古時烈山（或作厲山）氏之子。《禮記》云：「厲山氏之有天下，其子曰柱，能殖百穀。夏之衰也，周棄繼之，故祀以為稷。」⓰稷　穀神。⓱方神北宇　方，並列；共同。北宇，古代社壇設於東，稷壇設於西，都面朝北方之地，故此云北宇。⓲攸敘　攸，所也。敘，通「序」。依次排列。

【語　譯】我以前受封為鄄城侯，後轉封為雍丘王。鄄城、雍丘都是荒蕪之地。居住之室剛剛建成，覺得府庫的財物尚多，只注重修治宮室，建造園林而已，而農桑之事全都沒有經營。歷經十年，我孤獨地守著貧窮，嘗盡飢寒之苦。朝廷可憐我，故將東阿縣封我。此縣之田，是全州最肥沃的土地；此縣之桑，是天下第一等。因此，封植此地之桑，以作田社。於是，作此頌文。頌文為：

　太社供奉的土神，后土原是其官職。他的名字叫勾龍，功績顯揚上古時。道德可與帝王比，又為眾神之主持。能夠發展種植業，便是上古農正柱。後世尊之為穀神，豐年靠他來賜與。穀神義與土神同，神壇共同朝北宇。建立封國承家業，萬事無不有次序。

【研　析】這是一篇歌頌太社所供土神、穀神的文章。其序交代了封桑為社的原因，以及作頌的緣起。由此序可以看出，曹植被黜貶藩國，頻繁遷徙，不獨忍受了精神上的痛苦，而且在物質生活上亦是備受艱辛，苦不堪言。本頌之正文，依據傳說，敘寫土神與穀神的身世、職事、功德、神威，表達了對土神、穀神的敬仰、頌美之情，同時也寄寓了祈求二神賜福，保佑農業豐收的真誠意願。由此看來，曹植儘管屈居藩地，意志不伸，但仍思造福一方，有所作為。

宜男花頌

【題　解】宜男，草名。又稱萱草、鹿葱、忘憂、金針花。高六、七尺，花似蓮。古代迷信，說孕婦佩帶此草，或取此草服用，可以生男。

本頌的撰寫時間，難以確考。但據頌中「君子耽樂，好和琴瑟」等語推斷，似作於明帝曹叡執政之時。據《三國志‧楊阜傳》以及〈明帝紀〉裴注所述，叡曾廣徵民間少女，以充後宮，嬪妃不可勝數，並常與嬪妃遊玩作樂。因植頌所述與史載暗合，故將此頌視為太和年間的作品，似較妥。

本頌藉對宜男花的頌揚，表達了作者對曹叡多子多福的讚美之情。

本文文句可能存在遺脫現象。今人趙幼文先生說：「此頌四句轉韻如嘉花叶，日瑟叶，惟為首兩句僅一韻，疑有佚句。」

草號宜男，既曄且貞❶。其貞伊何？惟乾之嘉❷。其曄伊何？綠葉丹花。光采晃曜❸，配❹彼朝日。君子耽樂❺，好和琴瑟❻。固作〈螽斯〉❼，惟立孔臧❽，福齊太姒❾，永世克昌❿。

【注　釋】❶曄且貞　曄，光亮、光彩的樣子。貞，正也。此含堅固、剛正之意。《周易‧乾卦》孔疏：「此卦之德有純陽之性，……以貞固、幹事使物各得其正為貞。」❷乾之嘉　乾，八卦之一。《周易》云乾卦有「元、亨、利、貞」四德，而宜男草「曄且貞」，故此頌言該草有「乾之嘉」。乾有純陽之性，故植頌以此草象徵男子。嘉，美好。❸晃曜　相互輝映照耀。❹配　相當；匹敵。❺耽樂　謂愛好而沉浸於玩樂之中。❻好和琴瑟　語本《詩經‧常棣》：「妻子好和，如鼓瑟琴。」❼螽斯《詩經》篇名。其中有「螽斯羽，詵詵兮，宜爾子孫振振兮」、「宜爾子孫繩繩兮」、「宜爾子孫蟄蟄兮」等句，均以螽斯（蟲名，又稱蚣蝑）之多而成群，比喻子孫之眾。本頌言稱《詩經》此篇，其意也正在此。❽惟立句　立，成也。孔，大也。臧，善也。❾太姒　周文王之妻。又稱文母。《列女傳》云：「太姒者，文王之妃。……生十子。」❿克昌　能夠昌盛。

【語　譯】有草名叫宜男，光艷而又貞正。它的貞正是何？乾卦善美德性。它的光艷是何？綠葉紅花滿莖。花葉光彩映耀，如那朝日光影。君子耽於遊樂，與妻和好相親。古時所作〈螽斯〉，是說人積大善，福可齊同太姒，後世永遠昌盛。

【研　析】現代文化人類學研究成果表明，受原始宗教的影響，人類普遍存在著靈物崇拜的習俗。根據文化學者林惠祥的意見，所謂「靈物崇拜」，是說「崇拜的對象常係瑣屑的無生物，信者以為其物有不可思議的靈力，可由以獲得吉利或避去災禍，因而加以虔敬。其物例如奇形的小石，掀起的樹幹，甚或一頂舊帽，一條紅色的破布等物。」古人崇奉宜男草，認為取用它，可以孕生男孩，這顯然是靈物崇拜的民俗心理的反映。

曹植借頌讚宜男草的華盛之貌、乾陽之性，而極力歌頌明帝生活佚樂安康，子息繁多有福，夫妻和好豫逸。

的確，明帝曹叡作為一個封建帝王，荒淫無度，驕奢淫逸，在歷史上也是少見的。《三國志・楊阜傳》云：「時初治宮室，發美女以充後庭，數出入弋獵。」《三國志・明帝紀》裴注引《魏略》：「是年起太極諸殿……又於列殿之北，立八坊，諸才人以次序處其中，貴人、夫人以上，轉南附焉，其秩石擬百官之數。帝常游宴在內，乃選女子知書可付信者六人，以為女尚書，使典省外奏事，處當畫可。自貴人以下至尚保，及給掖庭灑掃，習伎歌者，各有千數。」真可謂三宮六院，嬪妃無數；而謂明帝子孫多如螽斯，「福齊太姒」，當然也是可信之事。

對照上述的背景材料看來，曹植此頌雖然是以稱美、詠讚的面目出現，但其中卻也含有揭露、譏刺的成分。

冬至獻襪頌

【題　解】劉勰《文心雕龍・指瑕》有云：「陳思之文，群才之俊也，而〈武帝誄〉云『尊靈永蟄』，〈明帝頌〉云『聖體浮輕』。」劉氏所謂〈明帝頌〉即指本篇。由此可見，本篇作於魏明帝曹叡之時。細審本頌文意，以及與本頌相關的表文（即卷八〈冬至獻襪頌表〉），可知本篇是作者為冬至入朝貢獻襪履於明帝而作。由此推知，本頌的寫作時間，具體在明帝太和五年（西元二三一年）冬，因為在明帝當政時，植只在太和五年冬，為應詔朝會，到過一次洛陽，並於第二年春返回封國。

《北堂書鈔》、《太平御覽》等引錄此頌，題作〈冬至獻襪履表〉。衡之文意，應以題中置「履」字為是。《子建集》諸本分此頌與〈冬至獻襪頌表〉為二，並分載於頌類、表類。其實，表、頌均為獻襪履而作，同在一時，故宜將表、頌合而為一。

玉趾既御，履和蹈貞❶。行與祿邁❷，動以祥并。南闚北戶，西巡王城❸。翱翔萬域❹，聖體浮輕❺。

【注　釋】❶玉趾二句　玉，讚美之詞，無實義。趾，此指腳。御，此有穿進之意。履、蹈，均有踏踩之意，可引申為踐行。和，和平。貞，中正。❷邁　往也。❸南闚二句　闚，同「窺」。視也。北戶，上古國名，傳為南方極遠之國。王城，指西王母國，在今甘肅省一帶。❹萬域　萬國。❺浮輕　此謂身體如仙，飄飄欲飛。

【語　譯】玉腳穿上襪與鞋，踩著和平與中正。行則與祿一起走，動把吉祥緊隨跟。往南探視北戶國，向西巡遊王母城。將那萬國來遊歷，聖體輕飄如仙神。

【研　析】這是一篇詠讚所獻之襪鞋的韻文。此文頌揚了鞋襪的神奇美好，並表達了對明帝的良好祝願。明帝曹叡昏庸不明，致國勢日蹇，故此頌「履和蹈貞」云云，也含有諷諭、規諫之意，實是勸諷曹叡遵循正道，修明政治，以長保江山社稷。此頌以誇飾的筆法寫情表意，甚奇崛。

庖犧贊

【題　解】庖犧，古代神話傳說中的一個古帝王，也稱太昊。其名又有「伏犧」、「伏羲」、「包犧」、「伏戲」、「宓犧」等不同的寫法。相傳庖犧創造發明了許多有用的事物，如八卦、魚網、瑟琴，等等。篇題中的「贊」，是古代文體之一種，多用於頌揚，一般用韻文寫成。

木德風姓❶，八卦創焉❷。龍瑞名官❸，法地象天。庖廚祭祀❹，罟網魚畋❺。瑟以象時❻，神德通玄❼。

【注　釋】❶木德句　古代五行論者，以金木水火土相生相勝，為王者受命之符。以木勝者為木德。《呂氏春秋・孟春紀》高誘注云：「太皞伏羲氏，以木德王天下，死，祀於東方，為木德之帝。」風姓，謂庖犧以風為姓。《帝王世紀》云：「太昊庖犧氏，風姓也。蛇身人首，有聖德。」❷八卦句　謂庖犧發明創製了八卦符號。《周易・繫辭》云：「包犧氏之王天下也，仰則觀象於天，俯則觀法於地，觀鳥獸之文，與地之宜，近取諸身，遠取諸物，於是始作八卦。」❸龍瑞句　相傳庖犧氏時，有龍瑞，便以「龍」給其官命名，如以青龍稱春官，赤龍稱夏官，等等。龍瑞，謂以龍為符瑞。古人認為帝王受命於天，而天必賜符瑞與帝王，以作受命的憑證。❹庖廚句　謂庖犧將牛羊等牲畜充作廚房食品，並作祭祀之物。《帝王世紀》云：「(庖犧)取犧牲以充庖廚。」❺罟網句　謂庖犧結繩而為網罟，用以打獵捕魚。罟，網也。罟網，丁晏《曹集銓評》作「網罟」，然宋刊本《曹子建文集》與《藝文類聚》本均作「罟網」，今據古本。畋，捕獵也。《周易・繫辭》云：「包犧氏結繩而為網罟，以佃以漁。」❻瑟以象時 《帝王世紀》云：「伏羲作瑟三十六弦，象一年三百六十餘日。」❼玄 天也。

【語 譯】其德為木姓為風，最早畫出八卦形。官職用「龍」來命名，取法天地之形神。庖廚、祭祀用牲畜，織網捕魚獵獸禽。瑟弦用以象徵天時，聖明的德行通天神。

【研 析】今人袁珂先生曾說：「伏羲為後世人們所尊仰，還不在於他之作為東方天帝，或者是『為百王先』的人間的第一個帝王，而是在於傳說他創造發明了許多有用的事物，為人類文明昭示了燦爛的曙光。」曹植此贊，即是通過敘說庖犧的多項發明創造，表達了頌揚、敬慕之意。

本贊第一、二句謂庖犧木德風姓，創八卦。第三句反映出庖犧部族以龍為圖騰。第五句反映出庖犧時代已有家庭畜牧業出現。第六句謂庖犧發明網罟，反映出當時是處於原始社會的漁獵時代。根據古籍的記載看，庖犧是受了蜘蛛結網的啟發，才發明了結網之術（見《抱朴子·對俗》）。末二句是說庖犧發明了瑟這種樂器。客觀而論，贊文中所述的發明創造，不應是單個人完成的，而應是無數代從事勞動生產的先民們的智慧的結晶，只是神話傳說把它們集中到了特定的「聖人」身上而已。

女媧贊

【題 解】女媧，古代神話傳說中的神女、帝王，有人認為是伏羲之妹，也有人認為是伏羲之婦。曹植此贊，融合了古代神話有關女媧的一些傳說，頌讚了她對於人類所作出的巨大貢獻。

古之國君，造簧作笙❶。禮物❷未就，軒轅纂成❸。或云二皇❹，人首蛇形❺。

神化七十❻，何德之靈❼。

【注　釋】❶造簧句　《世本》云：「女媧作笙簧。」簧，是管樂器笙上的薄片，又稱簧片，吹之以振動發聲。笙，管樂器，由簧片、笙管、斗子三部分組成。此句簧、笙，即指笙。❷禮物　謂禮樂制度與生活用器。❸軒轅句　言軒轅氏黃帝繼續完成。纂，承繼。❹二皇　指伏羲、女媧。❺人首句　《帝王世紀》云：「太昊庖犧氏，風姓也。蛇身人首。」又云：「帝女媧氏，亦風姓也，……亦蛇身人首。」❻神化句　相傳女媧與諸神共同造人時，一天之中要孕育七十次。《淮南子・說林》云：「黃帝生陰陽，上駢生耳目，桑林生臂手：此女媧所以七十化也。」❼靈　善也。

【語　譯】遠古時代之國君，創製了樂器簧與笙。禮制、器物未製就，軒轅氏接著來完成。有人曾說女媧、伏羲，身如蛇形頭像人。一天化育七十次，這是多麼美好的德行。

【研　析】女媧是我國古代神話傳說中著名的神女，功績非常之大。傳說她一生做過很多有益於人類的事情：創造人類，煉石補天，治理洪水，製作笙簧……。在這眾多的功績中，最顯著的恐怕要算造人了。關於女媧造人，古代神話有兩種不同的說法，一說女媧與諸神共同造人；一說女媧單獨造人。曹植此贊謂女媧「神化七十」，是說女媧在與諸神合作共同造人的過程中，一天要孕育多次，以使人的耳、目、口等器官不斷產生。世界各地的神話幾乎都有神造人的傳說。如希伯來神話說耶和華上帝用塵土做成人；希臘神話說普羅米修斯按照神的形狀做成人。但這些神話都說造人的是男神，不像中國古代神話把造人的事安在一個女神頭上，這大約是原始母系氏族社會母權制的曲折反映。

神農贊

【題　解】神農，傳說中的古帝王，古史又稱炎帝。相傳神農始教民為耒耜，以興農業；又遍嘗百草為醫藥，以治疾病。

少典之胤❶，火德承木❷。造為耒耜❸，導民播穀❹。正為雅琴❺，以暢風俗。

【注釋】❶少典句　少典，傳說中的古帝王，相傳他娶有喬氏之女登為妻，生下神農。胤，後人；後代。❷火德句　言神農以火德代替木德而王天下。承，繼承；接替。❸耒耜　古代一種像犁的農具。其木把稱「耒」，犁頭稱「耜」。《周易・繫辭》云：「神農氏作，斲木為耜，揉木為耒，耒耨之利，以教天下。」❹導民句　《帝王世紀》云：「炎帝神農氏……始教天下種穀，故號神農氏。」導，教也。❺雅琴　樂器名。《廣雅》云：「神農氏琴，長三尺六寸六分，上有五弦，曰宮、商、角、徵、羽。」

【語譯】少典的後人有神農，以火德承木統天下。造出耒耜等農具，教民播穀種莊稼。整頓禮樂製雅琴，以使天下風俗純雅。

【研析】炎帝和黃帝，是中華民族公認的偉大始祖。根據古代神話傳說的記載看，炎帝神農氏的偉大，首先在於他對農業作出了巨大的貢獻。因此，今人袁珂先生說：「如果說神話英雄人物伏羲的出現是標誌著原始社會漁獵時期的到來，那麼神農的出現，就該標誌著社會的發展已又朝前邁進一步，開始從漁獵時期進入到農耕時期了。」可見，炎帝在中國古代以種植經濟為基本方式的農業社會裏，享有崇高的地位。

曹植此贊，首先歌頌了神農對於農業文明的重大貢獻，然後頌揚神農製造雅琴，以正風俗，突現了神農對於中華民族精神文明的貢獻。據古代文獻記載，在人們的物質生活水平有所提高後，炎帝神農氏為滿足人們的精神生活的需要，乃製雅琴等樂器；雅琴等樂器的發明，不僅能使人們娛樂性情，還可「禁淫僻，去淫欲，反（返）其天真」（《世本》張澍注引《琴清黃》），使社會風氣得到淨化。

黃帝贊

【題解】黃帝，少典之子，姓公孫，居軒轅（在今河南新鄭）之丘，故又號軒轅氏。在阪泉之野打敗炎帝，又與蚩尤戰於涿鹿之野，斬殺蚩尤。諸侯尊其為天子，以代神農氏。有土德之瑞，故稱黃帝。

少典之孫❶，神明聖哲❷。土德承火❸，赤帝是滅❹。服牛乘馬❺，衣裳是制❻。雲氏名官❼，功冠五帝❽。

【注釋】❶少典句　《史記・五帝本紀》記黃帝為少典之子。大多數古籍的記載與《史記》相同。❷神明句　言黃帝聰明慧悟，天賦非同一般。《抱朴子》云：「黃帝生而能言，役使百靈，可謂天授自然體之者。」❸土德句　神農以火德王天下，黃帝取而代之，是以土德勝之，故云「土德承火」。❹赤帝句　據《帝王世紀》載，黃帝與炎帝神農氏戰於阪泉之野，三戰而大敗炎帝。赤帝，即炎帝。❺服牛句　謂黃帝開始使用牛、馬。服，駕；乘。❻衣裳句　謂黃帝開始製造衣裳。《周易・繫辭》云：「黃帝、堯舜垂衣裳而天下治。」❼雲氏句　謂黃帝時的官職皆以「雲」命名。相傳黃帝受命有雲瑞，故以雲記事，官名皆以「雲」命。如稱春官為青雲，夏官為縉雲，等等。❽五帝　指黃帝、顓頊、帝嚳、堯、舜。

【語譯】黃帝是少典的子孫，聰慧賢能有如神。以土德接替火德治天下，炎帝的時代終完畢。驅使牛馬幹活兒，縫製衣裳以蔽身。官名都以「雲」字命，功績在五帝之中排頭名。

【研析】黃帝以武功威服四方，以文治造福世人，成為華夏民族的重要的創始人，華夏文明的開源者。因此，中華民族的後代總是驕傲而自豪地稱自己為炎黃子孫。曹植此贊，糅合古代傳說材料，熱情歌頌了黃帝對於華夏民族立下的豐功偉績。傳說雖然不能等同於歷史，但傳說之中往往閃現著史影。由曹植此贊所述，我們大致可以窺見古代黃帝部落在物質文明、精神文明上給人類作出的巨大貢獻，可以窺見黃帝部落以雲為圖騰的習俗。

少昊贊

【題解】少昊，傳說中的古帝王，也作「少皞」，名摯，黃帝之後裔。以別於太昊，故稱少昊。以金德王天下，故也稱金天氏。

祖自軒轅，青陽之裔❶。金德承土❷，儀鳳帝世❸。官鳥號名❹，殊職別系❺。

農正扈民❻，各有品制❼。

【注釋】❶青陽句　言少昊是黃帝之子青陽的兒子。《史記·五帝本紀》云：「嫘祖為黃帝正妃，生二子，其後皆有天下，其一曰玄囂，是為青陽。」案：古籍關於少昊的傳說多有牴牾之處，或認為少昊是黃帝之子，青陽乃少昊之字（如《帝王世紀》即持此種看法）；或認為少昊是黃帝之孫，青陽乃指黃帝之子玄囂。曹植此詩顯然是持後一種看法。❷金德句　黃帝以土德王天下，少昊以金德繼其位，故云「金德承土」。❸儀鳳句　言少昊受天命而為帝，是以鳳鳥為符瑞。《左傳·昭公十七年》：「郯子曰：我高祖少昊摯之立也，鳳鳥適至，故紀於鳥。」❹官鳥句　言少昊時的官名都以鳥名來命。據古籍載，少昊時有鳳鳥氏、玄鳥氏、丹鳥氏等官職名稱。❺殊職句　言以鳥名命官名，分別出了官職系統。如，以鳳鳥氏、玄鳥氏等稱官，均指掌管曆法的官；以祝鳩氏稱司徒、雎鳩氏稱司馬，均指督察民事之官。❻農正句　農正，指主持農業生產的官。扈民，謂防止百姓為求安逸而疏於農業生產。扈，止也。❼品制　猶言品位、等級。《左傳·昭公十七年》：少昊之時，「九扈為九農正，扈民無淫者也。」杜預注云：「扈有九種也。……以九扈為九農之號，各隨其宜以教民事。」

【語譯】少昊是軒轅的子孫，也是青陽之後裔。以金德承接那土德，鳳鳥來時立為帝。官職名稱用「鳥」命，分門別類成體系。農正勸民努力生產，農正九種各有品級。

【研析】從神話傳說的記敘看，少昊所建立的國家當在東方。《山海經・大荒東經》云：「東海之外大壑，少昊之國。少昊孺帝顓頊，於此棄其琴瑟。」而且，少昊所統領的國家，是以鳥作為崇拜的圖騰。曹植此贊謂「官鳥號名」，即用各種鳥的名稱來當作百官的名號，說明少昊部族對鳥的重視。另外，從少昊之名「摯」來看，也可看出少昊對鳥的情有獨鍾。今人袁珂先生說：『摯』的取名又有何義呢？原來古摯、鷙通，《史記・白圭傳》說：『趨時，若猛獸摯鳥之發。』可證摯鳥就是鷙鳥。少皞名摯，他本來就是一隻猛禽，宜乎他能統轄百鳥，為百鳥的王。」由曹植此贊所述還可看出，少昊所統轄的國家，十分重視農業，說明少昊時代已處於農耕時代，而且是以農業經濟作為社會經濟的主幹。

本篇以敘述為主，於敘述之中流露出讚美之意。

顓頊贊

【題解】顓頊，史書所稱「五帝」之一。相傳為黃帝之孫，昌意之子。十歲時開始輔佐少昊，二十歲登帝位，在位七十八年。號高陽氏。

昌意之子❶，祖自軒轅。始誅九黎❷，水德統天❸。以國為號❹，風化神宣❺。
威暢八極❻，靡不祇虔❼。

【注釋】❶昌意句　《帝王世紀》云：「顓頊，黃帝之孫，昌意之子。」❷始誅句　《帝王世紀》謂顓頊「二十而登帝位，平九黎之亂」。九黎，古代南方的部落名。❸水德句　言顓頊以水德統治天下。❹以國句　言顓頊以高陽為號。相傳顓頊輔佐少昊有功，而被封於高陽（在今河南境內）。❺風化句　言顓頊的政令、教化廣泛流布、施行。❻八極　猶言八方。❼靡不句　言人、物、神靈沒有不誠服顓頊的。祗虔，恭敬誠服。《史記・五帝本紀》：「帝顓頊高陽者，靜深有謀，疏通知事。北至幽陵，南至交趾，西濟流沙，東至蟠木，動靜之物，大小之神，日月所照，莫不祗肅。」

【語　譯】顓頊是昌意的兒子，祖父乃軒轅氏黃帝。始滅九黎作亂之人，以水德將天下來統一。把封國高陽作為名號，教令施及神州大地。威勢震動四面八方，沒有誰敢與他為敵。

【研　析】曹植此贊著力歌頌了顓頊平息叛亂、安定四方的功績。

本贊所謂「始誅九黎」、「威暢八極」云云，雖是褒美之詞，但也從側面反映出顓頊時代，統治者與被統治者之間的關係複雜，矛盾激烈。據《尚書・呂刑》載，蚩尤作亂，給平民造成了很壞的影響。苗民是黃帝和顓頊的後裔，經受不了蚩尤制作的五種酷刑，也跟著作亂；於是「皇帝哀矜庶戮之不辜」，決定用嚴威的手段來報復苗民，「遏絕」他們，又派大神重和大神黎「絕地天通」。據今人袁珂先生的考證，〈呂刑〉中所言「皇帝」，不單指黃帝，而是兼該黃帝與顓頊祖孫二人而言，「因為懲蚩尤的『作亂』而『遏絕苗民』是黃帝事，『絕地天通』則是顓頊事，這裏把二人的所為都統括在『皇帝』一詞裏了」。由此看來，在黃帝、顓頊的統治時代，被壓迫的「平民」常常起來作亂，而黃帝、顓頊曾以武力、嚴威予以壓制；特別是顓頊，採用「絕地天通」（即把天和地隔絕，使平民上不了天，神靈下不了地）的手段，使神、民不雜，更折射出當時統治者與被統治者之間隔閡形成，間接反映出原始社會的終結，有著等級之別的階級社會已處於萌芽狀態。

帝嚳贊

【題　解】帝嚳，相傳是黃帝的曾孫，堯的父親，居亳（今河南偃師），號高辛氏。

祖自軒轅，玄囂之裔❶。生言其名❷，木德帝世。撫寧❸天地，神聖靈察❹。
教弭四海❺，明並日月❻。

【注　釋】❶玄囂句　《史記・五帝本紀》云：「帝嚳高辛者，黃帝之曾孫也。高辛父曰蟜極，蟜極父曰玄囂，玄囂父曰黃帝。」❷生言句　《史記》謂帝嚳「生而神靈，自言其名」。❸撫寧　安撫；安定。❹神聖句　言帝嚳異常聰慧，且具非同一般的觀察力。❺教弭句　謂教化普遍施及天下。弭，通「彌」。滿也；遍也。❻明並句　謂帝嚳的聖明之德，可與日月的光輝相比擬。

【語　譯】帝嚳是黃帝的子孫，也是玄囂的後裔。出生時能喚自己的名，後來以木德即位稱帝。安撫天地之萬物，具備神異的智慧和觀察力。廣施教化於天下，明德可與日月的光輝比。

【研　析】曹植此贊，高度讚揚了帝嚳的聰慧神悟，及其不凡的治績。

就古代流傳至今的傳說資料看，帝嚳的聰明睿智確實非同一般。《初學記》卷九引《帝王世紀》云：「帝嚳……生而神異，自言其名曰夋。」可見，帝嚳的天資卓特，聰明絕頂。及至即位為帝後，天下也是治得井井有條。《帝王世紀》說帝嚳的時代，「五行之官，分職而治諸侯」。根據現存的傳說資料看，帝嚳理政治民，似乎很注重發揮禮樂的作用。《帝王世紀》云：「於是化被天下，遂作樂〈六莖〉，以康帝位。」《呂氏春秋・古樂》說：「帝嚳令咸黑作為聲歌：〈九招〉、〈六英〉、〈六列〉；有倕作為鼙、鼓、鐘、磬、笭、管、篪、鞀、椎鐘。帝嚳乃令人抃，或鼓鼙，擊鐘磬，吹笭，展管篪，因令鳳鳥天翟舞之。」

此贊語言簡潔，辭采典雅、精工。

帝堯贊

【題　解】帝堯，傳說中的古帝王，又稱唐堯。年十五而輔佐少昊，受封於唐，為諸侯。二十歲登帝位。

火德統位，父則高辛❶。克平共工❷，萬國同塵❸。調適陰陽❹，其惠如春❺。巍巍成功❻，配天則神❼。

【注　釋】❶高辛　指帝嚳。❷共工　人名。相傳為堯的大臣。《史記》載，堯以共工試任工師之職，「共工果淫辟……於是舜歸而言於（堯）帝，請流（案謂流放）共工於幽陵。」❸塵　指風俗。❹陰陽　謂氣候之冷暖。❺其惠句　謂氣候溫和宜人，如同春天。惠，柔和。❻巍巍句　語本《論語・泰伯》：「大哉！堯之為君也。巍巍乎！唯天為大，唯堯則之。……巍巍乎！其有成功也。」❼配天句　言帝堯效法天、神，具有仁慈、機智、正直的品格。《大戴禮記》有云：「宰我曰：『請問帝堯。』孔子曰：『其仁如天，其智如神，就之如日月，望之如雲，富而不驕，貴而不豫。』」配、則，在此俱有效法義。

【語　譯】帝堯以火德統治天下，高辛氏帝嚳是其父親。懲治了違法作亂的共工，萬國風俗相同而安定。陰陽調理得甚和順，氣候溫和有如春。帝堯之功大無比，效法天、神之精神。

【研　析】根據現存古典文獻有關堯的記載看，最初傳說堯也是天帝，後來神話傳說歷史化，堯才以人間帝王的身分出現。就古籍所述看，堯作為人帝，品德高尚，功績卓著：「富而不驕，貴而不舒。……能明馴德，以親九族；九族既睦，便章百姓；百姓昭明，合和萬國。」（《史記》）曹植此篇，糅合古籍所述，歌頌了堯帝的功德，以及堯帝時代的昌盛、和平。

此贊對堯帝事跡的描敘，以及對堯帝功德的評價，都能依據前人的記述，並將前人的記述巧妙、有機地熔鑄於篇中，故贊文雖以頌揚為事，但無虛美不實之嫌。
此贊語句簡練，節奏緊湊，敘事之中飽含褒美之情。

帝舜贊

【題解】舜，名重華，字都君，姓姚。二十歲時以孝著名，三十歲時被堯選為輔臣，五十歲時代行天子事。堯帝去世後，舜即帝位。即位第三十九年，巡察南方，死於蒼梧（在今湖南省寧遠縣）之野，安葬在九嶷山。舜在位之時，厚施仁德，興利除弊，歷來被稱作是聖明的君主。

顓頊之族❶，重瞳❷神聖。克協頑瞽❸，應唐莅政❹。除凶舉俊❺，以齊七政❻。應曆受禪❼，顯天之命。

【注釋】❶顓頊句 《大戴禮記》云：「顓頊生窮蟬，窮蟬生敬康，敬康生勾芒，勾芒生蹻牛，蹻牛生瞽瞍，瞽瞍生舜。」❷重瞳 謂一隻眼睛生有兩個瞳孔。《帝王世紀》說舜「目重瞳，故名重華」。❸克協句 謂舜孝敬父親，能與父親和睦相處。協，和洽。頑瞽，指舜之父。《史記・五帝本紀》云：「舜父瞽叟頑（案謂愚頑），母嚚（案嚚謂不守信），弟象傲，皆欲殺舜。舜順適不失子道，兄弟孝慈。」《史記正義》引孔安國云：「無目曰瞽。舜父有目不能分別好惡，故時人謂之瞽。」❹應唐句 謂舜承堯帝之命，到官府管理政事。唐，指堯。莅政，到官理政。❺除凶句 《史記》載，舜輔政時，有四個家族的後代為非作歹，橫行霸道，舜「乃流四凶族，遷於四裔」。高陽氏有才子八人，世得其利，謂之「八愷」；高辛氏有才子八人，世謂之「八元」，舜提拔了他們，「使主后土，以揆百事」。❻以齊句 語出《尚書・舜典》：「在璿璣玉衡，以齊七政。」句謂舜施政行事，符合日、月及金、木、水、火、土五星運行的自然法則。❼應曆句 曆，指天之曆數，即天道。受禪，謂接受堯帝禪讓的帝位。

【語　譯】舜是顓頊家族的後人，眼有雙瞳而無比神通。能與頑父和睦相處，應堯之命而輔政盡忠。懲除惡人舉用賢士，依循自然規律來行動。順應天道而接受禪讓，顯揚了天命的公正之風。

【研　析】舜帝是我國古代傳說中的聖賢之君，其所治之世是歷來公認的太平盛世，備受後世之人的景仰。曹植此贊，歌頌了舜帝美好的品德，以及治理天下的功績。

本贊首句敘舜之家世，第二句謂舜長相奇異，第三句讚美舜的孝道。古籍對舜的孝行多有記述，都說他的父母、弟弟待他狠毒、橫蠻，但他不予計較，逆來順受。因此，「舜年二十以孝聞，三十而帝堯問可用者，四岳咸薦虞舜，曰可。」（《史記》）本贊第四、五、六句讚揚舜輔政期間的功德。相傳舜受堯帝舉用後，曾典治百官。此間，他除害興利，使「內平外成」，頗有政績。末二句謂舜接受堯的禪讓而攝行天子政後，能夠勵精圖治，不辱天命。據《史記》載，舜治天下時，「遠近眾功咸興」，「四海之內，咸戴帝舜之功」。

夏禹贊

【題　解】夏禹，夏后氏部落領袖，史稱禹或大禹。姒姓，鯀之子。相傳禹繼承鯀的治水事業，採用疏導之法，使水患平息。舜帝死後，禹繼任部落聯盟領袖，都於安邑。後東巡狩至會稽而卒。

吁嗟夫子❶，拯世濟民❷。克卑宮室，致孝鬼神。蔬食薄服，黻冕乃新❸。厥德不回❹，其誠可親。亹亹❺其德，溫溫❻其人。尼稱無間❼，何德之純。

【注　釋】❶吁嗟句　吁嗟，表讚美之意的歎詞。夫子，指夏禹。❷拯世濟民　謂大禹治水，消除水患，拯救了天下百姓。❸克卑四句　語本《論語・泰伯》：「子曰：『禹，吾無間然矣！菲飲食而致孝乎鬼神，惡衣服而致美乎黻冕，卑宮室而盡力乎溝洫。禹，吾無間然矣！』」克，能也。卑宮室，謂降低宮室的建築規格，使之簡陋。致，極盡也。蔬食，同「疏食」。謂粗食；以草菜為食。黻冕，此指舉行祭禮時所穿的祭服。❹厥德句　語出《詩經．大明》。回，奸邪。❺亹亹　勤勉不倦也。❻溫溫　溫和親切的樣子。❼尼稱句　指孔子所云「禹，吾無間然矣」。尼，仲尼，即指孔子。無閒，無可挑剔也。

【語　譯】偉大不凡的夏禹啊，拯救了天下的芸芸眾生。能夠住那簡陋的宮室，卻可盡孝於各路鬼神。飲食衣服均粗簡，祭祀用的服飾卻全新。他的德性仁而不奸，真誠務實令人親近。勤勉進取是其道德，溫和親切是他的為人。孔子言稱「無可挑剔」，可見夏禹之德多麼純正。

【研　析】曹植此贊，歌頌了夏禹治水救民的功德，廉儉素樸的生活作風，以及真誠、勤勉的道德品質。

夏禹是世代崇拜的一個英雄人物。不過，現代一些實證主義史學家（如顧頡剛等）都認為歷史上不太可能真的存在夏禹其人，禹實際上應當是條蟲，因為「禹」這個名字，它的本義就是蟲；商代甲骨文和周代金文中的「禹」字，都像是一隻手高舉一條蟲，表示對蟲的崇拜。東漢文字學家許慎在解釋「禹」字時，也是講作「蟲」。不過，這裏所說的蟲實際是指蛇。我們認為，說禹是條蟲，不太可信；禹很可能是遠古時代以龍蛇為圖騰信仰（近人聞一多認為，古代部族以龍為圖騰的，實際上是以蛇為圖騰，所謂龍是由蛇衍化而來）的部族的首領，故其名與蛇有關。

提起夏禹，後世人們總會很自然地聯想起他多年治水，三過家門而不入的故事。從現存有關禹的傳說資料看，有很多是記其治水之事的。相傳上古之時，「湯湯洪水滔天，浩浩懷山襄陵」，禹父鯀採用設堰圍堵的辦法，但治水之功不成。鯀死後，禹承父業，從其父治水的經歷中總結經驗教訓，找出了癥結所在，遂另闢新路，改堵的方法為疏導。古書所謂禹「披九山，通九澤，決九河，定九州」，就是說的劈塞疏通的治水之法。結果，夏禹治平了當時漫流天下的洪水，奠定了我國江河湖澤的流域走勢的基本框架。

就曹植此贊看，他對夏禹的治水之功，沒作過多的頌揚，只是用一句「拯世濟民」的話籠統帶過，這可能是考慮到夏禹治水之事，人所熟知，覺得不必過多花費筆墨，故從簡耳；也有可能贊文流傳至今，文句殘佚，剛好湮沒了這方面的內容。本篇贊文，主要是從品德、操守方面著筆，讚其內在之美。從其所述看，夏禹反倒沒有傳說中的那種神異的光環籠罩，而是很像現實生活中有血有肉、富於人情味的一個道德君子。

殷湯贊

【題解】湯，商王朝的建立者，又稱成湯、帝乙。消滅夏朝而即天子位。湯在位之時，修政行德，有功於民，故天下盡歡。

殷湯伐夏❶，諸侯振仰❷。放桀鳴條❸，南面以王❹。桑林之禱❺，炎災克償❻。

伊尹❼佐治，可謂賢相。

【注釋】❶殷湯句　《史記·五帝本紀》云：「當是時，夏桀為虐政淫荒，……湯乃興師率諸侯，……遂伐桀。」❷諸侯句　《帝王世紀》載殷湯伐夏，「諸侯由是叛桀附湯，同日貢職者五百國」。振仰，謂受到震驚而歸附。❸放桀句　桀，夏朝末代君主，是有名的暴君。鳴條，古地名，在今山西運城安邑鎮北。案：此句所述，與史籍所記相左。《尚書》：湯「遂與桀戰於鳴條之野」，「成湯放桀於南巢」。❹南面句　古代以坐北朝南為尊位，故天子會見諸侯或群臣，皆面對南方而坐。故後世亦以「南面」指稱當政的帝王。❺桑林句　據《帝王世紀》載，自湯征伐夏桀而大勝以後，天下大旱七年，洛河乾涸，有史官占卜說：「當以人作祭品祭神求雨。」湯為求得天神降雨，遂剪掉自己的頭髮及手指甲，將自己當作祭祀的犧牲，禱於桑林之社。禱祭未完，天就降起了大雨。桑林，地名。禱，祭神求福。❻炎災句　謂旱災得以消除。❼伊尹　殷湯之臣，名摯，是湯妻陪嫁的奴隸。後佐湯伐夏桀，被尊為阿衡（即宰相）。

【語譯】商湯討伐夏王朝，諸侯震驚而歸降。將夏桀流放鳴條地，面南而坐做帝王。在桑林之社祭神祈雨，旱災解除恢復正常。伊尹輔助商湯治天下，堪稱一代賢能之相。

【研　析】夏代末年，夏王桀昏淫無道，失掉民心。《史記・夏本紀》說：「桀不務德而武傷百姓，百姓弗堪。」商湯順應歷史潮流，趁夏亂而翦滅夏的許多屬國，以擴大自己的力量，史稱「湯十一征而無敵於天下」。後又用伊尹為佐，正式向夏王朝發動大舉進攻。湯與桀戰於鳴條，夏桀大敗，帶了少量隨從南逃。夏王朝隨之滅亡，商湯回到亳城，建立商王朝。曹植此贊的首四句就是頌揚商湯滅夏開國之功。

此贊第五、六句，是記商湯建國後在桑林禱雨之事。這件事很著名，許多古書都作有記載。如《淮南子・主術》、《呂氏春秋・順民》、《文選・思玄賦》李善注、《左傳・襄公十五年》孔穎達疏引《書傳》，等等，均有較詳盡的記述。商湯禱雨的故事，雖然是出於傳說，但不會完全是虛構的。從甲骨文所記商人經常禱神祈雨、祭祀明堂的情況看，商湯桑林自禱的傳說應該含有一些真實的成分。曹植贊文敘及此事，表現了商湯為民族、為人民的利益而勇於獻身的高貴品德。贊文末二句讚商湯得賢士伊尹為輔佐。據古書記載，伊尹本是有莘氏陪嫁的媵臣，出身甚卑微，但商湯仍然能起用他，表明商湯在用人上確實能做到不拘一格，惟才是舉。

湯禱桑林贊

【題　解】湯禱桑林，指商湯在桑林祭神祈雨之事。事詳〈殷湯贊〉一篇所注。

惟殷之世，炎旱七年。湯禱桑林，祈福於天。翦髮離爪❶，自以為牲❷。皇靈❸感應，時雨以零❹。

【注　釋】❶離爪　謂剪掉手上指甲。離，猶「斷」也。❷牲　指供祭祀用的牛、羊、豬。❸皇靈　指天神。❹零　降下；

落也。

【語譯】殷商當政之時代，大旱不雨已七年。商湯祭禱於桑林地，祈求幸福於上天。剪斷頭髮與指甲，充作犧牲將神祭奠。皇天感其精誠作反應，將及時之雨降落人間。

【研析】此贊記敘了商湯以身為犧牲，祭神祈雨的英雄事跡，熱情歌頌了商湯捨己為人、捨身利國的奉獻精神。

商湯桑林自禱的故事，很多古書都有記載。對照他書的記述看，曹植此贊在禱雨的情節的交代上，還不夠充分、詳盡。據《文選・思玄賦》李善注看，商湯決定以自身為犧牲祈雨時，「乃使人積薪，剪髮及爪，自潔，居柴上，將自焚以祭天。火將燃，天乃大雨。」由是觀之，以己身祭神祈雨，不是一件很容易的事，說不定是要以在柴堆上活活燒死為代價的。這樣看起來，商湯的行為實在是難能可貴。不過，商湯這樣做，也有些迫不得已而為之的意思。近人鄭振鐸先生說：「湯之將他自己當作犧牲，這乃是他的義務，這乃是他被逼著不能不去而為犧牲的。他是君，他是該負起這個祈雨的嚴重的責任的！除了他，別人也不該去，他卻不去不成！」但是，不管怎麼說，是出於心甘情願也好，是迫於無奈而要盡義務也罷，商湯能這樣實實在在地去做祈雨的事，已經是夠值得稱道的了。如果後世的父母官們都能像商湯這樣為百姓去盡義務，不也是百姓們的大幸嗎？

本贊言約詞當，敘事明瞭，寫出了贊這種文體的特色。

周文王贊

【題解】周文王，西周王朝奠基者，姬姓，名昌。受商封為西伯，又稱伯昌。在位五十年間，積善累德，征伐戎狄，拔除商之羽翼，建立新都豐邑，為滅商打下了基礎。死後，廟號為文王。

於赫❶聖德，實惟文王。三分有二，猶服事商❷。化加虞芮❸，傍暨四方❹。
王業克昭❺，武嗣遂光❻。

【注　釋】❶於赫　讚歎之辭。❷三分二句　語出《論語・泰伯》：「三分天下有其二，以服事殷，周之德可謂至德也已矣！」句謂周文王佔有天下三分之二的疆土，但仍以臣屬的身分事奉商朝。❸化加句　謂教化施及虞、芮二國。虞，國名，在今山西省芮城縣東北。芮，國名，在今山西省芮城縣西。據史載，虞、芮二國有獄事糾紛不能決斷，就請周人幫助裁決。芮、虞二國之君曾爭奪田界，久而不平，便去找西伯姬昌調解。當二國之君進入周境時，見到周人「耕者讓畔，行者讓路」，民風淳厚，都深感羞愧，於是二君都相讓所爭之地。❹傍暨句　言周文王的教化還廣泛地影響到四方諸侯之國。傍暨，猶言遍及。❺王業句　言文王的事業能夠顯揚於天下。昭，顯著。❻武嗣句　言周武王繼承王位，將文王的事業發揚光大。嗣，繼也。案：武王繼位後，徹底消滅商朝，建立了周王朝。

【語　譯】崇高神聖的道德啊，文王姬昌確實具有。佔有三分之二的天下，但還是不忘臣事商都。教化施及虞芮二國，又遍及四方諸侯。文王的業績十分顯著，武王繼位又更上層樓。

【研　析】本贊歌頌了周文王崇高的品德和輝煌的治績。對於文王的品德，作者沒有作全面的陳說，而只是提及文王「三分有二，猶服事商」，表現了文王貴而不驕、不亂君臣大義的「至德」。作者十分注重而且激賞文王的這種「至德」，也反映出了作者以皇權為至尊的封建正統觀念。作者曾在其〈登臺賦〉中讚美曹魏「天功恆其既立兮，家願得而獲逞。揚仁化於宇內兮，盡肅恭於上京」，就是上述正統觀念的體現。曹植此贊對於文王的治績也沒有作面面俱到的敘說，而只是說到「化加虞芮」一事，從側面反映文王治國有方，德化深入人心。附帶一提的是，文王斷虞、芮之訟，不僅在《史記》之類的史籍中有記載，就是寫作年代久遠、帶有史詩性質的《詩經・緜》也有反映，其中有云：「虞、芮質厥成，文王蹶厥生。」如此看來，虞、芮二國打官司，跑到文王那兒去評理，應該確有其事。從民族學的實例來分析這件事，它反映了文王作為西土各族邦的共同首領，已具有了調解聯盟內各族間糾紛的權力，或者說司理各族間訴訟的權力。

此文歌讚文王之功德，善於運用富於典型意義的事例，收到了以點帶面，以個別表現一般的效果。

周武王贊

【題解】周武王，西周王朝建立者，姬姓，名發。周文王次子。繼位的第二年，在孟津（今屬河南省）大會諸侯，舉行伐商演習。後大舉滅商。滅商後，定都於鎬京（今陝西西安西南），號稱「宗周」。

桓桓❶武王，繼世滅殷。咸任尚父❷，且作商臣❸。功冒❹四海，救世濟民。天下宗周❺，萬國是賓❻。

【注釋】❶桓桓　威猛的樣子。❷尚父　即太公望，亦稱姜尚、姜太公，字牙（一作子牙）。因其祖先封於呂，故又稱呂尚、呂望。姜尚曾隱居渭濱，後遇文王，為文王所賞識，被拜為太師。武王繼位後，姜尚輔佐武王滅商。❸且作句　言武王滅商後，還提攜、優待商朝的舊臣。據史載，武王滅商後，封商紂王的兒子祿父治理殷商之宗族遺民；命令召公釋放被囚的商臣箕子。❹冒　猶「蓋」。超過；勝過。❺宗周　尊崇周朝。❻賓　服從也。

【語譯】英武勇猛的周武王，繼承王位滅殷商。將國事都委派給姜尚，還提攜殷商的文臣武將。功勞蓋世無人可比，拯救世道萬民安康。天下之人尊崇周室，各國諸侯歸附武王。

【研析】曹植此贊，歌頌了周武王滅商開國、平定天下的功績，以及治國安邦的雄才大略。

武王滅商，建立周王朝，是歷史上的一件大事。武王建立起周王朝後，採取了一系列政治上的措施，如釋放被紂王囚禁的百姓，表彰被紂殺死的賢臣，對部分殷貴族採取懷柔政策；實行層層疊疊的分封，形成以周天子為首的封建等級制度和封建從屬關係，等等，從而奠定了我國以後二千多年的封建政治的基礎。因此，王國維說：「中國制度文化之變革莫劇於殷商之際。」由此看來，曹植此文謂武王「功冒四海，救世濟民」，洵非虛言。

此贊雖含敬慕、頌美之情，但語言平淡，內容較單薄，整體上顯得一般。

周公贊

【題　解】周公，即周公旦，西周初期政治家。周文王第四子，以采邑在周（今陝西省岐山縣北），故稱周公。輔佐武王滅商，建立周王朝，封於魯。武王卒，成王尚幼，便以周公代理政事。平定三監之亂，建東都雒邑（今河南洛陽），治理殷商遺民，頗有政績。歸政成王後，致力於禮樂制度的制定。

成王即位，年尚幼稚❶。周公居攝❷，四海慕利❸。罰叛柔服❹，祥應仍至❺。

誦長反政❻，達夫忠義。

【注　釋】❶成王二句　據古籍記述，成王即位時，年僅十二歲。❷周公句　言周公代替成王處理政事。攝，代也。《史記・周本紀》云：「成王少，周初定天下，周公恐諸侯畔（叛）周，公乃攝行政當國。」❸四海句　謂天下人均傾慕周朝的祥和、吉利。❹罰叛句　言懲治叛逆者，安撫順從者。據史載，成王時，淮夷、徐戎、奄（古氏族名）以及三監（指管叔、蔡叔、霍叔，或說指管叔、蔡叔及紂王之子武庚）反叛周朝，周公曾奉命加以誅伐。❺仍至　謂頻頻而至。❻誦長句　謂成王長大後，周公將政權歸返成王。誦，成王之名。

【語　譯】成王即位時，年齡還很小。周公代行天子事，天下仰慕強盛的周朝。懲治叛亂安撫諸侯，天賜的祥瑞頻頻到。成王長大周公返政，忠誠大義他通曉。

【研　析】周公在周王朝的歷史上，可以說是值得大書而特書的一個人物。在成王繼位而年尚幼的情況下，周公忠心耿耿，攝政七年；歸政後，仍是悉心輔弼。其間，平息了「三監」之亂，掃除了殷商的殘餘勢力，征服東夷方國（如奄、薄姑等），「封諸侯，建藩衛」，制定系列的禮樂制度，等等，可謂功勳卓著。特別是周公制定的禮樂制度，在中國傳統文化中起了奠基作用，成為了儒家思想體系的淵源之一。因此，荀子稱周公有「大儒之效」，後世學者常將周公、孔子並稱；到了唐代，由於崇尚古文經學，更將周公置於孔子之上，稱周公為「先聖」，孔子為「先師」。

周成王贊

【題　解】周成王，西周國君。周武王之子，姬姓，名誦。年幼繼位，由叔父周公攝理政事。親政後，繼續大封諸侯，加強宗法統治權力，又委任周公制定各種典章制度，從而奠定了西周統治秩序的根基。

成王繼武，賢聖保傅❶。年雖幼稚，岐嶷有素❷。初疑周公，終焉克寤❸。旦奭❹佐治，遂致刑錯❺。

【注　釋】❶保傅　古代輔導天子和諸侯子弟的官員，統稱為保傅。《尚書・君奭》云：「召公為保，周公為師，相成王為左右。」❷岐嶷句　謂成王年幼聰明，是出自天性。岐嶷，語本《詩經・生民》：「克岐克嶷。」本謂漸能立起，後多借以形容年幼聰慧。素，本也；始也。❸初疑二句　此二句所寫之事，參見本書卷六〈怨歌行〉之原文及相關注釋。克，能夠。寤，通「悟」。醒悟。❹旦奭　指周公、召公。旦為周公之名，奭為召公之名。成王時，周公與召公曾分陝而治。自陝而西，召公治之；自陝而東，周公主之。❺遂致句　言成王在位時，天下太平，刑法廢而不用。錯，廢棄也。《史記・周本紀》：「成康之際，天下安寧，刑措四十餘年不用。」

【語　譯】成王繼承武王的帝位，賢明之人任其保傅。成王年紀雖然幼小，但聰明慧悟有天賦。當初懷疑周公不利己，最終感其忠誠而醒悟。周公、召公輔其治政，刑法廢置而無用處。

【研　析】成王之時，是歷史上有名的盛世，史有所謂「成康之治」的說法。成王的治績，當然是與他的叔父周公的輔佐分不開。當年，周武王開國建立周王朝後，只活了兩年就亡故了，成王繼位，還是一個不諳世事的孩子，要不是周公攝政，採取系列治國安邦的有效措施（如掃除殷商餘孽，平息管、蔡之亂，制禮作樂，營建成周，等等），成王時的繁榮局面是很難形成的。曹植此贊，與其說是頌揚成王的治績，毋寧說是稱美周公的輔弼之功。不過，曹植此贊對成王的天資、品德還是相當肯定的。贊中「岐嶷有素」，是稱譽其聰穎的天賦；「初疑」二句，是讚揚成王知錯能改、不飾己過的美德。對這一點，曹植似乎十分欣賞。他的〈怨歌行〉一詩，曾專門吟詠成王初疑周公，後來「感悟求其端」的事。

本贊係檃栝史籍的記述而成，在思想內容、藝術手法上無甚特別之處。

漢高帝贊

【題　解】漢高帝，即西漢王朝建立者劉邦，字季。初為泗水亭長，後與項羽領導的起義軍同為反秦主力，率軍攻破秦國都城咸陽，被封為漢王。不久，與項羽展開了長達四年的爭奪戰，史稱「楚漢戰爭」。西元前二二〇年，徹底擊敗項羽，建立漢朝。西元前一九五年病卒。廟號高祖，謚高皇帝。

屯雲斬蛇❶，靈母告祥❷。朱旗既抗❸，九野披攘❹。禽嬰克羽❺，掃滅英雄❻。

承機帝世❼，功著武湯❽。

【注　釋】❶屯雲句　《史記・高祖本紀》載，劉邦發跡之前，曾隱居在芒碭山澤間，有人發現其所居房屋之上常有雲氣，以為天子之氣。又載：劉邦為泗水亭長時，曾押送徒役去驪山為秦始皇修建陵墓。途中，徒役多半逃走，劉邦無奈，亦行小道而逃。乘酒興行至一大澤時，遇大蛇當道。劉邦拔劍斬蛇，蛇遂分身而死。後行數里，劉邦醉臥於地。後面的人經過斬蛇之處時，見有一老婦哭泣，謂其子為白帝子，化為蛇當道，而為赤帝子所斬。言畢，老婦忽然不見。劉邦得知此事後，以為自己有帝王之命。❷靈母句　謂哭於斬蛇之處的老婦，其所言為劉邦稱帝的吉祥之兆。靈母，神母也。❸朱旗句　言紅旗高高舉起。抗，舉也。《漢書》云：「旗幟尚赤，協于火德。」❹九野句　言天下人都歸附劉邦。九野，猶言九州。披攘，倒伏；屈服。❺禽嬰句　謂劉邦擒獲了秦王子嬰，並擊敗了項羽。子嬰，秦始皇長子扶蘇之子。秦末，丞相趙高殺秦二世胡亥，立子嬰，去帝號，稱之為秦王，在位四十六天。劉邦逼近咸陽，子嬰素車白馬以降，後為項羽所殺。❻英雄　指田廣、夏說、魏豹等抗拒漢王劉邦的侯王。❼承機句　言劉邦順承天命而稱帝統治天下。❽武湯　指周武王、商湯王。

【語　譯】雲氣屯集、拔劍斬蛇，神母所言顯露吉祥。紅色的旗幟一舉起，天下無人不歸降。擒捉子嬰、打敗項羽，掃除各路割據的侯王。承受天命，統治天下，功績超過了周武、商湯。

【研　析】劉邦由一個位卑身微的泗水亭長一躍而成為一代開國之君，這在漢以前靠著世襲制度才能為君稱帝的時代裏，是沒有的事；這不能不說是一個奇蹟。

曹植此贊，頌揚漢高祖劉邦之功業，發論全依古人，只是語詞稍作翻新耳。如，曹植之前的班固，早有此類言論。其〈高祖紀述〉云：「斷蛇奮旅，神母告符。朱旗乃舉，粵蹈秦郊。嬰來稽首，革命創制，三章是紀。」植贊中「承機帝世，功著武湯」之類評價，亦未逸出前人。如，王充《論衡》曾云：「高祖誅（項）羽，難於斬鐵也；武王伐紂，易於摧木也。然則，漢力勝周多矣。湯武伐桀紂，一敵也；高祖誅秦、殺項羽，兼勝二家，力倍湯武。」

漢文帝贊

【題　解】漢文帝，即西漢皇帝劉恆。漢高祖之子。初立為代王，後被周勃等人迎立為帝。西元前一八〇年至西元前一五七年在位。在位期間，曾實行一系列有效政策，發展社會經濟，鞏固中央集權統治。史書將他與景帝（劉恆之子）並稱，讚其時為「文景之治」。死後葬霸陵，廟號太宗，謚孝文。

孝文即位，愛物檢身❶。驕吳撫越❷，匈奴和親❸。納諫赦罪❹，以德讓民❺。殆至刑錯❻，萬民化淳❼。

【注　釋】❶愛物句　言愛護百姓，約束自身。物，眾人；別人。檢，約束；不放縱。據《漢書・文帝紀》載，文帝曾打算建造露臺，但召集匠人計算工費，需要百金，文帝嫌造價昂貴，遂止之。文帝生前建造霸陵，皆用瓦器，不用金銀銅錫作裝飾，因山勢而建墓，不起墳。❷驕吳句　驕，寵也。吳，指吳王劉濞，漢高祖之姪，高祖時被封為吳王，治三郡五十三城。據史載，文帝時，吳王常常稱病不朝，但文帝仍對他恩寵有加，「賜之几杖」。越，指南越王趙佗。秦末，趙佗自立為南粵武王。漢高祖十一年，漢朝遣陸賈立佗為南越王；高后時，佗自尊號為南武帝；文帝即位後，以仁德鎮撫天下，趙佗畏懼，遂去帝號，向漢朝稱臣。❸匈奴句　文帝後元二年（西元前一六二年），文帝曾頒下詔書，令與匈奴和親，將漢朝女子嫁與匈奴單于為妻，以換取邊境的安寧。❹納諫句　文帝三年（西元前一七七年）五月，文帝詔令廢除法令上的「誹謗妖言之罪」，以鼓勵群臣盡情進諫；對百姓中祝詛、謗議朝廷的人，不施用法律處治。❺讓民　猶言化民。謂化育百姓。❻殆至句　《史記・孝文本紀》：「專務以德化民，是以海內殷富，興於禮義，斷獄數百，幾致刑措。」錯，通「措」。廢棄也。❼化淳　謂風俗淳樸。

【語　譯】孝文帝劉恆即帝位，愛護百姓約束自身。恩寵吳王安撫趙佗，又與匈奴人和親。接受諫言而免謗罪，以仁德感化教育百姓。刑罰幾乎廢置不用，而民間的風俗樸實真淳。

【研　析】漢文帝在位二十餘年，嚴於律己，克勤克儉，勵精圖治；施政以休養生息、穩定社會為主，發展生產，減省賦役，廢除肉刑、連坐等；對匈奴採取積極防禦的政策，發展與周邊少數民族睦鄰友好關係；舉用賢才（如鼂錯、賈誼、張釋之、周亞夫等文武之士），虛心納諫（史載其「每上朝，從郎官上書疏，未嘗不止輦受其言」）……因而獲得了經濟繁榮、政治穩定、人心思治的社會局面。對此，前代學者作過中肯的評價，如《史記》、《漢書》均有相關讚語。班固還另撰〈文帝述〉，謂文帝「化民以躬，師下以德。農不共貢，罪不收帑。宮不新館，陵不崇基」。曹植此贊，在內容上沒有超出前人的記述、評議，但景慕之情仍存乎篇中。

漢景帝贊

【題　解】漢景帝，西漢皇帝劉啟，文帝之中子。西元前一五七年至西元前一四一年在位。在位期間，採取與民休養生息的政策；平定吳楚七國之亂；將諸侯任免官員的權力收歸中央。政治、經濟一度穩定、繁榮。西元前一四一年卒，謚孝景。

景帝明德，繼文之則❶。肅清王室，克滅七國❷。省役薄賦❸，百姓殷昌❹。

風移俗易，齊美成康❺。

【注　釋】❶繼文句　言漢景帝執政，沿襲了漢文帝的制度、政策。文，指漢文帝。則，法則。❷克滅句　景帝三年（西元前一五四年）春，吳王劉濞、膠西王劉卬、楚王劉戊、趙王劉遂、濟南王劉辟光、菑川王劉賢、膠東王劉雄渠等七國諸侯聯合起兵，發動叛亂，史稱「吳楚七國之亂」。後景帝派遣周亞夫、竇嬰等人率兵迎擊叛軍，只用幾個月的時間就平定了這次叛亂。❸省役句　言減少徭役、賦稅。❹殷昌　繁盛富裕。❺風移二句　《漢書・景帝紀》：「孝景遵業，五六十載之間，至於移風易俗，黎民醇厚。周云成康，漢言文景，美矣！」成康，指周成王、周康王。成康兩代，是西周興盛之時，史稱「成康之治」。

【語　譯】景帝有聖明之德，繼承了文帝的國策。肅清王室忤逆子弟，滅除七國叛軍敵賊。減省徭役與賦稅，百姓富足而安樂。改變風氣與習俗，功業如成、康美好顯赫。

【研　析】漢景帝在位十七年，基本上堅持了漢文帝與民休息、發展生產的基本國策，形成了漢代著名的治世，即史書所稱「文景之治」。曹植此贊，對景帝繼承父親（即漢文帝）的事業，並加以發揚光大的功績，作了熱情的歌頌、讚美。總的來說，曹植此文基本上是隱栝班固《漢書》的贊語而成，不僅師其意，而且在語句上亦加移用，故顯得新意不足。

漢武帝贊

【題　解】漢武帝，即西漢皇帝劉徹，漢景帝之子。七歲時被立為皇太子，西元前一四一年即帝位。在位期間，政治上削弱王國的割據勢力，思想上採用董仲舒「罷黜百家，獨尊儒術」的建議，以鞏固中央集權統治。外交上派遣張騫出使西域，軍事上組織對匈奴的大規模戰爭。由此，漢朝臻於極盛。西元前八七年卒，廟號世宗，諡孝武。

世宗光光❶，文武是攘❷。威震百蠻，恢拓土疆。簡定律曆❸，辨修舊章❹。

封天禪土❺，功越百王。

【注　釋】❶世宗句　世宗，即漢武帝的廟號。光光，光明顯耀。❷攘　義不可解。疑與「穰」通。穰，豐盛也。❸簡定句　謂修正、制定音律、曆法。簡，選擇。據史載，漢武帝在位時，曾派協律都尉李延年調理音律，翻作新曲；還派鄧平、唐都等人創製《太初曆》，以建寅之月為每年第一個月。❹辨修句　謂訂正、修改以前的典章制度。❺封天句　封天，謂在泰山上築壇祭天。禪土，指在梁甫山祭祀地神。

【語　譯】光耀古今的漢武帝，文治武功均不凡。威震南方各民族，拓展疆土擴地盤。選定音律與曆法，修改舊制使完善。封禪大禮祭天地，功超百王英名顯。

【研　析】雄才大略的漢武帝，在位執政達五十四年之久。其間，他採取了一系列強有力的政治措施，使漢王朝日趨繁盛：思想文化上獨尊儒術，罷黜百家；經濟上實行鹽鐵專賣制，徵收算緡錢，推行均輸法、平準法；法制上，嚴刑峻法，獎懲並用，抑制豪強；軍事上，北伐匈奴，以雪國恥，並不斷對外用兵，以開拓疆土……總之，文治武功，均有不凡的成就，是歷史上不可多得的有為之君。因此，前人對他多所推重、褒讚。如，班固〈武帝述〉云：「世宗曄曄，思弘祖業……厥作伊何？百蠻是攘。恢我疆宇，薄于四荒。武功既抗，亦迪斯文。憲章六學，統一聖真。封禪郊祀，祭旅百神。協律改王，饗兹永年。」曹植此贊，顯係規擬前人的有關篇什而作。

姜嫄簡狄贊

【題　解】姜嫄、簡狄，古代傳說中帝嚳的妃子。相傳姜嫄是有台氏之女，為帝嚳之正妃，生后稷；簡狄為有娀氏之女，帝嚳之次妃，生契。

嚳有四妃，子皆為王❶。帝摯早崩，堯承天綱❷。玄鳥大迹❸，殷周美祥。稷契既生，翊化虞唐❹。

【注　釋】❶嚳有二句　相傳帝嚳有四個妃子，正妃名姜嫄，生后稷，后稷為周之始祖；次妃名簡狄，生契，契為商之始祖；三妃名慶都，生放勛，即堯，後為帝；四妃曰常儀，生摯，即少昊，後為帝。❷帝摯二句　言少昊（名摯）過早去世，堯便繼承了帝位。天綱，指帝位。❸玄鳥句　玄鳥，即燕子。相傳帝嚳之妃簡狄在外洗浴時，見到玄鳥掉下一顆卵，簡狄取之吞下，於是懷孕生下了契。大迹，指神人的大足跡。相傳帝嚳之妃姜嫄在野外看見巨人的足跡，內心很興奮，想用腳去踩；踩上後，身體受到震動，遂懷孕生下棄。棄在帝舜時受封於邰，號為后稷。❹翊化句　謂輔佐虞舜、唐堯。《帝王世紀》載，堯舜時代，「棄為后稷，播時百穀；契為司徒，敬敷五教。」

【語　譯】帝嚳有四個嬪妃，生下的兒子都稱王。帝摯過早離人世，唐堯繼位掌朝綱。神奇的玄鳥與足跡，各是商、周的吉兆瑞祥。稷、契二人降生後，輔佐虞舜與唐堯。

【研　析】在神話傳說中，一個民族的始祖的誕生，總是充滿濃厚的傳奇色彩。曹植此贊所述商民族的始祖契、周民族的始祖后稷的誕生，就是如此。契的母親簡狄得到了玄鳥（即燕子）所留下的卵，吞而食之，後來懷孕就生下了契；后稷的母親姜嫄出外時，在路上踩上了天神的足拇趾印，就覺得腹內震動，懷了孕，生下了后稷。從神話的記述看，契、后稷都是沒有親生父親的，其母也都是感於神物而孕生。今人袁珂先生曾解釋神話的這種現象說：「在只知先妣，不知先祖的原始母系氏族社會，人們為了要解釋其種族所從來，只好託為神話，將父性的一方推之於動物、植物乃至自然現象。這叫做『感天而生』，神話也就被命名為『感生神話』。後來進入父系社會，原來的『感生神話』也隨著發展演變，雖然還是『感天而生』，卻又在『感天而生』之外給他尋找了一個掛名的父親。」由曹植此贊看，姜嫄、簡狄「感天而生」稷、契，本來應是原始母系氏族社會人們只知其母、不知其父的現實的一種折射；但曹植此贊又稱姜嫄、簡狄是帝嚳的后妃，則帝嚳又成了稷、契的「掛名的父親」，這又反映出這個原本產於母系社會的「感生神話」，進入父系社會後又有所演變。

根據神話傳說的記述看，契、稷分別為商民族、周民族的發展作出了不朽的貢獻。契曾幫助大禹治過水，做過司徒之官，以推行禮樂教化。稷曾做過農業方面的官員，大力推廣耕種技術；現在陝西省武功縣尚有后稷祠、教稼臺等遺跡，以紀念他對農業的貢獻。

禹妻贊

【題　解】 嚴可均《全上古三代秦漢三國六朝文》輯錄有曹植〈禹廟贊序〉殘句，云：「有禹祠，植移於城，城本名杞城。」另，《藝文類聚》卷一一引錄了曹植〈禹治水贊〉、〈禹渡河贊〉之全文。可見，曹植居杞城（即雍丘，在今河南省）時，曾為禹廟寫過系列贊文。這篇〈禹妻贊〉當為其中之一。

此篇旨在歌頌禹妻之賢德。《列女傳》云：「夏禹之妃，塗山女也，曰女嬌。禹取（娶）四日，而去治水。啟既生，呱呱而泣，禹三過其門，不入子之。塗山獨明教訓，啟化其德，卒致令名。」

禹妻塗山❶，土功是急❷。惟啟❸之生，過門不入。女嬌❹達義，勳庸❺是執。
成長聖嗣❻，大祿❼以襲。

【注　釋】 ❶塗山　古氏族名。其故地，歷來說法不一：有人認為在今安徽省懷遠縣東南，有人認為在今四川省巴縣，還有人說在今浙江紹興。❷土功是急　《尚書·益稷》：「啟呱呱而泣，予弗子，惟荒度土功。」句謂夏禹急於治理水土的工程。❸啟　夏禹之子，後成為夏朝第二代君主。❹女嬌　禹妻之名。❺勳庸　勳功也。❻聖嗣　指啟。嗣，後人；子孫。❼大祿　猶天祿。指帝位。

【語　譯】 夏禹娶妻於塗山，急於治理水與土。兒子夏啟出生後，他路過家門而不入。妻子女嬌知大義，夏禹遂得功名就。女嬌養大兒子啟，啟繼父業享天祿。

【研　析】一個事業上取得輝煌成就的男人後面，往往站立著一位偉大不凡的女性。夏禹與其妻的事跡，可以說是這句名言的絕好注腳。想當年，大禹在外治水，如果沒有女嬌這位賢內助在家中恪盡婦道，持家教子，他能安安心心地從事劈塞導水的工作嗎？能夠全力完成平治水土之功嗎？

女嬌犧牲自己，以讓丈夫全身心地投入到為民造福的事業之中，可謂賢淑、偉大！因此，後人在景仰大禹的治水之功時，也沒有忘記這位偉大的妻子。就是在今天，一些地方還流傳著有關大禹及其妻子的傳說故事。如《文匯讀書周報》曾刊劉謂福先生〈想起了大禹治水〉一文，文中有云：

「現今的安徽懷遠縣東南，有座小山叫塗山，當時那一帶是塗山國（部落）。淮河流到這裏，被塗山擋住，上游就泛濫成災。為此，大禹來到塗山，他經過實地觀察、思考，制定了開山導淮方案，並調集人馬，進行艱苦實施，終於將塗山劈為兩半，南邊是塗山，北邊是荊山，淮河從中間暢流而過，上游的水患很快消除了。

「由於大禹治淮有功，塗山國首領就從當地選了位最漂亮賢淑的姑娘，嫁給了已是大齡的大禹。但他新婚三天，就離家南下治水去了。以後，在治水中三次路過家門而不入。他的妻子常常站在山上瞭望，盼他早早歸來，久而久之，化作『石人』。至今，在塗山南面半山腰，還有一根高聳的石柱，遠看很像一個少婦站立遠眺。這就是老百姓傳稱的『啟母石』，也叫『望夫石』。現在的塗山頂上，還留有禹王廟，院內兩棵數圍粗的白果樹，向遊人顯示著廟宇的悠久。在塗山南面二點五公里的地方，有個禹會村，相傳大禹就是在這裏會諸侯的。」

班婕妤贊

【題　解】班婕妤，西漢雁門郡樓煩縣人班況之女，班彪之姑。漢成帝時選入宮中為婕妤（婕妤為帝王嬪妃名號之一種，亦即宮中女官名）。後來遭受趙飛燕的譖毀，被貶處東宮。成帝死後，被遣入漢朝園陵任事。《漢書》有傳。

有德有言❶，實惟班婕。盈沖其驕，窮悅其厭❷。在夷貞艱❸，在晉正接❹。臨飆端幹❺，衝霜振葉❻。

【注　釋】❶有德句　語出《論語・憲問》：「子曰：有德者必有言。」❷盈沖二句　謂在得寵尊貴之時，戒驕戒躁；在失寵窘迫之時，安於他人的讒害。沖，空虛也。此用作動詞，意謂淡化、消釋。厭，壓制；壓抑。據《漢書・班婕妤傳》載，班婕妤受寵之時，漢成帝曾要班婕妤與自己同車而遊，班氏極力推辭，認為賢聖之君只能由忠臣伴陪，而不能由嬖女侍其側。又據《漢書》載，趙飛燕誣告班婕妤狐媚邀寵，咒詛後宮嬪妃，且謾罵皇上；皇上查及此事時，班氏不惱不怒，只是好言相辯。❸在夷句　夷，即「明夷」，《周易》卦名。《周易》此卦爻辭有云：「明夷，利艱貞。」據解《易》者所釋，「艱貞」是謂人處在艱難、困迫之時，意志堅定，能守住貞正之德。❹在晉句　晉，《周易》卦名。孔穎達疏曰：「此卦明臣之昇進，故謂之晉。」《周易》此卦爻辭有云：「康侯用，錫（賜）馬蕃庶，晝日三接。」正接，據《易》文，當為「三接」之誤。三接，謂一天之中三次接見。言極受寵幸。據《漢書》載，成帝即位不久，班氏被「選入後宮，始為少使，俄而大幸，為婕妤，居增成舍」。❺臨飆句　謂面臨暴烈的狂風，樹幹仍然端正直立。此喻班氏不屈於強暴的堅強品格。❻衝霜句　謂面對冬天的寒霜，樹葉仍然充滿生機。此喻班氏不懼惡勢力，堅貞不屈。衝，向；對著。振，奮起；振作。

【語　譯】有美好的德行必有好言論，班婕妤稱得上是這種人。顯貴之時力避驕狂，失意之時心態平穩。命途多艱意志堅定，運轉時來頻受寵幸。暴風至時樹幹挺立，面對嚴霜樹葉仍舊旺盛。

【研　析】班婕妤本是個知書識禮的淑女，《漢書・外戚傳》說她「誦《詩》及〈窈窕〉、〈德象〉、〈女師〉之篇，每進諫上疏，依則古禮」。可是，紅顏薄命，她遭到趙氏姊妹的妒嫉，際遇頗不幸。相傳她自己曾作〈怨歌行〉（見《樂府詩集》）以自傷失寵之苦：「新裂齊紈素，鮮潔如霜雪。……常恐秋節至，涼風奪炎熱。棄捐篋笥中，恩情中道絕。」漢以後，歷代文人也有一些歌詠班婕妤的作品，或悼其不幸，或頌其美德。如，晉人傅玄〈班婕妤畫贊〉，南朝何楫〈班婕妤怨〉，等等。

曹植此贊歌詠班婕妤之事，主要是從其德行方面著筆，表現了她得寵而不驕，處危而不懼的高貴品性。

此贊用典精巧，比喻妥帖。

吹雲贊

【題　解】吹雲，義頗難解。疑指為風所吹之雲，即浮雲。

天地變化，是生神物❶。吹雲吐潤❷，浮氣蓊鬱❸。

【注　釋】❶神物　指吹雲。❷吐潤　謂下雨。❸蓊鬱　雲氣湧起的樣子。

【語　譯】天地變動不居，才形成了這神奇之物。吹雲降雨潤萬物，雲氣湧動且飄浮。

【研　析】此贊文句明顯殘脫，故全篇的主旨無從得見，就是標題「吹雲」二字也頗費解。

就現存的殘篇看，似是詠讚祥瑞之雲的。首二句謂雲是怎樣形成的；第三句讚雲潤澤萬物；末句是形容雲氣氤氳之狀。

赤雀贊

【題　解】赤雀，一種神鳥。相傳有赤鳥嘴銜丹書，停歇在周文王姬昌的門前。此丹書乃上天所賜之符命，命姬昌伐商，以王天下。明活字本《子建集》題作〈赤雀賦贊〉，顯誤，今據他本改正。

西伯❶積德，天命攸顧❷。赤雀銜書，爰集昌戶❸。瑞為天使❹，和氣❺所致。嗟爾後王，昌期❻而至。

【注釋】❶西伯　指周文王姬昌。姬昌在商紂王時曾為西方諸侯之長，故稱。《史記・周本紀》有云：「西伯積善累德，諸侯皆向之。」❷攸顧　攸，所也。顧，眷戀。❸赤雀二句　關於文王受天命的傳說，古籍歷來有不同的記述。如，《墨子・非攻》謂「赤鳥銜珪，降周之岐社，曰命周文王伐殷」。《琴操》謂「諸侯瓦解，皆歸文王，其後有鳳皇銜書於文王之郊」。《尚書中候》：「赤鳥銜丹書入酆郭，止於昌戶。」❹瑞為句　言符瑞為上天所賜。瑞，符瑞；祥瑞。即吉祥之徵兆。古人認為賢君即位，上天要賜以祥瑞，以作受命的憑證。❺和氣　祥和之氣。古人認為，「陰陽和，萬物序，休氣充塞，故符瑞並臻」（《白虎通》語）。❻昌期　昌盛之時。

【語譯】西伯姬昌積善德，終為天命所眷顧。赤鳥嘴中銜丹書，停止在姬昌的門戶。符瑞乃是上天賜，天下祥和獲此符。受命之後統天下啊，昌盛的時代便來到。

【研析】說周文王的興起，是受之於天命，還有赤雀嘴銜丹書，賜以受命的符瑞，這顯然是出於傳說，不能算作史實，但古史常是始於神話。

赤雀銜書於文王的傳說，明顯帶上了後世「王權神授」、「天人感應」的神話色彩。在中國古代，統治者為了維護君主的專制權力，維持社會秩序，便大肆鼓吹天命之說，將政治事務神學化，漢代尤其強化天命說的政教意義，如謂「唯天子受命於天，天下受命於天子」（董仲舒語）、「諸侯和於下，天應報於上」、「和氣致祥，乖氣致異」（劉向語）等。宣揚天命，無非是企圖證明王權的神聖性和權威性；究其本質，實存在君主集權的思想。

許由巢父池主贊

【題　解】許由，一作「許繇」，傳說中的上古高士。相傳堯欲將帝位讓與他，由不受，而逃隱於箕山。堯又請他任九州長，亦不受。巢父，傳為堯帝時代的隱士。隱居山中，不求世利，以樹為巢，睡寢其上，故名巢父。堯帝也曾以天下讓之，不受。池主，水池的主人，不知名姓，亦當是與巢父同時的一位高士。明活字本題作〈巢父贊〉，今據《藝文類聚》本改。

堯禪許由❶，巢父是恥；穢其溷聽，臨河洗耳❷。池主是讓，以水為濁❸。嗟此三士，清足厲俗❹。

【注　釋】❶堯禪句　言堯帝將天下讓給許由。❷穢其二句　言巢父耳聞堯帝禪位於許由的消息後，替許由感到恥辱，並嫌這消息汙染了自己的耳朵，便到河池邊清洗耳朵。溷聽，玷汙聽覺器官。❸池主二句　嵇康《高士傳》云：「巢父聞由為堯所讓，以為汙，乃臨池水而洗其耳。池主怒曰：何以汙我水？」讓，責備；指責。❹清足句　謂清高的節操足以整肅世俗之風氣。厲，激勉；整飭。

【語　譯】堯帝禪位給許由，巢父對此感到恥辱；聞知消息覺得耳被汙，便到水邊將耳洗浴。水池的主人指責他，認為他使池水變髒臭。感慨這三位高隱士，純潔的節操足以鞭策世俗。

【研　析】此贊隱括古代傳說的有關記述，歌讚了古代隱士盡棄功名，清高脫俗，不同流合汙的高尚品節，表現出作者對澹泊淳貞，心神超然無累的人生境界的欽慕、敬仰。

古代的隱士甚眾，依其歸隱方式，大約可以分為「巖隱」（即僻居幽林窮澤，終身不仕）、「朝隱」（即居官而不以官事為念）、「通隱」（性情曠達，多與高門風流者遊處）等層次。本贊所述三隱士，可謂「巖隱」者流。但就贊文所述情形看，三人的精神境界仍有高下之分。以今人的眼光看，此三人不慕榮利，遺世獨立，節操固然可貴，但要把自己變成一塵不染、不食人間煙火的神仙似的，又顯得缺乏人情味，讓人覺得迂闊、古怪。要知道，只要是人，不可能也不應當生活在「真空」之中！

卞隨贊

【題　解】卞隨，古隱士。相傳商湯王準備征伐夏桀，曾和卞隨商量，卞隨沒有說話。湯戰勝夏桀後，又想把天下讓與卞隨，卞隨不受，並投水而死。明活字本題本篇為〈務光贊〉，誤，今據《藝文類聚》本改正。

湯將伐桀，謀於卞子。既克讓位，隨以為恥❶。薄於殷世，著自汙己❷。自投潁水❸，清風邈❹矣。

【注　釋】❶既克二句　據《呂氏春秋》載，湯王打敗夏桀後，欲讓位於卞隨，卞隨拒絕，並對湯王說：「您討伐夏桀，來與我商議，必以我為賊；戰勝夏桀後讓位給我，必以我為貪。我生於亂世，而無道之人來詢問我，我不忍心經常聽到這類人的詢問。」於是投水而死。❷薄於二句　大意是說，卞隨鄙視商朝，認為自己託身於商代，是對自己的汙辱。著，附著；寄託。❸潁水　即潁河，源出河南省登封縣西南，向東南流經禹縣、臨潁等地，最後入淮河。❹邈　久遠也。

【語　譯】商湯準備伐夏桀，去與卞隨共商議。湯滅夏後要讓位於他，他把此事當作羞恥。卞隨鄙視商朝執政，認為託身商世玷汙自己。自投潁水了此生，高風亮節長存不已。

【研　析】在物欲橫流的社會，能像卞隨這樣遠棄功名，謹守自己生命的真性而不媚俗變志，真是難能可貴。

其氣節、其淳貞，比之伯夷、許由之輩，毫不遜色也。

商山四皓贊

【題　解】商山四皓，漢初商雒南山的四個隱士，名東園公、綺里季、夏黃公、角里先生。四人均八十餘歲，鬚眉皆白，故稱「四皓」。漢高祖曾召他們入朝，但他們不肯應召。後高祖欲廢太子劉盈，呂后用留侯張良之計，將四人迎至京城，使四人輔佐太子。商山，在今陝西省商縣西南。

嗟爾四皓，避秦隱形❶。劉項之爭，養志弗營❷。不應朝聘❸，保節全貞。應命太子❹，漢嗣以寧❺。

【注　釋】❶避秦句　《漢書・王貢兩龔鮑傳》云：「此四人者，當秦之世，避而入商雒深山，以待天下之定也。」隱形，猶言隱身。謂隱居。❷養志句　言韜養心性，不求名利。營，求也。❸不應句　言不應漢高祖之徵召。《史記・留侯世家》云：「四人者年老矣，皆以為上（案指漢高祖劉邦）慢侮人，故逃匿山中，義不為漢臣。」❹應命句　謂四皓應太子劉盈之聘請，而至漢朝輔政。據《漢書》載，呂后採用張良的計議，遂叫呂澤派人帶著太子劉盈的書信，以謙卑的言辭和厚重的禮物，去迎請四皓入朝輔政。四皓以太子為人仁孝、恭敬愛士，遂應命而至。❺漢嗣句　謂漢朝王位繼承人劉盈得以平安無事。案：高祖劉邦之寵姬戚夫人為使自己親生兒子被立為太子，多次在劉邦面前請求廢除太子劉盈（劉盈為呂后所生）。劉邦無奈，欲廢劉盈，但此舉遭到了呂后及眾大臣的反對。呂后為保住劉盈的太子之位，問計於張良。張良認為，如果延請四皓輔佐劉盈，則可增加競爭實力，以使劉盈見重於劉邦，而不致失去太子之位。呂后依計而行，將四皓請至朝廷。戚夫人見此，感到劉盈有「四人輔之，羽翼已成，難動矣」，遂絕望於廢除劉盈之事，一場爭奪太子之位的風波就此平息。

【語譯】令人感歎的四皓呀，逃避秦亂而隱身。劉邦項羽爭霸時，養性不求利與名。不應高祖的聘請，保全了氣節與操行。太子邀請而從命，劉漢的後嗣得以安寧。

【研析】此文讚頌商山四皓澹泊名利，超塵脫俗的品節，以及平息漢朝太子之爭的功德。

劉邦本來就嫌太子劉盈軟弱無能，再加上愛姬戚夫人經常請求將其親生之子劉如意立為太子，因而劉邦越來越想廢劉盈而立如意。無奈遭到了朝中群臣及劉盈生母呂后的反對。如此看來，中國古代宗法社會的嫡長子繼承制是多麼的根深蒂固，深入人心！

為什麼商山四皓應劉盈之請，來到京城後，劉邦就徹底地放棄了廢除劉盈太子之位的念頭呢？這其中根本的緣故恐怕在於：四皓德高望重，向來瞧不起劉邦的傲慢侮人，以致隱匿山中，不做漢臣。但劉邦對此四人卻十分敬懼。現在四人出面相助劉盈，而劉邦出於對四人的敬懼，又礙於情面，就不好再提及廢嫡立庶之事；不然的話，這四老就越發瞧不起他這位亭長出身的皇帝了。

三鼎贊

【題解】三鼎，相傳黃帝製造了三座寶鼎，以象天、地、人。又傳黃帝採首山之銅，鑄鼎於荊山之下；鼎成，有龍垂其胡髯，下迎黃帝。

鼎質文精❶，古之神器。黃帝是鑄，以像太一❷。能輕能重，知凶識吉。世衰則隱，世和則出❸。

【注釋】❶鼎質句　言鼎之內在質地與外在圖紋都很精美。《瑞應圖》：「神鼎者，質文精也。知吉凶存亡，能輕能重。」

❷太一　天帝之別名。❸世衰二句　《瑞應圖》：「昔黃帝作鼎，象太一。……王者興則出，衰則去。」

【語　譯】文質皆精的三座寶鼎，是古代的神異之器。黃帝鑄造了這三鼎，用以象徵在上的天帝。寶鼎能輕能重可變化，又能測知存亡凶吉。世道衰落時就消失，天下太平時顯形跡。

【研　析】鼎，在古代原本是普通飲器，後來從日用器皿中分化出來，成為最重要的禮器，甚至成為王權、國家的象徵；在階級社會裏還成為等級制度的重要標誌。

曹植此贊，描說了黃帝所製三座寶鼎的精美、神異，並多加讚美，旨在映襯黃帝之德高尚偉美，黃帝之世清明隆盛。

本贊言辭充滿深情，有敬慕，有褒美。

禹治水贊

【題　解】夏禹，是我國古代傳說中著名的治水英雄，亦是有所作為的古帝王。其事功，詳本卷〈夏禹贊〉正文及筆者所作的「題解」。此篇可能是作者居於雍丘時為禹廟所作。詳〈禹妻贊〉之「題解」。明活字本缺本篇，今據他書補入。

嗟夫夏禹，實勞水功❶。西鑿龍門❷，疏河導江❸。梁岐既闢❹，九州以同❺。

天錫玄圭❻，奄有萬邦❼。

【注　釋】❶實勞句　謂夏禹致力於治水之事。勞，費力。功，事工。❷龍門　山名。在今河南省洛陽市南。《漢書・溝洫志》：「昔大禹治水，山陵當路者毀之，故鑿龍門，辟伊闕。」❸疏河導江　據《尚書・禹貢》及《史記・夏本紀》載，禹治水，曾疏通了古兗州境內（在濟水與黃河之間，即今山東省西北，河北省東南以及河南省內黃一帶）的九條河道，外加濟河、漯河；還疏通了長江流域的眾河流。❹梁岐句　《尚書・禹貢》：「壺口治梁及岐。」孔傳：「壺口，在冀州；梁、岐在雍州。從東循山治水而西。」植贊句謂從梁山至岐山沿線的水道都已疏通、治理。梁、岐，均為山名。梁山在今陝西省韓城縣西北。岐山在今陝西省岐山縣境內。❺九州以同　語本《尚書・禹貢》：「九州攸同：四隩既宅，九山刊旅，九川滌源，九澤既陂。」觀此，植贊所言「同」具體包括：其地都可以安居，山都刈荒而祭神，河流都疏濬了源頭，沼澤都有了隄防。❻天錫句　《尚書・禹貢》：「禹錫玄圭，告厥成功。」孔傳：「玄，天色。禹功盡加於四海，故堯賜玄圭以彰顯之，言天功成。」錫，同「賜」。玄圭，黑色的玉，古代帝王舉行典禮所用的一種玉器。❼奄有句　語本《尚書・大禹謨》：「皇天眷命，奄有四海，為天下君。」孔穎達疏云：「以此為大天顧視而命之，使同有四海之內，為天下之君。」奄有，猶同有。奄，覆蓋；包容。

【語　譯】令人讚歎的夏禹啊，為治水之事而奔忙。在西鑿通了龍門山，疏導大河與大江。梁、岐之間的水道已疏通，九州的情況都一樣。堯帝賜禹黑色圭，萬國諸侯由他管掌。

【研　析】相傳上古時候，洪水泛濫成災，堯帝命令夏禹之父鯀平治洪水。鯀採取堵堙之法，但治水之功不成。堯覺得鯀有辱使命，犯了瀆職罪，遂將鯀殺於羽山。禹後來繼承父業，繼續進行平治水土的工作。但夏禹治水，改變了方法，主要採用疏導之法；經過十三年的努力，終於取得了治水的成功。今人袁珂先生論及禹治水之法時說：「神話中禹承父業平治洪水主要還是用堙而不是用疏，後來才堙疏並用，到了講述他純用疏導治水的時候，已是唐宋而後的晚近之世的事了。」而觀曹植此贊所記夏禹治水之法，全為疏導，故袁先生所謂「唐宋而後」的說法，似乎值得商榷。

禹渡河贊

【題　解】禹之事功，詳見本卷贊禹的有關篇目，茲不贅。此贊敘大禹渡水而遇黃龍負舟之事。這事是一個流傳久遠的傳說，古書多有記述。如，《呂氏春秋・知分》：「禹南省，方濟乎江，黃龍負舟，舟中之人五色無主。禹仰視天而歎曰：『吾受命於天，竭力以養人。生，性也；死，命也。余何憂於龍焉！』龍俛耳低尾而去。」

曹植此贊，大約作於為雍丘王之時，詳本卷〈禹妻贊〉。明活字本缺本篇，今據他書補入。

禹濟於河❶，黃龍負船。舟人並懼，禹歎仰天：「予受大運❷，勤功恤民❸，死亡命也。」龍乃弭❹身。

【注釋】❶禹濟句　濟，渡也。河，《呂氏春秋》等書記禹遇黃龍之事，均作「江」。疑此「河」當為「江」之誤，指長江。❷大運　指天命。大，或作「天」。❸勤功句　謂大禹致力於治水之事，以救百姓。功，事也。恤，體恤；救濟。❹弭　俯也；低也。

【語譯】大禹乘船渡河水，黃龍在水中將船背起。船上眾人都恐慌，大禹仰天而歎息：「我是受命於上天，竭力治水將民救濟，翻船而死是天意。」黃龍於是俯身將船離。

【研析】根據古代神話傳說資料看，大禹治水，足跡遍及中華大地，「東至榑木之地……南至交趾、孫樸、續樠之國……西至三危之國，巫山之下……北至令正之國」，而且經常遇上各種各樣的艱難險阻，可謂歷盡艱辛，吃盡苦頭。《古嶽瀆經》卷八記「禹理水，三至桐柏山，驚風走雷，石號木鳴，土伯擁川，天老肅兵，功不能興」，就側面反映了大禹治水的辛勞。

曹植此贊，寫大禹渡河而遇黃龍負船，其實也曲折地反映出大禹治水的艱難，說明他在治水過程中，常遭不測之險，常有性命之虞，可謂勞苦功高。由贊文看，黃龍最後棄舟而去，大禹遂得化險為夷，顯然是大禹精誠感動黃龍而致，讓人感到禹之人格精神，具有驚天地、感鬼神的力量。

古治子等贊

【題　解】古治子等，指春秋時齊國古治子、田開彊、公孫接三個勇士。此三人以勇力搏虎而聞名，但不知禮儀，粗暴橫蠻。齊相晏嬰請求齊景公滅除三人，於是設下計謀，請景公派人送給他們兩個桃子，要他們比較功勞，勝者食之。三人互不相讓，競相爭奪。但最後感於仁義，良知發現，均放棄桃子而自殺身亡。這也就是著名的「二桃殺三士」的故事。明活字本缺此篇，今據他本補入。

齊彊接子❶，勇節徇名❷。虎門之博❸，忽晏置釁❹。矜而自伐❺，輕死重分❻。

【注　釋】❶齊彊句　指齊國的田開彊、公孫接、古治子三人。❷勇節句　謂具有勇敢的氣節，並捨身求名。❸虎門之博　義不可解。疑此當作「虎門之搏」，蓋謂三人勇武有力，能於虎穴近處搏擊猛虎。《晏子春秋》有云：「公孫接、田開彊、古治子事景公，以勇力搏虎聞。」又云：「(公孫)接一搏猏(案指三歲之豬)而再搏乳虎。」❹忽晏句　晏，指晏嬰，字平仲，春秋時齊國大夫，歷仕靈公、莊公、景公三代，景公時任國相。置釁，製造矛盾、隔閡。此指以二桃引起三人爭奪之事。❺矜而句　矜，驕傲。自伐，自誇其功。據《晏子春秋》載，三人爭奪桃子時，曾自相誇耀，以顯其功。田開彊說自己兩次擊敗敵軍；古治子說自己與國君同渡黃河時，殺死了大黿。公孫接說自己「一搏猏而再搏乳虎」。❻重分　謂看重仁義。據《晏子春秋》載，三人一番爭奪後，公孫接、田開彊說：「取桃不讓，是貪也；然而不死，無勇也。」於是二人棄桃自殺。古治子見此，說：「兩人已死，唯我獨活，是不仁；羞辱別人，誇耀自己，是不義；悔恨自己所作所為而不死，是不勇。」於是也棄桃而自殺。

【語　譯】齊國的開彊、接、治子，氣節勇武死於名。虎門搏擊真神勇，晏嬰忽然製造糾紛。三人自尊自大誇己功，最終還是輕死重仁義。

【研　析】「二桃殺三士」是晏嬰故事中影響較大的一個。故事原本認為勇力之士不知禮，容易犯上亂國，所以必欲殺之；但對三士因仁義之心發現而自殺，又有所肯定和同情。可見，這個故事原本存在矛盾、齟齬之處。因此，後世人們對這個故事中的人物的評價，往往不盡一致，有的人認為勇力之士敗壞朝綱，死有餘辜；而晏嬰施計除兇，機智巧妙。有的人則認為三士中人姦計，實足同情；重義而死，值得稱道。如，傳為諸葛亮所作的〈梁甫吟〉中，有「一旦被讒言，二桃殺三士」等句，對三士就很是同情。

曹植此贊，對晏嬰持貶的態度，而對三士則是多有褒美，讚揚了三士以身殉名，輕死重義的氣節，對三士之死也表示同情。

承露盤銘并序

【題　解】漢武帝迷信神仙，並企望長生不老，於是在漢宮修建承露盤，立銅仙人舒掌以接甘露，認為飲之可以延年益壽。《三輔故事》云：「建章宮承露盤高二十丈，大七圍，以銅為之，上有仙人掌承露，和玉屑飲之。」時至三國，魏明帝曹叡效仿武帝，亦作承露盤。據本銘之序，明帝所建承露盤高十二丈，大十圍，盤柱之下有銅龍環繞，頂端有露盤兩層。三國魏時，毌丘儉曾作〈承露盤賦〉、〈承露盤銘〉，其中「若璆琳之柱，華蓋在端」、「上有層盤、厲彼青雲」云云，與植銘所記頗相近。

檢查史載，曹植在明帝太和年間，只到過京城洛陽一次，即太和五年（西元二三一年）冬奉詔赴京，準備朝會。此次到京，明帝曾詔令曹植周觀園囿。《太平御覽》所引曹植〈謝周觀表〉云：「詔使周觀，初玩雲盤，北觀疏圃。」）此銘可能是曹植此次遊觀之後，受明帝之命而作。銘，本指鏤刻在器物上，用以稱頌功德，或用以規戒自警的文字，後演化成一種文體。

夫形能見者莫如高，物不朽者莫如金❶，氣之清❷者莫如露，盛之安者莫如盤。皇帝乃詔有司鑄銅承露盤❸，在芳林園❹中。莖❺長十二丈，大十圍，上盤徑尺四，下盤徑五尺。銅龍遶其根❻。龍身長一丈，背負兩子。自立於芳林園，甘露仍降❼。使臣為頌銘，銘曰：

岧岧承露❽，峻極太清❾。神石礧磈❿，洪基嶽停⓫。下潛醴泉⓬，上受雲英⓭。和氣⓮四充，翔風⓯所經。匪我明后⓰，孰能經營⓱？近歷闡度⓲，三光⓳朗明。殊俗歸義，祥瑞混并⓴。鸞鳳晨棲，甘露宵零㉑。神物攸挾㉒，高而不傾㉓。奉戴魏巍，恭統神器㉔。固若露盤，長存永貴。賢聖繼跡㉕，奕世明德，不忝先功㉖，保茲皇極㉗。垂祚億兆，永荷天秩㉘。

【注釋】❶金　指銅。❷氣之清　古人認為，太平盛世，天之所降甘露，是由陰陽調和而形成的瑞氣凝成。故植銘將露歸為氣之屬。❸皇帝句　皇帝，指魏明帝曹叡。有司，指專司某職的官吏。❹芳林園　園名。在洛陽。❺莖　謂支撐露盤的銅柱。❻銅龍句　魏毌丘儉〈承露盤銘〉云：「下有蛟龍，偃蹇虬紛。」❼自立二句　曹叡〈與東阿王詔〉云：「(建)甘露盤以來，甘露復降芳林園仁壽殿前。」(見《藝文類聚》卷九八所引) 仍降，猶復降也。❽岧岧承露　岧岧，亦作「岹岹」。高峻之貌。承露，指承露盤。❾峻極太清　謂高入雲天。極，至也。❿礧磈　亦作「磈磊」。山石壘積之貌。⓫洪基嶽停　意謂高大的臺基如山嶽之穩固。⓬醴泉　謂泉水甘甜如美酒。古以醴泉出為祥瑞之應。⓭雲英　謂甘露。⓮和氣　指陰陽調和之氣。《白虎通》云：「調和陰陽。陰陽和，萬物序，休氣充塞。」⓯翔風　祥風也。一般指夏至後的和風。《論衡・是應》：「儒者論太平瑞應，皆言氣物卓異：朱草、醴泉、祥風、甘露……。」⓰后　君也。⓱經營　謂建造承露盤。⓲近歷句　近，此有知曉之意。歷，謂曆法。即推算日月星辰之運行以定歲時節氣的方法。闡，通曉也。度，謂躔度。即日月星辰在天空運行的度數。古人把周天分為三百六十度，劃為若干區域，以辨識日月星辰所在的方位。⑲三光　謂日月星。⑳殊俗二句　殊俗，不同風俗也。此用以指遠方或異邦。歸義，謂歸附曹魏。混并，眾多之貌。㉑零　猶降也。㉒神物攸挾　神物，謂神靈。攸，所也。挾，此有保佑之意。㉓傾　傾覆；敗亡。㉔奉戴二句　奉戴，事奉也。巍巍，高大貌。此謂天地。恭統，恭敬地治理。神器，喻帝位。㉕繼跡　繼承前人功業。跡，業也。㉖奕世二句　語本《國語・周語》：「奕世載德，不忝前人。」奕世，猶累世。即一代接一代之意。忝，辱也。先功，前人的功業。㉗皇極　見本書卷一〇〈漢二祖優劣論〉注。㉘垂祚二句　祚，福也。億兆，謂億兆年。萬萬為一億，萬億為一兆。永荷，永遠享受。天秩，天賜之祿。指帝位。

【語　譯】沒有什麼東西能像高處的形體那樣容易被人看見，沒有什麼物質能像銅那樣長存不朽，沒有什麼水氣能像露那樣清明純淨，沒有什麼器物能像盤那樣裝上東西而穩定。皇帝詔令有關官吏鑄造銅承露盤，置於芳林園中。承露盤的銅柱十二丈高，十圍粗，上層的盤子直徑四尺，下層盤子直徑五尺。銅龍盤繞在柱子的底部。銅龍身長一丈，背上負著兩條幼龍。自從承露盤立於芳林園以來，甘露又再一次降下。明帝命我寫作這篇銘文。銘文為：

巍巍聳立承露盤，高高向上入雲天。堆砌山石壘盤基，盤基龐大穩如山。地下藏有甘泉水，盤上所接露水甜。瑞氣充塞四方地，祥風由此而出現。如果不是我聖皇，誰能將盤來營建？知道曆法曉躔度，日月星辰光明顯。遠方之人來歸附，天降祥瑞不間斷。鸞鳳清晨棲於樹，甘露晚上降自天。有那神靈來護佑，雖處高位不危險。虔誠侍奉天與地，小心謹慎統江山。天下穩固如露盤，長存永貴福連連。賢良英明繼舊業，世世代代美德顯，不辱先人之功業，保這帝位往下延。洪福流傳億萬年，長享天祿於人間。

【研　析】這是一篇歌功頌德的作品。作者借對明帝承露盤的描繪、詠歎，歌頌魏國政通人和、吉祥安樂，讚美明帝德業隆盛，治國有成。

明帝仿效漢武帝，修承露盤於京都，其用意十分明顯：即為著成仙不老，享受長生。顯然，企望通過飲服甘露以求長生，是一種虛妄迷信之舉。對這一點，曾發出「虛無求列仙」的警世之言、曾對神仙方術大加撻伐（見〈辯道論〉）的曹植，不會沒有清醒地意識到。然則，曹植為什麼還要對明帝營建承露盤事大唱贊歌呢？這顯然是與曹植當時的處境、地位有關：一個失去君王眷寵、實際如同貶至遠方的囚徒的人，能夠犯顏直諫、觸逆龍鱗嗎？

曹植在此銘之中還對明帝的功德大加讚賞，那麼，明帝是否真的澤被天下、功德圓滿呢？明帝所統治的天下是否真的一派和樂、昌盛、昇平的景象呢？也不是！明帝昏聵顢頇，荒淫無道，致使國勢日衰，社會危機四伏，這從當時直臣楊阜、高柔、高堂隆等人的切諫之言中，可以窺見大略。然則，曹植為何要在此銘中將明帝裝扮成一個治績輝煌的明君呢？細究起來，這還是與曹植當時的處境、地位有關：一個朝不慮夕、頗受君王疑忌的藩臣，好不容易被君王召回京城朝會，他能在君王面前大放厥詞，說些大煞風景的話嗎？

由上看來，曹植此文對明帝的曲意趨奉、違心諛頌，是顯而易見的。但是，忠臣應有的良知和責任感並沒有在曹植心中泯滅，當他看到岌岌可危的現實時，還是不忍心曹操創下的基業毀在明帝手中，還是借頌禱之機，隱晦地進規箴、誡諭之意。銘中「不忝先功，保茲皇極」云云，其實也是委婉地在向明帝敲響警鐘：應當改弦易轍，勵精圖治，發憤進取，以保江山社稷；否則，將喪失前人建立的王業，而辱沒祖先的名聲。可見，「頌中有規」，應該是本篇的一個特點。

此銘語言莊重典雅，但略無生氣，顯得頗有些滯澀、刻板。

寶刀銘

【題　解】這段銘文的寫作時間，以及寫作背景，史籍沒有明確的記載。考本書卷三〈寶刀賦〉，其序說建安年間，魏王曹操造寶刀五枚，送太子曹丕一枚，送曹植及饒陽侯曹林各一枚，曹操自用二枚。又考曹操〈百辟刀令〉（見《藝文類聚》卷六〇），知曹操製成百辟刀五枚，先與五官將曹丕一枚。另外，《王粲集》中有〈刀銘〉一篇，稱「奉命作〈刀銘〉」。綜合這些材料分析，曹操製成寶刀，其時當在建安二十一年（西元二一六年）；因為植〈寶刀賦〉序稱操為「魏王」，而操進爵為魏王，在建安二十一年；且曾奉命作〈刀銘〉的王粲，死於建安二十二年正月，說明操造寶刀事不會晚於是時。曹植這篇〈寶刀銘〉，很可能作於百辟刀製成之時，即建安二十一年。

造茲寶刀，既礱既礪❶。匪以尚武，予身是衛。麟角匪觸，鸞距匪蹶❷。

【注釋】❶既礱句　礱、礪，均有磨義。❷麟角二句　意謂寶刀十分珍貴，但不發揮刀所應有的作用，即不用於爭鬥殺伐，就像麒麟有角而不用於觸鬥，鸞鳥有爪而不用於踩踏。麟，即麒麟，傳說中瑞獸名。鸞，傳說中鳳凰之類神鳥。距，爪也。蹶，踏也。

【語譯】製造這種寶刀，磨得無比鋒利。並非崇尚武功，只是防我身體。如同麟角不觸，又似鸞爪不踏。

【研析】本銘前二句讚美寶刀鋒利，後幾句說明自己愛刀、佩刀，目的在於防身，而不在於尚武，含有自警的意思，並體現了抑武揚文的思想傾向。古人詠刀之作，多有此類旨趣。如，馮敬通〈刀陽銘〉云：「脩爾甲兵，用戒不虞。……文不可匿，武不可黷。」曹丕〈露陌刀銘〉：「於鑠良刀，胡煉亶時。譬諸麟角，靡所任茲。」曹植此銘，文句簡煉，寫出了這種文體的特點。

卷八

改封陳王謝恩章

【題解】太和五年（西元二三一年）冬，魏明帝曹叡詔准諸藩王朝會京師，曹植以東阿王身分提前至京都。第二年二月，明帝以陳地四縣（今河南省淮陽縣一帶）封植為陳王，食邑三千五百戶。為向明帝表達謝恩之意，植遂作此章以奏。

章，即奏章，古代文體之一種，為臣下呈給皇帝的信，用以陳事、謝恩等。

臣既弊陋❶，守國無效❷，自分削黜❸，以彰❹眾誡。不意天恩滂霈❺，潤澤橫流❻，猥❼蒙加封，茅土❽既優，爵賞必重❾。非臣虛淺❿，所宜奉受；非臣灰身⓫，所能報答。

【注釋】❶弊陋　謂才質低下。❷效　功效。❸自分句　分，估料。削，謂減其食邑之戶數。黜，謂貶降其爵級。❹彰　顯明。❺滂霈　廣大貌。❻潤澤句　喻恩惠廣施。橫流，遍布也。❼猥　辱。謙詞。❽茅土　謂受封為王侯。古代帝王社祭之壇以五色土建成，分封諸侯時，按封地所在方向取壇上一色土，以茅草包之，稱為茅土，讓受封者帶到封國立社。❾爵賞

必重 曹植由東阿王改為陳王，爵由縣王升為郡王，且所得食邑由原來的二千五百戶加至三千五百戶，故此云「爵賞必重」。❿虛淺 猶言膚淺。⓫灰身 粉身碎骨之意。此言為國捐軀獻身。

【語譯】我既無才無德，守於藩國又無成就，自料皇上會削減我的食邑，貶降我的爵位，以向眾人顯示警誡之意。沒想到皇恩浩蕩，惠澤廣施，使我能受到加封。受封為陳王的待遇已很優渥，所獲的爵位、賞賜也很厚重。這不是我這淺薄無能之人所應奉受的，也不是我粉身碎骨效忠所能報答的。

【研析】此章的主旨簡單明瞭，是感謝明帝的改封之恩。為了證明明帝確實有「恩」於己，「爵賞必重」，曹植在寫作上採取了「抑己揚人」的方法，拼命貶低自己，說自己「守國無效」，甚至把自己看成是有罪過的人，應當「削黜」，讓人感到他被改封陳王，是明帝網開三面，特別恩典。其情其言，雖不免有矯情、阿諛之嫌，但在長期備受明帝壓抑、疑忌的情勢下，這也是可以理解的。人在屋檐下，誰個不低頭？此章義顯意明，治繁總要，顯得乾淨俐落；就文詞而言，工麗整飭，雅馴深厚。

封二子為公謝恩章

【題解】黃初三年（西元二二二年）三月，文帝曹丕詔封曹植之二庶子為鄉公，曹植遂作此章以上，向文帝表達謝恩之意。

篇題中的「二子」，指曹植之庶子（非嫡妻所生之子）曹苗、曹志。曹苗之生平事跡，史書缺載；曹志之生平事跡，載於《三國志・曹植傳》及裴注所引《志別傳》，《晉書》亦有〈曹志傳〉詳述其事。

詔書封臣息男苗為高陽鄉公❶，志為穆鄉❷公。臣伏自惟❸：文無升堂廟勝❹

之功，武無摧鋒接刃之效❺，天時運幸，得生貴門，遇以親戚❻，少❼荷光寵。竊位列侯❽，榮曜當世。顧影慚形，流汗反側❾。洪恩罔極❿，雲雨⓫增加，既榮本幹⓬，枝葉⓭并蒙。苗、志小豎⓮，既頑且稚，猥荷列爵，並佩金紫⓯。施崇⓰所加，惠及父子。

【注　釋】❶詔書句　息男，親生兒子。高陽鄉，故址在今河南省杞縣西。❷穆鄉　約在今山東省臨朐縣境。❸自惟　自思。❹升堂廟勝　古代帝王遇有征戰之事，告於宗廟，議於朝堂，以商定克敵制勝的謀略。故此以「升堂廟勝」謂對朝廷進獻克敵制勝之謀。❺效　功也。❻遇以句　謂對子弟以恩相待。遇，恩待也。❼少　年少。❽竊位句　竊位，指居其位而不勤其事。列侯，即徹侯，為侯爵之最高等級。漢代，為避武帝劉徹之諱，遂改稱徹侯為通侯，或列侯。❾反側　寢臥難安之貌。❿罔極　無窮盡。⓫雲雨　喻恩惠。⓬本幹　曹植自喻。⓭枝葉　喻指曹苗、曹志。⓮小豎　指年未滿二十歲的男子。⓯金紫　金印紫綬，為公侯所佩。⓰施崇　謂恩大。施，恩也。

【語　譯】皇上頒發詔書封我的兒子曹苗為高陽鄉公，曹志為穆鄉公。我想：自己在文方面，對朝廷無獻計克敵之功；在武方面，沒有破敵陷陣之績。只是得天時運轉之幸，出生於顯貴之家，皇恩得以及於子弟，使其從小就能蒙受榮寵。我現在偷安於列侯之位，榮耀當世，但顧影自慚，汗流浹背，睡臥不安。皇恩本就浩大，現在又如雲雨增加，既使本幹榮茂，又使枝葉並受其惠。曹苗、曹志兩個小子，既愚頑，又幼稚，但被分頒爵位，都佩帶金印紫綬。皇上所賜大恩，讓我們父子受益。

【研　析】此文充滿感恩戴德之情。稱頌之詞、鳴謝之語，不絕於篇，以致讓人感到有點在皇帝面前趨奉巴結的味道。這也難怪作者：體驗過皇帝欺壓、排擠之至苦的他，在皇帝施捨點滴之恩時，很容易興奮異常、激動不已，也難免以熱情過度的言詞向皇帝致謝，以博其歡心。

此文在寫作上，路數頗與本卷〈改封陳王謝恩章〉相類，亦是拼命地貶抑自己，謂自己與兒子無才無德無功，愧受爵賞，以顯揚皇帝格外開恩之舉。

此章言詞雅飭，文意顯豁。

謝初封安鄉侯表

【題　解】黃初二年（西元二二一年），曹丕欲置曹植於死地，便授意監國使者灌均捏造罪行，誣奏曹植酒醉之後，行為狂放，劫脅使者。曹植因此徙居京都，待罪於南宮。曹丕欲治曹植之罪，但遭到了太后卞氏的反對。曹丕無可奈何，只得將曹植遣歸封地臨淄。當曹植行至延津時，被詔封為安鄉侯。在中途受封後，曹植便寫作了這篇表文。表，古代的一種奏章文體。

臣抱罪即道❶，憂惶恐怖，不知刑罪當所限齊❷。陛下哀愍臣身，不聽有司所執❸，待之過厚，即日於延津受安鄉侯印綬❹。奉詔之日，且懼且悲：懼於不修❺，始違憲法；悲於不慎，速此貶退❻。上增陛下垂念，下遺太后❼見憂。臣自知罪深責重，受恩無量，精魂飛散，忘軀❽殞命。

【注　釋】❶即道　啟程；上路。指取道回臨淄。❷限齊　界限也。❸不聽句　謂沒有聽從執法官的主張。《三國志・曹植傳》：「有司請治罪，帝以太后故，貶爵安鄉侯。」有司，專司某職的官吏。此指執法官。❹即日句　延津，地名，在今河南省延津縣北。安鄉，在今河北省晉縣境內。❺不修　不善也。謂道德修養不佳。❻速此貶退　指貶爵為安鄉侯一事。速，招致。❼太后　指曹植之生母卞氏，為魏王曹操之王后。❽忘軀　同「亡軀」。猶云身亡。

【語　譯】我負罪上路，心裏一直憂懼恐怖，不知道我犯罪將受到什麼樣的刑事處罰。而今陛下哀憐我身，沒有聽從司法官員的治罪建議，待我特別優厚，在到達延津的當天，我就受封為安鄉侯，得到了侯王印綬。當我接到封侯的詔令的時候，我既恐懼，又悲傷：恐懼的是自己品行不善，當初違反了國家的法令；悲傷的是自己一時不謹慎，招致如今被貶爵。就上而言，使陛下對我更加操心掛念；就下而言，讓太后為我受驚擔憂。我自知罪責深重，過錯不小，而且受到的恩寵也無法計量，按理應受到極刑處罰而魂飛天外，斃命亡身。

【研　析】此表描述了自己在黃初二年獲罪之後憂懼不安、悔過自責的心態，並對文帝寬容恕罪，詔封其安鄉侯，表示感激、盛謝。

此表陳情述意，一個很重要的特點是：直抒胸臆，反覆申明，故有義明意顯、志盡文暢之效果。本表情辭淒切悱惻，深摯感人，足以引發人的惻隱、哀憫之情。

此表緣事而發，隨情而寫，顯得流轉自然，樸實無華。

謝妻改封表

【題　解】魏明帝太和六年（西元二三二年）二月，明帝曹叡以陳地四縣（今河南省淮陽縣一帶）加封曹植為陳王，並晉封曹植之妻為陳王妃。植於是上此表給明帝，以謝晉封之恩。篇題中的「改封」二字，謂植妻由東阿王妃晉封為陳王妃。

璽書❶：「今以東阿王妃為陳王妃，并下印綬，因故上前所假印❷，以其拜授。」書以即日到，臣輒奉詔拜。其才質底下❸，謬同受私❹，遇寵素餐❺，臣為其首。陛下體❻乾坤育物之德，東海含容之大，乃復隨例❼，顯封大國❽。光揚章灼❾，非臣負薪之才所宜克當❿，非臣穢釁⓫所宜蒙獲。夙夜⓬憂歎，念報罔極⓭。洪施⓮遂隆，既榮枝幹⓯，猥復正⓰臣妃為陳妃。光耀宣朗⓱，非妾婦惷愚⓲所當蒙被⓳。葵藿草物⓴，猶感恩養，況臣含氣㉑？銜珮㉒弘惠，歿而後已，誠非翰墨㉓屢辭所能報答。

【注釋】❶璽書　指以皇帝印章封記的詔書。璽，印也。秦漢以來，特指帝王之印。❷假印　謂持印。❸其才句　其，指曹植之妻。才質，指才能與品德。底下，低下也。❹私　偏愛；私恩。❺素餐　語出《詩經・伐檀》。謂白吃飯而不做事。素，徒然。❻體　含有；具有。❼隨例　謂隨古之夫貴婦榮之舊例。❽大國　指陳國。❾章灼　顯耀。❿非臣句　負薪之才，謂平庸之才。負薪，背負柴草。此喻指卑賤之人。克當，能夠承受。⓫穢釁　穢，謂行有汙跡。釁，罪也。此指監國使者灌均所奏「植醉酒悖慢，劫脅使者」之罪。⓬夙夜　猶言早晚也。⓭罔極　語本《詩經・蓼莪》：「父兮生我，母兮鞠我……欲報之德，昊天罔極。」本謂父母恩德之大，如天之無盡。此借指明帝之恩。罔極，無窮盡。⓮洪施　大恩也。⓯枝幹　枝，喻指曹植之子。幹，曹植自喻。⓰正　確定。⓱宣朗　明朗顯著。⓲惷愚　愚昧無知。惷，愚也。⓳蒙被　承受。⓴葵藿句　葵，菜名，即冬葵。藿，豆葉。葵藿之性向日。可參閱本卷〈求通親親表〉「若葵藿之傾葉太陽」等句文意。草物，草類也。㉑含氣　指有生命的東西。㉒銜珮　口所銜、身所佩。謂全身含納。㉓翰墨　筆墨也。

【語譯】璽封之詔書說：「今以東阿王妃為陳王妃，並授給印綬。因此，須交上以前所持之印。讓其拜授此詔。」詔書在當天送到，我則奉詔而拜。我妻才德低下，也同我一樣錯受皇上私恩；蒙受寵幸而白吃官俸，以我為其首。陛下身具天地養育萬物之德，心懷東海包容眾水之大，我妻才又得以因循夫貴妻顯之舊例，榮封大國。光耀榮顯，並非我這平庸之才的人所應承當，也非我這行穢負罪之人所應蒙受。從早到晚憂心忡忡，想著報答皇上的無限之恩。大恩已夠隆厚，既使我和兒子榮顯，現在又封我妻為陳妃。光耀榮顯，也並非愚昧無知的婦人所應蒙受。葵藿為草類，尚知感念太陽的養育之恩，況且我是活生生的人？全身蒙受陛下大恩，到死為止，此恩的確不是以筆墨屢次陳詞所能報答的。

【研　析】作者進呈此表，是為了感謝明帝晉封其妻為陳王妃。表文先敘接受明帝詔封之事，繼之陳說自己與妻子無功無才而蒙恩的慚愧之意，以彰揚明帝的殊恩大德；然後抒寫自己感念恩養、心存報答的情懷。

　　劉勰《文心雕龍‧章表》云：「陳思之表，獨冠群才。觀其體贍而律調，辭清而志顯。」以此來評價本表，亦較恰切。的確，本表的文辭雅潤清麗，華實得正，能充分而明晰地表達自己的謝忱、忠誠。另，文中多用駢偶之句，又間用比喻手法，也使這篇應用文體的文章具有較強的文學色彩。

自試表

【題　解】本文的標題，《藝文類聚》標作〈降江東表〉，明刊婁東張氏本《子建集》題作〈請招降江東表〉。結合本文的內容看，當以張氏本的標題為是。

　　本篇是作者上呈給魏明帝的一篇表文。作者在表文中，力勸明帝曹叡對東吳採取「以屈求申」的外交政策，派遣使者出使東吳，招降吳主孫權，以達兵不血刃、使吳歸魏的目的。作者在當時表呈魏主，進獻招降之策，是從阻止曹叡窮兵黷武、枉費民力，而使百姓休養生息的立場出發的。文中顯示出了作者憂國憂民的崇高思想境界；同時，也表達了作者建功立業的強烈願望。本篇文句似有殘佚。

臣聞士之羡永生❶者，非徒以甘食麗服，宰割❷萬物而已，將有以補益群生❸，尊主惠民，使功存於竹帛❹，名光於後嗣❺。今臣文不昭於俎豆❻，武不習於干戈❼，而竊位藩王，尸祿❽東夏。消損❾天日，無益聖朝。淮南尚有山竄之賊❿，吳會猶有潛江之虜⓫，使戰士未獲歸於農畝，五兵⓬未得收於武庫。

蓋善論者不恥謝⓭，善戰者不羞走⓮。夫凌雲者，泥蟠⓯者也；後申者，先屈者也⓰。是以神龍以為德，尺蠖⓱以昭義。昔湯事葛⓲，文王事犬夷⓳，固仁者能以大事小。若陛下遣明哲⓴之使，繼能陸賈㉑之蹤者，使之江南，發愷悌㉒之詔，張日月之信㉓，開以降路，權必奉承聖化㉔，斯不疑也。

【注　釋】❶永生　長生也。❷宰割　主宰；控制。❸群生　指百姓。❹竹帛　指史冊。竹，本謂竹簡。帛，本謂絲織品。二者皆為古之書寫材料。❺後嗣　猶後代。❻俎豆　俎，置肉的几。豆，一種盛放食物的高腳器皿。此二物都是古代宴客、朝聘、祭祀用的禮器。曹文此以「俎豆」喻朝政。❼干戈　喻軍事。❽尸祿　謂不做事，白白享用官祿。❾消損　消耗也。❿淮南句　淮南，指今安徽省合肥市一帶。山竄，謂藏匿於山中。⓫吳會句　吳會，指今江浙地區。潛江之虜，指吳國孫權。⓬五兵　指戟、矛、弓、楯、鉞五種兵器。⓭善論者不恥謝　謂善於言詞的人，不以理屈詞窮而離去為恥。謝，離去。⓮走　謂退卻。⓯泥蟠　指盤曲於泥土之中的龍。⓰後申二句　語本《周易・繫辭》：「尺蠖之屈，以求信（申）也。」⓱尺蠖　蟲名。形如蠶而小。其行先屈後伸，有如人伸拇指、食指量物尺寸而移動之狀，故曰尺蠖。⓲湯事葛　湯，商王朝的建立者，又稱成湯。葛，古國名，其地在今河南省境內。據《孟子・梁惠王》載，湯居亳地時，與葛為鄰。葛王不行祭祀之禮，並藉口無犧牲，湯便贈以牛羊，葛王得牛羊而食之，仍不行祭禮。湯問之，葛王又以缺乏作祭品的稻粱為託詞，湯便使亳民為之耕。對此，葛王不但不感激，反倒率眾搶掠亳民的酒肉黍稷。湯出於義憤，遂興師伐葛。⓳文王事犬夷　語本《孟子・梁惠王》。犬夷，又稱畎戎、混夷、昆戎，是我國古代的一個少數民族，活動於今陝西涇水流域，長期與周人為敵。文王即位之初，為集中精力治理內政，曾對犬夷採取忍讓的態度；至晚年，才發動征伐犬夷的戰爭。⑳明哲　明智也。㉑陸賈　漢初名臣。能言善辯。漢立，曾出使南越，招撫南越王趙佗，以功拜太中大夫。漢文帝時，趙佗又背漢稱皇，陸賈再次出使南越，使佗歸附漢朝。㉒愷悌　和樂簡易。㉓張日月之信　謂展示意如日月般明晰的書信。㉔權必句　權，指吳國的孫權。聖，指魏明帝曹叡。化，教化也。

【語　譯】我聽說嚮往長生不老的士人，並非僅僅是為了吃美食，著美服，主宰萬物而已，他們還想對百姓有所補益，尊奉君主，惠及萬民，使功績載於史冊，名聲顯耀於後世。而今，我在文方面，不明政教；在武方面，不知軍事，但身居藩王之位，在東夏徒然享受俸祿。消耗著時光，而無益於聖朝。淮南地區尚有隱匿山中的賊寇，吳會之地還有潛藏江上的敵人，致使我國戰士不能回到田地上耕種，兵械不得收入武庫保藏。

善辯之士不以詞窮退場為恥辱，善戰之人不因失利退走而羞愧。升騰於雲端者，是盤伏土中的神龍；後得伸展者，是先屈縮其身的尺蠖。因此，神龍以先伏後升為德性，尺蠖以以屈求伸為明理。從前，商湯王屈侍葛國，周文王屈侍犬夷，二人本是仁德之人，但能做到以大事小。如果陛下派遣明智的使者，承繼陸賈的蹤跡，出使江南，頒發內容和樂簡約的詔文，展示文意明如日月的信函，給吳國開通投降之路，孫權必定會仰承陛下的教化，這是不用懷疑的事情。

【研　析】這是一篇內容涉及時政的表文，主要是勸說明帝曹叡在對待孫吳問題上，應當採取招降之策。主和不主戰，這似乎是曹植在明帝太和年間所一貫堅守的立場。如，在〈諫伐遼東表〉中，曹植旗幟鮮明地反對對外用兵，而主張富國強民，並說：「太平之基可立而待，康哉之歌可坐而聞。曾何憂於二敵（案指蜀、吳）？」在〈感節賦〉中，曹植對於曹魏的長期征戰，民苦於役，也曾深表憂慮：「嗟征夫之長勤，雖處逸而懷愁。」

曹植反戰、厭戰，至少有兩個方面的深刻原因：一是基於對曹魏太和年間國內形勢的客觀估計和清醒認識，認為曹魏王朝內憂外困，危機多多，不宜對外用兵，耗損國力。這正如〈諫伐遼東表〉所云：「兵不解於外，民罷困于內。促耕不解其飢，疾蠶不救其寒……而勞神於蠻貊之域，竊為陛下不取也。」第二個方面的原因是出於對百姓的同情，不願看到百姓長期飽受兵役之苦，而不得休息。

此表說理陳情，採取了「剝蕉見芯」的方法：從大到小，由一般到個別，步步逼進，紆曲有致。第一段主要是表達自己功名不遂的羞愧，以及建功立業的願望，但作者開始並不是單刀直入，逕奔主題，而是先從士人應當尊主惠民、功垂青史的大道理落筆，然後再切入主旨。第二段的情形也頗類似。作者先用善論、善戰者以及神龍、尺蠖作譬設喻，說明屈可求伸的大道理；然後又以成湯、文王為例，說明聖賢之人不恥於「以大事小」；最後再說到曹魏應「以大事小」，以屈求伸，對吳國開以降路，點明了主旨。這樣，層層鋪墊，步步深入，水到渠成時亮出本意，頗能打動人。另外，此表不尚華詞，顯示出了清峻通脫的作文風格。

求自試表

【題　解】《三國志・曹植傳》載：魏明帝太和二年（西元二二八年），「植常自憤怨抱利器而無所施，上疏求試」，所上之疏，即這篇〈求自試表〉。此表全文載於《三國志》曹植本傳，後《文選》亦將其收入。

題中「求自試」，意謂請求朝廷試用自己。太和二年，曹休率領的伐吳之魏軍，在前線失利，明帝曹叡於「冬十月，詔公卿近臣，舉良將各一人」（《三國志・明帝紀》）。曹植上此表，可能是想乘朝廷這次舉人的機會，求得朝廷的任用，從而實現他「建永世之業，流金石之功」的願望。

臣植言：臣聞士之生世，入❶則事父，出❷則事君；事父尚於榮親❸，事君貴於興國。故慈父不能愛無益之子，仁君不能畜❹無用之臣。夫論德而授官者，成功之君也；量能而受爵者，畢命❺之臣也。故君無虛授，臣無虛受。虛授謂之謬舉，虛受謂之尸祿[6]，《詩》之素餐[7]，所由作也。昔二虢不辭兩國之任[8]，其德厚也；旦奭不讓燕魯之封[9]，其功大也。今臣蒙國重恩，三世[10]於今矣。正值陛下升平[11]之際，沐浴聖澤，潛潤[12]德教，可謂厚幸矣！而位竊東藩[13]，爵在上列，身被輕煖[14]，口厭百味，目極華靡，耳倦絲竹者，爵重祿厚之所致也。退念古之受爵祿者，有異於此，皆以功勤濟國，輔主惠民。今臣無德可述，無功可紀，若此終年，無益國朝，將掛風人彼己之譏[15]。是以上慚玄冕[16]，俯愧朱紱[17]。

方今天下一統，九州晏如[18]。顧西尚有違命之蜀，東有不臣之吳，使邊境未得稅甲[19]，謀士未得高枕[20]者，誠欲混同宇內，以致太和[21]也。故啟滅有扈而夏功昭[22]，成克商奄而周德著[23]。今陛下以聖明統世[24]，將欲卒[25]文武之功，繼成康[26]之隆，簡[27]良授能，以方叔、召虎之臣[28]，鎮衛四境，為國爪牙[29]者，可謂當矣。然而高鳥未挂於輕繳[30]，淵魚未懸於鉤餌者，恐釣射之術或未盡也。昔耿弇不俟光武，亟擊張步，言不以賊遺於君父也[31]。故車右伏劍於鳴轂，雍門刎首於齊境[32]，若此二子，豈惡生而尚死[33]哉？誠忿其慢主而凌君[34]也！夫君之寵臣，欲以除患興利；臣之事君，必以殺身靜亂，以功報主也。昔賈誼弱冠求試屬國，請係單于之頸而制其命[35]。終軍以妙年使越，欲得長纓占其王，羈致北闕[36]。此二臣者，豈好為夸主[37]而曜世俗哉？志或鬱結，欲逞其才力，輸能[38]於明君也。昔漢武為霍去病治第，辭曰：匈奴未滅，臣無以家為[39]！固夫憂國忘家，捐軀濟難，忠臣之志也。

今臣居外，非不厚也，而寢不安席，食不遑味者，伏以二方[40]未剋為念。伏見先武皇帝，武臣宿兵年耆即世者[41]，有聞矣。雖賢不乏世，宿將舊卒猶習戰也。竊不自量，志在授命[42]，庶立毛髮之功，以報所受之恩。若使陛下出不世[43]之詔，效臣錐刀之用[44]，使得西屬大將軍，當一校之隊[45]；若東屬大司馬，統偏師之任。必乘危蹈險，騁舟奮驪[46]，突刃觸鋒，為士卒先。雖未能擒權馘亮[47]，庶將虜其雄率[48]，殲其醜類[49]。必效須臾之捷，以滅終身之愧，使名掛史筆，事列朝策。雖身分[50]蜀境，首懸吳闕，猶生之年[51]也。如微才弗試，沒世無聞，徒榮其軀而豐其體，生無益於事，死無損於數[52]，虛荷上位而忝重祿[53]，禽息鳥視[54]，終於白首，此徒圈牢之養物[55]，非臣之所志也。

流聞東軍失備[56]，師徒小衄[57]，輟食忘餐，奮袂攘袵[58]，撫劍東顧，而心已馳於吳會矣！臣昔從先武皇帝，南極赤岸[59]，東臨滄海[60]，西望玉門[61]，北出玄塞[62]，伏見所以行師用兵之勢，可謂神妙也！故兵者不可豫言[63]，臨難而制變[64]者也。

志欲自效於明時，立功於聖世。每覽史籍，觀古忠臣義士，出一朝之命，以殉國家之難，身雖屠裂，而功勳著於景鍾[65]，名稱垂于竹帛[66]，未嘗不拊心而歎息也。

臣聞明主使臣，不廢有罪。故奔北敗軍之將用，而秦魯以成其功[67]；絕纓盜馬之臣赦，而楚趙以濟其難[68]。臣竊感先帝早崩，威王棄世[69]，臣獨何人，以堪長久？常恐先朝露[70]，填溝壑[71]，墳土未乾，而聲名並滅。臣聞騏驥長鳴，伯樂[72]昭其能；盧狗悲號，韓國知其才[73]。是以效之齊楚之路，以逞千里之任；試之狡兔之捷，以驗搏噬之用。今臣志狗馬之微功，竊自惟度[74]，終無伯樂韓國之舉，是以於悒[75]而竊自痛者也。

夫臨博而企竦[76]，聞樂而竊抃[77]者，或有賞音而識道也。昔毛遂趙之陪隸，猶假錐囊之喻，以寤主立功[78]，何況巍巍大魏多士[79]之朝，而無慷慨死難之臣乎？夫自衒自媒[80]者，士女之醜行也；干時求進[81]者，道家之明忌也。而臣敢陳聞於陛下者，誠與國分形同氣[82]，憂患共之者也。冀以塵霧之微，補益山海；熒[83]燭末光，增輝日月。是以敢冒其醜[84]而獻其忠，必知為朝士所笑。聖主不以人廢言，伏惟陛下少垂神聽，臣則幸矣！

【注釋】❶入 指在家中。❷出 謂在外做官。❸事父句 意謂侍奉父母，以使父母榮顯為尚。❹畜 養也。❺畢命 盡命。即毫無保留地獻出自己的生命。❻尸祿 形容徒受官俸而不做實事。❼詩之素餐 《詩經・伐檀》有云：「彼君子兮，不素餐兮！」素餐，無功而食。猶言白吃飯而不做事。❽昔二句 周文王的兩個弟弟虢仲、虢叔，都曾為藩國之王，一個封於東虢，一個封於西虢。❾旦奭句 周文王之子周公旦、召公奭，均為周初大臣，因有功而分別封於魯地和燕地。❿三世 指魏武帝曹操、文帝曹丕、明帝曹叡。⓫升平 謂天下太平。⓬潛潤 猶言漸漬、浸潤。⓭位竊東藩 謂被封為東方藩國之王。曹植先後被封為鄄城王、雍丘（在今河南省杞縣）王，其封地均在京城洛陽之東。⓮輕煖 指又輕又暖的衣服。⓯將掛句 謂將被詩人譏為「彼己」。風人，指詩人。《詩經》中各諸侯國的民歌稱「國風」，後世因稱詩人為「風人」。彼己，語見《詩經・候人》：「彼己之子，不稱其服。」言人之品行與其華美的官服不相稱。《詩經》傳本一作「彼其」。⓰玄冕 帝王的禮冠。⓱朱紱 繫印的紅色絲帶。⓲晏如 安定的樣子。⓳稅甲 解脫兵甲。指停止戰爭。稅，通「脫」。⓴高枕 謂無憂慮也。㉑太和 太平和順。㉒故啟句 啟，指夏后啟，夏禹之子。有扈，夏代氏族之一，在今陝西境內。據史載，有扈氏不服夏，啟遂伐有扈氏，戰於甘之野，終滅有扈氏，使天下諸侯皆朝夏。㉓成克句 成，指周武王之子周成王。商，指商紂王之子武庚，以及商朝遺民。據史載，周武王滅商後，封弟叔鮮於管，封弟叔度於蔡，讓他們監視武庚及商遺民。成王即位後，叔鮮、叔度夥同武庚及商遺民叛周作亂，成王遂命周公率兵伐誅武庚、叔鮮，流放叔度。奄，古國名，約在今山東曲阜境內。據史載，奄人曾與武庚一同反周，後被周滅。㉔統世 猶言「治世」，謂統治國家。㉕卒 完成。㉖成康 指周成王、周康王。㉗簡 選也。㉘方叔召虎之臣 均為周宣王時代賢臣。方叔曾率兵征伐玁狁、荊楚，使其臣服於周。召虎曾率兵平淮夷。㉙爪牙 得力幹將。㉚然而句 高鳥，高飛之鳥。繳，拴在箭上的生絲繩。㉛昔耿弇三句 耿弇，東漢初期名臣，字伯昭，扶風茂陵人，漢光武帝劉秀即位後，被拜為建武大將軍。亟，急也。張步，王莽新朝末地方割據者，字文公。據史載，光武建武四年（西元二八年）前後，耿弇與張步交戰，張步兵眾，光武帝劉秀擬親自率兵救援。陳俊對耿弇說：「現在敵兵甚眾，你可閉營休士，以待皇上的救兵來。」耿弇答道：「皇上的車駕將到，臣下應當宰牛釃酒，以待百官，怎麼能將除滅賊寇的事留給皇上呢？」於是，耿弇率兵出營大戰，自早至晚，大破張步兵。㉜故車右二句 車右，指坐於車子右邊的衛士。轂，車輪中心的圓木。雍門，即雍門狄，戰國時齊國的一位節烈之士。據劉向《說苑・立節》載，齊王出獵，車左轂突然發出鳴聲，但車右感到鳴聲驚動了齊王，遂引咎自刎。後來越國軍隊侵犯齊境，未交戰，雍門狄請死之。齊王問他未交戰為何而死。雍門狄說：「我聽說大王往日出獵時，左轂鳴，車右請死之，而大王當時說：『左轂鳴，是造車工人的過錯，怎麼用得著你死呢？』車右則回答說：『我沒見造車工人乘坐此車，只見車的鳴聲驚動吾君。』車右於是刎頸而死。請問大王有此事嗎？」齊王回答有。雍門狄於是又說：「今越軍入境，其驚動吾君，豈是左轂之下的鳴聲？車右可以死左轂，我為什麼就不可為越軍的入侵而死呢？」於是刎頸而死。越軍聽說齊國有這樣的節烈之士，不敢交戰，乃退兵七十里。㉝尚死　願死。㉞慢主而淩君　此緊承上文，分別指造車工人使轂鳴之事及越軍入齊境之事。慢主，輕侮君主。㉟昔賈誼二句　賈誼，西漢著名文學家。漢文帝時，賈誼曾上書朝廷說：「陛下何不試以臣為屬國之官，以主匈奴，行臣之計，必係單于之頸而制其命。」弱冠，二十歲。單于，匈奴君長的稱號。㊱終軍三句　終軍，漢武帝時人，十八歲被選為博士弟子，並上書漢武帝，自請「願受長纓，必羈南越王而致之闕下」。後被派去說服南越王歸服漢朝。既至，南越王願舉國歸附漢朝，但越相呂嘉不從，並舉兵殺南越王及漢朝使者。終軍死時年二十餘，世稱「終童」。妙年，少年也。長纓，綁人的長繩。㊲夸主　在君主面前誇大自己。㊳輸能　貢獻才能。㊴昔漢武四句　霍去病，漢武帝時名將，曾多次率兵抗擊匈奴，立有奇功。據史載，漢武帝見霍去病抗擊匈奴有功，為他建了一座大宅第，以作獎賞，並請他去觀看。霍去病卻婉言謝絕道：「匈奴未滅，無以家為也。」第，府第；住宅。無以家為，意謂無法顧及家事。㊵二方　指吳、蜀。㊶武臣句　宿，舊也。年者，年老。即世，謂死亡。㊷授命　付出生命。㊸不世　非常；特別。㊹錐刀之用　喻所起作用非常微小。㊺一校之隊　猶言「偏師」。古代軍中五百人為一校。㊻驪　黑色馬。㊼擒權馘亮　權，指孫權。馘，俘獲敵人時割其左耳。亮，指諸葛亮。㊽率　同「帥」。㊾醜類　眾也。此指士卒。㊿身分　謂戰死後身體分裂。(51)猶生之年　意謂雖死猶生。(52)數　指國之命運。(53)忝重祿　意謂受此厚重的俸祿而感到羞愧。忝，辱也。為自謙之詞。(54)禽息鳥視　謂如禽鳥一樣生存棲息。視，活也。(55)圈牢之養物　指豬羊之類的牲畜。圈牢，養牲口用的欄圈。(56)流聞句　流聞，傳聞。東軍，東伐吳國的軍隊。此指魏國大司馬曹休率領的軍隊。(57)小衄　小小的挫敗。據《三國志．曹休傳》載，太和二年，曹休統領諸軍深入皖地，與吳將陸遜戰於石亭，曹軍驚亂，棄甲兵輜重甚多。(58)奮袂攘衽　揮動衣袖，提起衣襟。(59)赤岸　指赤壁，在今湖北蒲圻。(60)滄海　指東海。(61)玉門　即玉門關，在今甘肅敦煌西。(62)玄塞　此指長城。玄，黑色。古人以黑色代表北方，故此以「玄」指北方。(63)豫言　同「預言」。(64)臨難而制變　言面對危難之境而隨機應變。(65)景鍾　晉景公之鍾。據《國語》載，春秋時晉國大將魏顆以其身卻退秦兵，其功績被銘刻於景鍾之上。後世因以「景鍾」為褒功的典故。(66)竹帛　指史書。(67)故奔北二句　春秋時，秦穆公派遣孟明視、西乞術、白乙丙三人領兵襲鄭，晉發兵在殽攔擊秦軍，俘獲秦將孟明視等三人。孟明視等人被釋歸秦後，秦穆公復其官秩，並讓他們將兵攻晉，終於大敗晉人。又據《史記》載，魯人曹沫以勇力事魯莊公，為魯將，與齊人交戰，三次被打敗。魯莊公懼，乃割地求和，但仍以曹沫為將。後魯莊公與齊桓公在柯地會盟，曹沫持匕首乘機劫持桓公，迫使桓公答應盡還魯之侵地。68絕纓二句　據劉向《說苑》載：春秋時，楚莊王賜群臣酒，日暮之時華燭熄滅，有人牽扯美人之衣，美人遂拉斷此人冠上之纓，以告楚王。楚王沒有處治此人，反命群臣皆絕冠纓，然後舉火，眾人盡歡而去。後楚與晉戰，那個曾拉扯美人之衣的人在戰鬥中五戰五獲，以報答楚王。又據《呂氏春秋》載：秦穆公所騎之馬走失，被農夫獲得。穆公自往求之，見農夫們正在岐山之下吃馬肉。穆公沒有怪罪他們，反而笑道：「吃駿馬之肉，不飲酒，恐怕傷著你們的胃。」於是賜酒給他們喝。後來秦與晉戰，穆公被圍，曾食馬肉的三百多名農夫都盡力為穆公戰鬥，終於大敗晉人。69臣竊慼二句　先帝，指文帝曹丕。威王，指曹操之子曹彰，封任城王，死諡曰威。70先朝露　先於早上的露水而亡。喻人死之速也。71填溝壑　謂人死被埋。72伯樂　古代相馬高手。據《戰國策》載，騏驥駕車上坡，遷延負轅而不能進，遇伯樂，仰而長鳴，知伯樂知己也。73盧狗二句　盧狗，即韓盧，古代韓國名犬。韓國，人名，是古代齊國善相狗者。相傳韓國相狗於市，遂有狗號鳴，而韓國知其是善狗。74惟度　思量；揣想。75於悒　雙聲聯綿詞，猶「鬱抑」。意謂心情苦悶。76夫臨博句　博，古代一種賭輸贏的遊戲，與弈棋相仿。企，擡起腳後跟。竦，猶言立也。77抃　拍掌。78昔毛遂三句　毛遂，戰國時趙國平原君的門客。據史載，秦國圍攻趙之邯鄲，趙國使平原君至楚求救，毛遂自請前往。平原君問他說：「先生處我門下，幾年於此矣？」毛遂答曰：「三年於此矣！」平原君又說：「夫賢士之處世，譬若錐之處囊中，錐尖會立刻顯露。今先生處我門下三年，我從沒聽說過。」毛遂說：「臣乃今日請處囊中耳！如果讓我早處囊中，會穎脫而出，而不只是錐尖顯露而已。」於是，平原君讓毛遂一同前往楚國。在毛遂的幫助下，平原君終與楚訂立了合縱之約。陪隸，猶云陪臣，即諸侯之臣。79多士　眾多人才。80自衒自媒　自衒，謂自我誇耀其才能。自媒，謂女子自我作媒。81干時求進　求合於當時，謀取職位的升遷。干，求取。82分形同氣　從一個身體分出兩部分，其氣血相同。此謂自己與魏帝為骨肉之親。83熒　小也。84醜　恥也。

【語　譯】臣子曹植上言：我聽說士人活在世上，在家則侍奉父母，做官則侍奉君主。侍奉父母，以使父母榮顯為重；侍奉君主，以使國家興旺為貴。所以，慈父不可能寵愛一無所用的兒子，仁君不可能畜養一無所用的臣子。根據德操而授予官職，是成功的君主；估量自己的才能而接受官爵，是效命的臣子。所以，君主不能憑空授予官職，而臣子也不能憑空接受爵位。憑空授予官職是錯誤的選拔，憑空接受爵位是白拿俸祿不做事，這就是《詩經》中「素餐」說法的來由。從前，虢仲、虢叔之所以不推辭兩國的重任，是因為其德行高尚；周公、召公之所以不拒絕燕、魯的封地，是因為其功勞巨大。現在，我蒙受朝廷的重恩，至今日已有三世了。正遇上陛下在位、天下太平之時，受到您的恩澤的沐浴，以及道德教化的浸潤，可以說是十分的幸運。而我被封為東方藩國之王，爵位在王侯之列，身穿輕暖的衣服，口吃各種美味，眼觀華美的顏色，耳聽管弦的樂聲，這些都是因為爵高祿重而得到的。回想古代接受爵祿的人，情況卻與我的不一樣，他們都是立有功績而有助於國家，輔佐君王，惠及百姓。現在我既沒有可以稱道的德行，又沒有可以記載的功績，若像這樣一直到死，對國家朝廷將無益處，也將被詩人譏為「彼己」。因此，在上對不起我頭頂的玄冕，在下有愧於我身上的印綬。

現在國家統一，九州安定，但西望還有不服朝命的蜀漢，東邊還有不肯稱臣的吳國，使邊境的將士們還不能卸下兵甲，謀士們也不能高枕無憂，我的確想使天下歸於一統，以達到太平和順。所以，夏啟消滅了有扈氏，而夏朝的功績昭著；成王平定了商、奄，而周朝的德業彰顯。現在陛下以聖明之政治理國家，將打算完成武帝、文帝的功業，以達到成王、康王時代的那種興盛，選拔人才，授予官職，使用方叔、召虎那樣的臣子，鎮守邊境，充當國家的勇武之臣，這可以說是很正確的。然而，高飛的鳥兒未被帶繩的輕箭射中，淵潭裏的魚兒未被釣上來，這恐怕是射鳥、釣魚的方法還未盡善盡美。從前，耿弇不待光武帝到來，就急擊張步，並且說不把敵人留給君父來處理。所以，齊國車右衛士見車軸的響聲驚擾齊王，就以劍自刎；雍門狄看到越軍侵入齊境，就拔劍自殺。像這兩個人，難道是厭惡生存而情願死亡嗎？他們的確是憤恨那輕侮、欺凌君主的行為才這樣做的呀！君主寵愛臣子，是想依靠臣子鏟除憂患，興有利之事；臣子侍奉君主，一定要不惜殺身來平定叛亂，要以自己的功績來報答君主。從前，賈誼二十歲時，就要求擔任漢朝掌管屬國的官職，請求繩繫匈奴王的脖子而置之於死地；終軍作為一個十八歲的少年出使南越國，想拿長繩將南越王捆住，押解到漢朝的北宮門。這兩位臣子，難道是喜好在君主面前誇大自己、在世人面前炫耀自己嗎？他們恐怕是因為心裏鬱悶不通，想施展自己的才能，為聖明的君主效力。從前，漢武帝為霍去病修建了大宅第，霍去病卻推辭說：「匈奴沒有消滅，我不以家事為念！」因此，為國家分憂，忘卻家事，奉獻生命救國難，這是忠臣的志願。

現在，我身居藩國，享受的待遇不能說不優厚，但晚上不能安然入睡，吃飯也顧不上品味，這只是因為想著吳、蜀兩國還未被攻克。我曾見過武皇帝及其武臣老將，年老去世的，也曾聽說過。賢良的人才雖說是有不少，老將舊兵也都還熟悉作戰之術，但我自不量力，立志為國奉獻生命，或許能立下小小的功勞，以報答所受的恩惠。如果陛下頒布一道特別的詔書，使我能發揮一點點作用，或者讓我西屬大將軍曹真指揮，統領一校人馬，或是讓我東屬大司馬曹休指揮，統領一支偏師，我一定能夠冒著危險，駕船馳馬，衝鋒陷陣，身先士卒。雖然不一定能夠擒獲孫權、斬殺諸葛亮，但也許能夠俘虜敵人的大將，消滅敵方的士卒，一定取得片刻的勝利，以消除終身的羞愧，使英名留於史書，事跡記於朝典。即使是在西蜀境內身首異處而戰死，或是頭顱懸於東吳的宮闕之上，我也雖死猶存。如果我微薄的才能得不到試用，以至終生默默無聞，只是讓身體養得健壯豐滿，活著對國事無益，死了對國運無礙，白白地擁有尊貴的地位和優厚的俸祿，就像禽鳥一樣活著，一直到頭白衰老，這只不過是圈欄中豢養的牲畜，不是我所情願的。

傳聞伐吳之軍防備不周，軍隊受到挫折，這使我寢食不安，揮袖提襟，按劍東望，我的心已飛向吳地了！我從前曾跟隨武皇帝南至赤壁，東臨渤海，西望玉門關，北出邊塞，曾見過他行軍用兵的方法，可以說是十分的神妙呀！所以，軍事上的事情是不可作出預言的，要面對危難之境作出相應的變通。我的志願是在政治清明之時為國效力，在君主聖明的時代建功立業。我每每翻閱史書，看到古代的忠臣義士，獻出自己短暫的生命，以為國家殉難，雖然身首異處，但其功勳銘刻在鐘鼎之上，名聲永遠流傳於史冊，我沒有一次不是拊心歎息的。

我聽說聖明的君主驅使臣下，並不因臣子有罪而廢棄他。因此，秦穆公、魯莊公任用敗軍之將，秦國、魯國得以成就其功業；「絕纓」和「盜馬」的臣民被赦免，而楚國、趙國得以擺脫危難之境。我私下認為先帝過早去世，威王也已作古，唯獨只有我，何以享受如此長的年壽？我總是害怕很快死去，埋入土中，墳土未乾，而名聲隨即消失。我曾聽說千里馬長聲嘶鳴，而伯樂知道牠的才能；盧狗悲痛地號叫，而韓國瞭解牠的本領。所以，才讓千里馬馳騁於齊楚之路，以展示其日行千里的能力；才試著讓盧狗去抓敏捷的兔子，驗證牠捕咬獵物的本領。現在，我想立下狗馬一般的微小功勞，但心裏暗自思量，終究沒有伯樂、韓國這樣的人來薦舉，因此心裏不免抑鬱而暗自傷痛。

面對博局而踮腳聳身觀看，聽到音樂就暗自拍掌擊節，這也許是懂得音樂、知道博戲的路數。從前，毛遂是趙國平原君的一個陪臣，他尚且用錐處囊中的比喻，使得主人醒悟，立有功績，更何況我偉大的魏國有眾多人才，怎麼就會沒有慷慨地為國獻身的臣子呢？自我炫耀，自作媒人，這是士人、女子的醜惡行為；迎合時俗，謀求職位，也是道家明顯的忌諱。而我敢於向陛下陳說這些，的確是因為我與國君是骨肉至親，患難與共。我希望能以微小的塵霧來補益高山大海；以微弱的燭光來為日月增輝，因此才不怕羞恥，奉獻忠心。我知道這一定會被朝中的人士譏笑。聖明的君主不會以人廢言，希望陛下稍稍傾聽一下我的意見，這樣我就感到十分榮幸了！

【研　析】作者雖然才高八斗，胸懷大志，素以報國立功為念，但自從曹丕繼位以來，備受猜忌、壓抑，一直不能被委以重任。因此，乘著這次朝廷舉人的機會，又再次上書，請求任用，以了宿願；另一方面，借機發洩胸中壯志不伸的不平之氣。

全文可分六個段落。

第一段是從「君無虛授，臣無虛受」的觀點出發，認為自己「爵重祿厚」而「無德可述，無功可紀」，有愧於朝廷，有背於「臣無虛受」之理。此段中，作者論述「君無虛授，臣無虛受」的道理，責備自己無功受祿，尸位素餐，是為後文向明帝請求自試作鋪墊。

第二段先頌魏明帝之治功，然後引用啟滅有扈、成克商奄等典故，說明魏滅吳、蜀之後才能「致太和」，並以「高鳥未挂於輕繳，淵魚未懸於鉤餌」作比喻，指出蜀、吳未滅的原因。接著，以耿弇亟擊、車右伏劍、雍門刎首、賈誼求試、終軍請纓等歷史故事，說明臣子應該「憂國忘家，捐軀濟難」。這一段，仍是為下文提出「求自試」作鋪墊。

第三段正面提出「求自試」問題，表明了自己急切用世、為國效力、建功立業的強烈願望，抒發了自己不甘「虛荷上位」、徒為圈牢養物的憤激之情。

第四段進一步傾訴迫切「求自試」的心情。作者在此段中先言自己曾跟隨曹操南征北戰，以示自己也粗通軍事，而並非只會舞文弄墨。這實際是為請求效命軍旅，提供事實依據。然後，表明自己願像古代忠臣義士，殉國難，建功勳。

第五段，作者運用歷史典故，以證古代明君善於用人，甚至不廢有罪之臣。作者論此，意在說明自己即使有罪過，也還是不失為朝廷試用的對象，從而把自己「求試」的迫切之情，表現得十分真摯、強烈。最後，作者以伯樂識馬、韓國知狗的典故作比，抒寫了自己不受賞識，無人薦舉的傷痛之情。

第六段闡說自己此次上表求試的目的、動機，指出此次上表，是出於「與國分形同氣，憂患共之」，而非「自衒自媒」、「干時求進」。

此文能將敘事、言志、議論、抒情幾者有機地結合起來。文章洋溢著輸力君主、獻身社稷的慷慨激昂之氣，交織著懷抱利器不得施、心具大志不得展的悲憤之情，情辭懇切，婉轉動人。如，第三段中寫：「如微才弗試，沒世無聞，徒榮其軀而豐其體，生無益於事，死無損於數，虛荷上位而忝重祿，禽息鳥視，終於白首，此徒圈牢之養物。」這些言論，出自肺腑，使人感到作者聲淚俱下，肝膽俱裂；其詞顯忠貞之心，含哀怨之意，寓不平之氣。

此文在寫法上採取了由遠及近，由大到小，從而層層推進、步步深入的方法。先從「君無虛授，臣無虛受」的大道理談起，定下前提，然後逐步言及求試之事，具體申述求試之理據。

語言形式上，此文對偶排比句往往是三、四、五、六言相間，並輔以散句，讀來錯落有致，工整而不萎弱。

另外，本文大量用典，增加了作者論證的說服力。

謝賜柰表

【題　解】太和五年（西元二三一年）冬，魏明帝曹叡詔各藩王明年朝會京師。曹植接詔後，提前於這年冬天來到洛陽。在洛之時，明帝詔賜曹植以梁州（今屬陜西）柰一奩，植遂作此表以上，表示謝意。明帝接表後，又答詔曰：「此柰從梁州來，道里既遠，又東來轉暖，故柰中變色不佳耳。」（見《初學記》卷二八引）

此篇標題，《白氏六帖》卷九九引作〈謝賜冬至柰表〉。柰，水果名，為蘋果之一種。

即夕殿中虎賁❶宣詔，賜臣等冬柰一奩❷，詔使溫啖❸，夜非食時，而賜見及。柰以夏熟，今則冬至。物以非時❹為珍，恩以絕口❺為厚，非臣等所宜荷之。

【注　釋】❶虎賁　武官名，即虎賁郎，負責宮中侍衛等。❷賜臣句　臣等，指曹植、曹彪、曹袞等人。奩，一種精巧的匣子。❸啖　吃也。❹非時　違背時令。❺絕口　形容食品之味極美，人食之後，於他物閉口不食。

【語　譯】今天晚上，殿中虎賁郎宣讀詔書，賜給我等冬柰一盒，詔令將冬柰加熱後再吃。晚上不是吃柰之時，就將冬柰賜給我們看了看。柰本應在夏季成熟，而今卻在冬季送了來。冬柰因為反季節出現而顯得珍貴，君恩因為果味極美而顯得厚重，這的確不是我等所應享受的。

【研　析】作者逗留京城洛陽時，作為子姪的曹叡賜給他一奩冬柰，本屬平常之事，但作者似乎有點受寵若驚，甚至感到自己不配享用這來自梁州的冬柰。作者為何表現得如此謙卑，甚至有些猥瑣呢？這不能不說到作者的遭際與處境。文帝、明帝兩代，作者被拋置於遠方藩地，受到苛峻的法制的禁錮，不得返回京城，不得與親戚互通往來，「塊然獨處，左右唯僕隸，所對唯妻子」，過著與囚徒並無二致的生活。而今，經明帝特許而進京，且被賜以冬柰，作者自然感到異乎尋常。區區冬柰，小小關愛，竟使作者如此感恩戴德，心動不已，則正好說明作者長期備受壓抑、冷遇，未得朝廷恩典。

諫伐遼東表

【題　解】公孫淵，公孫度之孫，公孫康之子。康在建安十二年，被曹操封為襄平侯，拜為左將軍。康死後，子晃、淵年尚幼，其弟公孫恭繼職。明帝太和初年，淵奪其叔公孫恭位，並被明帝封為遼東太守。後來，淵反魏而附吳，明帝曹叡惱怒，於太和六年（西元二三二年），遣平州刺史田豫乘海渡，幽州刺史王雄行陸路，合攻遼東。在此情況下，曹植分析國際、國內形勢，認為當前不應出兵遠攻遼東，於是上表明帝，勸阻用兵。遼東，漢魏時郡名，轄地在今遼寧省境內。

臣伏以遼東負阻❶之國，勢便❷形固，帶以遼海❸。今輕車遠攻，師疲力屈❹，彼有其備，所謂以逸待勞，以飽待飢者也。以臣觀之，誠未易攻也。若國家攻而必克，屠襄平❺之城，懸公孫之首，得其地不足以償中國之費，虜其民不足以補三軍之失，是我所獲不如所喪也。若其不拔，曠日持久，暴師於野。然天時不測，水濕無常❻。彼我之兵，連於城下，進則有高城深池，無所施其功❼；退則有歸途不通，道路瀸洳❽。東有待釁❾之吳，西有伺隙之蜀。吳起東南，則荊、揚❿騷動；蜀應西境，則雍、涼⓫三分。兵不解⓬於外，民罷⓭困于內。促耕不解其飢，疾蠶不救其寒。夫渴而後穿井，飢而後殖種，可以圖遠，難以應卒⓮也。臣以為當今之務，在於省徭役，薄賦斂⓯，勤農桑。三者既備，然後令伊、管⓰之臣得施其術，孫、吳⓱之將得奮其力。若此，則太平之基可立而待，康哉之歌⓲可坐而聞。曾何憂於二敵⓳，何懼於公孫乎？今不恤邦畿之內，而勞神於蠻貊之域⓴，竊為陛下不取也。

【注　釋】❶負阻　依憑險阻。❷便　有利。❸帶以句　謂遼海環繞其地。遼海，即今渤海。❹力屈　力竭也。❺襄平　亦稱遼東城。漢時為遼東郡治，故城在今遼寧省遼陽市北。時為公孫淵駐地所在。❻水潦無常　《三國志・明帝紀》：「會連雨十日，遼水大漲。」❼功　力也。❽瀸洳　淹漬。❾待釁　猶言伺機。釁，縫隙。❿荊揚　指今湖北沿江地區，以及安徽合肥一帶。⓫雍涼　雍，指今陝西省一帶。涼，指今甘肅省一帶。⓬不解　不得放鬆。解，同「懈」。⓭罷　通「疲」。⓮應卒　應急也。卒，通「猝」。謂突發事件。⓯薄賦斂　減少賦稅。⓰伊管　指伊尹、管仲。伊尹是商湯王時賢臣。管仲是春秋時齊國賢相，曾助齊桓公成就霸業。⓱孫吳　指孫武、吳起。分別是春秋、戰國時的著名軍事家。⓲康哉之歌　《尚書・益稷》載皋陶作歌稱讚舜帝：「元首明哉，股肱（案指輔臣）良哉，庶事康哉！」⓳二敵　指蜀國、吳國。⓴今不二句　恤，擔憂。邦畿，國境。蠻貊之域，指邊遠的少數民族地區。此指公孫淵統領的遼東地區。

【語　譯】我認為，遼東是有險阻可依恃的郡國，佔有便利牢靠的地理形勢，還有遼海環繞。如今我軍輕車遠攻，軍隊疲勞，精力衰竭，而公孫淵有所準備，也就是所謂以逸待勞，以飽待飢。在我看來，遼東的確是不容易攻下。如果遼東國能被攻破，殺盡襄平城中之人，將公孫淵的腦袋懸掛起來，那麼，所得到的土地不足以抵償我國所花的費用，所捕獲的百姓不足以彌補三軍所損的兵力，這對我們來說，就是得不償失。如果不能攻下遼東，戰爭會曠日持久，使我軍在外蒙受風霜雨露。但是，天時難以預測，水情變幻無常。我軍連兵於城下，進則有高城深池攔擋，不可施展其力；退則歸途受阻，道路淹沒滯水。東方有相機出動的吳國，西邊有伺隙乘虛的蜀國。吳國若發兵於東南，荊、揚地區就會騷亂；蜀國接著起兵響應於西方，則雍、涼之地四分五裂。在外，我們的軍隊不得喘息；在內，百姓疲困不堪。即使是拼命耕種，也不能緩解饑荒之困；即使是急於養蠶，也不能救濟寒凍之苦。口渴之後再鑿挖水井，腹餓之後再耕田種地，雖可以為長遠打算，但難以應付當前緊急情況。我認為目前所應致力的事情，是減輕傜役，削減賦稅，努力發展農桑業。這三者做到了，然後使伊尹、管仲一樣的賢臣能施展其謀略，使孫武、吳起一般的良將能發揮其威力。像這樣，則國家太平的根基可立而等到，萬事康寧的歌聲可坐而聞聽，又何必擔憂吳、蜀二敵，畏懼公孫淵呢？而今不顧及國內之事，卻為攻取偏遠的遼東而勞心傷神，我私下認為陛下這樣做，是不可取的。

【研　析】這篇表文的主旨十分明確，是勸阻魏明帝曹叡出兵攻打遼東。為了說服明帝，達到阻止用兵的目的，作者條分縷析，歷陳攻打遼東的弊害，顯示攻遼之策不可取。作者在表文中，首先從遼東所處地理位置談起，說明勞師遠征，不易取勝；繼之論析攻遼之得失，說明即使取勝，亦是得不償失；接著逐層分析攻戰所需的時間、所處的環境，以及國際國內的客觀形勢，說明攻伐遼東，不具備天時、地利、人和等條件；最後點明曹魏當務之急在於「省傜役，薄賦斂，勤農桑」，而不在於對外用兵。由此看來，這篇表文實際上是一篇政治色彩較濃的議論文。

這篇議論文立論正確，分析透闢，表現了作者敏銳的政治洞察力和卓絕的政治遠見。曹叡執政的後期，政治腐敗，民生凋敝，國力空虛，可謂內憂外困。因此，窮兵黷武，外勤征役，只能加重曹魏王朝的危機。故曹植深謀遠慮，在表文中提出不對遼東用兵，無疑是正確而明智的。值得注意的是，作者不僅能旗幟鮮明地提出自己的正確觀點，而且能對自己的觀點作深入而全面的分析，使其觀點、主張具有令人信服的力量。作者在闡發不宜對遼東用兵的主張時，視野開闊，能結合敵我雙方的態勢，國外國內的形勢等方面，展開論析、評說，合情入理，切中肯綮，揭櫫了問題的本質，顯得十分深刻、精審。

從論證方法的角度看，本文成功地運用了歸納推理（如全文先逐層分析，然後以「今不恤」三句作結）、假設論證（如文中「若其不拔」以下數句）、對比論證（如文中「今輕車遠攻」以下數句）等方法，使文章具有很強的邏輯性。另外，作者在論證自己的觀點時，分層剖析，逐步深入，也顯示出了嚴謹的法度。

獻璧表

【題解】此表是作者為向魏帝貢獻美玉而作。惜乎此篇文句殘佚太甚，無法窺知原文大意，也無從考其具體的寫作年代。璧，平而圓、中心有孔的玉。

臣聞玉不隱瑕❶，臣不隱情。伏❷知所進非和氏之璞❸，萬國之幣❹，璧為元貢❺。

【注釋】❶瑕　玉上的斑點。常喻指過失。❷伏　古代奏疏之文中常用的敬詞。❸和氏之璞　代指珍貴的玉石。參見本書卷五〈贈徐幹〉注⑮。璞，未經雕琢加工的玉石。此泛指璧玉。❹萬國之幣　萬國，指眾多的諸侯國。幣，指用作禮物的玉、馬、皮、帛等。❺元貢　指最貴重的貢品。元，善也。

【語譯】我聽說玉石不掩藏其斑點，臣子不隱瞞其真情。我知道我所進獻的並非和氏之璧，但在眾諸侯國所送的禮物中，璧玉是最貴重的貢物。

【研析】由這殘存的幾句看，我們可以看出兩層意思：一是說做臣子的應像玉石那樣真率，不飾其非，不掩其過；二是說自己所獻之璧雖非天下珍寶，但作為諸侯的貢物，還是足以表達敬意。由這幾句看，表文善於借題發揮，能因借所獻之璧，引申演繹，說理言情，頗有妙趣。這正如《文心雕龍》評其章表所云：「應物制巧，隨變生趣，執轡有餘，故能緩急應節矣。」

獻文帝馬表

【題　解】此表陳述獻馬於文帝曹丕之事。

臣於先武皇帝❶世，得大宛紫騂馬一匹❷。形法應圖❸，善持頭尾❹，教令習拜，今輒已能❺。又能行與鼓節相❻。謹以奉獻。

【注　釋】❶先武皇帝　指已去世的曹操。❷得大宛句　大宛，古代西域三十六城國之一，以盛產名馬著稱。騂，紅色馬。❸形法句　謂馬之形狀、骨相都符合圖經上良馬的特徵。❹善持句　謂對馬首、馬尾控制得法。❺今輒句　現在每次都能做到。❻又能句　謂馬行走的步伐能和鼓聲的節奏相應。

【語　譯】我在先武皇帝的時代，得到了一匹大宛國產的紫紅馬。牠的形貌、骨相都很符合圖畫上良馬的特徵。加上善於調控馬頭、馬尾，讓牠演習行跪拜禮，現在牠每次都能做到。這馬行走動作的快慢又能與鼓樂之聲的節奏相應。現謹將這匹馬獻上。

【研　析】古籍常載西域大宛國之馬奇異不凡，為天下難得之善馬。由這篇表文對大宛馬的描述看，的確會感到大宛名馬，名不虛傳。

曹植獻名馬於文帝，也是事出有因的。這在本卷〈上先帝賜鎧表〉的研析中會作說明，可參看。

上牛表

【題　解】這篇表文是作者為獻牛於文帝曹丕而作。約作於文帝黃初初年。

臣聞物以洪珍❶，細亦或貴。故不見僬僥❷之微，不知泱漭❸之泰；不見果下之乘❹，不別龍馬❺之大。高下相懸❻，所以致觀❼也。謹奉牛一頭，不足追遵大小之制❽，形少❾有殊，敢不獻上？

【注　釋】❶以洪珍　因為大而珍貴。❷僬僥　古代傳說中的矮人國名。相傳僬僥國人只有一尺五寸長。❸泱漭　廣大無邊之貌。❹果下之乘　指果下馬。史載果下馬，高三尺，騎之可穿行於果樹之下，故名。❺龍馬　指身高八尺之馬。❻懸　遙遠。此謂差距甚大。❼致觀　謂所見達到極致。❽不足句　遵，因循。制，制度。❾少　此謂小。

【語　譯】我聽說物體因為大而顯得珍貴，但細小的有時也顯得珍貴。因此，沒有見過僬僥人一般的微小，就不能瞭解無邊之大；沒有見過果下之馬，就辨識不出龍馬的高大。大小的差距極遠，就可能看到大、小的極致。謹獻牛一頭，不能完全遵循朝廷貢獻制度在物之大小方面的規定，但因其形體小得不同尋常，我豈敢不將牠獻上？

【研　析】俗話說「尺有所短，寸有所長」，「不怕不識貨，就怕貨比貨」，「物以稀為貴」。這些，可謂是充滿生活哲理、蘊含辯證法思想的至善之言。此表雖短，實也潛藏著上述俗語所包容的哲理。作者趁上表獻牛之機，借題發揮，說明衡量事物的價值，不能僅以事物外在之「大」、「小」為依憑；「小」達到極致，世間罕有，或能給人提供認識「大」的參照系，它就有了自身的價值，顯得珍貴。另外還說明：認識事物不能只知其一，不知其二；要善作比較，有比較才能鑑別；眼界狹隘，拘於一隅，是無法對事物作出正確的判斷的。

作者由上表所獻形體特小之牛，引發出上述議論，顯然有勸諫文帝的用心。其意恐怕在於諷勸文帝為政處事，應有虛懷若谷的寬廣胸懷，不要因「小」而不為，因「小」而不用，正如他在〈當欲遊南山行〉詩中所說：「五嶽雖高大，不逆垢與塵」，「錐刀各異能，何所獨卻前？」另一方面，在於勸誡文帝看待事物，應該仰觀俯察，全面權衡，多作比較。因此，從某種意義上講，與其說此文是獻牛之表，毋寧稱其是「牛諫」之章。

此表因事言理，機趣橫生，含意深長，構思十分巧妙、精緻，是獨具匠心之作。另外，表文說理深刻、精闢，也顯示了作者對社會生活的深刻理解和思考。

謝鼓吹表

【題　解】這是作者為答謝文帝曹丕賜鼓吹而作的表文。鼓吹，本為樂曲名，以鼓鉦簫笳等樂器演奏，多用於殿廷享宴及大駕出遊之時。此指演奏鼓吹樂的樂隊。漢魏之時，一個鼓吹樂隊大約有十幾人。《西京雜記》「大駕騎乘數」條載「象車鼓吹十三人」；《隋書・樂志》載陳朝鼓吹一部十六人。

此篇殘佚太甚，難窺原貌之大略。

許以簫管之樂，榮以田遊之嬉❶。陛下仁重有虞❷，恩過周旦❸，濟❹世安宗，寔在聖德。

【注　釋】❶榮以句　榮，使榮耀。田遊，田獵。❷陛下句　陛下，指魏文帝曹丕。有虞，指舜。據史載，舜有弟曰象，為人傲慢無禮，對舜常懷殺機，而舜仍以孝慈事之。舜即位後，還封象於有庳。❸周旦　即周公。據史載，周公之弟蔡叔度因叛周而被放逐，死後，其子蔡仲為善有德，周公遂言於成王，復封仲於蔡。❹濟　貫通。引申之有治理義。

【語　譯】陛下答應賜給我簫管樂隊，並讓我參與田獵之遊樂活動，令我榮耀。陛下之仁，重於舜帝；陛下之恩，超過周公。整治天下，安撫宗親，的確具有聖明之德。

【研　析】就這殘存之句看，內容是對魏文帝許賜鼓吹之事表示謝意。由其描述看，作者在接受所賜鼓吹後，心情甚是激動，以至於有點受寵若驚的味道。千恩萬謝，諛詞趨奉，正好反襯出作者、文帝兄弟二人平時關係緊張，文帝對作者平日欺壓太甚。如果文帝與作者平時手足情深，一貫待作者以仁恩，那麼，作者在接受點滴之恩後，何至於這樣小題大作，恨不得趴在地上長跪謝恩？

求通親親表

【題　解】魏文帝以後，曹魏最高統治者，為維護自己的統治地位，不使國之權柄旁落他人之手，遂對藩王採取嚴厲的控制措施，規定藩王不得隨意返回京師；即使親為兄弟，也不得互通吉凶之訊，互行慶弔之禮。因此，《三國志・武文世王公傳》裴注云：「（藩王）懸隔千里之外，無朝聘之儀，鄰國（案指藩國）無會同之制。諸侯游獵不得過三十里，又為設防輔監國之官（案指朝廷派出的監國使者）以伺察之。」可見，藩王的行動受到極大限制，幾乎喪失了自由。

曹植受封為王以後，曾多次請求朝廷解除對藩王的有關禁忌，但很難如願。魏明帝太和三年（西元二二九年），曹植徙封東阿（在今山東省陽穀縣東北）王。太和五年，因思親之情日增，「復上疏求存問親戚」（〈魏志〉本傳），於是就有了這篇表文。據史載，明帝收到該表後，為其真情所感，遂「敕有司，如王所訴」。可惜的是，上表後一年，曹植在「汲汲無歡」中病逝。

篇題中「通親」，意為通問、存問。後一「親」字指親屬。

臣植言：臣聞天稱其高者，以無不覆；地稱其廣者，以無不載；日月稱其明者，以無不照❶；江海稱其大者，以無不容。故孔子曰：「大哉堯之為君！惟天為大，惟堯則之❷。」夫天德之於萬物，可謂弘廣矣！蓋堯之為教，先親後疏，自近及遠。其《傳》❸曰：「克明峻德，以親九族；九族既睦，平章百姓❹。」及周之文王，亦崇厥化❺。其《詩》曰：「刑于寡妻，至于兄弟，以御于家邦❻。」是以雍雍穆穆，風人詠之❼。昔周公弔管蔡之不咸，廣封懿親，以藩屏王室❽。《傳》曰：「周之宗盟❾，異姓為後。」誠骨肉之恩，爽❿而不離。親親之義，寔在敦固⓫。未有義而後其君，仁而遺其親者也⓬。

伏惟陛下，資帝唐欽明之德⓭，體文王翼翼之仁⓮，惠洽椒房，恩昭九親⓯，群臣百僚，番休遞上⓰，執政不廢⓱於公朝，下情得展於私室，親理之路通，慶弔之情展，誠可謂恕己治人⓲，推惠施恩者矣。至於臣者，人道絕緒，禁固明時⓳，臣竊自傷也。不敢乃望交氣類⓴，脩人事㉑，敘人倫。近且婚媾㉒不通，兄弟永絕，吉凶之問塞㉓，慶弔之禮廢。恩紀之違㉔，甚於路人；隔閡之異，殊於胡越㉕。今臣以一切㉖之制，永無朝覲㉗之望。至於注心皇極㉘，結情紫闥㉙，神明知之矣。然天實為之，謂之何哉㉚！退省㉛諸王常有戚戚具爾㉜之心，願陛下沛然垂詔㉝，使諸國慶問，四節㉞得展，以敘骨肉之歡恩，全怡怡之篤義㉟。妃妾之家，膏沐之遺㊱，歲得再通。齊義於貴宗㊲，等惠於百司㊳。如此，則古人之所歎，風雅㊴之所詠，復存於聖世矣。

臣伏自惟省，豈無錐刀之用㊵？及觀陛下之所拔授，若以臣為異姓，竊自料度㊶，不後於朝士矣。若得辭遠遊㊷，戴武弁㊸，解朱組㊹，佩青紱㊺，駙馬、奉車㊻，趣得一號㊼，安宅京室，執鞭珥筆㊽，出從華蓋㊾，入侍輦轂，承答聖問，拾遺㊿左右，乃臣丹情(51)之至願，不離於夢想者也。遠慕〈鹿鳴〉(52)「君臣」之宴，中詠〈棠棣〉「匪他」之誡(53)，下思〈伐木〉「友生」之義(54)，終懷〈蓼莪〉「罔極」之哀(55)。每四節之會，塊然(56)獨處，左右唯僕隸，所對唯妻子，高談(57)無所與陳，發義(58)無所與展。未嘗不聞樂而拊心(59)，臨觴而歎息也。臣伏以為犬馬之誠，不能動人，譬人之誠不能動天。崩城、隕霜(60)，臣初信之，以臣心況(61)，徒虛語耳。若葵藿(62)之傾葉太陽，雖不為之迴光，然終向之者誠也(63)。臣竊自比葵藿，若降天地之施64，垂三光65之明者，寔在陛下。

臣聞《文子》66曰：「不為福始，不為禍先。」今之否隔67，友于68同憂，而臣獨唱言69者，何也？竊不願於聖代，使有不蒙施之物。有不蒙施之物，必有慘毒之懷70，故〈柏舟〉有「天只」之怨71，〈谷風〉有「棄予」之嘆72。伊尹73恥其君不為堯舜，《孟子》曰：「不以舜之所以事堯事其君者，不敬其君者也74。」臣之愚蔽，固非虞、伊75，至於欲使陛下崇「光被」「時雍」之美76，宣「緝熙」「章明」之德77者，是臣慺慺78之誠，竊所獨守。寔懷鶴立企佇79之心，敢復陳聞者，冀陛下儻發天聰而垂神聽也80。

【注釋】❶臣聞六句　語本《禮記・中庸》：「孔子曰：天無私覆，地無私載，日月無私照，此之謂三無私。」❷大哉三句　語出《論語・泰伯》。則，效法。❸傳　指《尚書・堯典》。❹克明四句　見〈堯典〉。克，能也。明，顯明。峻德，今本《尚書》作「俊德」，意為大德。九族，謂上至高祖，下至玄孫，凡九代。平章，辨明也。百姓，謂百官族姓。❺崇厥化　謂尊崇堯之「先親後疏」的教化。崇，尊也。厥，其。❻刑于三句　引自《詩經・大雅・思齊》。刑，通「型」。謂樹立榜樣。寡妻，嫡妻也。寡，為謙詞，猶「寡人」之「寡」。御，治也。❼是以二句　雍雍穆穆，語出《詩經・周頌・雍》「有來雍雍」，「天子穆穆」，均是周人祭祀周文王的詩句。雍雍、穆穆，均狀和樂之貌。風人，詩人也。❽昔周公三句　《左傳・僖公二十四年》：「昔周公弔二叔之不咸，故封建親戚，以蕃屏周。」周公，即周公旦，文王之子，武王之弟。弔，傷也。管蔡，指周公之兄弟叔鮮、叔度，二人分別被封於管、蔡之地，故又稱管叔、蔡叔。咸，和睦。懿親，猶至親。謂兄弟。藩屏，捍衛。❾周之句　語見《左傳・隱公十一年》。宗盟，同宗之盟。❿爽　猶疏也。⓫敦固　敦厚牢固。⓬末有二句　語出《孟子・

梁惠王上》。後，不急；擺在後面。遺，棄也。⑬資帝唐句　資，謂先天具備。帝唐，指堯。欽明，謂恭謹、英明。⑭體文王句　《詩經・大雅・大明》：「惟此文王，小心翼翼。」翼翼，恭慎貌。⑮惠洽二句　洽，遍及也。椒房，謂皇后。古代皇后所居之室，以椒塗壁，故稱椒房。九親，猶九族。⑯番休遞上　言輪流休息，更遞入值理事。⑰廢　停止。⑱恕己治人　謂以自己的心揣度他人的心，治理百姓。⑲人道二句　人道，即人倫。指君臣、父子、兄弟、夫婦、朋友等。絕緒，意為斷絕聯繫。禁固，亦作「禁錮」，謂禁止封閉，勒令不准做官。明時，指盛世。⑳氣類　此指意氣相同的朋友。㉑人事　指親友交往之事。㉒婚媾　婚姻。泛指親戚。㉓塞　杜絕。㉔恩紀之違　恩愛之情的疏淡。紀，事也。㉕胡越　胡、越兩地，一北一南，相距甚遠。㉖一切　權宜也。㉗朝覲　臣子進見君主。㉘皇極　皇，大也。極，棟梁。此象徵君主。㉙紫闥　帝王宮禁之門。此亦象徵帝王。㉚天實二句　語出《詩經・邶風・北門》。謂之何，猶言奈之何。㉛省　思也。㉜戚戚具爾　語本《詩經・大雅・行葦》：「戚戚兄弟，莫遠具爾。」戚戚，相親也。具，猶俱也。爾，同「邇」。近也。㉝沛然垂詔　毫不遲疑地下詔。㉞四節　謂立春、立夏、立秋、立冬。案：魏初有諸侯藩王朝節之制，即於上述四節氣之前，諸王來京師行迎氣之禮，並舉行朝會。㉟怡怡之篤義　指兄弟之間的深厚情誼。案：《論語・子路》：「兄弟怡怡。」故此以「怡怡」代指兄弟。㊱膏沐之遺　膏，髮油。沐，指洗髮液。此皆婦女化妝用品。遺，饋贈。㊲貴宗　指貴戚及公卿之族。㊳百司　百官也。㊴風雅　指《詩經》中〈國風〉、〈大雅〉、〈小雅〉之屬。㊵錐刀之用　喻作用細微。㊶料度　估計。㊷遠遊　冠名。王侯所戴。㊸武弁　古代武官之冠。㊹朱組　指紅色的綬帶，為王侯所佩。案：此處「解朱組」及上「辭遠遊」，皆指放棄王侯的爵位。㊺青紱　青色的綬帶。漢魏之時，二千石以上官員，皆青綬銀印。案：此處「佩青紱」及上「戴武弁」，均謂享受在朝百官的待遇。㊻駙馬奉車　皆官名，即駙馬都尉和奉車都尉。魏晉以來，此二官侍從於皇帝身旁，並皆由宗室及外戚充任。㊼趣得一號　獲得一職。趣，通「取」。㊽珥筆　將筆插於帽冠之側。案：古代隨侍皇帝左右的近臣，常將筆插於冠側，以便隨時記錄。㊾華蓋　指皇帝外出所用的傘蓋。㊿拾遺　補正朝政的過失。(51)丹情　猶今語衷心也。(52)鹿鳴　《詩經》中篇名。〈毛詩序〉云：「〈鹿鳴〉，燕群臣嘉賓也。」(53)中詠句　棠棣，《詩經》中篇名。〈毛詩序〉云：「〈棠棣〉，燕兄弟也。」匪他，語出《詩經・小雅・頍弁》：「豈伊異人，兄弟匪他。」意謂兄弟不是外人。誡，警示也。舊說〈頍弁〉意在諷刺周幽王不能宴樂同姓，故曹文此曰「匪他之誡」。案：曹文以「匪他」一語出於〈棠棣〉，當是一時疏忽而致誤。(54)下思句　伐木，《詩經》中篇名。〈毛詩序〉云：「〈伐木〉，燕朋友故舊也。」友生，友人也。語出〈伐木〉。(55)終懷句　蓼莪，《詩經》中篇名。篇中有「父兮生我，母兮鞠我」，「欲報之德，昊天罔極」等語，追念父母的養育之恩。罔極，無窮也。(56)塊然　孤獨的樣子。

[57]高談　猶高論。[58]發義　闡說道理。[59]拊心　猶言捶胸。[60]崩城隕霜　此用杞梁之妻哭倒莒城，以及鄒衍忠感上蒼之典。詳見本書卷六〈鞞舞歌‧精微篇〉所注。[61]況　比也。[62]葵藿　葵，菜名。其性向日。藿，豆葉。此處偏指葵。[63]雖不二句　喻魏明帝雖不眷顧，但自己對明帝仍懷忠誠、擁戴之意。迴，旋轉。[64]施　恩惠。[65]三光　指日、月、星。[66]文子　書名。相傳為老子之弟子辛妍（字文子，號計然）所作。[67]否隔　隔也。否，阻塞。[68]友于　指兄弟。[69]唱言　同「倡言」。謂首先發言。[70]慘毒之懷　指強烈的怨憤之情。[71]柏舟有天只之怨　柏舟，《詩經》中篇名。篇中有「母也天只，不諒人只」等句。《毛傳》曰：「諒，信也。母也、天也，尚不信我。天，謂父也。」只，語氣助詞。[72]谷風句　谷風，《詩經》中篇名。篇中有「將安將樂，女（案同『汝』）轉棄予」等句。[73]伊尹　殷湯之臣，名摯。本為湯妻陪嫁的奴隸，後佐湯伐夏桀，被尊為阿衡（即宰相）。[74]不以二句　引自《孟子‧離婁上》。[75]虞伊　指舜帝、伊尹。[76]光被時雍之美　《尚書‧堯典》云：「光被四表，格於上下」，「黎民於變時雍」。光被，謂恩澤廣施也。時雍，猶言時和。指民風和美、融洽。時，猶今語於是。[77]緝熙章明之德　《詩經‧周頌‧維清》：「維清緝熙，文王之典。」《尚書‧堯典》：「百姓昭明。」緝熙，意為光明。章明，顯明也，義同「昭明」。[78]慺慺　恭謹貌。[79]鶴立企佇　鶴立，像鶴一樣伸頸站立。企佇，謂舉足、聳身而立。均形容期盼之狀。[80]冀陛下句　陛下，指魏明帝曹叡。儻，或也。天聰、神聽，均指天子的聽聞。

【語　譯】臣曹植上言：我聽說，人們稱天空高遠，是因為天無所不覆蓋；人們稱大地廣博，是因為大地無物不容載；人們稱日月光明，是因為日月無處不照；人們稱江海闊大，是因為江海無水不包容。因此，孔子說：「偉大啊，堯帝作為君主！上天高大，只有堯帝能效法它。」上天對於萬物的恩德，可以說是宏大廣博呀！堯帝施行政治教化，先對親族，後及他人，是由近到遠。記載其事跡的《尚書‧堯典》說：「能夠彰顯、任用有大德的人，使九代親屬和睦；九代親屬和睦後，再考察分辨百官的政績。」及至周朝的文王，也尊崇堯之教化，記述其事的《詩經‧思齊》說：「文王以德行給自己的妻子樹立榜樣，也給自己的兄弟樹立榜樣，進而治理整個宗族、國家。」因此，融洽和諧，詩人歌詠。從前，周公因為管叔、蔡叔不能與己志同道合而悲傷，故廣泛分封至親，以護衛朝廷。《左傳》說：「周王朝的宗族聯盟中，異姓諸侯的位次排在同姓的後面。」這的確說明骨肉之情，即使疏淡而不會斷絕，親愛自己親族的情義，實在敦厚而牢靠。未見有義之人而不先考慮其君的，也未見仁德之人遺棄親屬的。

我私下認為，陛下具有唐堯恭敬、聖明之德，效法周文王勤謹、恭慎之仁，惠澤廣施椒房，恩德遍及九族。群臣百僚，輪番休息，依次值班工作。公堂之上沒有停止對政事的處理，私室之中能夠瞭解下人的情況，親戚交往的正常之路暢通無阻，祝賀、弔慰之情能夠相互表達，這真可以說是將心比心地治理百姓、降惠施恩了。至於我自己，與親友之間的各種交往斷絕，又不能在太平盛世入仕為官，我私下為自己感到悲傷。我不敢奢望交結朋友，顧及人際交往之事，理順各種人倫關係，只是近年來親戚之間不通往來，兄弟之間長久隔絕，吉凶禍福的信息阻塞不通，相互慶賀、弔慰的禮儀被廢棄。親人間感情的疏淡，有過於路人的冷漠；隔閡所產生的差異，就像吳、越遠隔。現在，我如按照朝廷的權宜之制，則將永無回京朝見的希望。至於對皇上的一片忠貞、思念之情，就只有神靈知道了。然而，老天要這樣安排我，我又能怎麼樣呢？退而念及諸位藩王常有兄弟相親之心，便希望陛下快點頒下詔文，准許各藩國相互問候，並在一年四個節氣日來京師朝會歡聚，以便暢敘骨肉歡情，成全兄弟間的深情厚誼。妃妾之家，每年能夠兩次互通髮油之類的饋贈品，從而使藩王能得到與在朝的貴宗、百官相等的恩惠。像這樣，則古人所讚歎、《詩經》所歌詠的那種親情，會又存在於如今的太平盛世。

我曾私下思忖，難道自己對國家已毫無用處嗎？及至觀察陛下所提拔並授予官職的人，我又私下估計：如我是外姓之人，做官後，不會比在朝之士差。如果能取下頭上的遠遊冠，而戴上武官帽，解下朱紅綬帶，而佩上青色印綬，駙馬都尉、奉車都尉，讓我選任一職，在京都安居樂業，在皇上身邊執鞭揮筆，出門跟隨華蓋之後，入宮侍於輦轂之側，應答皇上的提問，在皇上身旁做些拾遺補闕的事，這才是我衷心希望、夢寐以求的事情。遠慕〈鹿鳴〉所描寫的「君臣」歡宴，中詠〈棠棣〉中「兄弟非外人」的告誡，下思〈伐木〉中不棄朋友的情意，終懷〈蓼莪〉中對恩深父母的哀思。每遇四節朝會之時，我孤身獨處，左右惟有家奴、侍僕，面對的只是妻子兒女，高妙的言論無法向他們陳說，深奧的道理無法向他們講論。聽到音樂之聲，我未嘗不捶胸頓足；面對宴席的酒杯，我未嘗不哀聲歎息。我私下認為，犬馬的精誠，是不能感動人的，就像人的精誠不能感動上天一樣。對於哭倒城牆、夏降霜雪之類的傳說，我開始也很相信，但以我的誠心來比照，便知這類傳說只是一派荒唐之言而已。葵藿傾其枝葉向著太陽，太陽即使不能迴移光輝，將其照射，但葵藿仍始終朝向太陽，這便是精誠。我私下自比葵藿，而降下天地一樣博大的恩惠、灑下日月星一樣的光明，的確在於陛下。

我聽說《文子》一書講：「不要爭先納福，也不要率先致禍。」對於如今的阻隔不通，兄弟們都表示悲傷，而只有我一人首先提出通親之議，這是為何呢？我只是不希望在這盛世之中，有不蒙受皇恩的人存在。有這類人存在，必定產生怨憤之情。因此，〈柏舟〉有「天只」之怨，〈谷風〉有「棄予」之歎。伊尹以他的君主不能成為堯舜一樣的賢君而感到羞恥。《孟子》說：「不以舜侍奉堯的態度來侍奉自己君主的人，是不敬重自己的君主。」我愚笨無知，本來就不可與虞舜、伊尹相比，但希望使陛下推崇堯帝廣施恩澤、和睦百姓的美政，發揚文王那樣昭明的仁德，這種恭謹的誠意，始終是我所守持的。的確懷有切盼熱望之心，所以才再次斗膽向您上疏，希望陛下或能開張神明的視聽，予以採納。

【研　析】本篇的主旨很明確，是請求明帝曹叡解除對諸王的禁令，允許諸王與諸王、諸王與皇室之間通問、往來，以「敘骨肉之歡恩，全怡怡之篤義」。

此表可以分為四個段落，每段的大意為：

第一段頌讚天地、江海寬厚容眾之德，以及堯帝、文王親睦九族，推恩於兄弟的仁義之舉。

第二段主要敘述諸王受法令禁錮，不得通親往來的種種苦況：「兄弟永絕，吉凶之問塞，慶弔之禮廢。恩紀之違，甚於路人；隔閡之異，殊於胡越。」既指陳了「禁錮明時」的弊害，又表達了希望盡快解除禁令的急切心情。

第三段抒寫了作者身在藩國，塊然獨處的孤寂之狀，以及落寞、惆悵的情懷，表達了棄藩侯之位，「安宅京室」以效錐刀之用的強烈願望，同時也袒露了對君王的思慕、忠誠。

第四段引經據典，申明自己上表請求通親的原因和理據，進一步表達自己的心願。

此表章法縝密，結體完整而緊湊，提掇、起伏昭晰自然，顯出了嚴謹的法度。文章由遠及近，首稱天地、古君之德，說明皇上與諸王應有「骨肉之恩」、「親親之義」，為下文的論述張本；然後陳說禁錮和限制諸王的弊端，以明准許通親往來的必要性；繼之抒寫自己孤處遠藩的寂苦、淒楚，以顯亟盼解除禁令的強烈願望；最後闡述上表的理據、原因，以明心跡。文章就是這樣一環扣一環，層層深入，具有很強的說服力。此文在章法上，對漢劉向的疏表多有師承。

另，此文怨而不怒，頗有敦厚之氣。其文言辭亦甚愷切，情感亦頗深摯，很能感動人。

慶文帝受禪章二首

【題　解】漢獻帝建安二十五年（西元二二〇年）正月，曹操在洛陽病卒，曹丕繼位為丞相、魏王，領冀州牧，改建安二十五年為延康元年。是年十月，漢獻帝降冊禪位，群臣又聯名上書稱說祥瑞之事及讖緯之言，勸曹丕即帝位；曹丕三讓，而群臣三勸，曹丕最後接受獻帝的禪讓，代漢稱帝，並改延康元年為黃初元年，將國都從許昌移至洛陽。

此文是作者為慶賀曹丕受禪即位而作。篇題中的「禪」，謂禪讓，即指帝王讓位給他人。此文共兩篇，本或題作〈慶文帝受禪表〉、〈慶受禪上禮表〉。

陛下以聖德龍飛❶，順天革命❷，允答神符❸，誕❹作民主。乃祖先后❺，積德累仁。世濟其美❻，以暨於先王❼。勤恤民隱❽，劬勞勠力，以除其害❾，經營❿

四方，不違啟處⑪，是用⑫隆茲福慶⑬，光啟于魏。陛下承統⑭，纘戎前緒⑮，克廣德音⑯，綏靜⑰內外。紹先周之舊跡⑱，襲文武之懿德⑲，保大定功⑳，海內為一，豈不休㉑哉？

又

陛下以明聖之德，受天顯㉒命，良辰即祚㉓，以臨㉔天下。洪化宣流㉕，洋溢㉖宇內。是以普天率土㉗，莫不承風㉘欣慶，執贄㉙奔走，奉賀闕下。況臣親體至戚㉚，懷歡踊躍㉛。

【注釋】❶龍飛　語本《周易・乾卦》：「飛龍在天，利見大人。」孔穎達疏曰：「若聖人有龍德，飛騰而居天位。」故後世常以「龍飛」喻帝王之興起或即位。❷順天革命　語本《周易・革卦》：「湯武革命，順乎天而應乎人。」革命，謂帝王實施變革，以應天命。也指改朝換代。❸允答句　允答，聽從；接受。允，答應。神符，謂天賜的符命。古代迷信謂天賜祥瑞與人君，以為受命之符。❹誕　句首語氣詞。❺乃祖句　祖，繼承；效法。先后，指古代賢君。后，君也。❻世濟其美　語出《左傳・文公十八年》。孔穎達疏曰：「世濟其美，後世承前世之美。」❼以暨句　暨，至也。先王，指曹操。❽勤恤句　語出《國語・周語》。勤，憂慮。恤，憐惜。隱，謂痛苦。❾劬勞二句　劬，勞苦；勞累。勠力，即努力。害，此謂災難。❿經營　往來也。⓫不違句　語出《詩經・采薇》。不違，沒有閒工夫。啟處，謂安居休息。啟，跪也。古人席地而坐，腰伸直，臀部離開腳跟，謂之跪。處，居也。⓬是用　因此。⓭福慶　幸福吉祥。⓮承統　謂曹丕繼承曹操之事業。⓯纘戎句　謂繼承、光大前人的餘業。纘，繼承。戎，擴大。⓰德音　善言。此指合乎仁德的教令。⓱綏靜　安定。⓲紹先周句　紹，接續。先周，《廣韻》卷二「曹」字條云：「魏武作《家傳》，自云曹叔振鐸之後。周武王封母弟振鐸於曹，後以國為氏。」因此，曹植在本章之中稱周為「先周」，以明曹姓是周武王弟叔振鐸之後代。⑲襲文武句　襲，有繼承義。文武，指周文王、武王。懿德，美德也。⑳保大定功　謂保住帝位，建立功績。定，猶立也。㉑休　美也。㉒顯　光榮。此為讚美之詞。㉓即祚　猶即位。祚，通「阼」。指帝位。㉔臨　統治。㉕洪化句　謂宏大的教化廣泛流布。㉖洋溢　充滿也。㉗普天率土　語本《詩經・北山》：「普天之下，莫非王土；率土之濱，莫非王臣。」率土，謂國境之內。率，沿著。土，指君王的領地。㉘風　喻指文帝受禪登基的詔令。㉙贄　古代人初次拜見尊長時所送的禮物。㉚至戚　猶至親。此謂兄弟。㉛踊躍　跳躍。形容心情十分激動的樣子。

【語譯】陛下以聖明之德即帝位，順乎天道而改朝換代，接受神聖的符命，出為萬民之主。於是效法古代賢君，積累仁義和德行。我家世代延續先人的美好德業，一直到父王這一代都是這樣，父王同情百姓疾苦，勤勞辛苦而努力，為民消除弊害；四方奔走勞碌，無暇安居歇息，因而帶來如此多的福氣和吉祥，使我魏國大為發展。陛下承繼父親的王業，光大前人的功績，能夠廣施仁政，安定內外。繼接祖先周人的舊業，承襲文王、武王的美德，守住帝位，建功立業，使天下統一，豈不是很美的事嗎？

又

陛下以聖明之德，接受天命，在吉日良辰登上帝位，以統治天下。偉大的教化廣泛傳播，充溢於海內。因此，普天之下，國土之內，人們聞知消息莫不歡慶，手持禮物奔走而來，拜賀於宮廷之下。況且我親近、依附兄弟，更懷歡欣激動之情。

【研析】這篇用以慶賀曹丕代漢稱帝的文章，洋溢著喜慶、欣悅之情。在此文中，作者熱情頌讚了曹丕順天革命、繼往開來、廣施仁政的功德，表現了當時普天同慶、萬民共賀的熱烈氣氛，同時對文帝寄以良好的祝願和殷切的期望。

從形式上看，此文多用駢文的四字句式（清人李兆洛以此篇為駢文，曾將其收入《駢體文鈔》），富於整齊、均衡之美；此文雕字琢句，用詞典雅莊重，頗有富腴、整肅的氣象。但是，就內容而言，此文確也顯得平淡無奇，全篇充斥著應景、應制之作的老話套語，內涵因而蒼白、空泛。這也是古代此類應用體文章常見的弊病。

上卞太后誄表

【題解】魏明帝太和四年（西元二三〇年），曹植生母卞太后去世，植遂作〈卞太后誄〉以祭之。為將誄文呈與明帝曹叡，曹植同時寫作了此表。關於卞太后的生平，請參看本書卷九〈卞太后誄〉題解所述。

曹植作此表以獻誄，則誄、表為一時之事，故表、誄當併合為一；而明活字本《子建集》分表、誄為二，並分載於表類與誄類，似非。

另需說明的是，明活字本《子建集》此表之後，綴有晉人左九嬪所作〈上元皇后誄表〉一篇，其表曰：「伏惟聖善宣慈，仁洽六宮，含弘光大，德潤四海。竊聞之前志，卑不誄尊，少不誄長。楊雄，臣也，而誄漢后。班固，子也，而誄其父。皆以述揚景行，顯之竹帛。豈所謂三代不同禮，隨時而作者乎？」顯然，左氏此表綴於植表之後，是後人妄增或誤入所致。因此，今特將左氏表文七十餘字，從植表中剔出，並刪除。

大行太皇后資坤元之性❶，體載物之仁❷，齊美姜嫄❸，等德任姒❹。佐政內朝❺，惠加四海。草木荷❻恩，含氣❼受潤。庶鍾元吉，永膺萬祚❽。何圖一旦，早棄明朝❾，背絕❿臣庶，悲痛靡告。臣聞銘⓫以述德，誄尚及哀⓬。是以冒越諒闇⓭之禮，作誄一篇。知不足讚揚明明⓮，貴以展臣〈蓼莪〉之思⓯。憂荒情散，不足觀采⓰。

【注　釋】❶大行句　大行，見本書卷九〈文帝誄〉注。資，此有生而具備之意。坤元，本指地之德；因地有「陰柔以和順承於天」（《周易》孔疏）之德，故此表以「坤元」言柔和溫順。❷體載物句　體，含有；具備。載物，《周易》：「坤厚載物。」謂地生長萬物。❸姜嫄　見本書卷七〈姜嫄簡狄贊〉。❹任姒　即周文王之母太任以及周文王之妻太姒。❺內朝　宮廷之內。此指後宮。❻荷　承受也。❼含氣　謂含氣之物。即生物。❽庶鍾二句　庶，眾也。此有厚、大之意。鍾，聚也。元吉，大吉也。膺，承受。祚，福也。❾明朝　謂本朝。❿背絕　棄絕。喻死亡。⓫銘　古代文體之一種，多用以記述功德。⓬及哀　謂陳述哀思。⓭諒闇　也作「亮陰」、「梁闇」。居喪之所，即凶廬。案：《禮記・喪服四制》云：「高宗諒闇，三年不言。」此或即植表所謂「諒闇之禮」。⓮明明　謂十分英明。⓯蓼莪之思　謂對母親的哀思。蓼莪，《詩經》篇名，其中有云：「蓼蓼者莪，匪莪伊蒿。哀哀父母，生我劬勞。」⓰憂荒二句　憂荒，謂心情憂愁、煩亂。情散，謂神情恍惚。觀采，謂觀覽、取用。

【語　譯】已故皇太后天生大地一樣柔順的品性，具備厚土長物一樣的仁德。其美可與姜嫄相比，其德能與任姒匹敵。輔政於宮廷之內，恩惠施及四海之人。草木承其恩澤，生物受其德惠。本應盛佔大吉大利，長享萬千福氣，不料一時之間，就過早離開本朝，棄絕臣民，令人心生悲痛之情而無處傾訴。我聽說，銘文用來記述功德，誄文尚可抒發哀情。因此，冒犯居喪之禮制，寫作誄文一篇。我知道此文不足以頌揚太后的英明，但貴在能夠陳述我對母親的哀傷之情。我的心情憂愁煩亂，且神智恍惚，寫出的這篇誄文，不值得觀覽。

【研　析】此表是為呈獻〈卞太后誄〉一文而作。在表中，作者首先滿懷深情地概述了生母卞太后美好的品德，不凡的功績；接著簡要地抒寫了自己對生母之死的悲哀之情；然後陳說了寫作〈卞太后誄〉一文的緣由。

劉勰《文心雕龍・章表》曾謂表是指事陳情之文，應該做到義雅文清，「繁約得正，華實相勝」。觀曹植此表，可以說達到了這個標準。其意、其情、其理，合符人倫之大義、道德之規範，可謂雅正；另，其詞雖簡約不煩、典雅古樸，但足令義明意圓，且無縟麗晦澀之弊。

黃初五年令

【題　解】此篇標題，《文館詞林》卷六九五作〈賞罰令〉。《藝文類聚》卷五引作〈黃初五年令〉，今傳本《子建集》亦如之。但《藝文類聚》及今傳本《子建集》均以〈黃初六年令〉綴於此令之後，似非曹文舊式，故當分列。

此令作於文帝黃初五年，即西元二二四年。作者時為雍丘王。令，古代文體之一種，是上級對下級所作的告諭、教令。

令：夫遠不可知者，天也；近不可知者，人也。《傳》曰：「知人則哲，堯猶病諸❶。」諺曰：「人心不同，若其面焉❷。」「唯女子與小人為難養也，近之則不遜，遠之則有怨❸。」《詩》云：「憂心悄悄，慍于群小❹。」自世間人從❺，或受寵而背恩，或無故而入叛❻。違顧❼左右，曠然❽無信。大嚼者咋斷❾其舌，右手執斧，左手執鉞❿，傷夷⓫一身之中，尚有不可信，況於人乎？唯無深瑕潛釁⓬，隱過匿愆⓭，乃可以為人君上⓮，行刀鋸⓯於左右耳，前後無其人也。諺曰：「穀千駑⓰不如養一驥。」又曰：「穀駑養虎，大無益也。」乃知韓昭侯之使藏弊袴⓱，良有以⓲也。使臣有三品⓳：有可以仁義化者，有可以恩惠驅者；此二者不足以導⑳之，則當以刑罰使之；刑罰復不足以率㉑之，則明主所以不畜。故唐堯至仁，不能容無益之子㉒；湯武㉓至聖，不能養無益之臣。九折臂知為良醫㉔，吾知所以待下矣。諸吏各敬爾在位，孤推一槩之平㉕；功之宜賞，於疏㉖必與；罪之宜戮，在親不赦。此令之行，有若皦日㉗。於戲㉘！群臣其覽之哉！

【注釋】❶知人二句　語見《尚書・皋陶謨》。但曹文所引，與〈皋陶謨〉原文有出入。原文為：「咸若時，惟帝其難之。知人則哲，能官人。」哲，大智也。病，擔憂；此與上引「難之」義同。❷人心二句　語見《左傳・襄公三十一年》：「子產曰：人心之不同，如其面焉。」❸唯女子三句　語見《論語・陽貨》。遜，謙讓；恭順。❹憂心二句　語見《詩經・柏舟》。悄悄，憂愁之貌。慍，怒也。群小，指奸佞小人。❺人從　猶人徒。指供役使的人。即侍從。❻入叛　謂反叛於內。❼違顧　猶言回顧。轉頭看。❽曠然　空寂貌。❾咋斷　猶言咬斷。❿鉞　古代的一種兵器，似斧而大。⓫傷夷　此謂砍傷。夷，通「痍」。傷也。⓬深瑕潛釁　指深隱的缺點，潛藏的罪行。⓭匿愆　未顯露的過錯。⓮為人君上　做統治別人的人。⓯刀鋸　古代的刑具。刀用於割刑，鋸用於刖刑。此借指刑罰。⓰穀千駑　穀，養活。駑，劣馬。⓱韓昭侯之使藏弊袴　典出《韓非子・內儲說上》：韓昭侯派人藏破舊的褲子，侍者見後，對昭侯說：「您不是很仁慈嗎？破褲子為何不賜給左右，而要收藏起來呢？」昭侯認為，明君的一舉一動，一嚬一笑，都應得當合宜，賞賜物品更應慎重，應該賜給值得獎賞的人，所以他說收藏的破褲子「必待有功者」而賜之。曹文引用此典，意在說明，恩惠應給予有用、有功之人。弊，破舊也。⓲良有以　的確有其原因。⓳使臣有三品　語本《說苑・政理》：「政有三品：王者之政化之，霸者之政威之，彊（強）者之政脅之。夫此三者，各有所施，而化之為貴矣。夫化之不變而後威之，威之不變而後脅之，脅之不變而後刑之。」⓴導　引導。㉑率　役使。㉒不能容無益之子　《史記・五帝本紀》載：「堯知子丹朱之不肖（案謂不賢），不足授天下，於是乃權授舜。」㉓湯武　指商湯王、周武王。㉔九折句　當是古代諺語。屈原《九章・惜誦》有「九折臂而成醫」句，《左傳》中亦有「三折肱知為良醫」語。此與今俗語「久病成良醫」意同。㉕推一槩之平　喻待人處事，一視同仁，公平公正。槩，量米粟時刮平斗、斛用的木板。㉖疏　指關係疏遠者。㉗有若皦日　語本《詩經・大車》：「謂予不信，有如皦日。」古人多用作發誓之語，表示明而可信之意。皎，明白之貌。㉘於戲　感歎之詞。

【語　譯】令：遠處不可瞭解的是天，近處不易瞭解的是人。《尚書》說：「能夠透徹瞭解他人的人，是智慧非凡之人。要做這樣的人，連堯帝都尚且感到困難。」諺語說：「人心之不同，就像面孔各異一樣。」「唯有女子和小人最難養；親近他們，他們不謙恭；疏遠他們，他們又怨憤。」《詩經》說：「憂心忡忡，被小人們怨恨。」從世間的侍從來看，有的人受到主人寵愛而忘恩負義，有的人平白無故地在內謀反作亂。回頭看看左右，空無一人值得信賴。就是在大口咀嚼竟咬斷舌頭的粗率之人中，以及右手執斧，左手執鉞而砍傷自身的豪勇之人中，尚且有不可信賴的人，更何況是一般人呢？只有那種沒有潛藏的缺點、罪惡，以及不明顯的過錯的人，才能統治別人，對左右之人施以刑罰，但前後還沒有這樣的人。諺語說：「餵養千匹劣馬，不如餵養一匹良馬。」又說：「餵養劣馬、老虎，大無益處。」由此便知韓昭侯派人收藏破舊衣褲，的確有其原由。駕御臣下的方法有三個等次：可以用仁義去感化，可以用恩惠去驅使；這兩種方法不足以領導臣下的話，就應當採用刑罰役使；刑罰還不足以役使的話，則聖明的君主也不會畜養這類臣子。因此，唐堯至為仁義，但不能容納沒有用處的兒子；湯王、武王至為聖明，但不能容納沒有用處的臣子。多次摔斷臂膀而能成良醫，我知道如何對待臣下。眾官吏在各自的職位上敬業，我會一視同仁：有功的應該獎賞，就是關係疏遠者也一定予以褒獎；有罪的應該處死，就是關係親近者也不予赦免。此令的施行，有如太陽光明亮潔。啊！群臣認真看看吧！

【研　析】這篇教令作於作者為雍丘王期間，故其受眾亦當為雍丘藩國的群臣。此令從內容上看，是論述賞罰之策的。作者在令中，首先論析了知人之難以及人心叵測的社會現象，然後說到執政者的馭臣之術，表明執政者統御臣下，當以仁義感化、恩惠驅使、刑罰懲戒，以充分發揮臣下的作用；當臣下無益於國家時，執政者當棄之不養。最後，作者明確提出了自己的賞罰原則：「諸吏各敬爾在位，孤推一槩之平：功之宜賞，於疏必與；罪之宜戮，在親不赦。」由上看來，作者在令中主要是為了提出自己的賞罰之策，但作者開始並沒有將此和盤托出，而是先論知人之難、人心叵測，繼之泛論當政者的使臣之術，顯得有些迂迴曲折。作者之所以要這樣行文，可能是想以前兩層的論析作鋪墊，為後文中自己主張的提出，建立理論依據和基礎，以顯示自己賞罰之策的施行，不無緣由。

此令論事說理，切中肯綮，鞭辟入裏，足以使人信服。在論事析理的過程中，作者頻繁引用經傳中的名言警句，以及民間的諺語俗言，更增添了文章的說服力。

就文氣、文風而言，此令顯得峻峭莊重，可謂威稜凜然，肅若嚴霜，使人感到有一股鐵面無私、秉公執法的浩然正氣盤旋於文中。

此令的語言不尚雕飾，去華反質，顯得平實而自然。但由於為文過於率意，故文中有的地方也顯出詞氣上下不相連屬的弊端。

黃初六年令

【題　解】此篇標題，《文館詞林》卷六九五作〈自誡令〉。《藝文類聚》及今傳本《子建集》作〈黃初六年令〉，並綴於〈五年令〉之後。此恐非原文舊式，今依《文館詞林》等分作兩篇。

今傳本《子建集》所載〈六年令〉，文字多有殘脫，今據他書補足。

令：吾昔以信人之心，無忌於左右，深為東郡太守王機、防輔吏倉輯等任所誣白❶，獲罪聖朝。身輕於鴻毛，而謗重於泰山，賴蒙帝王天地之仁，違百寮之典議❷，舍三千之首戾❸，反我舊居，襲我初服❹。雲雨之施❺，焉有量哉？反旋在國❻，揵門退掃❼，形景相守，出入二載。機等吹毛求瑕❽，千端萬緒，然終無可言者。及到雍❾，又為監官所舉❿，亦以紛若⓫，於今復三年矣。然卒歸不能有病於孤者⓬。信心足以貫⓭於神明也。昔熊渠、李廣，武發石開⓮；鄒子囚燕，中夏霜下；杞妻哭梁，山為之崩⓯。固精神可以動天地金石，何況於人乎⓰？

今皇帝遙過鄙國⓱，曠然⓲大赦，與孤更始，欣笑和樂以歡孤，隕涕咨嗟以悼⓳孤。豐賜光厚⓴，訾㉑重千金，損乘輿之副㉒，竭中黃之府㉓，名馬充廄㉔，驅牛塞路。孤以何德，而當斯惠？孤以何功，而納斯貺㉕？富而不吝，寵至不驕者，則周公其人也。孤小人爾，深更以榮為戚，何者？將恐簡易之尤㉖，出於細微；脫爾㉗之愆，一朝復露㉘也。故欲修吾往業，守吾初志㉙。欲使皇帝恩在摩㉚天，使孤心常存入地，將以全陛下厚德，究孤犬馬之年㉛。此難能也，然孤固欲行眾之所難。《詩》曰：「德輶如毛，人鮮克舉之㉜。」此之謂也。故為此令，著㉝於宮門，欲使左右共觀志㉞焉。

【注　釋】❶深為句　東郡，漢魏時郡名，轄境相當今山東聊城、東阿、莘縣、陽穀以及河南清豐、南樂等地。防輔吏，三國魏時，諸王在國，朝廷不受其朝聘，便設防輔監國之官，監察諸王的行動。誣白，誣告也。❷違百寮句　百寮，謂朝中百官。典議，指依法提出的治罪建議。案：曹植黃初年間獲罪時，朝中官員曾有人提議削其爵祿，免為庶人。❸舍三千句　舍，猶赦也。三千之首戾，據史載，古代刑律列罪行三千條，以「不孝」為首罪。首戾，首罪也。❹反我二句　謂獲罪遷居鄴城後，文帝施恩赦罪，恢復其爵位。參見本書卷五〈責躬〉注㉜、㉞。舊居，指魏都鄴城。襲，穿著也。服，指王侯服飾。❺施恩惠。❻國　指鄄城，在今山東省境內。黃初二年，曹植受封為鄄城侯；三年，立為鄄城王。❼揵門退掃　謂閉門謝客。揵，封閉也。退掃，謂不執帚清掃庭室，以迎接客人。❽吹毛求瑕　與今成語「吹毛求疵」義同。比喻故意挑剔毛病，尋找差錯。❾雍　指雍丘，在今河南省杞縣一帶。黃初四年，曹植朝會京師洛陽，返回藩國後，徙封為雍丘王。❿又為句　監官，指朝廷派往諸侯封國監視侯王的使臣，常稱監國謁者或監國使者。舉，檢舉；彈劾。此實謂誣告。⓫紛若　紛繁複雜的樣子。⓬然卒句　卒歸，猶今語終究。病，損傷。孤，曹植自稱。⓭貫　通也。⓮昔熊渠二句　據《韓詩外傳》載，楚國的熊渠子夜行在外，見路臥一石，以為是睡著的老虎，便彎弓而射之，整個箭桿都射入了石中。下馬察看，才知是石。又據《漢書・李廣傳》載，西漢著名將領李廣，一次出獵時，見草中之石，誤以為是虎，乃射之，其箭深入石中，以致箭羽隱沒不現，細視之才知為石。⓯鄒子四句　見本書卷六〈鞞舞歌・精微篇〉注。⓰固精神二句　語本《韓詩外傳》卷六：「熊渠子見其誠心，而金石為之開，而況人乎？」⓱今皇帝句　《三國志・曹植傳》載：「(黃初)六年，帝東征，還過雍丘，幸植宮，增戶五百。」⓲曠然　寬大貌。⓳悼　傷也。⓴光厚　廣而厚也。㉑訾　通「貲」。估算。㉒損乘輿句　損，謂損壞。乘輿，天子所乘之車。副，指副車，又稱屬車。《漢官儀》曰：「天子屬車三十六乘。」㉓中黃之府　即中黃府，是當時國家儲放金銀等物的府庫之名。㉔廄　馬棚也。㉕貺　贈賜。㉖簡易之尤　簡易，謂隨隨便便，蠻不在意。《三國志・曹植傳》云：「(植)性簡易，不治威儀。」尤，過錯。㉗脫爾　輕慢、隨便的樣子。㉘復露　再次暴露。案：曹操在位時，植曾乘車行於馳道中，開司馬禁門出，致曹操大怒。黃初二年，監國使者灌均奏「植醉酒悖慢，劫脅使者」，執法官請文帝治其罪。因此之故，植此令云：「脫爾之愆，一朝復露也。」㉙修吾往業守吾初志　此處「往業」當指文學創作之事。初志，疑指建功立業不成，而轉為著書立說、吟詩作文之事。作者〈與楊德祖書〉有云：「僕少小好為文章，迄至於今二十有五年矣。」此可釋令文「往業」之內涵。〈與楊德祖書〉又云：「吾雖薄德，位為藩侯，猶庶幾勠力上國，流惠下民。……若吾志未果，吾道不行，則將采庶官之實錄，辯時俗之得失，定仁義之衷，成一家之言。」此可釋令文「初志」之內涵。㉚摩　迫近。㉛究孤句　究，終也；盡也。犬馬，是臣下對君主的自謙之詞，言自己卑賤如犬馬。㉜德輶二句　語見《詩經・烝民》。鄭玄箋云：「德甚輕，然而眾人寡能獨舉之以行者，言政事易耳，而人不能行者，無其志也。」輶，輕也。鮮，少也。克，能也。㉝著　此有張布、公開之意。㉞志　志向；意願。

【語　譯】令：我過去對身邊的人懷有信任之心，而不加提防，因而深為東郡太守王機、防輔吏倉輯所誣陷，得罪於朝廷。自身輕於鴻雁之毛，而遭受的讒謗卻重於泰山。幸賴承蒙君王的天地之仁，沒有依從朝中百官懲治我罪的建議，而赦免我不孝的大罪，使我返回舊居，讓我穿上以前的王服。雲雨一般的恩惠，豈可量測？返回封國後，我閉門謝客，獨自一人在家，形影相守，前後經歷了兩年時間。王機等人吹毛求疵，弄出千頭萬緒，但終究是沒有什麼可說的。等我到了雍丘後，又受到監國使者的誣告，情況也是紛繁複雜，至今又過了三年。但終究不能有損於我，我的真誠之心貫通神靈。從前，熊渠子、李廣，猛發弓箭，而使石頭開裂；鄒陽囚於燕國，忠感上天，而致盛夏天降寒霜；杞梁之妻痛哭戰死的丈夫，梁山為之崩潰。精誠本可以感動天地金石，更何況對人呢？

如今皇上遠道來到我的封國，大赦我罪，讓我重新開始；歡笑和樂，使我開心；落淚嗟歎，為我傷感。賞賜給我的東西豐富而貴重，估計價值超過千金。皇上為賜物給我，用垮了自己出外時的隨行副車，拿空了中黃府庫的財物；名馬充斥馬棚，趕來的牛兒擠滿了道路。我憑何德而享此隆重的恩惠？我以何功而受此非常的賞賜？富足而不吝嗇，受寵而不驕狂者，則只有周公這樣的人。我只是一個小人而已，在榮寵面前反而深深感到憂懼。這是為何呢？是恐怕將來輕慢之錯，出於細微之事；疏略之罪，一旦再次出現。因此，我想重操舊業，退守我當初的志向；我想使皇上之恩德高入雲天，使我的心志常安於低微之位。將以此保全皇上的大德，終結我卑微的生命。這是很難做到的，但我堅決要做常人所難以做到的事情。《詩經》說：「德義即使輕如羽毛，但很少有人能舉起它。」說的就是我這類情況。因此，寫成此令，公布於宮門，欲使左右之人都能察知我目前的心志。

【研　析】作者的這篇教令之文，雖然是寫給藩國的群臣看的，但其內容並不是訓誡下屬的那一類，而是自輸其誠，具有自明心跡的意味。它表現了作者黃初年間幾次獲罪受挫之後的複雜的心理狀態（特別是憂讒懼禍的心理）。本令第一段敘述了自己在黃初年間幾次遭讒獲罪的經歷以及精神上的痛苦，並對文帝的推恩恕罪，表示感激；同時，也向文帝表達了自己的精誠忠貞之意。本令第二段敘述文帝「遙過鄙國」時，給予自己優厚的賞賜和特別的禮遇，進一步抒寫了對文帝的感戴之情，同時也表現了自己在隆恩之下懼觸法禁的心理，表明了自己戒驕戒躁、甘居卑位的心跡。由此看來，曹植寫作此令，意在消除文帝對自己的疑忌，緩和兄弟間的緊張關係。

此令情辭婉切懇摯，悱惻動人，特別是剖白自己獲罪之後的寂苦，蒙恩之後的感激與惶恐，顯得尤為真切，饒有深致。另外，此令措詞妥貼自然，雖有謙卑恭順之意，但無搖尾乞憐之嫌；雖有謝恩頌德之語，但無諂媚溜鬚之態。

上責躬詩表

【題　解】此表作於黃初四年（西元二二三年），是為向文帝曹丕進獻〈責躬〉詩而作。〈責躬〉詩收在本書卷五。關於作者獻〈責躬〉詩、上此表的歷史背景，可參看本書〈責躬〉「題解」一節的文字介紹。

《子建集》諸本分此表與〈責躬〉為二，分載於表類與詩類；而《文選》將表與詩合併一處。因為上表獻詩，是同時之事，故《文選》合表、詩為一的處理，似較合理。

本表詳述了進獻〈責躬〉詩的原由，表達了急於朝覲的心情。

臣植言：臣自抱釁歸藩❶，刻肌刻骨，追思罪戾❷，晝分❸而食，夜分而寢，誠以天網❹不可重罹❺，聖恩難可再恃。竊感〈相鼠〉之篇，無禮遄死之義❻，形影相弔，五情愧赧❼。以罪棄生，則違古賢「夕改」之勸❽；忍垢❾苟全，則犯詩人「胡顏」之譏⑩。伏惟陛下德象天地，恩隆父母，施暢春風，澤如時雨。是以不別荊棘者，慶雲之惠也⑪；七子均養者，鳲鳩之仁也⑫；舍罪責⑬功者，明君之舉也；矜⑭愚愛能者，慈父之恩也。是以愚臣徘徊於恩澤，而不敢自棄⑮者也。

前奉詔書，臣等絕朝⑯，心離志絕，自分黃耇永無執圭之望⑰。不圖聖詔，猥垂齒召⑱。至止之日，馳心輦轂⑲，僻處西館，未奉闕庭⑳。踊躍㉑之懷，瞻望反側㉒，不勝犬馬戀主之情，謹拜表，并獻詩二首㉓。詞旨淺末㉔，不足採覽，貴露下情，冒顏㉕以聞。臣植誠惶誠恐，頓首頓首，死罪死罪㉖。

【注釋】❶臣自句　《文選》李注：「植抱罪徙居京師，後歸本國。而〈魏志〉不載，蓋〈魏志〉略也。」釁，罪過。此指「醉酒悖慢，劫脅使者」之事。藩，指封國。❷罪戾　罪過。❸晝分　指中午。分，猶半也。❹天網　喻指國法。❺罹　猶犯也。❻竊感二句　相鼠，《詩經》篇名，篇中有「相鼠有體，人而無禮；人而無禮，胡不遄死」等句。遄死，速死。❼愧赧　慚愧以至於臉紅。❽古賢夕改之勸　《文選》李注：「曾子曰：君子朝有過，夕改則與之。」❾垢　通「詬」。恥也。❿胡顏之譏　即上文所引〈相鼠〉詩中「胡不遄死」之義。胡，何也。⓫是以二句　大意是說，景雲蔭物，公而無私，不分佳草、惡木。不別，不分也。荊棘，喻指無用之惡物。慶雲，五彩祥雲也。⓬七子二句　《詩經・鳲鳩》：「鳲鳩在桑，其子七兮。」《毛傳》曰：「鳲鳩之養其子，朝從上（案指巢上）下，暮從下上，平均如一。」鳲鳩，即今所謂布穀鳥。⓭責　要求。⓮矜　憐憫。⓯自棄　自棄於世。謂自殺而亡。⓰臣等句　臣等，指任城王曹彰、吳王曹彪等人。絕朝，禁止朝覲。⓱自分句　分，料想。黃耇，謂年老。黃，黃髮。耇，老人面色不淨如垢。圭，玉器，上尖下方。古代諸侯朝見天子，必執圭。故「執圭」可為朝見的代稱。⓲猥垂句　猥垂，曲下；特下。垂，為敬詞。齒召，引為同類而召見。⓳輦轂　天子所乘之車。此借指文帝曹丕。⓴闕庭　天子所居宮廷。此借指曹丕。㉑踊躍　心情急迫，躍躍欲試。㉒反側　睡臥不安的樣子。㉓并獻詩二首曹植此次上表獻詩，除獻〈責躬〉詩外，另有〈應詔〉詩一首。㉔淺末　猶膚淺。㉕冒顏　謂冒犯尊長的尊嚴。㉖誠惶三句為古代書表常用的套話。頓首，磕頭之意。

【語　譯】臣曹植敬告：我自從戴罪回到藩國後，對所犯過錯刻骨銘心。追思自己的罪過，以致日中而食，夜半而寢，的確認為國法不可再次違犯，皇恩難以再度依恃。私下想到〈相鼠〉詩篇中「人不守禮，何不快死」的含意時，形影相弔，心感慚愧。如果因罪而自殺，則違背了古代賢人「早上有錯，晚上改正」的勉言；如果忍辱而苟且偷生，則又觸犯了詩人「何不快死」的譏刺。我認為，陛下的德行如同天地，恩情重似父母，施惠如同春風，恩澤好像時雨。因此，不管是否為荊刺而予以庇蔭，這是瑞雲之惠；養育七子而用心均一，這是鳲鳩之仁；對臣子不計罪過而求其立功，這是英明之君的舉動；對兒子，憐憫愚者而愛惜賢者，這是慈祥之父的恩德。因此，我進退都能仰承皇上的惠澤，而不敢自絕於人世。

前次所接到的詔書，禁止我等入京朝見，我因此心灰意冷，沮喪絕望，自料到老而永無朝覲之望。沒想到皇上又特下詔文，召我等入京。自從落腳於京城之日，我的心就飛到了皇上身旁。現在我等身處偏遠的西館，未能到宮廷覲見皇上。心懷急迫之情，翹首瞻望，寢臥不安，難以承受犬馬戀主般的感情，故謹向皇上呈表，並獻上小詩二首。詞意膚淺，不值一讀，貴在能表達我的心情，故冒犯皇上的尊嚴，將詩、表呈上。臣曹植誠惶誠恐，頓首頓首，死罪死罪。

【研　析】此表可以分為兩大部分。第一部分是描述自己抱罪歸藩後悔罪自責的心理狀態，抒發對文帝的寬恕、仁慈的感激之情，同時也表達了自己改過自新的決心。第二部分抒寫了自己待於西館，不能朝覲時的痛苦、眷戀之情，並交代了上表獻詩的原由。

此表詞繁句儷，彩藻華茂淵懿，加之排比、駢偶之句聯轉直下，累累如貫珠，使得全文勁逸之氣噴薄而出，奔湧而至，頗有動人的藝術魅力。另外，此表指事述意，筆端飽含情感，且顯得悽惋淳厚，與同時所呈〈責躬〉之詩的情意一脈相通，彼此發明，相得益彰。

龍見賀表

【題　解】就本文所述內容看，作者寫作此表的動因很明確：是為了向當朝皇帝慶賀龍見魏地之事。古人以黃龍出現為祥瑞之應；認為黃龍出現，是政治清明、君主賢聖、天下昇平所致。《瑞應圖》云：「黃龍，四龍之長，四方之正色，神靈之精也。……應和氣而游於池沼」，「有聖則見，無聖則處。」

此表可能作於文帝黃初三年（西元二二二年）。是年，「黃龍見鄴西漳水。（曹）袞上書贊頌」（《三國志・中山恭王袞傳》）。

臣聞鳳凰復見於鄴❶南，黃龍雙出於清泉。聖德至理❷，以致嘉瑞❸。將棲鳳於林囿❹，豢❺龍於陂池❻，為百姓旦夕之所觀。

【注　釋】❶鄴　指魏都鄴城，在今河北省臨漳縣。❷至理　猶至治。指最完美的政治。❸嘉瑞　指瑞應。古代迷信認為，人君有德治，則天降祥瑞以應之。❹囿　園也。❺豢　飼養。❻陂池　水池。陂，指池塘。

【語　譯】我聽說鳳凰又出現於鄴城之南，黃龍雙雙出於清泉。聖明之德、善美之治，帶來了美好的瑞應。將使鳳棲住於園林之中，使龍養於水池之內，讓百姓早晚都能看到。

【研　析】《三國志・文帝紀》裴注引〈獻帝傳〉載太史丞許芝條魏代漢見讖緯於魏王曰：「黃龍數見，鳳凰仍翔，……奇獸神物，眾瑞並出，斯皆帝王受命易姓之符也。」此為延康年間之事；時至黃初三年，又有鳳凰、黃龍出沒，故曹植此表云「復見」。

其實，鳳凰、黃龍等所謂「奇獸神物」的出現，是子虛烏有之事，是封建統治者為美化自己的治績，粉飾天下太平而編出的一套愚弄百姓的神話、鬼話！在他們看來，「王者承天順理，調和陰陽。陰陽和，萬物序，休氣充塞，故符瑞並臻，皆應德而至。……德至鳥獸，即鳳凰翔，鸞鳥舞……德至淵泉，即黃龍見，醴泉出。」（語見《白虎通》）可見，封建文士、臣僚們鼓吹「符瑞並臻」的神話，無非是想把當朝君王裝扮成順天應人，功德無量的盛世賢君。

冬至獻襪頌表

【題解】本文標題，或作〈冬至獻襪履頌表〉。揆以文義，當以題中置「履」字為是。

有關本篇的一些基本問題，請參看本書卷七〈冬至獻襪頌〉一篇中「題解」一節的介紹文字。

伏見舊儀❶：國家冬至獻履貢襪，所以迎福踐長❷。先臣❸或為之頌，臣既玩其嘉藻❹，願述朝慶。千載昌期❺，一陽❻嘉節，四方交泰❼，萬物昭蘇❽，亞歲❾迎祥，履長納慶。不勝感節❿，情繫帷幄⓫，拜表奉賀，并獻紋履七量⓬，襪若干副。茅茨⓭之陋，不足以入金門、登玉臺也。上表以聞，謹獻。

【注釋】❶舊儀　據史載，魏晉之時，每年的冬至日，皇上接受諸侯及百官的朝賀時，諸侯、百官須進履襪，以為「履長」之賀。❷踐長　即履長。意為履歷日長之時。為古代冬至節慶賀內容之一。履長之賀的起源有兩說：一說冬至之時，日當南極，晷影最長，此時陰陽分明，為萬物之始，故有履長之賀（見《初學記》卷四）；一說冬至一陽初生，白晝從此漸長，婦女於此日獻履襪給公婆，以示女工開始，故有履長之賀（見謝肇淛《五雜俎》）。❸先臣　未詳其所指。❹嘉藻　美好的文采。❺昌期　吉慶之會。❻一陽　謂陽氣初生。❼交泰　語出《周易・泰卦》：「天地交，泰。」謂天地之氣融合貫通，生養萬物，物得大通。後引申指時運亨通。❽昭蘇　復蘇萌動。❾亞歲　謂冬至節。❿節　節氣。⓫帷幄　代指帝王所居之處。⓬紋履七量　指七雙繡有花紋的鞋子。⓭茅茨　謂其賤也。茅，茅草。茨，蒺藜。一種一年生草本植物。

【語　譯】我見過去的禮制：諸侯、大夫在冬至日，要向天子貢履獻襪，以此迎新福、賀「履長」。過去的臣子曾有人為此寫過頌文。我對其美好的辭采十分欣賞，願作文以述朝廷慶典。千載吉慶之時，陽氣初生的嘉節，四方時運亨通，萬物復蘇萌動。冬至之節迎吉祥，「履長」之賀納喜慶。對節日有無限的感慨，心情一直繫於皇上，故拜呈表文以祝賀，並獻白紋履七雙，襪子若干副。這些物品粗陋如茅茨，不足以進入皇上的金門，登於皇上的玉臺。現上表奉聞於皇上，謹此拜獻。

【研　析】作者呈此表給明帝，意在陳說冬至日貢獻履襪以及寫作〈冬至獻襪頌〉以獻的理據與緣由。由此表所述看，作者之所以要在冬至呈獻履襪及頌文，一是因為自古以來就有相關禮制，古禮當因循不廢；二則是因為適逢「四方交泰，萬物昭蘇」之佳節，自己心有所感，情有所動，願貢物獻頌以向皇上表示慶賀之意。《文心雕龍・章表》云：「魏初章表，指事造實。」近人劉師培《中國中古文學史》云：「東漢奏疏，多含蓄不盡之詞，魏人奏疏之文，純尚真實，無不盡之詞。」又云：「魏文與漢不同者：……奏疏之文，質直而屏華。」曹植此表，雖不作於魏初，但卻有魏初章表奏呈之文不尚浮華、靡麗的遺風；全文直抒己意，逕陳其事，曉暢明谿，顯得較為質樸、清峻。另外，全文詞氣卑謙恭謹，這可能與作者當時身處艱危之境，遇事不得不恭遜、卑順的心態有關。

上先帝賜鎧表

【題　解】這是作者呈給魏文帝曹丕的一個奏章。文中陳述的事情是將先帝曹操所賜鎧甲獻於朝廷。這篇表文大約寫於文帝黃初年間。

先帝賜臣鎧：黑光、明光各一領，兩當鎧❶一領，環鏁鎧❷一領，馬鎧一領。今世以昇平，兵革無事，乞悉以付鎧曹❸自理。

【注　釋】❶兩當鎧　鎧之一種。形制類似於背心，能遮擋前胸後背。兩當，亦作「裲襠」。❷環鏁鎧　鎧之一種。鏁，同「鎖」。❸鎧曹　官名，負責管理鎧甲。

【語　譯】先帝賞賜給我的鎧甲有：黑光鎧、明光鎧各一副，兩當鎧一副，環鏁鎧一副，馬鎧一副。現今之時，天下太平，兵器鎧甲都派不上用場，請讓我將上述鎧甲交給管理鎧甲的官員自行處置。

【研　析】此表傳至今世，文字多有殘佚。但獻鎧甲之事，仍能從這殘存的文字中看出個大概。

魏文帝曹丕繼位之後，為加強自己的統治基礎，對同姓諸侯王採取了一系列防範措施，如命令同姓諸侯王離開都城，各居其封國，派監國使者督責諸侯王，等等。曹植因最受曹丕猜疑，故受到的防範最嚴，受到的待遇最為刻薄。曹植在此背景下，獻鎧繳械，大抵是想以行動表示自己無意於以武功與文帝爭鋒較勁，同時也表達對文帝在位時的治績的感佩、慶賀之意，從而緩解文帝對他的戒懼、疑忌，博取文帝的好感。

此表直陳其事，不尚虛華，文詞簡潔、質樸。

陳審舉表

【題　解】《三國志・曹植傳》云：「（太和）三年，徙封東阿。五年，復上疏求存問親戚，因致其意曰：……植復上疏陳審舉之義。……（明帝）輒優文答報。」可見，此表作於明帝太和五年（西元二三一年）。

題中「審舉」，意謂察舉、選拔官員。這是一篇論述朝廷用人問題的文章。作者縱觀歷史，立足現實，指出王朝統治，得賢才者昌，失賢才者衰；並著重論述了異姓之臣與皇族之臣在政權中所起的不同作用，認為君主以皇族之臣輔佐，可「存共其榮，沒同其禍」，有益於鞏固王朝統治地位；而異姓之臣的勢力過盛，只會給政權造成危機。因此，作者建議明帝廣用皇族子弟以輔朝政，加強皇族成員在統治集團中的地位，以防止歷史上齊、晉二國政權旁落異姓之手中的事件，在魏國重演。

此表全文載於《三國志・曹植傳》。明活字本、程刊本《子建集》載〈求自試表〉二首，後一首中「五帝之世非皆智」句至「任賢使能之明效也」句，有一百三十餘字與《三國志》本傳所載〈陳審舉表〉文同；但活字本、程本《子建集》之〈求自試表〉後一首「任賢使能」句之後，接有如下句子：「昔段干木偃德於閭閻，師秦為之輟攻，而文侯以安。穰苴授節於邦境，燕晉為之退師，而景公無患。皆簡德尊賢之所致也。願陛下垂高宗傳嵒之明，以顯中興之功。」此六十三字，為本傳〈陳審舉表〉所無。《藝文類聚》卷五三所載，與活字本、程本〈求自試表〉後一首全同。丁晏《曹集銓評》謂程本〈求自試表〉後一首「篇末六十三字，玩其文勢，疑即〈陳審舉表〉內脫文。……無文訂正，姑附於此」。可見，活字本、程本《子建集》中〈求自試表〉後一首，實即〈陳審舉表〉之節文，非全；而觀表文之內容，以及曹植本傳之所述，表文標題亦當作〈陳審舉表〉為是。今據《曹集銓評》、嚴可均《全三國文》、趙幼文《曹植集校注》等，移錄〈陳審舉表〉於此，以替代活字本、程本〈求自試表〉後一首。

臣聞天地協氣❶而萬物生，君臣合德❷而庶❸政成。五帝❹之世非皆智，三季之末❺非皆愚，用與不用，知與不知也。既時有舉賢之名，而無得賢之實，必各援其類❻而進矣。諺曰：「相門有相，將門有將❼。」夫相者，文德昭者也❽。將者，武功烈❾者也。文德昭則可以匡❿國朝，致雍熙⓫，稷、契、夔、龍⓬是矣。

武功烈則可以征不庭[13]，威四夷[14]，南仲、方叔[15]是也。昔伊尹之為媵臣[16]，至賤也；呂尚[17]之處屠釣，至陋也。及其見舉於湯武[18]、周文，誠合志同，玄謨神通[19]，豈復假近習[20]之薦，因左右之介哉？《書》曰：「有不世[21]之君，必能用不世之臣；用不世之臣，必能立不世之功。」殷周二王[22]是矣。若夫齷齪[23]近步，遵常守故，安足為陛下言哉！故陰陽不和，三光[24]不暢，官曠[25]無人，庶政不整者，三司[26]之責也。疆埸[27]騷動，方隅[28]內侵，沒軍喪眾，干戈不息者，邊將之憂也。豈可虛荷[29]國寵而不稱其任哉！故任益隆者負益重，位益高者責益深。《書》稱「無曠庶官[30]」，《詩》有「職思其憂[31]」，此其義也。

陛下體天真之淑聖[32]，登神機[33]以繼統[34]，冀聞康哉之歌[35]，偃[36]武行文之美。而數年以來，水旱不時，民困衣食，師徒[37]之發，歲歲增調[38]。加東有覆敗之軍[39]，西有殪沒之將[40]，至使蚌蛤浮翔於淮泗[41]，鼲鼬[42]讙譁於林木。臣每念之，未嘗不輟食而揮[43]餐，臨觴而搤腕[44]矣。昔漢文發代[45]，疑朝有變。宋昌曰：內有朱虛、東牟之親，外有齊、楚、淮南、琅邪，此則磐石之宗，願王勿疑[46]。臣伏惟陛下遠覽姬文二虢[47]之援，中慮周成召、畢[48]之輔，下存宋昌磐石之固。昔騏驥於吳坂，可謂困矣[49]；及其伯樂相之，孫郵[50]御之，形體不勞，而坐[51]取千里。蓋伯樂善御馬，明君善御臣；伯樂馳千里，明君致太平，誠任賢使能之明效也。若朝司[52]惟良，萬機內理[53]，武將行師，方難克弭[54]，陛下可得雍容[55]都城，何事勞動鑾駕[56]暴露於邊境哉！

臣聞「羊質虎皮，見草則悅，見豺則戰，忘其皮之為虎也[57]。」今置將不良，有似於此。故語曰：「患為之者不知，知之者不得為也。」昔樂毅奔趙，心不忘燕[58]；廉頗在楚，思為趙將[59]。臣生乎亂，長乎軍，又數承教於武皇帝[60]，伏見行師用兵之要，不必取孫吳[61]而闇與之合。竊揆[62]之於心，常願得一[63]奉朝覲，排金門[64]，蹈玉陛[65]，列有職之臣，賜須臾之閒，使臣得一散所懷，攄舒[66]蘊積[67]，死不恨矣！

被鴻臚所下發士息書[68]，期會甚急。又聞豹尾[69]已建，戎軒鶩駕[70]，陛下將復勞玉躬[71]，擾掛神思。臣誠竦息[72]，不遑寧處[73]。願得策馬執鞭，首當塵露，撮風后之奇[74]，接[75]孫吳之要，追慕卜商，起予左右[76]，效命先驅，畢命輪轂，雖無大益，冀有小補。然天高聽遠，情不上通，徒獨望青雲而拊心，仰高天而歎息耳！屈平曰：「國有驥而不知乘，焉皇皇而更索[77]？」昔管蔡[78]放誅，周召作弼[79]；叔魚陷刑，叔向匡國[80]。三監之釁[81]，臣自當之。二南[82]之輔，求不必遠，華宗貴族，藩王之中，必有應斯舉者。故《傳》曰：「無周公之親，不得行周公之事。」惟陛下少[83]留意焉。

近者漢氏廣建藩王，豐則連城數十[84]，約則饗食祖祭而已。未若姬周之樹國，五等之品制[85]也。若扶蘇[86]之諫始皇，淳于越之難周青臣[87]，可謂知時變[88]矣。夫能使天下傾耳注目者，當權者是矣。故謀能移主[89]，威能懾下，豪右[90]執政，不在親戚。權之所在，雖疏必重；勢之所去，雖親必輕。蓋取齊者田族，非呂宗也[91]；分晉者趙魏，非姬姓也[92]，惟陛下察之！苟吉專其位，凶離其患者，異姓之臣也。欲國之安，祈家之貴，存共其榮，沒同其禍者，公族之臣也。今反公族疏而異姓親，臣竊惑焉。

臣聞《孟子》曰：「君子窮則獨善其身，達則兼善天下[93]。」今臣與陛下踐冰履炭，登山浮澗，寒溫、燥溼、高下共之。豈得離陛下哉！不勝憤懣[94]，拜表陳情。若有不合，乞且藏之書府[95]，不便[96]滅棄。臣死之後，事或可思[97]。若有毫釐少掛[98]聖意者，乞出之朝堂，使夫博古[99]之士糾臣表之不合義者，如是則臣願足矣。

【注　釋】❶協氣　合氣也。❷合德　同德也。❸庶　眾也。❹五帝　見本書卷九〈文帝誄〉注。❺三季之末　謂夏、商、周之末代。❻援其類　援引其同類。❼相門二句　《史記・孟嘗君列傳》：「文聞：『將門必有將，相門必有相。』」❽文德句　文德，文治之德，即政治教化等。昭，顯著。❾烈　顯也。❿匡　輔助。⓫雍熙　和樂清明。⓬稷契夔龍　均是虞舜時代的賢臣。稷主管農業，契作司徒，夔負責禮樂教育，龍作納言之官。⓭不庭　不朝於王庭，即不服從。⓮四夷　東夷、西戎、南蠻、北狄，舊時統稱四夷。是對華夏族以外各民族的蔑稱。⓯南仲方叔　均為西周大臣。南仲曾討伐玁狁，方叔曾征南蠻。⓰昔伊尹句　見本書卷七〈母儀頌〉注。⓱呂尚　呂尚（即姜太公）曾屠牛於朝歌，垂釣於渭水之濱。⓲湯武　即商湯王。《史記・殷本紀》：「於是湯曰：吾甚武，號曰武王。」⓳玄謨神通　此謂伊尹、呂尚分別遇合於周文、成湯，是神靈溝通促成，而非人力所為。玄謨，指玄妙的機宜。案：據載，伊尹將受命於成湯時，曾夢見自己乘舟過日月之旁。又據《史記》載，西伯文王將出，占之，曰：「所獲非龍非虎，非熊非羆，所獲霸王之輔。」文王果遇太公於渭濱。⓴近習　帝王的親信。㉑不世　世間少有。㉒殷周二王　指成湯、周文王。㉓齷齪　拘謹也。㉔三光　日、月、星。㉕曠　空也。㉖三司三公也。指司徒、司空、司馬。㉗疆埸　國界。此謂邊境。㉘方隅　邊境四隘。此謂四鄰之國。㉙荷　受也。㉚無曠庶官語見《尚書・皋陶謨》。曠，空也。此謂讓不稱職的人任官。㉛職思其憂　語見《詩經・蟋蟀》。鄭箋云：「憂者，謂鄰國侵伐之憂。」職，主也。謂主事者。㉜天真之淑聖　即「淑聖之天真」的倒文。天真，謂天性。淑，善也。聖，明智。㉝神機猶言神器。指帝位。㉞統　指帝業。㉟康哉之歌　見本書卷八〈諫伐遼東表〉注。㊱偃　息也。㊲師徒　謂軍隊。㊳增調增加徵調士兵的人數。㊴東有覆敗之軍　魏明帝太和二年（西元二二八年），魏曹休領兵與吳戰，敗於石亭。㊵西有殪沒之將太和二年，魏將王雙與蜀戰，兵敗被殺。五年，張郃又被蜀軍射殺死於木門。殪沒，死亡。㊶至使句　蚌蛤，喻指吳國。淮泗，即淮河、泗水。此二水在東吳所據之地。㊷鼲鼬　喻指蜀國。鼲，小獸，即今所謂灰鼠。鼬，即今所謂黃鼠狼。㊸揮撤去。㊹搤腕　握持手腕。表示憤激。㊺昔漢文句　漢文，指漢文帝劉恆。發，離開。代，郡名，在今山西省境內。劉恆稱帝之前，曾受封於此。㊻內有四句　據《漢書・文帝紀》載：漢呂后死，諸呂作亂。漢臣周勃等人既平諸呂之亂，準備迎立高祖之子劉恆（恆時為代王）。當時代王官屬中有人懷疑周勃等謀詐不可信，代國中尉宋昌遂指陳形勢，勸劉恆勿疑，認為朱虛侯劉章、東牟侯劉興居、齊王劉襄、楚王劉交、淮南王劉長、琅邪王劉澤，都是劉氏宗室，可以倚靠，朝廷不會發生變亂。㊼姬文二虢　姬文，指周文王姬昌。二虢，見本書卷九〈任城王誄〉注。㊽召畢　指召公奭、畢公高。二人均為周之同姓，曾輔佐周成王。㊾昔騏驥二句　《戰國策・楚策四》：「夫驥之齒至矣，服鹽車而上太行，蹄申膝折，尾湛胕潰，漉汁灑地，白汗交流，中坂遷延，負轅不能上。伯樂遇之，下車攀而哭之。」吳坂，吳地之山坡。案：植文謂驥拉車於吳坂，與《國策》所言「太行」相左，蓋植有意改之，以暗含東吳不任賢之意。(50)孫郵　古代善御馬者，即《左傳．哀公二年》中所說郵無恤。或說郵無恤即伯樂之字（見清人趙翼《陔餘叢考》卷四），則孫郵即指古相馬者伯樂。(51)坐　自然而然。(52)朝司　指朝中三公之官，即司空、司徒、司馬。(53)理　治也。(54)方難克弭　方難，指邊境的戰爭。克，能。弭，消除。(55)雍容　從容舒緩貌。(56)鑾駕　天子之車，上置銅質鸞形之鈴，故又稱鑾（鸞）駕。(57)羊質四句　語見揚雄《法言．吾子》。(58)樂毅二句　樂毅，戰國時著名將領，為燕昭王所賞識，率兵伐齊，連破齊城七十餘座。燕昭王死，其子惠王立，聽信讒言，不用樂毅。樂毅遂奔趙國，而心不忘燕國，乃寫信給惠王，以示不背德，且往來於燕趙。(59)廉頗二句　廉頗，戰國時趙國名將。因不被趙王所用，頗怒而奔魏，後又奔楚。在楚，曾一度為將，無功，思復用於趙。(60)武皇帝　指曹操。(61)孫吳　此指春秋戰國時著名軍事家孫武、吳起的兵法著作。(62)揆　揣度。(63)一　猶或也。(64)金門　即金馬門。漢代，宦署門旁有銅馬，故稱金馬門。此泛指宮門。(65)玉陛　天子殿階。(66)攄舒　抒發；伸展。(67)蘊積　謂鬱結的愁悶。(68)被鴻臚句　被，通「披」。謂披閱。鴻臚，官名，掌管朝賀、慶弔之贊導、禮儀。士息，指兵士的兒子。息，子也。曹魏時，實行世兵制：服兵役者限於一定的人戶，謂之「兵家」或「士家」，兵士的兒子也要被征調服兵役。(69)豹尾　漢魏時，皇帝外出，大駕屬車八十一乘，最後一車懸豹尾。(70)戎軒句　戎軒，指兵車。騖，疾行。(71)躬　猶體也。(72)竦息　形容憂懼之狀。竦，踮腳而立。息，呼吸緊促。(73)不遑寧處　無暇安息。(74)撮風后句　撮，取也。風后，相傳是黃帝之臣，善兵法。《漢書．藝文志》著錄《風后兵法》十三篇。(75)接　擷取也。(76)追慕二句　《論語．八佾》：「子曰：『起予者（卜）商也，始可與言詩已矣。』」邢昺疏曰：「起，發也。予，我也。商，子夏名。孔子言能發明我意者，是子夏也。」卜商，孔子弟子子夏，姓卜名商。曹植此以孔子比曹叡，以卜商自比。(77)國有二句　語見宋玉〈九辯〉第八章，曹植記為屈原之詞，誤也。皇皇，同「遑遑」。匆忙貌。(78)管蔡　參見本卷〈求通親親表〉注。(79)周召作弼　周武王即位後，管叔、蔡叔與紂子武庚共同舉兵叛周，成王誅管叔，流放蔡叔，以周公為師，召公為保，輔相左右。(80)叔魚二句　春秋時晉國大夫叔向之弟叔魚，為理官，主斷刑獄。其時，邢侯與雍子爭奪土地，案子久而未決。韓宣子命叔魚審理此案。本來罪在雍子，但雍子將其女送與叔魚為妾後，叔魚遂歸罪於邢侯。邢侯怒，殺叔魚與雍子。韓宣子認為叔向公正無私，便向叔向詢問叔魚、雍子的命案該如何處理，叔向認為三人都有罪。於是施刑於邢侯，而將已死的叔魚、雍子的屍體陳於市肆，以示懲罰。(81)三監句　三監，指管叔、蔡叔、霍叔。因三人原本是周朝派去監管紂王之子武庚的，故云。釁，罪也。(82)二南　本指《詩經》中的〈周南〉、〈召南〉。因為這二者分別是當年周公、召公的封地上的民歌，故此以「二南」代指周公、召公。[83]少　稍也。[84]近者二句　《漢書・高帝紀》：「漢興，懲戒（案猶警戒也）亡秦孤立之敗，於是封王子弟，大者跨州兼郡，小者連城數十。」[85]五等之品制　謂西周分封，有公、侯、伯、子、男五等爵位。[86]扶蘇　秦始皇長子。扶蘇諫秦始皇封侯的有關言論，今傳史籍乏載。[87]淳于句　考《史記・秦始皇本紀》：僕射周青臣頌揚始皇平定天下，廢諸侯，立郡縣，博士齊人淳于越不以為然，駁難周青臣說：「殷、周立國稱王有千餘年，都分封子弟、功臣為諸侯，作為朝廷的輔佐。今陛下擁有天下，而子弟皆為平民，如果突然有像從前齊國的田常、晉國六卿那樣的臣子作亂，國無輔佐，依靠誰來相救呢？」[88]時變　政治形勢的變化。[89]移主　改變君主的意志。[90]豪右　世家大族。[91]蓋取二句　周初，呂尚（即姜太公）封於齊，後齊國為大臣田和所篡奪。[92]分晉二句　周初，唐叔封於晉，姬姓，後來被趙籍、魏斯、韓虔三家所分。[93]君子二句　語見《孟子・盡心上》。[94]憤懣　煩悶抑鬱。[95]書府　朝廷收藏圖書秘記、臣下奏章的地方。[96]不便　不立即。[97]思　思索。[98]掛　猶言留心或留意。[99]博古　廣知古代史事。

【語　譯】我聽說：天地陰陽之氣相合，則萬物可以生長；君臣同心同德，則各種政事可成。五帝時代，君主並非都很聰明；三朝的末代，君主並非都很愚蠢，而在於對賢才用還是不用，知還是不知。既然時常有選拔賢才之名，而無獲得賢才之實，那必定是因為臣下只會各自援引自己的同類向朝廷進薦。諺語說：「丞相門下出丞相，武將門下出武將。」丞相，是文德顯著的人；武將，是武功赫赫的人。文德顯著，可以輔助朝廷，使國家太平昌盛，稷、契、夔、龍就是如此；武功赫赫，可以征伐不服朝廷的人，威鎮四方異族，南仲、方叔就是如此。從前，伊尹為人作陪嫁的奴隸時，是至為下賤的；呂尚在宰牛、釣魚時，是至為卑微的。後來他們分別被湯武王、周文王舉拔，的確是志同道合，機宜玄妙，似與神靈相通，哪裏還用得著借助君王的近臣的推薦，依靠左右侍從的介紹呢？《尚書》上說：「有非凡的君主，必定使用非凡的臣子；使用非凡的臣子，必定能建立非凡的功業。」商、周的湯王、文王便是這樣的。至於拘謹呆板、畏縮不前、遵從常規、因循守舊的人，哪裏值得向陛下提起呢！所以，陰陽之氣不調和，日月星辰的運行不暢，官位空缺無人，各項政務得不到治理，這都是三司的責任。邊境騷動不安，鄰國向內入侵，軍隊覆沒，士眾喪命，戰爭不斷，這是守邊將帥的憂患。怎麼能白白享受國家的恩寵而不稱職呢！所以職務越高，身負的擔子越重；地位越高，所負的責任越大。《尚書》中說「不要讓不稱職的人居於眾官位」，《詩經》有「主事的人要考慮可憂之事」的詩句，都含有這方面的意思。

陛下具有美好的天性，登臨皇位以繼承帝業，希望能耳聞康哉之歌，獲得停止戰爭、施行德治的美政。但多年以來，旱澇災害時常發生，百姓缺衣少食，軍兵的徵調，年年都在增加人數，加上東邊伐吳有軍隊敗亡，西邊伐蜀有將領戰死，以致蚌蛤浮游於淮河、泗水，鼲鼬喧鬧於林木。我只要一想到這些，未嘗不停止進食而撤席，面對酒杯而扼腕悲憤。從前，漢文帝離開代地時，曾懷疑朝廷會發生動亂，宋昌說：「朝廷之內有朱虛侯、東牟侯之類的親人，在外有齊王、楚王、淮南王、琅邪王，這些都是牢固可靠如磐石的宗親，希望代王不要懷疑。」我願陛下首先看看虢仲、虢叔對周文王的援助，往後想想召公、畢公對周成王的輔佐，最後心記宋昌關於宗親堅如磐石的說法。從前，千里馬在吳地的山坡上，可以說是很困倦的了；及至伯樂發現了牠，孫郵駕御牠，身體不受勞累而很自然地日行千里。伯樂善於駕御馬，明君善於使用臣下；伯樂能馳騁千里，明君可致達太平。這的確是任用賢能的明顯效果。如果朝廷的三司很賢良，眾多的政務能在內處理好，武將行軍作戰，邊境的戰火能夠停息，陛下能夠在京城過得輕鬆自在，又何必有勞大駕，在外親征於邊境之上呢！

我聽說：「身披虎皮的羊，見了青草就十分高興，見了豺狼就戰戰兢兢，而忘記了自己身上披著虎皮。」現在任用的將帥如不賢能，也與這身披虎皮的羊相似。所以有人說：「就怕做事的人不知道怎麼做，而知道怎麼做的人卻不可能做。」從前，樂毅投奔趙國，心中不忘燕國；廉頗身在楚國，心想做趙國的將軍。我出生於動亂的年代，成長在軍中，又經常接受武皇帝的教導，我見他行軍用兵的要領，不必取孫武、吳起的兵書來查看，而與兵法暗合。我私下在心中揣度，常希望或能奉事於朝廷，推開金門，踏行玉階，排在有職務的臣子行列中，陛下若能給我一點點閒暇時間，讓我一抒所懷，排遣鬱悶之情，像這樣，我就死而無憾了！

近來看到鴻臚所下達的徵調兵家子弟的公文，所規定的時限很緊迫。又聽說陛下的車駕已準備好，兵車也迅速地安排就緒，陛下又將勞累玉體，煩擾心神。我的確感到憂懼不安，無法安居藩國。希望能夠揚鞭驅馬，衝在前面蒙受塵露，取用風后的奇計，採擷孫、吳兵法的要領，像卜商在孔子身旁發明其言意那樣侍奉陛下，奮不顧身當先鋒，獻身於車輪之下，雖然沒有大的作用，但希望能有小的補益。但上天在高遠之處聽聞，所以我的真情不能上達，只能獨望青雲而捶胸，仰視高天而歎息罷了！屈原說：「國有千里馬而不知乘坐，為何匆匆忙忙另求別的馬？」從前，管叔被殺，蔡叔被流放，而周公、召公輔佐朝政；叔魚陷入法網，而叔向扶助國家。三監那樣的罪過，臣下自當承擔；周公、召公那樣的輔臣，不必遠處求之。王室貴族以及各諸侯王中，一定有合適的人選。所以古書說：「沒有周公與成王那樣的親情，不得做周公所做的事。」希望陛下稍加留意。

近代的劉漢王朝，廣泛設立藩王，封地大的有數十個城邑連在一起，封地小的僅能供給祭奉祖先的用度而已，不像周代封建諸侯國，有五等爵位的制度。像扶蘇勸諫秦始皇，淳于越駁斥周青臣，都可以說是知曉時勢的變化。能夠使天下人側耳而聽、注目而視的人，就是當權者，所以計謀能改變君主的意志，權勢可以使下屬畏服。豪強士族執政，不讓親戚掌權；具有權勢的人，即使原與執政者關係疏遠，也一定會受到器重；喪失權勢的人，即使原與執政者的關係親近，也一定會受到輕視。奪取齊國政權的是田氏家族，而非呂氏宗族；瓜分晉國的是趙、魏二姓，而不是姬姓之人。希望陛下能看清這些！太平之時專心於職位，災變之時遠離禍患的人，是異姓之臣。希望國家安定，祈求家族顯貴，興盛時共享榮華，衰敗時共擔其禍的人，是皇室宗族之臣。現在，皇室宗族反倒被疏遠，而異姓士族卻受到親近，我私下對此迷惑不解。

我聽說《孟子》曾講過：「君子在政治上失意困迫時，就獨自修養自身的品德；在政治上得意顯達之時，就應兼利天下之人。」現在，我與陛下一道踏寒冰，踩火炭，登高山，涉深澗，遇有寒溫燥溼、坎坎坷坷，都能與陛下一同越過，怎麼會離開陛下呢？心中無比煩悶，特上表傾訴衷情。如果不合陛下之意，請求陛下暫且將它收藏於書府之中，不要立即將它毀棄。我死之後，表文中所言之事或許能發人深思。此表如有一點點能讓陛下稍加留意的地方，請把它拿到朝堂之上，讓博通古史的人指正我表中不合事理的地方。如是這樣，我的心願就滿足了。

【研　析】曹丕當政後，為加強自己的統治基礎，調整了朝廷用人制度。他採納出身於世族大地主的吏部尚書陳群的建議，按照「九品官人法」取士。這種用人制度在推行的初期，還論人才優劣，不太注重門第的高下，確實使朝廷獲得了一些賢能之士。但至後來，各州大中正多由世族豪門之人擔任，選士注重家世，以至出現了「上品無寒門，下品無世族」的不正常現象，「九品中正制」也實際成了世族地主操縱政權的工具，導致強宗豪族的勢力日益膨脹。明帝曹叡繼位後，在用人制度上未敢違背乃父的舊章，仍然選用異姓世族豪宗，這使得異姓豪強的勢力在曹魏統治集團中，越來越佔有重要的地位，隱然出現了篡奪曹魏政權的跡象。具有敏銳政治眼光的曹植，已經察覺到了這一點，故在這篇〈陳審舉表〉中，一方面主張朝廷要進用賢才，另一方面建議削弱異姓強宗豪族的勢力，大量舉用同姓宗親，藉以鞏固魏王朝的統治地位。可惜的是，曹植的意見並沒有引起明帝的重視，明帝僅優文答報而禮貌地加以拒絕。但後來的事實證明，曹植的建議，是無比正確而富有政治遠見的，因為魏王朝過分地倚用異姓世族的作法，最終直接導致了正始末司馬氏的篡權。

本文依其內容，可以分為六個段落，各段的大意如下：

第一段援引古代君王治政的事例，以及古代經典中的言論，說明王朝統治者知人善任，使用賢才，方可繁榮昌盛，成就功業；反之，就會導致「陰陽不和，三光不暢」等種種弊害。

第二段分析曹魏危難之局勢，並以古史為鑑，指出朝廷應當舉用「磐石之宗」，即舉用皇族成員；同時又進一步論析了任用賢能的重要性。

第三段申述了自己「列有職之臣」，以為國立功的願望，與其〈求自試表〉意脈相通。

第四段進一步抒寫了自己要求效命立功的思想感情，以及意願難遂的悲憤情緒，並指出朝廷應注重從親族之中選拔人才。

第五段引用古代王朝重用同姓親族的事例，以及齊、晉政權旁落異姓的史實，提醒明帝注意舉用同姓親戚，而防止異姓豪右篡權奪位。

第六段表述自己對明帝的忠誠，並請求明帝重視此次所呈表文。

由以上的介紹看，此文在謀篇布局、章法結構上，似是散漫雜亂，但細加品味，又覺全表文理一脈貫通，似灰中之線，草中之蛇，若斷實連。表文忽而論說古代帝王的不世之功、用人之術，忽而指陳魏王朝當前的內憂外困，忽而坦言自己的用世之意、被棄之怨，忽而剖析同姓之臣與異姓之臣對王朝的影響。……看似信筆所至，如珠散落，實則緊扣題中「審舉」二字，多側面、多維度論述慎重選拔官員、舉用同姓親族的必要性、重要性，因而文章在不經意之中自趨精工，致達「形散神聚」的妙境。李兆洛《駢體文鈔》評此文云：「若斷若續，似無倫次，而意理自密。哀憤塞胸，有不暇擇言者矣。」

此文觀點鮮明，述理明確；直陳胸臆，毫不掩飾，顯示出了犀利、明朗的文風。因此，李兆洛又以「明目張膽，噴薄而出」八字總括全文的突出特點。

此文大量運用典故，借古人的事跡和言論來論證自己的觀點，具有很強的說服力。另外，文章多用駢儷之句，誦讀起來鏗鏘有力，節奏感強，典雅華贍，富於藝術感染力。

卷九

誥咎文 并序

【題解】《藝文類聚》卷一〇〇引錄此文，題作〈詰咎文〉。衡之以本篇文意，似當以「詰咎文」為是。詰，有責問、責怪之意。咎，意為過錯。如作「誥」，則意為告誡、勸勉。

根據本篇之序的介紹，作者是感於當時風、旱之災，遂發揮奇異的想像，假借天帝之命，以責風伯、雨師等神之過，而為百姓祈福，於是寫作了此文。

本篇似寫於魏明帝太和年間。本篇為四字句式的韻文，內容富有理想主義的奇情異彩，在植文之中別具一格。

五行致災，先史咸以為應政而作❶。天地之氣，自有變動，未必政治之所興致❷也。於時大風，發❸屋拔木，意有感焉。聊假天帝❹之命，以誥咎祈福。辭曰：

上帝有命，風伯雨師❺：夫風以動氣❻，雨以潤時❼。陰陽協和，庶物以滋❽。亢陽❾害苗，暴風傷條❿，伊周是遇⓫，在湯斯遭⓬。桑林既禱，慶雲克舉⓭。偃禾之復，姬公去楚⓮。況我皇德，承天統民⓯。禮敬川岳，祈肅⓰百神。享茲元吉⓱，釐福⓲日新。

至若炎旱赫羲⓳，猋風⓴扇發，嘉卉㉑以萎，良木以拔。何谷宜填？何山應伐㉒？何靈宜論㉓？何神宜謁㉔？

於是五靈振悚，皇祇赫怒，招搖驚怯㉕，欃槍㉖奮斧。河伯典澤㉗，屏翳㉘司風，迴呵飛廉㉙，顧叱風隆㉚，息猋遏暴㉛，元敕華嵩，慶雲是興㉜，效㉝厥年豐。遂乃沉陰坱圠㉞，甘澤㉟微微，雨我公田，爰既曁予私㊱。黍稷盈疇㊲，芳草依依㊳，靈禾重穗，生彼邦畿㊴。年登㊵歲豐，民無餒㊶飢。

【注釋】❶五行二句　五行，指金、木、水、火、土。先史，指古代史籍。應政而作，謂五行所引起的災害，最終當歸因於政治，是回應政治而產生。案：古代持陰陽五行說者，將五行附會於人事、政治，並由此解釋自然災害形成的原因。如，《尚書・洪範》將人君之「貌」、「言」、「視」、「聽」、「思」分別比附於五行之「木」、「金」、「火」、「水」、「土」。而在〈洪範〉中，五行之木、金、火、水、土，又與「庶徵」之雨、暘、燠、寒、風分別相應，故《漢書・五行志》在此基礎上，又進一步附會於政治，曰：「王者貌不恭，天罰多雨；言不從，天罰常晴；視不明，天罰常熱；聽不聰，天罰常寒；思不睿，天罰常風。」❷興致　引起；招致。❸發　掀倒。❹天帝　古人認為，天帝是主宰萬物，統領眾神的最高天神。❺風伯雨師　指神話傳說中的風神、雨神。❻風以動氣　調風使氣候變化。❼潤時　滋潤應時而生之物。❽陰陽二句　陰陽，是古代哲學家常用的一對概念，用以指稱自然界及人類社會中相互對立、相互依存的事物。此指冷暖、寒暑、陰晴等。庶物，眾物。❾亢陽　謂氣溫過高。❿條　樹枝。⓫伊周句　據《尚書・金縢》載，周公東居洛陽的第二年秋天，鎬京暴風大作，雷電交加，

「禾盡偃，大木斯拔」。伊，句首語氣詞。周，指周成王之時。⑫在湯句　湯，指商湯時代。斯遭，指遭受旱災。⑬桑林二句　參見本書卷七〈湯禱桑林贊〉。⑭楚　此指周之東都洛陽。關於周成王感悟，將周公從洛陽迎歸鎬京之事，見本書卷六〈怨歌行〉注❺。⑮承天句　謂承接天命而統治百姓。⑯祈肅　祈，祈禱。肅，揖拜。⑰元吉　大吉也。⑱釐福　幸福。釐，通「禧」。福也。⑲赫羲　炎盛貌。⑳猋風　回旋之風。㉑嘉卉　指禾苗。㉒何谷二句　此二句所提及的填谷、伐山（即伐山之林），可能都是古代的祈雨之法。㉓論　謂論罪。㉔謁　稟報；請求。㉕於是三句　五靈，五方之神，即東方青帝靈威仰，南方赤帝赤熛怒，中央黃帝含樞紐，西方白帝招拒，北方黑帝汁光紀。振悚，震驚恐懼。皇祇，指天神、地神。赫怒，發怒也。招搖，星名，為北斗星第七星。㉖欃槍　彗星名。㉗河伯句　謂河神掌管降雨之事。㉘屏翳　風神之名。案：也有古籍以屏翳為雷神或雲神。㉙迴呵句　迴呵，謂轉身大聲斥責。飛廉，疑此指雷神。案：也有古籍以飛廉為風神。㉚風隆　亦作「豐隆」。雷神。或為雲神。㉛息猋句　謂阻止了暴風、暴雨。㉜元敕二句　元，首先。敕，敕令。華嵩，指華山、嵩山。分別在今陝西省、河南省境內。此指二山之神。慶雲，五彩祥雲。㉝效　效力。㉞沉陰坱圠　沉陰，指濃雲。坱圠，雲氣彌漫之貌。㉟甘澤　指雨。㊱雨我二句　語本《詩經・大田》：「雨我公田，遂及我私。」爰，於是。曁，及也。㊲黍稷句　黍，黃米。稷，高粱。疇，田地。㊳依依　茂盛的樣子。㊴靈禾二句　靈禾，猶言嘉禾。重穗，謂一莖之上抽出多穗。古以一禾多穗為祥瑞之應。邦畿，國境。此指國內。㊵登　莊稼成熟。㊶餒　餓也。

【語譯】五行引發的自然災害，過去的史書都認為是報應弊政而產生的。天地之氣，自有其變化的規律，災害未必是由政治所引起的。近來大風掀倒了房屋，拔起了樹木，我的心裏有所感觸。姑且假借天帝的命令，以責眾神之過，而為百姓求福。文辭為：

天帝在上有指令，頒與風伯與雨神：風應促動氣候變，雨把時物來滋潤。陰陽二氣和諧後，萬物生長才茂盛。氣溫太高害禾苗，風大傷那樹枝身。成王已遇此災害，商湯也遭大旱情。湯王祈禱桑林後，五彩祥雲便產生。吹倒的禾苗復原後，周公離楚回鎬京。況且我皇仁德君，受天之命統萬民。以禮敬奉大山川，虔誠祈拜眾神靈。因而獲致大吉祥，幸福之事日日新。

如今炎旱甚嚴重，狂風大作攪天下。禾苗遇旱而枯萎，大樹被吹連根拔。什麼壑谷應該填？什麼山林應該伐？什麼神靈應定罪？什麼神靈應來拜請？

於是五帝皆驚懼，天神地祇亦發怒。招搖震驚且害怕，欃槍彗星斧揮動。河神負責降雨事，屏翳之神管刮風；轉過身來責飛廉，回頭大罵那豐隆；狂風暴雨被遏止，先令山神華與嵩，快將五彩祥雲生，奉獻力量促年豐。於是濃雲天上布，時雨下得細濛濛。雨水落入我公田，同時又入私田中。黃米高粱種滿田，禾苗長勢很旺盛。嘉禾一莖抽多穗，生在國內田地中。莊稼成熟年成好，百姓無飢樂融融。

【研　析】這篇風格獨特的文章，運用浪漫主義的表現手法，「聊假天帝之命」，斥責眾神降災於人間的過錯，並令眾神止風降雨，以解人間風、旱之災。此文表現了作者對國計民生的關懷與憂慮，以及對「年登歲豐，民無餒飢」的盛世的祈求與企盼。另外，文中指稱殷周之時成湯與周公的舊事，含意頗深，是委婉地勸諫魏明帝應當勵精圖治，順天應人，以消災致福。

本文之小序，主要交代寫作之緣起。作者在序中稱「五行致災」，「未必政治之所興致」，其用心在於表明自己不將「於時大風，發屋拔木」的災情歸因於現實政治，從而避免明帝的誤解、怪罪。正文的第一段，作者假借天帝的口吻，命令風神、雨神造福人間，使人間風調雨順。在這段中，作者從商周之成湯、周公談到曹魏的明帝，意在說明王朝統治者倒行逆施，或行政失誤，往往會招災致禍；只有禮敬神靈，修明政治，才會享吉納福。正文的第二段敘述了曹魏當時遭遇旱災、風暴的情況，並假託天帝的身分向眾神發號施令，以救曹魏之災。正文第三段寫天地眾神接受天帝之令後，紛紛行動，止風暴，降時雨，終於使曹魏出現一派生機勃勃的繁盛景象。

此文寫得奇幻迷離，創造出了一種氣勢恢宏、詭譎瑰美的藝術境界。特別是文章的最後一段，作者發揮浪漫主義的奇異的想像，在幻想的世界裏，假託天帝之命，驅使眾神，呼風喚雨，頤指氣使，慷慨激昂，整個場面、氣氛顯得無比壯闊、激越，讓人折服於作者凌虛躡影、離絕蹊徑的生花妙筆，令人為其描述的幻境異物而心動神搖。在以大膽、新奇的想像來構築光怪陸離、氣度恢閎的藝術世界這方面，曹植可謂深受戰國時作家屈原的影響。君不見，曹植此文中所寫役神使靈的場面與屈子〈離騷〉中所呈遣龍役鳳、駕雲馭雨的景象，何其相似乃爾！

此文四字一句，句法整飭，詞麗韻叶，讀起來頗有音樂的美感。另，與文章內容相應的是，全文詞氣凌厲莊重，字裏行間，如挾風霜，透露出威嚴清肅之氣。

釋愁文

【題解】曹植本是一個很有政治抱負的人，但受各種複雜的社會因素的制約和影響，他最終不僅未能實現自己的政治理想和願望，後半生還備受壓制和迫害。因此，鬱鬱寡歡，愁苦憂傷，與他後半生生活相依相伴。人有憂愁苦悶，自然想設法排遣。本文正是為遣散心中憂愁而作。

本文虛擬了一個崇奉道家人生信條的玄靈先生，由此敘及這個人物在作者憂愁縈心、無以解脫之際，指點迷津，賜以消愁良方，終使「眾愁忽然，不辭而去」。由此，表現出作者在絕望愁苦之時，向道家、神仙之說尋求精神慰藉的思想傾向。該文明顯是作者後期的作品。

予以愁慘❶，行吟❷路邊，形容枯悴❸，憂心如醉。有玄靈先生❹見而問之曰：「子將何疾，以至於斯？」答曰：「吾所病者，愁也。」

先生曰：「愁是何物，而能病子乎？」

答曰：「愁之為物，惟恍惟惚，不召自來，推之弗往，尋之不知其際❺，握之不盈一掌。寂寂長夜，或群或黨❻，去來無方❼，亂我精爽❽。其來也難退，其去也易追，臨餐困於哽咽，煩冤毒於酸嘶❾。加之以粉飾不澤❿，飲之以兼肴不肥⓫，溫之以火石不消，摩之以神膏不希⓬，授之以巧笑⓭不悅，樂之以絲竹增悲。醫和絕思而無措⓮，先生豈能為我著龜⓯乎？」

先生作色⓰而言曰：「予徒辯⓱子之愁形，未知子愁所由而生，我獨為子言其發⓲矣。方今大道既隱⓳，子生末季⓴，沉溺流俗㉑，眩惑㉒名位，濯纓彈冠㉓，諮趣㉔榮貴。坐不安席，食不終味㉕，遑遑汲汲㉖，或憔或悴。所鬻㉗者名，所拘者利，良由華薄㉘，凋損正氣。吾將贈子以『無為㉙』之藥，給子以『淡薄㉚』之湯，刺子以『玄虛』之針，灸㉛子以『淳朴』之方，安子以『恢廓』之宇㉜，坐子以『寂寞』之床㉝。使王喬㉞與子攜手而遊，黃公㉟與子詠歌而行，莊子與子具養神之饌，老聃㊱與子致愛性㊲之方，趣遐路以棲跡㊳，乘輕雲以翱翔。」於是精駭魂散㊴，改心回趣㊵，願納至言㊶，仰崇玄度㊷。眾愁忽然，不辭而去。

【注釋】❶愁慘　憂愁也。❷行吟　漫步歌吟。❸枯悴　謂面目清瘦。❹玄靈先生　是作者虛構的一個道家人物。類似於〈七啟〉中的玄微子。❺際　邊界。❻黨　眾也。❼方　常規也。❽精爽　魂靈；精神。❾臨餐二句　哽咽，謂食物堵在喉管，不能下咽。煩冤，憂愁之貌。毒，苦也。酸嘶，猶言酸削，指身體酸痛。⑩加之句　粉飾，指古代婦女搽臉化妝用的鉛粉。澤，臉色潤澤。⑪飲之句　飲之，猶食之。兼肴，成倍的魚肉。⑫希　減也。⑬巧笑　《詩經・碩人》：「巧笑倩兮。」形容笑容美好之貌。此謂美女。⑭醫和句　醫和，春秋時秦國良醫。絕思，謂心思用盡。⑮蓍龜　本謂占卜。此借謂指點、教導。蓍，草名，其莖可用作占卜之具。⑯作色　謂改變臉色。⑰辯　通「辨」。辨識。⑱發　指有啟發意義的話。⑲大道既隱　謂正常的社會規範、禮制已經消失。⑳末季　猶言衰世。㉑流俗　流行的不良習俗。㉒眩惑　猶迷惑。㉓濯纓彈冠　意謂洗滌冠上的纓帶，彈去冠上的塵土。比喻將出來做官。㉔諮趣　謀取也。趣，通「取」。㉕終味　謂吃完一頓飯。㉖遑遑汲汲　均形容忙忙碌碌、急切追求之狀。㉗鬻　買也。此謂求取。㉘華薄　虛華而不穩重。㉙無為　係道家的人生哲理之一。謂順乎自然，不求有所作為。㉚淡薄　猶淡泊。謂恬靜自處，無所欲求。㉛灸　燒也。此指用艾葉等燒灼身體某一部位的治病方法。㉜恢廓句　恢廓，寬大貌。此就氣度、精神而言。宇，謂屋。㉝床　坐臥之具。㉞王喬　傳說中的古仙人王子喬。㉟黃公　此似當指黃石公，即曾授張良以《太公兵法》的秦時隱士。㊱老聃　道家學派代表人物老子，春秋戰國時人，著有《老子》。㊲愛性　愛惜生命。㊳趣遐句　趣，趨也。遐路，偏遠之路。棲跡，猶棲住。㊴精駭魂散　謂心神受到震動。㊵改心回趣　猶言回心轉意。趣，意也。㊶至言　善美之言。㊷玄度　玄妙的法度。此實指道家的人生法則。

【語　譯】我因心中憂愁，便行吟於路邊，形貌清瘦，憂心如醉。玄靈先生看見我後，問道：「你是得了什麼病，落到這個地步？」我回答說：「我所得的病，是愁病。」

玄靈先生說：「愁是什麼東西，還能讓你病得這樣？」

我回答說：「愁這種東西，迷離恍惚，不召自來，推之不去，摸之不知其邊際，握之沒有手掌大。寂靜的漫長之夜，它們成群結隊，來去無常，亂我心神。來了以後很難讓它離去，走了之後卻容易將它追上，它使人看到飯食吃不進，心意憂傷，苦似腰酸背痛。人患愁病，就是搽以鉛粉，臉也不會光潤；吃進雙份魚肉，身體也胖不了；用火石溫暖，也不能使愁消；用神膏塗抹，也不能使愁減；將美女送給有愁之人，也不能使之愉悅；用音樂娛悅有愁之人，反倒使之增添悲情。對愁病，就是高明的醫和想盡辦法，也無力醫治，先生是不是可以給我指示救治之方？」

玄靈先生聽後，馬上改變臉色，說：「我只是看出你的愁形，還不知你的愁是怎樣產生的。我只好給你講一些開導性的話了。如今，大道已經消失，而你生在衰世，深深地浸染上了不良的世風，為名位所迷惑，準備入仕為官，謀取榮華富貴。因而坐不安席，食不甘味，忙忙碌碌，面容憔悴。所追求的是名，所謀取的是利。這些的確是因為虛浮、淺薄，而使正氣損傷殆盡。我將贈你『無為』之藥，給你『淡泊』之湯，對你刺以『玄虛』之針，灸以『淳朴』之方，讓你安居『恢廓』之屋，端坐『寂寞』之床。使王子喬與你一同攜手而遊，黃公與你一同歌詠而行，莊子為你準備修養心神的飯菜，老聃替你帶來珍愛性命的良方。行遠路以隱居，乘輕雲而高飛。」

聽了玄靈先生的話後，我的心神為之震動，於是回心轉意，願意接受他的至善之言，尊崇玄妙的法度。眾愁迅疾散開，不辭而去。

【研　析】本文深切地反映了作者後期遭受曹丕父子壓抑與迫害所產生的憂愁幽思、鬱悶冤結，表現了作者對擺脫眾愁的困擾、改變精神面貌的思盼與渴求。

全文從內容上看，可以分為兩大板塊：以文中「先生作色」句為界，以前為第一塊，後面為第二塊。

第一塊通過「予」(實為作者)之口，對「愁」之形態、特性及給人的困擾、危害，作了細緻入微的刻畫、描說。在這一部分，作者將愁這種原本無影無形、看不見摸不著的人的心理體驗、情緒，具象化、物態化，而且賦予它靈性，使之轉化為具體生動的形象，而可「尋」、可「推」、可「握」、可「召」。像這樣化虛為實，化抽象為具體，能使讀者對虛靈無形的「愁」獲得深刻而明晰的印象。另外，作者對憂愁給人的干擾、危害，亦寫得十分生動而具體。作者通過對人的現實行為、心理狀態、外部形貌等等的描摹，能使讀者真切地感受到憂愁是何滋味，憂愁是怎樣折磨、危害人的。這部分對於憂愁的深情詠歎，正是作者長期處於被壓抑、受冷遇的狀況的集中反映，凝結著作者對愁苦的切身體驗和感受。

第二大塊是借玄靈先生之口，講述了消愁之法。這曲折地反映出作者欲借老莊、神仙思想，以消解胸中的無邊愁苦。其實，作者並不一定真的信奉道家、神仙之說，而只是藉以暫時超脫眾愁的困擾罷了，是無可奈何的自我寬慰。

此文不為駢偶所縛，文筆奇縱飄忽，氣勢朠暢流走，語言生動形象，是一篇較好的抒寫性靈之作。

七啟 并序

【題解】西漢時著名辭賦作家枚乘，作有〈七發〉一文，文中設一吳國賓客，陳說七事以啟發太子，其用意是「戒膏粱之子」（《文心雕龍》語），即用以諷諫豪貴子弟。此文問世後，出現了不少擬仿之作，如傅毅〈七激〉、張衡〈七辯〉、王粲〈七釋〉，等等。因仿其形制而作者甚多，故後來逐漸演化出一種新的辭賦體裁——七體。此類賦作，體制宏偉，結構完整，鋪采摛文，辭藻華麗，且內容以勸誡諷諭為多。據有人統計，唐代以前寫過此體賦文的作者，不下四十家，故古之文集、史志專列「七」類，以收錄或著錄「七體」賦文。如，《昭明文選》曾專列「七」為一門，《隋書・經籍志》曾錄有「七林」十卷。

曹植這篇〈七啟〉，係模仿〈七發〉的體制而作。本文虛構了兩個主要人物——玄微子、鏡機子，敘述了極力維護曹魏政治集團利益的鏡機子，遊說遁世避俗的隱士玄微子積極用世，並使之出仕曹魏的整個經過。文章的思想內容具有強烈的勸世色彩，並與曹操當時「唯才是舉」、鼓勵在野士族積極參與現實政治的施政方略，一脈相承。

昔枚乘❶作〈七發〉，傅毅❷作〈七激〉，張衡❸作〈七辯〉，崔駰❹作〈七依〉，辭各美麗，予有慕之焉。遂作〈七啟〉，并命王粲作焉❺。

玄微子隱居大荒之庭[6]，飛遯[7]離俗，澄神定靈[8]，輕祿傲貴，與物無營[9]，耽虛[10]好靜，羨此永生[11]。獨馳思乎天雲之際，無物象而能傾[12]。於是鏡機子[13]聞而將往說焉，駕超野之駟，乘追風之輿[14]，經迥漠[15]，出幽墟[16]，入乎泱漭之野[17]，遂居[18]玄微子之所居。其居也，左激水[19]，右高岑[20]，背洞壑，對芳林。冠皮弁[21]，被文裘[22]。出山岫[23]之潛穴，倚峻崖而嬉遊。志飄飄焉，嶢嶢[24]焉，似若狹六合而隘九州[25]，若將飛而未逝，若舉翼而中留。

於是鏡機子攀葛藟[26]而登，距岊[27]而立，順風而稱[28]曰：「予聞君子不遯俗而遺名[29]，智士不背世而滅勳。今吾子棄道藝[30]之華，遺仁義之英，托精神乎虛廓[31]，廢人事之紀經[32]，譬若畫形於無象，造響於無聲[33]，未之思乎？何所規[34]之不通也。」

玄微子俯而應之曰：「嘻[35]！有是言乎？夫太極[36]之初，混沌[37]未分，萬物紛錯[38]，與道俱運[39]。蓋有形必朽，有端必窮，茫茫元氣[40]，誰知其終？名穢[41]我身，位累我躬[42]，竊慕古人之所志，仰老、莊之遺風[43]，假靈龜以托喻，寧掉尾於塗中[44]。」

鏡機子曰：「夫辯言之艷[45]，能使窮澤[46]生流，枯木發榮[47]，庶感靈而激神，況近在乎人情？僕將為吾子[48]說遊觀之至娛，演聲色之妖靡[49]，論變化之至妙，敷道德之弘麗，願聞之乎？」玄微子曰：「吾子整身倦世[50]，探隱拯沉[51]，不遠遐路，幸見光臨，將敬滌耳以聽玉音[52]。」

鏡機子曰：「芳菰精粺[53]，霜蓄露葵[54]，玄熊素膚[55]，肥豢膿肌[56]。蟬翼之割[57]，剖纖析微。累如疊縠[58]，離若散雪，輕隨風飛，刃不轉[59]切。山鵽斥鷃[60]，珠翠[61]之珍。寒芳蓮之巢龜[62]，膾西海之飛鱗[63]，臛江東之潛鼉[64]，臇漢南之鳴鶉[65]。糅[66]以芳酸，甘和既醇。玄冥適鹹[67]，蓐收調辛[68]。紫蘭丹椒，施和必節[69]，滋味既殊，遺芳射越[70]。乃有春清縹酒[71]，康狄所營[72]，應化則變[73]，感氣而成[74]，彈徵則苦發[75]，扣宮則甘生[76]。於是盛以翠樽[77]，酌以雕觴[78]，浮蟻鼎沸[79]，酷烈馨香，可以和神[80]，可以娛腸[81]。此餚饌之妙也，子能從我而食之乎？」玄微子曰：「予甘藜藿[82]，未暇此食也。」

鏡機子曰：「步光[83]之劍，華藻繁縟[84]，飾以文犀[85]，雕以翠綠[86]，綴以驪龍之珠[87]，錯以荊山之玉[88]。陸斷犀象，未足稱雋[89]；隨波截鴻，水不漸刃[90]。九旒之冕，散曜垂文[91]。華組之纓，從風紛紜[92]。佩則結綠、懸黎[93]，寶之妙微[94]，符采照爛，流景揚輝[95]。黼黻之服，紗縠之裳[96]，金華之舄，動趾遺光[97]。繁飾參差，微鮮[98]若霜。緄佩綢繆[99]，或彫或錯。薰以幽若[100]，流芳肆布[101]。雍容[102]閒步，周旋馳燿[103]。南威[104]為之解顏，西施為之巧笑。此容飾之妙也，子能從我而服之乎？」

玄微子曰：「予好毛褐[105]，未暇此服也。」

鏡機子曰：「馳騁足用蕩思[106]，遊獵可以娛情。僕將為吾子駕雲龍[107]之飛駟，飾玉輅之繁纓[108]。垂宛虹之長綾[109]，抗招搖之華旍[110]。捷忘歸之矢[111]，秉繁弱[112]之弓。忽躡景[113]而輕騖[114]，逸[115]奔驥而超遺風[116]。於是磎填谷塞，榛藪平夷[117]。緣山置罝[118]，彌野張罘[119]。下無漏跡，上無逸飛[120]。鳥集獸屯[121]，然後會圍[122]。獠徒雲布[123]，武騎霧散。丹旗燿野，戈殳晧旰[124]。曳文狐，掩[125]狡兔，捎鷫鷞[126]，拂振鷺[127]。當軌見藉，值足遇踐[128]。飛軒電逝[129]，獸隨輪轉。翼不暇張，足不及騰，動觸飛鋒[130]，舉挂輕罾[131]。搜林索險，探薄[132]窮阻，騰山[133]赴壑，風厲猋舉[134]。機[135]不虛發，中必飲羽[136]。於是人稠網密，地逼勢脅[137]。哮闞之獸[138]，張牙奮鬣[139]，志在觸突，猛氣不慴[140]。乃使北宮、東郭之疇[141]，生抽豹尾，分裂貙[142]肩，形不抗手，骨不隱拳[143]。批熊碎掌[144]，拉虎摧斑[145]。野無毛類[146]，林無羽群。積獸如陵，飛翮[147]成雲。於是駭鍾[148]鳴鼓，收旌弛旆[149]，頓綱縱網[150]，罷獠回邁[151]，駿騄齊驤[152]，揚鑾飛沫[153]，俯倚金較[154]，仰撫翠蓋[155]，雍容暇豫[156]，娛志方外[157]。此羽獵之妙也，子能從我而觀之乎？」玄微子曰：「予性樂恬靜，未暇此觀也。」

鏡機子曰：「閒宮[158]顯敞，雲屋晧旰[159]，崇景山之高基[160]，迎清風而立觀[161]。彤軒紫柱，文榱華梁[162]，綺井[163]含葩，金墀玉箱[164]。溫房則冬服絺綌[165]，清室則中夏[166]含霜。華閣緣雲，飛陛陵虛，俯視流星，仰觀八隅[167]，升龍攀而不逮[168]，眇天際而高居[169]。繁巧神怪，變名異形[170]，班輸[171]無所措其斧斤，離婁為之失睛[172]。麗草交植，殊品詭類[173]，綠葉朱榮，熙[174]天曜日。素水盈沼[175]，叢木成林。飛翮[176]陵高，鱗甲[177]隱深。於是逍遙暇豫，忽若忘歸。乃使任子垂釣[178]，魏氏[179]發機。芳餌沉水，輕繳弋飛[180]；落翳雲[181]之翔鳥，援九淵之靈龜。然後採菱花，擢[182]水蘋，弄蛛蜯，戲鮫人[183]，諷〈漢廣〉之所詠，覿游女於水濱[184]。燿神景於中沚[185]，被輕縠之[186]纖羅，遺芳烈而靜步[187]，抗皓手而清歌。歌曰：『望雲際兮有好仇[188]，天路長兮往無由[189]。佩蘭蕙兮為誰脩[190]？嬿婉[191]絕兮我心愁。』此宮館之妙也，子能從我而居之乎？」玄微子曰：「予耽嵒穴[192]，未暇此居也。」

鏡機子曰：「既游觀中原，逍遙閒宮，情放志蕩，淫樂未終。亦將有才人[193]妙妓，遺世[194]越俗，揚〈北里〉之流聲，紹〈陽阿〉之妙曲[195]。爾乃御文軒[196]，臨洞庭[197]，琴瑟交彈[198]，左篪[199]右笙，鐘鼓俱振[200]，簫管齊鳴。然後姣人乃被文縠之華袿[201]，振輕綺之飄颻[202]，戴金搖之熠燿[203]，揚翠羽之雙翹[204]。揮[205]流芳，燿飛文[206]，歷盤鼓[207]，煥繽紛[208]，長裾[209]隨風，悲歌入雲，蹻捷若飛[210]，蹈虛遠蹠[211]，陵躍超驤[212]，蜿蟬揮霍[213]，翔爾鴻翥[214]，濈然鳧沒[215]。縱輕體以迅赴，景追形而不逮[216]。飛聲激塵[217]，依威[218]厲響。才捷若神，形難為象[219]。於是為歡未渫[220]，白日西頹[221]，樂散變飾[222]，微步中閨。玄眉弛兮鉛花落[223]，收亂髮兮拂蘭澤[224]。形媠服[225]兮揚幽若，紅顏宜笑，睇眄[226]流光。時與吾子，攜手同行，踐飛除[227]，即閒房，花燭爛，幄幕張[228]。動朱唇，發清商[229]，揚羅袂[230]，振華裳。九秋之夕[231]，為歡未央[232]。此聲色之妙也，子能從我而遊之乎？」玄微子曰：「予願清虛，未暇及此遊也。」

鏡機子曰：「予聞君子樂奮節以顯義[233]，烈士甘危軀以成仁[234]。是以雄俊之徒，交黨結倫[235]，重氣輕命[236]，感分遺身[237]。故田光[238]伏劍於北燕，公叔[239]畢命於西秦。果毅輕斷[240]，虎步谷風[241]，威慴萬乘[242]，華夏稱雄。」詞未及終，而玄微子曰：「善！」鏡機子曰：「此乃游俠之徒耳，未足稱妙也。若夫田文、無忌[243]之儔，乃上古之俊公子也，皆飛仁揚義[244]，騰躍[245]道藝，遊心無方[246]，抗志雲際，陵轢[247]諸侯，驅馳當世[248]。揮袂則九野生風，慷慨則氣成虹蜺。吾子若當此之時，能從我而友之乎？」玄微子曰：「予亮願焉，然方於大道有累[249]，如何？」

鏡機子曰：「世有聖宰[250]，翼帝[251]霸世，同量乾坤[252]，等曜日月[253]，玄化參神[254]，與靈合契[255]。惠澤播於黎、苗[256]，威靈振乎無外[257]，超隆平[258]於殷、周，踵羲皇而齊泰[259]。顯朝惟清，皇道遐均[260]，民望如草，我澤如春[261]。河濱無洗耳之士[262]，喬嶽無巢居之民[263]。是以俊乂[264]來仕，觀國之光[265]，舉不遺[266]材，進各異方[267]。讚典禮於辟雍[268]，講文德於明堂[269]，正流俗之華說[270]，綜[271]孔氏之舊章。散樂移風[272]，國富民康，神應休臻[273]，屢獲嘉祥[274]。故甘露紛而晨降[275]，景星[276]宵而舒光。觀遊龍於神淵，聆鳴鳳於高岡。此霸道之至隆[277]，而雍熙[278]之盛際。然主上猶尚以沉恩之未廣，懼聲教之未厲[279]，采英奇於仄陋[280]，宣皇明於嵓穴[281]。此甯子商歌之秋[282]，而呂望所以投綸而逝也[283]。吾子為太和之民，不欲仕陶唐[284]之世乎？」於是玄微子攘袂而興[285]，曰：「偉[286]哉言乎！近者吾子所述華淫[287]，欲以厲[288]我，祇攪予心[289]。至聞天下穆清[290]，明君莅國[291]，覽盈虛之正義[292]，知頑素[293]之迷惑，今予廓爾[294]，身輕若飛。願反初服[295]，從子而歸。」

【注釋】❶枚乘　西漢著名辭賦家，字叔，淮陰（今屬江蘇）人。初為吳王劉濞郎中，後為梁孝王劉武門客。漢武帝即位後，以安車蒲輪徵入京，死於途中。其作品今存〈七發〉等三篇。❷傅毅　東漢文學家，字武仲，扶風茂陵（今陝西興平東北）人。在漢章帝時曾為蘭臺令史。有〈舞賦〉、〈七激〉等作品。❸張衡　東漢天文學家、文學家，字平子，河南南陽西鄂

（今屬河南省）人。其作品有〈二京賦〉、〈歸田賦〉等。❹崔駰　東漢文學家，字亭伯，涿郡安平（今屬河北省）人。少時與班固、傅毅齊名。著有〈達旨〉等作。❺并命句　王粲，字仲宣，是與曹植同時的作家。此處謂曹植命王粲所作七體賦為〈七釋〉，見《藝文類聚》卷五七。❻玄微子句　玄微子，作者虛構的一個人物，此人物為隱士，秉承道家學說。名曰「玄微」，有幽玄精微之意。大荒，古神話中地名。《山海經・大荒西經》：「大荒之中，有山名曰大荒之山，日月所入，……是謂大荒之野中也。」❼飛遯　同「肥遁」。謂離世隱退。❽澄神定靈　謂精神安定、恬淡，不為外物所動。❾無營　意謂無求、無爭。❿虛　道家以「虛無」為「道」之本體，謂其無所不在，但又無形可見。⓫永生　長生也。⓬無物象句　物象，指萬物初生之時的形象。傾，欽慕。⓭鏡機子　作者虛構的人物。⓮駕超野二句　超野、追風，在此均形容速度快疾。駟，同駕一車的四匹馬。輿，車也。⓯迥漠　邊遠的沙漠。⓰幽墟　僻靜的山丘。⓱泱漭之野　即《山海經》所謂大荒之野。泱漭，廣大無邊之貌。⓲屆　到達。⓳激水　流速甚疾的河水。⓴岑　小而高之山。㉑皮弁　《文選》李善注云：「……皮弁，白鹿皮為冠，象上古也。」㉒文裘　文狐之皮製成的裘衣。㉓山岫　山洞。亦泛指山峰。㉔嶢嶢　高也。㉕狹六合而隘九州　謂將六合、九州之地看得很狹小。六合，指上下及四方。猶言天下。隘，狹小。㉖葛藟　葛的藤枝。葛，蔓生植物之一種。㉗距喦　距，到達。喦，同「巖」。㉘稱　言說也。㉙遺名　謂遺棄美好的聲名。㉚道藝　指學問與技能。《周禮・天官・宮正》鄭眾注：「道，謂先王所以教道民者。藝，謂禮、樂、射、御、書、數。」㉛虛廓　猶云虛空、虛無。㉜廢人事句　意謂棄置世間人際交往所遵循的綱常。㉝譬若二句　喻指事功難成。《文選》李善注云：「言像因形生，響隨聲發，今欲無聲而造響，圖像而無形，豈有得哉？」㉞所規　指所遵守的人生規則。㉟嘻　驚訝之聲。㊱太極　古指宇宙的本原，為原始的混沌之氣。㊲混沌　形容陰陽未分之貌。㊳紛錯　雜亂貌。㊴與道俱運　謂萬物隨著宇宙自然規律的運行而衍化。㊵元氣　本指天地未分之前混一之氣。此謂天地、宇宙。㊶穢　汙也。㊷位累我躬　謂官位牽累我身。躬，身體。㊸遺風　餘風也。㊹假靈龜二句　典出《莊子・秋水》。詳見本書卷四〈神龜賦〉所注。靈龜，神龜也。寧掉尾於塗中，喻甘處卑賤之位。掉尾，猶擺尾。塗中，汙泥之中。㊺艷　華美。㊻窮澤　此指乾枯的湖泊。㊼發榮　開花。㊽吾子　此指玄微子。㊾演聲色句　演，演說。妖，此謂色美。靡，此謂聲好。㊿整身倦世　謂端正自身行為，為世間之事操勞。(51)探隱拯沉　探尋隱居之士，薦舉下位之人。(52)滌耳以聽玉音　謂洗耳恭聽美好的言論。玉，讚美之詞。(53)芳菰句　菰，多年生水生宿根草本植物，又名蔣，俗稱茭白，生於河邊淺水處，春天萌生新株，初夏或秋季抽生花莖，根部嫩莖就是可食用的茭白。精粺，指純淨的稻米。(54)霜蓄句　霜蓄，《文選》李注：「蓫與蓄，音義通也。」依此，霜蓄則指冬日的蓫薚草，即俗所稱章柳草。案：曹文此以「霜蓄」與「露葵」對舉，則「蓄」當指可食之菜；而依李注，蓄即蓫薚，則為惡草，不可食，故此「蓄」非指蓫薚也。考以古籍，霜蓄，當指冬日所蓄藏的乾菜。《呂氏春秋．仲秋紀》高誘注云：「蓄菜，乾苴之屬也。」露葵，即冬葵，是一種食用菜。《本草綱目》卷一六云：「古人採葵必待露解，故曰露葵，今人呼為滑菜。……古者葵為五菜之主。」(55)素膚　白肉。(56)肥豢句　豢，指豬、犬等。膿肌，指肥肉。膿，肥貌。(57)蟬翼之割　謂肉切割得像蟬翅一樣薄。(58)疊縠　指重疊的薄紗。(59)轉　移動。(60)山鵽斥鷃　均為鳥名。山鵽，又名沙雞、突厥雀，大如鴿，似母雉，羽毛淺黃色，肉質甚美。斥鷃，又稱鵪鶉，頭小尾禿，似雞雛。(61)珠翠　珠蚌中的肉柱，可製成珍奇的食品。《文選》李善注云：「珠翠，珠柱也。《南方異物記》曰：採珠人以珠肉作鮓也。」(62)寒芳蓮句　意謂將巢居於芳蓮上的神龜取來做成醃製類食品。寒，指醃、醬一類食品的加工方法。巢龜，《文選》李善注云：「《史記》曰：有神龜在江南嘉林中，常巢於芳蓮之上。」(63)膾西海句　膾，切得很細的肉。此謂細切。飛鱗，此指文鰩魚，又稱飛魚。據《山海經．西山經》載：鰩魚狀如鯉，魚身而鳥翼，蒼紋而白頭，常行西海而游於東海，夜飛而行。(64)臛江東句　臛，肉羹也。鼉，一種水生動物，俗稱豬婆龍，形似水蜥蜴，有四腳，長丈餘。(65)臇漢南句　臇，少汁的肉羹。漢南，指漢水之南地區。鶉，即鵪鶉鳥。(66)糅　雜也。(67)玄冥句　謂北方之神玄冥調配鹹味。玄冥，北方神名，司冬。適，調適也。(68)蓐收句　謂西方之神蓐收調配辛辣之味。蓐收，西方神名，司秋。(69)施和句　謂施用調味品，一定要有所節制，掌握好限度。(70)遺芳句　謂飄出的香氣向四處射散。(71)春清縹酒　《文選》李善注云：「《毛詩》曰：為此春酒。鄭玄《禮記注》曰：清酒，今之中山冬釀，接夏而成也。縹，綠色而微白也。」(72)康狄句　康，指杜康。狄，指儀狄。二人均為古之善造酒者。營，造也。(73)應化句　謂酒隨著外部環境的變化而變化。《文選》李注引《淮南子》曰：「物類之相應，故東風至而酒汎溢。」(74)感氣句　謂酒感應適宜的氣候而成熟。氣，氣候也。(75)彈徵句　謂酒在季夏之月（即農曆六月）易發苦味。《文選》李注引《禮記》曰：「季夏之月，其音徵，其味苦。」徵，古五音之一。案：古人常將樂律和曆法聯繫起來，以五音與四季相配，其中以徵配夏。(76)扣宮句　謂農曆六月中旬，酒味變得甘甜。宮，古五音之一。《文選》李善注引《禮記》曰：「中央土，其音宮，其味甘。」(77)翠樽　以翠玉製成的酒器。(78)雕觴　指雕刻花紋圖案的酒杯。(79)浮蟻句　浮蟻，酒熟之後，面上浮有白色泡沫，視之如蟻，故稱。鼎沸，如水在鼎中沸騰。(80)和神　謂使精神和悅。(81)娛腸　謂使腸胃舒適。(82)藜藿　藜，一年生草本植物，開黃綠色花，嫩葉可食。藿，豆葉也。(83)步光　劍名。《文選》李注云：「《越絕書》曰：孔子從弟子七十人往奏。句踐乃身被賜夷之甲，帶步光之劍。」(84)華藻繁縟　謂劍上的彩飾繁密而華茂。藻，文采。(85)文犀　犀角名。又稱通天犀或駭雞犀。其角赤色（或曰白色），上有紋理如線。(86)翠綠　謂青綠色美玉。(87)驪龍之珠　指驪龍頷下的寶珠。《莊子．

列禦寇》云：「夫千金之珠，必在九重之淵，而驪龍頷下。」(88)錯以句　錯，裝飾也。荊山之玉，謂和氏璧。《文選》李善注：「韓子曰：楚人和氏得璞玉於楚山之中也。」(89)雋　特異。(90)隨波二句　謂以劍截擊隨波而行的鴻雁，劍刃上不會留下水痕。漸，浸染。(91)九旒二句　旒，即古代帝王、公侯冠冕前後所懸掛的珠串。漢制：天子之冕用十二旒，諸侯用九旒。散曜，散發光芒。垂文，懸垂文飾。(92)華組二句　謂冠上的絲帶，隨風飄動。華組，冠上的花帶。纓，指繫於脖子處的冠帶。纓與組相類，但比組小。紛紜，飄動貌。(93)結綠懸黎　均為美玉名。《文選》李注引《戰國策》曰：「應侯謂秦王曰：梁有懸黎，宋有結綠，而為天下名器也。」(94)妙微　謂十分精妙。(95)符采二句　符采，玉之橫紋也。照爛，同「炤爛」。光色鮮亮之貌。流景，猶云流光。(96)黼黻二句　黼，古代禮服上繡的半黑半白的斧形花紋。黻，指亞字形花紋。縠，有皺紋的薄紗布。(97)金華二句　金華，金花也，服飾之一種。舄，一種複底安置木板的鞋子，類似後世木屐。此泛指鞋。遺光，散光也。《文選》李善注此二句云：「言以金華飾舄，故動足而有餘光也。」(98)微鮮　明亮潔淨。(99)緄佩句　緄，當為「琨」字之誤，指美玉。綢繆，紋彩密布之貌。(100)幽若　幽香之杜若。杜若，香草名。(101)肆布　猶言散布。(102)雍容　舒緩從容之貌。(103)馳燿　散發光輝。(104)南威　古代美女名。南之威的省稱。《文選》李善注引《戰國策》云：「晉文公得南威，三日不聽朝。遂推而遠之曰：後世必有以色亡其國者。」(105)毛褐　指粗毛布衣。(106)蕩思　蕩滌憂思。(107)雲龍　《文選》李善注云：「馬有龍稱，而雲從龍，故曰雲龍也。《周禮》曰：凡馬八尺已上為龍。」(108)飾玉輅句　玉輅，指以玉裝飾的車子。繁，與「鞶」通。指馬腹之下的大帶。纓，指套在馬頸上的繩子。(109)垂宛虹句　意謂垂掛曲如彩虹的長形旌旗。宛，屈曲也。綏，旌旗。案：古人將羽毛染以五彩，綴於旗竿之上，以作飾物，視之若彩虹在旗。(110)抗招搖句　意謂高舉畫有招搖星形象的彩旗。抗，舉也。招搖，星名，為北斗七星之第七顆。旍，旌旗也。(111)捷忘歸句　《文選》李善注：「《新序》曰：楚王載繁弱之弓，忘歸之矢，以射隨兕於夢也。」捷，插也。忘歸，良箭名。(112)繁弱　良弓名。(113)躡景　秦始皇良馬之名。(114)輕鶩　疾馳也。(115)逸　放縱。(116)遺風　古良馬名。(117)於是二句　形容人馬眾多。磎，山谷。榛，灌木林。藪，水少而草木茂盛的湖澤。(118)罝　捕獸之網。(119)罘　捕鳥之網。(120)下無二句　謂獸與鳥都無有逃逸者。漏跡，猶云逃跑。(121)屯　集也。(122)會圍　合圍。(123)獠徒句　謂圍獵之徒如雲密布。獠，獵也。(124)戈殳句　殳，古代兵器之一種，以竹木為之，有棱無刃。皓旰，潔白光明之貌。(125)掩　遮擊。(126)捎鷫鷞　捎，拂掠而擊。鷫鷞，鳥名。又作「鷫鸘」。長頸綠身，其形似雁。(127)振鷺　即鷺鷥鳥。(128)當軌二句　謂鳥獸遇上車子，就遭碾壓；碰上人的腳，就遭踐踏。當，遇也。見藉，謂被車輪碾壓。值，逢也。(129)飛軒句　謂飛車像閃電一樣疾逝。(130)飛鋒　指箭。(131)舉挂句　謂鳥向上飛舉，則觸網而被掛住。舉，上飛。罾，捕鳥之網。(132)薄　草木叢生之處。(133)騰山　翻越高山。(134)風厲句謂如風之疾行，如火焰之飛射。厲，猛疾也。猋，火花也。135機　弓弩上發射箭的機關，即弩牙。136飲羽　謂箭深深地射入獸體，以致尾部羽毛隱沒不見。137地逼句　謂地勢促迫、逼仄。138哮闞之獸　指虎豹。闞，虎叫聲。139奮鬣　揚起頸上的長毛。140慴　懼也。141乃使句　據《孟子・公孫丑》載：古有勇士名叫北宮黝者，肌膚為人所刺而不退卻，眼睛為人所刺而不轉睛，「思以一毫挫於人，若撻於市朝。」又據《呂氏春秋》載：齊國有好勇者，一人居東郭，一人居西郭。二人偶然相遇於路上，遂行觴飲酒，並以刀割取對方身上的肉而食之。疇，輩也。142貙　一種類似貍的野獸。143形不二句　謂野獸之身、骨經不起勇士的拳擊。形，猶身也。抗、隱，均有抵禦之義。144批熊句　謂勇士以手擊熊，使熊掌碎。批，側手相擊。145斑斑紋。謂虎豹之皮。146毛類　謂獸類。147飛翮　指空中飄飛的鳥羽。翮，鳥翎的莖。148駴鍾　擊鍾也。《文選》李善注：「鄭玄曰：雷擊鼓曰駭。駴，古『駭』字。」149弛旆　謂撤去旗幟。150頓綱句　謂放開綱繩，撤去大網。頓，猶捨也。151羆獠回邁　當作「罷獠回邁」。謂停止捕獵，往回行進。152駿騄句　謂駿馬一同昂首奔騰。153揚鑾飛沫　《文選・舞賦》：「龍驤橫舉，揚鑣飛沫。」李善注云：「馬舉首而橫走，動鑣則飛馬口之沫也。」鑾，鈴也，在鑣（即馬嚼子）上。154俯倚金較　張衡〈西京賦〉：「戴翠帽，倚金較。」較，車箱兩旁板上的橫木，以黃金裝飾，故云金較。155翠蓋　以翡翠鳥羽作飾物的車蓋。156暇豫　閒適怡樂。157方外　世俗之外。158閒宮　空曠的宮室。159晧旰　猶浩汗。廣大之貌。160崇景山句　意謂聳立的屋基像景山一樣高。崇，立也。景山，山名，在今河南省偃師縣南。161觀　此指迎風觀，在魏都鄴城。162彤軒二句　彤軒，紅漆欄杆。紫柱，紫色殿柱。文榱，指繪有花紋圖案的椽子。163綺井　即藻井。指繪有文彩、狀如井幹形的天花板，上刻菱荷等物。164金墀玉箱　《文選》李善注云：「金墀，猶金戺也。〈西京賦〉曰：金戺玉階。玉箱，猶玉房也。」案：戺，砌也，即門坎。漢代宮室，常以銅包套門砌，並以金塗飾銅上，稱之為金戺或金墀。玉，讚美之詞。165絺綌　用葛纖維織成的布，細者曰絺，粗者曰綌。166中夏　指盛夏時節。167華閣四句　語本王延壽〈魯靈光殿賦〉：「飛陛揭孽，緣雲上征。」「中坐垂景，頫視流星。」華閣，彩繪之閣道。緣雲，猶言凌雲。言其高也。飛陛，指騰空高起的閣道階梯。陵虛，猶言凌空。八隅，猶八方也。168升龍句　升龍，指飛動之雲。逮，及也。169眇天際句　謂身居高處，能一眼望到天邊。眇，視也。170變名異形　謂眾建築物各有各的面貌，各有各的形制。案：曹文此句與王粲〈七釋〉中「陰陽殊制，溫涼異容」句意相類，疑此句「變名」之「名」當作「容」。171班輸　即公輸般。春秋時魯國的巧匠。172離婁句　離婁，古之明目者，相傳為黃帝時人。失睛，謂眼花而不能看清物體。173詭類　異類也。174熙　光明照耀。175沼　池也。176飛翮　指鳥類。177鱗甲　指魚類。178任子垂釣　典出《莊子・外物》：「任公子為大鉤巨緇（案指黑絲繩），五十犗（案指閹牛）以為餌，蹲乎會稽，投竿東海，旦旦而釣，期年不得魚。已而大魚食之，牽巨鉤，餡沒而下，騖揚而奮鬐，白波若山。」(179)魏氏　古之善射者。(180)輕繳弋飛　繳，指繫於箭末的生絲繩。弋，射也。飛，指飛鳥。(181)翳雲　遮雲。(182)擢　拔取；抽取。(183)鮫人　神話傳說中居於海底的怪人。(184)諷漢廣二句　漢廣，《詩經》中篇名，詩中有「漢有游女，不可求思」等語，〈韓詩序〉認為此詩是寫漢水神女的故事。覿，遇見。游女，指漢水女神。(185)燿神景句　謂神光照耀於洲中。神景，神光也。沚，水中小塊陸地。(186)之　猶與也。(187)遺芳烈句　謂女神慢步而行，留下濃烈的香氣。遺，留也。靜步，徐行也。(188)仇　配偶。(189)無由　無從也。(190)脩　飾也。(191)嫵婉　美好貌。此指美好之情。(192)嵒穴　《文選》李善注：「隱者所居。」(193)才人　指有才華的藝人。(194)遺世　猶言絕世。(195)揚北里二句　北里，古舞曲名。《文選》李注引《史記》曰：「紂使師涓作新淫之聲，〈北里〉之舞，靡靡之樂。」流聲，放蕩之聲。紹，繼續。陽阿，樂曲名。(196)文軒　有畫飾的殿檻。(197)洞庭　寬廣之庭也。(198)彈　謂彈奏。(199)篪　管樂器。以竹為之，上有七孔，橫吹。(200)振　動也。(201)袿　婦人上衣也。(202)飄颻　即飄搖。(203)戴金搖句　金搖，即金步搖，古代婦女首飾之一種，綴有垂珠，行則搖動。漢代步搖以黃金為山題（山形橫額），綴以白色珠玉。熠燿，鮮明也。(204)翠羽之雙翹　此指舞者頭上插的兩根翠綠色的鳥羽。翹，鳥尾的長羽毛。(205)揮　散也。(206)燿飛文　此謂舞者身上的飾物閃耀著光彩。(207)盤鼓　漢魏之時的一種舞蹈，又稱七盤舞。舞時以盤與鼓為表演器具。(208)煥繽紛　謂盤、鼓發出燦爛的光彩。(209)裾　衣襟也。(210)蹻捷句　形容舞姿極為輕快。蹻捷，猶言敏捷。(211)蹈虛句　謂舞者跳得很高很快，且跨度極大。蹈虛，謂騰空而起，足不著地。蹠，踏也。(212)超驤　跳躍。(213)蜿蟬揮霍　蜿蟬，猶蜿蜒。揮霍，迅疾貌。(214)鴻翥　鴻雁飛舉。(215)戢然句　謂像野鴨一樣迅疾地沒入水中。此句形容俯身向下的舞態。戢然，疾貌。(216)景追句　形容動作極為迅急。(217)飛聲句　《文選》李注引《七略》曰：「漢興，善歌者魯人虞公，發聲動梁上塵。」(218)依威　形容聲音忽離忽合。(219)形難句　謂很難對其形態作出具體描述。(220)渫　歇也。(221)西顏　猶言西傾。(222)變飾　更換衣飾。(223)玄眉句　玄眉，指以青黛之色所描畫出的眉。弛，脫落。鉛花，化妝用的一種粉。(224)蘭澤　一種含蘭香的油脂，可塗髮或潤膚。(225)形媠服　顯露出漂亮的衣服。媠，好也。(226)睇眄　斜視之貌。(227)飛除　指凌空直上的樓梯。(228)張　設也。(229)清商　謂歌曲。商，古五音之一。(230)羅袂　羅衣之袖。(231)九秋之夕　謂夜長也。九秋，猶深秋。(232)未央　未盡也。(233)奮節以顯義　謂激發節操以明義。(234)烈士句　語本《論語》：「志士仁人，有殺身以成仁。」(235)交黨結倫　謂結交志向相同之人。(236)重氣輕命　謂重視氣節，看輕生命。(237)感分遺身　謂感於情義而忘自身。分，情分；情義。遺，忘也。(238)田光　戰國時燕人。為人多智謀而深沉。秦滅韓趙，燕太子丹恐懼，欲行刺秦王。太傅鞠武便將田光薦與太子丹，田光又轉薦荊軻。當引荊軻進見太子丹時，田光心思自殺以激荊軻，遂拔劍自刎。(239)公叔　荊軻之字。(240)輕斷　輕率地作出決定。[241]虎步谷風　《文選》李注引《春秋元命苞》曰：「猛虎嘯而谷風起。」[242]萬乘　此謂大國君主。《文選》李注引《漢書》曰：「天子畿方千里，出兵車萬乘，故稱萬乘之主。」[243]田文無忌　田文，即戰國時齊國的孟嘗君，田文是其姓名。孟嘗君在薛地時，門下賓客有數千人。無忌，即戰國時魏國的信陵君。史載信陵君曾養門客三千人。[244]飛仁揚義　謂廣泛傳播仁義。[245]騰躍　比喻極力倡導、張揚。[246]遊心無方　謂注意力不拘於一事一物。遊心，謂馳騁心志。無方，無常也。[247]陵轢　猶凌駕。[248]驅馳當世　謂驅使當世之人。[249]然方句　方，將也。大道，此當指道家的人生哲學。累，妨害。[250]聖宰　指曹操。曹操時任漢朝丞相，故稱。[251]翼帝　謂輔佐漢帝。[252]同量乾坤　謂博大無私的氣度與天地相等。[253]等曜日月　謂與日月同等光明。[254]玄化參神　謂道德之教化如出於神。[255]與靈合契　謂曹操經國治民，合乎上天的符命。[256]黎苗　我國古代的兩個少數民族，即九黎、三苗。[257]無外　猶無限。指無邊之境。[258]隆平　興盛太平。[259]踵羲皇句　《文選》李注：「〈東京賦〉曰：踵二皇之遐武。薛綜曰：踵，繼也。」羲皇，當為「羲農」之誤，指古帝伏羲、神農。泰，善美。[260]顯朝二句　謂漢朝太平無事，漢帝的治道及於遠方。顯，光也。清，靜也。皇，指漢帝。遐，遠也。均，同也。[261]民望二句　《文選》李注：「《漢書．文帝紀》述曰：我德如風，民應如草。」句謂百姓如草一樣盼望惠澤，而我皇（指漢帝）則如春天滋養萬物。[262]河濱句　相傳上古之時，堯帝欲將天下禪讓給賢士許由，許由不受，乃隱耕於潁水之陽，箕山之下。堯又召許由為九州之長，許由不欲聞之，遂洗耳於潁水之濱。[263]喬嶽句　《文選》李注：「皇甫謐《逸士傳》曰：巢父者，堯時隱人，常山居，以樹為巢，而寢其上，時人號曰巢父也。」喬嶽，高山也。[264]俊乂　指俊傑賢能之士。[265]觀國之光　語出《周易．觀卦》。謂觀見國之盛德光輝。[266]遺　失也。[267]進各異方　言以各種類型的人入朝為官。方，道也。[268]辟雍　古代為貴族子弟所設的大學。[269]明堂　古代帝王宣明政教的地方。[270]華說　華而不實的言論。[271]綜　彙集整理。[272]散樂移風　言發揮音樂的教化作用，以轉變社會風氣。[273]神應休臻　謂神靈感應，吉兆到來。臻，至也。[274]嘉祥　指吉祥的瑞應。關於瑞應，見本書卷七〈赤雀贊〉所述。[275]故甘露句　《文選》李注：「《禮斗威儀》曰：其君乘土而王，其政太平，時則甘露降。」[276]景星　雜星名，也稱瑞星、德星。《史記．天官書》云：「天精而見景星。景星者，德星也。其狀無常，常出於有道之國。」[277]此霸道句　霸道，與王道相對。指國君憑藉武力、權勢等進行統治。此實謂曹操屢挫豪強勢力、安定北方的所作所為。至隆，至高也。[278]雍熙　和樂貌。[279]然主上二句　主上，指漢獻帝劉協。沉恩，深恩也。聲教，謂聲威文教。厲，高也。[280]采英奇句　《文選》李注：「邊讓〈章華臺賦〉曰：舉英奇於側陋。」英奇，指傑出的賢德之人。仄陋，同「側陋」。指有才德而居於卑微地位的人。[281]宣皇明句　語本張衡〈東都賦〉：「散皇明以燭幽。」句謂帝王的光輝照及巖穴之地。嵓穴，指隱士所居之處。[282]此甯子句甯子，即春秋時人甯戚。曾懷才不遇，隱於商賈。齊桓公外出，聞甯戚叩牛角而商歌，乃異之，遂拜其為大田，主管農事。商歌，謂歌聲低沉悲涼。秋，時也。[283]而呂望句　呂望，即呂尚，又稱姜子牙。《文選》李注：「《尚書中候》曰：王（案指周文王）至磻溪之水，呂尚釣崖下，趨拜，尚立變名曰望。」投，棄也。綸，釣魚用的絲繩。[284]陶唐　即堯帝。[285]攘袂而興　捲袖而起也。[286]偉　美也。[287]華淫　謂浮誇而不切實際。[288]厲　勸勉也。[289]祇攪予心　語本《詩經・何人斯》：「祇攪我心。」攪，亂也。[290]穆清　安定、清明。[291]莅國　謂掌握國政。莅，臨也。[292]覽盈虛句　言觀察國家興衰之正道。[293]素　《文選》李注：「素，質也。言人但有質樸，無治人之材也。」[294]廓爾　猶豁然。開朗貌。[295]願反初服　化用屈原〈離騷〉中「退將復修吾初服」一句。此比喻重返人世間，出仕當朝。初，始也。

【語　譯】從前，枚乘作〈七發〉，傅毅作〈七激〉，張衡作〈七辯〉，崔駰作〈七依〉，各自的文辭都很美麗，我有仰慕之意，便寫作了〈七啟〉一文，並命王粲作〈七釋〉。

玄微子隱居於大荒之庭，避世而脫俗，心神安定而恬淡，輕視官祿，傲視權貴，於物無爭，愛好虛靜之道，想以此而求得長生。獨自心遊於天雲之外，世間萬物之形不能使之心動。於是，鏡機子聞情將去勸說。他駕著超野之駟，乘坐追風之車，經過邊遠的沙漠，越過僻靜的山丘，進入廣大無邊的原野，便到達了玄微子所住的地方。其所居之地，左邊是湍急的河流，右邊是高峻的山峰，背靠深壑，面對芳林。玄微子頭戴白鹿皮帽，身披文狐裘衣，走出幽深的山洞，挨著峻峭的山崖而嬉遊。其神志飄逸、高邁，好像將天下、九州看得極為狹小，又像飄然欲飛而未去，還像展翅上飛半途歇。

於是，鏡機子攀緣葛藤而登，至達山巖而立，順風而說道：「我聽說君子不逃避世俗而遺棄美名，智士不背離社會而湮沒功業。如今您捨棄道藝與仁義之花，將精神寄託於虛無之境，而廢棄人際交往的法則。這就像不借助形象來畫像，不利用聲音來製造回響，豈不是不可思議嗎？您所遵守的人生規則真是行不通啊！」

玄微子俯身回答說：「咦！是您所說的這樣嗎？那元氣形成之初，陰陽未分，一片混沌，萬物紛紜雜亂，而依循自然規律繁衍變化。大約有形的東西必然朽爛，有開端必然有終結。茫茫元氣，誰能知其終極？聲名，玷汙我身；爵位，妨害我體。我心羨古人的所思所想，仰慕老子、莊周的餘風。假借神龜以設喻寄意，那就是寧可在汙泥濁水之中擺尾而行。」

鏡機子說：「巧辯之言的華美，能使乾涸的湖泊產生水流，枯死的樹木開出花朵，或許還能感動神靈，何況是近可感觸的人之感情呢？我將向您陳述遊觀的最大快樂，演說聲色的各種美好，談論事物變化的精微深妙，鋪敘道德的弘大美麗，您願意聽聽嗎？」玄微子說：「您注重修養自身，並為世間之事奔走操勞，探尋隱居之士，拔舉下位之人，不辭遠行之苦，幸得光臨我處，我將洗耳恭聽您的嘉言。」

鏡機子說：「有芳香的茭白，精粹的稻米，乾菜與露葵。黑熊的潔白之肉，豬狗的肥美之肌，切割得薄如蟬翅，又細加剖解，堆積起來如同疊放的輕紗，分離開來又像散落的白雪。肉輕得能隨風而飛，細得不能再遊刃而切。山雞、斥鷃，珍奇的珠柱。醃製巢居芳蓮之上的神龜，細切西海的文鰩之肉。取江東之潛鼉做成肉羹，用漢南之鳴鶉熬製肉湯，摻雜香酸佐料，味道甘美而醇厚。又讓北方之神玄冥調配鹹味，西方之神蓐收調配辣味。紫蘭、丹椒等佐料，用以調味，一定是恰到好處。上述食品的滋味已非同一般，飄出的香氣又四處溢散。還有春熟的清酒，是杜康、儀狄一般的能工所造。酒隨物類的變化而變化，並感應氣候而成熟；音徵之月酒味苦，宮音彈響時酒味甜。於是，以翠玉酒樽盛裝，以雕花的酒杯斟酌。如蟻的泡沫浮於酒面，就像水沸於鼎中，酒的香氣十分濃烈。此酒可以使精神和悅，使腸胃舒暢。上述這些，是酒肉飯食的美妙，您能隨我去品嘗一下嗎？」玄微子說：「我甘願以藜菜、豆葉為食，沒有興致去品嘗這些美味佳肴。」

鏡機子說：「步光之劍，彩飾繁密而華茂。飾以通天犀角以及青綠玉石，綴上驪龍之珠，嵌以和氏之璧。此劍能斬陸地上的犀牛、大象，還不足以顯其奇特；用以截擊隨波而行的鴻雁，劍刃可以不沾一絲水痕。頭戴九旒王冠，光芒散發，彩飾懸垂；花帶上的繫繩，隨風飄揚。身佩結綠、懸黎之玉，都是十分精美的寶物。寶玉上的紋理、光澤，亮麗鮮明，流光溢彩。身著繡有花紋的禮服，以及縐紗製成的單衣。腳穿飾以金花的鞋子，一動足就有餘光閃爍。繁盛的飾物參差不齊，都像霜一樣明潔鮮亮，佩帶的琨玉紋彩密布，有的是雕琢，有的是鑲嵌。薰杜若香草，芳氣四溢。悠閒自在地漫步，往來走動之時光彩散發。南威般的美女為之開顏而笑，西施般的麗人為之頻送秋波。上述這些，都是容飾的美妙，您能隨我去佩帶、穿著嗎？」玄微子說：

「我喜歡穿著粗簡的毛布衣，還沒興致佩帶、穿著這些衣飾。」

鏡機子說：「騎馬馳騁足以排遣憂思，出外遊獵可以娛樂性情。我將為您駕馭四匹雲龍馬，將玉輅和絡馬的帶纓裝飾一新。垂掛宛曲如虹的長旗，高舉畫有招搖星的彩旃。身攜忘歸之箭，手持繁弱良弓。讓躡景之馬快速馳騁，任騏驥盡情奔騰，其速快於遺風名馬。於是，人馬填滿了溝壑，堵塞了山谷，山林、沼澤也似乎被人馬蕩平。沿山安置捕獸之網，遍野張設捕鳥之罘。下無漏走之獸，上無逃飛之鳥。鳥獸被趕往一處，然後會聚人馬圍獵。羽獵之徒如雲密布，武士騎兵似霧飄散。紅旗映耀原野，戈殳閃閃發光。拖引文狐，掩擊狡兔，拂掠鷫鷞，掃打鷺鷥。鳥獸遇上車輪者遭碾壓，碰上人腳者遭踐踏。飛車像閃電一樣疾逝，野獸追隨車輪奔跑。鳥有翅而來不及張飛，獸有足而來不及奔逃，動足就被飛箭射中，上飛就被輕網掛牢。搜索山林與險阻，探尋草叢與僻地。翻山越壑，如風疾行，似焰迸射。箭不虛發，射中之後，箭桿、箭羽深入獸體之中。此時，人馬眾多，捕網密布，地勢逼仄促迫。咆哮之獸，張開利牙，揚起頸毛，意在衝突而出，因而猛氣十足，無所畏懼。於是，便派北宮、東郭般的勇士，活拔豹尾，擊裂貙肩。猛獸之身難敵勇士之手劈，其骨難禁勇士之拳擊。勇士側手擊熊熊掌碎，以手抓虎虎皮破。野地裏再無走獸，樹林中再無鳥類。捕得的野獸堆積如山，天上飄飛的鳥羽如雲滾動。於是，敲鐘鳴鼓，收拾旌旗，放開綱繩撤去網，停止捕獵往回走。駿馬齊頭並進，拉動鑣鈴則馬口飛沫。俯身倚靠車箱旁的飾金橫木，擡手撫摸羽飾的車蓋，神態從容而心情怡樂，愉悅的心緒已超出世俗之外。上述這些，是羽獵的美妙，您能隨我去看看嗎？」玄微子說：「我喜歡恬淡清靜，沒有興致去觀看。」

鏡機子說：「空曠的宮室十分敞亮，高聳如雲的房屋很寬大，地基如景山矗立，面對清風而立臺觀。紅漆欄杆，紫色殿柱，飾畫的瓦椽，彩繪的屋梁，井幹形天花板刻畫著花草，金飾的門坎直通玉房。房中溫暖，冬日只穿單薄的葛布衣；室中清涼，盛夏之時亦有凝霜。彩繪的閣道淩雲而立，閣道階梯騰空而起。在上可俯視流星，仰觀八方。白雲升攀而無法企及，身居高處能望到天邊。這些建築物繁巧而神怪，且各具面目，形制相異，魯班之類的巧匠再也無法揮斧加工其間，離婁之類的明目者看了也會眼花目眩。美麗的花草交相種植，其獨特的品質異乎尋常。綠葉紅花，光照天日。清淨之水裝滿池中，叢生的樹木連接成林。鳥兒飛升高空，魚兒潛游深水。此時，流連其間，悠閒而快樂，彷彿忘了返回。於是，派遣任公子投竿垂釣，魏氏持弓發機。芳香的魚餌沉於水中，輕細的箭繩射向飛鳥；射落了遮雲的飛鳥，釣出了深淵中的神龜。然後採摘菱花，拔取水蘋。玩賞含珠之蚌，戲耍水底鮫人。吟誦〈漢廣〉中的詩句，在水邊遇見了漢水女神。神光照耀洲中，神女身披輕薄的皺紗與羅衣，慢步而行，留下濃烈的芳香，並舉起潔白之手而悲歌。歌詞為：『望見雲中的理想配偶，但天路漫長而無從求。佩帶蘭蕙啊為誰打扮？情緣斷絕令我心愁。』上述這些，是宮觀的美妙，您能隨我去居住嗎？」玄微子說：「我喜歡住在巖洞之中，還沒有興致去住這種宮觀。」

鏡機子說：「遊覽了中原之地後，徘徊於空曠的宮室之中，情志狂放不羈，縱情佚樂不止。又將有才人妙妓，離世脫俗，演奏〈北里〉這樣淫放的舞樂，接著又唱起〈陽阿〉妙曲。於是，走過畫飾的殿檻，來到寬闊的庭堂，琴瑟一齊彈奏，左篪右笙，鐘鼓俱動，簫管齊鳴。然後，漂亮的舞女上披彩紗做成的花袿，揮動著的絲綢長襟飄飄揚揚。頭戴光彩燦爛的金步搖，兩根綠色的長翎高高豎起。身上飄散著香氣，飾物閃耀著光彩。舞女在盤鼓間跳動，盤鼓煥發繽紛的色彩。長長的衣襟隨風擺動，悲淒的歌聲響徹雲霄。舞姿輕疾如飛，蹈空履虛，跨步甚遠，騰越跳躍，回轉甚疾，仰身翻飛時像鴻雁展翅上舉，俯身下倒時像野鴨入水迅疾。身體輕舉，依著節奏而急動，快得影子難把身體跟隨。激越的歌聲震落了屋上的塵土，回聲時起時伏，十分宏亮。舞姿敏捷，彷彿神動，很難對其形態作出具體描述。此時，歡娛未盡，太陽已西斜。樂隊解散，舞女們更換衣飾，以小步行於閨房之中。洗去了眉上的黛色和臉上的鉛粉，收拾亂髮，除去塗於頭上的蘭香油膏。露出漂亮的衣服，播散杜若的幽香。面色紅潤，笑得自然得體；含情微盼，眼送波光。其時，您正好可以與她們攜手同行，踏上高高的樓梯，來到寂靜的房子裏，華燭燦爛明亮，帷帳已經張設。美女們開啟紅唇，發出美妙的歌聲。揚起羅衣之袖，舞動華美之裳，深秋之夜，歡娛不盡。上述這些，是聲色的美妙，您能隨我去遊觀一下嗎？」玄微子說：「我願清靜恬淡，還沒有興致去遊觀。」

鏡機子說：「我聽說君子樂於激揚德操以顯其義，烈士甘願犧牲自身以成其仁。因此，英雄豪傑之輩，喜歡交結意氣相投之人，重視氣節而看輕生命，感於情義而捨己忘身。所以，田光能拔劍自刎於北方的燕國，荊軻能在西秦獻出自己的生命。他們剛強果敢，快速作出決斷，如猛虎一動，山谷之風遂起。威震萬乘大國之主，在華夏稱雄。」鏡機子的話還來不及說完，玄微子就搶著說：「妙！」鏡機子說：「這只是游俠之徒罷了，不足以稱道。像那孟嘗君、信陵君之輩，才是上古時代的傑出公子。他們廣泛傳播仁義，極力高揚治國安民的道藝。心靈自由地馳騁遨遊，壯志上達雲天，威勢壓倒諸侯，驅使當世之人。揮動衣袖，則九野生風；慷慨激昂，則氣成長虹。您若身處此時，能隨我去與他們交友嗎？」玄微子說：「我的確願意。但對於大道來說，將有所損，又怎麼辦呢？」

鏡機子說：「當世有聖明的丞相，輔佐漢帝統治天下。他有天地博大無私的氣度，又有日月一樣光明的德行。深妙的教化如出於神，與上天的符命相合。恩澤施及黎、苗之地，威勢震動無邊之境。太平興盛，超過了商、周兩代；追繼伏羲、神農二帝，而與之同善比美。漢朝的天下安寧，皇上的統治延及遠方。百姓像草一樣盼望施恩降澤，而我漢朝皇帝則潤之如春。潁水之濱再沒有許由那樣的洗耳隱士，高山之中再沒有巢父那樣的隱逸之民。因此，俊傑之士都來朝廷任職，親睹國家的盛德光輝。朝廷用人，不遺漏賢才；選人為官，不拘一格。在辟雍傳揚典法禮儀，在明堂講論政令教化。糾正世俗之人的荒誕言論，整理孔子舊日的典章制度。發揮音樂的作用，以改變社會風尚，國家富強，百姓安康。神靈感應，吉兆頻至，漢朝遂多次獲得美好的瑞應。因此，甘露在早晨紛然降下，景星在夜間大放光明；可以看到神龍在深淵中游動，聽見鳳凰在高岡鳴叫。這是王侯治術的最高水平，也是天下昇平的至盛境界。但是，漢皇還認為深恩沒有得到廣泛布施，擔心聲威教化還不高遠。於是，從地位卑微的人群中選納英才，並讓朝廷的光輝遍照隱士所住的巖洞。這樣的時代，也正同於甯戚悲歌的時代；這樣的局勢，也正是當年呂望棄置釣繩而仕周朝的原由。您作為太平盛世的百姓，難道就不想為官於堯帝那樣的時代嗎？」於是，玄微子捲袖而起，說：「您的話太美妙了！您開始所說的那些，華而不實，想用來勸說我，只會擾亂我心。但聽您說到天下清明安定，聖明之君執掌國政，考察國家興盛的正道，知曉愚笨之人的迷惑所在，這才使我豁然開朗，身輕如飛。我願返回人世，始仕當朝，隨您歸去。」

【研　析】此賦綴輯玄微子和鏡機子兩個虛構人物的問答對話而成篇。篇中的這兩個人物的思想意識迥然有別：玄微子奉道家學說為處身圭臬，「飛遯離俗」，「輕祿傲貴，與物無營」，「耽虛好靜」；而鏡機子則積極用世，熱心政治，銳意仕進，以建立現世功業為人生理想。本文通過兩人的問答對話，顯示了兩種思想意識的較量、交鋒，最後鏡機子佔據上風，使玄微子心悅誠服，「攘袂而興」，「從子而歸」，以「翼帝霸世」。可見，此文是以招隱求賢、輔君濟世為本旨，表達了「君子不遯俗而遺名，智士不背世而滅勳」的積極仕進，建功立業的政治態度和人生理想，貫穿著勸勉、鼓勵在野士人積極從政、輔弼聖朝的思想精神。曹植寫作這樣的辭賦，是為了服務於當時曹魏集團延攬人才，以完成統一大業的政治目的。曹操在建安十五年（西元二一〇年），曾頒發〈求賢令〉，云：「今天下尚未定，此特求賢之急時也……今天下得無有被褐懷玉而釣於渭濱者（案指隱者）乎？……二三子其佐我明揚仄陋，唯才是舉，吾得而用之。」曹植顯然是有感於〈求賢令〉的這些話，才創作了本賦。因此，本賦當作於〈求賢令〉頒布後不久。

古今選本一般分本文為八個大的段落（序在外）。今為講解、理解的方便，暫作十一大段。各段的大意如下：

序文交代寫作本文的緣由，說明是追慕枚乘等人的「七」類之賦而作。

正文第一段描敘玄微子「隱居大荒」時超然物外，怡然自得的生存狀態，以及鏡機子跋山涉水，前去遊說之事。

第二段寫鏡機子勸說玄微子棄隱遁之道，而積極仕進，建立功名。

第三段寫玄微子以老、莊學說為宗，不願入俗用世。

第四段寫鏡機子提出進一步以「辯言」相啟、相勸，玄微子表示願「滌耳以聽」。

第五、六、七、八、九幾段，寫鏡機子用世俗生活之樂感召、啟發玄微子，依次鋪敘了肴饌、容飾、羽獵、宮室、聲色的美妙奢華。

第十段寫鏡機子極力誇讚游俠之徒、雄俊之士的奇節異行，以啟發玄微子入世。

最後一段寫鏡機子讚揚「聖宰」（即曹操）之「翼帝霸世」，舉賢授能，國富民康，建「霸道之至隆」的功德，說服了玄微子，使之用世入仕。

由上述可以看出，正文第五段以下，是本賦的主體部分，記鏡機子遊說、勸諭的言論和經過。由這七個段落的記述看，鏡機子的「辯言」相當巧妙，他採用了欲擒故縱、先抑後揚的勸辯方法：首先極述肴饌、容飾、羽獵、宮室、聲色的美樂，以反激對方的心志，然後談鋒一轉，盛讚游俠、君子的美行，以及賢君聖宰的德政，喚起玄微子用世出仕的強烈願望。這樣，曲折騰挪，步步逼進，巧於引人入彀。

此賦在思想內容、藝術表現上頗有特色，概括起來有如下幾點：

第一，此賦極力鼓勵隱士出山入仕，積極配合、支持曹操的政治主張，因而在思想上具有很強的現實性。此賦內容十分豐富贍博，可謂「控引天地，錯綜古今」，所描寫的飲食、服飾、車馬、音樂、遊樂等，涉及社會生活和自然界諸多方面，對於我們瞭解當時上層社會的生活狀況，很有認識價值。但此文亦有堆砌名物之弊。

第二，篇制宏偉，結體縝密嚴整。文中所敘肴饌、容飾、遊獵等七件事，雖然相對獨立，可以各自成章，但因作者精心結撰、縫合，故能使之統一於完整的結構之中，首尾圓合，意脈貫通，且行文走筆，極盡騰挪迭宕、移形換步之妙，頗有生動、變化的審美效應。

第三，以鋪陳為主，輔以描寫、議論，並大量運用虛構、誇張、比喻、擬人等表現手法，使得文章具有窮形盡相、光采煒曄之妙。

第四，此賦鋪采摛文，語辭華美富麗，音韻和諧，屬對工整，極富形式上的美感。

九詠

【題解】本文是模擬屈原〈九歌〉而作，故前人所編類書及所作注疏，引錄本篇文字時，或題作〈擬楚辭〉（見《北堂書鈔》），或題作〈九歌詠〉（同上），或題作〈擬九詠〉（見《文選》李注）。但今傳本《子建集》之〈九詠〉，與屈原之〈九歌〉，在結構、形制上頗有差別：〈九歌〉為系列組詩形式，由十一篇組成；而今傳本〈九詠〉則為一篇。因此，疑今傳本〈九詠〉從類書中輯出，已喪失了原詩的固有面貌，且文字、篇幅大量殘佚。

根據篇中「先后悔其靡及，冀后王之一悟」等語推斷，此詩當作於魏明帝太和年間。

芙蓉車兮桂衡❶，結萍蓋兮翠旌❷。駟蒼虬兮翼轂❸，駕陵魚兮驂鯨❹。菌薦❺兮蘭席，蕙幬兮荃牀❻。抗南箕兮簸瓊蕤❼，挹天河兮滌玉觴❽。靈既降兮泊靜默❾，登文階❿兮坐紫房。服春榮兮猗靡⓫，雲裾繞兮容裔⓬。冠北辰兮岌峨⓭，帶長虹兮陵厲⓮。蘭肴御兮玉俎陳⓯。雅音奏兮文虡羅⓰。感〈漢廣〉兮羨游女⓱，揚〈激楚〉兮詠湘娥⓲。臨回風兮浮漢渚⓳，目牽牛兮眺織女。交有際⓴兮會有期，嗟痛吾兮來不時。來無見兮進無聞，泣下雨兮歎成雲。

先后悔其靡及，冀后王之一悟㉑。猶搦轡而繁策㉒，馳覆車之危路。群乘舟而無檝㉓，將何川而能度？何世俗之蒙昧，俾邦國之未靜㉔。任椒蘭其望治㉕，由倒裳而求領㉖。

尋㉗湘漢之長流，採芳岸之靈芝。遇游女於水裔㉘，采菱華而結詞㉙。野蕭條以極望㉚，曠千里而無人。民生期於必死㉛，何自苦以終身！寧作清水之沉泥，不為濁路之飛塵。

【注　釋】❶芙蓉句　屈原〈山鬼〉：「辛夷車兮結桂旗。」芙蓉車，謂以荷花裝飾的車。衡，車轅上的橫木。❷結萍蓋句　屈原〈少司命〉：「孔蓋兮翠旍。」結，連也。萍蓋，以萍草編成的車蓋。翠旌，以翡翠鳥羽毛做成的旗幟。❸驅蒼虬句　屈原〈離騷〉：「駟玉虬以乘鷖。」駟，本指同拉一車的四匹馬。此用作動詞，有駕車義。蒼虬，青龍也。翼轂，謂排列在車轂的兩旁。轂，車輪中心的圓木。❹駕陵魚句　陵魚，古代神話傳說中的一種魚，身為魚形，但面與手足均像人。驂鯨，謂鯨在車轅的側邊。❺菌薦　菌，香草名，又稱薰草，其葉為蕙。薦，座褥。❻蕙幬句　屈原〈湘夫人〉：「罔薜荔兮為帷，擗蕙櫋兮既張。」幬，帷帳之類。荃，香草名。❼抗南箕句　《詩經・大東》：「維南有箕，不可以簸揚。」曹植此處反用《詩》意。抗，舉也。箕，星宿名，由四星組成，形似簸箕，故云。蕋，同「蕊」。❽挹天河句　挹，舀取。滌，洗也。觴，酒杯。❾靈既降句　屈原〈雲中君〉：「靈皇皇兮既降。」泊，恬靜之貌。❿文階　指刻有花紋圖案的石階。⓫服春榮句　榮，花也。猗靡，聯綿詞，衣飾美麗之貌。⓬雲裾句　裾，衣之大襟。容裔，猶容與，飄浮起伏之貌。⓭冠北辰句　北辰，北極星。岌峨，高峻貌。⓮陵厲　氣勢雄偉。⓯蘭肴句　屈原〈東皇太一〉：「蕙肴蒸兮蘭藉。」蘭肴，以蘭草包裹的肉食。御，進獻。俎，四腳小盤。⓰雅音句　雅音，猶雅樂也。文虡，指飾以花紋圖案、用以懸掛鐘鼓的木柱。⓱感漢廣句　漢廣，《詩經》中篇名，篇中有「漢有游女，不可求思」等語。游女，漢水女神。⓲揚激楚句　激楚，古曲名，蓋因情調激昂而得名。湘娥，湘水女神。相傳舜帝的妃子娥皇、女英，溺死之後化作了湘水女神。⓳臨回風句　回風，旋風也。渚，水中的小塊陸地。⓴際　時也。㉑先后二句　先后，猶言先王。此指楚懷王。懷王信任靳尚及鄭袖等人，疏遠屈原，致國政腐敗，先後為秦、齊所敗；又聽張儀之計，入朝於秦，被秦囚禁，後悔不已，終客死於秦。曹植在此是以懷王暗喻曹丕。靡及，不及也。后王，指懷王之子熊橫，繼位後為頃襄王。頃襄王昏庸，重用佞臣，政治亦十分黑暗。曹植此處是以襄王暗喻曹叡。后王之「后」，通「後」。㉒猶搦句　搦，握也。轡，馬之轡繩。繁策，不停地鞭打。㉓檝　船槳。㉔俾邦國句　謂使國家不得安寧。俾，使也。㉕任椒蘭句　任，委用。椒蘭，喻指不守節操、諂媚奸詐的小人。或謂喻指楚國奸臣子椒、子蘭。參見屈原〈離騷〉：「余以蘭為可恃兮，羌無實而容長。委厥美以從俗兮，苟得列乎眾芳。椒專佞以慢慆兮，樧又欲充夫佩幃。」椒，木名，似茱萸，有刺。㉖由倒裳句　喻難以實現願望。由，通「猶」。像也；若也。㉗尋　沿也；緣也。㉘水裔　水邊也。㉙結詞　猶云致詞也。㉚極望　極目遠望。案：「野蕭條」句以下五句，均為作者〈九愁賦〉中文句。可能是後人編輯《子建集》時，一時疏忽，致其誤入本篇。似應刪。㉛民生句　謂人之一生，將必有一死。民生，猶人生。

【語　譯】荷花車啊桂木車衡，萍蓋與翠旌連在上。青龍套在車輪兩邊，陵魚駕前轅啊鯨在其旁。菌草為褥啊蘭草做席，蕙草為帳啊荃草做床。舉起南箕星啊簸瓊花，天河之水舀來洗玉觴。天神降下啊靜無言，登上文階啊入坐紫房。身著春花啊艷麗無比，雲襟繚繞啊飄飄揚揚。頭戴北辰啊高高聳立，長虹作衣帶啊氣軒昂。蘭肴獻上啊玉盤陳放，雅樂奏起啊文虡擺上。想起〈漢廣〉啊心慕神女，唱起〈激楚〉啊詠歎英皇。迎著旋風啊登上漢江洲，將牽牛、織女二星來眺望。二星相會啊有時限，哀歎我沒把時機趕上。來時無所見啊進時無所聞，淚下如雨啊歎氣成雲狀。

先王生前悔之莫及，希望後主醒悟改弦更張。後主仍手捉轡繩頻策馬，跑在可能翻車的險路上。眾人乘船而無槳，將如何渡過那河江？世俗之人多麼愚昧，不能使國家獲得安詳。任用奸人而指望太平，如同尋領卻倒拎衣裳。

沿著湘漢長流水，採摘靈芝於岸上。水邊遇見漢水女神，摘取菱花對她把話講。原野蕭條放眼望，千里無人空蕩蕩。人生注定有一死，何必自尋痛苦至身亡！寧在清水之中作沉泥，不願作塵土在濁路飛揚。

【研　析】這篇文章是作者後期的作品。它在立意、寫法上與作者〈九愁賦〉（見本書卷二）如出一轍，堪稱姊妹篇。因為兩篇存在著極大的相似性，甚至有人認為〈九詠〉「先后悔」以下二十句，是〈九愁賦〉中的脫文，係後人誤錄入〈九詠〉之中（參見《天津社會科學》一九九二年第二期楊柳橋先生文）。這兩篇的寫作時間大致相同，〈九詠〉可能稍晚一點。

這篇〈九詠〉，殘佚太甚，以致上下文意不相連屬，令人無法窺見它的完整意思。但僅就現存的斷語殘章看，作者是假託屈原的身分，來抒寫自己的遭際、憂思。

本篇第一段大約是寫人（實為屈原）、神相愛，但因錯過良機而無法見面相合的情事，並表現了人因愛情受挫而產生的憂傷和怨恨。此段的描述，實際寄寓對君臣際遇、人生離合的深沉感慨，委婉地表達了作者追求理想、忠君愛國，但屢遭挫敗的苦悶和惆悵。

第二段寫屈原對楚頃襄王執政不循正道、昏瞶蒙昧、信用奸佞的憤懣痛恨，表現出了對楚國艱危之勢的深深憂患，愛國之情在此得到充分展示。此段之中，亦投射了作者自己的心影，寄託了作者對明帝荒淫無道，不修明政的怨憤之情。

第三段是對屈原放逐江南時的生活狀態、心理狀態的藝術描寫，表現了屈原追求理想、窮且彌堅，忠貞不渝的崇高人格。這其實也是作者遷徙藩地時的精神面貌的寫照。

由上面的分析以及本篇箋者所作的注釋，可以看出，作者在文中以屈原自況，並大量熔煉屈原作品（主要是〈九歌〉）中的意境，使屈原與作者自己在情感、遭際等方面臻於重疊複合，令人覺得此篇句句寫屈原，卻又句句是寫作者自己，顯示了這篇擬騷之作的成功之處。

此篇在寫作方法上，既用到了浪漫主義手法，又具有現實主義的筆法。作品第一段以幻想的方式表現人神相戀，境界惝怳迷離，綺麗瑰偉，充滿著浪漫主義的奇情異彩。作品的第二、三段主要是採用現實主義的手法。這樣，使得全文具有虛實相生之妙。另外，此文在寫作上還能將描寫、敘事、議論、抒情等有機地融合起來，使文章的藝術表現手法顯得靈活多變。

此篇擬屈賦而作，很好地繼承了屈賦慣用的比喻、象徵的手法。如第一段寫到了芙蓉車、桂衡、萍蓋、翠旌、菌蘼、蘭席、蕙幬，等等，這些想像中的物象都是芳潔、美麗的，象徵著人的美好德性和情操，而這美麗、馨香的意象纍纍如串珠，並構築出種種美妙、和悅的場景，使讀者不難想到人對理想的執著追求和對愛情的赤誠。另外，文中的很多比喻句，亦較精警、生動。如，「由倒裳而求領」句，比喻行事不得其道，只會事與願違，一無所成。這說出了一個道理，體現了一種哲理。

此外，本文大量運用誇張的筆法來敘事抒情，拓寬了文章的境界，產生了奇譎特異的藝術效果。如文中「抗南箕兮簸瓊蕤，挹天河兮滌玉觴」，「冠北辰兮岌峨，帶長虹兮陵厲」等句，即是其例。

總而言之，本文辭采華壯，骨力峻拔，境界闊大，意境深厚，抒情婉切，充塞著郁勃、牢落之氣。

柳頌序

【題解】此序是為〈柳頌〉一文所寫的序言，意在說明該文的寫作緣起。惜乎〈柳頌〉一文今已不傳，但從本序的介紹看，似是託柳言志，以寄寓作者對好友楊修的愛護之情，以及對迫害楊修者的譏刺之意。

此文似作於楊修遇害之前，亦即建安二十四年（西元二一九年）之前。

予以閑暇，駕言出遊❶，過友人楊德祖❷之家。視其屋宇寥廓❸，庭中有一柳樹，聊戲刊❹其枝葉，故著斯文❺。表之遺翰❻，遂因辭勢，以譏當今之士❼。

【注釋】❶駕言出遊　語出《詩經》。參見本書卷一〈節遊賦〉注㉔。❷楊德祖　楊修之字。修博學多才，聰慧機智。建安年間，舉為孝廉。曾被曹操拜為倉曹屬主簿。後為曹操所忌，被其借機殺害。死時為建安二十四年秋。❸寥廓　空曠冷清。❹刊　砍削。❺斯文　指〈柳頌〉一文。❻遺翰　餘筆。此為作者的謙遜之言，謂己筆無用，似多餘之物。❼當今之士　指當時那些以權勢欺壓楊修的人。

【語　譯】我因為閒暇無事，便駕車出外遊玩，探訪友人楊德祖之家。見他家的屋子很空寂，庭院中有一棵柳樹，就聊且砍那柳樹枝葉戲玩。因此，寫作了這篇頌文。以筆行文時，遂借助文勢，以譏刺當世之士。

【研　析】依此序看，曹植應作有〈柳頌〉一文，只是今已不傳，無法得知其詳。觀建安時文人之作，亦有詠讚柳樹的。如，曹丕、王粲、陳琳均有〈柳賦〉之文，應瑒亦有〈楊柳賦〉。其中，曹丕〈柳賦序〉云：「昔建安五年，上與袁紹戰於官渡，時余從行，始植斯柳。自彼迄今，十有五載矣。感物傷懷，乃作斯賦。」可見，曹植的〈柳頌〉與曹丕諸人的詠柳之作，在寫作背景、文章立意上還是有所不同的；但可以看出建安作家文章的題材頗為廣泛、豐富。

與司馬仲達書

【題　解】司馬仲達，即司馬懿，仲達是其字。懿出身士族，多智謀，善權變。初為曹操主簿，後任太子中庶子。明帝時，任驃騎大將軍，加督荊、豫二州諸軍事，多次率軍抗擊諸葛亮。曹芳即位，懿與曹爽同受遺詔輔政。嘉平元年（西元二四九年），控制中央禁軍，發動政變，殺曹爽，代為丞相，執國政。嘉平三年卒。其孫司馬炎代魏稱帝後，建立晉朝，並追尊懿為宣帝。

今人趙幼文先生根據《晉書・宣帝紀》對司馬懿朝見明帝時所言破吳之策的記載，認為曹植此書是針對司馬懿的破吳方略而言，故推定此書作於明帝太和三年（西元二二九年）。而觀太和三年司馬懿朝於京師，向明帝面陳破吳之策時的言論，並結合曹植此書的觀點看，趙先生的看法十分有理。

今傳本《子建集》中所收此書，當是從類書中輯錄而來，故首尾不具，非原書全貌。

今賊徒欲保江表之城❶，守歐吳❷耳。無有爭雄於宇內❸，角勝❹於平原之志也。故其俗蓋以洲渚為營壁，江淮為城塹而已❺。若可得挑致❻，則吾一旅❼之卒，足以敵之矣！蓋弋鳥者矯其矢，釣魚者理其綸❽，此皆度彼為慮❾，因象設宜❿者也。今足下曾無矯矢、理綸之謀，徒欲候其離舟，伺其登陸，乃圖并吳會⓫之地，牧東野之民⓬，恐非主上授節將軍之心也⓭。

【注釋】❶今賊徒句　賊，指吳國。江表，長江之外。❷歐吳　指吳越地區。歐，本指烏程歐餘山（今屬浙江）一帶。古越王無彊之子蹄曾封於此。❸宇內　猶言海內。❹角勝　猶言決勝。角，較量。❺故其二句　俗，習俗；習慣。洲，水中陸地。渚，小洲也。營壁，營壘；壁壘。江淮，指長江、淮河。塹，護城河；壕溝。❻挑致　誘敵出動。❼旅　古代軍隊五百人為一旅。❽蓋弋二句　弋，射獵也。矯，把彎曲的東西弄直。綸，釣魚的絲線。❾度彼為慮　揣測對方，以作謀劃。慮，謀也。❿因象設宜　謂根據形勢制定便利適宜之策。⓫吳會　指吳郡、會稽郡。二郡當時均屬孫吳。⓬牧東野句　謂統治吳國之民。⓭恐非句　主上，指魏明帝曹叡。節，符節，指派遣使者或調兵時用的憑證。參見本書卷一〇〈輔臣論〉注㊱。將軍，指司馬懿。懿時任驃騎大將軍。

【語譯】現在，孫吳敵賊只想死保長江以南的城池，堅守吳越之地而已，沒有爭雄於海內，決勝於平原的志向。所以，其習慣於以水中洲地為營壘，以長江、淮河為護城河溝。如果真的能夠將孫吳之敵引誘而來，那麼，我們只用一旅的兵力，就足以抗擊他們。射鳥的人，要矯正弓箭；釣魚的人，要整理釣絲。這都是估料對方而進行謀劃，依據形勢而制宜的舉動。而今，足下不曾有「矯正弓箭」、「整理釣絲」的打算，卻只想等待敵人自動離開舟船，登上陸地，然後圖謀吞併孫吳之地，統治東吳之民，這恐怕不是皇主將符節授給將軍的用心所在。

【研析】由《晉書・宣帝紀》的記載看，明帝曹叡向司馬懿徵詢破敵之策時，司馬懿提出魏軍宜將陸軍開向皖城（今屬安徽），以引誘東吳之兵東下，同時以水軍乘虛攻占吳國「心喉」夏口（今湖北武昌），以收破吳之效。司馬懿的破吳方略，看似有理，但有些不切實際，故曹植在此信中深表不以為然，指出孫吳固守其地，難以誘其出動，並勸告司馬懿在軍事上應當審時度勢，適時調整用兵作戰的策略、部署。此信分析局勢，陳說利害，指謬摘瑕，顯示了作者的遠見卓識。另，引類譬喻以說理（如「蓋弋鳥者」以下數句），頗能服人。信中措辭婉曲，但棉裏藏針，甚有凌厲之氣。

與楊德祖書

【題解】 這是一篇書信體議論文。文題中「楊德祖」，即東漢、三國之時楊修，德祖是其字。楊修（西元一七五年生，二一九年卒），太尉楊彪之子，華陰（今屬陝西）人。出身名門，博學多才，機智過人，為丞相曹操主簿。與曹植關係甚為密切。因其聰慧機智，深為曹操所忌；又因其為袁術外甥，被曹操慮為後患，曹操遂於建安二十四年借故將其處死。

此書之中有「僕少小好為文章，迄至於今二十有五年」等語，知此信是作者二十五歲時所寫，亦即作於建安二十一年（西元二一六年）。作者時為臨淄侯。

此書最早見於《三國志・曹植傳》裴注所引《典略》，後又收入蕭統《文選》。

植白：數日不見，思子為勞❶，想同之也。

僕少小好為文章，迄至於今二十有五年矣。然今世作者❷可略而言也：昔仲宣獨步於漢南❸，孔璋鷹揚於河朔❹，偉長擅名於青土❺，公幹振藻於海隅❻，德璉發跡於大魏⑦，足下高視於上京⑧。當此之時，人人自謂握靈蛇之珠⑨，家家自謂抱荊山之玉⑩。吾王於是設天網以該之⑪，頓八紘以掩之⑫，今悉集茲國矣！然此數子猶復不能飛軒絕迹⑬，一舉千里也。以孔璋之才，不閑於詞賦，而多自謂能與司馬長卿⑭同風；譬畫虎不成，反為狗也⑮。前有書嘲之，反作論盛道僕讚其文。夫鍾期不失聽⑯，於今稱之，吾亦不能妄歎者，畏後世之嗤余也！

世人之著述不能無病，僕嘗好人譏彈⑰其文，有不善者，應時改定。昔丁敬禮嘗作小文，使僕潤飾之，僕自以才不過若人，辭不為也。敬禮謂僕：「卿何所疑難？文之佳麗，吾自得之，後世誰相知定吾文者耶！」⑱吾嘗歎此達言，以為美談。昔尼父之文辭，與人通流⑲，至於製《春秋》，游夏之徒乃不能措一辭⑳。過此而言不病者，吾未之見也！

蓋有南威㉑之容，乃可以論於淑媛㉒；有龍泉㉓之利，乃可以議於斷割。劉季緒㉔才不能逮於作者，而好詆訶㉕文章，掎摭利病㉖。昔田巴㉗毀五帝、罪三王㉘、呰五霸於稷下㉙，一旦而服千人。魯連一說，使終身杜口㉚。劉生之辯，未若田氏；今之仲連，求之不難，可無息乎？人各有好尚：蘭茝蓀蕙㉛之芳，眾人之所好，而海畔有逐臭之夫㉜；〈咸池〉、〈六莖〉之發㉝，眾人所共樂，而墨翟有非之之論㉞，豈可同哉！

今往僕少小所著辭賦一通相與。夫街談巷說，必有可采；擊轅之歌㉟，有應風雅㊱，匹夫之思未易輕棄也。辭賦小道，固未足以揄揚㊲大義，彰示來世也。昔揚子雲先朝執戟之臣耳，猶稱壯夫不為也㊳。吾雖薄德，位為藩侯㊴，猶庶幾勠力上國㊵，流惠下民㊶，建永世之業，流金石之功㊷，豈徒以翰墨㊸為勳績，辭賦為君子哉！若吾志未果，吾道不行，則將采庶官之實錄㊹，辯時俗之得失，定仁義之衷㊺，成一家之言，雖未能藏之於名山，將以傳之於同好㊻；非要之皓首，豈今日之論乎！其言之不慚，恃惠子㊼之知我也。明早相迎，書不盡懷㊽。曹植白。

【注釋】❶勞　愁苦。❷作者　此指寫作文章的人。❸昔仲宣句　仲宣，即王粲，仲宣是其字，生於漢靈帝熹平六年（西元一七七年），卒於漢獻帝建安二十二年（西元二一七年），係「建安七子」之一，詩文創作的成就較大。漢南，漢水之南，此指荊州。王粲曾避難荊州，依附劉表。❹孔璋句　孔璋，即陳琳，孔璋是其字，生年不詳，卒於漢獻帝建安二十二年，係「建安七子」之一，初為袁紹記室，後歸曹操，為司空軍祭酒，管記室，擅長寫作章表書記。鷹揚，像鷹一樣飛翔於高空，喻威武或大展雄才。河朔，黃河之北，此指冀州。陳琳曾在冀州任袁紹記室。❺偉長句　偉長，即徐幹，偉長是其字，生於漢靈帝建寧三年，卒於漢獻帝建安二十二年，「建安七子」之一，曾為曹操司空軍謀祭酒掾屬、五官將文學，不重官祿，以著述自娛。擅名，獨享盛名。青土，指青州地區（今山東省境內）。徐幹是北海（今山東省壽光縣）人，古屬青州。❻公幹句　公幹，即劉楨，公幹是其字，生年不詳，卒於漢獻帝建安二十二年，「建安七子」之一，曾為曹操掾屬。振藻，顯耀文彩。海隅，海邊。劉楨係東平（今屬山東省）人，東平近海，故稱。❼德璉句　德璉，即應瑒，德璉是其字，「建安七子」之一，曾為曹操掾屬，後為五官將文學。大魏，指魏都許昌。應瑒係汝南南頓（今河南項城北）人，去許昌不遠。❽足下句　足下，此指楊修。上京，指京師洛陽。楊修雖祖籍華陰，但其父楊彪長期在京城為官，楊修亦隨住京城。❾靈蛇之珠　相傳春秋時隋侯見大蛇傷斷，便救而治之。後蛇於大江之中，銜珠以報之，因曰隋侯之珠。❿荊山之玉　指戰國時代著名的和氏璧。⓫吾王句　吾王，指曹操。天網，喻指曹操網羅人才的政治措施。該，同「賅」。包括；包羅。⓬頓八紘句　頓，整理。八紘，指網周圍的繩子。掩，取也。⓭飛軒絕迹　謂飛得高而遠。喻指成就非同一般。軒，鳥飛貌。絕迹，滅絕蹤迹，無可尋覓。此形容極高。⓮司馬長卿　即西漢著名文學家司馬相如，長卿是其字。⓯譬畫虎二句　古代諺語。比喻好高騖遠而無所成，反貽笑柄。⓰夫鍾期句　鍾期，即鍾子期，春秋時楚國人。相傳楚人伯牙善彈琴，鍾子期能知音。鍾子期死後，伯牙便碎琴不復彈。失聽，此謂錯誤地理解樂曲所包含的情意。⓱譏彈　批評；指責。⓲敬禮謂僕五句　敬禮，是曹植朋友丁翼（《三國志》作「廙」）之字。其生平見本書卷五〈贈丁翼〉篇題解。卿，指曹植。疑難，此處意為犯難、為難。「文之」三句，清人何焯釋云：「自得佳麗，則是受彈者之益。傳之後世，但以佳麗見稱，亦誰知因改定而佳麗乎？」又云：「言吾自得潤飾之益，後世讀者孰知吾文乃賴改定邪？」⓳昔尼父二句　語本《史記‧孔子世家》：「孔子在位聽訟，文辭有可與人共者，弗獨有也。」意謂孔子的一般的文辭，常有聽取別人意見而改的地方，因此與別人的文辭混雜在一起。尼父，即孔子。通流，有共同流行之意。⓴至於二句　語本《史記‧孔子世家》：「至於作《春秋》，筆則筆，削則削，子夏之徒不能贊一辭。」春秋，史書名。傳為孔子所作。游，指子游，孔子弟子。夏，指子夏，孔子弟子。此二人都擅長文學。㉑南威　古代美女。《戰國策‧魏策》：「晉文公得南之威，三日不聽朝，遂推南之威而遠之，曰：『後世必有以色亡其國者。』」㉒淑媛　賢良的美女。㉓龍泉　古代著名寶劍名。本作「龍淵」，唐人避高祖李淵之諱改「淵」為「泉」。㉔劉季緒　建安時劉表之子。李善《文選注》云：「摯虞《文章志》曰：劉表子，官至樂安太守，著詩賦頌六篇。」㉕詆訶　詆毀、指責。㉖掎摭利病　謂指摘、挑剔利弊。㉗田巴　戰國時齊國的詭辯之士。㉘罪三王　責備三王。三王，即三皇，指古代傳說中的伏羲、神農、黃帝。㉙呰五霸句　呰，詆毀。五霸，即春秋五霸，通常指齊桓公、晉文公、秦穆公、宋襄公、楚莊公。稷下，齊都臨淄城西門曰稷門，齊宣王愛好文學，在稷門外設學宮，成為當時學者聚集之地。㉚一旦三句　據史載，田巴曾在狙丘、稷下等地與人辯論，毀五帝、罪三王，一天之內辯倒了上千人。後來，齊國著名義士魯仲連出面辯論，才使田巴不敢復說。杜口，閉口也。㉛蘭茝蓀蕙　四種香草名。㉜而海畔句　典出《呂氏春秋‧孝行覽‧遇合》：「人有大臭者，其親戚兄弟妻妾知識無能與居者，自苦而居海上。海上人有悅其臭者，晝夜隨之而弗能去。」㉝咸池句　咸池、六莖，均為古樂名，相傳分別為黃帝、顓項所製。發，此謂演奏。㉞而墨翟句　墨翟，即戰國時墨家學派的代表人物墨子。墨子認為人們聽樂妨礙耕織，因而對音樂持反對態度，並撰有〈非樂〉。㉟擊轅之歌　指民歌。古代田野中人在勞作時常叩擊車轅歌唱，被稱作是擊轅之歌。㊱風雅　指《詩經》中的國風和大雅、小雅。㊲揄揚　闡發；發揚。㊳昔楊子雲二句　楊子雲，即西漢著名辭賦家揚雄，其字子雲。先朝，指西漢。執戟之臣，漢代郎官，持戟侍於皇帝身旁，職位甚是卑下。壯夫不為，此謂男子漢大丈夫不屑於寫作辭賦之文。揚雄《法言・吾子》有云：「或問：『吾子少而好賦？』曰：『然。童子雕蟲篆刻。』俄而曰：『壯夫不為也。』」㊴藩侯　古代諸侯，護衛天子，有如藩籬，故稱藩侯。㊵猶庶幾句　庶幾，希望。勠力，同心盡力。上國，此指漢朝。㊶流惠下民　意謂施恩於老百姓。㊷金石之功　指銘刻於鍾鼎、碑石之上，可以長久流傳的功績。㊸翰墨　本指筆墨。此指文學創作。㊹則將句　庶官，指百官。實錄，指實事求是地記載史實的歷史資料。㊺衷　中也。謂主旨。㊻同好　謂志同道合者。㊼惠子　即惠施，戰國時人，與莊子友善，莊子將其引為知己。惠子死後，莊子過其墓，曾說：「自夫子之死也，吾無以為質矣，吾無與言之矣。」作者此處是以惠子比楊修。㊽懷　思也。

【語譯】曹植敬告：幾天不見面，想您想得很痛苦，我想您也有相同的感受吧。

我從小就喜歡寫文章，從那時到現在，已有二十五年了。然而，對現今的作家們，大致可以評論一下：當年王粲在荊州無人能比，陳琳在河北縱筆逞才，徐幹在青州獨享盛名，劉楨在海邊激揚文字，應瑒在大魏聲名鵲起，而您傲然雄視於上京。在這個時候，人人都說自己擁有奇傑之才，懷有驚世之作。但我王設下天網以囊括之，手理網繩以收取之，如今都全部聚集在我們這個國家了！然而，這幾位先生還不能高飛遠舉，達到最高境界。就陳琳的才能而論，還不擅長於辭賦，但他又浮誇自己與司馬相如有著相同的創作風格，就如同畫虎不成反似狗一樣。從前我曾寫信嘲諷他，他反而寫文章大講我讚頌他的作品。古代的鍾子期不曾錯誤地理解樂曲的意蘊，至今人們還稱讚他。我之所以不隨意讚賞別人，就是因為怕後人譏笑我啊！

世人的作品，不可能沒有缺點，而我很喜歡別人批評我的文章，發現有不好的地方，隨時加以修正。從前，丁翼曾寫過一篇小文章，叫我給他潤色修飾，我認為自己的才能比不上他，便推辭了此事。丁翼對我說：

「您何必為此事犯難呢？文章寫得好，是我得益於別人的潤飾，後世讀者有誰知道我的文章是依賴他人改定的呢！」我常感歎丁翼的這番通達之言，認為是很好的言論。從前，孔子的一般文章要經人修改，因而與別人的文辭混雜流行，等到寫作《春秋》時，子游、子夏這些人都不能在上面加一句話。除此之外，說文章沒有毛病的，我還從來沒見過呢！

有了南威一樣的美貌，才能夠評論女人是否賢淑美麗；有龍泉寶劍那樣的鋒利，才可以談論斬斷切割之事。而劉季緒的才能還趕不上一般作者，但他喜歡指責、詆毀別人的文章，指摘別人的長短。昔日田巴在稷下誹謗五帝，責備三王，詆毀五霸，一天時間說服了上千人。而魯仲連出面辯駁，便使田巴終身閉口，不敢再說什麼。劉季緒的辯才，比不上田巴；今日的魯仲連，也不難求得，劉季緒能不停止他的言論嗎？每個人都有自己的愛好：蘭茝蓀蕙，芳香四溢，是眾人所喜愛的，但也有像在海邊追逐臭味那樣的人；〈咸池〉、〈六莖〉這類樂曲的演奏，眾人聽了都感到愉快，但墨子卻有反對這類音樂的言論。人們的愛好怎麼可能都一樣呢！

現在，我將自己年少之時所寫的辭賦送您一份。這些雖屬街談巷語之類，但一定也有可取之處；雖如鄙俗的擊轅之歌，但也有合符風雅的東西。凡夫俗子的言論思想，不應輕易地放過。辭賦是雕蟲小技，本來就不足以闡發大的道理，不能夠顯揚於後世。從前，揚雄只不過是漢朝的一名卑微的小臣，他還尚且說辭賦是壯士不為的。我雖然品德不高尚，但爵位也在藩侯之列，還希望效力於國家，造福於百姓，建立萬世不朽的業績，傳下刻於金石的功勳，豈能只以文學創作作為功績、以辭賦文章見重於當世呢！如果我的志願不能實現，我的理論不可施行，那麼，我就收集百官記錄的史料，辨析時事風俗的得失，確定仁義為主旨，以寫成自己的作品，雖然不敢將其藏於名山，但還是可以送給與自己志趣相同的人傳閱。寫作此類著作，不到白頭年老之時是完成不了的，又豈是今日所應談到的呢！我之所以大言不慚地與您談起，只緣您能夠理解我。明天早早相見，此信難以盡情表達我對您的思念。曹植敬告。

【研　析】這是一篇書信體的文藝論文，曹植在此信中暢論了自己的文學見解。此信談到的有關文學問題的見解有多方面，但最主要的觀點是：「世人之著述不能無病，僕嘗好人譏彈其文，有不善者，應時改定。」這也就是說，作家的創作不可能沒有毛病，所以應該提倡文學批評，注重文章的修改。

該文可以分為五個段落。

第一段表現了作者對楊修的思念之情，說明兩人的關係甚為密切。

第二段舉出王粲、陳琳、徐幹、劉楨、應瑒等當時文學名家，說明他們雖在各自所處之地盛負文名，且自視甚高，但仍「不能飛軒絕迹，一舉千里」，意即文學創作還沒有臻於至善至美之境，還沒有取得極高的成就。作者開篇提及這些，意在為下文提出「世人之著述不能無病」的論點張本、鋪墊。

第三段提出了中心論點，並列舉了丁翼、孔子的事例。作者舉出丁翼請求潤飾文章一事，意在說明名家的作品也未能盡善盡美，尚需別人改定。作者舉出孔子的事，意在說明除了孔子這樣的聖人外，一般人的作品不可能沒有毛病。作者由此倡導作文者應該虛心好學，多聽別人的意見，多爭取別人的批評、幫助。

第四段論述了有關文學批評的一些問題。作者提出了兩個重要觀點：進行文學批評的人，應該具備較高的文學修養，應該有創作實踐的體驗。此其一。第二，作者認為文學批評的正確與否，與個人的好惡有很大關係。作者論述後一個觀點時，是以「蘭茝蓀蕙之芳，眾人之所好，而海畔有逐臭之夫」等比喻句為論據，所以《文選》李注說這幾句「喻人評文章，愛好不同也」。

此文最後一段順便說到了一種看法，即文章是「小道」，不及建立政治、軍事的永世功業重要。這種看法看似偏頗、片面，但反映了作者的人生理想和抱負，也反映了一代士人的志向。今人王鍾陵先生說：「大約因為這段話（案指『辭賦小道』以下）褻瀆了純文學的尊嚴，而說這段話的恰恰又是個傑出的大詩人，於是文學批評史家們紛紛忙於對這段話作出解釋：一說此為激憤之言，一說子建所長在辭賦，所以也就可以看不起辭賦了，又一說更謂子建對文章之重要顯然未能認識。諸種說法，均未能從一代士人的抱負上立論，而僅僅只從子建個人的角度上著眼了。曹植此論，確有他個人的因素在起作用，但是把建立現世功業放在首位，而以著述子書次之，辭賦又次之的順序，還反映了一代士人的志向。這種志向的產生，又是為當時的歷史需要所決定的。漢末以來，……各種政治軍事力量之間變幻、迭起的興衰，確乎給爭逐者們提供了一種周旋與努力的餘地。於是建立現世功業的願望便猛烈地升騰了起來。……另一方面，『萬里相赴』、『還相吞滅』的方鎮混戰，使社會的苦難達到了極點，從而挽救社會，『除國疾』、濟蒼生的歷史任務便迫在了眉睫。……這兩個方面的相反相成，使得個人建功立業的志向中，充滿了一種歷史的、社會的內容。」由此看來，作者以建功立業重於辭賦文章的看法，並非是有意貶低、作賤文學，也非因自己長於文章，而故作驕矜之語，更非出於激憤而為偏頗之詞，而只是作者人生理想的一種率真的表達，是一代士人志向、抱負的映現。

此文氣勢豪縱飄逸，論斷簡潔有力。在論證上，作者注重援引具有典型意義的具體事例，運用生動、恰切的比喻，使抽象、深奧的道理能得到很好地闡發，且具說服力。全文層次清楚，邏輯性強。語言活潑、優美，特別是駢句與散句錯雜並用，讀來琅然上口，很有節奏感，大大增強了此篇的文學性。

與吳季重書

【題　解】這是曹植寫給好友吳質的一封信。吳質，字季重，濟陰（今屬山東）人，西元一七七年生，二三〇年卒。博學多才，甚得五官將及諸侯敬重。於建安十六年（西元二一一年）出為朝歌長。與曹丕、曹植兄弟二人的關係甚為密切，書信往來頗多，且有數封傳於今。

這篇書信收於《文選》，李善注之曰：「《典略》曰：質出為朝歌長，臨淄侯與質書。」可見，此書作於吳質任朝歌長、曹植為臨淄侯之時。而據吳質答曹植書中「墨子回車，而質四年」等語看，曹植此書的具體寫作時間，當在吳質出為朝歌長四年之時，即建安十九年或二十年。

植白：季重足下，前日雖因常調❶，得為密坐❷，雖燕飲彌日❸，其於別遠會稀❹，猶不盡其勞積❺也。若夫觴酌陵波❻於前，簫笳發音於後，足下鷹揚❼其體，鳳歎虎視❽，謂蕭曹❾不足儔，衛霍不足侔也❿。左顧右盼，謂若無人，豈非君子壯志哉！過屠門而大嚼⓫，雖不得肉，貴且快意⓬。當斯之時，願舉太山以為肉，傾⓭東海以為酒，伐雲夢之竹以為笛，斬泗濱之梓以為箏⓮；食若填巨壑，飲若灌漏巵⓯。其樂固難量，豈非大丈夫之樂哉！然日不我與，曜靈急節，面有逸景之速⓰，別有參商⓱之闊。思欲抑六龍⓲之首，頓羲和之轡⓳，折若木之華⓴，閉濛汜㉑之谷。天路高邈㉒，良無由緣，懷戀反側，何如何如？

得所來訊，文采委曲㉓，曄若春榮，瀏若清風㉔，申詠㉕反覆，曠㉖若復面。其諸賢所著文章，想還所治㉗復申詠之也。可令憙事㉘小吏諷而誦之。夫文章之難，非獨今也，古之君子猶亦病㉙諸！家有千里，驥而不珍焉；人懷盈尺，和氏而無貴矣㉚。

夫君子而不知音樂，古之達論謂之通而蔽㉛；墨翟不好伎，何為過朝歌而迴車乎㉜？足下好伎，而正值墨翟迴車之縣，想足下助我張目㉝也。

又聞足下在彼，自有佳政。夫求而不得者有之矣，未有不求而自得者也。且改轍而行，非良樂㉞之御；易民而治，非楚鄭之政㉟，願足下勉之而已矣。適對嘉賓，口授不悉㊱。往來數相聞。曹植白。

【注　釋】❶常調　謂地方官員定期向上級彙報工作情況。❷密坐　親近地坐在一起。❸彌日　整天。❹別遠會稀　言分別的時間長，會面的機會少。❺勞積　猶言勞結。憂鬱之意。❻觴酌陵波　此謂流觴飲酒，即置酒杯於流水之中，賓主列坐水邊，酒杯流至誰面前，誰就喝酒。觴、酌，均指酒杯。❼鷹揚　參見本卷〈與楊德祖書〉注❹。❽鳳歎虎視　《文選》李注云：「鳳以喻文也，虎以喻武也。歎，猶歌也，取美壯之意。」❾蕭曹　蕭，指蕭何，生年不詳，卒於西元前一九三年，沛縣（今屬江蘇省）人。秦末，輔助劉邦起義，立有功勳；劉邦為漢王時，以蕭何為丞相；高帝十一年，劉邦拜蕭何為相國。曹，指曹參，漢初沛縣人，秦末曾為沛縣獄吏；佐劉邦滅項羽，封平陽侯；惠帝時，繼蕭何為相。❿衛霍句　衛，指衛青，西漢著名將領，武帝時官至大將軍，自元朔二年（西元前一二七年）至元狩四年（西元前一一九年），前後七次出擊匈奴，屢建戰功。霍，指霍去病，西漢著名將領，曾六次出擊匈奴，武帝時封冠軍侯，為驃騎將軍。侔，相等；等同。⓫過屠門句　典出桓譚《新論》：「人聞長安樂，出門西向笑，人知肉味美，即對屠門而嚼。」曹植此處用「屠門大嚼」典，意在說明羨慕吳質的非凡氣度與志向，雖然自己不能得到它，但在想像中得之，亦令人心慰。屠門，指肉鋪。大嚼，此謂大口咀嚼，作出吃肉狀。⓬快意　使心情愉快。⓭傾　猶盡也。⓮斬泗濱句　泗，水名，發源於今山東省泗水縣，流經今山東、江蘇，最後入淮河。梓，木名，落葉喬木，開淺黃色花。箏，我國古代弦樂器，初為五弦，後加至十三弦。⓯巵　古代盛酒的器皿。⓰曜靈二句　曜靈，指太陽。急節，本指急促的樂曲節奏。此引申為急速運行之意。面，謂相見；謀面。逸景，奔跑的影子。⓱參商　參見本書卷六〈浮萍篇〉注。⓲六龍　古代神話說，羲和駕著六龍所拉的日車，載著太陽在空中運行。⓳頓羲和句　意謂讓羲和停止日車，不使前行，從而令白晝長駐。羲和，神話傳說中駕御日車的神。轡，韁繩。⓴折若木句　語本屈原〈離騷〉：「折若木以拂日。」意謂折取若木，以擊蔽太陽，不使前行。若木，神話傳說中的神樹名。相傳生在崑崙山的西端。㉑濛汜　神話傳說中所謂太陽沒入之處。濛，神話中水名。汜，水邊。㉒高邈　高遠也。㉓委曲　美麗之貌。㉔曄若二句　曄，美盛之貌。春榮，指春花。瀏，清淨也。㉕申詠　反覆吟誦。㉖曠　明朗。㉗所治　指所治之地。《文選》李注：「謂朝歌。」朝歌，在今河南省淇縣境內。㉘憙事　好事；多事。㉙病　謂感到困難。㉚家有四句　《文選》李注：「言驥及和氏，以希為貴。今若家有千里，人懷盈尺，即驥及和氏寧得珍貴乎？」比喻物以稀為貴。在此用以說明著文不易，方顯得可貴；佳作難得，才顯得珍奇。千里，此謂千里馬。驥，一般良馬。盈尺，此指長度超過一尺的璧玉。和氏，此指和氏璧。㉛古之句　達論，通達事理的言論。此當指《荀子・解蔽篇》中的言論。通而蔽，意謂只知事理的一方面，而不知事理的全體，亦即〈解蔽篇〉所謂「蔽於一曲，而暗於大理」。案：《荀子・解蔽篇》曾評論不知音樂、反對音樂的墨子是「蔽於用而不知文」，意謂只知實用，而不知禮樂制度。㉜墨翟二句　墨翟，即春秋時墨家學派創始人墨子。伎，本指歌女、舞女，此借指音樂藝術。過朝歌而迴車，《文選・獄中上書》李注：「《淮南子》曰：『墨子非樂，不入朝歌。』然古有此事，未詳其本。」㉝張目　謂開闊眼界。㉞良樂　指王良、伯樂，二人均是古代善於相馬的人。㉟易民二句　《文選》李注：「《戰國策》曰：趙告謂趙王曰：臣聞之，聖人不易民而教，智者不變俗而勸。《史記》曰：循吏楚有孫叔敖，鄭有子產，而二國俱治，是不易之民也。」易民，改變民俗。實際上是指改變舊有的法度。楚，謂春秋時楚國令尹孫叔敖，其三任令尹而頗有政績。鄭，指春秋末年傑出的政治家子產，曾在鄭國執政二十餘年，在內政、外交上都有卓越的建樹。㊱口授句　口授，謂口述而讓人代書。不悉，不詳盡。

【語　譯】曹植敬告：季重足下，前不久雖因來陳述工作情況，得與您促膝而坐，雖然在一起宴飲終日，但感到離別之時多，會面之日少，仍然難以消除胸中的鬱悶。像那次讓酒杯隨波逐流於賓客面前，使簫笳發音於賓客的身後，足下如鷹奮揚身體，似鳳吟歌，像虎顧視，認為蕭何、曹參不足以與己匹敵，衛青、霍去病不足以與己抗衡。足下左顧右盼，旁若無人，這豈不是君子的豪情壯志嗎！路過肉舖而大口嚼動，雖然沒有吃到肉，但貴在能使心意痛快。在這個時候，希望能將整個泰山搬來作肉，傾盡東海之水以作酒，砍伐雲夢之竹做成笛，斬削泗水邊上的梓木做成箏；吃起飯菜，像填塞巨大的壑谷；喝起酒來，像灌注漏底的酒杯。其快樂真是無可限量，這豈不是大丈夫的快樂嗎！然而，時不我與，太陽迅疾前行，見面如同光影奔跑一樣快捷，離別有如參、商二星遠隔。心裏很想按住六龍的腦袋，讓羲和放下日車上的轡繩，折取若木之花遮攔太陽，閉塞濛汜深谷。但是天路高遠，的確無從攀登，心懷眷戀之情，以致寢臥難安，不知如何是好？

收到了您的來信，信上文采斐然，如春花一般美盛，像清風一樣明淨，我反覆誦讀，真的像又見面一樣。

各位先生所著的文章，想您回到所治的朝歌再重讀之。可讓那些喜歡多事的小吏諷而誦之。做文章的困難，不只是今時存在，古代的君子也尚且感到做文章很難！家家都有千里馬，駿馬就不顯得珍奇了；人人都擁有盈尺之璧，和氏璧就不顯得稀貴了。

君子如果不通曉音樂，古代的通達之論則認為是只知實用，而不明禮樂制度。墨子不喜歡音樂，路過朝歌何必要掉轉車頭呢？足下喜愛音樂，又正在墨子當年掉轉車頭的朝歌縣為官，想必足下定能幫我擴大眼界。

又聽說足下在朝歌縣已有不錯的政績。世上有求之而不可得的事情存在，但沒有不經追求而自然得到的事情出現。如果改轍而行，則不是王良、伯樂的駕御之道；改變民情而治，則不是孫叔敖、鄭子產的為政之方。希望足下以此自勉而已。恰逢接待嘉賓，此信由我口授而成，言不盡意。常往來相問。曹植敬告。

【研　析】吳質是作者的好友，二人交往十分投緣，故在書信往來中無所不談。曹植的這封書信，談的問題較多，總括起來，有四方面：第一，回顧了前次與吳質等朋友歡聚時的情景：寫到了吳質在聚會時意氣風發、躊躇滿志的神采；寫到了朋友們曲水流觴、宴飲為歡、奏樂佐興的盛況；寫到了自己對歡會時短、別離時長的遺憾，表現了作者對吳質的欽慕、思念之情，同時也映現出作者對友人的深情厚誼。第二，談到了文章之事。作者認為吳質之文「文采委曲，曄若春榮」，且文風清朗明淨；作者由此深表激賞。然後，作者論及為文之難，認為文章作之不易，才使妙文佳作顯出了珍貴的價值。第三，發表了對音樂藝術的看法，認為君子應當通曉音樂，不然，則應受古人「通而蔽」之譏。第四，討論了為政的方法。作者認為，為政應當勉力以求，但不能「易民而治」。這也就是《商君書》中所記秦國貴族甘龍所言：「聖人不易民而教，智者不變法而治。」這種為政觀點，在今天看來，明顯具有很強的保守性、復舊性，當然是不可取的。

此文儘管是朋友間平常往來的書信，但作者寫得汪洋恣肆、灑脫不羈，顯出了泉湧的文思，橫溢的才華。作者似是信筆所至，不太刻意於布局謀篇，但文章自臻敘次井然，意脈分明之妙境。尤其值得注意的是，此文在句法上以駢儷的偶句和散體的短句，錯雜並用，使得文勢既大氣磅礴，豪放飄逸，但又流轉自然。如：

「當斯之時，願舉太山以為肉，傾東海以為酒，伐雲夢之竹以為笛，斬泗濱之梓以為箏；食若填巨壑，飲若灌漏巵」等句，以駢為主，雜以散言，極盡鋪陳揚厲之能事，馳騁誇飾繁富之美詞，整齊、優美，且氣勢流走，似詩，似賦，讀來驚心動魄，文采飛揚，給人以強烈的藝術感染力。另外，文章善用譬喻法，有助於表情達意、說理論述。如文中「過屠門」三句、「家有千里」四句即是其例。

任城王誄 并序

【題　解】這是一篇祭悼任城王曹彰的誄文。曹彰，字子文，曹植同母兄。彰從小善射御，體力過人，手搏猛獸，不避險阻。曾多次率兵征伐，立有戰功。建安二十一年（西元二一六年）被封為鄢陵（今屬河南省）侯；黃初三年（西元二二二年）被曹丕立為任城（今山東省濟寧市）王；黃初四年六月，朝會京師時突然死於洛陽。其死因，後人有不同的說法。《世說新語・尤悔》載：文帝曹丕忌恨任城王曹彰之驍壯，於是借與曹彰共圍棋於卞太后閣之機，在所吃的棗的蒂上放上毒藥；文帝揀可食者而自進之，曹彰不知棗上有毒，遂雜取而食之。中毒後，卞太后索水救之，文帝已事先令左右之人毀瓶罐，太后遂赤著腳趕到水井之邊，但無水可汲。沒過多久，曹彰死。文帝復欲害東阿王，太后說：「你已殺我任城王，不得復殺我東阿王。」《世說新語》的這種記載，為小說家語，不一定可信，但從側面反映出文帝對諸王的忌恨，十分深刻。誄，古代的一種用於哀祭的文體。

這篇誄文，對任城王曹彰的生平、功德作了簡要的敘說，字裏行間寄寓著作者深厚的懷思、痛惋之情。

昔二虢佐文❶，旦奭翼武❷。於休我王❸，魏之元❹輔，將崇懿迹❺，等號齊魯❻，如何奄忽❼，命不是與？仁者悼沒，兼彼殊類❽；矧我同生❾，能不憯悴❿？目想宮墀⓫，心存平素⑫；彷彿魂神，馳情陵墓。凡夫愛命⑬，達者徇名⑭。王雖薨徂⑮，功著丹青⑯。人誰不沒？貴有遺聲⑰。乃作誄曰：

幼有令質⑱，光輝珪璋⑲。孝殊閔氏⑳，義達參商㉑。溫溫其恭㉒，爰㉓柔克剛。心存建業㉔，王室是匡㉕。矯矯元戎，雷動雲徂㉖。橫行燕代㉗，威慴北胡㉘。奔虜無竄㉙，還戰高柳㉚。王率壯士，常為軍首㉛。宜究長年㉜，永保皇家。如何奄忽，景命不遐㉝？同盟㉞飲淚，百寮咨嗟㉟。

【注釋】❶昔二虢句　二虢，指虢仲、虢叔，均為周文王之弟，並為文王卿士，有功於王室。文，指周文王姬昌。❷旦奭翼武　旦，周公之名。奭，召公之名，周文王庶子，曾輔佐武王滅商，支持周公東征平亂。翼，輔佐之意。❸於休句　於，讚歎之詞。休，美也。我王，指任城王曹彰。❹元　大也。❺懿迹　美好的功業。❻齊魯　謂姜尚、周公旦。姜尚（即姜太公姜子牙）曾受封於齊，周公旦曾受封於魯。❼奄忽　迅疾。此指突然死亡。❽仁者二句　謂仁慈之人，看見其他生物死亡，尚生傷悼之情。殊類，異類也。❾矧我句　矧，況且。同生，謂兄弟。❿憯悴　悲傷的樣子。⓫目想句　目想，凝思也。官墀，謂京城。墀，宮殿前臺階上面的空地。也泛指臺階。⓬平素　往昔。此指少小之時。⓭愛命　愛惜生命。⓮徇名　為名而犧牲性命。徇，通「殉」。⓯薨徂　謂死亡。⓰丹青　指丹砂和青雘兩種可製顏料的礦石。丹青不易退色，故用以比喻光明顯著。⓱遺聲　猶云留名。⓲令質　美好的資質。⓳珪璋　貴重的玉器。此比喻人品高尚。⓴孝殊閔氏　謂孝道超過了閔子騫。閔子騫，孔子門徒。《論語．先進》有云：「孝哉閔子騫，人不間於其父母昆弟之言。」㉑參商　參，指曾參。商，指卜商。二人都是孔子的門徒。㉒溫溫其恭　語出《詩經．賓之初筵》。溫溫，柔和也。㉓爰　語助詞。㉔建業　建功立業。㉕匡　輔助。㉖矯矯二句　矯矯，威猛勇武之貌。元戎，本指行於軍前的大型戰車。此泛指戰車。雷動，形容威力之大。雲徂，形容行動迅疾。徂，往也。㉗橫行燕代　《三國志．任城王彰傳》：「建安二十三年，代郡烏桓反，以彰為北中郎將行驍騎將軍（伐之）。」橫行，謂前行而無阻礙。燕，指今河北省一帶。代，指今山西省大同市以東地區。㉘威慴北胡　《三國志．任城王彰傳》：「時鮮卑大人軻比能將數萬騎觀望彊弱，見彰力戰，所向皆破，乃請服。」威慴，同「威懾」。胡，我國古代北方少數民族的統稱。㉙奔虜無竄　謂敗北奔走之敵，無有逃脫者。㉚高柳　地名，在今山西省境內。㉛為軍首　身先士卒之意。《三國志・任城王彰傳》：「彰北征，入涿郡界，叛胡數千騎卒至。時兵馬未集，唯有步卒千人，騎數百匹。用田豫計，固守要隙，虜乃退散。彰追之，身自搏戰，射胡騎，應弦而倒者前後相屬。」㉜宜究長年　謂應當盡其長久的天命。究，盡也。㉝景命不遐　謂年壽不長。景，大也。㉞同盟　同宗之盟。此謂同姓之人。㉟咨嗟　嗟歎；歎息。

【語譯】從前，號仲、號叔二人輔佐周文王，周公旦、召公奭輔佐周武王。偉大的任城王啊，是魏國最為得力的輔臣，將建立偉美的業績，獲得姜尚、周公一樣的美譽，為何就這麼快地離開人世，而天不賜以年壽？仁慈之人傷悼死者，尚且會傷悼那些死去的異類，更何況是我的兄弟去世，我能不黯然神傷嗎？凝思京城生活之日，心懷年少共處之時；彷彿感到自己的魂神，已飛到了任城王的陵墓。平凡之人愛惜生命，達理之士為名而死。任城王雖然與世長辭，但功業比丹青還要光明顯著。人哪有不死的？貴在能留名於後世。於是作此誄文，誄文為：

幼有美好天資，美德如玉泛光。孝道超越閔氏，義勇可比參商。為人溫和恭謙，能夠以柔克剛。心念建立功業，願將王室扶幫。戰車威風凜凜，如同雷動雲往。橫行燕代之地，北方胡人服降。收拾敗走之敵，轉戰高柳疆場。王率精壯士卒，常常衝在前方。應當長享天命，永保我們魏邦。為何突然去世，壽命不能久長？同姓之人悲泣，百官歎息哀傷。

【研析】作者與任城王曹彰平日手足情深，又有著相似的遭際和命運，故對曹彰的暴死，作者自然是傷痛無比；寄情於筆墨，也自然真切感人。

此誄沒有對曹彰的生平事功作面面俱到的抒述，而只是比較簡要地敘及曹彰溫恭柔和的性格和赫赫不凡的戰功，似有點到為止、意猶未盡之感。這可能與當時曹丕待諸王法峻令酷的情勢有關。今人趙幼文先生說：「此誄限於客觀形勢（詳《世說・尤悔》），不能直抒胸臆，寄其哀憤，故詞意含蓄而戛然中止。」儘管文不甚長，意未盡攄，但尺水興波，紙短思長，寄寓文中的深沉的禮讚、追懷和哀情，仍然不難得見。

本文語言簡約凝煉，情采婉切深摯。

大司馬曹休誄

【題解】大司馬，官名。漢武帝時改太尉為大司馬，與大將軍聯稱為大司馬大將軍，無印綬、官屬。漢成帝時，大司馬置印綬、官屬，位列三公。東漢建武年間改名為太尉。靈帝末年又置大司馬，負責國家軍務。曹休，字文烈，曹操之族人，曾任鎮南將軍、征東大將軍等職；明帝時遷任大司馬，都督揚州，一生立有不少戰功。太和二年（西元二二八年）病卒。

於穆公侯①，魏之宗室。明德繼踵②，奕世純粹③。闡弘汎愛④，仁以接物。藝以為華⑤，體斯亮實⑥。年沒弱冠⑦，志在雄英。高揖⑧名師，發言有章⑨；東夏翕然⑩，稱曰龍光⑪。貧而無怨，孔以為難⑫。嗟我公侯，屢空⑬是安。不耽世祿⑭，親悅為歡。好彼蓬樞⑮，甘彼瓢簞⑯。味道忘憂⑰，踰憲超顏⑱。矯矯⑲公侯，不撓⑳其尼。呵叱三軍，躬奮雄戟㉑。足蹴㉒白刃，手接飛鏑㉓。終弭淮南㉔，保我疆埸㉕。

【注釋】①於穆句　於，讚歎辭。穆，美也。公侯，指曹休。曹休遷大司馬，受封為長平侯，故稱公侯。②明德句　謂曹休以高潔完美之德繼承前人功業。③奕世句　言曹家前代之人品德都完美無缺。奕世，累世；一代接一代。④闡弘句　謂為人寬厚而博愛。⑤藝以句　謂才藝表現於外，華美可觀。⑥體斯句　體，含有。亮實，誠信忠實。⑦弱冠　指二十歲。⑧高

揖　敬拜之意。❾發言句　猶云出口成章。❿東夏句　東夏，中國的東部。此當指吳郡。曹休的祖父曾為吳郡太守，曹休隨祖父居此。翕然，一致的樣子。⓫龍光　語本《詩經・蓼蕭》：「既見君子，為龍為光。」本指恩寵與榮光。此以「龍光」代指君子。⓬貧而二句　語出《論語・憲問》：「子曰：貧而無怨，難。」孔，指孔子。⓭屢空　經常貧窮，一無所有。⓮世祿　世代享有的祿位。⓯好彼句　語本《莊子・讓王》：「原憲居魯，環堵之室，茨以生草，蓬戶不完，桑以為樞。」蓬樞，謂以蓬草編成門戶，以桑枝彎成門的轉軸。形容居室十分簡陋。⓰甘彼句　語本《論語・雍也》：「子曰：『賢哉回也！一簞食，一瓢飲，在陋巷，人不堪其憂，回也不改其樂，賢哉回也！』」簞，古代盛飯用的一種圓形竹器。⓱味道句　謂用心於體味人生之真理，而不顧及生活的貧窮。⓲踰憲句　踰，同「逾」。超越。憲，原憲，姓原，名思，字憲，孔子的弟子，以安貧樂道而著稱。顏，即顏回，孔子的弟子。⓳矯矯　威武的樣子。⓴撓　屈服。㉑躬奮句　躬，親自；親身。奮，舉也。雄戟，古兵器名，一種有刺的戟。戟，在長柄的一端裝有青銅製成的槍尖，旁邊附有月牙形鋒刃。㉒蹴　踏也。㉓鏑　箭也。㉔終弭句　謂最終安定了淮南地區（即今安徽省一帶）。據史載，曹休曾率兵在淮南地區多次擊敗孫權的軍隊，如在洞浦（今安徽省和縣西南）大敗吳將呂範等人，在皖地斬殺吳將審悳。㉕疆埸　猶云疆界。指邊疆、邊界。

【語　譯】偉美不凡的曹公侯啊，是曹魏的宗室子弟。德行高潔承祖業，世世代代都純正。寬宏大量博愛眾生，待人接物遵循仁義。才藝出眾顯於外，內含誠信之品質。年齡剛過二十歲，志向遠大而雄奇。彬彬有禮拜名師，出口成章言壯異；東夏之人同聲讚，誇他是君子有出息。身處貧窮無怨恨，孔子認為這不容易。可歎我的曹休公，常處貧困心不急。不圖世襲之祿位，心境和悅總是歡喜。草屋破房住不厭，粗茶淡飯滿心意。求真樂道忘貧窮，超過原憲、顏回之德義。勇武威猛的曹休公啊，歷盡艱險志不移。發號施令統三軍，親舉雄戟殺頑敵。腳踩刀刃衝敵陣，手接飛箭勇搏擊。終於平定淮南地，保衛我國之邊境。

【研　析】這篇悼念曹休的文章，感情真摯動人。

悼念經歷豐富的曹休，可追憶、可頌美的事情自然很多。然而，作者沒有面面俱到，而主要是從曹休內在之美著筆，花費大量筆墨敘其安貧樂道、不慕榮華、澹泊自處的高貴品節，兼及履仁行義，誠諒堅毅的品格，至於馳騁疆埸、保家衛國的事功等等，作者則輕輕帶過。可見，作者寫作這篇悼念性的文章，很注重典型化描寫，力求抓住誄主的典型特徵，以傳達出誄主獨特而鮮明的個性。這可以說是作者藝術處理的高明之處。其實，誄主曹休在歷史上並不是以德節、操守著稱。《三國志》等史籍有其傳記，但也只是述其作為武將的武功戰績，未曾言及他的德行。而曹植在此文中大頌其德，可能是自己耳聞目睹，對其為人有著獨到的理解與感受的緣故。

劉勰《文心雕龍》云：「（誄）傳體而頌文，榮始而哀終。」就曹植此誄現存文字看，首敘曹休之家世，次敘其德行，再敘其功績，顯示了誄主生時的榮顯，即劉氏所言「榮始」也；但未及於哀痛之情，這當是本誄文字殘脫，無法得見其首尾之故也。

本誄語言典雅莊重，韻律和諧優美。

光祿大夫荀侯誄

【題　解】光祿大夫，官名。秦郎中令屬官有中大夫，西漢武帝時更名為光祿大夫，秩比二千石。東漢亦置此官，負責顧問應對，無常職，隨時聽詔令遣使。荀侯，指荀彧，曹操謀士，字文若；永漢元年（西元一八九年），舉孝廉，拜守宮令。曾附袁紹，後歸曹操。建安十七年，以侍中光祿大夫持節參與軍國決策。後因受士族影響，反對曹操稱魏公，操心不能平，迫其飲藥自盡。卒謚敬侯。

如冰之清，如玉之潔❶；法而不威❷，和而不褻❸。百寮欷歔❹，天子霑纓❺。

機女投杼❻，農夫輟耕。輪結轍❼而不轉，馬悲鳴而倚衡❽。

【注　釋】❶如冰二句　形容荀彧品行高潔。據史載，荀彧為人為官，「謙沖節儉」，公正無私。❷法而句　謂守法而不濫用權勢。❸和而句　謂為人謙和，但不輕浮。褻，輕慢。❹百寮句　謂百官對荀彧之死深感哀痛。寮，官也。欷歔，哭泣時抽噎，哽咽。❺霑纓　謂流下的眼淚霑溼了繫在脖子上的帽帶。❻杼　織布機上的梭子。❼結轍　轍跡回轉。謂退車往回走。結，回旋。❽倚衡　倚靠車轅頭上的橫木。此謂馬不肯前行。

【語　譯】品德像冰一樣清白明淨，似玉一般高潔純正；遵循法度而不作威作福，為人謙和而不輕薄浮淺。百官悲傷得泣不成聲，天子流淚霑溼冠繩。織女傷心得棄梭不織，農夫悲戚而停止耕耘。車輪回退而不前行，馬兒悲鳴而身靠車衡。

【研　析】本文文句大量殘佚，無法得知全篇旨意。僅就這殘語斷章看，作者盛讚了荀彧高潔脫俗、正直謙和的品德，描敘了朝野人士悲悼荀彧逝世的情狀，字裏行間流溢著依戀、哀傷之情。

就本文的殘句看，作者成功地運用了比喻、烘襯等藝術表現手法。如，首二句用比喻之法頌荀彧之德，設喻雖不新奇，但也還妥帖自然。再如，以百寮、天子、機女、農夫、馬等的情緒反應，烘托、渲染出了一種濃郁的淒愴氣氛，頗有感染力。

武帝誄并序

【題　解】建安二十五年（西元二二〇年）正月，曹植之父曹操病逝於洛陽，植遂作此誄以祭。

曹操生於西元一五五年，字孟德，小名阿瞞，沛國譙（今安徽省亳縣）人。初舉孝廉為郎，授洛陽北部尉。黃巾軍起，任騎都尉，參與鎮壓黃巾起義，升濟南相。建安元年，迎獻帝都許，遂挾天子以令諸侯。建安十三年進位丞相。自建安二年至十六年，先後擊敗呂布、袁術、袁紹等豪強割據勢力，征服烏桓，統一了北方。赤壁之戰，敗於孫權、劉備聯軍。建安二十一年封魏王。卒後，其子曹丕稱帝，追封其為魏武帝。精於兵法，著有《孫子略解》等。工詩歌，今存二十餘首。散文有四十餘篇傳世。

本文題作〈武帝誄〉，可能不是本誄原題，因為《三國志・文帝紀》說得很清楚：黃初元年十一月，曹丕在代漢稱帝後，遂「追尊皇祖太王曰太皇帝，考武王曰武皇帝」；而曹植此誄作於曹操葬後不久，亦即建安二十五年二、三月份。因此，植作此誄時，不可能有「武帝」之稱。誄題稱「武帝」，可能是後人改動的結果。曹操死後，謚曰武王；另外，此誄之中稱曹操亦不曰「帝」，而言「我王」，故此誄原題似應作〈武王誄〉。

此誄之中，明顯地存在文句遺脫的現象，以致文意上下偶爾不相連屬。如誄中「張陳背誓」句與「傲帝虐民」句之間，即存此類情況。

於❶惟我王，承運之衰。神武震發❷，群雄殲夷❸。拯民于下，登帝太微❹。德美旦奭❺，功越彭韋❻。九德❼光備，萬國作師❽。寢疾不興❾，聖體長歸。華夏飲淚，黎庶❿含悲。

神翳功顯，身沉名飛⓫。敢揚聖德，表之素旗⓬。乃作誄曰：

於穆⓭我王，胄稷胤周⓮。賢聖是紹⓯，元懿允休⓰。先侯佐漢，實維平陽⓱；功成績著，德昭二皇⓲。民以寧一⓳，興詠⓴有章。我王承統㉑，天姿特生㉒。年在志學㉓，謀過老成。奮臂舊邦㉔，翻身上京㉕。袁㉖與我王，交兵若神。張陳背誓㉗，傲帝虐民㉘，擁徒百萬，虎視朔濱㉙。我王赫怒，戎車列陳，武卒虓闞㉚，如雷如震㉛。攙槍㉜北埽，舉㉝不浹辰㉞，紹遂奔北㉟，河朔是賓㊱。振旅京師，帝嘉厥庸㊲。乃位丞相㊳，總攝三公㊴。進受上爵㊵，君臨魏邦㊶。九錫㊷昭備，大路㊸

火龍[44]。

玄鑑[45]靈察，探幽洞微。下無偽情，姦不容非[46]。敦[47]儉尚古，不玩珠玉[48]。以身先下[49]，民以純樸。聖性嚴毅，平修清一[50]。惟善是嘉，靡疏靡昵[51]。怒過雷霆，喜踰春日[52]。萬國肅虔[53]，望風震慄[54]。既總庶政，兼覽儒林[55]。躬著雅頌，被之琴瑟[56]。

茫茫四海，我王康之。微微漢嗣，我王匡之[57]。群傑扇動，我王服之。喁喁黎庶，我王育之[58]。光[59]有天下，萬國作君[60]。虔奉本朝[61]，德美周文[62]。以寬克[63]眾，每征必舉。四夷賓服，功夷聖武[64]。翼帝王世[65]，神武鷹揚[66]，左鉞右旄[67]，威凌伊呂[68]。

年踰耳順[69]，體壯志肅[70]。乾乾[71]庶事，氣過方叔[72]。宜並南嶽[73]，君[74]國無窮。如何不弔[75]，禍鍾聖躬[76]。棄離臣子，背世[77]長終。兆民[78]號咷，仰愬[79]上穹。既以約終[80]，令節[81]不衰。既即梓宮[82]，躬御綴衣[83]。璽不存身，唯紼[84]是荷。明器[85]無飾，陶素[86]是嘉。既次西陵[87]，幽闈[88]啟路。群臣奉迎，我王安厝[89]。窈窕玄宇，三光不入[90]。潛闥一扃，尊靈永蟄[91]。聖上臨穴，哀號靡及[92]。群臣陪臨[93]，佇立以泣[94]。去此昭昭[95]，於彼冥冥。永棄兆民，下君百靈[96]。千代萬葉[97]，曷時復（ㄈㄨˋ）形（ㄒㄧㄥˊ）[98]？

【注釋】❶於　讚歎之詞。❷神武震發　謂曹操起兵征伐各地豪強割據勢力。神武，神明而勇武。震發，謂如雷霆震動。❸群雄句　群雄，指當時的地方豪強勢力，如袁紹、袁術、劉表等。戡，攻克。夷，消滅。❹登帝句　意謂曹操侍奉漢帝登臨帝位。帝，指漢獻帝劉協。太微，指天子宮廷。案：自西元一九二年董卓被殺，直至西元一九六年，獻帝一直處於被挾制的狀態。幾經顛沛流離，才於一九六年八月逃回洛陽。在獻帝身處困境之時，曹操接受了毛玠和荀彧「挾天子以令諸侯」的建議，將獻帝迎至許昌，然後在許昌建立宮室殿宇，設立省臺司院衙門，修城郭府庫，侍奉獻帝居住。❺旦奭　參見本卷〈任城王誄〉注。❻彭韋　即大彭、豕韋。大彭，相傳是顓頊帝玄孫陸終氏的第三子，堯帝時封於大彭；因其道可祖，故又謂之彭祖。大彭在商代為守藏史，在周為柱下史。豕韋，本為古國名，在今河南省滑縣；此指殷商時代別封於豕韋的彭姓後代。❼九德　九種品德。《逸周書．常訓》：「九德：忠、信、敬、剛、柔、和、固、貞、順。」❽作師　《尚書．泰誓》：「天佑下民，……作之師。」孔傳云：「為立師以教之。」❾興　起也。❿黎庶　謂百姓。⓫神翳二句　神，謂人之精魂。翳、沉義近，謂隱沒不顯。名飛，猶名揚。⓬素旗　見本卷〈王仲宣誄〉注。⓭穆　美也。⓮胄稷句　此謂曹氏是周人的後代。胄、胤義同，意為後代。此用作動詞，有後繼之意。稷，后稷，相傳是周人的祖先。參見本書卷八〈慶文帝受禪章〉注❽。⓯紹　繼承。⓰元懿句　元，善也。懿，美也。允，誠然。休，吉祥。⓱先侯二句　先侯，指曹參。參為西漢初大臣。初為沛縣獄吏，後從劉邦起兵，屢建戰功，漢立封平陽侯，任齊相九年。惠帝時曾任丞相。平陽，在今山西臨汾西；此謂平陽侯曹參。⓲二皇　指漢高祖劉邦、漢惠帝劉盈。⓳民以寧一　語出《史記．曹相國世家》：「百姓歌之曰：『蕭何為法，顜若畫一。曹參代之，守而勿失；載其清靜，民以寧一。』」寧一，安寧不亂。⓴興詠　創作詩歌。㉑統　傳統也。㉒天姿句　謂曹操天賦的資質，是應時而生。㉓年在志學　謂年有十五歲。《論語．為政》：「吾十有五而志於學。」故以志學代指十五歲。㉔奮臂句　謂曹操召集義兵伐董卓。史載：漢靈帝中平六年（西元一八九年）冬十月，操始起兵於己吾（縣名，在今河南省寧陵縣西），欲誅董卓。㉕翻身句　謂曹操到達洛陽後，受到漢帝的倚重而顯達。上京，指洛陽。史載：建安元年（西元一九六年），操至洛陽，衛京都，漢帝授以總統諸軍的大權，並總攬尚書之事。㉖袁　指袁紹。紹字本初，初為濮陽長、侍御史等。董卓入京專權後，紹逃至冀州，號召發兵討卓，被推為關東軍盟主，不久自領冀州牧。在此期間，紹與操在軍事上有合作關係，建安以後，紹不滿於操「挾天子以令諸侯」之地位，遂調兵攻操，相持多時，後在官渡決戰中潰敗。㉗張陳句　張，指張邈，字孟卓，初辟公府，遷陳留太守；董卓亂朝後，與張超、曹操等共舉義兵，推袁紹為盟主。邈後得罪於紹，紹令操殺之。獻帝興平元年（西元一九四年），邈懼操擊己，遂與操之將領陳宮據兗州叛操，迎呂布為兗州牧，後為操誅滅。陳，指陳宮，字公臺，少時好交結海內名士。興平元年與張邈反操，後為操縊殺。背誓，違背誓言。㉘傲帝句　意謂對漢獻帝傲慢不敬，對百姓殘酷暴虐。案：考史籍所載，此句是敘袁紹之事，而與張邈、陳宮事跡無涉；疑此句之上有脫句。㉙擁徒二句　徒，士卒。朔濱，指黃河以北的今山東、山西、河北等地。案：《三國志・武帝紀》裴注：「本紀云：（袁）紹眾十餘萬，屯營東西數十里。」此誄云紹擁兵百萬，非實數。㉚虓闞　語本《詩經・常武》：「闞如虓虎。」比喻將士震怒。闞，虎怒貌。虓，虎吼。㉛震　猶霆也。㉜攙槍　彗星也。劉向《洪範傳》：「彗者，去穢布新者也。」㉝舉　攻克。㉞浹辰　謂十二天。浹，周匝；滿也。㉟北　敗也。㊱賓　歸附。㊲振旅二句　振旅，整頓軍隊。此謂班師還軍。京師，指許昌。嘉，稱許。庸，功也。㊳乃位句　建安十三年（西元二〇八年）六月，漢帝罷三公官，置丞相、御史大夫，並拜曹操為丞相。㊴總攝句　謂讓曹操一人兼任司徒、太尉、司空三官之職。㊵上爵　指公爵。古之爵位分五級，以公爵為首，故謂之上爵。㊶君臨句　君臨，統治；佔有。《三國志・武帝紀》：「建安十八年五月丙申，天子使御史大夫郗慮持節策命公（案指曹操）為魏公。」㊷九錫　指古代帝王尊禮大臣所賜的九種物品。九錫的名目在古書中有不同的記載。依《漢書・王莽傳》，九錫名目及次第為：衣服、車馬、弓矢、斧鉞、秬鬯、命珪、朱戶、納陛、虎賁。案：《三國志・武帝紀》：「封君（案指曹操）為魏公，……其以丞相領冀州牧如故，又加君九錫。」㊸大路　指天子所乘之車。㊹火龍　古代天子禮服繪有火、龍之圖案，故此以火龍指代禮服。㊺玄鑑　與本書〈魏德論〉中「神鑑」一詞義同，形容察事如神。㊻姦不句　謂姦邪之人難以掩飾自己的罪過。容，飾也。㊼敦　此有崇尚之意。㊽不玩句　《三國志・武帝紀》裴注引《魏書》：「（操）雅性節儉，不好華麗，後宮衣不錦繡，侍御履不二采。」㊾下　謂臣民。㊿平修句　平，治理。修，此有講求之意。清一，公正、平直。(51)靡疏句　謂不分關係親疏。(52)怒過二句　《三國志》裴注引《曹瞞傳》：「每與人談論，戲弄言誦，盡無所隱，及歡悅大笑，至以頭沒杯案中。……然持法峻刻，諸將有計畫勝出己者，隨以法誅之，及故人舊怨，亦皆無餘。」(53)肅虔　恭敬也。(54)震慄　謂恐懼。(55)儒林　此指儒士們的各類著述。曹丕《典論》云：「上雅好詩書文籍，雖在軍旅，手不釋卷。」(56)躬著二句　《三國志》裴注引《魏書》：「（操）登高必賦，及造新詩，被之管弦，皆成樂章。」躬，親自。雅頌，指詩歌。(57)微微二句　微微，細小之貌。漢嗣，指漢獻帝劉協。匡，扶助。(58)群傑四句　群傑，猶群雄。此指豪強割據者。扇動，此謂慫恿作亂。服，降服。喁喁，本謂群魚張口向上，露出水面；此形容盼望別人拯濟之狀。(59)光　大也。(60)萬國句　意謂作萬國之君。(61)本朝　指漢朝。(62)德美句　謂道德可比美於周文王。案：周文王在實際佔有三分之二的天下的情況下，仍以臣下的身分服事殷商，故孔子讚美其德為「至德」（見《論語》）；而曹操挾天子以令諸侯，實際操縱著漢朝大權，但仍尊劉氏為帝，故此誄將曹操比作周文王。(63)克　征服也。(64)聖武　謂周武王。(65)翼帝句　謂輔助漢獻帝統治天下。翼，輔佐。(66)鷹揚　參見本卷〈與楊德祖書〉注(4)。(67)左鉞句　語本《尚書・牧誓》：「王左杖黃鉞，右秉白旄以麾。」鉞，古代的一種斧形兵器。旄，用牦牛尾繫於竿頭做成的器物，用以指揮。(68)伊呂　見本卷〈文帝誄〉注。(69)耳順　《論語・為政》：「六十而耳順。」故後世以「耳順」代指六十歲。(70)志肅　謂思維敏捷。肅，通「速」。(71)乾乾　自強不息貌。或謂通「悁悁」，憂念貌。(72)方叔　周宣王時卿士。曾南伐蠻方，有戰功。(73)宜並句　謂曹操之壽當如南山，長延不絕。(74)君　統治。(75)弔　善；吉祥。(76)禍鍾句　鍾，集中。聖，指曹操。躬，謂身體。(77)背世　棄世也。謂死亡。(78)兆民　猶萬民也。極言數之多。(79)愬　同「訴」。(80)約終　謂後事辦得很節儉。案：曹操生時曾立有遺令，囑辦喪事曰：「葬畢皆除服。其將兵屯戍者，皆不得離屯部。有司各率乃職。斂以時服，無藏金玉珍寶。」(81)令節　美好的德操。(82)梓宮　謂以梓木做成的棺材。(83)躬御句　謂身著綴衣。綴衣，喪服之一種，似兩袋，每袋留出一邊不縫合。裝殮時，以一袋自屍之腳向上套，以另一袋自屍之頭向下套。套畢，在袋之未縫合處，安上繫帶，然後將繫帶綰結，謂之綴衣。(84)紼　繫印璽的絲帶。(85)明器　即冥器。指古代為隨葬而特製的器物，多以竹、木或陶土製作。(86)陶素　謂陶器未經修飾，顯得樸質。(87)西陵　曹操陵墓本名高陵，因其地在鄴城（今屬河北省）之西，故又稱西陵。(88)幽闥　謂墳墓。(89)我王句　我王，指曹丕。安厝，安置也。(90)窈窕二句　窈窕，幽深寂靜之貌。玄宇，謂墓室。三光，日、月、星也。(91)潛闥二句　潛闥，謂墓門。扃，關閉。尊靈，指曹操靈魂。蟄，藏伏。(92)聖上二句　聖上，指獻帝劉協。穴，墓穴。靡及，不及也。此謂不能望及死者之身。(93)臨　哭也。(94)佇立句　語出《詩經・燕燕》：「瞻望弗及，佇立以泣。」佇立，長時間站立。(95)昭昭　謂人間。(96)下君句　在地下統領百神。(97)萬葉　猶言萬世。(98)形　顯現。

【語　譯】我的父親魏武王，生逢國運正衰微。神明勇武如雷動，各路豪強都敗退。拯救百姓於下層，迎接漢帝居皇位。美德可與旦、奭比，功超大彭與豕韋。九種品德都具備，能向萬國施教誨。無奈臥病不能起，與世長辭不復歸。華夏之人都落淚，黎民百姓皆含悲。神魂雖隱而功顯，身形消失而名飛。願揚武王之明德，高舉素旗彰其美。於是寫作此誄，誄文為：

英明偉大魏武王，后稷、周王之後人。承繼賢聖之德業，善行美德實足稱。輔佐漢室有曹參，平陽之侯我先人；大功告成業績著，德顯西漢二皇庭。萬民安定不作亂，百姓作歌皆成文。武王繼承其傳統，才智應時而天生。年齡只有十五歲，謀略超過老成人。招兵起義於舊邦，執掌大權於上京。袁紹稱讚我武王，用兵作戰如有神。張邈陳宮叛武王，袁紹傲帝虐百姓，自擁兵力上百萬，眼將黃河北地盯。武王大怒顯威嚴，出動兵車列戰陣，將士威武如虎怒，又如雷霆之大震。彗星如帚北方掃，不滿十二天獲全勝。袁紹於是敗而逃，河北敵賊都投誠。整頓師旅回京都，漢帝稱讚武王功，乃授武王丞相職，兼負三公之職能。又被晉授公爵位，將那魏國來統領。九錫之物全具備，還賜大車、禮服等物品。

體情察物如神靈，探幽燭微善分辨。臣下沒有虛假情，姦人難將罪過掩。崇尚節儉古樸風，不把珠玉來貪戀。以身作則帶好頭，臣民因此而樸儉。武王性情甚剛毅，政求公正與清廉。只有善舉才嘉獎，不論關親與遠。發怒之時賽雷電，喜時溫和如春天。萬國都懷恭敬意，聞風心驚而膽戰。總理國家眾政務，兼覽經史百家言。親自寫作風雅詩，琴瑟奏之成樂篇。

四海茫茫甚曠遠，武王使之安且康。獻帝勢單力又薄，武王將他來扶幫。群雄帶頭亂天下，武王使之皆服降。張口以待之黎民，武王將其來育養。天下廣為武王佔，並且又能統萬邦。虔誠侍奉漢朝帝，德可比美周文王。憑藉仁厚服眾人，每次征伐敵必降。少數民族來歸附，功業勝過周武王。輔佐漢帝治天下，神明威武如鷹揚，左持大斧右持旄，威超伊尹與呂尚。

武王年過六十歲，思維敏捷身體壯，心憂國家眾事務，精力遠比方叔強。壽命應與南山比，治理國家應久長。哪知事情不吉利，災禍集在他身上。死別臣民與子孫，離世而去歸無望。萬民悲痛嚎啕哭，仰頭訴苦於上蒼。

辦理後事甚節儉，高風亮節永不喪。遺體裝入梓木棺，綴衣穿在他身上。身上不將印璽帶，只將印綬棺中藏。隨葬的器物無彩飾，陶器素樸人敬仰。靈柩到達西陵後，墓中道路便開敞。群臣奉迎其靈柩，我兄將它來安放。幽深寂靜之墓穴，難入日月星之光。墓門一被關閉後，武王靈魂永伏藏。漢帝來到墓穴邊，難見其身哭斷腸。群臣在旁陪著哭，久久站立哭悲傷。撒手離開這人世，到那陰間長臥躺。永遠離開眾百姓，地下做那百神王。千秋萬代時長久，何時復現您形象？

【研　析】曹操的逝世，對於作者來說，是莫大的不幸，此意味著作者恃其父寵，養尊處優的時代，將一去不復返，代之而來的將是曹丕的猜忌、迫害。對此，聰明的作者不會沒有意識到。因此，對於曹操的離世，作者自然是發自內心地哀痛、悲傷；訴諸筆端的文字，自然是真性情的流露。

曹植此誄比較全面地回顧了曹操的一生，表述了曹操的作為、德業、貢獻，滿懷深情地歌頌了曹操的雄才大略，豐功偉績，寄託了綿綿無盡的哀思，陳說了巨大的心靈傷痛。

全篇大致可分為五個段落（序在外），每段大意如下：

序文總述曹操之功德，以及本文的寫作動機。

正文第一段敘及曹操的家世、天資，以及力掃群雄、平定北方、輔佐漢室的功勞。

第二段頌揚曹操的品性與才智，謂曹操精明神察，廉儉素樸，嘉善懲惡，多才多藝。

第三段稱美曹操「翼帝主世」，治理天下，拯救萬民的功德，對曹操在歷史上的地位、功績，給予了高度評價。

第四段敘曹操逝世後，萬民哀痛之事，也寄寓了作者的悼惜之意。

第五段敘安葬曹操時的有關情形，強烈地表現了作者深切的哀思。其情辭淒急，極為感傷。此段敘及曹操隨葬之物，進一步突現了曹操「敦儉尚古」的廉儉品格。

此誄在寫作上的一個重要特點是，層次清楚，結構縝密，章法渾成，顯示了作者布局謀篇的技巧。全文按照時間的先後順序，來展開對誄主（曹操）生前之事和死後之事的敘述，構成文章的經線，然後在其中靈活地穿插有關補敘（如文中「玄鑑靈察」云云）、議論、評析的文字，使得全文敘次井然，渾然天成。

此誄辭氣淒婉，語言清麗精工，韻律婉轉和諧，且抒情表意，能出自胸臆，故吐之紙上，顯得真切深摯。

當然，作者對其父所作的某些評價，也有不甚客觀之處，如「翼帝主世」云云，把曹操說成是忠於漢室的功臣，顯然有悖史實。

平原懿公主誄

【題解】平原懿公主，指魏明帝曹叡之女曹淑。淑於明帝太和六年（西元二三二年）出生，在世三月而夭折。淑死後，明帝追封諡淑為平原懿公主，為之立廟，並按古代的冥婚（即把已死的男女結成婚姻，並合葬）習俗，將曹淑與甄皇后已亡之從孫甄黃結為夫婦，葬於南陵。據史載，曹淑的冥婚禮及葬禮極為隆重：「以成人禮送之，加為制服，舉朝素衣，朝夕哭臨，自古以來，未有此比。」（見《三國志》）

據《太平御覽》卷五九六所引資料看，明帝在曹淑死後，親自送葬南陵，從「陵上還，哀懷未散」，乃作〈故平原公主誄〉一篇，以悼愛女。但他自感才思薄淺，「至於賦誄特不閑」，且所作誄文「為田家公語耳」。因此，他特下詔文與曹植，命植作誄以祭。植遂奉詔作此誄以獻。

俯振地紀❶，仰錯天文❷。悲風激興❸，霜猋❹雪雰。凋蘭夭蕙，良幹以泯❺。

於惟懿主❻，瑛瑤❼其質。協策應期❽，含英秀出❾。岐嶷之姿，寔朗寔一❿。

生在⓫十旬，察人⓬識物。儀同聖表⓭，聲協音律。驤眉識往，俛首知來⓮。求顏必笑，和音則孩⓯。阿保接手，侍御充傍⓰。常在襁褓⓱，不停笫⓲牀。專愛⓳一宮，取玩聖皇⓴。何圖奄忽㉑，罹㉒天之殃。魂神遷移㉓，精爽㉔翱翔。號之不應，聽之不聆。帝用吁嗟，嗚咽失聲㉕。嗚呼哀哉！

憐爾早沒，不逮陰光㉖；改封大郡㉗，惟帝舊疆㉘。建土開家㉙，邑移藩王。琨珮㉚惟鮮，朱紱㉛斯煌。國號既崇㉜，哀爾孤獨；配爾名子㉝，華宗㉞貴族。爵以列侯㉟，銀艾優渥㊱。成禮㊲于宮，靈輀交轂㊳。生雖異室，歿同山嶽㊴。爰構玄宮㊵，玉石交連。朱房皓壁，皜曜電鮮㊶。飾終備位㊷，法生象存㊸。長埏㊹繕脩，神閨㊺啟扉。二柩㊻並降，雙魂孰依？

人誰不歿？憐爾尚微。阿保激感，上聖㊼傷悲。城闕之詩，以日喻歲㊽。況我愛子，神光長滅。扃關㊾一闔，曷其復晰㊿？

【注釋】❶俯振地紀　此句與本卷〈卞太后誄〉中「陵頹谷踊」句意相近，謂地貌發生了巨變。振，動也。地紀，地理也；此言地之自然結構。❷仰錯天文　此句與本卷〈文帝誄〉中「崩山隕霜，陽精薄景，五緯錯行」幾句意相近，謂天體的運行發生錯亂，異於尋常。❸激興　迅疾產生。❹猋　此言迅猛飄落。❺凋蘭二句　蘭、蕙，均喻公主曹淑。良幹，喻曹淑之父曹叡。泯，滅亡。❻懿主　即平原懿公主。❼瑛瑤　美玉名。❽協策應期　意謂懿公主的出生，順應天之氣數。協，合也；同也。策，占卜用的蓍草；此言卜筮。應，順應。期，天之氣運。❾含英秀出　謂懷有美好的天性，出類拔萃。英，美也。秀出，猶云突出。❿岐嶷二句　岐嶷，見本書卷七〈周成王贊〉注。寔，句中語氣詞。一，謂神情專注。⓫生在　猶云生存。⓬察人　辨認人。⓭儀同聖表　謂容貌相似於曹叡。聖，指曹叡。⓮驤眉二句　謂小孩理解大人動作的含意，知道揚眉、俯首分別表示往、來。驤眉，揚眉。⓯求顏二句　謂招惹她笑時，她就笑；應和她的聲音，她也會笑。孩，小兒笑貌。⓰阿保二句　阿保，猶今所言保姆。接手，抱在手中。侍御，侍女也。⓱襁褓　見本卷〈金瓠哀辭〉注。⓲第　竹編的床席。⓳專

愛　獨佔寵愛。⑳取玩聖皇　謂獲得皇上曹叡的愛憐。㉑奄忽　見本卷〈任城王誄〉注❼。㉒罹　遭受。㉓魂神遷移　謂靈魂與身體分離。㉔精爽　指靈魂。㉕帝用二句　帝，指曹叡。用，因也。吁嗟，悲歎。嗚咽，猶哽咽。謂哭時氣阻於喉，難以出聲。㉖陰光　謂蒙受庇蔭而晉爵。陰，通「蔭」。㉗大郡　指平原郡（在今山東省境內）。㉘舊疆　舊時封地。黃初三年（西元二二二年），曹叡封為平原王，故此稱平原為舊疆。㉙建土開家　謂建立封國，開創家業。㉚琨珮　以美玉為飾的佩帶。㉛朱紱　繫印用的紅色絲帶。㉜崇　此有追加之意。㉝名子　知名男子。此謂甄黃。甄黃為曹叡生母甄皇后之從孫，早於曹淑而亡。淑死後，明帝乃以淑、黃為夫婦並合葬。㉞華宗　地位顯赫的宗族。㉟列侯　見本書卷八〈封二子為公謝恩章〉注。案：甄黃與曹淑為冥婚並合葬後，黃被追封為列侯。㊱銀艾句　銀，指銀印。艾，指繫印用的綠色絲帶。優渥，優厚也。㊲成禮　謂舉行冥婚禮。㊳靈輀句　靈輀，即載棺的靈車。交轂，車轂相接。此形容車多。轂，車輪中心有孔的圓木。㊴生雖二句　語本《詩經・大車》：「穀則異室，死則同穴。」㊵玄宮　謂墓室。㊶皜曜句　皜曜，白潔貌。電鮮，如電光之明亮。㊷飾終句　謂給死者以尊榮之禮，並且賜以爵位。㊸法生象存　謂曹淑死後，被封王授爵，婚配成家，均比照生人之禮制。法，效法；仿照。象，此有模擬之意。㊹埏　墓道。㊺神闈　謂墓門。㊻柩　裝屍之棺。㊼上聖　指曹叡。㊽城闕二句　《詩經・子衿》云：「佻兮達兮，在城闕兮。一日不見，如三月兮。」案：此處「歲」字，趙幼文先生《曹植集校注》依誄文之韻腳，疑當從《詩經》作「月」。㊾扃關　指墓門。㊿晰　此有顯現之意。

【語　譯】俯看地理大變動，仰望天體運行亂。悲風刮起甚迅猛，寒霜大降雪飄轉。蘭草凋零蕙夭亡，良好的樹幹受摧殘。

令人悲哀的懿公主，資質如玉之純淨。應運而生合卜測，天賦美好超常人。聰明伶俐之姿態，神采清朗意專精。在世之日有十旬，能將人、物來辨認。容貌頗似我皇上，發音合乎音樂聲。大人揚眉她知往，大人低頭她靠近。逗她開顏她就笑，和其聲音她開心。保姆將她抱在手，侍女在旁護其身。天天睡在襁褓中，不在床席之上停。一宮之人都寵她，皇上對她愛不盡。哪知這快就夭折，天之災禍降其身。魂魄離體而遊走，精魂飛升空中行。大聲喊她她不應，與她說話她不聽。皇上因此而悲歎，哭泣哽咽而失聲。嗚呼哀哉！

可憐公主過早亡，未及長大將爵晉；死後追封平原郡，原是皇上之封境。建立藩國成家業，爵為藩王享邑城。玉飾佩帶甚鮮亮，朱紅綬帶放光明。國號已經被加封，哀傷公主孤伶仃。將她許配名公子，公子也是貴族人。追封公子列侯爵，銀印綠綬賞不輕。舉行婚禮於宮中，靈車交轂往前行。生時雖然不同屋，死後共居一山陵。

二人陵墓被修建，墓中玉石交錯砌。紅色房子白色牆，皎潔可與雷光比。死後榮寵享爵位，待遇能同活人擬。長長墓道建已成，墓之門戶被開啟。二人靈柩同安放，雙魂不知何處依？

人生在世誰不死？哀憐公主尚幼小。保姆感慨心悲戚，皇上哀傷情不了。《詩經》之中〈子衿〉篇，以日比月喻難熬。況且公主我愛子，如光長滅見不到。墓門一旦被關閉，何時能再把你瞧？

【研析】此誄以深沉的感情，濃重的色彩，描述了平原懿公主可人的姿容，聰穎的資質，將其聰明伶俐，活潑可愛的形象刻畫得栩栩如生，並對其早夭表達了哀傷、惋惜之情。另外，此誄花費了較大篇幅，敘說公主夭亡後，其父明帝為其擇婿，並舉行隆重的冥婚禮（亦是葬禮）之事。這從表面上看，似乎是顯示公主死後所享受的榮耀光寵，誇讚明帝愛子情長，但實際上是巧妙地揭露魏明帝的腐敗、荒唐，含有譏諷、勸戒之意。對於明帝的這種腐敗、荒唐，時人曾有過直言不諱的指斥。《三國志・陳群傳》云：「後皇女淑薨，追封諡平原懿公主。群上疏曰：『……八歲下殤，禮所不備，況未期月，而以成人禮送之……而乃復自往視陵，親臨祖載，願陛下抑割無益有損之事。』」比較起來，曹植的規諷之意，還算是含蓄婉曲。李兆洛《駢體文鈔》謂此篇「含意抑揚，而援辭婉委，此之謂不苟」，大抵是就其諷諭之意而言。

此文雖曰誄，但因是哀悼童稚夭殤，故實與哀辭相同。徐師曾《文體明辨》謂哀辭「或以有才而傷其不用，或以有德而痛其不壽。幼未成德，則譽止於察惠；弱不勝務，則悼加乎膚色」。公主曹淑「生在十旬」而亡，可以說是「幼未成德」、「弱不勝務」，故作者在本誄中不頌其德才，而是稱美其「察惠」（即聰慧之天性）、「膚色」（即容顏姿態），以寄託哀思。作者在本誄中對公主曹淑形象的刻畫，十分生動傳神，其中「察人識物」、「聲協音律」、「驤眉識往，俛首知來。求顏必笑，和音則孩」等句，抓住幼兒的生理、心理、動作特徵作入微的描寫，使一個聰明活潑，反應靈敏的小精靈形象躍然紙上，呼之欲出，讓人讀後，彷彿感到曹淑的音容笑貌就在眼前。作者的這種筆法，對後世寫作誄祭文者，產生過影響。李兆洛評此篇云：「模容寫貌，則安仁〈金鹿〉等篇所自出也。」檢讀潘岳（字安仁）〈金鹿哀辭〉諸篇，情形的確如此。作者將誄主的姿容、資質寫得愈可愛，愈使誄主的夭折顯得可哀、可惜。

卞太后誄 并序

【題 解】卞太后，作者曹植之生母，琅邪開陽（今山東臨沂）人，約生於漢桓帝延熹三年（西元一六〇年）。漢靈帝光和二年（西元一七九年），曹操因事免官而居鄉里譙（今屬安徽）時，納卞氏為妾。卞氏生子丕、植。建安初年，曹操廢丁夫人，遂以卞氏為繼室。建安二十四年（西元二一九年），曹操策立卞氏為王后。曹丕即王位後，尊卞王后為王太后；丕代漢稱帝後，又尊之為皇太后。魏明帝太和四年（西元二三〇年）卒於洛陽，合葬於高陵。

率土噴薄，三光改度[1]。陵頹谷踊[2]，五行互錯[3]。皇室蕭條，羽檄[4]四布。百姓歔欷[5]，嬰兒號慕[6]。若喪考妣[7]，天下縞素[8]。聖者知命，殉道寶名[9]。義之攸[10]在，亦棄厥生。敢揚后[11]德，表之旐旌[12]。光垂罔極[13]，以慰我情。乃作誄曰：

我皇[14]之生，坤靈[15]是輔。作合[16]于魏，亦光聖武[17]。篤生[18]文帝，紹虞之緒[19]。龍飛紫宸，奄有九土[20]。

詳惟聖善，岐嶷秀出[21]。德配姜嫄，不忝先哲[22]。玄覽萬機[23]，兼才備藝。汎[24]納容眾，含垢藏疾[25]。仰奉諸姑[26]，降接儔列[27]。陰處陽觀，潛明內察[28]。及踐大位[29]，母養[30]萬國。溫溫[31]其人，不替[32]明德。悼彼邊氓[33]，未遑宴息[34]。恆勞庶[35]事，兢兢翼翼[36]。親桑蠶館[37]，為天下式[38]。

樊姬霸楚，書載其庸[39]；武王有亂，孔嘆其功[40]。我后齊聖[41]，克暢丹聰[42]，不出房闥，心照[43]萬邦。年踰耳順[44]，乾乾[45]匪倦。珠玉不玩[46]，躬御綈練[47]。日昃[48]忘飢，臨樂勿讌。去奢即儉，曠世作檢[49]。

慎終如始，蹈和履貞[50]。恭事神祇[51]，昭奉百靈[52]。跼天蹐地[53]，祗畏[54]神明。敬微慎獨[55]，執禮幽冥[56]。虔肅宗廟，蠲薦三牲[57]。降福無疆，祝[58]云其誠。宜享斯祜[59]，蒙祉[60]自天。何圖凶咎[61]，不勉[62]斯年。嘗禱[63]盡禮，有篤無痊[64]。豈命有終？神食其言[65]。

遺孤在疚[66]，承諱東藩[67]。擗踊[68]郊畛[69]，洒淚中原。追號皇妣，棄我何遷？昔垂顧復[70]，今何不然？空宮寥廓[71]，棟宇無煙。巡省[72]階塗，髣髴櫺軒[73]。仰瞻帷幄，俯察几筵[74]。物不毀故[75]，而人不存。痛莫酷[76]斯，彼蒼者天！

遂臻魏都[77]，游魂舊邑[78]。大隧[79]開塗，靈將斯戢[80]。歎息霧興[81]，揮淚雨集。

徘徊輀柩(82)，號咷弗及。神光既幽，佇立以泣(83)。

【注　釋】❶率土二句　率土，見本書卷八〈慶文帝受禪章〉注㉗。噴薄，謂動蕩。三光，指日、月、星。改度，謂改變了運行所應遵循的自然法度。此與本書〈魏德論〉中「辰星亂逆」意近。❷陵頹谷踊　謂高山崩陷變作溝谷，溝谷崛起變作高山。❸五行互錯　此與本卷〈文帝誄〉中「五緯錯行」義同。參見彼注。❹羽檄　軍事文書，插鳥羽以示緊急，謂之羽檄。此指迅疾下傳的訃告。❺欷歔　哭泣時抽噎。❻號慕　因思念而哭喊。❼考妣　已死去的父母。❽縞素　白色的絲綢。此謂喪服。❾聖者二句　聖者，指孔子。知命，語本《論語・為政》：「子曰：五十而知天命。」殉道，為道而死。寶名，珍愛聲譽。❿攸　所也。⓫后　指卞太后。⓬旐旌　指出殯時靈柩前的幡旗。亦即素旗之類。參見本卷〈王仲宣誄〉「素旗」注。⓭罔極　無窮盡。⓮我皇　指卞太后。⓯坤靈　地神。⓰作合　謂婚配。語本《詩經・大明》：「天作之合。」⓱聖武　指曹操。⓲篤生　謂生而不平凡。篤，厚也。⓳紹虞之緒　謂曹丕接受漢帝的禪讓而稱帝。紹，繼也。虞，指舜帝，曾承堯禪而掌天下。緒，業也。⓴龍飛二句　龍飛，見本書卷八〈慶文帝受禪章〉注。紫宸，猶言紫宮。此喻指帝位。奄有，全部佔有。奄，包也。九土，猶言九州。㉑詳惟二句　參見本卷〈文帝誄〉「詳惟聖質，岐嶷幼齡」二句注。秀出，猶突出。㉒德配二句　配，相當；匹敵。姜嫄，參見本書卷七〈姜嫄簡狄贊〉。忝，辱沒。㉓玄覽句　謂深察繁雜的國事。玄，深遠。機，事也。㉔汎　博也。㉕含垢句　語本《左傳・宣公十五年》：「山藪藏疾……國君含垢。」謂有容忍之量。含，忍也。垢，恥也。疾，毒害之物，如蛇蟲之類。㉖諸姑　指曹操之父曹嵩的眾妻妾。姑，丈夫之母也。㉗儔列　指曹操眾妾。儔，同類。㉘陰處二句　陰處，謂靜處。陽觀，謂觀察世間發生的事情。潛明，謂為人精明，但含而不露。內察，謂心中清楚明白。㉙踐大位　謂曹丕即帝位。案：《三國志・卞后傳》：「(文帝)及踐阼，尊(卞)后曰皇太后，稱永壽宮。」㉚母養　養育也。㉛溫溫　溫和寬厚。㉜替　廢棄。㉝邊氓　邊遠地區的百姓。㉞未遑宴息　無暇安息也。㉟庶　眾也。㊱兢兢翼翼　小心謹慎貌。㊲蠶館　即蠶室。為養蠶之所。㊳式　模範。㊴樊姬二句　樊姬，春秋時楚莊王夫人。據史載，莊王以虞邱子佐政，並視之為賢者。樊姬不以為然，說：「虞邱子相楚十餘年了，所薦舉的人，不是他的子孫，就是他的族弟，未聽說他引進一個賢士。如果是知賢而不進，則為不忠；如果不知賢，則是無知。豈可將他稱作賢者？」莊王將樊姬的話告訴了虞邱子。虞邱子知己過，乃薦賢士孫叔敖為令尹。數月，楚國大治。故史書記曰：「莊王之霸，樊姬之力也。」(見《列女傳》)庸，功也。㊵武王二句　事本《論語．泰伯》：「武王曰：『予有亂臣十人。』孔子曰：『才難，不其然乎！唐虞之際，於斯為盛，有婦人焉，九人而已。』」案：《論語》所謂「亂臣」，指善於治理國家的臣子。亂，治也。所謂「才難」，為古語，意即賢才難得。所謂「唐虞之際」，泛指上古之時。所謂「婦人」，指文母，即文王之妻，武王之母，也稱文姒。所謂「九人而已」，言周武王所稱「亂臣」十人，除開文母，實際只有九人。㊶齊聖　謂智慮通達而無滯礙。㊷丹聰　丹，喻指心。聰，智慧。㊸照明察。㊹耳順　指六十歲。㊺乾乾　見本卷〈武帝誄〉注。㊻珠玉不玩　《三國志．卞后傳》裴注引《魏書》云：「后性約儉，不尚華麗，無文繡珠玉，器皆黑漆。」玩，愛也。㊼躬御句　躬，身也。御，穿著。綈，一種粗厚光滑的絲織品。練，白絹。㊽昃　日西斜。㊾檢　法則。㊿蹈和履貞　參見本書卷七〈冬至獻襪頌〉注。51祇　地神。52百靈　百神也。53跼天蹐地　語本《詩經．正月》：「謂天蓋高，不敢不跼。謂地蓋厚，不敢不蹐。」跼，曲身；彎腰。蹐，小步行路。跼、蹐，俱形容行動小心戒懼，不敢放縱。54祗畏　敬畏也。55慎獨　語本《禮記．中庸》：「是故君子戒慎乎其所不睹，恐懼乎其所不聞，莫見乎隱，莫顯乎微，故君子慎其獨也。」謂在獨處時，能謹慎行事，自我檢束。56幽冥　僻靜之處。57虔肅二句　虔肅，虔誠恭敬。蠲，清潔。薦，進獻。三牲，指牛、羊、豬三種祭神之物。58祝　謂巫祝（即男巫）傳達鬼神之言。59祐福也。60祉　福也。61凶咎　災禍。62勉　通「免」。謂免災。63嘗禱　祭神祈禱。64有篤無痊　謂病情加重，而不能痊癒。65神食其言　謂神說話不算數，不守信用。66疚　憂苦。此謂喪事。67承諱句　承諱，此謂得知卞太后的死訊。與本卷〈文帝誄〉「承問」義近。東藩，指東方封地。曹植時為東阿王，藩地在京城洛陽之東，故云東藩。68擗踊　捶胸頓足之意。69眄田中道路。70顧復　語本《詩經．蓼莪》：「父兮生我，母兮鞠我，……顧我復我，出入腹我。」謂父母育子，反覆顧視。71寥廓　空曠冷寂貌。72巡省　巡視也。73髣髴句　謂卞太后的形貌好像出現在窗前。櫺軒，參見本書卷五〈雜詩〉其六注。74几筵　為祭奉亡人所設的几席，即所謂靈座之類。几，一種可供憑倚的小桌。75毀故　改變原樣。76酷　猶甚也。此有超過之意。77遂臻句　謂卞太后的靈柩運至魏之舊都鄴城（在今河北省境內）。臻，至也。案：卞太后六月卒，七月葬於鄴城之西，與曹操合葬。78舊邑　指鄴城。79大隧　謂墓道。80戢　止息。81歎息霧興　謂歎息之氣出，如霧興起。此形容送葬之人多。82輀柩　載棺之車曰輀，殮屍之棺曰柩。83佇立以泣　見〈武帝誄〉注。

【語　譯】四境之內大動蕩，日月星辰改軌行。高山崩陷谷聳起，五行錯逆序不順。皇室一派悲淒狀，羽書遍傳其死訊。百姓哭泣而哽咽，孩童哭喊將其尋。國人如喪父與母，都將孝服穿在身。聖賢之人知天命，為道獻身惜名聲。只要能將仁義守，也可獻出其生命。願揚太后之明德，高舉素旗顯其名。太后榮光永流傳，聊以寬慰我心情。於是，寫作了此誄，誄文為：

我朝太后生於世，地神將她來扶幫。天賜姻緣嫁於魏，使我武皇增榮光。得天獨厚生文帝，文帝如舜受禪讓。似龍飛升入紫宮，佔有九州天下廣。

觀我太后之天資，自幼聰慧不尋常。品德可與姜嫄比，不辱前代之賢良。深察國家眾事務，兼具才藝之特長。胸懷寬廣能容眾，忍辱負重有器量。在上侍奉眾婆母，下與眾妃禮來往。靜居以觀世事變，含而不露心明亮。及至文帝登皇位，將那萬邦來育養。為人寬和而仁厚，聖明之德不淪喪。同情邊區之百姓，未把安寧之日享。經常操勞眾國事，兢兢業業不癲狂。親臨蠶室將蠶餵，可為天下之榜樣。

樊姬助楚成霸主，史書載錄其功勳。武王賢臣有十人，孔子歎其功業盛。太后聰慧思維敏，心智通達而神明，人在宮中不出門，心察萬邦諸事情。年紀雖過六十歲，心憂國事不倦神。金銀珠玉不貪愛，粗綢素絹穿於身。廢寢忘食理國政，面對音樂不歡飲。力除奢靡求節儉，世間難得之典型。

善始善終一貫之，履行和平與中正。恭奉天神與地祇，對那百神以禮敬。彎腰碎步對天地，敬重畏懼眾神靈。小事戒懼獨處慎，隱幽之地把禮行。虔誠恭敬祭祖廟，乾乾淨淨進三牲。神靈降賜無限福，巫祝傳言稱其誠。應當享受此幸福，蒙受上天的庇蔭。哪想災禍仍降臨，難逃劫難在如今。祭神禱告極禮敬，病反加劇沒減輕。難道命該就此終？神靈食言不守信。

遺孤身在喪憂中，得知噩耗於東藩。捶胸頓足郊野外，悲傷之淚灑中原。追問喊叫我皇母，棄我要向何處還？從前垂愛眷顧我，如今為何不依然？宮殿空闊且冷寂，居室之中無人煙。殿階之上走且看，恍見太后欄杆前。仰頭觀看帷與幄，低頭察見那几筵，器物不改舊時樣，人卻亡故不再見。悲痛之事莫過此，哀傷不已呼蒼天！

靈柩終於至魏都，太后魂遊舊地上。墓道之路大開啟，靈魂將會永伏藏。歎息之氣如霧起，淚水揮灑如雨降。我身徘徊靈車旁，痛哭難把她瞻望。神光已經黯淡了，久久站立哭斷腸。

【研　析】卞太后作為曹植的生母，對曹植還是關愛有加的；特別是曹操去世、曹植失去倚靠以後，要不是卞太后為曹植撐起「保護傘」，他的命運也許會更慘。黃初二年，監國謁者誣白曹植，「有司請治罪，(文)帝以太后故，貶爵安鄉侯」，就是一個典型的事例。因此，曹植在有過遭受曹丕、曹叡父子迫害的經歷後，對於太后的離世，自是倍感痛惜、哀傷；撰文悼祭，也自是哀情四溢，悽淡獨絕。

本誄連同小序，大致可分為六個段落。

小序謂太后去世，天地同悲，舉國共哀，並交代了本文的寫作動機。

正文第一、二段，敘太后秀出的才藝、寬厚謙恭的品性，憂心國事、憐恤下民的功德。

第三段敘說太后公忠體國、操勞匪倦的事功，以及去奢即儉的美德，字裏行間充溢著禮讚、稱頌的情意。

第四段謂太后禮事天地神靈，但天地不保之，神靈不佑之，致其病篤而亡。在這段中，作者怨天尤神，傳達出的是對母親摯愛、留戀，對其死無比傷痛的信息。

第五段寫作者得知太后死訊後悲痛欲絕、懷思不已的情狀。此段蘊含的情感尤為強烈感人；言情摹狀，亦十分深摯、細膩。「棄我何遷」、「今何不然」的追號、詰問之語，似是嗔怪，但實是悲哀、沉痛，依戀不捨的情懷的披露，讀者由此能想見作者涕泗難控的音容，孤苦無助的恓惶。另，此段寫作者入宮所見寂寥無煙、物是人非的景象，也使人感到一股濃烈的悲愴氣息撲面而來，一泓哀傷之情流貫其中，並令人為之心撼神搖。

第六段寫太后靈柩運至魏都鄴城與曹操合葬時的有關情形，以誇飾的筆法寫到了眾人的哀痛之狀，以深沉的筆調抒發了作者的傷感之情。末句「神光既幽，佇立以泣」，餘韻裊裊，情意深長。

此誄篇幅較長，但敘次嚴整，章法渾成，起承轉合也十分自然流暢，顯出了構思、結撰上的藝術功底。文章既有對太后功德的頌揚，又有對太后之死的傷悼，情懇意切，筆調淒婉，具有濃厚的抒情意味。

此文的語言亦較有特點。作者於纏綿惻愴之中雖無意於刻削雕琢，但語言自趨精工贍雅，清詞麗句屢見篇中。全誄用駢體句法，頗有整飭勻稱之美。

文帝誄 并序

【題解】此文是作者為悼祭同母兄曹丕而作。曹丕，字子桓，為曹操次子。建安十六年（西元二一一年）為五官中郎將、副丞相。二十二年被立為太子。延康元年，曹操死，丕襲位為丞相、魏王，領冀州牧。不久，代漢稱帝，都洛陽，國號魏，改年號為黃初。在位期間，實行九品中正制，確立士族豪強在政治上的特權，限制外戚干政，加強了漢族同少數民族的聯繫。愛好文學，為當時文壇領袖。黃初七年（西元二二六年）卒，享年四十。葬於首陽陵，謚文帝。

惟黃初七年五月七日，大行❶皇帝崩。嗚呼哀哉！于時天震地駭，崩山隕霜，陽精薄景❷，五緯❸錯行，百姓吁嗟，萬國悲悼。若喪考妣❹，思慕過唐❺。擗踊❻郊野，仰愬穹蒼。僉曰❼何辜？早世隕喪。嗚呼哀哉！悲夫大行，忽焉光滅❽。永棄萬民，雲往雨絕。承問荒忽❾，惛懵❿哽咽。袖鋒⓫抽刃，欲自僵斃⓬。追慕三良⓭，甘心同穴⓮，感惟南風⓯，惟以鬱滯⓰。終於偕沒，指景⓱自誓。考諸先記⓲，尋之哲言⓳，生若浮寄⓴，惟德可論。朝聞夕逝，孔志所存㉑。皇雖一歿㉒，天祿永延。何以述德？表之素旃㉓。何以詠功？宣之管絃㉔。乃作誄曰：

皓皓太素，兩儀始分㉕。中和㉖產物，肇㉗有人倫。爰暨三皇，寔秉道真㉘。

降逮五帝，繼以懿純[29]。三代製作，踵武立勳[30]。季嗣不維，綱漏于秦[31]。崩樂滅學，儒坑禮焚[32]。二世而殲[33]，漢氏乃因。弗求古訓[34]，嬴政是遵[35]。王綱帝典[36]，闃爾[37]無聞。

末光[38]幽昧，道究運遷[39]。乾坤回曆[40]，簡[41]聖授賢。乃眷大行[42]，屬以黎元[43]。龍飛[44]踐祚[45]。合契上玄[46]，五行定紀[47]，改號革年[48]。明明赫赫[49]，受命于天。仁風偃物，德以[50]禮宣。

詳惟聖質，岐嶷幼齡[51]，研幾六典，學不過庭[52]。潛心無罔，抗志清冥[53]。才秀藻朗[54]，如玉之瑩[55]。聽察無嚮，瞻覩未形[56]。其剛如金，其貞如瓊[57]。如冰之潔，如砥[58]之平。爵功[59]無私，戮違[60]無輕。心鏡萬機[61]，鑒照[62]下情。

思良股肱[63]，嘉昔伊呂[64]。搜揚側陋[65]，舉湯代禹。拔才巖穴[66]，取士蓬戶[67]。唯德是索，弗拘禰祖[68]。宅土之中[69]，率民以漸[70]。道義是圖，弗營厥險[71]。六合[72]通同，齊契共檢[73]。導下以純，民由樸儉[74]。恢拓[75]規矩，克紹[76]前人。科條品制，褒貶以因[77]。乘殷之輅，行夏之辰[78]。金根黃屋，翠葆龍鱗[79]。紼冕崇麗，衡紞維新[80]。

尊肅禮容，矚之若神。方牧[81]妙舉，欽[82]於恤民。虎將荷節[83]，鎮彼四鄰。朱旂所勦，九壤被震[84]。疇克不若[85]，孰敢不臣？縣旌海表，萬里無塵[86]。虜備凶轍，鳥殪江岷[87]；權若涸魚，乾若脯鱗[88]。肅慎納貢，越裳效珍[89]。條支絕域，獻款內賓[90]。

德儕先王，功侔太古[91]。上靈[92]降瑞，黃初俶祜[93]。河龍洛龜，陵波遊下[94]。平均應繩[95]，神鸞翔舞。數莢階除[96]，系風[97]扇暑。皓獸素禽[98]，飛走郊野。神鐘寶鼎，形自舊土[99]。雲英[100]甘露，瀸塗[101]被宇。靈芝冒沼，朱華[102]蔭渚。回回凱風[103]，祁祁[104]甘雨。稼穡[105]豐登，我稷[106]我黍。家佩惠君，戶蒙慈父。

圖致太和，洽德全義[107]。將登介山[108]，先皇作儷[109]。鐫石[110]紀勳，兼錄眾瑞。方隆封禪[111]，歸功天地。賓[112]禮百靈，勳命視規[113]。望祭四嶽，燎封奉柴[114]。肅于南郊[115]，宗[116]祀上帝。三牲[117]既供，夏禘秋嘗[118]。元侯佐祭[119]，獻璧奉璋。鸞輿幽藹[120]，龍旂太常[121]。爰迄[122]太廟，鐘鼓鍠鍠[123]。頌德詠功，八佾鏘鏘[124]。皇祖[125]既饗，烈考[126]來享。神具醉止[127]，降茲福祥。

天地震蕩，大行康之[128]。三辰[129]暗昧，大行光之。皇紘[130]惟絕，大行綱之[131]。神器[132]莫統，大行當之。禮樂廢弛[133]，大行張之。仁義陸沉[134]，大行揚之。潛龍隱鳳[135]，大行翔之。疏狄遐康，大行匡之[136]。在位七載，元功仍舉[137]。將承太和，絕迹三五[138]。宜作物師[139]，長為神主[140]。壽終金石，等算東父[141]。如何奄忽[142]，摧身后土[143]。俾我煢煢[144]，靡瞻靡顧。嗟嗟皇穹，胡寧忍予[145]？嗚呼哀哉！

明監吉凶，體達[146]存亡。深垂典制，申之嗣皇[147]。聖上[148]虔奉，是順是將[149]。乃啟玄宇[150]，基為首陽[151]。擬迹穀林[152]，追堯慕唐。合山同阪，不樹不疆[153]。塗車芻靈[154]，珠玉靡藏[155]。百神警侍，賓于幽堂[156]。耕禽田獸[157]，望魂之翔。

於是俟大隧之致功[158]兮，練元辰之淑禎[159]。潛華體於梓宮兮，馮正殿以居靈[160]。顧皇嗣[161]之號咷兮，存臨[162]者之悲聲。悼晏駕[163]之既疾兮，感容車[164]之速征[165]。浮飛魂於輕霄兮，就黃墟[166]以藏形。背三光之昭晰[167]兮，歸玄宅[168]之冥冥。嗟一往之不返兮，痛閟闥之長扃[169]。

咨[170]遠臣之眇眇[171]兮，感凶諱[172]以怛驚，心孤絕[173]而靡告兮，紛流涕而交頸[174]。思恩榮以橫奔[175]兮，閡闕塞之嶢崢[176]。顧衰絰[177]以輕舉兮，迫關防[178]之我嬰[179]。欲高飛而遙憩兮，憚天網[180]之遠經[181]。願投骨於山足兮[182]，報恩養於下庭[183]。慨拊心[184]而自悼兮，懼施[185]重而命輕。嗟微軀之是效兮，甘九死而忘生。幾司命之役籍兮[186]，先黃髮[187]而隕零[188]。天蓋高而察卑兮[189]，冀神明於我聽。獨鬱伊[190]而莫告兮，追顧景而憐形。奏斯文以寫思[191]兮，結翰墨以敷誠[192]。嗚呼哀哉！

【注釋】❶大行　一去不復返。臣下因諱言皇帝死亡，故用大行作比喻。❷陽精薄景　謂太陽無光。景，光也。❸五緯　指金、木、水、火、土五星。❹考妣　指已死的父母。❺唐　指古之堯帝。❻擗踊　捶胸頓足之意。❼僉曰　都說。❽光滅　喻死亡。❾承問句　承問，得知消息。問，音訊。荒忽，同「恍惚」。❿惛懵　心煩意亂，迷糊不清。⓫袖鋒　袖中所放之刀。⓬僵斃　猶言倒斃。謂死亡。⓭三良　見本書卷五〈三良〉詩所注。⓮同穴　謂殉葬。穴，指墓穴。⓯感惟南風　此謂想到母親尚在。南風，指《詩經・凱風》，篇中有「凱風自南，吹彼棘心；棘心夭夭，母氏劬勞」等句，故此處又以「南風」喻指其母卞太后。⓰鬱滯　心中鬱悶而不暢快。⓱景　謂太陽。⓲先記　指前人的著作。⓳哲言　富有哲理的言論。⓴生若浮寄　語本《莊子・刻意》：「其生若浮。」又，《尸子》：「老萊子曰：人生天地之間寄也。」浮，在水面漂浮。寄，暫居。㉑朝聞二句　見本卷〈王仲宣誄〉注。㉒一歿　猶言身亡。歿，死也。㉓素旃　猶素旗。見本卷〈王仲宣誄〉「素旗」注。㉔宣之句　宣，宣揚。管絃，借指樂曲。㉕皓皓二句　皓皓，潔白貌。太素，指天地未開時的原始混沌狀態。兩儀，指天地。㉖中和　謂陰陽之氣調和。㉗肇　始也。㉘爰暨二句　爰，句首語氣詞。暨，至也。三皇，指古帝伏羲、神農、黃帝。道真，道之真諦。此指順任自然而為的理政準則，即為政者不對人民濫發號令，不擾亂民心，而讓人民順其自然，自我生存，自我化育。㉙降逮二句　逮，及；至。五帝，指少昊、顓頊、高辛、堯、舜。懿純，善美、仁厚也。㉚三代二句　三代，指夏、商、周。製作，謂訂立政令制度。踵武，謂繼承前人的功業。武，腳跡。㉛季嗣二句　季嗣，末代繼位人。此指周之末世君王周赧王，西元前三一四年至西元前二五六年在位。不維，謂不能保持帝位。綱，喻指國之政權。漏，失也。㉜崩樂二句　此敘述秦始皇嚴酷統治之情狀。崩樂，謂禮樂遭到毀壞。滅學，滅除學術。㉝殲　滅也。㉞古訓　指古代的典章制度。㉟嬴政是遵　謂因循秦朝的政治制度。嬴，秦姓。㊱王綱帝典　此指三皇五帝的典章制度。㊲闃爾　寂靜貌。㊳末光　餘光。此喻東漢末年劉協的政權。㊴道究句　謂天數已盡，國運改移。究，盡也。㊵回曆　謂改朝換代。回，轉動。曆，指曆數，即朝代更替的次序。㊶簡　選擇。㊷大行　謂曹丕。㊸屬以句　屬，委託；交付。黎元，指百姓。㊹龍飛　喻指帝王的興起或即位。㊺踐祚　謂即帝位。㊻合契上玄　謂與上天的符命相合。玄，天也。㊼五行定紀　謂根據五德更替之次，定以土德紀國。五行，指金、木、水、火、土。古代持「五德終始說」者，以五行附會王朝命運，認為王朝更替，依五行之次而始終，即金德後木德繼之，木德後水德繼之……。魏承漢位，漢以火德王天下，魏則以土德統其世。㊽改號革年　謂改國號為魏，改年號為黃初。㊾明明赫赫　語本《詩經・大明》：「明明在下，赫赫在上。」毛傳云：「明明，察也。文王之德明明於下，故赫赫然著見於天。」㊿以　因也。(51)詳惟二句　詳，細察。聖質，指曹丕之天賦。岐嶷，參見本書卷七〈周成王贊〉注。

幼齡，幼年也。(52)研幾二句　研幾，猶今所言研習。六典，謂《詩》、《書》、《禮》、《易》、《樂》、《春秋》六部儒家經典。過庭，典出《論語・季氏》：「陳亢問於伯魚（案孔子之子鯉，字伯魚）曰：『子亦有異聞乎？』對曰：『未也。』嘗獨立，鯉趨而過庭。」後世遂謂定期探視父親為過庭，並稱父教為過庭之訓。參見本書卷七〈學官頌〉注。(53)潛心二句　罔，《論語・為政》：「學而不思則罔。」罔，無知之貌。此指罔然無所得。抗，高舉。清冥，指天。(54)藻朗　謂文采清朗。(55)瑩　光亮。(56)聽察二句　意謂曹丕具有高超的辨察、判斷能力，事情還未完全出現，就可預測之。無響，無回聲。謂聲剛起。(57)瓊　美玉。(58)砥　磨刀石。(59)爵功　謂給有功者封官晉爵。(60)戮違　誅滅違法者。(61)心鏡句　鏡，照也。機，事也。此指政務。(62)鑒照　明察之意。(63)股肱　喻輔臣。(64)伊呂　指商代賢相伊尹及周代賢臣呂尚（即姜太公）。(65)側陋　指有才德而居於卑微地位的人。(66)巖穴　指隱士所居之處。(67)蓬戶　指平民所居之室。(68)弗拘禰祖　謂用人不拘守於門閥、世族。禰祖，遠祖也。案：曹丕建國後，採納吏部尚書陳群的建議，按照「九品官人法」取士，即在各州、郡、縣設立大小中正，負責幫助吏部銓選人才，吏部最後根據中正的薦舉意見任用官員。(69)宅土句　意謂在洛陽營建宮室以居。宅，住也。土之中，指洛陽。古人認為洛陽地處天下之正中。(70)漸　逐步發展。(71)弗營厥險　謂不經營險阻、關隘之地。言外之意是說天下太平，用不著設軍防，修武備。(72)六合　指東、南、西、北、上、下六方。(73)齊契共檢　謂共同遵守國家的法規、制度。契，本指契約，此謂法規。檢，法度也。(74)樸儉　樸實節儉。(75)恢拓　擴展。(76)紹　繼承。(77)科條二句　科條，指法律條文。品制，品級制度。因，依據。(78)乘殷二句　語本《論語・衛靈公》：「顏淵問為邦。子曰：『行夏之時，乘殷之輅。』」輅，指車子。辰，指曆法。(79)金根二句　金根，瑞車名，駕四馬，車上不設旗幟。黃屋，古代帝王之車，以黃繒（絲織品）為車蓋裏，故此處以「黃屋」指車蓋裏。翠葆，此指以翠鳥羽毛做成的車蓋頂。龍鱗，指天子旌旗，上畫升龍圖像。(80)紼冕二句　紼，一種絲質帶子，用以繫印璽。崇麗，大而美。衡，結冠冕於髮髻之上的橫簪。紞，垂於冠之兩旁的緦帶。(81)方牧　地方行政長官，如太守之類。(82)欽　恭敬；慎重。(83)荷節　持節也。節，符節也。參見本書卷一〇〈輔臣論〉注。(84)朱旗二句　勦，除滅。九壤，九州也。被震，猶言披靡或披攘，意謂投降、歸附。(85)疇克不若　誰能不歸順。若，順也。(86)縣旌二句　謂出兵於海外，使萬里之地安定無事。(87)虜備二句　備，指劉備。凶轍，指艱險的蜀道。轍，本指車輪在路上壓出的印跡，此謂道路。殪，死也。江，指長江。岷，指岷江，在今四川。(88)權若二句　權，指孫權。涸魚，乾水之魚。脯鱗，指經過醃製、曬乾的魚。(89)肅慎二句　肅慎，古族名，即後來的女真族，居長白山以北，以狩獵為生。越裳，古南海國名，在今廣西、越南一帶。效，進獻。珍，謂珍寶。(90)條支二句　條支，古西域國名。絕域，極遙遠的地方。款，忠誠。內賓，猶云內附。賓，歸附也。案：文帝即位後，西域諸國曾多次遣使奉獻。《三國志・文帝紀》云：「黃初三年二月，鄯善、龜茲、于闐王遣使奉獻。詔曰：『……頃者西域外夷，並款塞內附，其遣使者撫勞之。』」(91)德儕二句　儕，相類。先王，指曹操。侔，相等。太古，此指遠古賢君。(92)上靈　天神。(93)俶祜　開始納福。俶，始也。祜，福也。(94)河龍二句　相傳伏羲氏之時，龍馬背圖（相傳為《周易》）出於黃河，神龜負文（相傳為《洛書》）出於洛水。漢代鄭玄以此為帝王聖者受命之瑞。陵波，乘波也。(95)應繩　謂像繩一樣平直。(96)數莢句　數，計算。莢，謂蓂莢，又名曆莢，傳說中瑞草名。相傳堯時有草夾階而生，隨月生死。每月第一天生一莢，至月半則生十五莢。至十六日後，日落一莢，至月尾而盡。古因以蓂莢占日月之數。(97)系風　義不可解，疑有誤字。(98)皓獸素禽　史載，曹丕受禪之際，郡國奏言白鹿、白虎、白鳩等祥瑞之物多次出現。(99)舊土　未詳所指，疑謂鄴城。(100)雲英　指甘露。參見本書卷七〈承露盤銘〉。(101)瀸塗　謂水滯道路。(102)朱華　朱草之花。參見本書卷六〈鞞舞歌・靈芝篇〉「朱草」注。(103)回回凱風　回旋吹動的南風。(104)祁祁　眾盛貌。(105)稼穡　種植、收割莊稼。(106)稷　穀類作物。(107)洽德全義　謂所施恩德、教化普遍而周備。(108)介山　山名，在今山西省聞喜縣。漢武帝曾在太初初年到此祭祀天神。(109)儷　伴侶。(110)鐫石　刻石也。(111)方隆句　方，將也。封禪，謂在泰山祭天，在梁甫山祭地。(112)賓　敬也。(113)勳命視規　勳，指功臣。命，謂公侯及卿大夫等。視規，謂參加祭祀儀式。(114)望祭二句　望，古代祭祀山川的專稱。因遙望而祭，故稱。四嶽，指泰山、恆山、華山、衡山。燎封，謂燎祭，即焚燒柴草以祭天。封，本謂堆積土石築壇而祭天。(115)南郊　此指洛陽南門之外。(116)宗　猶言敬也。(117)三牲　指牛、羊、豬。(118)夏禘秋嘗　古代帝王在祖廟祭祀祖先，夏祭曰禘，秋祭曰嘗。(119)佐祭　助祭；陪祭。《史記・孝文本紀》裴駰集解引張晏曰：「王及列侯，歲時遣使詣京師，侍祠助祭也。」(120)鸞輿幽藹　此與本書卷六〈鞞舞歌・孟冬篇〉中「乘輿啟行，鸞鳴幽軋」二句的意思相近，謂天子車駕置有鸞鈴，車子行走時，發出響聲。幽藹，猶幽軋，擬聲詞。擬車聲。(121)太常　旗名。《尚書・君牙》孔傳：「王之旌旗畫日月，曰太常。」(122)迄　至也。(123)鍠鍠　謂鐘聲與鼓聲相應和。(124)八佾鏘鏘　古代樂舞的行列，一行八人叫一佾。天子樂舞隊用人八行，共六十四人，故稱八佾。鏘鏘，通「蹡蹡」。此形容動作協調、步調一致之貌。(125)皇祖　指曹嵩，為曹操之父。案：文帝即位以後，立有太皇帝廟，以祭曹嵩。(126)烈考　謂曹操。(127)神具醉止　語出《詩經・楚茨》。句謂眾神都已醉飽。止，句末語氣詞。(128)康之　使之安寧。(129)三辰　指日、月、星。(130)皇紘　喻指國家的法紀和社會秩序。紘，指網周圍的繩子。(131)綱之　使之張舉。(132)神器　喻帝位。(133)廢弛　謂遭毀壞。(134)陸沉　無水而沉。引申指隱沒不顯。(135)潛龍隱鳳　喻指被埋沒的賢能之士。(136)疏狄二句　謂曹丕解除了曹操所制定的禁酒令。疏、遐義同，即疏遠之意。狄，儀狄。康，杜康。相傳二人都是上古之善製酒者。匡，糾正。案：曹操於建安十二年三月，以「年饑兵興，表制酒禁」。(137)元功仍舉　屢建大功。仍，重複；屢次。(138)絕迹三五　意謂王業超過了三皇五帝。(139)物師　萬物之師。(140)神主　眾神之長。(141)等算東父　算，謂年壽之數。東父，即東王父，傳說中男仙之首領。(142)奄忽　迅疾。此喻突然死亡。(143)后土　地神。(144)煢煢　孤獨之貌。(145)嗟嗟二句　嗟嗟，感歎之聲。皇穹，上天。胡寧忍予，語出《詩經・四月》。忍，狠心。(146)體達　體察、通曉。(147)深垂二句　垂，傳下。典制，指曹丕於黃初三年（西元二二二年）十月所作〈終制〉，此文相當於曹丕生前立下的遺囑，對死後之事作出了安排。嗣皇，皇位繼承人。此指曹丕之子曹叡。(148)聖上　指曹叡。(149)將　行也。(150)玄宇　猶言玄室。指墓室。(151)首陽　山名，在洛陽東北二十里處。《三國志・文帝紀》：「黃初三年冬十月甲子，（丕）表首陽山東為壽陵。」(152)穀林　堯死後所葬之處，在今山東省境內。曹丕〈終制〉云：「昔堯葬穀林，通樹之……故葬於山林，則合乎山林。封樹之制，非上古也，吾無取焉。」(153)合山二句　〈終制〉云：「壽陵因山為體，無為封樹，無立寢殿，造園邑，通神道。」阪，山坡。樹，謂在墳前植樹做標記。疆，猶云封也。謂堆積泥土為墳也。(154)塗車芻靈　塗車，指用泥土做成的車子。芻靈，指以草紮製成的人或動物。〈終制〉云：「無藏金銀銅鐵，一以瓦器，合古塗車、芻靈之義。」(155)珠玉靡藏　〈終制〉云：「飯含無以珠玉，無施珠襦玉匣。」(156)賓于幽堂　賓，通「儐」。出外迎接賓客。幽堂，謂墓室。(157)耕禽田獸　相傳夏禹死後，葬會稽山陰，「下有群鳥芸田」；舜死後，葬於蒼梧九嶷山之陽，「下有群象為之耕」（見《帝王世紀》）。(158)大隧之致功　謂墓道完工。(159)練元辰句　意謂選擇吉利的時辰。練，擇也。元辰，猶良辰。(160)潛華體二句　華體，指曹丕屍體。梓宮，謂以梓木做成的棺材。馮，通「憑」。居靈，停放靈柩。(161)皇嗣　指曹叡。(162)臨　哭也。(163)晏駕　古人諱言帝王死亡，稱曰晏駕。(164)容車　古代送葬時用來運載死者衣冠、畫像等物的車。俗稱魂轎。(165)征　行也。(166)黃墟　猶言黃泉。指地下。(167)昭晰　光明也。(168)玄宅　指墳墓。(169)痛閟闥句　閟，幽深也。闥，此指墓門。扃，上閂；關門。(170)咨　歎也。(171)眇眇　邈遠之貌。(172)凶諱　死訊；噩耗。(173)孤絕　孤苦無依。(174)交頸　此謂淚水流至頸脖，縱橫交錯。(175)橫奔　狂奔也。此形容悲痛至極之狀。(176)闋闕塞句　闋，隔也。闕塞，山名。《方輿紀要》云：「闕塞山在河南府（案謂洛陽）西南三十里，亦曰龍門，亦曰伊闕山。」嶢崢，高峻貌。(177)衰絰　謂喪服。絰，用麻做的喪帶，繫於腰或冠於頭。(178)關防　指有兵防守的關隘。此喻指魏朝廷對諸侯所作的各種禁制，如同姓藩王間不得通問；諸王不得私自朝京師等等。(179)嬰　纏繞；拘禁。(180)天網　喻指國家法制。(181)經　纏；束縛。(182)顧投句　語本班婕妤〈自傷賦〉：「願歸骨於山足。」骨，謂屍骨。(183)下庭　指作者自己所在的封地的王庭。(184)拊心　謂捶胸。(185)施　恩惠。(186)幾司命句　幾，希望之詞。司命，神名，掌管人之壽命。役籍，服役之人的名冊。(187)黃髮　謂年長者。(188)隕零　謂死亡。(189)天蓋句　見本書卷五〈責躬〉注。(190)鬱伊　愁苦鬱悶也。(191)寫思　宣洩憂思。⑫結翰墨句　意謂寫作此誄，以表達誠摯的感情。結，聯也。翰墨，筆墨也。敷，陳述。

【語　譯】黃初七年五月七日，魏文帝駕崩。嗚呼哀哉！此時，上天震蕩地搖動，山崩地裂降寒霜，太陽黯淡無光影，五星逆行異於常。黎民百姓皆悲歎，天下萬國都哀傷；好像死了父與母，對其思念勝堯唐。捶胸頓足於郊野，仰頭追問那上蒼。都說這是為什麼，過早離世性命喪？嗚呼哀哉！悲悼文帝辭世去，忽然如同光熄滅。永遠離棄眾百姓，好似雲去雨停歇。聞知噩耗心恍惚，神智不清哭哽咽。抽出袖中之小刀，準備自殺與世絕，追慕子車三賢士，甘心與君同墓穴。想到古代南風詩，心中鬱悶而不悅。願隨皇上一道死，指日發誓不虛言。考察先人之著述，尋覓人生哲理言，可知人生如浮寄，惟有德業能長傳。早晨聞道晚上死，此為孔子心所念。皇上雖然離世去，帝位永被子孫沿。以何方式彰其德？素旗高舉使之顯。憑藉什麼頌其功？管弦奏樂使之宣。於是，寫作此誄，誄文為：

太素之質白茫茫，天地二儀由此分。陰陽調和生萬物，始有人倫關係成。及至遠古三皇時，無為而治有佳政。往後到了古五帝，繼以仁德治萬民。夏商周朝制教令，業承前人立功勳。周末赧王難持國，政權終於失給秦。秦朝毀樂滅學術，焚書坑儒施暴政，歷經兩代便滅亡，劉漢王朝於是興。漢朝不求古遺典，典章制度依於秦。三皇五帝之舊典，棄置一邊無所聞。

漢末政權始衰敗，氣數已盡國運遷。天命要將朝代改，選擇聖賢統人間。於是眷顧我文帝，百姓交給他掌管。如同龍飛即帝位，承應符命於上天。文帝土德定天下，國號年號都改變。明明之德甚顯著，故能受命於上天。仁風吹及天下物，德教依禮而布宣。

細察文帝之天資，從小慧智而聰明。研習儒家六經典，自學不需父過問。專心致志學有成，志向高遠可凌雲。才學出眾文風清，如同美玉之晶瑩。聲音剛起耳能察，物未形成眼看清。性情剛毅如真金，操守如玉之堅貞。品德如同冰之潔，公正好似磨石平。授官功臣不徇私，懲治罪人不從輕。用心處理眾政務，全面體察百姓情。

渴望輔政之賢士，稱美伊、呂古良臣。搜尋拔舉下層士，如舉成湯代禹政。選拔人才於巖穴，平民之中取官人。惟據德才來用人，不看祖上之門庭。營建宮室居洛陽，率領百姓往前行。只思道義治天下，不把軍防來經營。四境之內大一統，共把國法來遵循。引導臣民以純德，百姓因成儉樸人。擴充國家之制度，以便能夠繼前人。法律條文品級制，作為獎懲之依憑。乘坐殷商之木車，將那夏曆來推行。金根車蓋黃繒裏，翠羽蓋頂與龍旂。印綬冠冕大而美，髮簪冠帶都嶄新。

莊重整肅之儀容，看在眼裏如神靈。地方長官精選出，能夠誠心憂百姓。虎將持節禦敵寇，能夠鎮服那四鄰。紅旗一揮除敵賊，九州披靡而投誠。還有誰能不歸順，還有哪個不稱臣？魏國旌旗懸海外，萬里之地都安寧。虜殺劉備於蜀道，使之如鳥死江岷；孫權好似枯水魚，乾得就像醃魚形。北方肅慎來進貢，南國越裳獻珍品。條支地在絕遠處，也來歸附獻忠誠。

道德可與先皇比，功業能同古帝竝。上天感應降祥瑞，黃初之年福始臨。黃河之龍洛水龜，乘著波濤往下行。平均如同繩拉直，神奇的鸞鳥舞不停。計數蓂莢於殿階，祥風吹暑熱不存。禽鳥走獸身白色，在那郊野飛與奔。鎮國的神鐘與寶鼎，在那故土鑄造成。天降甘美之露水，潤溼道路與屋頂。靈芝瑞草出水池，洲上朱花密成蔭。南風回旋緩緩吹，時雨充足而豐盈。耕田種地年成好，稷黍作物都豐登。家家都受君王惠，戶戶如蒙慈父恩。

圖謀天下致太平，遍施德教於百姓。將登介山祭神靈，先皇已有此禮行。刻文於石記功績，兼記祥瑞之事情。準備大辦封禪事，將功歸於天地神。恭恭敬敬祭百神，功臣王公都親臨。望祭四座大名山，燎祭之時將柴焚。心懷敬意於南郊，虔誠祭奉眾天神。三牲祭品都供上，夏禘秋嘗祭禮行。王侯遣使來助祭，奉獻璧玉表忠誠。鸞鈴之車響不住，龍旗太常高高擎。天子車駕至祖廟，鐘鼓樂器齊奏鳴。歌頌先人之功德，八佾起舞甚齊整。皇祖接受供奉後，亡父遂來享祭品。眾神受祭皆醉飽，乃賜福祥與後人。

天地震蕩亂紛紛，文帝終於使之寧。三星昏暗無光影，文帝終於使之明。國家綱紀遭毀棄，文帝終於使之振。帝王之位難為繼，文帝終於使之穩。禮樂制度被敗壞，文帝使之再形成。仁義之道皆沒落，文帝使之又顯明。龍鳳賢士被埋沒，文帝使之擔重任。禁酒令下人遠酒，文帝終於改此令。在位執政有七年，不斷建立大功勳。將獲太平之盛世，功超三皇五帝君。應作萬物之師長，長為眾神之主人。壽命當與金石同，歲數宜與東父等。為何忽然就去世，被那后土毀身形？使我孤苦無所依，前瞻後顧無一人。悲聲感歎老天爺，為何對我這樣狠心！嗚呼哀哉！

文帝明察吉凶事，又能深知生死理；鄭重留下〈終制〉文，以向嗣皇表心跡。聖上虔誠奉其命，一切順從其旨意。於是為其建陵墓，首陽山東為墓基。模仿穀林之形制，是將堯帝來學習。陵墓與山相融合，不樹不封求簡易。只用泥車與草物，珠玉沒有藏墓裏。百神為其作警侍，都在墓中來迎候。墓前耕耘之禽獸，看見魂魄在游移。

等到墓道修成功，選擇吉利之時辰，將其遺體藏入棺，靈柩靠著正殿停。眼見皇嗣號咷哭，心存哭者之悲聲。哀悼文帝離世快，傷感魂車急前行。魂魄上遊至雲霄，身入黃泉藏其形。背棄三星之明光，歸於幽暗之墳塋。歎其一去不復返，傷感墓門長閉緊。

歎我遠在京城外，得知死訊心震驚。心中孤苦無處訴，眼淚猛流至於頸。念及恩寵而狂奔，伊闕高聳路難行。想借喪服輕身飛，又怕關防來拘禁。準備高飛而遠憩，又懼天網纏我身。願棄屍骨於山腳，以報恩養於臣庭。手捶胸口自傷悲，懼怕恩重而命輕。願以微軀來奉獻，甘心九死而亡身。希望司命索我命，先於兄長而歸陰。天在高處察下界，希望神明聽我聲。獨自愁悶無處訴，回望己影憐己身。呈奏此文遣憂思，借用筆墨表真誠。嗚呼哀哉！

【研　析】文帝曹丕雖身為曹植同胞之兄，但對曹植難盡手足之誼；代漢稱帝後，對曹植百般猜疑、排擠、迫害，致使曹植後半生在「汲汲無歡」的抑鬱中度過。曹植〈七步詩〉所言「本是同根生，相煎何太急」，就是對曹丕殘酷迫害的血淚控訴。按理說，曹丕死後，曹植應該是歡欣雀躍，如除眼中釘、肉中刺；但是，性情淳厚的曹植，頗重骨肉手足之情，對乃兄的死並沒有表現出幸災樂禍之意，而是深表哀悼，並對乃兄持「人死不記其舊過」的態度，多頌有德之處。這些，從此誄中不難看出。

此誄追憶了文帝的生平、功德，寄託了對文帝的追念、哀思；同時，也借機抒發了自己備受曹魏統治者壓制的苦悶、悲憤，以及憂讒畏譏，懼觸法網的情懷。其中不乏真情的流露。

本誄包括序文在內，大致可以分為十二個段落，各段落的大意如下：

序文交代文帝逝世的時間，描述天人共哀、自己悲痛欲絕的情狀，並說明了本誄的寫作動機。

正文第一段敘述開天闢地，始有人類以來，歷代帝王的功過是非及王朝更迭的情況。

第二段謂曹丕受命於天，接受漢帝禪讓而稱帝，並改號革元，布施仁政。

第三段讚美曹丕出眾的才智，以及剛正高潔、公正無私的品性。

第四、五段歌頌曹丕當政時選舉賢能、制定法令、鎮服四鄰、安定國內等豐功偉績。

第六、七段敘曹丕為政清明，天降祥瑞，以及曹丕奉祀天地神靈、祭奠列祖列先等事。

第八段陳述曹丕撥亂反正，正本清源之功，並敘及曹丕去世之事。

第九段謂曹丕在臨終時，留下有關後事處理的遺囑，嗣皇（即後來的明帝曹叡）遂依其遺囑，對喪葬之事作儉樸的安排。此段頌揚了曹丕廉儉、樸質的品德。

第十段敘寫殮葬之事，表達了作者深沉的哀思。此段敘事文字，當為想像之詞，因為作者當時被禁錮於藩國，無法返回京城弔喪。

第十一段著重抒發自己內心的複雜情感：既有對曹丕之死的痛悼、悲哀，又有對身遭拘囚，不得返回京洛弔祭的憂戚、憤激；既有對身處艱危失助之境的自傷，又有對備受壓抑、孤苦無告的情懷的宣洩。對這一段抒發自己內心感受的文字，前人有不同的看法。如，《文心雕龍》的作者劉勰，認為此段自陳心曲，偏離主旨，不合誄文文體的要求，有庸冗拖沓之弊。他說：「陳思叨名而體實繁緩，〈文皇誄〉末，旨（或作『百』）言自陳，其乖甚矣。」也有人認為這段抒發真情實感，與全文的哀傷之情相契合，是此誄的精彩之處。如，李兆洛《駢體文鈔》云：「至其『旨言自陳』，則思王以同氣之親，積讒讒之憤，述情切至，溢于自然，正可以副言哀之本致，破庸冗之常態……亦不宜遽目為乖也。」我們認為，李氏的看法是較有道理的。

此誄洋洋灑灑，體制宏鉅，詞事並繁，但全文章法渾成，結體緊密，層次清晰，並無鬆散、混亂之弊。此文對曹丕雖不無虛美之詞，但對其事功也有一部分是據實寫來，故其讚美、頌揚也不能完全看成是虛情假意。另外，對曹丕之死的哀傷，對自己遭逢的哀歎，應該說是出自衷情。

此文從語言形式看，文藻富盛，詞句華贍，詞意繁複，這使得整篇文章雖然顯得富麗典重，雍容大度，但也造成了全篇文氣綺靡乏力，文意冗散疲瑣、文詞繁褥累贅等弊端。如，正文第一段用較多文字敘歷朝之事，就明顯地表現得詞密而有餘。因此，劉勰對曹植所有誄文給以「體實繁緩」的譏評，不無道理。

行女哀辭并序

【題　解】這篇文章是作者為哀悼幼女行女之死而作。行女究竟死於何時，史無明載，現今只能作一些推測。劉勰《文心雕龍・哀弔》有云：「建安哀辭，惟偉長差善；〈行女〉一篇，時有惻怛。」這說明，曹植幼女行女死時，徐幹（字偉長）也曾作過〈行女哀辭〉一篇，而且後來劉勰還曾親眼得見。考史載，徐幹卒於建安二十三年（西元二一八年）二月，則行女當死於建安二十三年之前；又考曹植〈行女哀辭〉逸句「家王征蜀漢」（見《文選・擬魏太子鄴中詩》李注所引）中的「家王」一詞，則知行女之死，以及曹植此哀辭的寫作，當在曹操建安二十一年五月進爵為魏王之後。結合上述行女夭亡時間的上限與下限，再據曹植哀辭中「終于首夏」的時間概念看，行女之死的具體時間似乎應定在建安二十二年孟夏四月。另，曹植哀辭逸句中的「征蜀漢」，當指建安二十年曹操西征張魯之事，是曹植在行女死後的追憶文字。

哀辭，是古代文體的一種，多用韻語，與誄相似，但多用來哀悼童殤夭折不以壽終者。「哀辭之體，以哀痛為主，緣以歎息之辭」（見《太平御覽》卷五六引摯虞語）。

行女生于季秋，而終于首夏❶。三年之中，二子❷頻喪。

伊上帝之降命❸，何短修之難裁❹：或華髮以終年❺，或懷妊❻而逢災。感前哀之未闋，復新殃之重來❼。方朝華而晚敷❽，比晨露而先晞❾。感逝者之不追，情忽忽而失度❿。天蓋高而無階⓫，懷此恨其誰訴？

【注釋】❶首夏　猶孟夏。指農曆四月。❷二子　指金瓠、行女。❸伊上帝句　謂上天賜與人壽命。降，下也。命，謂人之壽命。❹何短修句　短修，短長也。裁，猜測；估料。❺終年　盡其天年。❻懷妊　即懷孕。❼感前哀二句　前哀，謂金瓠之夭亡。闋，盡也。新殃，謂行女之死。❽方朝華句　方，比如。朝，早上。華，謂木槿花。木槿，落葉灌木，夏秋開花，花朝開而暮謝。晚敷，謂在晚上凋落。❾晞　曬乾。❿情忽忽句　忽忽，恍惚之貌。失度，猶言失態。⓫天蓋高句　蓋，句中語氣詞。階，階梯。

【語譯】行女生於深秋，而死於孟夏。三年之中，兩個孩子相繼夭亡。

天帝賜人之壽命，長短實在難估猜：有人白頭終天年，有人喪命於娘胎。感歎前哀還未盡，新的禍殃又重來。如同朝花謝於夜，又似晨露乾得快。想到死者不可追，精神恍惚失常態。上天高遠無階梯，向誰訴說胸中哀？

【研析】三年之內，作者痛失兩子，其內心的傷痛、悲哀是可想而知的。全文有著濃厚的抒情色彩，其情其意，全在一個「哀」字之中。

本文之序，交代了行女的年齡和連喪二子的災殃。正文首四句，謂人之年壽受制於天，且人之壽夭難測。在這裏，作者顯然是把行女夭亡的原因歸於天命，並由此表達了對上天之不公（因為有的人受命於天而能「華髮以終年」）、之無情的怨艾、憤恨。「感前哀」二句，謂還未從痛失愛子金瓠的哀痛的陰影之中走出，又緊接著增添新的心靈創傷，使人感到作者命途多舛，哀愁深重。「方朝華」二句，以比喻之法，表現行女壽命之短，語含惋惜之意。「感逝者」以下四句，描述作者失去愛子後的恍惚之情狀，以及愁苦無告的心境，將作者哀傷、悲愴的情懷展現得一覽無餘。

《文心雕龍・哀弔》說哀辭要「情主於傷痛，而辭窮乎愛惜」。曹植此文可謂體現了這個特點。此文雖短，但一詠三歎，情濃意真，足以表現作者的切膚之痛。

金瓠哀辭并序

【題解】 金瓠，據本哀辭的小序看，是曹植的長女，年壽極短，只活了一百九十天。金瓠死後，曹植心中悲痛，遂作此哀辭以悼之。

關於金瓠夭亡的時間以及本哀辭的寫作時間，史無明文。考〈行女哀辭〉中「行女生于季秋，而終于首夏。三年之中，二子頻喪」云云，知長女金瓠比幼女行女早亡三年。而行女約死於建安二十二年（詳上篇「題解」所述），故由建安二十二年上推三年，便可得出金瓠死亡的時間，亦即建安二十年（西元二一五年）。據此，曹植此辭亦當作於建安二十年。

金瓠，予之首女，雖未能言，固已授色知心❶矣。生十九旬而夭折❷，乃作此辭。辭曰：

在襁褓❸而撫育，尚孩❹笑而未言。不終年❺而夭絕，何見罰❻於皇天？信吾罪之所招，悲弱子之無愆❼。去父母之懷抱，滅微骸❽於糞土。天長地久，人生幾時？先後無覺，從爾有期❾。

【注　釋】❶授色知心　謂察人臉色，識人情緒。❷生十九旬　十九旬，一百九十天。夭折，未成年而死。❸襁褓　包裹嬰兒的衣被和帶子。❹孩　小兒笑也。❺終年　一整年。❻見罰　被罰。❼諐　罪過。❽骸　謂屍骨。❾先後二句　意謂人對死亡的時間的先後雖然不可知曉，但死亡是有定期的。覺，知也。從爾，隨你而去。意指死亡。

【語　譯】金瓠，是我的長女，她雖然不會講話，但已經能察人臉色，識人情緒。她生下一百九十天就夭折了，於是我寫作了此辭。辭文為：

襁褓之中被撫育，只會笑鬧不能言。不滿一歲便夭亡，為何受罰於皇天？確為我罪所招致，弱子無過令人憐。離開父母之懷抱，微弱之身埋黃泉。天長地久無盡時，人生能有多少年？先死後死人不知，亡身自有其期限。

【研　析】本哀辭之序與正文，通過敘說金瓠聰穎活潑的品性，並探究其夭亡的原因，抒述自己喪子後的心態，表現了喪子後巨大的心靈創痛，以及對金瓠的深刻的懷思、哀悼。

本文情致宛然，真摯深沉，頗有感人的力量。如「不終年」以下四句，言及金瓠夭亡的原因時，作者自責自怨，歸咎於己，認為「信吾罪之所招」，顯示出了為父者的慈愛、悵惘與淒絕，令讀者不能不為作者博大的父愛、沉痛的真情所打動。再如，末二句言自己念及死期，顯得心灰意冷，亦甚淒楚真切。

王仲宣誄 并序

【題　解】篇題中的「仲宣」，是漢魏時著名文學家王粲之字。王粲是「建安七子」中文學地位最高、詩文成就最大者，死於建安二十二年（西元二一七年）春，時年四十一歲。作者是王粲生前的好友，二人詩來文往，過從甚密，相交甚歡。對於王粲早逝，作者深感痛惜。為寄託自己的哀思，作者遂作此文以祭。

此文歷陳王粲生前的主要事跡，以滿腔的熱情歌頌了王粲的不凡家世，及其高尚的品行與卓異的才能，表現了作者對王粲的哀惋之情。

維建安二十二年正月二十四日戊申，魏故侍中關內侯❶王君卒，嗚呼哀哉！皇穹神察❷，喆人❸是恃。如何靈祇❹，殲我吉士❺？誰謂不痛？早世即冥❻。誰謂不傷？華繁❼中零。存亡分流，夭遂❽同期。朝聞夕沒❾，先民❿所思。何用誄⓫德？表之素旗⓬。何以贈終？哀以送之。遂作誄曰：

猗歟⓭侍中，遠祖彌芳⓮。公高建業，佐武伐商⓯。爵同齊魯⓰，邦祀絕亡⓱。流裔畢萬⓲，勳績惟光⓳。晉獻賜封，于魏之疆。天開之祚⓴，末冑稱王。厥姓斯氏㉑，條分㉒葉散。世滋芳烈㉓，揚聲秦漢。會遭陽九㉔，炎光中矇㉕。世祖撥亂，爰建時雍㉖。三台樹位，履道是鍾㉗。寵爵之加，匪惠惟恭㉘。自君二祖，為光為龍㉙。僉曰休哉，宜翼漢邦㉚。或統太尉㉛，或掌司空㉜。百揆惟敘，五典克從㉝。天靜人和，皇教遐通㉞。伊君顯考，奕葉佐時㉟。入管機密，朝政以治。出臨朔、岱㊱，庶績咸熙㊲。

君以淑懿㊳，繼此洪基㊴。既有令㊵德，材技廣宣。強記洽聞㊶，幽讚微言㊷。文若春華，思若涌泉。發言可詠，下筆成篇㊸。何道不洽㊹？何藝不閑㊺？棊局逞巧，博弈惟賢。皇家不造[46]，京室隕顛[47]。宰臣[48]專制，帝用西遷[49]。君乃羇旅[50]，離[51]此阻艱。翕然[52]鳳舉，遠竄荊蠻[53]。身窮志達，居鄙行鮮[54]。振冠南嶽，濯纓清川[55]。潛處蓬室，不干[56]勢權。

我公奮鉞[57]，燿威[58]南楚。荊人或違[59]，陳戎[60]講武。君乃義發，算我師旅[61]。高尚霸功[62]，投身帝[63]宇。斯言既發，謀夫是與[64]。是與伊[65]何？嚮[66]我明德。投戈編鄀[67]，稽顙漢北[68]。我公寔嘉，表揚京國[69]。金龜紫綬，以彰勳則[70]。勳則伊何？勞謙[71]靡已。憂世忘家，殊略卓峙[72]。乃署祭酒，與軍行止[73]。算無遺策[74]，畫[75]無失理。

我王建國[76]，百司俊乂[77]。君以顯舉，秉機省闥[78]。戴蟬珥貂，朱衣皓帶[79]。入侍帷幄，出擁華蓋[80]。榮耀當世，芳風晻藹[81]。嗟彼東夷[82]，憑江阻湖[83]。騷擾邊境，勞我師徒。光光戎輅，霆駭風徂[84]。君侍華轂[85]，輝輝[86]王塗。思榮懷附[87]，望彼來威[88]。如何不濟[89]，運極[90]命衰。寢疾彌留[91]，吉往凶歸。嗚呼哀哉！翩翩孤嗣，號慟崩摧[92]。發軫北魏，遠迄南淮[93]。經歷山河，泣涕如頹[94]。哀風興感，行雲徘徊，游魚失浪，歸鳥忘棲。嗚呼哀哉！

吾與夫子[95]，義貫丹青[96]。好和琴瑟[97]，分過友生[98]。庶幾遐年[99]，攜手同征[100]。

如何奄忽，棄我夙零[101]！感昔宴會，志各高厲[102]。予戲[103]夫子：「金石難弊[104]，人命靡常，吉凶異制。此驩[105]之人，孰先隕越[106]？」何寤[107]夫子，果乃先逝？又論死生，存亡數度[108]。子猶懷疑，求之明據[109]。儻獨有靈[110]，游魂泰素[111]。我將假翼，飄颻高舉，超登景雲[112]，要[113]子天路。

喪柩既臻[114]，將及魏京[115]。靈輀[116]回軌，白驥悲鳴。虛廓[117]無見，藏[118]景蔽形。孰云仲宣，不聞其聲。延首[119]歎息，雨泣交頸[120]。嗟乎夫子，永安幽冥[121]。人誰不歿？達士徇名[122]。生榮死哀[123]，亦孔[124]之榮。嗚呼哀哉！

【注釋】❶侍中關內侯　曹操大軍南下之時，王粲曾勸劉琮歸曹，因以此功辟為丞相掾，賜爵關內侯。魏國建立後，被操拜為侍中。❷皇穹句　謂上天洞察細微。❸喆人　聰明、有才能的人。喆，同「哲」。❹靈祇　天神曰靈，地神曰祇。❺殲我句　與《詩經・黃鳥》中「殲我良人」句意同。殲，滅也。❻早世句　謂過早去世，進入陰間。冥，昏暗。引申指迷信所說人死後進入的世界。❼華繁　謂花繁茂。此喻人盛壯之年。❽夭遂　夭亡與盡天年。遂，謂壽終也。❾朝聞夕沒　語本《論語・里仁》：「子曰：朝聞道，夕死可也。」沒，死也。❿先民　先人也。此謂孔子。⓫誄　哀悼。⓬素旗　送葬用的幡旗，常以黑布為之，不加畫飾，上書死者姓名或官職，以示死者尊卑等級，且用表德。⓭猗歟　感歎詞。⓮芳　謂德善美。⓯公高二句　據史載，魏、王二姓，是周文王第十五子畢公高之後裔。公高佐武王伐商有功，封於畢，因以畢為姓。⓰爵同齊魯　謂爵位與周公、姜尚相等。據史載，武王克商後，「封尚父於營丘，曰齊；封弟周公旦於曲阜，曰魯。」⓱邦祀絕亡　謂公高之子孫未能繼其爵位、封於畢地。邦祀，國之祭祀。⓲畢萬　春秋時人，為畢公高之後裔，事晉獻公，因滅霍、耿、魏有功，封於魏（在今河南、山西交匯處），為大夫。⓳光　大也。⓴天開之祚　語本《史記・晉世家》：「以是始賞，天開之矣。」《集解》引服虔注：「以魏賞畢萬，是天開其福。」祚，福也。㉑末胄二句　據史載，晉獻公將魏地封畢萬以後，萬之子孫至戰國魏文侯時才開始興盛發達；至魏惠王（即梁惠王），因其稱王，子孫遂以王為姓。末胄，義同上文「流裔」，意為後人、子孫。㉒條分　枝分。㉓芳烈　謂德業隆盛。㉔陽九　指災荒年景和厄運。對於何謂「陽九」，歷來說法不一。或說四千六百一十七年為一元，初入元的一百零六年，內有天災九年，謂之「陽九」。㉕炎光句　炎光，喻漢代皇權統治。中曚，喻王莽篡漢作亂。曚，暗淡不明。㉖世祖二句　世祖，指東漢光武帝劉秀。撥，除也。爰，於是。時雍，語出《尚書・堯典》，後世詩文用以指時世安定、太平。㉗三台二句　三台，即三公，即太尉、司徒、司空，為共同負責軍政的最高長官。樹，設置。履道，推行道義。鍾，集中；專注。㉘匪惠句　謂獎賞不是出自皇帝的私恩，而是因為臣子執事勤謹。㉙自君二句　君，指王粲。二祖，指東漢名臣王龔、王暢。龔為王粲曾祖父，在順帝時為太尉。暢為王粲祖父，在漢靈帝時為司空。皆位列三公。為光為龍，語出《詩經・蓼蕭》：「既見君子，為龍為光。」意指享受恩寵與榮光。㉚僉曰二句　僉，皆也。休，美也。翼，輔佐。㉛太尉　官名，始於秦，兩漢沿置，為全國軍事首腦，職位與丞相相當。㉜司空　官名，是僅次於丞相的中央行政長官，主要職務為監察、執法，兼管重要文書圖籍。㉝百揆二句　語出《尚書》之〈舜典〉。百揆，指百官。敘，指尊卑之次序。五典，猶五常，指五種封建倫理道德，即父義、母慈、兄友、弟恭、子孝。克從，謂百姓能遵從。㉞天靜二句　天靜，謂天不降災害。皇教，朝廷教化。遐通，遠至也。㉟伊君二句　伊，句首語氣詞。顯考，指已故之父。此謂王粲之父王謙。謙曾為大將軍何進長史。奕葉，猶奕世。謂一代連接一代。㊱出臨句　謂王謙出任朔、岱二地之官。朔，指今河北省一帶。岱，指今山東省。㊲庶績句　語出《尚書・舜典》。庶績，眾多的功績。熙，興盛。㊳淑懿　善美也。㊴洪基　洪大的基業。基，本也。指祖輩的官爵、地位。㊵令　美也。㊶強記洽聞　《三國志・王粲傳》載：「初，粲與人共行，讀道邊碑。人問曰：『卿能闇誦乎？』曰：『能。』因使背而誦之，不失一字。」又曰：「（粲）博聞多識，問無不對。」洽，博也。㊷幽讚微言　謂能對古籍之微言大義作出精深的解析。幽，深也。讚，解釋。㊸下筆成篇　《三國志・王粲傳》載：「善屬文，舉筆便成，無所改定。」㊹何道句　道，謂學問。洽，博通。㊺閒　同「嫻」。熟悉。㊻不造　此謂失其處所。含有不幸之意。㊼隕顛　墜落之意。此謂漢朝統治衰敗。㊽宰臣　指董卓。㊾帝用西遷　董卓擁立劉協為獻帝後，遂專斷朝政，遷太尉，領前將軍事，改封郿侯，並為陳蕃、竇武等黨人平反。董卓的專權，引起統治集團內部的分裂和反對。初平元年（西元一九〇年），關東地區的割據勢力都起兵討伐董卓，共同推袁紹為盟主，組成聯軍進屯洛陽附近，董卓乃縱火焚燒洛陽周圍數百里，挾持獻帝西遷長安。㊿君乃句　謂王粲客居長安。(51)離　遭也。(52)翕然　飛起之貌。(53)遠竄句　初平三年（西元一九二年），董卓部將李傕、郭汜等在長安作亂，王粲遂往荊州避難。竄，逃往。荊蠻，謂荊楚蠻夷之地。此謂荊州。當時荊州未遭戰亂，且荊州牧劉表為粲祖父王暢的學生，故粲投之。54居鄙行鮮　謂身居卑賤之位，而行為光明磊落。55振冠二句　語本《楚辭・漁父》：「新沐者必彈冠，新浴者必振衣。安能以身之察察，受物之汶汶者乎？」「滄浪之水清兮，可以濯我纓。」振冠、濯纓，皆喻超脫塵俗，保持節操。濯，洗也。纓，冠上的繩帶。56干　求也。57我公奮鉞　謂曹操領兵征伐。鉞，大斧。58耀威　謂整治軍隊。59違　不順從。60陳戎　陳列軍隊。61算我師旅　謂對曹操的軍隊出謀劃策。62高尚霸功　謂推崇曹操的功績。霸，指曹操。63帝　指漢獻帝。64斯言二句　據史載，曹操揮師南下時，劉表之子劉琮引軍拒之。王粲遂勸劉琮降操。曹誄「斯言」，即指王粲的勸降之言。謀夫，指劉琮的謀臣，如傅巽、韓嵩之屬。與，讚許。案：王粲向劉琮提出降操的主張後，傅巽等人隨即附和，亦勸琮降之。65伊　句中語助詞。66響　通「嚮」。嚮往之意。67投戈句　投，棄置。編郡，縣名，時屬南郡，在今湖北省宜城縣境。68稽顙句　稽顙，跪拜於地上，以額觸地，表示請罪。顙，頭額。漢北，指襄陽。69京國　指京都。70金龜二句　金龜紫綬，謂曹操給粲賜爵關內侯時，授給黃金龜紐之金印，以及繫印的紫色綬帶。勳則，指有關獎功的制度。71勞謙　勤勉謙恭。72殊略句　謂奇異的謀略非同一般。卓，高也。峙，立也。73乃署二句　署，謂授予官職。祭酒，官名。王粲曾為軍謀祭酒一職。與軍，隨軍也。74算無遺策　謂所作謀劃，無有失算之處。75畫　通「劃」。計謀。76建國　建安十八年（西元二一三年），獻帝封曹操為魏公，加九賜，魏始建社稷宗廟。77百司句　謂百官都是賢能之士。78君以二句　顯舉，光榮地被提拔。秉機，掌管機要之事。省闥，謂宮中。79戴蟬二句　漢制：侍中之類的官員，冠帽上置有蟬形飾物，又插以貂尾為飾；蟬在左，貂在右。珥，插也。王粲在魏建國以後，為侍中，故此云「戴蟬珥貂」。皓帶，指玉帶。80華蓋　古代帝王或達官顯貴外出時所用的一種傘蓋，因上面飾有花紋圖案，故云「華蓋」。案：《齊職儀》云：「魏侍中掌儐贊，大駕出，則以直，侍中護駕。」王粲為侍中，故曹誄云「出擁華蓋」。81芳風句　謂美好的聲名影響盛大。晻藹，盛貌。82東夷　指東吳。83憑江句　謂據守長江、巢湖險要之地。84光光二句　光光，勇猛之貌。戎輅，戰車。霆駭，雷霆震動。風徂，此謂如風疾行。85華轂　車轂飾有花紋的車子。此借指曹操。86輝輝　光明之貌。87思榮句　意謂王粲思念自己所受榮寵，決心使東吳之敵來歸降。88望彼句　《文選》李注：「望彼吳國畏威而來。」89濟　成功。90極　終也；盡也。91彌留　病重將死之時。92翩翩二句　翩翩，形容行動迅疾。孤嗣，孤兒也。此指王粲之子。慟，悲痛。崩摧，極度悲傷之貌。93發軫二句　謂王粲之子聞知其父死於伐吳途中，遂從鄴城乘車出發，趕至淮南。軫，車也。北魏，指魏都鄴城。迄，至也。南淮，淮水之南。此當指居巢縣（今安徽省巢縣）。94頹　水下流。95夫子　指王粲。96義貫句　貫，此有如同之意。丹青，此二色不易褪，故常用以比喻忠貞不渝。97好和句　語本《詩經・常棣》：「妻子好合，如鼓琴瑟。」此借夫妻恩愛，喻指朋友之間情誼深厚，關係融洽。98分過友生　謂二人間的情分，遠勝朋友。99庶幾句　庶幾，希望。遐年，高壽也。100征　行也。101如何二句　奄忽，參見本卷〈任城王誄〉注。夙零，謂早逝。夙，早也。零，凋落。102高厲　高昂。103戲　開玩笑。104難弊　難以毀壞。105此驩　在此共同歡樂。106隕越　墜落。此喻死亡。107寤　知曉。108數度　命運之法度。109明據　明顯的證據。110靈　神也。111泰素　同「太素」。指上天。112景雲　祥雲也。113要　半路攔住。114臻　到達。115魏京　指鄴城。116靈輀　指喪車。117虛廓　空曠的樣子。118藏　隱也。119延首　謂伸長脖子。120交頸　此謂淚水縱橫，布於頸項。121幽冥　猶今所言陰間。122徇名　為求名聲而亡身。徇，通「殉」。123生榮死哀　語本《論語．子張》：「子貢曰：夫子其生也榮，其死也哀。」句謂活著之時榮顯光耀，死了以後令人哀傷。124孔　甚也；大也。

【語　譯】建安二十二年正月二十四日戊申，魏國侍中關內侯王粲君逝世。嗚呼哀哉！皇天觀察細微，賢士對其依賴。神靈不知為何，滅我如此好人？早逝而去陰間，誰不為之悲痛？繁花中途凋零，誰不為之哀傷？存亡雖有不同，壽夭同為一死。早上聞道夕死，是我先人所求。用何祭其美德？以那素旗旌表。用何贈給死者？送之無限哀思。於是作此誄文：

歎我王粲侍中，遠祖德業昭彰。公高建功立業，輔佐武王伐商。爵同周公、姜尚，邦國祭祀終亡。後世子孫畢萬，功如前輩顯揚。晉君獻公賜封，獲得大魏之邦。上天開恩賜福，後代得以稱王。於是以「王」為姓，後人如枝葉分張。世族更加發達，名在秦漢高揚。漢朝遭逢厄運，炎光中道失喪。世祖消除禍亂，重建太平王邦。三公之位設立，專把道義推廣。加官更有賜爵，惟看是否賢良。自您二祖以來，蒙受恩寵榮光。都稱二祖美善，應當扶助漢邦。一人身任太尉，一人將司空執掌。百官秩次井然，萬民遵奉「五常」。天人安定祥和，皇教至達遠方。您的父親謙公，接續前世佐王。入宮掌管機密，朝政因之通暢。出任朔、岱之官，功績都不尋常。

您以善美之性，將前人基業接上。既有美好品行，技藝又能廣揚。強記更兼博聞，細將妙文析講。文采美如春花，文思似泉湧放。開口可成詩篇，下筆便成文章。什麼學問不通？何種技藝不詳？棋局之上逞巧，博弈性顯賢良。皇家失其地位，王室權勢衰降。重臣董卓專權，獻帝遂遷西方。您也客居異鄉，遭此艱險禍殃。如鳳展翅疾飛，遠去避難荊襄。身窮不墜其志，位卑行更明光。彈冠南嶽之上，洗纓清水河旁。隱居茅草屋中，不將權勢依傍。

曹公揮斧出征，治兵南楚地方。荊人或有不從，陳兵習武相向。您乃申明大義，為我曹軍奔忙。尊崇曹公功績，委身漢朝帝王。勸降之言出後，劉琮謀臣讚揚。為何有此讚揚？是對美德景仰。劉琮棄戈編郡，請罪於漢北襄陽。曹公對您讚賞，表奏朝廷嘉獎。金印紫綬封侯，以顯獎功的規章。獎功規章是何？永遠勤勉謙讓。心憂國事忘家，謀略卓異超常。於是官任祭酒，隨軍進退來往。籌謀從不失算，計策於理不喪。

曹公建立魏國，百官俊傑賢良。您被光榮提拔，將王宮機要執掌。冠插金蟬貂尾，朱衣玉帶著身上。入侍帷幄之中，出擁華蓋之旁。榮耀當今之世，美名播揚遠方。歎那東吳之敵，據守巢湖長江，出兵騷擾邊境，勞我軍士抵抗。兵車威風凜凜，雷動風馳一樣。您侍曹公車駕，行於王道之上。念恩欲使敵歸附，望那東吳畏威降。哪知大功未成，命運卻已衰亡。臥病彌留之際，凶來終致吉往。嗚呼哀哉！孤兒翩然疾行，放聲痛哭心傷。車出北方魏都，遠至淮南奔喪。路經山川河流，淚下如同水淌。哀風感之而起，行雲徘徊天上，游魚停止興浪，歸鳥忘把家往。嗚呼哀哉！

我與夫子您啊，義如丹青堅貞。和好如同琴瑟，情誼勝過友人。指望年享高齡，攜手一同前行。哪知如此之快，離我早逝歸陰！感念昔日宴會，各有慷慨激情。我曾戲言夫子：「金石不易毀形，人之生命難測，吉凶二事異情；共此歡娛之人，不知誰先歸陰？」哪裏知曉夫子，果然先我而行？又論人之生死，存亡命理決定。您還表示懷疑，要求事據證明。倘或人死有靈，魂魄空中遊行，我願借用羽翅，向上飄飄飛升，超登吉祥之雲，在天路將您攔等。

靈柩已經回來，將至魏都鄴城。靈車徘徊不進，白馬不住悲鳴。眼前空曠無所見，您的身形被藏隱。誰說仲宣夫子，不聞我之聲音。伸長脖子歎息，淚如雨下至頸。我的仲宣夫子，永遠安息幽冥。誰人最終不死？達士以死求名。生時榮顯死可哀，這也十分榮幸。嗚呼哀哉！

【研　析】作者與王粲是親密無間的朋友，情深意篤，故王粲「早世即冥」，作者尤為痛心，傷感不已，且能在誄文中寫出自己的真情實感，表達對亡友深切的哀痛和懷思。孫執升《評注昭明文選》曾評論說：「此篇推賞悼惜，極其深致，可見當日相與之情。」

本文除序外，可分為六個段落。序及各段落的大意如下：

序文交代王粲去世的時間，以及本文寫作之緣起，並對王粲的早逝表示哀悼、痛惜。

正文第一段追根探源，條分縷析，敘說王姓氏族的發展史以及王粲家族的來龍去脈，讓人感到死者有著不凡的家世，顯赫的門第。

第二段敘王粲出類拔萃的才德，以及身逢亂世而高潔自愛的行狀，對王粲極盡推揚、讚美之情。

第三段寫王粲輔佐曹操南伐荊襄所立的汗馬功勞，進一步表現了王粲卓越的才能。

第四段敘王粲進入宮廷任職，隨曹操東征孫吳，中途病發而亡等事。

第五段敘述自己與王粲生前的深情厚誼，憶及與王粲論議人生吉凶存亡之事。

第六段敘王粲靈柩運回鄴城時的情形，以及作者悲痛欲絕的情狀，哀傷之意在此溢於言表。

此文回顧王粲一生簡歷，頌其家世，讚其才智，美其德操，稱其功績，以此表達作者自己的「推賞悼惜」之意，這一切都顯得深摯誠懇，出自肺腑，而無矯情造作之態，無曲意諛頌之跡，因而頗有動人心弦的力量。

此誄在材料的處理上，基本能做到剪裁得當，詳略得體（如「運極命衰」一節就寫得較簡，而「感昔宴會」一段則顯得精細），不枝不蔓，可謂「巧於敘事」；且筆力遒勁蒼涼，文辭簡俊古直，故此文總體上顯得氣格亢爽、高偉，而無柔媚平弱之病。清人李兆洛《駢體文鈔》評此曰：「此書家謂『中鋒』（案中鋒，書法用語）也。不尚姿致，而骨幹偉異。」

《文心雕龍・誄碑》：「誄者，累也。累其德行，旌之不朽也」，「傳體而頌文，榮始而哀終。」曹植此誄可謂很好地體現了這個特點。它首敘王粲的族系、家世，再敘王粲的德才、文章及宦跡，以顯其生時之「榮」；然後追憶二人交往之舊事，陳述自己悲戚傷痛之情狀，以顯存者之「哀」。這樣，既體現了誄文的文體特徵，又使整篇的層次清晰，脈絡分明。

仲雍哀辭并序

【題解】這篇哀辭是作者為哀悼曹喈之死而作。曹喈，字仲雍，係曹丕之中子，只活了幾十天便夭折。曹喈死後，植除作此哀辭外，還作有一篇〈仲雍誄〉（此誄已佚亡，今只存兩句逸文；有人認為誄文即是此哀辭）。哀辭，解見上篇。

此哀辭的寫作時間，史無明載。但據哀辭中稱曹丕為「魏太子」的情況看，似作於建安二十三年（西元二一八年）五月或建安二十四年五月，因為曹丕被立為太子，是在建安二十二年十月；而建安二十五年正月曹操死後，丕遂繼位為丞相、魏王，不會有「太子」之稱。

曹喈字仲雍，魏太子❶之仲子也。三月而生，五月而亡。昔后稷之在寒冰❷，鬬穀之在楚澤❸，咸依鳥馮❹虎，而無風塵❺之災。今之玄笫文茵❻，無寒冰之慘❼；羅幃綺帳，暖於翔鳥之翼；幽房閑宇❽，密於雲夢之野❾；慈母良保❿，仁乎鳥虎之情。卒不能延期於朞載⓫，離⓬六旬而夭殃。

彼孤蘭之眇眇⓭，亮成幹其畢榮⓮。哀緜緜⓯之弱子，早背世而潛形⓰。且四孟之未周⓱，將何願乎一齡？陰雲回於素蓋，悲風動其扶輪⓲。臨埏闉以歔欷，淚流射而沾巾⓳。

【注　釋】❶魏太子　指曹丕。❷昔后稷句　據《史記》載，周人的祖先后稷出生時，其母姜嫄將他棄置於寒冰之上，後飛鳥以翅膀護衛他。姜嫄見後以為神，遂收養長之。❸鬬穀句　春秋時楚國大夫鬬伯比之子，字子文，出生時被其母棄於雲夢澤，後有老虎來送乳哺養；其母得知此情，心懼，遂收養之。後來，楚人稱乳為穀，稱虎為於菟，子文因被稱作鬬穀於菟。子文在楚成王時任令尹二十八年，移舊布新，喜怒不形於色，孔子評之為忠。❹馮　通「憑」。❺風塵　喻指艱險。❻玄笫文茵　指黑色之床及虎皮坐褥。❼慘　苦也。❽幽房閑宇　指幽深之屋，閒靜之室。❾密於句　密，清靜；安寧。雲夢，澤名，大致包括今湖南益陽等縣以北，湖北枝江等縣以南，武漢市以西地區。❿保　指在身邊侍奉的僕人。⓫朞載　指一週年。⓬離　經歷。⓭彼孤蘭句　孤蘭，喻指仲雍。眇眇，微弱之貌。⓮亮成幹句　亮，通「諒」。信也。畢榮，都開花。⓯緜緜　細弱貌。⓰早背世句　背世，棄世也。潛形，潛藏身體。背世、潛形，均喻死亡。⓱四孟之未周　謂未滿周歲。四孟，指孟春、孟夏、孟秋、孟冬。周，遍也。⓲陰雲二句　回，回旋。素蓋，不加彩飾的車蓋。謂喪車車蓋。扶輪，即蒲輪。輪以蒲草包裹，能使車行平穩，故謂蒲輪。此指喪車之輪。⓳臨埏闥二句　埏闥，指墓門。埏，墓道也。闥，小門。歔欷，哭泣時抽噎、哽咽。流射，形容眼淚猛烈流淌之狀。

【語　譯】曹喈，字仲雍，是魏太子的第二個兒子。三月出生，五月夭亡。從前，后稷被棄於寒冰之上，鬬穀被棄於楚國的雲夢澤，依靠飛鳥的保護，憑著老虎的餵養，都沒有遭受滅頂之災。而今，黑床虎皮褥墊，免除了寒冰的冷苦；羅幃與綺帳，比起飛鳥的翅膀要溫暖；幽靜的居室，比起雲夢之野要安寧；慈善的母親及僕人，比起鳥虎還要仁慈。但最終不能使仲雍的性命延長到一年，他活到六十天就夭亡了。

渺小幼嫩之孤蘭，相信長大花滿莖。哀傷幼小之弱子，過早離世而歸陰。四季尚未全經歷，怎可獲得一歲齡？陰雲盤旋車蓋上，悲風吹動那蒲輪。面對墓門哭失聲，眼淚噴灑溼布巾。

【研　析】此篇由序文與哀辭正文構成。其中文句有殘脫現象。就現存的部分文字看，此辭的序文引用了有關后稷、子文的傳說故事，並將曹喈出生時的養尊處優，與后稷、子文出生時的惡劣環境進行了對比，突現了曹喈生存條件的優厚。作者寫這一點，大概有兩方面的用意：一是昭示曹喈生於富貴之家，而不能長享富貴，誠是可惜可哀；二是為了寬慰曹喈父母，說明曹喈六旬而亡，非因父母有照顧不周之過。

此辭之正文，現存十句。前六句均哀曹喈過早離世，其中「且四孟之未周，將何願乎一齡」二句，極力渲染曹喈存世時間之短，特別能勾起讀者對曹喈夭折的傷感之情。後四句寫生人為曹喈送葬時的情景。作者描寫此情景，很注重淒愴悲哀氣氛的營造，以烘襯人物的哀傷之懷，收到了景中含情，情景交融的藝術效果。

劉勰《文心雕龍・哀弔》云：「原夫哀辭大體，情主於痛傷，而辭窮於愛惜。……必使情往會悲，文來引泣，乃其貴耳。」曹植此篇哀辭，可謂具有劉勰所言的這些特點。

卷一〇

漢二祖優劣論

【題解】本篇標題，《太平御覽》卷四四七引作〈漢二祖論〉。

這是一篇史論文章，所評論的對象是歷史上的兩個著名人物——漢二祖，亦即西漢的開國皇帝漢高祖劉邦，以及東漢王朝建立者劉秀。劉邦，字季，沛（今江蘇省沛縣）人。秦二世元年（西元前二〇九年），起兵響應陳勝、吳廣起義，稱沛公。後與項羽領導的起義軍同為反秦主力。秦亡後，與項羽展開了長達四年的楚漢戰爭。西元前二〇二年，最後擊敗項羽，建立漢朝。西元前一九五年病卒，廟號高祖，諡高皇帝。劉秀，字文叔，漢高祖九世孫，南陽蔡陽（今湖北棗陽）人。王莽新朝末，與兄劉縯乘農民大起義爆發之機起兵，加入綠林軍。昆陽之戰建立奇功。建武元年（西元二五年）稱帝，定都洛陽。後派兵鎮壓赤眉軍，削平各地割據勢力，十二年統一全國。建武中元二年（西元五七年）卒，葬原陵，廟號世祖，諡光武。劉邦、劉秀均是漢代有所作為的帝王。

本篇意在品評劉邦、劉秀二人的優劣，以分出二者的高下。作者在尊重歷史的真實的基礎上，縱向考察二人的生平事跡，剖析二人在歷史上的功過是非，比較二人在道德、才能、治術、功業等方面的優劣得失，從而得出一個結論：光武優於高祖。篇中的論析、評議，顯示了作者不凡的史識。

有客問予曰：「夫漢二帝，高祖、光武，俱為受命撥亂之君[1]，比[2]時事之難易，論其人之優劣，孰者為先？」

予應之曰：「昔漢之初興，高祖因暴秦而起，官由亭長[3]，□自亡徒[4]，招集英雄，遂誅強楚[5]，光[6]有天下，功齊湯武[7]，業流後嗣[8]，誠帝王之元勳，人君之盛事也。然而名不繼德[9]，行不純道[10]，寡善人[11]之美稱，鮮[12]君子之風采，惑秦宮而不出[13]，窘項坐而不起[14]，計失乎酈生[15]，忿過乎韓信[16]，太公是誥[17]，于孝違矣。敗古今之大教[18]，傷王道之實義。身歿之後，崩亡之際，果令凶婦肆酖酷之心[19]，嬖妾被人豕之刑[20]，亡趙幽囚[21]，禍殃骨肉，諸呂專權[22]，社稷幾移。凡此諸事，豈非高祖寡計淺慮以致？然彼之雄材大略，倜儻[23]之節，信當世至豪健壯傑士也。又其梟將畫臣[24]，皆古今之鮮有，歷世之希覯。彼能任其才而用之[25]，聽其言而察之，故兼天下有帝位，流巨功而遺元勳也。不然，斯不免於閭閻之人[26]，當世之匹夫也。

「世祖體乾靈之休德[27]，稟貞和之純精[28]，通黃中之妙理[29]，韜亞聖之懿才[30]。其為德也，通達而多識，仁智而明恕[31]，重慎而周密，樂施而愛人。值陽九無妄之世[32]，遭炎光厄會之運[33]，殷爾[34]雷發，赫然神舉，用武略以攘[35]暴，興義兵以掃殘。神光前驅，威風先逝[36]。軍未出於南京，莽已斃於西都[37]。破二公於昆陽[38]，斬阜、賜於漢津[39]。當此時也，九州鼎沸，四海淵涌[40]：言帝者二三[41]，稱王者四五[42]；咸鴟視狼顧[43]，虎超龍驤[44]。光武秉朱光之巨鉞[45]，震赫斯之隆怒[46]。夫其蕩滌凶穢，勦除醜類[47]，若順迅風而縱烈火，曬白日而掃朝雲也。若克東齊難勝之寇[48]，降赤眉不計之虜[49]，彭寵以望異內隕[50]，龐萌[51]以叛主取誅，隗戎[52]以背信軀斃，公孫[53]以離心授首。爾乃廟勝[54]而後動眾，計定而後行師，故攻無不陷[55]之壘，戰無奔北[56]之卒。是以群下欣欣[57]，歸心聖德。宣仁以和眾，邁德以來遠[58]。於時戰克之將，籌畫之臣，承詔奉令者獲寵，違命犯旨者顛危[59]。故曰：建武之行師也，計出於主心，勝決於廟堂[60]。故竇融[61]聞聲而影附，馬援[62]一見而歎息。股肱有濟濟之美，元首有穆穆之容[63]。敦睦九族，有唐虞之稱[64]；高尚純樸，有羲皇之素[65]；謙虛納下，有吐握[66]之勞；留心庶事，有日昃之勤[67]。乃規弘跡而造皇極[68]，創帝道而立德基。是以計功則業殊[69]，比隆[70]則事異，語德則靡愆[71]，言行則無穢，量力則勢微，論輔[72]則力劣。卒能握乾圖之休徵[73]，應五百之顯期[74]，立不刊之遐迹[75]，建不朽之元功；金石播其休烈[76]，詩書載其勳懿，故曰：光武其優也。」

【注　釋】❶受命撥亂之君　指承受天命、治理混亂局面的君王。撥，治也。❷比　比較。❸官由亭長　據史載，漢高祖劉邦起初曾為泗水（今江蘇省沛縣東）亭長。亭長，一亭之長吏。秦漢時，十里為一亭，每亭設一亭長，負責治安、訴訟等事。❹亡徒　指逃跑的、被罰服勞役的人。據史載，劉邦為泗水亭長時，曾押送徒役去驪山為秦始皇修建陵墓，途中徒役多數逃亡，劉邦見事不妙，便放走了剩餘的徒役，自己也帶著十餘個願意跟隨他的人逃跑了。案：本句缺一字。❺強楚　指項羽所統領的楚軍。❻光　廣也。❼湯武　指商湯王、周武王。❽業流後嗣　謂王業流傳給子孫後代。❾名不繼德　謂聲譽與德操不相符合。❿行不純道　謂行為不完全合乎道德規範。⓫善人　有道德的人。⓬鮮　少也。⓭惑秦宮句　《史記・留侯世家》載：「沛公入秦宮，宮室、帷帳、狗馬、重寶、婦女以千數，意欲留居之。樊噲諫沛公出舍，沛公不聽。」⓮窘項句　謂劉邦在鴻門宴上，為項羽所困，一時難以離席脫身。事見《史記・項羽本紀》有關鴻門宴的描述。⓯計失句　據史載，西元二〇年，項羽將劉邦圍困於滎陽，劉邦恐憂，與謀士酈食其商量削弱楚國勢力的計策。酈食其認為劉邦應當重新封立六國的後代，讓他們都接受印璽，從而使六國的君臣百姓感恩戴德，願為臣僕，並迫使孤立無助的項羽「斂衽而朝」。劉邦將酈食其的計策告知張良後，張良不以為然，認為封立韓、魏、燕、趙、齊、楚六國之後，只能敗壞大事。經過張良一番鞭辟入裏的分析，劉邦恍然大悟，大罵酈食其是「豎儒」，並下令銷毀了準備授予六國後代的印璽。事見《史記・留侯世家》。⓰忿過句　據史載，韓信平定齊國後，曾寫信給劉邦，請自立為代理齊王。此時，劉邦正在滎陽苦戰項羽，接信後，十分生氣，當著使者的面罵道：「我被困於此，日夜都盼望你韓信來幫助我，現在你不僅不來幫助我，卻還想自立為王。」坐在旁邊的謀臣張良和陳平趕忙踢了踢劉邦的腳，悄悄地說：「如今我們處在不利的局面中，您能不讓韓信做齊王嗎？不如順著他的意思讓他做齊王，善待他，使他守住齊地。不然的話，恐怕發生意外情況。」劉邦聽後，馬上明白過來，遂立韓信為齊王。⓱太公句　太公，此指劉邦的父親劉瑞。誥，勸誡；警告。據史載，劉邦早年遊手好閒，不能治產業，其父對他很不滿，埋怨他不如其兄劉仲。⓲大教　指孝道。⓳果令句　凶婦，此指劉邦之妻呂后。呂后名雉，字娥姁。其子劉盈即位後，她曾掌握了朝中實權；劉盈死，她又臨朝執政。為人甚陰險毒辣。酖酷，十分狠毒。酖，毒也。⓴嬖妾句　嬖妾，寵妾。此指劉邦寵妃戚夫人。據史載，戚夫人深得劉邦寵信，因而被呂后所忌恨。高祖死後，呂后將她斬去四肢，挖掉眼睛，燻聾耳朵，灌以啞藥，然後置之於廁所，謂之「人彘」。豕，即彘，豬也。㉑亡趙幽囚　亡趙，謂呂后以毒酒害死戚夫人所生之子劉如意（如意曾被封為趙王）。事見《漢書・高祖呂皇后傳》。幽囚，謂呂后囚禁劉邦之子劉友（亦曾為趙王）。據史載，呂后稱制後，將趙王劉友召至京城，令衛士圍守之，不與食，致其幽死。㉒諸呂專權　呂后臨朝稱制後，大封其親屬為呂王：立長兄之子呂台為呂王，呂台弟呂產為梁王，呂台之子呂通為燕王；立次兄呂釋之子呂祿為趙王；由呂祿、呂產統率南北軍，使朝政、軍權都掌握在諸呂手中。㉓俶儻　同「倜儻」。灑脫不羈也。㉔梟將畫臣　梟將，健將也。如韓信等。畫臣，謀臣也。如張良等。㉕彼能句　《史記・高祖本紀》云：「高祖曰：『……夫運籌策帷幄之中，決勝於千里之外，吾不如子房（案指張良）；鎮國家，撫百姓，給餽饟，不絕糧道，吾不如蕭何；連百萬之軍，戰必勝，攻必取，吾不如韓信。此三人者，皆人傑也，吾能用之，此吾所以取天下也。』」彼，此指劉邦。㉖閭閻之人　指普通百姓。閭，里巷的大門。閻，里中之門。㉗世祖句　世祖，指光武帝劉秀。體，含有；具有。乾靈，天神。休德，美德。㉘純精　純粹的品性。㉙通黃中句　意謂通曉萬物深微之理。黃中，語出《周易・坤卦》：「君子黃中通理。」孔穎達疏曰：「黃中通理者，以黃居中，兼四方之色，奉承臣職，是通曉物理也。」因此，「黃中」常喻內德之美。此喻指四方萬物。㉚韜亞聖句　韜，潛藏。亞，次也。懿，美也。㉛明恕　開明寬厚。㉜值陽九句　陽九，指災荒年景或厄運。見本書卷九〈王仲宣誄〉所注。無妄，《周易》六十四卦之一，為大旱之卦。㉝遭炎光句　炎光，喻指漢朝的統治勢力。運，命運。㉞殷爾　形容雷動之聲。㉟攘　消除。㊱神光二句　據史載，劉秀用兵伐敵，「夜有流星墜營中，晝有雲如壞山當營而隕，不及地尺而散。」㊲軍未二句　南京，即東漢時人所謂南都，在今河南南陽。莽，即王莽。莽殺漢平帝，立孺子嬰，於初始元年（西元八年）稱帝，改國號為新。更始元年（西元二三年），在赤眉、綠林軍的打擊下，新朝滅亡，莽被殺於長安。西都，即指長安。㊳破二公句　二公，指王莽新朝大司徒王尋、大司空王邑。地皇四年（西元二三年），王莽派遣王尋、王邑率兵百萬，圍攻駐守於昆陽的部分綠林軍。劉秀率軍五千到昆陽救援。王尋大意輕敵，只領萬餘人迎擊，結果大敗，王尋被殺。綠林軍乘勝追擊，裏應外合，又大敗王邑軍。昆陽，在今河南省葉縣。㊴斬阜賜句　阜，指甄阜。賜，指梁丘賜。二人均為王莽手下將領。更始元年（西元二三年）正月，劉秀軍與王莽軍戰於沘水（即沘河，在今河南南陽境內）之西，大敗王莽軍，並斬殺阜、賜二人。漢津，此指沘水。㊵九州二句　形容天下極不安定。㊶言帝者二三　據史載，當時自稱天子者有若干人，如佔據豫東的劉永，佔據益州的公孫述，佔據邯鄲的王郎等，均先後自立為帝。㊷稱王者四五　如盧芳稱西平王，龐萌稱東平王，延岑稱武安王，彭寵稱燕王，董憲稱淮南王。㊸鴟視狼顧　形容貪婪而兇狠地注視。鴟，一種兇猛的鳥，也叫鷂鷹。㊹虎超龍驤　形容猛勇強勁之狀。驤，騰躍。㊺鉞　古代的一種斧形兵器。㊻震赫句　赫斯，猶赫然，發怒之貌。隆，大也。㊼醜類　惡類也。此指當時各霸一方的割據勢力。㊽東齊難勝之寇　指齊地（今山東境內）割據者張步。建武四年（西元二八年），被劉秀之部將耿弇徹底擊敗。㊾降赤眉句　建武二年（西元二六年）年底，農民起義軍赤眉軍撤至華陰，與劉秀大將馮異的軍隊遭遇，雙方相持六十餘天，交戰幾十次，赤眉軍陷入飢寒交迫、糧盡力竭的境地。最後，赤眉軍在劉盆子、樊崇的率領下投降劉秀。不計，難以計算。(50)彭寵句　彭寵，東漢初豪強，字伯通，歸附劉秀後，被封建忠侯，賜號大將軍；劉秀即位，封為公。後以未能封王而反叛劉秀，並攻佔右北平、上谷數縣，自立為燕王，於西元三〇年為奴子密等三人所縛，斬其首，獻於劉秀。望異，怨恨並背叛。內，同「納」。招致也。(51)龐萌　東漢初將領，山陽（今屬山東）人。更始帝劉玄立，為冀州牧，率兵破王郎，後降附劉秀，任侍中，拜平狄將軍。因疑劉秀不信任，遂反。劉秀率兵討之。後為黔陵所斬，傳首洛陽。(52)隗戎　指隗囂。因隗囂是天水成紀（今屬甘肅）人，而天水古為少數民族戎之所在地，故此處稱囂為戎。隗囂是東漢初地方割據勢力首領，字季孟。王莽末年，被叔父隗義、隗崔等人推為上將軍，起兵反莽，攻克了隴西、武都、金城、張掖、酒泉等地。更始二年（西元二四年），至長安歸附劉玄，任御史大夫。光武建武二年（西元二六年），受漢封為西州大將軍，掌管涼州、朔方。後劉秀欲從隴道伐蜀，囂懼，乃發兵拒之，並稱臣於公孫述。七年，公孫述以囂為朔寧王。九年，為漢軍所敗，憂憤而死。(53)公孫　即公孫述，東漢初地方割據勢力首領。字子陽，扶風茂陵（今屬陝西）人。哀帝時，以父任為郎。王莽天鳳中，為導江卒正。更始立，天下動蕩，述乃起兵，自立為蜀王，都成都。光武建武元年（西元二五年），自稱天子，號成家。劉秀出兵征討，並修書勸降，述不聽。建武十二年，兵敗被刺死。(54)廟勝　指臨戰前朝廷制定克敵制勝的策略。(55)陷　攻破。(56)奔北　敗逃也。(57)欣欣　和樂貌。(58)邁德句　邁，行也。來遠，使遠方的人來臣服。(59)顛危　敗亡也。(60)廟堂　此謂朝廷。(61)竇融　字周公，扶風平陵（今屬陝西）人。王莽時，為強弩將軍司馬，以軍功封建武男。莽敗，率軍降劉玄，任鉅鹿太守。劉玄敗，融聯合酒泉、張掖等五郡，割據河西。劉秀即位，乃歸漢，授涼州牧。《後漢書》本傳記其歸漢事曰：「融等遙聞光武即位，而心欲東向。」(62)馬援　東漢將領。字文淵，扶風茂陵人。新莽末為新成大尹（即漢中太守）。莽敗，援避難於涼州，隗囂用為綏德將軍。援後勸囂歸附劉秀。建武九年（西元三三年）以後，歷任太中大夫、隴西太守等職，立有不凡的戰功。關於馬援進見光武帝而讚歎之事，《後漢書》本傳載云：「建武四年冬，囂使援奉書洛陽。援至，引見於宣德殿。……援頓首辭謝，因曰：『……天下反覆，盜名字者不可勝數，今見陛下恢廓大度，同符高祖，乃知帝王自有真也！』」(63)股肱二句　股肱，喻指得力的輔臣。濟濟，恭敬慎肅之貌。元首，指天子。穆穆，端莊盛美之貌。(64)有唐句　謂有唐堯、虞舜一樣的聲譽。(65)有羲句　謂有伏羲一樣的質樸品格。(66)吐握　相傳周公攝政時，一沐三握髮，一飯三吐哺（即吐出口中咀嚼的食物），以接待天下賢能之士。(67)留心二句　《後漢書・光武紀》云：「每旦視朝，日側乃罷。數引公卿郎將，講論經理，夜分乃寐。」庶事，指眾多的國事。庶，眾也。昃，日西斜。(68)乃規句　弘跡，宏偉的模式。皇極，喻指帝業。皇，大也。極，棟梁。(69)業殊　功業眾多不一。(70)比隆　比較功業的隆盛。(71)靡愆　無過錯。72輔　指輔佐之臣。73卒能句　乾圖，猶云乾象。即指天象。休徵，此指帝王受命於天的吉祥徵兆。74應五百句　五百，語本《孟子．公孫丑》：「五百年必有王者興，其間必有名世者。」顯，光也。此為讚美之詞。期，天之氣數、命運。75立不刊句　不刊，不可消除。遐迹，遠大的事業。76金石句　金石，分別指銘記功績的鐘鼎和石碑。休烈，美好的功績。

【語　譯】有位客人問我說：「漢代有兩位皇帝，一為高祖劉邦，一為光武帝劉秀，他們都是承受天命而整治混亂局面的君主。如果比較時事的難易，評論他們的優劣，哪一個應為優勝者？」

我回答說：「從前，劉漢剛興之時，高祖因為秦朝暴虐而起兵反抗，官職也只是亭長，但他帶領逃亡的徒役，召集天下的英雄豪傑，便將強大的項楚消滅，廣泛佔有天下，故其功績可與商湯王、周武王相比，其王業足以傳流後代，這的確是帝王的特殊功勞，人君的盛大之事。但是，他的盛名不能與其德性相承應，行為不完全符合道德規範，少有善人的美名，缺乏君子的風采，為秦宮之物所迷惑而不願出來，困於項羽的鴻門宴上而難以脫身，採用酈食其的計謀而失策，對待韓信過於忿激，而且受到他的父親的指責，於孝道有所違背。他敗壞了古今最大的禮教，損害了王道的應有之義。身亡之後，離世之時，果然致使兇惡的婦人大快狠毒之心，寵妃遭受『人豕』之刑，如意亡身，劉友被囚，殃禍及於骨肉至親，諸呂獨攬大權，社稷江山幾乎喪失。像這樣一些事情，難道不是高祖少計淺慮所導致的嗎？但是，高祖有雄才大略，有灑脫不羈的氣度，的確是當代至為豪健壯傑的人才。另外，他手下的猛將謀臣，都是古今少有的，歷代罕見的。他信任他們的才能，並加以使用；他聽從他們的意見，並予以考察。因此，他能吞併天下而獲得帝王之位，給後世留下巨大的功勳，不然的話，他就不免成為里巷中的平民，當時世上的凡人。

「世祖劉秀具備天賜的美德，稟受中正和平的品性，通曉萬物精妙之理，含有僅次聖人的美好之才。他的德性，通達而多識，仁智而寬厚，鄭重恭謹而處事周密，樂善好施而關愛他人。遭逢多災多難的時代，遇上國勢衰微的厄運，而世祖如雷霆大震，如神靈猛起，施用軍事謀略以消除暴亂，發動正義之師以掃滅敵賊。神光行於前，威風去在先，軍隊還沒從南都出發，王莽就已在長安斃命。在昆陽大破王尋、王邑的軍隊，在漢津斬殺甄阜、梁丘賜。而在此時，九州如鼎中之水沸騰，四海如同深淵之水湧動：自稱天子者不下二三人，自封侯王者不下四五人，都像鴟、狼一樣顧視天下，皆如龍、虎一樣突起猛進。世祖手持閃耀朱光的大鉞，動赫然之大怒。他掃蕩兇惡之物，剷除暴惡之徒，就像順著疾風而縱燒烈火，又像陽光普照而掃滅朝雲。如：攻克東齊難以戰勝的敵寇，降服赤眉軍不計其數的士卒，彭寵因為怨望、反叛而招致滅亡，龐萌因為背叛主人而遭誅殺，隗囂因為背信棄義而丟性命，公孫述因為離心離德而被殺。世祖在朝廷制定了克敵制勝的謀略後再出動士卒，計策確定以後再行軍作戰，因此，進攻之時沒有攻不破的營壘，每次作戰沒有臨陣逃脫的士兵。故此，他的眾部下都安定和樂，並與他齊心合意。世祖廣施仁義以團結部眾，施行德政以吸引遠方之人。在當時，作戰克敵的武將，出謀劃策的文臣，奉承詔令的就獲得寵信，違反聖旨的就招致覆亡。所以說：光武帝建武年間，出兵作戰，計謀出自君主之心，勝負決定於朝廷之中。因此，竇融聽說世祖即位，就馬上前來歸附；馬援一見到世祖，就發出由衷的讚歎。輔臣有莊嚴恭敬之美，君主有端莊安詳之貌。團結九族之人，有堯舜一樣的聲譽；崇尚純樸之風，有伏羲一樣的品質；謙虛地接納下人，有周公吐哺握髮一般的辛勞；用心於繁雜的政務，有整日操勞，直至黃昏的勤勉。這樣，按照宏偉的規模建造了帝業的大廈，開創了帝王的治道而奠定了德教的基礎。因此，計算功勞，則業績多樣；比較隆盛，則事功不一；談到德操，則無過錯；論及行為，則無劣跡；衡量勢力，本不強大；說到輔臣，本不優秀。但他最終能獲得天象上的吉祥徵兆，順應了五百年必有王者興的天運，成就了不可磨滅的遠大事業，建立了永垂不朽的大功；金石流播他的偉績，詩書記載他的巨動，所以說：光武帝劉秀要優秀一些。」

【研　析】魏晉之世，任情放達的文士們在其日常生活當中，常以縱論古今，品鑑人物為事，以至形成風氣、時尚。曹植亦未免於這種世風的浸染。《三國志・王粲傳》裴注引《魏略》云：「(曹植)初得邯鄲淳，甚喜，延入坐，不先與談。時天暑熱，植因呼常從取水，自澡訖，傅粉，遂科頭拍袒胡舞五椎鍛，跳丸擊劍……於是乃更著衣幘，整儀容，與淳評說混元造化之端，品物區別之意；然後論羲皇以來賢聖、名臣、烈士優劣之差。」由此看來，這篇〈漢二祖優劣論〉能出自曹植之手，不足為奇。

本文以主客問答的形式，評論劉邦、劉秀的功過是非，優劣高下。作者征稽、臚舉大量的史實，將劉邦、劉秀作了較為全面的比較，得出了「光武其優也」的結論，這是文章的主旨所在，也是作者的根本觀點。

本文大致可以分作三個大的段落。

第一段提出問題，即二人「孰者為先」？

第二段論述劉邦的功過是非。此段大約可分為四個層次：「昔漢」句至「盛事也」，為第一層，肯定了劉邦誅秦滅楚，最後開國建立漢朝的功績；「然而」句至「傷王道」句，為第二層，歷陳劉邦德行、計謀、行事等方面的過失；「身歿」句至「豈非」句，是第三層，敘說劉邦去世後，諸呂專權、為非作歹的情況，以顯示劉邦生前不能深謀遠慮，妥作後事安排；「然彼」以下是第四層，謂劉邦生前能重用賢才，知人善任，因而能成就帝業。

第三段論光武帝劉秀，充分肯定了劉秀的功德、業績。此段大致可分為五個層次：「世祖」句至「樂施」句，為第一層，敘說了劉秀美好高貴的品德；「值陽九」句至「公孫」句，為第二層，敘述劉秀在天下大亂之際，南征北戰，掃平各種割據勢力，撥亂反正的光輝業績；「爾乃廟勝」句至「馬援」句，為第三層，謂劉秀行軍作戰，計議周全，部署嚴密，因而常勝不敗，顯示了劉秀傑出的軍事指揮才能；「股肱」句至「有日昃之勤」，為第四層，謂劉秀為政清明、勤勉，顯示了劉秀超絕的治國才能；「乃規弘」句至結尾，是第五層，總述劉秀的治績及其在歷史上的崇高地位，並得出比較的結論。

由上述分析，我們可以看到，作者對劉邦、劉秀的評價、論析，還是較為客觀、精審的，因而頗有令人信服的力量。此篇作為論說文，在寫作上還是較為成功的，表現出了如下幾個主要特點：

第一，材料豐富，證據確鑿，不作游談無根之說。作者對二人的評鑑，基本上是從史書的記述出發。作者為證明自己的觀點，在論據上能做到旁徵博引，鉤稽典型事例。用來論證觀點的材料，既真實可信，又能很好地服務於中心論題。總之，作者以事實說話，勝於雄辯，使文章顯得言之有物，持之有據。

第二，比較成功地運用了歸納推理的論證方法。作者在文中要論證的觀點是，劉秀優於劉邦，但是，他並沒有首先和盤托出這個觀點，而是列舉大量的事例、材料，加以分析，待到水到渠成時，才在篇末歸納出結論。這樣，先擺事實，而後再從中歸納、抽繹出觀點，使文章具有了嚴密的邏輯性，使觀點具有了可信度。

第三，文章品論人物，明鑑得失，能堅持辯證的觀點。作者的思想傾向很明顯，是貶抑劉邦而褒揚劉秀，但作者在作具體論析時，沒有簡單化。如，對劉邦，作者既論其過錯、失敗的一面，但同時又肯定了他的歷史功績以及舉賢授能的舉措，等等。可見，作者臧否人物，沒有採取簡單粗暴，絕對化的態度，這使文章的論析顯出了較強的客觀性、全面性、公允性。

此外，文章觀點鮮明，層次清楚，思路昭晰，對比強烈，語言華贍優美，文采斐然，這些也都是此文寫作上的成功之處。

此文品論人物，以分高下軒輊，也寓含了作者的政治主張和政治理想。

魏德論

【題　解】這篇論文作於建安二十五年（西元二二〇年）曹丕代漢稱帝之際。

本文從內容上看，是論列魏之二主曹操、曹丕治國安邦的盛德，係歌功頌德之類作品。文章首先敘說曹操誅董卓、鎮黃巾、征劉表、破宋建等武功，以及安撫遠方，修明法度等文治，頌揚了曹操開創王業、奠定帝基的功績；然後陳述曹丕繼承前人餘業，並加以發揚光大的事功，讚美了曹丕確定帝位、「光美於後」的德業。作者敘述上面這些內容，其意應在於說明曹魏代劉漢稱帝，統御天下，是順天應民、理所當然之事，具有強烈的合理性、必然性。因此，從某種意義上講，作者寫作這篇文章，是為了配合當時的形勢，替曹丕踐阼即位鼓吹呼籲，製造聲勢、輿論；同時，也是為了迎合曹丕作為一個帝王炫耀德治的心理，以博得曹丕的好感。

《文心雕龍‧封禪》云：「陳思〈魏德〉，假論客主，問答迂緩，且已千言，勞深勣寡，飈燄缺焉。」可見，〈魏德論〉原本是採用客、主問答的形式以述曹操、曹丕之功德，且篇幅在千言以上，這頗異於今傳本《子建集》本篇的情形，說明今本《子建集》本篇已非舊式，文字存在殘脫現象。而就《文選》李注以及《北堂書鈔》等古籍所引錄的情況看，引錄本篇的文字，確有不少不見於今本《子建集》。

元氣否塞[1]，玄黃噴薄[2]，辰星亂逆，陰陽舛錯[3]。國無完邑，陵無掩骼[4]，四海鼎沸，蕭條沙漠。武皇[5]之興也，以道陵殘[6]，義氣風發。神戈[7]退指，則妖氛順制[8]；靈旗一舉，則朝陽播越[9]。惟我聖后[10]，神武蓋天[11]，威光佐掃，辰彗北彎[12]。首尾爭擊，氣齊率然[13]。乃電北[14]，席卷千里，隱[15]乎若崩嶽，盱[16]乎若潰海。慍彼蠻夏[17]，蠢爾[18]弗恭，脂我蕭斧[19]，簡武練鋒[20]，星陳而天運[21]，振耀乎南封[22]。荊人風靡[23]，交、益影從[24]。軍蘊餘勢，襲利乘權[25]。蕩鬼區於白水，擒矯制於遐川[26]。仰屬目於條支[27]，晞弱水之潺湲[28]，薄張騫於大夏[29]，笑驃騎於祁連[30]。其化[31]之也如神，其養之也如春。柔遠能邇[32]，誰敢不賓[33]？憲度增飾[34]，日曜月明。

跡[35]存乎建安，道隆乎延康[36]。於是漢氏歸義[37]，顧音孔昭[38]，顯禪天位[39]，希唐效堯[40]。上猶謙謙弗納也[41]，發不世[42]之明詔，薄皇居而弗泰[43]，蹈北人之清節[44]，美石戶之高介[45]。義貫金石，神明已[46]興，神祇[47]致祥，乾靈效祐[48]。於是群公卿士、功臣列辟[49]，率爾[50]而進曰：「昔文王三分居二[51]，以服事殷，非能之而弗欲，蓋欲之而弗能。況天網[52]弗禁，皇綱圮紐[53]，侯民非復漢萌，尺土非復漢有[54]。故武皇創迹於前，陛下[55]光美於後，蓋所謂動成於彼[56]，位定於此[57]者也。」將使斯民播秬鬯[58]，植靈芝，鋤岐穗[59]，挹醴滋[60]，遂乃凱風回猋[61]，甘露匝時[62]，農夫詠於田隴，織婦吟而綜絲[63]。黃吻之齔，含哺而怡[64]；鮐背[65]之老，擊壤[66]而嬉。古雖稱乎赫胥[67]，曷若斯之大治乎？于時上富於春秋[68]，聖德汪濊[69]，奇志妙思，神鑑靈察。方將審御陰陽[70]，增耀日月。極禎祥於遐奧[71]，飛仁風以樹惠。既遊精於萬機，探幽洞深[72]；復逍遙乎六藝[73]，兼覽儒林[74]。抗思乎文藻之場囿，容與乎道術之疆畔[75]。超[76]天路而高峙，階[77]清雲以妙觀。將參跡[78]於三皇，豈徒論功於大漢？天地位[79]矣，九域[80]清矣，皇化四達，帝猷[81]成矣。明哉元首，股肱貞矣[82]。禮樂既作，輿頌聲矣。固將封泰山，禪梁甫[83]，歷名山以祈福，周五方之靈宇[84]，越八九[85]於往素，踵帝王之靈矩[86]。流餘祚於黎烝，鍾元吉乎聖主[87]。

【注釋】❶元氣句　元氣，指天地間的渾沌之氣。否塞，阻塞而不暢也。❷玄黃句　玄黃，《周易・文言》：「玄黃者，天地之雜色也。天玄而地黃。」此處指代天地。噴薄，震蕩；動蕩。❸陰陽句　謂氣候的冷暖、陰晴等出現反常現象。舛，錯亂。❹國無二句　此描述東漢末年戰亂之時，城邑遭到破壞、百姓露屍於野的慘狀。陵，此謂山野。骼，指屍骨。❺武皇指曹操。❻以道句　謂以正道鎮壓兇暴之徒。此指曹操率義兵征伐董卓等。❼神戈　喻指軍隊。❽妖氛順制　妖氛，此是對黃巾起義軍的蔑稱。順制，降服而受控制。案：西元一九二年，青州黃巾軍攻入兗州（今屬山東），殺死兗州刺史劉岱。曹操遂被推為兗州刺史，並率部同黃巾軍作戰。經過苦戰，黃巾軍乞降，曹操遂挑選其精兵三十餘萬人，編入自己的軍隊，謂之青州軍。❾朝陽句　謂漢獻帝流亡在外，居無定所。朝陽，喻指獻帝。播越，流離遷徙。❿聖后　指曹操。后，君也。⓫蓋天　猶言蓋世。謂超出世上之人。⓬威光二句　威光，當指威弧之光。威弧，星名，在天狼星東南。《史記·天官書》孔疏云：「弧九星在狼東南，天之弓也，以伐叛服遠。」佐，當作「左」。《北堂書鈔》引此正作「左」。辰彗，即彗星。古以彗星為除惡去穢之星。案：依文意，「掃」當就「辰彗」而言，「彎」當就「威光」而言，而此云「威光左掃，辰彗北彎」，當是為了押韻。⓭首尾二句　語本《孫子兵法·九地》：「故善用兵者，譬如率然。率然者，常山之蛇也，擊其首則尾至，擊其尾則首至，擊其中則首尾俱至。」⓮乃電北　義不可解，疑有脫字。⓯隱　威重之貌。⓰旰　盛大之貌。⓱蠻夏　猶云蠻荊。此指劉表當時所統領的荊州。蠻，南方。⓲蠢爾　語本《詩經·采芑》：「蠢爾蠻荊，大邦為讎。」蠢，不恭順。⓳脂我句　謂將油膏塗在斧上，以使鋒利。蕭斧，剛利之斧。⓴簡武句　選擇武士，訓練使用兵器。鋒，借指兵器。㉑星陳句　語本張衡〈東京賦〉：「天行星陳。」此形容曹操所率之軍出征時，整齊有序，如星宿之陳布，天體之運行。㉒南封　猶云南國。此謂荊州。㉓風靡　望風披靡之意。㉔交益句　交，指交州，在今廣東、廣西一帶。益，指益州，治所在成都（今四川省成都市），轄境約有今四川大部分及甘肅、雲南、陝西、貴州、湖北的小部分。影從，像影子一樣跟隨形體。案：據史載，建安年間，交州首領士燮多次遣人向魏進貢。又，建安十三年（西元二〇八年）七月，曹操南征劉表；八月劉表卒；九月，劉表之子劉琮投降曹操。不久，益州牧劉璋歸附曹操，受操遣使。㉕襲利乘權　謂借助、利用有利的形勢和時機，攻伐敵人。襲，因也。權，機也。㉖蕩鬼區二句　鬼區，《文選·典引》李注：「鬼區，即鬼方也。」鬼方，殷周時活動於西北地區的一個部族，又稱鬼戎、鬼方氏等，在漢代演變為羌族的一支。史載：建安十九年前後，馬超、韓遂先後聯合羌、胡之兵，為害作亂，曹操派夏侯淵討伐，大破之。白水，未詳所指。矯制，假託朝廷的命令以行事。此指矯制之人宋建。宋建，其名或作「宗建」，隴西（今甘肅臨洮）人，乘漢末天下大亂之機，割據於西北，自稱河首平漢王。建安十九年，曹操遣夏侯淵擊建，斬之。㉗條支　西域國名，故地在今伊拉克、伊朗一帶。㉘睎弱水句　睎，疑為「睎」字之誤。睎，看也。弱水，水名，在今甘肅境內。潺湲，水流動之貌。㉙薄張騫句　薄，輕視也。張騫，西漢將領、外交家，武帝時奉命出使大月氏、大宛、康居等西域國家。大夏，西域國名，故地在今阿富汗北部。㉚笑驃騎句　驃騎，指西漢著名將領霍去病。霍去病在漢武帝時多次率兵出擊匈奴，涉沙漠，遠至狼居胥山。封冠軍侯，為驃騎將軍。祁連，山名，在今甘肅西部和青海東北部邊境。㉛化　教化。㉜柔遠能邇　語出《尚書・舜典》。孔傳云：「柔，安也。邇，近也。能，當讀為而。而，如也。言安遠國如其近者。」㉝賓　服從；歸順。㉞憲度句　謂國之法度得到進一步完善。㉟跡　謂功業。㊱延康　建安二十五年（西元二二〇年）正月，曹操病卒於洛陽，曹丕遂繼位為丞相、魏王，並改年號為延康。㊲漢氏歸義　謂漢獻帝劉協歸服於仁義。㊳顧音孔昭　顧音，疑為「德音」之誤。《詩經・鹿鳴》有「德音孔昭」之語。此當指劉協離位之時所下的禪位詔文。參見卷八〈慶文帝受禪章〉注。孔昭，十分顯著。㊴天位　帝位也。㊵希唐句　仰慕唐堯。㊶上猶句　獻帝降詔禪位後，群臣聯名上書稱說祥瑞之事及讖緯之言，勸曹丕即帝位。曹丕三讓，而群臣三勸，丕最後受禪。上，此指曹丕。弗納，不接受。㊷不世　世間罕有。㊸薄皇居句　薄，迫近。此引申指居住。皇居，帝王的住處。泰，安也。㊹北人之清節　《莊子・讓王》載：舜帝欲將天下讓與其友北人無擇，北人無擇以此為羞辱，遂自投深淵而死。㊺石戶之高介　《莊子・讓王》載：舜帝欲將天下讓與賢士石戶之農，石戶之農不受，並與妻子一道「攜子入海，終身不反」。介，氣節。㊻已　通「以」。㊼神祇　此指地神。㊽祐　福也。㊾列辟　百官也。㊿率爾　紛紛然。51文王三分居二　謂周文王佔有三分之二的天下。《論語・泰伯》：「孔子曰：『……三分天下有其二，以服事殷，周之德可謂至德也已矣！』」52天綱　喻指國法。53圮紐　謂解體而失去維繫作用。圮，毀壞。54侯民二句　劉協禪位之詔書有云：「當斯之時，尺土非復漢有，一夫豈復朕民？」萌，通「氓」。民眾也。55陛下　指曹丕。56彼　指曹操在位之時。57此　指曹丕繼位之後。58秬鬯　祭祀時灌地所用的以鬱金草摻合黍釀造的酒。秬，黑黍。59岐穗　農作物一莖生出多穗，古以為祥瑞之兆，謂之嘉禾或岐穗。60挹醴滋　謂舀取甘美的泉水。挹，舀也。61凱風回猋　謂南風回旋轉動。凱風，南風也。62匝時　及時；應時。63綜絲　謂織布。綜，本指織機上使經線上下交錯以受緯線的一種裝置；此用作動詞，有推引機綜而織之意。64黃吻二句　黃吻，黃口也。此指小孩。齔，兒童換牙。哺，口中的食物。65鮐背　謂背皮如鮐魚。古稱人九十歲為鮐背。66擊壤　古代的一種遊戲。以木做成一種前寬後尖的鞋形物，長四尺，寬三寸，謂之壤。遊戲時，將一壤置於地上，然後手持另一壤在三十四步遠的地方擲擊之，擊中者為勝。67赫胥　傳說中的古帝王。《莊子・馬蹄》云：「夫赫胥之時，民居不知所為，行不知所之，含哺而熙，鼓腹而游。」可見，所謂赫胥氏之時，是一種理想中的原始社會。68富於春秋　謂年輕。69汪濊　深廣也。70審御陰陽　謂慎重地控馭氣候的各種變化。71極禎祥句　極，致達。禎祥，吉祥也。遐奧，指僻遠之地。72既遊二句　遊精，留心也。萬機，指眾多的政務。洞深，謂透徹而深刻。73六藝　指儒家的六部經典：《詩經》、《易經》、《尚書》、《禮經》、《樂經》、《春秋》。74儒林　此指儒士們所著的各類書籍。75抗思二句　抗思，謂費盡心思。文藻，謂文章。囿，園地。容與，安逸自得貌。76超　越過。77階　登上。78參跡　謂功業相等。跡，業績。79位　正也。80九域　九州也。81猷　謀略也。82明哉二句　語本《尚書·益稷》：「元首明哉，股肱良哉。」元首，指君主。股肱，指輔臣。83固將二句　封，築壇祭天也。禪，祭地也。梁甫，山名，在今山東境內。84周五方句　周，遍也。五方，此謂五方之天帝，即東方青帝靈威仰，南方赤帝赤熛怒，中央黃帝含樞紐，西方白帝招拒，北方黑帝汁光紀。靈宇，謂神廟。85八九　七十二也。此指古代的七十二位賢君。86踵帝王句　帝王，指古代的三皇五帝。矩，法度。87流餘二句　祚，福也。黎烝，即黎民百姓。鍾，聚集。元吉，大吉。聖主，指曹丕。

【語譯】渾沌之氣凝聚不散，天地動蕩不寧，星辰的運行異於常規，氣候的變化錯亂無序。國中沒有完好的城鎮，山野之中盡是暴露的屍骨。天下雖如鼎中開水一樣囂鬧，但實如沙漠一樣蕭條淒涼。武帝出現後，以正義抑制殘暴，仁義之氣昂揚勃發。神戈退而揮指，妖霧很快被壓制；靈旗在空中一舉，天子遂遷徙他處。惟我聖明的武帝，神勇威武，氣蓋天下。威弧之光在左上空曲閃，彗星在北方橫掃。武帝用兵首尾爭相出擊，氣勢貫通，如同常山之蛇。於是，如同雷電震撼北方，好像捲席一樣吞併千里，威猛若山崩地裂，勢盛如翻江倒海。惱怒那蠻荊之人，驕狂而不恭順，武帝便準備剛利的大斧，挑選精兵，操練演習，然後出征，隊伍如星陳，似天轉，在南方的荊州耀武揚威。荊人聞風而屈服，交州、益州也如影隨從。軍隊積蓄著充足的力量，乘勝出擊，伺機而戰。在大河之上掃蕩羌胡之兵，在遙遠的平川擒殺假託朝命稱王之人。武帝仰首注視條支，眺望奔流不息的弱水，藐視出使大夏國的張騫，笑傲建功祁連山的驃騎將軍。他教化百姓，如同神靈；養育萬物，好似春日。安撫遠方之國，如同治理近邦，誰敢不來歸附？國家的典章制度不斷完善，如同日月之光明。

王業成就於建安之世，帝道隆盛於文帝繼位的延康之後。於是，漢帝嚮往仁義，禪位的詔書十分昭顯，禪讓帝位，這是追慕唐堯，效法舜帝。皇上還謙恭謹慎，不肯接受，頒發世間罕見的詔文，身居皇宮而不覺安泰，卻要繼承北人無擇清純的節操，頌揚石戶之農的崇高品德。其義貫金石，神明因而被感動。地神呈送吉祥，天神賜與幸福。於是，群公卿士、功臣百官紛紛向皇上進言，說：「從前，周文王佔有天下的三分之二，還服事商朝，這並不是他能居帝位而不想稱帝，而可能是想稱帝而做不到。況且如今國之大法已失禁止之用，朝廷的綱紀已經解體，侯王、百姓已不再是劉漢的臣民，寸土尺地也不再屬漢朝所有。所以，武帝開創王業在前，陛下發揚光大於後，這大概就是所謂功業成就於彼時，帝位確定於此時。」將來讓百姓灑酒祭祀，種植靈芝草，鋤鑄多穗的嘉禾，舀取甘如醴酒的泉水，於是南風回旋吹動，甘露適時而降，農夫在田隴之上歌詠，婦女在織布時吟唱。換牙的黃口小兒，嘴含食物而玩樂；九十歲的老人，擲擊壤木而嬉戲。古人雖然稱美赫胥之時，但它哪裏比得上這大治之世？現在，皇上年富力強，聖明之德深廣，有雄奇之志，絕妙之思，鑑物察事，如同神靈。正將審慎地掌握陰陽二氣的變化，使日月增光添彩。讓吉祥到達偏僻遙遠之地，吹送仁義之風，播施惠澤。用心於繁雜的政務，作透徹、深入的觀察和探究；然後又從容自在地沉浸於六經之中，並兼覽儒林的各種著作。在文章的園地裏竭盡心智，在道術的疆界上自由往來。越過天路而高高站立，登上青雲以仔細觀察。功業將與三皇相提並論，怎麼只能在大漢王朝論功計績？天地歸於正常，九州太平無事，國家的教化傳播各地，帝王的謀劃獲得成功。君主英明，輔臣忠正。禮樂制度建立後，盛讚興隆的頌歌便隨之產生。將要在泰山祭天，在梁甫祭地，歷經名山以求神祈福，遍至五方天帝的神廟祭祀。功績超過古代的七十二位賢君，繼承三皇五帝的美好法度。給黎民百姓帶來無限的幸福，大吉大利集於聖明君主一身。

【研　析】關於本文的寫作背景及主要內容，筆者已在前面的「題解」部分作了說明。總的來說，這是一篇為曹氏家族、為文帝曹丕歌功頌德的文章。

本文可以分為兩大部分。第一部分記敘了曹操力掃群雄，力圖安定天下的事跡，歌頌了曹操的雄才大略，文治武功；第二部分記敘了曹丕的才智、仁德以及代漢稱帝的有關情況，並對曹魏王朝的未來寄以殷切的期望，對曹丕致以良好的祝願。

這篇以歌功頌德為本旨的文章，在記敘曹操、曹丕二人的事跡以及品論、評價二人的才德、功業、歷史地位時，明顯存在著故意溢美、諱過的傾向，故文中難免有浮誇、諛頌之處。如謂曹丕「義貫金石，神明已興，神祇致祥，乾靈效祐」云云，顯然有些不切實際。但是，文中對二人事功的記述、評價，也並非都是無中生有，沒有依憑。如記述曹操掃滅群雄、統一北方的事跡，基本上是實事求是；如作出「武皇創迹於前，陛下光美於後」的評說，可謂客觀公允。

此文在寫作上深受漢大賦的影響，鋪張揚厲，結構宏大，騁詞敷采，氣勢弘博，全篇充溢著豪邁樂觀、昂揚向上的情調，顯示了廟堂文學「義必嚴以閎，氣必厚以愉」的特徵。

此文不僅命意閎深，氣勢磅礴，而且措詞富麗。讀罷此文不難發現，作者在語言的運用上，亦是有意追求漢大賦那種典雅、華美的風格，故其文詞侈區衍，才藻富艷，文采斐然。丁晏《曹集銓評》評此文曰：「全仿長卿（案即司馬相如）〈封禪文〉，典密茂美，足與踵武。」此可謂道出了本文的語言特點。但是，由於作者過分追求詞藻的華茂、縟麗，故此文在語言的運用上也流露出了斧鑿、堆砌等弊端，頗有形式主義的傾向。

相論

【題解】《藝文類聚》卷七五引錄此篇，題為曹植作。《太平御覽》卷七三一亦引〈相論〉，但將文中「宋臣公孫呂」以下分為二篇，皆標其題為《論衡》。丁晏《曹集銓評》謂以王充《論衡》校之，「惟『堯眉八彩』四句見〈骨相篇〉（案〈骨相〉為《論衡》篇名），餘文均不見，疑《御覽》誤引也。」

本篇文句明顯有遺脫現象。如，《北堂書鈔》所引〈相論〉中「白起為人」等五句，慧琳《一切經音義》卷八六引植〈相人論〉「周公形如斷菑」句，今傳本《子建集》均不載。因文句殘缺，故現存文字在意義上不是十分貫通。

本文是一篇論說體文章。文章從人之骨相與人之命運的關係談起，然後論及天道。在作者看來，天道既有與人事相應的一面，但也有不相關的一面，表現出了作者對傳統的「天人感應論」的懷疑。

世固有人身瘠而志立❶，體小而名高者，於聖則否❷。是以堯眉八彩❸，舜目重瞳❹，禹耳參漏❺，文王四乳。然則世亦有四乳者，此則駑馬❻一毛似驥耳。又曰❼：宋臣有公孫呂者，長七尺，面長三尺，廣三寸❽，名震天下。若此之狀，蓋遠代而求，非一世之異也。使形殊於外，道合其中❾，名震天下，不亦宜乎？語云：「無憂而戚，憂必及之；無慶而歡，樂必隨之。」此心有先動，而神有先知，則色有先見❿也。故扁鵲見桓公，知其將亡⓫；申叔見巫臣，知其竊妻而逃也⓬。

荀子曰：以為天不知人事耶？則周公有風雷之災⓭，宋景有三舍之福⓮。以為知人事耶？則楚昭有弗禜之應⓯，郗文無延期之報⓰。由是言之，則天道之與相占，可知而疑，不可得而無也。

【注釋】❶世固句　身瘠，身瘦也。志立，謂志願實現。❷否　不是這樣之意。❸堯眉八彩　《藝文類聚》卷一一引《春秋元命苞》云：「堯眉八彩，是謂通明。」八彩，八種色彩；或謂兩眉頭直豎，似八字。❹舜目重瞳　參見本書卷七〈帝舜贊〉注。❺禹耳參漏　《帝王世紀》云：「伯禹夏后氏，……虎鼻大口，兩耳參漏。」參漏，三個孔洞。參，同「三」。❻駑馬　劣馬也。❼又曰　此二字恐非原文所有，疑是後人輯錄《藝文類聚》之文時誤入。❽宋臣四句　語本《荀子．非相篇》。❾中　內心。❿見　同「現」。⓫故扁鵲二句　扁鵲，戰國初年傑出的醫學家，出生於齊國，本姓秦，名越人。因醫術高超，故時人將其比作上古傳說中的名醫扁鵲，並呼之為扁鵲，以致其真名鮮為世人所知。據《史記．扁鵲列傳》載：扁鵲路過齊國都城臨淄時，齊桓公以賓客之禮待之。扁鵲見到桓公後，說：「您有病。現在病氣剛入皮膚，如不及時治療，病會加重。」桓公說自己無病。過了五日，扁鵲再次入宮見桓公，告訴桓公說：「您的病現在已進入血脈，如不治，恐怕加深。」桓公聽後，心中不悅，並稱自己無病。又過了五日，扁鵲入宮，見過桓公，便說其病已深入腸胃，應立即治療。桓公不以為然，甚至惱怒。等到第四次進見桓公時，扁鵲一望見桓公，知其病難治，就轉身退回。又過了幾天，桓公的病果然發作，使人召請扁鵲治療，扁鵲已逃走，桓公遂死。⑫申叔二句　申叔，即申叔跪，春秋時楚國人，是楚大夫申叔時之子。巫臣，春秋時楚國大夫，因任申縣之尹，故又被稱作申公巫臣；曾勸阻楚莊王娶夏姬，而自己則與夏姬一起私奔。據《左傳・成公二年》載：楚共王即位，準備發動陽橋（地名，今屬山東）之戰，便派巫臣去齊國聘問，並順便將出師的日期告訴齊國。巫臣遂帶家室及所有財產前行。申叔跪跟隨其父準備去郢城（今湖北江陵），遇上了巫臣，便對他說：「您既有肩負軍事重任的懼色，又有私奔幽會的喜悅，大概是準備竊妻私逃吧？」竊，此有暗中攜持之意。⑬周公有風雷之災　事見《尚書・金縢》。參閱本書卷九〈詰咎文〉「伊周是遇」句注。⑭宋景有三舍之福　據《呂氏春秋・制樂》載：宋景公患病，而天上的熒惑（即火星）停留在心宿（心為二十八宿之一）。景公懼，召子韋問之，說：「熒惑在心，是為何？」子韋答曰：「熒惑出現，表示天要懲罰人；而心宿是宋國的分野，故君王將遭受災禍。雖然這樣，但可將災禍轉嫁於宰相。」景公表示不願移禍於宰相。子韋又說：「可移禍於民。」景公又表示不願意。子韋說可移禍於年成。景公答曰：「民饑必死，為君者而欲殺其民，以求自己活命，那誰會以我為君呢？您不要再說了。」子韋於是還走北面，再拜曰：「我可以祝賀君王了。天居高處而洞察下界幽微之地；君王已有為人君者的三個方面的言論，則天必三賞君王。今晚熒惑星必定移動三舍，君王就會延壽二十一年。」三舍，即三座星宿的位置。古人觀測日月星辰的運行，是以恆星作標誌，並選取了黃道赤道附近的角、亢、氐、房、心、尾、箕等二十八個恆星作為觀測的「坐標」。這二十八星宿，一宿稱一舍。⑮楚昭有弗禜之應　據《左傳・哀公六年》載：楚昭王時，有雲如鳥夾日而飛。昭王派人詢問周太史，太史認為昭王要遭受災禍；「若禜之」，則可將災禍移於令尹、司馬。而昭王不願移禍於輔臣，「遂弗禜」。後昭王病卒。禜，祭神消災也。祭時，臨時圈地，以芳草捆紮，圍成祭祀場所。⑯邾文無延期之報　據《左傳・文公十三年》載：邾文公準備遷都於繹（邾邑名，在今山東省），請巫史占卜。史曰：「遷都利於民而不利於君。」邾文公說，遷都如果對民有利，我就應該遷之，從而使民獲利。左右之人對他說：「不遷都，命是可延長的。您為何就不想這樣呢？」文公說：「命在養民。死之短長，時也；民苟利矣，遷也。吉莫如之。」於是遷於繹。不久，文公卒。

【語　譯】世上之人，本有身體瘦弱而志得意滿的，也有身體矮小而功成名顯的。但是，就聖賢之人來說，情況則不是這樣。因此，堯的眉毛有八種色彩，舜的眼睛有兩個瞳孔，禹的耳朵有三個耳孔，文王有四個乳房。然而，世上也有四個乳房的人，但這就如同劣馬身上只有一根毛像駿馬而已。宋國有個名叫公孫呂的臣子，身高七尺，面長三尺，寬三寸，其聲名大震天下。像這一類事情，如考求遠古社會，則不是某一時代所特有。假使外在的形象奇特不凡，而內心又能與正道相一致，其聲名震動天下，不也是很應該的嗎？

俗話說：「沒有憂傷而悲戚，憂傷就會及於其身；沒有喜事而高興，快樂就會跟隨而來。」這是因為內心先有所動，精神就先有所知，而臉色就先有所表現。所以，扁鵲見到齊桓公，就知道桓公將死；申叔遇見巫臣，就知道他將暗中帶著妻子逃跑。

荀子說：以為上天不知道人世之事嗎？則周公遭遇了風雷之災，而宋景公卻有火星移過三星之福。以為上天知道人世之事嗎？而楚昭王不行除災之祭遭惡報，邾文公也沒有獲得延長壽命的善報。由此說來，與相占術相關的天道，可以瞭解而加以懷疑，但不可能完全不存在。

【研　析】考察曹植的世界觀，不難看到，在逐步衝破玄學思想的牢籠，民族理性精神日漸高揚的漢魏之際，曹植受著時代精神的感召和影響，對人生、社會乃至宇宙自然有了較清醒而理智的認知，對於愚妄、虛幻的神仙之說、天人感應之論，等等，開始以懷疑、批判乃至否定的態度來審視、對待，表現出了樸素唯物主義的思想傾向。如，他在〈神龜賦〉中說：「天道昧而未分」；在〈贈白馬王彪〉中說：「天命信可疑」，「虛無求列仙」；在〈辯道論〉中曾斥「神仙之書、道家之言」為「虛妄甚矣」；在〈毀鄄城故殿令〉（今傳本《子建集》不載）中對於「醫巫妄說」的所謂「魂神」致病，斥之為「此小人之無知，愚惑是甚者也」。如此種種，不一而足，都說明曹植與玄學、天命觀的距離越來越遠。明乎此，我們就不難理解曹植在這篇〈相論〉中，為什麼會對傳統的相占之術、天道之說表示懷疑。

考察文意，目前這殘篇斷章可以分作三個段落：第一段是談相占的。作者認為，除聖賢之人外，一般人的骨相與其命運是沒有什麼必然聯繫的。第二段是論述人的精神活動與其外在表徵的聯繫，其意可能在於說明相占之術有時也能測知人的某種內在的東西。第三段是論述天道，認為天道有可信的一面，但也值得懷疑。由上看來，作者對於相占、天道，只是懷疑，還沒有給予徹底否定。

本文的論述、辨析，能以大量的史料記載為依託，在一定程度上顯得有理有據，能自圓其說，且表現了作者深厚的學養及精細的思辯力。

辯道論

【題　解】這是一篇論述道家神仙方術的文章。

秦漢以來，原始道家已開始逐漸地部分宗教化。道家的一部分人變為方士，為皇帝、貴族傳授「長生之術」，製造所謂的「不死之藥」。他們是後世「金丹道教」的先驅，和讖緯迷信一樣，服務於王公貴族。他們認為，通過修道，可以使人返本還原，與道合一。與道合一，則可成神成仙。至於如何修道，以得道成仙，他們也提出了一些具體的方術，如吐納、導引、服氣、辟穀、神丹、藥餌服食、符籙齋醮等等。這種帶有濃厚宗教色彩的「神仙道」在秦漢以後甚為流行，求仙問道蔚成風氣，方術之士也大行其道。

曹植這篇《辯道論》，即是針對上述「神仙道」展開論析。文章以秦漢以來大量的事實作例證，說明神仙方術是虛妄不可信的，揭露了方士的虛偽性、欺騙性，表現出了樸素的唯物主義思想。

此文的寫作時間，今難以作出確切的判斷。考文中稱曹操為「吾王」，稱曹丕為「太子」，則知此論大約作於建安二十二年十月至二十五年正月之間，因為曹丕為太子，始於建安二十二年十月，曹操為魏王止於二十五年病卒之時。

《藝文類聚》卷七八載有此文，但非全文，只引錄了「世有方士」句以下三百餘字。今所傳《子建集》諸本，均載此文，但文字多寡不一，且均非全文。因為此文極力抨擊神仙之說、方術之士，在佛、道之爭中可以作為佛教反擊道教的有力「武器」，故旨在宣揚佛教的《廣弘明集》一書也特地收錄了此文。考慮到今傳本《子建集》所載此文非全，故本書特捨原本所載，過錄丁晏《曹集銓評》所載本文以代之，並據今人趙幼文先生的考訂，校正了有關文字。丁氏《銓評》所載，係據《續古文苑》，文字較為完備。

夫神仙之書、道家之言，乃云：傅說上為辰尾宿❶；歲星降下為東方朔❷；淮南王安誅於淮南，而謂之獲道輕舉❸；鉤弋死於雲陽，而謂之尸逝柩空❹。其為虛妄甚矣哉！

中興篤論之士有桓君山者❺，其所著述多善。劉子駿❻嘗問：「人言誠能抑嗜欲，闔❼耳目，可不衰竭乎？」時庭中有一老榆，君山指而謂曰：「此樹無情欲可忍，無耳目可闔，然猶枯槁腐朽。而子駿乃言可不衰竭，非談也。」君山援榆喻之，未是也。何者❽？「余前為王莽典樂大夫。《樂記》❾云：文帝得魏文侯樂人竇公❿，年百八十，兩目盲。帝奇而問之，何所施行⓫？對曰：『臣年十三而失明，父母哀其不及⓬事，教臣鼓琴。臣不能導引⓭，不知壽得何力！』」君山論之曰：「頗得少盲，專一內視⓮，精⓯不外鑑之助也。」先難⓰子駿以內視無益；退論竇公，便以不外鑑證之，吾未見其定論也。君山又曰：「方士有董仲君者⓱，有罪繫⓲獄，佯⓳死，數日，目陷蟲出⓴，死而復生，然後竟死。」生之必死，君子所達[21]，夫何喻[22]乎！夫至神不過天地，不能使蟄蟲[23]夏潛，震雷冬發，時變則物動[24]，氣移而事應[25]。彼仲君者，乃能藏[26]其氣，尸[27]其體，爛其膚，出其蟲，無乃大怪乎！

世有方士，吾王[28]悉所招致，甘陵[29]有甘始，廬江[30]有左慈，陽城[31]有郗儉。始能行氣導引[32]，慈曉房中之術[33]，儉善辟穀[34]，悉號數百歲。本所以集之於魏國者，誠恐此人之徒，接姦詭[35]以欺眾，行妖惡以惑民，故聚而禁之也。豈復欲觀神仙於瀛洲[36]，求安期於邊海[37]，釋金輅而顧雲輿[38]，棄六驥[39]而求飛龍哉！自家王與太子及余兄弟[40]，咸以為調笑，不信之矣。然始等知上遇之有恆，奉不過於員吏[41]，賞不加於無功，海島難得而游，六紱難得而佩[42]，終不敢進虛誕之言，出非常之語。

余嘗試郗儉，絕穀百日，躬[43]與之寢處，行步起居自若也。夫人不食七日則死，而儉乃如是。然不必益壽，可以療疾，而不憚饑饉[44]焉！左慈善修房內之術，可終命[45]。然自非有志至精[46]，莫能行也。甘始者，老而有少容[47]，自諸術士咸共歸之。然始辭繁寡實，頗有怪言。余嘗辟[48]左右，獨與之談，問其所行，溫顏[49]以誘之，美辭[50]以導之。始語余：「吾本師姓韓，字世雄。嘗與師於南海作金，前後數四[51]，投數萬斤金於海。」又言：「諸梁時[52]，西域胡來獻香罽腰帶、割玉刀[53]，時悔不取也。」又言：「車師[54]之西國，兒生，擘[55]背出脾，欲其食少而怒行[56]也。」又言：「取鯉魚五寸一雙，令其一者煮藥，俱投沸膏中。有藥者奮尾鼓鰓，游行沉浮，有若處淵[57]。其一者已熟而可噉[58]。」余時問言：「率可試否？」言：「是藥去此逾萬里，當出塞[59]，始不自行，不能得也。」言不盡於此，頗難悉載，故粗舉其巨怪者。始若遭秦始皇、漢武帝，則復為徐市[60]、欒大[61]之徒也！桀紂殊世而齊惡，姦人[62]異代而等偽，乃如此耶！

又世虛然[63]有仙人之說。仙人者，儻猱猿之屬與[64]？世人得道化為仙人乎？夫雉入海為蜃[65]，燕入海為蛤[66]，當夫徘徊其翼，差池其羽[67]，猶自識也。忽然自投[68]，神化[69]體變，乃更與黿鼈為群，豈復自識翔林薄[70]、巢垣屋[71]之娛乎！牛哀病而為虎，逢其兄而噬之[72]。若此者，何貴於變化邪！

夫帝者，位殊萬國，富有天下，威尊彰明，齊光日月。宮殿闕庭，等耀紫微[73]，何顧乎王母之宮、崑崙[74]之域哉！夫三鳥被役[75]，不如百官之美也。素女姮娥[76]，不若椒房[77]之麗也。雲衣羽裳，不若黼黻[78]之飾也。駕螭載霓[79]，不若乘輿[80]之盛也。瓊蕊玉華，不若玉圭[81]之潔也。而顧[82]為匹夫所罔[83]，納虛妄之辭，信眩惑[84]

之說，隆禮以招弗臣[85]，傾產以供虛求[86]，散王爵以榮之[87]，清閒館以居之，經年累稔[88]，終無一驗，或歿於沙丘[89]，或崩於五柞[90]，臨時復誅其身，滅其族，紛然足為天下笑矣！

若夫玄黃[91]所以娛目，鏗鏘[92]所以樂耳，媛妃所以紹先[93]，芻豢所以悅口也[94]。何必甘無味之味，聽無聲之樂，觀無采之色也？然壽命長短，骨體強劣，各有人焉。善養者終之[95]，勞擾者半之[96]，虛用[97]者殀之，其斯之謂歟！

【注釋】❶傳說句　傳說，商代人。相傳傳說曾為人築牆於傅巖之野，武丁訪得，舉以為相，出現商朝中興的局面。《莊子・大宗師》云：「傳說……乘東維，騎箕尾，而比於列星。」謂傳說死後，其精神跨於箕、尾二星宿之間，為傳說星。或說尾宿共九星，傳說星即其第二顆。❷歲星句　歲星，即木星，古用以記年。東方朔，字曼倩，平原厭次（今山東惠民）人，漢武帝時待詔金馬門，官至太中大夫，以奇謀妙計、詼諧滑稽，而得武帝寵愛。《藝文類聚》卷一引《列仙傳》云：「東方朔，楚人也，後賣藥五湖，知其歲星焉。」謂東方朔是星精轉世。❸淮南二句　淮南王安，即淮南王劉安，漢高祖劉邦之孫。元狩元年（西元前一二二年），有人告其謀反，遂「自刑殺」。但古之言神仙者謂其得道昇天而去。如《神仙傳》云：「雷被誣告安謀反，人謂八公曰：『安可以去矣！』遂偕八公入山，即日飛昇矣。」❹鉤弋二句　鉤弋，趙姓，河間（今屬河北）人，得幸於漢武帝，而為其夫人，生一子（即後來的漢昭帝）。後因過受武帝譴責，下獄而憂死，葬於雲陽（在今陝西省境內）。但古之言神仙者謂鉤弋夫人死後，屍不臭，數月散發香氣。昭帝即位，改葬之，但棺中空無屍體，只存衣履（見《神仙傳》）。❺中興句　中興，謂由衰落而重新興盛。此指東漢光武帝劉秀執政之時。篤論，確當評論。桓君山，即漢代著名思想家桓譚，君山是其字，沛國相（今安徽省宿縣）人，生於西元前二四年，卒於西元五六年。王莽時為典樂大夫。光武帝時曾任給事中。著有《新論》一書，大倡無神論，而反對迷信的讖緯之說。❻劉子駿　即漢代學者劉歆（子駿是其字），劉向之子。漢成帝時，曾與其父一同校理群書。王莽新政時，曾任羲和、京兆尹。❼閹　閉也。❽何者　丁晏《曹集銓評》於此注云：「《續苑》云：

此處有脫文。」❾樂記　古書名，又作《樂家書記》。大約是記載古代樂人事跡的書。❿文帝句　文帝，指漢文帝劉恆，漢高祖劉邦第四子。西元前二〇二年生，西元前一五七年卒。魏文侯，戰國時魏國君主，西元前四四五至前三九六年在位，勵精圖治，使魏國成為當時的強國之一。⓫何所施行　《太平御覽》卷九五六引作「問其何服食至此」。⓬不及　不能。⓭導引　古代的一種養生術。指呼吸俯仰，屈伸手足，使血氣流通，促進身體健康。古代道家養生多用此術。⓮內視　謂不以目視而以心視。亦即憑主觀想像觀察事物。內，謂心。⓯精　謂精神。⓰難　駁斥。⓱方士有董仲君者　方士，方術之士。指古代專為求仙、鍊丹之事，且自詡能長生不老的人。董仲君，西漢哀帝、平帝時方士。《太平御覽》引《新論》云：「近哀、平間，睢陵有董仲君好方道。嘗犯事，坐重罪繫獄。佯病死，數日目陷蟲出。吏捐棄之，既而復活。」⓲繫　拘禁也。⓳佯　假裝。⓴目陷蟲出　謂屍體腐爛後，眼睛塌陷，蛆蟲爬出。㉑達　通曉。㉒喻　曉喻；解釋。㉓蟄蟲　藏於地下過冬的昆蟲。㉔時變句　謂時序變化，冬眠的動物出動。㉕氣移而事應　謂氣候轉變，則有物候（如植物的發芽、開花、結實，候鳥的遷徙，雷電霜降，等等）與之相應。㉖藏　藏伏；蓄積。㉗尸　此謂尸解。道家認為修道者死後，留下形骸，魂魄散去成仙，稱為尸解。㉘吾王　指曹操。㉙甘陵　地名。故址在今河北省清河縣。㉚廬江　在今安徽省境內。㉛陽城　今河南省登封縣。㉜始能句　《神仙傳》云：「甘始，太康人。善行氣不食，服天門冬（案天門冬，草名）。」㉝房中之術　指古代方士為迎合統治階層尋歡作樂的需要，而提出的有關男女房事的一些方法技巧。㉞辟穀　不食五穀，以求長生。為古代道家修煉法之一。《抱朴子》云：「陽城郄儉，少時行獵，墮空冢中，飢餓。見冢中先有大龜，數數迴轉，所向無常，張口吞氣，或俯或仰。儉素聞龜能導引，乃試隨龜所為，遂不復飢。百餘日，頗苦極。後人有偶窺冢中，見儉而出之。後竟能咽氣斷穀。魏王召，置土室中，閉試之，一年不食，顏色悅澤，氣力自若。」㉟接姦詭　謂勾結為非作歹之人。㊱觀神仙於瀛洲　據史載：秦始皇迷信神仙之說，於是方士徐市等上書，「言海中有三神山，名曰蓬萊、方丈、瀛洲，仙人居之。請得齋戒，與童男女求之。於是遣徐市發童男女數千人，入海求仙人」，但終未得（見《史記》）。㊲求安期於邊海　《藝文》引《列仙傳》：「安期生，琅邪阜鄉人。賣藥海邊，時人皆言千歲公。秦始皇請見，與語三日三夜，賜金、璧數萬，（安期生）出於阜鄉亭皆置去，留書，以赤玉舄一量（案謂赤玉鞋一雙）為報，曰：『復千歲，來求我於蓬萊山下。』始皇遣使者數人入海（求之），未至蓬萊山，輒風波而還。立祠阜鄉亭，海邊十處。」㊳釋金輅句　釋，棄也。金輅，天子之車。顧，念也。雲輿，神仙所乘之車。㊴六驥　古代帝王之車駕六馬。㊵自家王句　家王，指曹操。太子，指曹丕。㊶奉不過於員吏　曹丕《典論》有云：「潁川郄儉能辟穀，餌伏苓；甘陵甘始亦善行氣，老有少容；廬江左慈知補導之術，並為軍吏。」㊷六黻句　漢武帝時，方士欒大自誇有通神方策，因而甚得武帝寵愛，被武帝拜為五利將軍，「居月餘，得四金印，佩天士將軍、地士將軍、大通將軍、天道將軍印；……大見數月，佩六印，貴振天下。」（見《史記・孝武本紀》）後來，欒大道術不靈驗，被武帝識破而殺。六黻，指六印。黻，繫印的絲帶。㊸躬　親自。㊹饑饉　饑荒也。穀不熟曰饑，菜不熟為饉。㊺終命　謂盡其天年。㊻至精　恢復精氣。至，謂引致。古人認為，施用房中術，目的在於還精益氣。㊼少容　謂童顏。㊽辟　謂屏退、支走。㊾溫顏　和顏悅色。㊿美辭　好言也。(51)數四　謂多次。(52)諸梁時　指東漢質帝、桓帝在位之時。其時，以梁冀為首的梁氏家族，以外戚身分專斷朝政。(53)西域句　西域，地域名，起於漢代。指玉門關以西、巴爾喀什湖以東及以南的廣大地區。後世以葱嶺以西諸國為西域。香罽，散發香氣的毛織物。割玉刀，《藝文類聚》卷六〇引〈聖證論〉曰：「云梁冀有火浣布、切玉刀，一朝以為誕而不信。正始初……乃信。」(54)車師　西域國名，故地在今新疆吐魯番一帶。(55)擘　通「劈」。謂剖開。(56)怒行　奮力而行。(57)淵　深水；深潭。(58)噉　食也。(59)塞　謂長城。(60)徐市　秦始皇時方士，齊（今屬山東）人。參見本篇注㊱。(61)欒大　漢武帝時方士，本為膠東王侍從。參見本篇注㊷。(62)姦人　指徐市、欒大。(63)虛然　空虛貌。(64)儻猱句　儻，或也。猱，猴之一種。與，同「歟」。(65)雉入海為蜃　《國語・晉語》：「雉入於淮為蜃。」雉，即今俗所云野雞。蜃，大蛤蜊，又名車螯。(66)燕入海為蛤　《國語・晉語》：「雀入於海為蛤。」蛤，指小蛤蜊。(67)差池句　語出《詩經・燕燕》：「燕燕于飛，差池其羽。」差池，同「參差」。不齊貌。(68)自投　謂自沉於水。(69)神化　精神發生變化。(70)翔林薄　謂雉飛於叢林之中。薄，草木叢生之地。(71)巢垣屋　謂燕築巢於牆屋之上。垣，矮牆。(72)牛哀二句　《淮南子・俶真》：「公牛哀轉病也，七日化為虎，其兄掩而入覘之，則虎搏而食之。」公牛哀，人名。公牛為複姓。噬，吃也。(73)紫微　星名。即紫宮、太微。為天神太乙所居之處。(74)崑崙　山名。相傳是女仙首領西王母所居之處。(75)三鳥被役　《漢武故事》：「七月七日，忽有青鳥飛來，集於殿前。東方朔曰：『西王母將至。』未幾，王母至，三青鳥侍立於王母之側。」(76)素女姮娥　素女，古代神話傳說中的女神。姮娥，即嫦娥。相傳羿從西王母處求得長生不死之藥。其妻姮娥盜而食之，成仙，奔入月中為月精。(77)椒房　指後宮嬪妃。參見本書卷八〈求通親親表〉。(78)黼黻　此指天子衣服。(79)駕螭載霓　螭，神話傳說中的一種無角龍。載霓，謂以虹霓為旗。(80)乘輿　天子車駕。(81)玉圭　指古代諸侯朝會、祭祀時用作符信的玉器。(82)顧　反而。(83)罔　欺蒙。(84)眩惑　猶迷惑。(85)隆禮以招弗臣　《史記・孝武本紀》：「天子（案指武帝）又刻玉印曰『天道將軍』，使使衣羽衣，夜立白茅上，五利將軍（案指欒大）亦衣羽衣，立白茅上受印，以示弗臣也。而佩『天道』者，且為天子道天神也。」隆禮，使用盛大的禮節。弗臣，不稱臣的人，此謂方士。(86)虛求　虛幻的追求。(87)散王爵以榮之　《史記・孝武本紀》：「以二千戶封地士將軍（案指欒大）為樂通侯。賜列侯甲等，僮千人。」❽經年累稔　謂一年又一年。經，歷也。稔，年也。❽沙丘　地名。在今河北省巨鹿縣東。秦始皇於西元前二一〇年客死於此。❾五柞　宮名，在今陝西省周至縣。漢武帝於西元前八七年死於此。❾玄黃　此指衣飾之顏色。玄，黑也。❾鏗鏘　此指洪亮的音樂聲。❾紹先　謂接續前人香火。❾芻豢句　語本《孟子・告子》：「猶芻豢之悅我口。」芻豢，此謂肉食。芻，本指草食動物。豢，本指穀食動物。❾善養者終之　謂善於養生的人，能夠終其天年。❾勞擾者半之　謂勞累煩憂之人，年壽減半。❾虛用　謂虛耗時間精力。此指信奉道術、求仙問藥等。

【語　譯】有關神仙、道教的書籍，都說傳說死後變成了天上的尾星，歲星降臨凡界變成了東方朔；淮南王劉安自殺於淮南，卻被說成是得道而成仙昇天；鉤弋夫人死於雲陽，卻被說成是屍去棺空。這都是十分荒誕的說法啊！

漢光武帝中興之時，有個名叫桓譚的人，論議公正恰當，他的著作有很多優點。劉歆曾經問道：「有人說，如果真能抑制嗜好、欲望，閉上耳目，就可不衰竭而亡嗎？」當時庭院之中有一棵老榆樹，桓譚就指著榆樹回答說：「這棵樹沒有情欲可抑制，沒有耳目可關閉，但還是乾枯腐爛了。而您所說的可以不衰竭而亡，是不正確的說法。」桓譚引榆樹為例作說明，也是不對的，這是為什麼呢？……桓譚說：「我從前做過王莽的典樂大夫。《樂家書記》一書記載：漢文帝得到了魏文侯的一名樂師，叫竇公，年齡有一百八十歲，兩眼都瞎了。文帝好奇地問他，是用什麼養生之法而活了這麼大年齡？竇公回答說：『我十三歲時就雙目失明，父母哀憐我沒掌握謀生的技能，就教我學彈琴。我不會導引之術，能活這麼大歲數，不知得益於什麼力量？』」桓譚評論此事說：「竇公高壽，得助於他從小失明，能專以『心視』，而不耗精神來外察事物。」桓譚先以「心視」無益的說法來駁詰劉歆，然後評論竇公，卻又以精神不外察事物的說法來論證，我不知道他的定論是什麼。桓譚還說：「有個名叫董仲君的方士，因犯罪而被關入牢獄，然後裝死，過了幾天，眼珠陷落，蛆蟲從屍體中爬出，死後又復活，但最終還是死了。」生而必死，這是君子所知曉的事情，又哪裏用得著多解釋呢？沒有比天地更為神奇的了，但天地不能使冬眠的昆蟲在夏天藏伏，使雷霆閃電在冬日發作。時節變易，冬伏的生物就萌動；氣候變化，物候就相應出現。那個董仲君，竟能收斂其生氣，尸解其肉體，使皮肉腐爛，蛆蟲爬出，不是很有些奇怪嗎！

社會上存在方士，我們的魏王都將他們召集起來，有甘陵的甘始，廬江的左慈，陽城的郄儉。甘始能夠行氣導引，左慈通曉房中之術，郄儉擅長絕穀吞氣，都號稱幾百歲。魏王之所以要將他們召集到魏國，原本是怕這些人聯合為非作歹之徒，以欺騙大眾，又怕他們興妖作怪，以迷惑百姓，所以將他們聚集在一起，加以限制。這哪裏是又想觀神仙於瀛洲，求安期於海邊，棄天子車駕而戀神仙雲車，捨大駕六馬而求雲中飛龍呢！從魏王到太子，到我的眾兄弟，都把神仙方術之事當作談笑的資料，而並不相信它。然而甘始等人，也知道魏王給他們的待遇不會變，所給的俸祿不會多於軍吏，賞賜不會給與無功之人，感到海上神山難得而遊，六印難得而佩，所以他們始終不敢進呈荒唐不經的言論，不敢散布怪異非常的論調。

我曾經試過郄儉，讓他一百天不食穀物，並親自與他一同居處，但他行走起居都很自如。一般人七天不吃東西就要死，而郄儉竟然是這樣不同。絕穀吞氣雖然不一定能延年益壽，但可以治療疾病，也不怕饑荒了。左慈擅長房中之術，能夠很好地盡其天年。但是，如果本人不是有志於還精養氣，則無法學會和施用此術。甘始年老而童顏煥發，眾方士都一同依附他；但他的理論繁瑣而少有內涵，且有很多奇怪的說法。我曾屏退左右之人，獨自與甘始交談，詢問他的所作所為，和顏悅色誘導他，好言好語啟發他。甘始告訴我說：「我的老師姓韓，字世雄。我曾與老師在南海煉金，前後多次，將數萬斤金投於海中。」又說：「諸梁專政時，西域的胡人來獻香絲腰帶、割玉刀，後悔當時沒有弄到手。」又說：「西域的車師國，孩子生下後，要剖開脊背，拿出脾臟，是希望孩子少吃東西而多走路。」又說：「拿五寸長的鯉魚兩條，將其中一條放在藥中熬煮，然後都丟進燒得沸騰的油中。有藥的那條搖擺尾巴，鼓起鰓鰭，在油中上下游動，就像身處深潭之中。而另外的一條則已被油炸熟，可以吃了。」我當時問他：「這些，您都可試驗一下嗎？」他說：「這種藥離這兒有上萬里路，要得到它，須出長城，如我不親自前往，是不能弄到的。」他所說的遠不止這些，很難把它全部記載下來，所以粗略地列舉他說得特別怪異的一些。甘始如果是生逢秦始皇、漢武帝，則會成為徐市、欒大之流！夏桀、商紂雖不同時，但為非作惡相同；姦邪之人雖不同代，但弄虛作假一樣。事情就是這樣的啊！

另外，世上憑空流傳神仙之說。所謂仙人，或許是與猿猴相類吧？世人得道就變成仙人了嗎？野雞進入海中，變為大蛤蜊；燕子進入海中，就變成了小蛤蜊。當野雞舉翼來回盤旋，燕子展翅上下飛舞時，都還知道自己是禽鳥。但突然自沉水中，精神、形體都發生變化，而再與水中的魚鱉為伍，難道還能知道自己過去飛於叢林、築巢牆屋時的快樂嗎！公牛哀得病以後變成虎，遇到自己的兄長而將其吃掉。像這樣，又為什麼要看重變化呢？

帝王，其地位不同於萬國諸侯，且富有天下。威勢與尊嚴都十分顯明，可與日月同光；宮殿與庭臺，光亮堂皇，可與紫宮、太微相比。為何要羨慕西王母崑崙山上的宮室呢！西王母以三隻青鳥侍奉，不及帝王文武百官之美盛；仙界的素女與嫦娥，不及帝王後宮嬪妃之美麗。雲之衣、羽之裳，不及帝王服飾的華貴漂亮。駕螭龍、載虹旗，不及帝王車駕的盛大威壯。仙境中的玉樹瓊花，不及朝廷玉圭的光潔晶瑩。帝王反而被小人所蒙騙，接受荒誕虛幻的言論，聽信令人迷亂的說詞，用隆重的禮儀召納方術之士，傾盡資財以供虛幻的追求，頒封王侯之爵以使方士榮寵，清出寬大的館舍以給方士居住，一年接一年，終無一事靈驗，有人死於沙丘，有人崩於五柞；對方士，到了一定時候才誅殺其身，滅其家族，一個個都足以為天下人恥笑！

衣飾的顏色，可以使眼睛看得舒服；洪亮的樂聲，可以使耳朵享受快樂；宮中的嬪妃，可以用來傳宗接代；肉類之食物，可以使人大飽口福。何必要信奉神仙道教之說，熱衷於那種無味的滋味，聽那種無聲的音樂，看那種無彩的顏色呢？然而壽命的長短，體格的壯弱，每個人都不盡相同。精於養生之道的人，能夠終其天命；勞累煩憂的人，年壽只有前者的一半；將精力耗在虛幻之事上的人，往往會夭亡，大概說的就是這類信奉方術的人吧！

【研　析】范文瀾先生《中國通史》第二冊有云：「東漢後期，佛教逐漸流行，給某些妖人一種創立宗教的啟示。妖人們把方士所有的神仙術與《老子》書中『谷神不死』、『玄牝之門』等等神秘的話結合起來，於是神仙術改稱為道教，方士改稱為道士，哲學家的老子也被改裝為道教的教主。」「道教的宗旨，無非是長生不死做神仙。」可見，漢末之時，由原始道家改頭換面而衍生出的道教，已為神仙道術的迷霧所包裹，具有很強的虛妄性和欺騙性。對此，曹植已有較清醒的認識，故在這篇〈辯道論〉中，對神仙之說、方術之士給予嚴厲的抨擊、深刻的揭露，將「神仙道」的虛偽、愚妄的本來面目展露無遺。

曹植寫作此文，揭露道教的本質，對神仙、方術之說加以徹底否定，是有其深層的政治目的的。眾所周知，東漢末年，黃巾起義是披著道教這一宗教外衣而進行的農民戰爭。曹操最終雖然鎮壓了這次起義，但事後仍心有餘悸，深恐以後利用道教而進行起義的事件再次發生，故將方術之士召集在魏都鄴城，實行軟禁，以防他們聚眾滋事。對於曹操的這種舉措，曹植是極為贊同的。在這種情況下，曹植寫作此文，一方面是為曹操召集方士的舉動進行辯解，讓民眾明瞭採取這種行動的必要性及其「聚而禁之」的政治意義；另一方面是通過揭露和批判神仙思想、方士之術，來教育民眾，提醒他們與神仙思想、方士之術決裂，以免被人利用，從而令社會趨於穩定。

本文大致可以分為七個段落。第一段分析有關傳說及歷史資料，指明神仙之書、道家之言，虛妄至極。開篇揭示主旨，簡潔明瞭。第二段引用漢代思想家桓譚的言論，說明方士之術不能使人延年益壽，也更不能使人超越死亡。第三段指明曹操招引方士，集於魏國，目的在於「聚而禁之」，而非崇奉神仙之說、方術之士。第四段記述自己與方士交往過程中的一些所聞所見，說明方士之術雖可以促進人體健康，但並非像傳言那樣神通廣大，進一步揭露了方士的虛偽性，方術的欺詐性。第五段以有關動物及人的變化為例，說明人得道化為仙的說法不可信；即使神化體變，亦不足稱道。第六段指出帝王不應當信奉神仙，尊崇方士；否則，不僅於事無補，還將貽笑於人。末段勸告人們務求實際，選擇正確的養生之道，以求長壽。

此文主題明確、集中，圍繞神仙、方術不可信的問題，反覆論說、辨析。作者對神仙之說、道家之言，不是粗暴地指斥，簡單地否定，而是通過舉事實、講道理的方式予以駁斥、揭露、抨擊。作者在辯駁、揭露的過程中，很注重證據，力圖讓事實說話。為此，作者在文中臚列了大量相關的典型事例，讓人在無可爭辯的事據面前感到神仙之說、方士之術確為虛妄之辭，眩惑之說。不足的是，文章羅列的材料雖多，但深入分析、發掘不夠，故論辯的深度略顯欠佳。

輔臣論七首

【題解】黃初七年（西元二二六年）五月，魏文帝曹丕病卒，其子曹叡即皇帝位，是為明帝。這年十二月，明帝任命太尉鍾繇為太傅，司徒華歆為太尉，征東大將軍曹休為大司馬，司空王朗為司徒，鎮軍大將軍陳群為司空，中軍大將軍曹真為大將軍，撫軍大將軍司馬懿為驃騎大將軍。曹植此論題曰「輔臣」，即指這七人，故此論當作於上述七人任新職後不久。

這是一篇品評人物的短論文章，由七個部分組成；一個部分論述一個人物。

曹植此論，明活字本《子建集》未載，明婁東張氏本《子建集》雖載，但不全。唐代類書《北堂書鈔》載之甚全。另，《藝文類聚》卷四六載其中一首；《太平御覽》載其中四首。今據各本補足。為醒眼目，注譯者特在各首之前加上「其×」字樣，以作序號。

其一

蓋精微聽察❶，理析毫分❷；規矩❸可則，阿保❹不傾。群言系於口，而研覈是非❺；典誥總乎心，而唯所用之者❻，鍾太傅❼也。

其二

清素寡欲[8]，明敏特達[9]。志存太虛[10]，安心玄妙[11]。處平則以和養德[12]，遭變則以斷蹈義[13]，華太尉[14]歆之謂也。

其三

文武並亮[15]，權智時發[16]。奢不過制[17]，儉不損禮。入毗[18]皇家，帝之股肱[19]。出則侯伯[20]，實撫東夏[21]者，曹大司馬[22]也。

其四

英辯博通[23]，見傳異度[24]。德實充塞於內，知謀縱橫於外[25]。解疑釋滯，剖散盤錯[26]者，王司徒[27]也。

其五

容中[28]下士，則眾心不攜[29]；進吐[30]善謀，則眾議不格[31]。□□疏達[32]，至德[33]純粹者，陳司空[34]也。

其六

智慮深奧，淵然[35]難測。執節平敵[36]，中表條暢[37]。恭以奉上[38]，愛以接下[39]。

納言㊵左右，為帝喉舌㊶，曹大將軍㊷也。

其七

魁傑雄特㊸，秉心平直。威嚴足憚，風行草靡㊹。在朝廷則匡贊㊺時俗，百僚儀一㊻；臨事則戎昭果毅㊼，折衝厭難㊽者，司馬驃騎㊾也。

【注釋】❶精微聽察　謂鍾繇耳聽眼察，十分明細而深微也。❷毫分　喻細小。❸規矩　猶法式、楷模。❹阿保　保護養育。案：鍾繇時任太傅，而太傅之職責在於教養、輔導太子。❺群言二句　謂對眾人的言論，不盲從輕信，而要分辨出是非。系，懸繫之意。研覈，謂審核。❻典誥二句　意謂熟記古代經典於心中，以為己所用。典、誥，均為古代文體，是上訓下或下告上之詞。此泛指古代經典中的此類文章，如《尚書》中〈堯典〉、〈舜典〉、〈康誥〉、〈召誥〉之屬。總，有收集、集納之意。❼鍾太傅　即鍾繇，字元常，漢末曾為黃門侍郎。後助曹操進行官渡之戰。魏國初建時任相國。文帝即位，任廷尉、太尉。明帝時，遷太傅，封定陵侯。亦是著名的書法家。❽清素寡欲　謂華歆淡泊財利，而少物質上的欲望。《三國志・華歆傳》云：「歆素清貧，祿賜以振（賑）施親戚故人，家無儋石之儲。」❾明敏特達　謂聰敏慧悟，傑出而通達。❿太虛　指虛靜和諧的境界。⓫玄妙　指深玄之理。⓬處平句　《三國志・華歆傳》：「歆為吏，休沐出府，則歸家闔門，議論持平，終不毀傷人。」平，太平之時。⓭遭變句　《三國志・華歆傳》裴注引華嶠《譜敘》載：避西京（今西安市）之亂時，華歆與朋友鄭泰等六七人閒步出武關，道遇一男子獨行，此人要求與華歆等同行，唯有華歆一人不同意，說：「今已在危險之中，禍福患害，義猶一也。一旦接受了他，如果有什麼變故，中途怎麼好棄之不管呢？」眾人請求，華歆遂同意男子同行。後來，男子中途墜入井中，眾人準備棄之。歆說：「此人已與我等同行，現在棄而不顧，是不義。」於是，眾人一同轉回救出井中男子，都盛讚華歆仁義。植文之中，變，謂變亂。斷，果決。蹈，踐行也。⓮華太尉　即華歆，字子魚。初官尚書令，後依附曹操，與郗慮同率兵入宮收殺獻帝伏皇后。曹丕稱帝後，任司徒。明帝時，遷太尉，封博平侯。⓯亮　顯明。⓰權智時發　謂權謀、智慧適應時代的需要而產生。⓱過制　超過制度規定的標準。⓲毗　佐助。⓳股肱　參見本書卷五〈責躬〉注。⓴侯

伯　古指統治一方或若干部族的諸侯之長。曹休曾任揚州刺史，被拜揚州牧，為一方軍政長官，故此論稱休為侯伯。㉑東夏　指揚州。㉒曹大司馬　即曹休。參見本書卷九〈大司馬曹休誄〉。㉓英辯博通　謂王朗辯才出眾，博學而通達。㉔異度　卓異不凡的氣度。《三國志・王朗傳》裴注引《魏書》：「性嚴整，慨慷多威儀，恭儉節約，自婚姻中表禮贄無所受。」㉕德實二句　德實，謂道德。內，內心。縱橫，此有充分顯露之意。㉖盤錯　猶言盤根錯節。喻指不易解決的複雜問題。㉗王司徒　即王朗，字景興。初拜郎中，授菑丘長。後被曹操表為諫議大夫，參司空軍事。魏國初建，以軍祭酒領魏郡太守。文帝即位，遷御史大夫，封安陵亭侯。又改司空。明帝時，進封蘭陵侯，轉為司徒。著有《易傳》、《春秋傳》等。㉘容中　寬容、友善。㉙攜　背離也。㉚進吐　猶言進退、出入。㉛格　被阻遏。㉜疏達　隨和而通達。㉝至德　完美之德。㉞陳司空　即陳群，字長文。初為劉備別駕，後歸曹操。曹丕即位，封昌武亭侯，遷尚書。後為鎮軍大將軍，領中護軍，錄尚書事。首倡「九品中正制」。明帝時為司空。㉟淵然　深貌。㊱執節平敵　節，古代臣子執行朝廷命令而持的一種信物、憑證。以竹為之，柄長八尺，柄上綴牦牛尾以作飾物。平敵，消滅敵人。案：《三國志・曹真傳》云：「文帝即王位，以真為征西將軍，假節。」㊲中表條暢　謂曹真能使軍隊內外之事順暢有序。表，外也。案：黃初三年，曹真為上軍大將軍，都督中外諸軍事。㊳恭以奉上　《三國志・曹真傳》云：「大司馬蹈忠履節，佐命二祖。」㊴愛以接下　《三國志・曹真傳》云：「真每征行，與將士同勞苦，軍賞不足，輒以家財班賜，士卒皆願為用。」㊵納言　古代官名。其職責是，將臣下的意見轉達給君主，將君主的命令傳達給臣下。曹真曾任給事中之職，在宮廷上傳下達，於皇帝身邊應對、討論，與古納言之官相類，故此稱曹真「納言左右」。㊶喉舌　比喻掌握機要、出納王命的重要官員。㊷曹大將軍　指曹真。㊸魁傑雄特　謂雄壯英俊，才智出眾。㊹風行草靡　形容威望極高，富有號召力。靡，倒下。㊺匡贊　糾正輔助。㊻儀一　謂儀容舉止整飭齊一。㊼戎昭果毅　語出《左傳・宣公二年》。意謂在與敵作戰中，能夠發揚剛果、堅忍的精神。戎，謂戰爭。昭，此有表昭、發揚之意。㊽折衝句　折衝，謂使敵人的戰車向後撤；意即擊敗敵人。折，返也。衝，古代戰車之一種。厭難，謂壓伏仇敵。㊾司馬驃騎　即司馬懿。其生平，參見本書卷九〈與司馬仲達書〉「題解」一節。驃騎大將軍，武官名，秩位很高，與三公相當，漢魏時不常置。

【語譯】

其一

具有精密細緻的觀察力，能夠分辨細微事物；可作為楷模而效法，教養太子而不出偏差。眾人之言掛在嘴邊，而對其是非加以審察。古代典籍總攬於心，而且旨在加以應用。這所說的就是鍾太傅。

其二

清心寡欲無所求，聰明機敏而通達。志在虛靜和諧之境，心寄玄微深妙之理。處於盛世則以和氣養德，身逢變亂則以果敢行義。這所說的就是華太尉。

其三

文武兩樣都出色，權謀智慧應時生。奢侈也不超過制度的規定，儉樸而不減損應有的禮節。進入朝廷輔佐，成為皇上的得力幹將。出外擔任州牧，安定了東夏之地揚州。這所說的就是曹大司馬。

其四

善辯博學而通達，卓異的氣度被傳頌。道德充滿於心中，智謀橫溢於身外。解決疑難除障礙，盤根錯節被分開。這所說的就是王朗司徒。

其五

寬和地對待下士，眾人之心則不叛離；進退都善作商量，眾人的建議則不被壓制。為人灑脫而通達，道德完美而純粹。這所說的就是陳司空。

其六

心智思慮很高深，高深簡直難探測。手持牦節除頑敵，軍隊內外都有序。恭恭敬敬侍皇上，對待屬下以愛心。皇帝身旁的納言官，如同皇帝之喉舌。這所說的就是曹大將軍。

其七

英武俊傑有奇才，秉持公平正直心。威嚴足以使人畏，如同風吹草臥伏。在朝廷則能扶正時下風氣，百官因此而威儀整齊；臨戰則能顯出鬥敵的果敢堅毅，且能擊敗對手而制服仇敵。這所說的就是司馬驃騎。

【研　析】 魯迅《中國小說史略》有云：「漢末士流，已重品目，聲名成毀，決於片言。」可見，漢魏之時，士人品評人物的清談風尚已然形成（參見本卷〈漢二祖優劣論〉篇的解讀文字）。因此，像〈輔臣論〉這類以論贊人物為本旨的文章的出現，是有其深厚的文化背景的。

這篇論文，是品評明帝時代的七個重要輔臣。由其內容看，作品是站在頌讚、肯定的立場上，記述、評議上述諸人的德行、才具、性情、功業等等，屬於歌功頌德的那一類作品。作者在文中對品評對象極盡頌美之能事，而不涉其過失、短缺，這可能與當時的政治環境有關：一則七位輔臣地位顯赫，權重一時，作者豈敢以文揭短，得罪於諸人？二則明帝新登帝位，以上述七人為左臂右膀，作者此時恐怕只能頌讚七人之功德，以顯明帝神鑑明察、知人善任，並示以明帝為核心的政治集團強盛有力；否則，豈不是要給明帝臉上抹灰，令其難堪？不過，值得注意的是，作品中雖然有不少諛頌、飾過的成分，但也並非全是杜撰臆斷，一派胡言亂語，其中有些記述、論議還是有一定的事實依據的。如謂鍾繇「典誥總乎心」，華歆「清素寡欲」、「遭變則以斷蹈義」，曹休「奢不過制，儉不損禮」等等，根據史籍的記載看，都是實事求是的。

此文品論人物，基本上能抓住人物的主要特徵、主要事功，故作者給每個人物畫出的「圖像」，一定程度上具有傳神之妙。

本文在語言上的一個重要特點是，言簡意豐，整飭嚴密，古樸質厚，不尚華腴，因而令本文呈現出清峻的風格。

藉田說

【題　解】藉田，古代天子、諸侯徵用民力所耕之田。每年春耕前，天子、諸侯在藉田上象徵性地耕種，以示重視農業生產。《漢書・文帝紀》云：「夫農，天下之本也，其開藉田，朕親率耕，以給宗廟粢盛（案指用作祭品的稻粱）。」顏注引韋昭曰：「藉，借也。借民力以治之，以奉宗廟，且以勸率天下，使務農也。」

本文標題，《藝文類聚》、《太平御覽》均引作〈藉田論〉。說、論，均為古代議論性文體。此文文句有較嚴重的殘脫現象，已非原文全貌。

春耕于藉田，郎中令❶侍寡人焉。顧而謂之曰：「昔者神農氏始嘗萬草，教民種植❷。今寡人之與此田，將欲以擬乎治國，非徒娛耳目而已也。夫營疇❸萬畝，厥田上上❹，經以大陌❺，帶以橫阡❻，奇柳夾路，名果被園；宰農❼實掌，是謂公田。此亦寡人之封疆也。日殄沒❽而歸館，晨未昕❾而即野，此亦寡人之先下❿也。菽藋⓫特疇，禾黍異田，此亦寡人之理政也。及其息泉涌⓬，庇重陰⓭，懷有虞⓮，撫素琴⓯，此亦寡人之所習樂也。蘭、蕙、荃、蘅⓰，植之近疇，此亦寡人之所親賢也。刺蒺臭蔚⓱，棄之乎遠疆，此亦寡人之所遠佞⓲也。若年豐歲登⓳，果茂菜滋⓴，則臣僕小大咸取驗㉑焉。」

封人有能以輕鑿、修鉤去樹之蝎者㉒，樹得以茂繁。中舍人㉓曰：「不識治天下者亦有蝎者乎？」寡人告之曰：「昔三苗、共工、鯀、驩兜㉔，非堯之蝎歟？」問曰：「諸侯之國，亦有蝎乎？」寡人告之曰：「齊之諸田㉕，晉之六卿㉖，魯之三桓㉗，非諸侯之蝎歟？然三國無輕鑿、修鉤之任，終於齊簒魯弱㉘，晉國以分㉙，不亦痛乎？」曰：「不識為君子者亦有蝎乎？」寡人告之曰：「固有之也。

富而慢，貴而驕，殘仁賊㉚義，甘財悅色，此亦君子之蝎也。天子勤耘，以牧㉛一國；大夫勤耘，以收世祿㉜；君子勤耘，以顯令德㉝。夫農者，始於種，終於穫。澤既時矣㉞，苗既美矣，棄而不耘，則改為荒疇。蓋豐年者期於必收，譬脩道亦期於殁身也。」

【注　釋】❶郎中令　官名。其主要職責為守衛宮殿門戶。曹魏時，王侯之封國亦設此官，負責宿衛。❷昔者二句　相傳炎帝神農氏遍嘗百草，以識別穀類植物，從而教民種植，開創了農耕時代。或說炎帝神農氏遍嘗百草，發明了治病救人的醫藥。案：就本篇文意看，作者是取用前一種說法。❸營疇　營，謂耕種。疇，已耕作的田地。❹上上　最上等的。❺陌　田間南北方向的道路。❻阡　田間東西方向的道路。❼宰農　指掌管農業的官員。❽日殄沒　謂太陽完全消失。殄，盡也。❾昕　太陽快要出來的時候。❿先下　先於下人而行也。⓫菽萑　菽，豆類作物的總稱。萑，草名，又稱芄蘭或蘿藦，多年生蔓草，其子附生長毛，如白絨，可以代棉作褥。⓬泉涌　指噴泉。⓭重陰　樹之濃蔭。⓮有虞　指舜帝。《禮記・樂記》云：「舜作五弦之琴，以歌〈南風〉之詩，而天下治。」⓯素琴　不加裝飾的琴。⓰蘭蕙荃蘅　均為香草名。此喻指賢良之輩。⓱刺蔾臭蔚　刺蔾，即刺蒺蔾，草本植物。臭蔚，即牡蒿，開紅花，八月生莢。⓲遠佞　疏遠巧言諂媚之人。⓳登　莊稼成熟、豐收。⓴滋　多也。㉑驗　效果也。㉒封人句　封人，掌管疆界的官員。輕鑿，小鑿。修鉤，長鉤。蝎，樹木中的蛀蟲。㉓中舍人　官名。此指王侯身邊負責日常事務的官員。㉔昔三苗句　三苗，我國古代部族名，大約活動於長江中游以南一帶。共工，人名，傳為堯舜時大臣，曾任工師等職。鯀，相傳為夏禹之父，封崇伯；治水無功，被舜殺於羽山。驩兜，人名，傳為堯舜時大臣。案：三苗、共工、鯀、驩兜，在上古時，均不服舜帝的控制，被稱作「四凶」。後舜逐三苗於三危，流共工於幽州，殛鯀於羽山，放驩兜於崇山。㉕諸田　指春秋時齊國的田氏世族。㉖六卿　春秋時，晉國的范、中行、知、趙、韓、魏六大家族，世代都是晉卿，執掌國政，謂之六卿。《史記・太史公自序》云：「六卿專權，晉國以耗。」㉗三桓　即孟孫、叔孫、季孫氏，均是魯桓公的後代，故謂三桓。㉘齊篡魯弱　齊篡，謂齊國的政權為田氏篡奪。齊簡公四年，田常（即田成子）殺簡公，擁立平公，自任齊相，齊國之政盡歸田氏。魯弱，謂三桓專權以後，公室強盛，而致國勢衰弱。㉙晉國以分　謂韓、趙、魏三家分晉而為諸侯。㉚賊　殘害也。㉛牧　統治；掌管。㉜世祿　家族世代享有的祿位。㉝令德　美德也。㉞澤既時矣　謂雨露按時而降。

【語　譯】春日耕種於藉田，郎中令侍奉我。我回頭對他說：「從前，神農氏炎帝開始遍嘗百草，教導百姓種植五穀。如今我興種藉田，是想以此來比擬治國之事，而不只是為了求得耳目的歡娛。耕種田地約有上萬畝，都是上等的肥沃之田。其間，大陌南北縱列，橫阡東西貫通；珍奇的柳樹生於道路兩側，名貴的果樹植於園圃之中；宰農之官負責種植，這就是公田，也是我作為王侯的封疆所在。太陽下山以後而回館舍休息，早晨日未東升之時就去田野勞作，這也是我身先臣下的舉動。讓菽藿在地裏茂盛無比，使禾黍在田裏長勢非凡，這也就像我治政的實績。及至歇息於噴泉之旁時，為樹之濃蔭遮蔽，心中思念古代的舜帝，手彈素雅之琴，這也是我操習禮樂的方式。蘭、蕙、荃、蘅，種在靠近居處的田地裏，這也就像我親近賢良之人；刺蔾、臭蔚，棄之於邊遠的角落，這也就像我疏遠奸佞小人。如果莊稼豐收，年成景氣，果木繁茂，蔬菜充盈，則臣僕所做的一切努力，都能獲得成效。」

封人之中，有人能夠用小鑿、長鉤除掉樹中的蛀蟲，樹木得以長得茂盛繁榮。中舍人問道：「不知統治天下的人是否也遇到蛀蟲？」我回答說：「從前，三苗、共工、鯀、驩兜，不就是堯帝時的『蛀蟲』嗎？」中舍人又問道：「諸侯之國也有蛀蟲嗎？」我回答他說：「春秋時齊國的田氏家族，晉國的六姓公卿，魯國的三桓子孫，不都是諸侯中的『蛀蟲』嗎？然而這三國都無『小鑿』、『長鉤』使用，最終導致齊國政權被篡奪，魯國國勢衰弱，晉國一分為三，這不是令人痛惜嗎？」中舍人還問道：「不知做君子的人中是否也有蛀蟲？」我回答他說：「也曾有『蛀蟲』。富而傲慢，貴而驕狂，殘害仁義，貪圖財物，愛戀女色，這也就是君子的『蛀蟲』。天子辛勤勞作，以統領整個國家；大夫辛勤勞作，以獲取世代享有的祿位；君子辛勤勞作，以彰顯美好的德行。耕田種地，始於種植，終於收穫。雨露及時而降了，禾苗也長得很茂盛了，如果棄置而不耕耘，則良田也會變為荒地。大好的年成，指望一定有好的收穫，就像修道的人指望死後成仙一樣。」

【研　析】此篇可分為兩部分，在內容上，彼此關聯，又相對獨立。第一部分是記作者親耕封地之藉田時，向郎中令論說耕田種地之事；第二部分記作者向中舍人論述「蝎」之危害。這篇大約是作者封東阿王時的作品，寫於明帝太和年間。現對本文的兩部分的內容解析如下：

在第一部分中，作者首先論說開闢藉田的目的，在於「擬乎治國」，表明作者身為藩王，希望有所作為，留下佳政；次言「公田」之遼廣、美好，顯示出作者對東阿膏腴之地的熱愛、滿意；再敘自己耕種藉田的有關情況，並緣事而發，因事取譬，闡說了自己的政治理想和政治主張。這最後一個方面，是本段的主旨所在。從作品的引類譬喻看，作者無疑是主張為君為王者，在政治上應當勤勉進取，清明不亂，禮樂化人，親近賢者，疏棄奸佞。這既是作者的理想、追求，也是作者對君主明帝的巧妙諷諫。

第二部分由殘害樹木的蝎蟲寫到了人類社會中的「蝎蟲」。在這裏，作者提到了兩種危害人類的「蝎蟲」：一是天子、諸侯之「蝎」，實指禍國殃民的亂臣賊子、豪宗大族；一是君子之「蝎」，實即有損君子德操的幾種品性：「富而慢，貴而驕，殘仁賊義，甘財悅色。」在作者看來，諸侯之「蝎」，尤其值得提防，故特舉出齊之諸田，晉之六卿，魯之三桓這些人中「蝎蟲」，以示其危害之烈。值得注意的是，作者在這部分論述人類社會中的害人之「蝎」，是有其深刻的用心的，他是希望以此引起明帝曹叡警醒，防止司馬氏之類異姓強宗豪族移奪、顛覆曹魏政權（這個意思，作者在〈陳審舉表〉中曾作過明白的表述：「豪右執政，不在親戚……蓋取齊者田族，非呂宗也；分晉者趙魏，非姬姓也，惟陛下察之」），並自修德業，力除自身穢行惡性，以勵精圖治，如農夫勤耘，期於必收。由此看來，這一部分也實際是向明帝敲響警鐘，是微文諷諭。

這篇文章的兩個部分，在藝術表現上的一個共同特點是，因事設喻，引類取譬，依事託物致諷，行文婉曲，含意深長。

令禽惡鳥論

【題解】本篇標題，《太平御覽》卷九二三引作〈貪惡鳥論〉，《詩經・七月》孔穎達疏引作〈惡鳥論〉。結合全篇文意看，疑作〈惡鳥論〉為是。

本篇議論的對象是人們在日常生活中所認為的兩種「惡鳥」：一為伯勞（又稱鶪或鵙鳩），一為梟。作者通過分析這二鳥的遭遇，認為鳥的鳴叫聲都是出於天性，對於人來說，無所謂吉凶利弊；往往是由於人類牽強附會，循名而不責實，才使這些鳥及其叫聲有吉凶善惡之分；而某些鳥一旦有了「惡」的名聲，便永遠受人歧視，遭逢不公正的待遇。作者由此闡明了一個具有普遍意義的道理：對人類社會和自然界的某些人或事物，只有進行客觀而冷靜的分析，才能作出公允恰切的評判；如果只憑主觀臆斷，附會其名而強為之說，則會顛倒善惡是非。總之，該文重在說明人或事物之「名」往往是不可靠的；循名而不求實，往往會陷入唯心主義的泥潭。

明活字本《子建集》此篇殘佚太甚，今據他本補充了部分文字。

國人有以伯勞鳥生獻者，王召見之。侍臣曰：「世人同惡伯勞之鳴，敢問何謂也？」王曰：「〈月令〉：『仲夏鶪始鳴❶。』《詩》云：『七月鳴鶪❷。』七月夏五月❸，鶪則博勞❹也。昔尹吉甫❺信後妻之讒，而殺孝子伯奇；其弟伯封求而不得，作〈黍離〉之詩❻。俗傳云：吉甫後悟，追傷伯奇。出遊于田，見異鳥鳴于桑，其聲噭然❼，吉甫動心，曰：『無乃❽伯奇乎？』鳥乃撫翼❾，其音尤切。吉甫曰：『果吾子也。』乃顧謂曰：『伯奇，勞❿乎？是吾子，棲吾輿；非吾子，飛勿居。』言未卒，鳥尋聲而棲於蓋⓫。歸入門，集於井幹⓬之上，向室而號。

吉甫命後妻載弩⑬射之，遂射殺後妻以謝⑭之。故俗惡伯勞之鳴，言所鳴之家必有尸也。此好事者附名⑮為之說，今俗人惡之，而今普傳惡之，斯實否也。」

伯勞以五月而鳴，應陰氣之動⑯。陽為人養⑰，陰為賊害⑱，伯勞蓋賊害之鳥也。屈原曰：「鶗鴂之先鳴，使百草為之不芳⑲。」其聲鶪鶪然，故以音名也。若其為人災害，愚民之所信，通人之所略也⑳。鳥鳴之惡自取憎，人言之惡自取滅，不能有累㉑於當世也。而凶人之行弗可易㉒，梟鳥之鳴不可更者，天性然也。昔荊之梟將徙巢於吳，鳩遇之㉓，曰：「子將安之㉔？」梟曰：「將巢於吳。」鳩曰：「何去荊而巢吳乎？」梟曰：「荊人惡予之聲。」鳩曰：「子能革子之聲則免㉕，無為㉖去荊而巢吳也。如不能革子之音，則吳、楚之民不異情㉗也。為子計者，莫若宛頸戢翼㉘，終身勿復鳴也。」昔㉙會朝議者，有人問曰：「寧㉚有聞梟食其母乎？」有答之者曰：「嘗聞烏反哺㉛，未聞梟食母也。」問者慚，唱㉜不善也。得蟢者莫不訓而放之㉝，為利人也；得蠆㉞者莫不糜㉟之齒牙，為害身也。鳥獸昆蟲猶以名聲見異㊱，況夫吉士之與凶人乎？

【注釋】❶仲夏句　語見《禮記・月令》。鶪，即伯勞。❷七月句　語見《詩經・七月》。❸七月夏五月　我國古代曆法制度有所謂夏曆、殷曆和周曆，三者的主要區別在於歲首的月建不同：周曆以通常冬至所在的建子之月（即夏曆的十一月）為歲首，殷曆以建丑之月（即夏曆的十二月）為歲首，夏曆以建寅之月（即後世通常所說的陰曆正月）為歲首。因此，曹文謂周曆七月即夏曆五月。❹博勞　即伯勞。博、伯，古音同。❺尹吉甫　人名。周宣王時重臣，姓兮名甲，也稱兮伯吉父。宣王中興時，尹吉甫曾率師北伐玁狁至太原。❻黍離之詩　《韓詩》以此篇為伯封所作。❼噭然　形容悲哭之聲。❽無乃　莫非之意。❾撫翼　謂拍打翅膀。❿勞　辛苦之意。⓫蓋　車蓋。⓬井幹　井上木欄。⓭載弩　謂取用弓箭。⓮謝　謝罪；道歉。⓯附名　此謂附會伯勞的名字。⓰伯勞二句　古人認為，五月夏至日陰氣開始產生，故曹文謂伯勞應陰氣之動。⓱陽為句　謂陽氣溫和，能滋生萬物，是養人利物之瑞氣。人養，義同「仁養」。人、仁，古通用。《詩經・七月》孔疏引此正作「仁養」。⓲陰為句　謂陰氣寒冷，使萬物枯萎凋零，是損人害物之氣。⓳鶗鴂二句　語見屈原〈離騷〉。鶗鴂，即伯勞。不芳，不香也。此謂凋謝。⓴通人句　通人，指博學多聞、通曉古今而又善於適時通變的人。略，忽略。㉑累　危害。㉒易　更改。㉓昔荊之梟二句　梟，一種兇猛的鳥，又稱鵂鶹，羽毛棕褐色，有橫斑，尾巴黑褐色，腿部白色。鳩，鳥名，俗稱斑鳩。案：荊梟東遷，鳩鳥勸阻之事，劉向《說苑・談叢》有載：「梟逢鳩，鳩曰：『子將安之？』梟曰：『我將東徙。』鳩曰：『何故？』梟曰：『鄉人皆惡我鳴，以故東徙。』鳩曰：『子能更鳴，可矣。不能更鳴，東徙猶惡子之聲。』」㉔之　往也。㉕子能句　革，改變。免，謂免受人們厭惡。㉖無為　用不著。㉗不異情　謂感情相同。㉘宛頸戢翼　謂屈縮頸脖，收斂羽翅。㉙昔　指漢宣帝之時。桓譚《新論》：「昔宣帝時，公卿大夫朝會廷中。丞相語次言：『聞梟生子，子長且食其母，乃能飛，寧然耶？』時有賢者應曰：『但聞烏子反哺其母耳。』丞相大慙，自悔其言之非也。」㉚寧　難道。㉛反哺　傳說幼烏長大之後，銜食餵養母烏，謂之反哺。㉜唱　倡言也。㉝得蟢句　蟢，即蟢母，也稱蟢子或喜子，蜘蛛之一種，體細長，暗褐色，長腳。古人以此蟲的出現為喜事的徵兆。訓，當作「馴」。善良；溫和。㉞蚤　即跳蚤。㉟糜　爛；粉碎。此用作動詞。㊱見異　此謂人們的看法及給予的待遇不相同。

【語　譯】國都中有個人將活著的伯勞鳥獻給朝廷，國王召見了他。侍臣對國王說：「世人都厭惡伯勞鳥的叫聲，請問這該怎麼解釋？」國王說：「〈月令〉說『仲夏之時，鶪鳥開始鳴叫』。《詩經》說『七月鶪鳥鳴叫』。周曆七月即夏曆五月，鶪鳥就是伯勞鳥。從前，尹吉甫聽信後妻的讒言，殺害了孝子伯奇，伯奇的弟弟伯封尋找伯奇而不得，便寫作了〈黍離〉一詩。民間的傳說是：尹吉甫後來醒悟，追思、傷悼伯奇。出外打獵時，看見一隻奇異的鳥在桑樹上鳴叫，發出噭噭的悲叫聲。尹吉甫聽後，為之動心，說：『你莫非是伯奇吧？』

那鳥於是拍動翅膀，叫聲更加急切。尹吉甫說：『果然是我的兒子伯奇。』於是回頭對那鳥說：『伯奇，你辛勞嗎？你如果是我的兒子，就停歇在我的車上；如果不是，就請飛走，不要停留在此。』話還未說完，那鳥就循聲而停落在車蓋上。回家進門後，鳥又停歇在井幹之上，朝著房屋號叫。尹吉甫叫後妻拿弓箭來射殺，就乘機用弓箭將後妻射死，以向伯奇謝罪。因此，世俗之人厭惡伯勞鳥的叫聲，說伯勞鳥在誰家鳴叫，誰家必有陳屍之禍。這其實是好事之徒附會伯勞之名，而提出的一種牽強的說法，使得世俗之人厭惡牠。如今人們又普遍相沿此說，厭惡伯勞，這其實是不對的。」

伯勞鳥在夏曆五月開始鳴叫，順應了陰氣的產生。陽氣是滋養生物的仁氣，陰氣則是殘害萬物的寒氣。伯勞大概是因為順應陰氣而生，便成了殘害之鳥。屈原說：「伯勞鳥過早鳴叫，會使百草因此芳盡香消。」伯勞鳥發出鶪鶪的叫聲，故人們依其叫聲而給牠命名。如果說伯勞鳥的叫聲給人帶來災害，愚昧的百姓是會相信的，而見識廣博的智者則不以為然。鳥叫之聲惡，會自招人恨；人言之不善，會自取滅亡，不可能給當代社會造成危害。而所謂凶人的品行是不可改易的，梟鳥的鳴叫聲是難以變更的，這都是天性使然。從前，荊楚之地的梟鳥準備遷居於吳地，斑鳩遇見了梟鳥，問道：「你將要去哪兒？」梟鳥回答說：「我將遷居於吳地。」斑鳩說：「為什麼要離開荊楚而遷居於吳地呢？」梟鳥說：「荊楚之人討厭我的叫聲。」斑鳩說：「你如果能改變你的叫聲，則不會被人厭惡，也用不著離開荊楚而搬到吳地。你如果不能改變你的叫聲，則吳地之人，也會像荊人一樣，對你的叫聲產生厭惡之情。為你著想，不如縮頸斂翅，終身不再鳴叫。」從前，漢宣帝召集群臣在朝廷議事時，有人問道：「聽說過梟鳥吃掉其母親嗎？」有人回答說：「我曾聽說幼烏長大後餵養母烏，沒有聽說梟鳥將其母吃掉。」問話的人聽後很慚愧，感到自己倡言不善。得到蟢母的人，無不友好地將其放掉，因為牠能給人帶來吉利。抓到跳蚤的人，無不用牙齒將其咬爛，因為牠危害人的身體。鳥獸昆蟲尚且因為名聲而遭受人們的不同對待，更何況人群中的所謂吉士與凶人呢？

【研　析】這篇文章的思想內容，筆者已在前面「題解」部分作了簡要的介紹，茲不贅述。這篇文章的寫作年代，今天已無法確考，因而對作者寫作這篇文章的深層動因，以及在篇中寄寓的深刻含意，也就很難作出確切的評說，至多只能作出一些推測。如作推測的話，此篇的寫作時間，大約在文帝黃初年間作者幾次受誣而罹謗獲罪之後，因為篇中「為子計者，莫若宛頸戢翼，終身勿復鳴也」云云，與其黃初年間作品中「潛光養羽翼，進趨且徐徐」(〈仙人篇〉)，「恆竄伏以窮栖，獨哀鳴而戢羽」(〈白鶴賦〉)，「中有耆年一隱士……教我要忘言」(〈苦思行〉) 等句之意趣頗相類，都是說在遭受挫折、打擊後，要藏鋒斂鍔，以全身遠禍，表現了憂讒畏譏的心理。如果上述的推測成立的話，那麼，作者在文中則是以伯勞、梟鳥自喻，曲折地反映了自己獲罪之後受人歧視、鄙棄的不幸遭際，表明自己身負的罪名、惡名，是他人轉嫁、強加於己。這樣看來，此文應當是作者為自己辯誣、叫屈而作，並表現了自己蒙受不白之冤後憤慨、戒懼等複雜心理。

此篇論文從寫法上看，頗接近於波峭靈動的寓言體，思想深邃，內涵豐厚，它雖是談論自然界中的所謂凶禽惡鳥，但篇中所寄寓的對世道人心的剖析、針砭，對自己不幸遭遇的悲嗟、感慨，仍是不難得見；另外，文章論題中所包含的人生哲理、辯證法思想（如看問題，要力避主觀臆斷，等等），也是顯而易見的。由此看來，以巧妙的設喻，以生動而具體的形象來表情達意，闡釋理念，深入淺出，可以稱作是本文的顯著特色。

魏德論謳 六首

【題 解】西元二二〇年，曹丕受禪、代漢稱帝之際，曹植曾作〈魏德論〉一文（載於本卷），以頌揚魏之功德。此〈魏德論謳〉，當與〈魏德論〉作於同時。

《說文解字》云：「謳，齊歌也。」謂齊聲歌唱也。謳，用作名詞，當指用以合唱的歌曲。

此為組歌，內容都是記述魏代漢時祥瑞之事，旨在頌揚魏國的昌盛美好，以及文帝的賢良聖明。

穀

於穆聖皇❶，仁暢惠渥❷。辭獻減膳，以服鰥獨❸。和氣致祥，時雨洒沃。野草萌芽，變化嘉穀。

禾

猗猗❹嘉禾，惟穀之精。其洪盈箱❺，協穗殊莖❻。昔生周朝❼，今植魏庭。獻之廟堂❽，以昭祖靈❾。

鵲

鵲之彊彊❿，詩人取喻⓫。今存聖世，呈質見素⓬。饑食苕華⓭，渴飲清露。異於儔匹，眾鳥是慕。

鳩

班班⓮者鳩，爰素其質。昔翔殷邦⓯，今為魏出⓰。朱目丹趾，靈姿詭類⓱。載飛載鳴，彰我皇懿⓲。

甘露

玄德洞幽⓳，飛化上蒸。甘露以降，蜜淳冰凝⓴。觀陽弗晞㉑，瓊爵是承㉒。

獻之帝朝，以明聖徵㉓。

連理木

皇樹嘉德，風靡雲披。有木連理㉔，別幹同枝。將承大同㉕，應天之規㉖。

【注釋】❶於穆句　於穆，讚美之詞。穆，美也。聖皇，指魏文帝曹丕。❷渥　厚也。❸以服句　以奉養孤寡之人。古以老而無妻者為鰥，以老而無子者為獨。❹猗猗　美盛的樣子。❺箱　指車箱。❻協穗句　謂不同的禾莖共生一穗。古人認為，嘉禾莖異而穗同，是天下一統之象。❼昔生句　《白虎通》云：「嘉禾者，大禾也。(周)成王時，有三苗貫桑而生，同為一穗，大幾盈車，長幾充箱。民有得而上之者。成王召周公而問之，曰：『三苗為一穗，意天下其和為一乎？』」❽廟堂　謂祖廟。❾祖靈　謂祖先的美德。❿彊彊　鳥結伴相隨而飛之貌。⓫詩人句　謂《詩經・鶉之奔奔》的作者將其取作譬喻。〈鶉之奔奔〉有云：「鶉之奔奔，鵲之彊彊。」孔穎達《毛詩正義》解釋「鵲之彊彊」的喻意時說：「鵲自相隨彊彊然，各有常匹，不亂其類。」⓬呈質句　謂有白鵲出現。質，謂身體、姿容。《白氏六帖》卷九三引〈魏德論〉云：「有白鵲之瑞。」⓭苕華　苕花。苕，草名，又名陵苕、凌霄或紫葳，根、莖、葉皆可入藥。⓮班班　羽毛鮮明之貌。⓯昔翔句　《孫氏瑞應圖》云：「鳩，成湯時來。王者養耆老，尊道德。」⓰今為句　史載曹丕將要受禪即位時，郡國多次出現白鳩。⓱靈姿句　謂鳩有神妙的姿態，有別於同類。詭，異也；別也。⓲皇懿　指曹丕之美德。⓳玄德句　玄德，指含蓄而不顯於外的德行。洞幽，通達隱微之處。⓴蜜淳句　謂露像蜜一樣甜純，像凝結的冰一樣晶瑩。㉑晞　乾也。㉒瓊爵句　意謂用玉製杯盞盛裝露水。㉓聖徵　神聖的徵兆。古以天降甘露為帝王之瑞兆。㉔有木句　謂不同樹上的樹枝連生在一起。古以連理木為瑞樹，象徵著八方同一。㉕大同　指天下統一、安定，國家繁榮富強的太平盛世。㉖應天句　順應天道，公正無私。

【語譯】

穀

英明的魏文帝啊，仁德隆盛遍施恩。辭謝貢獻減膳食，以此奉養孤寡人。陰陽調和致祥瑞，雨水降得及時充分。野草萌芽長勢旺，終將嘉穀來變成。

禾

嘉禾長得美而盛，五穀之中為精英。禾穗碩大裝滿箱，數莖共將一穗生。嘉禾從前生周朝，如今長於魏園庭。嘉禾獻給祖宗廟，以顯祖先好德行。

鵲

鵲兒結伴相隨飛，詩人用牠打比方。鵲兒今在盛世裏，素潔之軀得顯揚。餓了便吃苕之花，渴將清露來飲嘗。出類拔萃不尋常，眾鳥對牠甚敬仰。

鳩

白鳩羽毛很亮麗，身體顯得甚素淨。昔在商朝天上飛，今在魏國現身影。眼睛、腳趾皆紅色，姿容神妙實超群。一邊飛來一邊叫，彰揚我皇美德行。

甘　露

厚德下至隱幽地，聖教高妙向上升。甘露於是得以降，甜美似蜜凝如冰。見了陽光也不乾，用那玉杯將它盛。甘露獻給魏王朝，以顯神聖之瑞應。

連理木

聖皇之樹具美德，風兒吹拂雲遮身。有樹生出連理枝，樹幹相異枝同一。將迎大同之盛世，順應無私之天理。

【研　析】在中國封建社會，王朝最高統治者為了美化自己，維護自己的統治地位，總是極力鼓吹符命、瑞應之說，說君權是上天所授，人君即位之際，上天要賜以祥瑞（如甘露降、嘉禾生、鳳凰翔、鸞鳥舞、麒麟至、白鹿見等等），給與人君作為接受天命的憑證；還說什麼人君治政，如果順天應人，清明和美，上天也會降下各種祥瑞之物，以應答、彰顯人君之德。其實，這類以「天人感應」為基調的符命、瑞應之說，完全是欺世的無稽之談；統治者加以鼓吹，無非是想證明自己統治地位的合理性、權威性，標榜自己的聖明之德，治世之功。

據《三國志》載，西元二二〇年，魏文帝曹丕受禪稱帝之時，就曾以符命、瑞應之說為工具，為自己製造聲勢和輿論。他先由漢獻帝降冊遜位，又讓群臣上書稱說祥瑞之事及讖緯之言，為他歌功頌德、大吹大擂。其時，朝臣辛毗、劉曄、傅巽、陳群、許芝等人紛紛奏書，陳說符瑞。如太史丞許芝上書云：「殿下即位，初踐阼，德配天地，行合神明，恩澤盈溢，廣被四表，格於上下。是以黃龍數見，鳳凰仍翔，麒麟皆臻，白虎效仁，前後見於郊甸；甘露醴泉，奇獸神物，眾瑞並出。斯皆帝王受命易姓之符。」曹植的這篇〈魏德論謳〉，其實也就是在上述背景下寫作的。

〈魏德論謳〉原究竟由幾首組成，今不得而知；就現存古籍所載看，有六首。但是，明活字本、程刊本《子建集》只載其中四首，不載〈甘露〉、〈連理木〉二首。今據他本《子建集》及《初學記》、《太平御覽》等書補入上述二首。

〈魏德論謳〉陳說了曹丕即位之時的六種祥瑞之事物，熱情歌頌了曹魏王朝以及文帝的功德，這與作者〈魏德論〉一文的主旨有相通之處。本謳所述穀、禾、鵲等，本為自然之物，但作者將其神秘化，附會於王朝政治，視之為祥瑞，這顯然是受了傳統的符命、瑞應之說的影響；以今人的眼光來看，是不足為訓的。

本謳語言簡約精工，藻繪縟麗，句式整飭，音調鏗鏘和諧，散發著廟堂之制的雍容、典雅和華腴的氣息。

髑髏說

【題　解】髑髏，指死人的頭骨。本文採用浪漫主義的寫作手法，將髑髏擬人化，讓其言情論道，藉以闡發有關生死問題的見解。在作者看來，死亡是不值得恐懼的，因為死是歸於道，而道是永恆而美麗的，無時無處不在，且能給得道者帶來無窮歡樂。因此，對於人來說，生死二事齊一、均同；戀生、惡死，是大可不必的。

顯而易見，作者對「道」的闡揚，以及對生死的看法，是基於對老莊哲學的深刻理解和誠心接受。文中，作者對「道」的「望之不見其象」等特性的描述，與老莊的有關言論合若符契（見相關注釋）；而且，對生死大事的見解，也與老莊如出一轍。如，莊子認為世上的一切事物、一切現象，都是「道」的變化流行，因而世上不同的東西又是相同的；具體到生、死問題，則是「方生方死，方死方生」（〈齊物論〉），二者齊一。而曹植在文中也說「（死）歸於道」，「死生之必均」。莊子在〈至樂〉中言「察其始而本無生……變而有氣，氣變而有形，形變而有生；今又變而之死，是相與春秋冬夏四時行也」。而曹植在文中也說「今也幸變而之死，是反吾真也」。

本文的寫作時間難以確定。但從作者對生死問題關注的情況看，再結合本篇主旨皆依道家思想的傾向考察，本篇應是作者晚期的作品。作者晚年信仰道家學說，當是作者在備受壓制的情勢之下，為著緩解、排遣內心的各種憂慮和苦悶，求得心靈的一點慰藉。

曹子❶遊乎陂塘❷之濱，步乎蓁穢之藪❸，蕭條潛虛❹。經幽踐阻❺，顧見髑髏，塊然❻獨居。於是伏軾❼而問之曰：「子將結纓首劍殉國君乎❽？將被堅執銳斃三軍乎❾？將嬰茲固疾命隕傾乎❿？將壽終數極歸幽冥乎⓫？」

叩⓬遺骸而歎息，哀白骨之無靈⓭；慕嚴周之適楚，儻託夢以通情⓮。

於是伻若⓯有來，怳若⓰有存，影見容隱⓱，厲聲⓲而言曰：「子何國之君子乎？既枉輿駕⓳，閔⓴其枯朽，不惜咳唾㉑之音，而慰以若言㉒，子則辯於辭㉓矣！然未達幽冥之情，識死生之說也。夫死之為言歸也㉔。歸也者，歸於道也。道也者，身以無形為主㉕，故能與化推移㉖。陰陽不能更，四時不能虧㉗。是故洞於纖微之域㉘，通於恍惚㉙之庭，望之不見其象㉚，聽之不聞其聲，挹之不沖㉛，注㉜之不盈，吹之不凋，噓之不榮㉝，激㉞之不流，凝之不停，寥落冥漠㉟，與道相拘㊱，偃然長寢㊲，樂莫是踰㊳。」

曹子曰：「予將請之上帝，求諸神靈，使司命輟籍㊴，反子骸形。」於是髑髏長呻，廓然㊵歎曰：「甚矣！何子之難語㊶也。太素氏㊷不仁，無故勞我以形㊸，苦我以生。今也幸變而之死，是反吾真㊹也。何子之好勞，而我之好逸乎？子則行矣，予將歸於太虛㊺。」於是言卒，響絕神光霧除㊻。

顧將旋軫㊼，乃命僕夫，拂以玄塵㊽，覆以縞巾㊾，爰將藏㊿彼路濱，覆以丹土，翳以綠榛(51)。

夫存亡之異勢(52)，乃宣尼之所陳(53)，何神憑之虛對？云死生之必均(54)。

【注釋】❶曹子　曹植自謂。❷陂塘　蓄水的池塘。❸蓁穢之藪　蓁穢，指叢木雜草。藪，人或東西聚集之地。❹潛虛　空寂之意。❺經幽踐阻　謂經歷僻靜之地，腳踏險阻之路。❻塊然　孤獨之貌。❼伏軾　手扶車軾，表示敬意。軾，車前橫木。❽子將句　結纓，結繫帽帶。據《左傳·哀公十五年》載：春秋時孔子弟子子路，為衛大夫孔悝之宰臣，舊太子蕢（莊公）因悝而作亂，蕢之子輒（即出公）出奔，子路不從悝，蕢便派遣武士以戈擊子路，子路之冠纓斷。子路說：「君子死，冠不免。」遂結纓而死。後世因以「結纓」比喻慷慨獻身。首劍，同「手劍」。據《公羊傳·莊公十二年》載：宋國大夫宋萬弒閔公於宮中。大夫仇牧聞訊，急至宮，於宮門之外遇宋萬，「手劍而叱之」，宋萬遂揮臂擊殺仇牧。仇牧腦袋被擊碎，牙齒掉落於宮門。手劍，謂以手拔劍也。⑨將被堅句　將，此有抑或之意。堅，指鎧甲。銳，指戈矛之類兵器。斃，死也。⑩將嬰句　嬰，纏也。固疾，久治不癒的病。隕傾，謂死亡。⑪將壽終句　數極，壽數已盡也。幽冥，猶今語所云陰間。⑫叩敲擊。⑬無靈　無神也。謂無知覺。⑭慕嚴周二句　典出《莊子‧至樂》：莊子到楚國，見一髑髏，便用馬鞭敲之，說：「您是因為貪婪背理，以至於死呢？還是國家敗亡，遭到砍殺而死於戰亂呢？還是做了壞事，玷辱父母、羞見妻兒而自殺呢？還是因為有凍餓之患而至於死呢？還是年壽已盡而自然死亡的呢？」說完，莊子拿起髑髏，當作枕頭睡覺。半夜時，莊子夢見髑髏向他說話：「您談起話來像辯士。看您所說，都是活人的累患，死了就沒有這些累患了。」嚴周，參見卷四〈神龜賦〉注㉓。⑮伻若　當作「砰若」。猶砰然。砰，擬聲詞。⑯怳若　猶恍然。⑰容隱　身形隱沒。⑱厲聲　疾聲也。⑲既枉輿駕　謂屈尊來此。枉，屈也。⑳閔　同情；哀憐。㉑咳唾　比喻言論。㉒若言　如此言論。㉓辯於辭　謂善於言詞。㉔死之為言歸也　古人此類言論甚多。如，《爾雅‧釋言》：「鬼之為言歸也。」郭璞注引《尸子》曰：「古者謂死人為歸人。」又如，《禮記‧禮運》謂人死「魂氣歸於天，形魄歸於地」。㉕道也二句　《老子》曾謂「道」恍惚而無形：「視之不見」、「聽之不聞」、「搏之不得」。身，本身。㉖與化推移　化，造化。即大自然的功能、規律。推移，變化；遷移。㉗陰陽二句　陰陽，指寒暑、冷暖等。更，改動。四時，四季也。虧，減損。㉘纖微之域　指非常細微的地方。㉙恍惚　若有若無、閃爍不定之貌。《老子》云：「道之為物，惟恍惟惚。」㉚象　形也。㉛挹之不沖　挹，舀取。沖，虛空。《老子》謂「道」是「綿綿若存，用之不勤（案勤義為窮盡）」。㉜注　灌也。㉝吹之二句　吹，謂吹出冷氣。凋，凋零。噓，謂呼出暖氣。榮，繁榮。㉞激　激發而使之動。㉟寥落句　寥落，寂靜的樣子。冥漠，幽深的樣子。㊱拘　守也。㊲偃然句　偃然，安臥之貌。長寢，長眠也。㊳踰　超過。㊴使司命輟籍　此與《莊子‧至樂》中「吾使司命復生子形」意相類似，謂使復活。司命，掌管人之生命的神。輟，止也。籍，名冊。此指死者名冊。㊵廓然　空寂貌。此形容悲戚之狀。㊶難語　為難人的話。㊷太素氏　作者虛構的原始部落首領。太素，見本書卷九〈文帝誄〉注。㊸形　謂身體。㊹真　本原；本性。㊺太虛　謂天。㊻霧除　如霧一樣消散。㊼旋軫　謂掉轉車頭。軫，此謂車也。㊽玄塵　黑色拂塵。㊾縞巾　白色絲巾。㊿藏　此謂埋葬。(51)榛　叢生的樹木。(52)存亡之異勢　此與本書卷九〈王仲宣誄〉中「存亡分流」義同。勢，形勢；情況。(53)宣尼之所陳　宣尼，指孔子。漢元始元年（西元一年），平帝追諡孔子為褒成宣尼公。陳，陳說。(54)死生之必均　《莊子》中此類言論甚多。如〈齊物論〉：「方生方死，方死方生」；〈秋水〉：「明乎坦塗，故生而不說，死而不禍，知終始之不可故也。」都表現了生死齊同、均一的觀念。

【語　譯】曹子遊覽於池塘的邊上，步行於草木叢生之地，周圍一派蕭條冷落的景象。穿過僻靜的野地，踏上坎坷的道路，看見一個髑髏，孤零零地躺在那兒。曹子於是手扶車軾，問髑髏道：「您是為了救國君之難而慷慨獻身的呢？還是因為身披鎧甲、手持銳器，在戰場上作戰而死？是因為頑病纏身而喪生的呢？還是壽終正寢而命歸黃泉的？」

曹子敲擊著髑髏的殘骸，哀傷白骨無知無覺，心慕莊子到楚國，髑髏尚且能託夢於他，向他通情致意。這時，砰然聲響，髑髏之靈來了，隱隱約約地呆在那兒，影子顯現，而形貌隱藏，並高聲說道：「您是哪國的君子？屈尊來到此地，憐憫白骨枯朽，不惜金玉之言，而說出這樣一番安慰的話，您也太善於言詞了！但是，您並不瞭解陰間的情況，也不知道死生的道理。死，被稱作歸。歸，就是歸於道。道，自身是以無形為根本，所以能順應自然的變化。陰陽不能使之更改，四季也不能使之減省。因此，道能深入細微之地，致達恍惚之境；看它時，不見其形；聽它時，不聞其聲；舀取它時，不會枯竭；灌注它時，不會盈滿；寒氣吹它，不會凋落；暖氣噓它，不會繁盛；激發它時，不會流動；凝固它時，不會停住；虛空寂靜，幽隱深微。死後與道相守，安然長眠，沒有什麼比這更快樂的了。」

曹子說：「我準備向上帝、神靈請求，讓掌管壽命的司命將您的名字從鬼簿上去掉，而恢復您的形體。」這時，髑髏長聲呻吟，戚然歎道：「您所說的，太為難人了！以前，太素氏不仁不義，無緣無故地以身形煩勞我，以人生折磨我。而今，我有幸得以變化而死去，這使我返回到了自己的自然本性上。為何您就喜歡勞碌，而我喜歡安逸呢？您還是走開吧，我將返歸上天。」這時，髑髏話一說完，聲響就沒了，神光像霧一樣消失。

曹子於是回頭命令掉轉車頭，又命僕人用黑色拂塵拂擦髑髏，然後以白色絲巾包裹，將其葬於那路邊，用紅土覆蓋，以綠樹枝掩蔽。

生死存亡，情勢有異，這是孔子所說的；不知什麼神靈假託髑髏，對我空談，說什麼生與死沒有任何差別？

【研　析】此文藉髑髏之口，闡說對生死問題的看法，曲折地反映了作者企望通過皈依老莊哲學來超越、淡釋人生痛苦的心態。在作品所展示的生死之辯中，作者還藉髑髏之口大談生死齊同之理，甚至深情地感喟生不如死，禮讚死的安詳、快樂；但在這對死的陶醉之情、頌美之聲中，我們並非真的感到了死的美妙、愉悅，相反，從中讀出的是作者在現實生活重壓之下深廣、沉重的哀痛，是作者對溷濁的社會和苦難的人生的憤激、不滿；作者通過塊然獨居的髑髏所表達的「偃然長寢，樂莫是踰」，讓人感到怡樂之中噴發著悲涼，達觀之中浸透著淒楚，猶似洞簫嗚咽吹出的一曲輕快的歌。總之，這篇文章通過對死亡的憧憬、讚譽，以寄寓自己對社會現實的失望和憤懣，以表現自己對現實人生的厭倦和悲觀，頗與西方現代派文學中的「黑色幽默」作品相似，這類「黑色幽默」作品即是以輕快豫逸、充滿歡聲笑語的形式來表現人生的大悲大苦，展示社會的種種悲劇。

綜覽中國文學史便知，以髑髏與人的對話作為作品的描寫題材，戰國時的莊子早已開啟其端。《莊子・至樂》中「莊子之楚，見空髑髏」一節，就是通過對莊子在夢中與髑髏對話的描述，表達了生不如死的理念，認為死亡快樂無比，「雖南面王樂，不能過也」。到了漢代，張衡曾據《莊子》之文，敷演成篇，曰〈髑髏賦〉，此賦在旨趣、寫法上全仿莊子。就曹植此文看，亦明顯深受莊子之文的影響，它基本上是《莊子・至樂》「莊子之楚，見空髑髏」寓言的演化、翻版。且不說曹文在思想意趣上步武莊子，就是在寫作上亦祖效莊子之文，也是將髑髏人格化，讓其與人展開生死之道的討論，散發著浪漫主義的奇幻、詭異的情調；另外，曹植此文也像《莊子》一樣，寓真於誕，寓實於玄，亦莊亦諧，在荒誕不經的情節、奇異詭譎的表象中，寄託自己對社會、人生深刻而真實的理解和思考，潛藏自己強烈的憤世嫉俗之意、淒愴憂愁之情。

此文描寫細膩生動，且能將抽象的概念（如「道」）化為具體可感的形象，頗有藝術魅力。

附錄

曹植部分逸文遺句

曹植一生創作的詩文甚多，但為今傳本《曹子建集》所收者，只是一部分，另有很多早已失傳，還有一部分是散見於各類古籍（如類書、字書，詩文總集，前人注疏，讀書筆記，等等）中，且多為殘篇零句。前代學者遍覽群書，窮搜冥討，對曹植詩文作了大量的輯佚工作，將散見於古書中的曹植詩文的殘篇斷句彙於一書之內（如丁晏《曹集銓評》、嚴可均《全三國文》等，即是如此），為研究曹植者提供了很大便利。今據《曹集銓評》等書，將明活字本《曹子建集》失載的部分逸文遺句輯錄於下，以供讀者參閱。

述行賦

尋曲路之南隅，觀秦政之驪墳。哀黔首之罹毒，酷始皇之為君。濯余身於神井，偉湯液之若焚。

遷都賦

覽乾元之兆域兮，本人物乎上世。紛混沌而未分，與禽獸乎無別。椓蠡蠡而食蔬，摭皮毛以自蔽。

長歌行

墨出青松之煙，筆出狡兔之翰。古人感鳥迹，文字有改判。

苦熱行

行遊到日南，經歷交趾鄉，苦熱但暴露，越夷水中藏。

陌上桑

望雲際，有真人，安得輕舉繼清塵？執電鞭，馳飛麟。

樂府歌

膠漆至堅，浸之則離。皎皎素絲，隨染色移。君不我棄，讒人所為。

樂府歌詞

所齎千金之寶劍，通犀文玉間碧璵。翡翠飾雞璧，標首明月珠。

失題

雙鶴俱遨遊，相失東海旁。雄飛竄北朔，雌驚赴南湘。棄我交頸歡，離別各異方。不惜萬里道，但恐天網張。

失題

皇考建世業，余從征四方。櫛風而沐雨，萬里蒙露霜。劍戟不離手，鎧甲為衣裳。

失題

遊鳥翔故巢，狐死反丘穴。我信歸舊鄉，安得憚離別。

雜詩

美玉生盤石，寶劍出龍淵。帝王臨朝服，秉此威百蠻。□□歷見貴，雜糅□刀間。

樂府

口厭常珍，乃購麟凰。熊蹯豹胎，百品異方。蕙肴蘭藉，五味雜香。

王陵贊

從漢有功，少文任氣。高后封呂，直而不屈。

黻贊

有皇子登，是臨天位。黻文字裳，組華于黻。

王霸贊

壯氣挺身奮節，所征必拔，謀顯垂惠。

孔甲贊

行有順天，龍出河漢，雌雄各一，是擾是豢。

歐冶表

昔歐冶改視，鉛刀易價；伯樂所盼，駑馬百倍。

上銀鞍表

於先武皇帝世，敕此銀鞍一具，初不敢乘，謹奉上。

上九尾狐表

黃初元年十一月二十三日，於鄄城縣北，見眾狐數十首在後，大狐在中央，長七八尺，赤紫色，舉頭樹尾，尾甚長大，林列有枝甚多，然後知九尾狐。斯誠聖王德政和氣所應也。

望恩表

臣聞寒者不貪尺玉，而思短褐；饑者不願千金，而美一餐。夫千金、尺玉至貴，而不若一餐、短褐者，物有所急也。

作車帳表

欲遣人到鄴，市上黨布五十匹，作車上小帳帷，謁者不聽。

乞田表

乞城內及城邊好田，盡所賜百年力者。臣雖生自至尊，然心甘田野，性樂稼穡。

求出獵表

臣自招罪釁，徙居京師，待罪南宮。

獵表

於七月伏鹿鳴麈，四月、五月射雉之際，此正樂獵之時。

寫灌均上事表

孤前令寫灌均所上孤章，三臺九府所奏事，及詔書一通，置之坐隅，孤欲朝夕諷詠，以自警誡也。

封鄄城王謝表

臣愚駑垢穢，才質疵下，過受陛下日月之恩，不能摧身碎首，以答陛下厚德。而狂悖發露，始干天憲，自分放棄，抱罪終身，苟貪視息，無復晞幸。不悟聖恩爵以非望，枯木生葉，白骨更肉，非臣罪戾所當宜蒙。俯仰慙惶，五內戰悸。奉詔之日，悲喜參至，雖因拜章陳答聖恩，下情未展。

轉封東阿王謝表

奉詔：「太皇太后念雍丘下溼少桑，欲轉東阿，當合王意。可遣人按行，知可居不？」奉詔之日，伏增悲喜。臣以無功，虛荷國恩，爵尊祿厚，用無益於時，脂車秣馬，志在黜放，不圖陛下天父之恩，猥宣皇太后慈母之念遷之。陛下幸為久長計，聖旨惻隱，恩過天地。臣在雍丘，劬勞五年，左右罷怠，居業向定。園果萬株，枝條始茂，私情區區，實所重棄。然桑田無業，左右貧窮，食裁餬口，形有裸露。臣聞古之仁君，必有棄國以為百姓，況乃轉居沃土，人從蒙福。江海所流，無地不潤；雲雨所加，無物不茂。若陛下念臣人從五年之勤，少見佐助，此枯木生華，白骨更肉，非臣之敢望也。饑者易食，寒者易衣，臣之謂矣。

請赴元正表

欣豫百官之美，想見朝覲之禮，耳存九成，目想率舞。

謝入覲表

臣得出幽屏之城，獲覲百官之美，此一喜也。背茅茨之陋，登閶闔之闥，此二喜也。必以有靦之容，瞻見穆穆之顏，此三喜也。將以檮杌之質，稟受崇聖之訓，此四喜也。

謝周觀表

詔使周觀，初玩雲盤，北觀疏圃，遂步九華。神明特處，譎詭天然，誠可謂帝室皇居者矣。雖崑崙閬風之麗，文昌之居，不是過也。

謝明帝賜食表

近得賜御食，拜表謝恩。尋奉手詔，愍臣瘦弱。奉詔之日，涕泣橫流。雖文武二帝所以愍憐於臣，不復過於明詔。

答明帝詔表

奉詔並見聖恩所作〈故平原公主誄〉。文義相扶，章章殊興，句句感切，哀動神明，痛貫天地。楚王臣彪等聞臣為讀，莫不揮涕。

諫取諸國士息表

臣聞古者聖君與日月齊其明，四時等其信。是以戮凶無重，賞善無輕，怒若驚霆，若時雨，恩不中絕，教無二可。以此臨朝，則臣下知所死矣。受任在萬里之外，審主之所以授官，必己之所以投命，雖有搆會之徒，泊然不以為懼者，蓋君臣相信之明效也。昔章子為齊將，人有告之反者。威王曰：「不然。」左右曰：「王何以明之？」王曰：「聞章子改葬死母，彼尚不欺死父，顧當叛生君乎？」此君之信臣也。昔管仲親射桓公，後幽囚，從魯檻車載，使少年挽而送齊。管仲知桓公之必用己，懼魯之悔，謂少年曰：「吾為汝唱，汝為和聲，和聲宜走。」於是管仲唱之，少年走而和之，日行數百里，宿昔而至，至則相齊。此臣之信君也。臣初受封策書曰：「植受茲青社，封於東土，以屏翰皇家，為魏藩輔。」而所得兵百五十人，皆年在耳順，或不踰矩。虎賁官騎及親事凡二百餘人。正復不老，皆使年壯，備有不虞，檢校乘城，顧不足以自救，況皆復耄耋罷曳乎？而名為魏東藩，使屏翰王室，臣竊自羞矣！就之諸國，國有士子合不過五百人。伏以為三軍益損，不復賴此。方外不定，必當須辦者，臣願將部曲，倍道奔赴，夫妻負襁，子弟懷糧，蹈鋒履刃，以徇國難，何但習業小兒哉！愚誠以揮涕增河，鼷鼠飲海，於朝萬無損益，於臣家計甚有廢損。又臣士息前後三送，兼人已竭，惟尚有小兒七八歲已上，十六七已還，三十餘人。今部曲皆年耆，臥在牀席，非糜不食，眼不能視，氣息裁屬者，凡三十七人。疲瘵風靡、疣盲聾聵者，二十三人。惟正須此小兒，大者可備宿衛，雖不足以禦寇，粗可以警小盜。小者未堪大使，為可使耘耡穢草，驅護鳥雀。休侯人則一事廢，一日獵則眾業散，不親自經營則功不攝，常自躬親，不委下吏而已。陛下聖仁，恩詔三至，士子給國，長不復發，明詔之下，有若皦日。保金石之恩，必明神之信，畫然自固，如天如地。定習業者並復見送，晻若晝晦，悵然失圖。伏以為陛下既爵臣百寮之右，居藩國之任，為置卿士，屋名為宮，冢名為陵，不使其危居獨立，無異於凡庶。若柏成欣耕於野，子仲樂於灌園。蓬戶茅牖，原憲之宅也；陋巷簞瓢，顏子之居也。臣才不見效用，常慨然執斯志焉！若陛下聽臣悉還部曲，罷官屬，省監官，使解璽釋紱，追柏成、子仲之業，營顏淵、原憲之事，居子臧之廬，宅延陵之宅，如此雖進無成功，退有可守，身死之日，猶松喬也。然伏度國朝終未肯聽臣之若是，固當羈絆於世繩，維繫於祿位，懷屑屑之小憂，執無已之百念，安得蕩然肆志，逍遙於宇宙之外哉？此願未從，陛下必欲崇親親，篤骨肉，潤白骨而榮枯木者，惟遂仁德，以副前恩。

毀鄴城故殿令

令：鄴城有故殿，名漢武帝殿。昔武帝好遊行，或所幸處也。梁桷傾頓，棟宇零落。修之不成良宅，置之終於毀壞，故頗撤取，以備宮舍。余時獲疾，望風乘虛，卒得恍惚，數日後瘳。而醫巫妄說，以為武帝魂神，生茲疾病。此小人之無知，愚惑之甚者也。昔湯之隆也，則夏館無餘迹；武之興也，則殷臺無遺基。周之亡也，則伊洛無隻椽；秦之滅也，則阿房無尺梠。漢道衰則建章撤，靈帝崩則兩宮燔。高祖之魂不能□未央；孝明之神不能救德陽。天子之存也，必居名邦□土；則死有知，亦當逍遙于華都，留神於舊室。則甘泉通天之臺，雲陽九層之閣，足以綏神育靈。夫何戀於下縣，而居靈於朽宅哉？以生諭死，則不然也，況於死者之無知乎？且聖帝明王顧宮闕之泰，苑囿之侈，有妨於時者，或省以惠人，況漢氏絕業，大魏龍興，隻人尺土，非復漢有。是以咸陽則魏之西都，伊洛為魏之東京，故夷朱雀而樹閶闔，平德陽而建泰極，況下縣腐殿為狐狸之窟藏者乎？今將撤壞，以修殿舍，恐無知之人，坐自生疑，故為此令，亦足以反惑而解迷焉。

畫贊序

蓋畫者，鳥書之流也。昔明德馬后美於色，厚於德，帝用嘉之。嘗從觀畫，過虞舜廟，見娥皇、女英。帝指之，戲后曰：「恨不得如此人為妃。」又前見陶唐之像，后指堯曰：「嗟乎！群臣百寮恨不得戴君如是。」帝顧而笑。故夫畫，所見多矣。上形太極混元之前，卻列將來未萌之事。

觀畫者見三皇五帝，莫不仰戴；見三季暴主，莫不悲惋；見篡臣賊嗣，莫不切齒；見高節妙士，莫不忘食；見忠節死難，莫不抗首；見忠臣孝子，莫不歎息；見淫夫妬婦，莫不側目；見令妃順后，莫不嘉貴。是知存乎鑒者，圖畫也。

遷都賦序

余初封平原，轉出臨淄，中命鄄城，遂徙雍丘，改邑浚儀，而末將適於東阿。號則六易，居實三遷。連遇瘠土，衣食不繼。

與陳琳書

夫披翠雲以為衣，戴北斗以為冠，帶虹蜺以為紳，連日月以為佩，此服非不美也。然而帝王不服者，望殊於天，志絕於心矣。葛天氏之樂，千人唱，萬人和，因以蔑〈韶〉、〈夏〉矣。驥騄不常一步，應良御而效足。

與丁敬禮書

頃不相聞，覆相聲音，亦為怪。故乘興為書，含欣而秉筆，大笑而吐辭，亦歡之極也。

答崔文始書

臨江直釣，不獲一鱗，非江魚之不食，其所餌之者非也。是以君子慎舉擢。

倉舒誄并序

建安十二年五月甲戌，童子曹倉舒卒，乃作誄曰：

於惟淑弟，懿矣純良。誕豐令質，荷天之光，既哲且仁，爰柔克剛。彼德之容，茲我聿行。宜逢分祚，以永無疆。如何昊天，凋斯俊英。嗚呼哀哉！惟人之生，忽若朝露。促促百年，亹亹行暮。矧爾既夭，十三而卒。何辜於天，景命不遂？

案：此篇作者今仍有爭議，或以為曹丕所作。

誥紂文

崇侯何功？乃用為輔。西伯何辜？囚之囹圄。囹圄既成，負土既盈。輿立炮烙，賊害忠貞。

說疫氣

建安二十二年，癘氣流行，家家有僵尸之痛，室室有號泣之哀。或闔門而殪，或覆族而喪。或以為疫者，鬼神所作。夫罹此者，悉被褐茹藿之子，荊室蓬戶之人耳。若夫殿處鼎食之家，重貂累蓐之門，若是者鮮焉！此乃陰陽失位，寒暑錯時，是故生疫。而愚民懸符厭之，亦可笑也。

仁孝論

且禽獸悉知愛其母，知其孝也。唯白虎、麒麟稱仁獸者，以其明盛衰知治亂也。孝者施近，仁者及遠。

征蜀論

今將以謀謨為劍戟，以策略為旌旗，師徒不擾，藉力天師。下壘成雷，榛成木碎。干戈所拂，則何虜不崩？金鼓一駭，則何城不登？

釋疑論

初謂道術，直呼愚民詐譎空言定矣。及見武皇帝試閉左慈等令斷穀，近一月，而顏色不減，氣力自若。常云可五十年不食。正爾，復何疑哉？令甘始以藥含生魚而煮之於沸脂中，其無藥者熟而可食，其銜藥者游戲終日，如在水中也。又以藥粉桑以飼蠶，蠶乃到十月不老。又以住年藥食雞雛及新生犬子，皆止不復長。以還白藥食犬，百日毛盡黑。乃知天下之事不可盡知，而以臆斷之，不可任也。但恨不能絕聲色，專心以學長生之道耳。

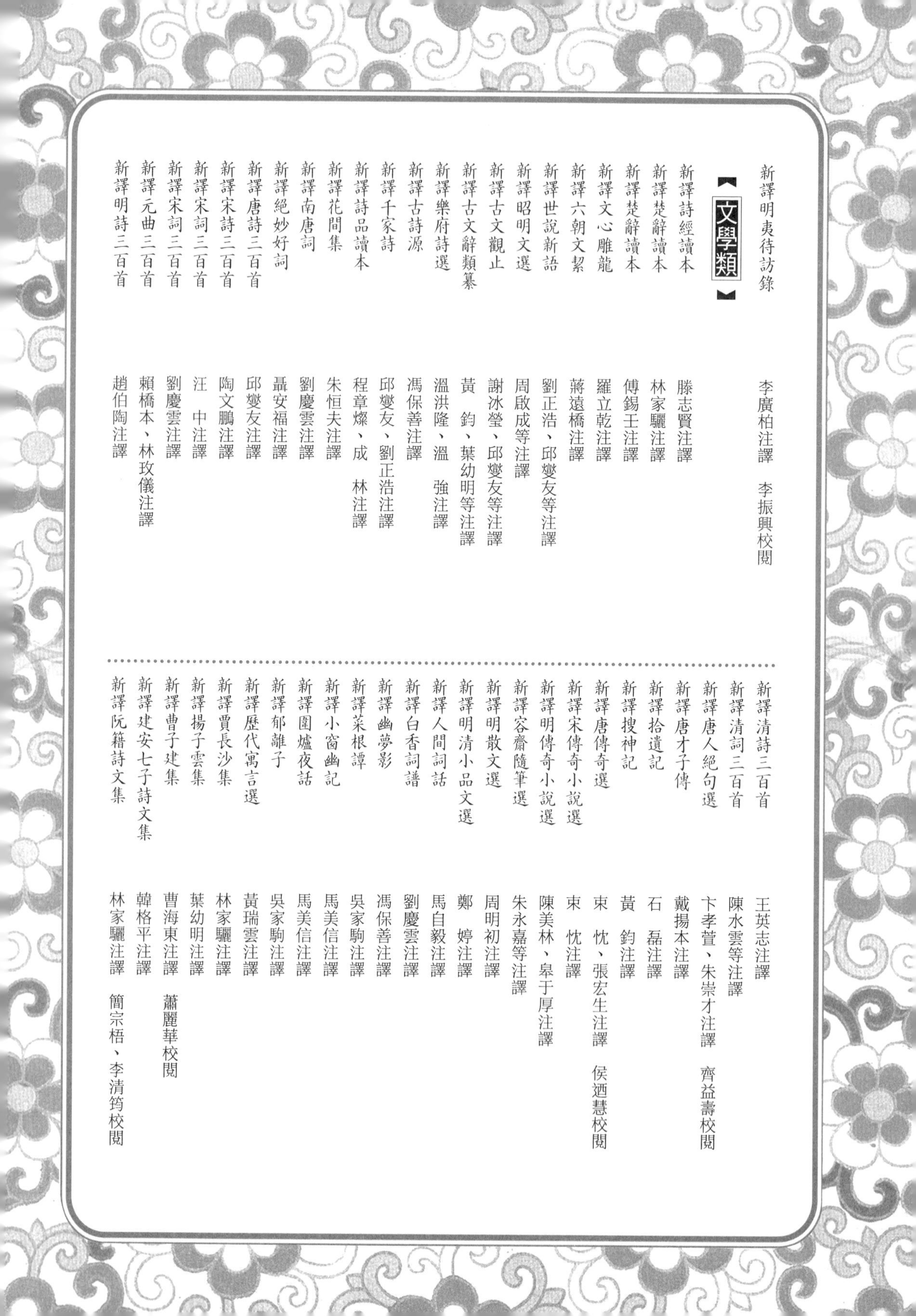

新譯明夷待訪錄　李廣柏注譯　李振興校閱

【文學類】

新譯詩經讀本　滕志賢注譯
新譯楚辭讀本　林家驪注譯
新譯楚辭讀本　傅錫壬注譯
新譯文心雕龍　羅立乾注譯
新譯六朝文絜　蔣遠橋注譯
新譯世說新語　劉正浩、邱燮友等注譯
新譯昭明文選　周啟成等注譯
新譯古文觀止　謝冰瑩、邱燮友等注譯
新譯古文辭類纂　黃　鈞、葉幼明等注譯
新譯樂府詩選　溫洪隆、溫　強注譯
新譯古詩源　馮保善注譯
新譯千家詩　邱燮友、劉正浩注譯
新譯詩品讀本　程章燦、成　林注譯
新譯花間集　朱恒夫注譯
新譯南唐詞　劉慶雲注譯
新譯絕妙好詞　聶安福注譯
新譯唐詩三百首　邱燮友注譯
新譯宋詩三百首　陶文鵬注譯
新譯宋詞三百首　汪　中注譯
新譯宋詞三百首　劉慶雲注譯
新譯元曲三百首　賴橋本、林玫儀注譯
新譯明詩三百首　趙伯陶注譯
新譯清詩三百首　王英志注譯
新譯清詞三百首　陳水雲等注譯
新譯唐人絕句選　卞孝萱、朱崇才注譯　齊益壽校閱
新譯唐才子傳　戴揚本注譯
新譯拾遺記　石　磊注譯
新譯搜神記　黃　鈞注譯
新譯唐傳奇選　束　忱、張宏生注譯　侯迺慧校閱
新譯宋傳奇小說選　束　忱注譯
新譯明傳奇小說選　陳美林、皋于厚注譯
新譯容齋隨筆選　朱永嘉等注譯
新譯明散文選　周明初注譯
新譯明清小品文選　鄭　婷注譯
新譯人間詞話　馬自毅注譯
新譯白香詞譜　劉慶雲注譯
新譯幽夢影　馮保善注譯
新譯菜根譚　吳家駒注譯
新譯小窗幽記　馬美信注譯
新譯圍爐夜話　馬美信注譯
新譯郁離子　吳家駒注譯
新譯歷代寓言選　黃瑞雲注譯
新譯賈長沙集　林家驪注譯
新譯揚子雲集　葉幼明注譯
新譯曹子建集　曹海東注譯　蕭麗華校閱
新譯建安七子詩文集　韓格平注譯
新譯阮籍詩文集　林家驪注譯　簡宗梧、李清筠校閱

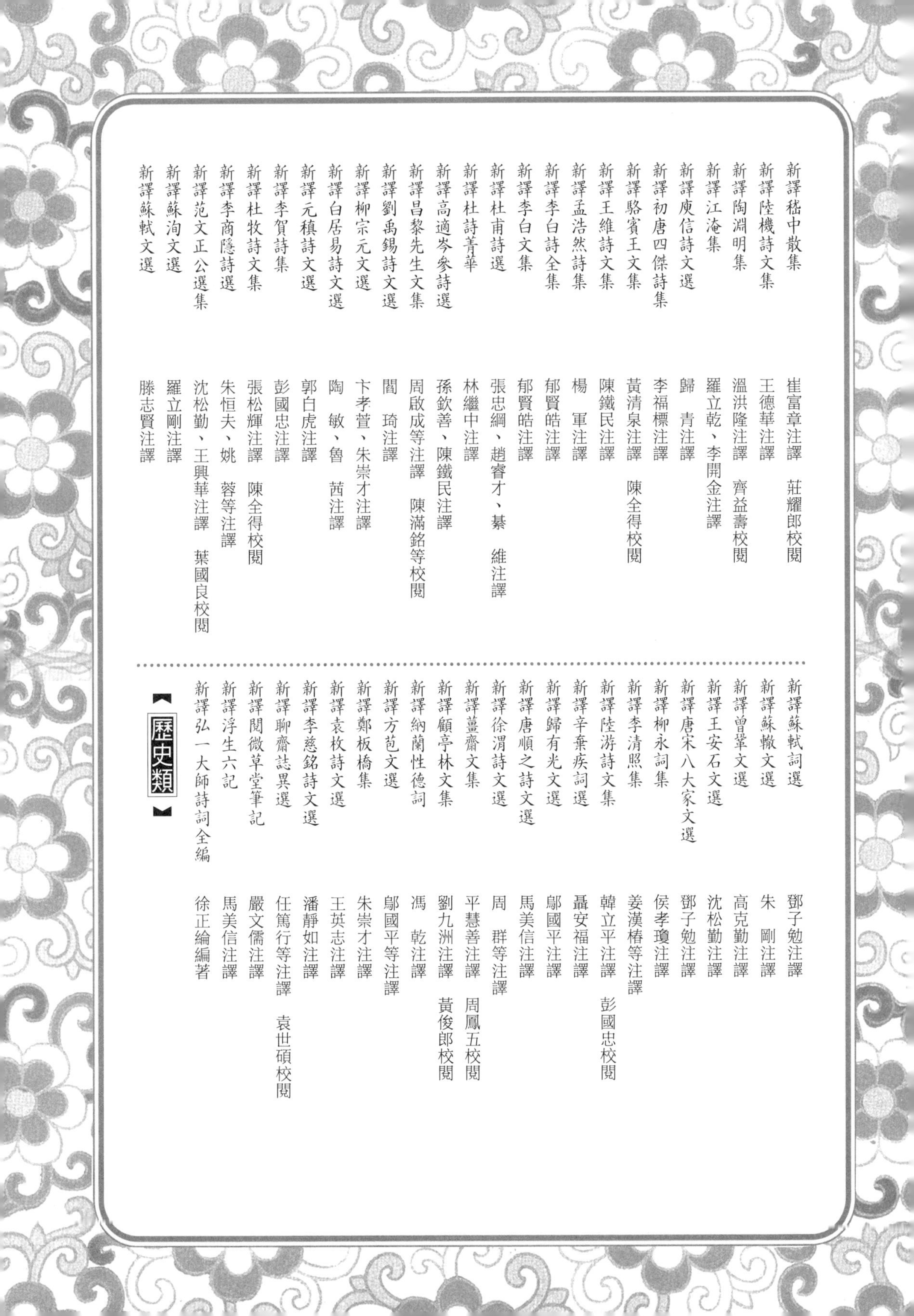

新譯嵇中散集　崔富章注譯　莊耀郎校閱
新譯陸機詩文集　王德華注譯
新譯陶淵明集　溫洪隆注譯　齊益壽校閱
新譯江淹集　羅立乾、李開金注譯
新譯庾信詩文選　歸　青注譯
新譯初唐四傑詩集　李福標注譯
新譯駱賓王文集　黃清泉注譯　陳全得校閱
新譯王維詩文集　陳鐵民注譯
新譯孟浩然詩集　楊　軍注譯
新譯李白詩全集　郁賢皓注譯
新譯李白文集　郁賢皓注譯
新譯杜甫詩選　張忠綱、趙睿才、綦　維注譯
新譯杜詩菁華　林繼中注譯
新譯高適岑參詩選　孫欽善、陳鐵民注譯
新譯昌黎先生文集　周啟成等注譯　陳滿銘等校閱
新譯劉禹錫詩文選　閻　琦注譯
新譯柳宗元文選　卞孝萱、朱崇才注譯
新譯白居易詩文選　陶　敏、魯　茜注譯
新譯元稹詩文選　郭自虎注譯
新譯李賀詩集　彭國忠注譯
新譯杜牧詩文集　張松輝注譯　陳全得校閱
新譯李商隱詩選　朱恒夫、姚　蓉等注譯
新譯范文正公選集　沈松勤、王興華注譯　葉國良校閱
新譯蘇洵文選　羅立剛注譯
新譯蘇軾文選　滕志賢注譯
新譯蘇軾詞選　鄧子勉注譯
新譯蘇轍文選　朱　剛注譯
新譯曾鞏文選　高克勤注譯
新譯王安石文選　沈松勤注譯
新譯唐宋八大家文選　鄧子勉注譯
新譯柳永詞集　侯孝瓊注譯
新譯李清照集　姜漢椿等注譯
新譯陸游詩文集　韓立平注譯　彭國忠校閱
新譯辛棄疾詞選　聶安福注譯
新譯歸有光文選　鄔國平注譯
新譯唐順之詩文選　馬美信注譯
新譯徐渭詩文選　周　群等注譯
新譯薑齋文集　平慧善注譯　周鳳五校閱
新譯顧亭林文集　劉九洲注譯　黃俊郎校閱
新譯納蘭性德詞　馮　乾注譯
新譯方苞文選　鄔國平等注譯
新譯鄭板橋集　朱崇才注譯
新譯袁枚詩文選　王英志注譯
新譯李慈銘詩文選　潘靜如注譯
新譯聊齋誌異選　任篤行等注譯　袁世碩校閱
新譯閱微草堂筆記　嚴文儒注譯
新譯浮生六記　馬美信注譯
新譯弘一大師詩詞全編　徐正綸編著

歷史類

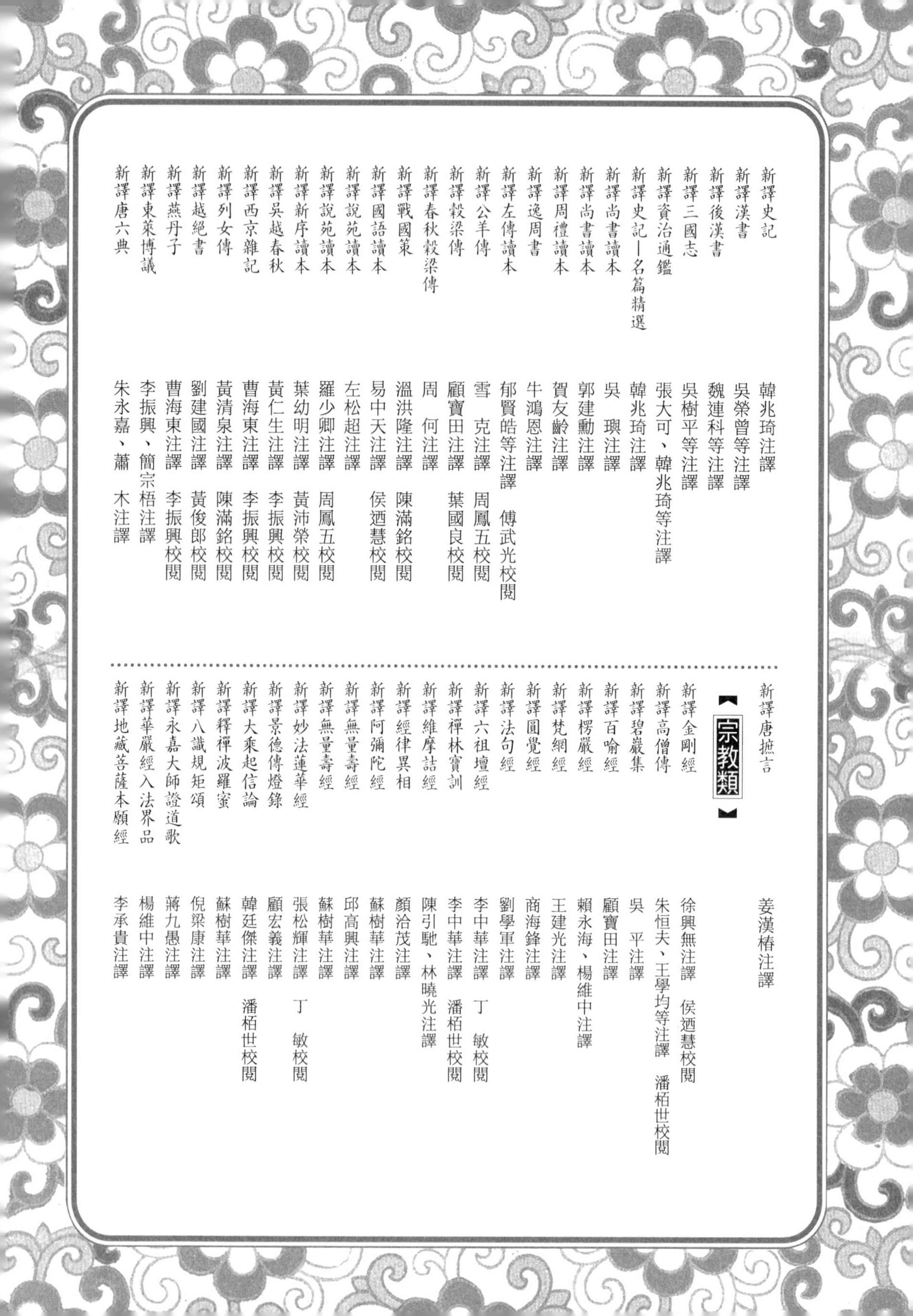

新譯史記　韓兆琦注譯
新譯漢書　吳榮曾等注譯
新譯後漢書　魏連科等注譯
新譯三國志　吳樹平等注譯
新譯資治通鑑　張大可、韓兆琦等注譯
新譯史記—名篇精選　韓兆琦注譯
新譯尚書讀本　吳　璵注譯
新譯尚書讀本　郭建勳注譯
新譯周禮讀本　賀友齡注譯
新譯逸周書　牛鴻恩注譯
新譯左傳讀本　郁賢皓等注譯　傅武光校閱
新譯公羊傳　雪　克注譯　周鳳五校閱
新譯穀梁傳　顧寶田注譯　葉國良校閱
新譯春秋穀梁傳　周　何注譯
新譯戰國策　溫洪隆注譯　陳滿銘校閱
新譯國語讀本　易中天注譯　侯迺慧校閱
新譯說苑讀本　左松超注譯
新譯說苑讀本　羅少卿注譯　周鳳五校閱
新譯新序讀本　葉幼明注譯　黃沛榮校閱
新譯吳越春秋　黃仁生注譯　李振興校閱
新譯西京雜記　曹海東注譯　李振興校閱
新譯列女傳　黃清泉注譯　陳滿銘校閱
新譯越絕書　劉建國注譯　黃俊郎校閱
新譯燕丹子　曹海東注譯　李振興校閱
新譯東萊博議　李振興、簡宗梧注譯
新譯唐六典　朱永嘉、蕭　木注譯

新譯唐摭言　姜漢椿注譯

【宗教類】

新譯金剛經　徐興無注譯　侯迺慧校閱
新譯高僧傳　朱恒夫、王學均等注譯　潘栢世校閱
新譯碧巖集　吳　平注譯
新譯百喻經　顧寶田注譯
新譯楞嚴經　賴永海、楊維中注譯
新譯梵網經　王建光注譯
新譯圓覺經　商海鋒注譯
新譯法句經　劉學軍注譯
新譯六祖壇經　李中華注譯　丁　敏校閱
新譯禪林寶訓　李中華注譯　潘栢世校閱
新譯維摩詰經　陳引馳、林曉光注譯
新譯經律異相　顏洽茂注譯
新譯阿彌陀經　蘇樹華注譯
新譯無量壽經　邱高興注譯
新譯無量壽經　蘇樹華注譯
新譯妙法蓮華經　張松輝注譯　丁　敏校閱
新譯景德傳燈錄　顧宏義注譯
新譯大乘起信論　韓廷傑注譯　潘栢世校閱
新譯釋禪波羅蜜　蘇樹華注譯
新譯八識規矩頌　倪梁康注譯
新譯永嘉大師證道歌　蔣九愚注譯
新譯華嚴經入法界品　楊維中注譯
新譯地藏菩薩本願經　李承貴注譯

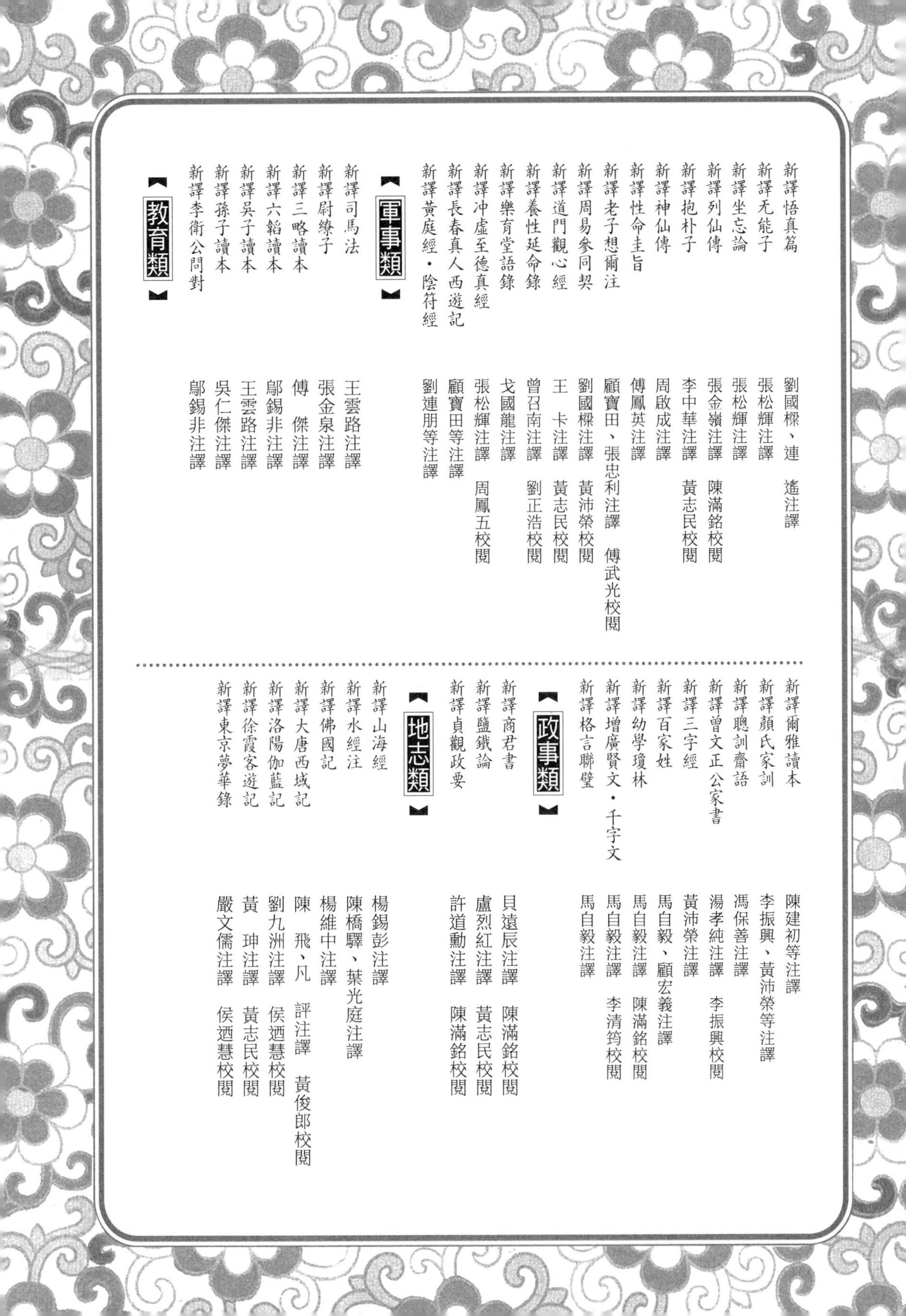

新譯悟真篇　劉國樑、連　遙注譯
新譯无能子　張松輝注譯
新譯坐忘論　張松輝注譯
新譯列仙傳　張金嶺注譯　陳滿銘校閱
新譯抱朴子　李中華注譯　黃志民校閱
新譯神仙傳　周啟成注譯
新譯性命圭旨　傅鳳英注譯
新譯老子想爾注　顧寶田、張忠利注譯　傅武光校閱
新譯周易參同契　劉國樑注譯　黃沛榮校閱
新譯道門觀心經　王　卡注譯　黃志民校閱
新譯養性延命錄　曾召南注譯　劉正浩校閱
新譯樂育堂語錄　戈國龍注譯
新譯沖虛至德真經　張松輝注譯　周鳳五校閱
新譯長春真人西遊記　顧寶田等注譯
新譯黃庭經・陰符經　劉連朋等注譯

軍事類

新譯司馬法　王雲路注譯
新譯尉繚子　張金泉注譯
新譯三略讀本　傅　傑注譯
新譯六韜讀本　鄔錫非注譯
新譯吳子讀本　王雲路注譯
新譯孫子讀本　吳仁傑注譯
新譯李衛公問對　鄔錫非注譯

教育類

新譯爾雅讀本　陳建初等注譯
新譯顏氏家訓　李振興、黃沛榮等注譯
新譯聰訓齋語　馮保善注譯
新譯曾文正公家書　湯孝純注譯　李振興校閱
新譯三字經　黃沛榮注譯
新譯百家姓　馬自毅、顧宏義注譯
新譯幼學瓊林　馬自毅注譯　陳滿銘校閱
新譯增廣賢文・千字文　馬自毅注譯　李清筠校閱
新譯格言聯璧　馬自毅注譯

政事類

新譯商君書　貝遠辰注譯　陳滿銘校閱
新譯鹽鐵論　盧烈紅注譯　黃志民校閱
新譯貞觀政要　許道勳注譯　陳滿銘校閱

地志類

新譯山海經　楊錫彭注譯
新譯水經注　陳橋驛、葉光庭注譯
新譯佛國記　楊維中注譯
新譯大唐西域記　陳　飛、凡　評注譯　黃俊郎校閱
新譯洛陽伽藍記　劉九洲注譯　侯迺慧校閱
新譯徐霞客遊記　黃　珅注譯　黃志民校閱
新譯東京夢華錄　嚴文儒注譯　侯迺慧校閱